Alle Rechte, einschließlich das des vollständigen oder
auszugsweisen Nachdrucks in jeglicher Form, sind vorbehalten.

Der Preis dieses Bandes versteht sich einschließlich
der gesetzlichen Mehrwertsteuer.

Umwelthinweis:
Dieses Buch wurde auf chlor- und säurefreiem Papier gedruckt.

Liebe kommt vor dem Fall

MIRA® TASCHENBUCH
Band 25442
1. Auflage: Juni 2010

MIRA® TASCHENBÜCHER
erscheinen in der Cora Verlag GmbH & Co. KG,
Valentinskamp 24, 20350 Hamburg
Deutsche Taschenbucherstausgabe

Titel der nordamerikanischen Originalausgaben:

Roughing It With Ryan
Copyright © 2003 by Jill Shalvis

Tangling With Ty
Copyright © 2003 by Jill Shalvis

Messing With Mac
Copyright © 2003 by Jill Shalvis

erschienen bei: Harlequin Enterprises Ltd., Toronto
Published by arrangement with
HARLEQUIN ENTERPRISES II B.V./S.àr.l.

Konzeption/Reihengestaltung: fredebold&partner gmbh, Köln
Umschlaggestaltung: pecher und soiron, Köln
Redaktion: Stefanie Kruschandl
Titelabbildung: Corbis GmbH, Düsseldorf; pecher und soiron, Köln
Autorenfoto: © by Harlequin Enterprises S.A., Schweiz
Satz: Buch-Werkstatt GmbH, Bad Aibling
Druck und Bindearbeiten: CPI – Ebner & Spiegel, Ulm
Printed in Germany
Dieses Buch wurde auf FSC-zertifiziertem Papier gedruckt.
ISBN 978-3-89941-725-8

www.mira-taschenbuch.de

Jill Shalvis

Knall auf Fall

Roman

Aus dem Amerikanischen von
Johannes Heitmann

Knall auf Fall

1. KAPITEL

Während Suzanne Carter draußen auf der Treppe saß und in der Zeitung die Anzeigen der zu vermietenden Apartments durchsah, dachte sie an ihren letzten Kontoauszug. So sehr sie auch hin und her rechnete, sie kam immer wieder zu demselben Schluss: Sie war so gut wie pleite.

Sie konnte von Glück sagen, wenn sie überhaupt ein Dach über dem Kopf bekäme, an fließend warmes Wasser oder sogar ein Bad mit Wanne durfte sie gar nicht erst denken.

Trotzdem konnte es nur besser werden, denn im Moment hatte sie rein gar nichts. Als sie vorhin von der Arbeit nach Hause gekommen war, hatte sie ihre gesamte Habe vor der Eingangstür des Apartments vorgefunden, das sie zusammen mit ihrem Verlobten bewohnte. Im ersten Moment hatte sie gedacht, das Ganze sei nur ein Scherz.

Aber dann hatte ihr Schlüssel nicht mehr ins Schloss gepasst, und sie hatte gemerkt, dass ihre Lage keineswegs zum Lachen war.

Auf jeden Fall wusste sie jetzt mit absoluter Sicherheit, dass sie für dauerhafte Beziehungen nicht geeignet war. Sie hätte gern ihren Exverlobten, von denen es mittlerweile drei gab, die Schuld am Scheitern der Beziehungen gegeben, aber das wäre nicht fair gewesen. Offenbar gelang es ihr mühelos, einen Mann von Grund auf zu ändern. Suzanne hatte Tim letztendlich so weit gebracht, dass ihm jeden Abend die Tränen in den Augen standen. Immer wieder hatte er sie angefleht, sich ihm gegenüber zu öffnen und mit ihm über ihre Gefühle zu reden. Es war ihr etwas peinlich gewesen, denn eigentlich mochte sie keine Männer, die weinten.

Allerdings hatte Tim ihre Beziehung auch nicht gerade zu retten versucht. Zumindest hatte sie ihn beim Sex mit der Putzfrau ertappt. Im Stehen an der Wohnungstür. Doch daran gab er wiederum Suzanne die Schuld, weil sie ihm durch ihre Verschlossenheit das Herz gebrochen hätte. Er hatte allen Ernstes behauptet, er habe diese Entspannung gebraucht.

Diese letzte katastrophal gescheiterte Beziehung bestärkte sie jedenfalls in ihrer Meinung, dass sie verflucht war und den Männern nur Unglück brachte. Und sie schwor sich, von nun an auf alle Männer zu verzichten, um sie vor ihr zu bewahren. Schade nur, dass niemand sie vor ihrer Wohnungssuche bewahren konnte. Vielleicht hätte sie ja um das Apartment kämpfen sollen, aber wenn sie ehrlich war, wollte sie dort auch gar nicht mehr wohnen. Seufzend nahm sie den Rotstift und kreiste das billigste Angebot ein. In Gedanken hörte sie bereits die vorwurfsvolle Stimme ihrer Mutter. Ja, Mom, dachte sie, ich bin jetzt auf dem besten Weg, vernünftig zu werden.

Alle sagten, Suzanne müsse mehr den Tatsachen ins Auge sehen. Alle, außer ihrem Vater. Von ihm hatte sie diese Unvernunft geerbt. Das behauptete zumindest ihre Mutter.

„Billig, billig, billig", hieß es in der Anzeige für ein Einzimmerapartment mit Bad. Das klang für Suzanne nicht schlecht, denn sie hatte momentan keine Bleibe, keine Ersparnisse, und als Küchenchef verdiente sie nicht gerade ein Vermögen. Ich muss dieses Apartment haben, dachte sie entschlossen, als sie wenig später in ihren Wagen stieg und losfuhr.

Es war Montagnachmittag, und das South Village brummte vor Leben. Suzanne konnte sich noch gut daran erinnern, dass dieses Viertel am Rand von Los Angeles in ihrer Kindheit verwahrlost und verarmt gewesen war. Doch dann waren die alten Gebäude renoviert worden, und mittlerweile war das Viertel sehr beliebt. Hier wohnten Menschen der unterschiedlichsten Herkunft, und täglich strömten Touristen durch die belebten, bunten Straßen.

Die Szene traf sich in den angesagten Cafés und Restaurants, immer mehr Galerien und Ateliers wurden eröffnet, es gab originelle kleine Läden mit exotischen Waren. Und alles war darauf ausgerichtet, die jungen erfolgreichen Singles in ihren BMWs anzulocken.

Der Motor von Suzannes altem Auto begann zu stottern, als sie vor der angegebenen Adresse hielt und neugierig aus dem Fenster blickte. Schließlich drehte sie den Zündschlüssel herum und stieg aus, um das Haus genauer in Augenschein zu nehmen. Doch so sehr sie sich auch bemühte, sie konnte nichts anderes als ein altes schäbiges Gebäude darin erkennen.

Die Erker, Balkone und Sprossenfenster hatten früher bestimmt einmal reizend ausgesehen, doch jetzt musste man entweder viel Geld für Renovierung hineinstecken oder das ganze Ding einfach abreißen.

Andererseits lag das Haus im South Village, und so war es von bildschönen, makellos renovierten anderen Häusern umgeben. Suzanne wusste genau, dass sie sich die Miete für ein Apartment in einem dieser Häuser auf keinen Fall leisten konnte, doch darum ging es ihr auch gar nicht. Sie wollte der Welt lediglich beweisen, dass sie es schaffen konnte. Sie würde ihr Leben in den Griff bekommen und von nun an keinen Mann mehr am Boden zerstört zurücklassen.

Mit siebenundzwanzig Jahren konnte man das längst von ihr erwarten. „So, dann wollen wir mal", sagte sie zu dem alten Haus und betrat den schmalen Weg, der durch einen kleinen Vorgarten zum Eingang führte.

Im Erdgeschoss hatte sich früher sicher einmal ein Geschäft befunden, stellte sie fest, als sie die zwei großen Schaufenster zur Straße hin bemerkte, die jetzt allerdings von dem hohen Unkraut, das davor wuchs, halb verdeckt waren.

Das Apartment konnte also höchstens im ersten oder zweiten Stock liegen. Noch während sie hochblickte und sich fragte, ob sie sich womöglich in der Hausnummer geirrt hatte, begann eine der großen Eichen, die das Haus umstanden, zu zittern.

Der Baum erzitterte immer stärker.

Im nächsten Augenblick fiel ein Mann aus den Ästen und landete nicht unweit von ihr auf dem Rasen. Nicht irgendein Mann, sondern ein großer, dunkelhaariger mit schlankem, muskulösem Körper.

Er richtete sich auf und sah in die Krone des Baums hinauf. Dann legte er beide Hände flach gegen den Baumstamm und ... drückte?

Suzanne sah fasziniert zu, wie sich seine Rückenmuskeln dabei anspannten. Sie schaffte es einfach nicht, den Blick von ihm abzuwenden.

Dieser Mann wirkte ungemein attraktiv. Suzanne bekam einen trockenen Mund und musste schlucken.

Seine langen, kräftigen Beine steckten in ausgewaschenen Jeans, und das weiße T-Shirt saß ihm eng am Oberkörper. Er sah nicht unbedingt aus wie ein mit Muskeln bepackter Bodybuilder, was sie auch immer übertrieben fand, sondern eher wie ein großer, geschmeidiger Boxer.

Was geht es mich an, wie er aussieht, dachte sie missmutig. Sie war doch mit den Männern fertig. Ein für alle Mal. Noch ein Opfer würde ihr Gewissen nicht verkraften.

Dennoch stand sie mit offenem Mund da und beobachtete ihn, wie er mit aller Kraft gegen den Baum drückte.

Plötzlich drehte er ihr den Kopf zu und lächelte sie an. „Tut mir leid, wenn ich Sie vorhin erschreckt habe", sagte er, bevor er sich bückte und ein Notizbuch aufhob, das ihm bei seinem Sprung aus der Hosentasche gefallen war. Suzannes Blick heftete sich automatisch auf seinen festen Po.

Hör auf damit, ihn so anzustarren, ermahnte sie sich.

Nachdem der Mann sich etwas notiert hatte, ging er leise vor sich hin pfeifend ins Haus.

Knall auf Fall

Was hatte er gesagt? Hatte er sich entschuldigt? Warum? Dass er wie Tarzan aus der Baumkrone gesprungen war?

Zum Glück ahnte er nicht, dass er sie mehr zum Beben gebracht hatte als diese Eiche. Entschlossen hob sie das Kinn, verdrängte den Gedanken an den Mann und betrat nach ihm das Haus.

„Hallo?" Das Echo ihrer Stimme verhallte im Treppenhaus. Anscheinend war sie allein. Kein toller Baumkerl weit und breit.

Sie lief in den ersten Stock hinauf, und als sie vergeblich die beiden einzigen Türen zu öffnen versuchte, hörte sie Stimmen aus dem zweiten und letzten Stock. Also ging sie eine Treppe höher.

Oben angekommen, stellte sie fest, dass es hier nur ein Apartment gab. Sie betrat einen staubigen leeren Raum, anscheinend das Wohnzimmer. Dieses Zimmer war klein, doch das Fenster zeigte zur Straße und bot einen reizvollen Ausblick. Die Nachmittagssonne beschien den Holzfußboden, und Suzanne erkannte sofort, dass man dieses Apartment geschmackvoll einrichten konnte.

Die Küche war lediglich nur durch eine Theke abgetrennt, und so sah Suzanne auch sofort den Mann und die Frau, die dahinter standen und sich tief über einen Plan beugten. Die Frau blickte hoch, als sie Suzannes Schritte hörte.

Sie war ungefähr in Suzannes Alter, aber damit hörten die Gemeinsamkeiten auch schon auf. Die Frau hatte ihr wundervoll schimmerndes blondes Haar straff zurückgekämmt und am Hinterkopf kunstvoll hochgesteckt. Wenn Suzanne versuchte, ihr schwer zu bändigendes Haar so zu frisieren, kugelte sie sich dabei fast immer die Arme aus. Die Frau war perfekt geschminkt und elegant gekleidet. Sie wirkte in diesem staubigen Apartment so deplatziert wie eine Prinzessin im Kuhstall.

Suzanne fragte sich gerade, wieso ihre eigene Kleidung immer so schnell zerknitterte, selbst wenn sie vollkommen still dastand, als auch der Mann aufschaute. Schlagartig vergaß sie jeden Gedanken an ihre Garderobe.

Es war der Mann aus dem Baum.

Er sah sie direkt an, und mit einem Mal wirkte der Raum winzig klein. Seine Augen hatten ein warmes Braun und blickten so verträumt, dass Suzanne glaubte, sich darin zu verlieren.

Leider hatte sie den Männern ja gerade erst abgeschworen. Wirklich schade, dachte sie, denn dieser Mann konnte jede Frau zum Schwärmen bringen.

„Hallo", sagte sie leicht verlegen. „Ist das hier das Apartment, das in der Annonce als ...", sie schlug die Zeitung auf, „... als billig, billig, billig beschrieben wird?"

Die Frau lachte auf. Es klang nicht herablassend, wie Suzanne vielleicht erwartet hätte. Vorsichtig strich sie sich mit ihren manikürten Fingern übers Haar. „Hoffentlich hat Sie das nicht abgeschreckt."

„Machen Sie Witze?" Suzanne dachte wieder an ihren letzten Kontoauszug. „Es hat mich angezogen wie das Licht die Motte. Wie billig ist es denn genau?"

„Darüber lässt sich reden. Aber vorher ..." Die Frau wandte sich an den Mann. „Können wir das morgen besprechen?"

„Dann wird es zu spät sein, Taylor."

Suzanne hätte sich denken können, dass er eine so tiefe sexy Stimme besaß. Sein Gesicht verriet deutlich jede Gemütsbewegung, und im Moment schien er verärgert. Entnervt rollte er den Plan zusammen.

Die Frau indessen besaß zu viel Stil, um sich ihre Gefühle anmerken zu lassen. „Das hier ist wichtiger. Ich brauche einen Mieter."

„Sie brauchen zunächst einmal jemanden, der Ihnen diese Bäume stutzt und absichert. Auf der Ostseite kann jeder Einzelne beim nächsten Sturm umknicken, und den soll es übrigens heute Nacht geben."

„Ryan." Sie berührte ihn am Arm, und Suzanne hörte, wie der Mann resigniert seufzte.

Suzanne hatte es noch nie im Leben geschafft, einen Mann mit nur einer einzigen Berührung zum Schweigen zu bringen. Schon gar nicht einen solchen Traumkerl.

Liegt das jetzt an der teuren, eleganten Kleidung der Frau oder an ihrer vornehmen Art, fragte Suzanne sich. Etwas beschämt strich sie sich über ihr eigenes Sommerkleid, das nicht nur bieder, sondern auch zerknittert war. Sie trug es, weil es locker fiel und die fünf Kilos, die sie ihrer Meinung nach zu viel auf den Hüften hatte, verbarg. Ich bin ein Opfer meiner eigenen Kochkünste, dachte sie.

„Regen Sie sich doch nicht auf, die Wettervorhersage irrt sich fast immer." Taylor tätschelte dem Mann versöhnlich den Arm. „Morgen werden wir immer noch entscheiden können, was mit den Bäumen geschehen soll."

Er schüttelte nur den Kopf, klemmte sich seinen zusammengerollten Plan unter den Arm und kam hinter dem Tresen hervor. In jeder seiner Bewegungen drückte sich sein Unmut aus.

Interessiert beobachtete Suzanne ihn. Die Männer in ihrem Leben hatten ihre Gefühle nie offen gezeigt. Zugegeben, im Moment war da nur ihr Vater, aber auch der hielt mit seinen Gefühlen hinterm Berg. Im Haus der Carters machte man sich über intensive Gefühle eher lustig, und allen Problemen trat man mit Gelächter entgegen. Immer gut drauf und nicht an morgen denken, das war das Motto der Carters. Suzannes Exverlobte hatten ihre Gefühle ebenfalls versteckt, selbst Tim mit seinen großen verheulten Augen hatte ihr nicht gezeigt, wie hinterhältig und gerissen er in Wirklichkeit war.

Und bis gerade eben hatte Suzanne angenommen, Männer wären nun einmal so.

Ryan, der umwerfende Kerl aus dem Baum, nickte ihr kurz zu, als er an ihr vorbei zur Tür ging. Ganz flüchtig berührten sie sich an den Schultern, und entschuldigend verzog er die Lippen zu einem Lächeln.

Es war Suzanne peinlich, aber sie konnte es nicht verhindern, dass ihr Puls zu rasen begann und sie sich fast den Hals verrenkte, um Ryan hinterherzusehen. Anscheinend vermochte sie ihrem Körper nicht so leicht verständlich zu machen, dass Männer für sie tabu waren.

„Er sieht blendend aus, nicht wahr?" Taylor kam um den Tresen herum und trat neben sie.

Dem konnte Suzanne nur zustimmen, aber das behielt sie lieber für sich.

„Und obwohl er viel zu nett ist, um es mir offen zu sagen, weiß ich, dass er jetzt wütend auf mich ist." Gleichgültig zuckte sie mit den Schultern. „Aber das wird er schon überstehen."

Beide gingen sie jetzt zur Tür, um noch einen Blick von ihm zu erhaschen, wie er leichtfüßig die Treppe hinunterlief. Das T-Shirt spannte sich um breite Schultern und die Jeans um muskulöse Schenkel und den schönsten Männerpo, den Suzanne je gesehen hatte.

Taylor seufzte anerkennend, ehe sie auf das eigentliche Thema zurückkam. „Also, ich bin Taylor Wellington und habe die Annonce aufgegeben. Möchten Sie jetzt das Apartment?"

Suzanne hatte zwar in Liebesbeziehungen inzwischen drei Mal versagt, aber sie war nicht naiv. „Ich finde, ich sollte mir erst einmal den Rest davon ansehen."

„Ja, natürlich. Aber denken Sie immer daran, dass es billig ist, okay? Wirklich billig. Hier ist das Schlafzimmer." Sie drehte sich um und öffnete eine Tür, von der Suzanne angenommen hatte, sie würde zu einem Schrank gehören.

Viel größer als ein Schrank war das Schlafzimmer auch nicht, aber auch hier zeigte ein Fenster zur Straße hin, und Suzanne blickte hinunter auf Geschäfte, Galerien und die zahlreichen

Passanten. Das Zimmer war niedlich, und sicher schlief sie hier besser als in ihrem Auto.

Dann entdeckte sie das Schild über dem Geschäft direkt gegenüber. „Eine Eisdicle?"

„Die jeden Abend bis um elf Uhr geöffnet ist." Taylor nickte. „Klammern Sie sich an diesen Gedanken, wenn Sie jetzt das Bad besichtigen."

Das Badezimmer hatte Briefmarkengröße. Keine Wanne, stellte Suzanne betrübt fest. Aber wenigstens gab es eine Dusche, ein Waschbecken und einen kleinen Badezimmerschrank.

„Alles funktioniert tadellos", versicherte Taylor ihr. „Vorausgesetzt, Sie schalten nicht gleichzeitig den Toaster und den Föhn ein. Wenn man hier mal richtig putzt, kann es sogar nett aussehen. Na, was meinen Sie?"

„Wenn die Miete stimmt, dann nehme ich es."

„Da werden wir uns einig, ganz sicher. Kommen Sie mit mir nach unten, da habe ich die Verträge vorbereitet. Wann würden Sie denn einziehen?"

Suzanne dachte daran, dass ihre gesamte Habe unten in das Auto gestopft war. „Am liebsten sofort."

Taylor lachte. „Wenn Sie mir zwei Monatsmieten im Voraus zahlen und eine kleine Kaution hinterlegen, bin ich einverstanden."

Mist. „Wie wichtig ist Ihnen denn die Sache mit der Kaution?"

Taylor sah sie prüfend an. „Sind Sie im Moment etwas knapp bei Kasse?"

„Das kann man wohl sagen." Vor ein paar Wochen hatte sie ihre Ersparnisse dafür ausgegeben, sich gemeinsam mit Tim eine teure Schlafzimmereinrichtung zu kaufen. Und jetzt behauptete er, diese Möbel seien ein Geschenk von ihr an ihn gewesen. Beim Gedanken an das viele Geld, von dem eine Großfamilie ein ganzes Jahr lang hätte bequem leben können, wurde

Suzanne wütend. Dabei hätte sie Tim noch vor einem Monat mit Freude ihren letzten Cent gegeben. „Aber ich habe einen Job", wandte sie ein. Das stimmte auch. „Hilft das?"

„Auf jeden Fall." Einen Moment lang dachte Taylor nach. „Auf die Kaution kann ich auch verzichten."

Zusammen gingen sie die Treppe hinunter – Taylor in ihrer eleganten Garderobe wie eine Prinzessin auf Staatsbesuch in den Elendsvierteln, Suzanne in ihrem geblümten schlichten Kleid, als passte sie perfekt in diese Umgebung.

„Was machen Sie denn beruflich?", erkundigte Taylor sich.

„Ich bin Küchenchef im Café Meridian." Das Café lag nur wenige Blocks entfernt, und bei dem Gedanken an ihre Arbeitsstelle wurde Suzanne etwas unbehaglich zumute. Sie hatte zuvor in einem weniger schicken Restaurant gearbeitet, doch als Tims Schwester das Café kaufte, hatte Tim darauf bestanden, dass Suzanne für seine Schwester arbeitete. Hoffentlich ging das jetzt nach der Trennung noch gut, denn wenn sie ihren Job verlöre, hätte sie keinerlei Einkommen mehr, außer aus ihrem Party-Service. Den betrieb sie allerdings nur als Hobby, und so sollte es auch bleiben. Ein eigenes Unternehmen empfand sie dann doch als etwas zu bodenständig.

In Gedanken entschuldigte sie sich dafür sofort bei ihrer Mom.

Genau wie ihrem Vater missfiel es auch Suzanne, echten Ehrgeiz zu entwickeln. Und aus diesem Grund konnte ihre Mom mit ihr genauso wenig wie mit ihrem Dad reden, ohne irgendwann abfällig die Mundwinkel zu verziehen. Ihr Vater war jetzt fast sechzig und versuchte sein Glück immer noch als Komiker, indem er in Clubs und bei kleinen Shows auftrat. Seine persönliche Freiheit war ihm eben wichtiger als materieller Besitz und eine berufliche Karriere.

Suzannes Mutter behauptete immer, ihre Tochter käme ganz nach dem Vater.

Knall auf Fall

Im ersten Stock schloss Taylor die Tür zu einem der beiden Apartments auf und ließ Suzanne den Vortritt. „Hier wohne ich."

Suzanne durchquerte einen kleinen Flur und blieb in dem leeren Wohnzimmer stehen. Es sah hier kaum anders aus als im Stockwerk darüber, abgesehen von der Tatsache, dass alles sauber war. „Aber hier ist es so leer."

„Ich bin auch gerade erst eingezogen und lebe vorerst nur im Schlafzimmer. Den Rest habe ich mir für diese Woche vorgenommen."

„Das Haus gehört Ihnen?"

Taylor strich mit einem beigefarbenen Schuh über den polierten Holzfußboden. Dieser eine Schuh war sicher teurer als Suzannes gesamte Garderobe. „Ja. Seit Kurzem."

„Verzeihen Sie meine Offenheit, aber Sie sehen doch aus wie aus dem Ei gepellt. Sie wirken so elegant und vornehm, aber ich habe den Eindruck, als hätten Sie im Moment genauso wenig Geld wie ich."

Seufzend lockerte Taylor die Schultern. „Wie habe ich mich verraten? Weil ich kein Geld für die Pflege der Bäume ausgeben wollte?"

„Sagen wir mal, ein Verzweifelter erkennt einen anderen sofort."

Taylor musste lachen. „Sie gefallen mir. Also schön, hier kommt die bittere Wahrheit: Ich bin mit dem sprichwörtlichen silbernen Löffel im Mund geboren, habe die besten Schulen besucht, war auf der Brown University, und das alles dank des Schweizer Bankkontos meines Urgroßvaters. Nach dem Studium habe ich ganz Europa bereist. Nur so zum Spaß."

Suzanne sah sie stirnrunzelnd an. „Dafür bekommen Sie von mir kein Mitleid."

„Ich weiß, das will ich auch gar nicht." Taylor hob beschwichtigend die Hände. „Ich gebe zu, dass ich hoffnungslos verwöhnt war. Ich habe keinen einzigen Tag in meinem Leben richtig gearbeitet und musste mir trotzdem niemals Sorgen machen. Dann ist mein Urgroßvater, den ich nur alle paar Jahre mal gesehen habe, gestorben."

„Wie unangenehm."

„Aber er hat mir dieses Haus vermacht."

„Ein Grundstück in bester Lage. Es muss ein Vermögen wert sein."

„Vorausgesetzt, man steckt vorher ein kleines Vermögen hinein." Taylor verzog das Gesicht. „Leider hat er mir keinerlei Bargeld hinterlassen. Ersparnisse habe ich ebenso wenig wie einen Job. Also bin ich pleite."

„Abgesehen von dem Haus."

„Genau", stimmte Taylor ihr zu. „Deshalb brauche ich Mieter, denn sonst habe ich nichts zu essen. Sobald die Einnahmen da sind, werde ich mit dem Renovieren anfangen, das verspreche ich Ihnen. Wenn Sie mir dabei helfen möchten, brauchen Sie weniger Miete zu zahlen. Na, wollen Sie das Apartment noch immer?"

Auch als Tochter eines Lebenskünstlers hatte Suzanne gelernt, ihren Verstand zu gebrauchen. „Wieso verkaufen Sie nicht einfach?"

Sofort schüttelte Taylor entschieden den Kopf. „Gleich vor der ersten Herausforderung kneifen? Niemals."

Suzanne musste lächeln, und ihr wurde bewusst, dass es ihr erstes richtiges Lächeln war, seit sie ihre gesamte Habe im Treppenhaus vor der verschlossenen Tür vorgefunden hatte. „Sie gefallen mir auch."

Langsam erwiderte Taylor das Lächeln. „Freut mich." Es klang erleichtert. „Hier sind die Mietverträge. Sie ziehen allein ein, stimmt's?"

„Ja, das stimmt. Ich habe beschlossen, von heute an als Single zu leben."

Knall auf Fall

„Schön, dann haben wir ja noch etwas gemeinsam."

„Mir ist es ernst. Ich bin verflucht, was Beziehungen angeht."

Taylor lachte, doch als sie Suzannes entschlossene Miene sah, wurde sie schlagartig wieder ernst. „Sie ... Sie meinen es wirklich."

Wie zum Schwur hob Suzanne eine Hand. „Wie groß die Versuchung auch immer sein mag, ich werde ihr widerstehen."

„Einverstanden, da mache ich mit. So groß die Versuchung auch sein mag. Selbst wenn der Kerl auf Bäume klettert und einen Hintern hat, bei dessen Anblick mir die Knie zittern."

Jetzt musste Suzanne lachen. „Selbst dann", sagte sie, griff nach dem Stift und unterschrieb den Vertrag.

„Auf uns." Taylor betastete ihre kunstvolle Frisur und tat mit der anderen Hand so, als höbe sie prostend ein Glas. „Und auf unsere Zukunft. Wir werden es beide schaffen. Auch ohne Männer. Sobald ich es mir leisten kann, kaufe ich uns Champagner, und dann stoßen wir richtig an."

„Auf uns", bekräftigte Suzanne. „Alles Gute, Taylor. Viel Glück."

„Für dich auch, Suzanne."

Suzanne blickte zur Decke und dachte an ihr neues Apartment. Glück konnte sie jetzt wirklich gebrauchen.

2. KAPITEL

Ryan Alondo beugte sich vor und stützte sich mit beiden Händen an der Duschkabine ab, damit ihm das heiße Wasser über den Rücken laufen konnte. Er hoffte nur, dass er nicht einschlief, während er so dastand, bis das heiße Wasser aufgebraucht war.

Erst als er den Hahn abgestellt hatte und die Kabinentür öffnete, fiel ihm auf, dass weit und breit kein Handtuch zu sehen war. „Angel!"

„Ich weiß, ich weiß, ich habe das letzte saubere Handtuch genommen." Ein Kichern erklang vor der Badezimmertür. „Tut mir leid."

Na wunderbar! Ihr tat es leid, und er war splitternackt. Ihm wurde allmählich kalt.

Ein kräftiger Wind fuhr ums Haus, drang durch alle Ritzen und erinnerte ihn daran, was er bei den Hausbesitzern anrichten konnte, die nicht auf seinen Ratschlag hörten, die alten, morschen Bäume vor ihren Grundstücken fällen oder wenigstens absichern zu lassen. Doch dann schob er diesen Gedanken weit von sich. Jetzt wollte er nur noch essen und anschließend schlafen. Mindestens ein Jahr lang. Da nicht damit zu rechnen war, dass ein Handtuch aus dem Nichts auftauchte, streifte er sich die Wassertropfen so gut es ging vom Körper und stieg in die Jeans. Der Stoff klebte ihm an der nassen Haut.

Kaum war er aus dem Bad, erklang Angels Stimme von der Küche her. „Dein Kühlschrank ist leer, aber ich habe eine Dose mit Suppe gefunden. Die habe ich für dich warm gemacht."

Den Kühlschrank hatte sie selbst zusammen mit ihren Studienkollegen während des gemeinsamen Lernens gestern geplündert. Doch als Ryan in die Küche kam und seine Schwester ihn so lieb anlächelte, behielt er diesen Vorwurf für sich.

„Ich weiß, ich bin eine Plage, und bestimmt kommst du nur

schwer damit klar, dass deine kleine Schwester dir die Wohnung durcheinanderbringt." Angels Stimme klang sanft, während sie Ryan dabei zusah, wie er sich an den Tisch setzte und den Teller Suppe zu sich zog. „Aber Russ und Rafe sind solche Ferkel. In ihrer Wohnung ertrage ich es einfach nicht."

Ihre beiden Brüder lebten tatsächlich im Chaos, und so nickte Ryan nur, während er aß. Er stand kurz vor dem Hungertod, und dagegen reichte die Suppe sicher nicht aus. Hoffentlich fand er noch etwas anderes Essbares irgendwo in einem der Schränke.

„Am Wochenende hat Lana ihr Apartment endlich fertig, und dann kann ich bei ihr einziehen", verkündete Angel.

Ryan legte den Löffel hin und sah seine Schwester an. Sie war zwar schon achtzehn, aber er hatte sie praktisch großgezogen, und er konnte sich noch nicht an den Gedanken gewöhnen, dass sie erwachsen war. Er hatte ihr das Lesen beigebracht, wie man einen Baseball schlug, und er war mit ihr auf dem Verkehrsübungsplatz gewesen. Sollte er wirklich zulassen, dass dieses Mädchen zu Lana zog? Lana nahm das Leben etwas zu leicht, hatte ein loses Mundwerk und scheute vor keinem Schimpfwort zurück. „Ich dachte, Lana wohnt mit ihrem Freund zusammen", sagte er vorsichtig, obwohl er Angel am liebsten verboten hätte, dort einzuziehen.

„Den hat sie rausgeworfen."

Ryan sehnte sich zwar danach, in seinen eigenen vier Wänden endlich einmal seine Ruhe zu haben, aber was nützten ihm saubere Handtücher und ein gefüllter Kühlschrank, wenn er vor Grübeleien nachts nicht schlafen konnte? „Wirklich?"

„Wirklich." Spontan kam Angel zu ihm, umarmte ihn von hinten und schmiegte ihre Wange an seine. „Du bist süß, wenn du dir Sorgen machst. Ich hab dich lieb, Ryan."

Er stöhnte auf. „Oh nein, nicht auf diese Tour! Was willst du von mir?"

Angel lachte auf. „Zur Abwechslung mal gar nichts."

Ryan verschränkte die Arme vor der Brust und drehte sich zu dem einzigen weiblichen Wesen um, das ihn immer wieder um den kleinen Finger wickeln konnte. „Ganz bestimmt nichts? Oder willst du es mir bloß noch nicht verraten?"

„Ganz bestimmt nichts." Sie lächelte fast nachsichtig. „Du machst dir um uns drei viel zu viele Gedanken."

Das war eine Frage der Gewohnheit. Ryans Eltern hatten ihn bekommen, als sie selbst fast noch Kinder waren. Den „besten Unfall meines Lebens" hatte seine Mutter ihn immer genannt. Es hatte Jahre gedauert, bis die beiden sich eine eigene Existenz aufgebaut hatten, und so war Ryan schon dreizehn Jahre alt gewesen, als er Geschwister bekam.

Seine Eltern waren überglücklich über ihre vier Kinder gewesen, doch dann kamen sie vor sieben Jahren bei einem Autounfall ums Leben. Mit fünfundzwanzig war es von da an Ryans Aufgabe gewesen, seine elfjährige Schwester Angel und die zwölfjährigen Zwillinge Russ und Rafe großzuziehen. Und leicht hatten die drei es ihm wirklich nicht gemacht.

„Wir sind keine armen kleinen Waisenkinder mehr", rief Angel ihm in Erinnerung. „Du kannst ruhig damit aufhören, uns ständig vor der großen bösen Welt beschützen zu wollen."

Das stimmte wahrscheinlich. Aber nachdem er seine Geschwister ohne größere Katastrophen wie ungewollte Schwangerschaften und Drogenmissbrauch durch die Pubertät gebracht hatte, fühlte er sich immer noch verantwortlich für sie.

Angel gab ihm einen Kuss auf die Wange, ehe sie nach dem Scheck griff, den er für sie bereits auf den Tisch gelegt hatte. „Danke. Das ist dann für die Studiengebühren und die Bücher."

Ryan aß weiter von seiner Suppe und murmelte etwas Unverständliches. Er war wirklich hundemüde, und ihm fielen schon die Augen zu.

„Ryan, du solltest echt mal ausschlafen. Kein heißes Date

heute Abend, okay?" Sie tätschelte ihm wohlwollend den Kopf. „Nicht so wie gestern, meine ich."

Gestern Abend war er am selben College wie sie gewesen, allerdings lagen seine Unterrichtsräume in einem anderen Gebäude. Ryan stand kurz vor seinem Abschluss in Landschaftsarchitektur, und er konnte es kaum erwarten, das Geschäft mit der Baumpflege an den Nagel zu hängen. Von diesen Zukunftsplänen wussten Angel und ihre Brüder allerdings nichts, und deshalb hielten sie ihn für einen Sexbesessenen, der sich mindestens an drei Abenden pro Woche mit irgendwelchen Frauen traf.

Ryan hätte ihnen die Wahrheit sagen können, denn nachdem er ihnen zuliebe so lange seine eigenen Pläne zurückgestellt hatte, würden sie ihn sicher nach Kräften unterstützen.

Doch er wollte unbedingt etwas ganz allein schaffen und nicht wie üblich in der Gemeinschaft der vier Geschwister. Er liebte sie alle drei, aber er wollte keine Ratschläge über Studienkurse, Studentenleben oder Ähnliches hören. Außerdem hatte es noch einen anderen Vorteil, wenn sie glaubten, er würde ein wildes Liebesleben führen. Dann hörten sie wenigstens allmählich damit auf, ihn mit irgendwelchen Frauen zu verkuppeln. Diese Treffen waren bislang immer schrecklich verlaufen.

„Kein heißes Date", stimmte er zu. Heute Abend gab es auch keine Kurse, er konnte also tatsächlich einmal ausschlafen.

Als er sich endlich wohlig seufzend ins Bett legte, war er so erschöpft, dass er sofort einschlief.

Um ein Uhr nachts schreckte er allerdings aus dem Tiefschlaf hoch, weil das Telefon klingelte. Im ersten Moment wollte er sofort weiterschlafen, aber dann fiel ihm ein, dass es vielleicht Russ oder Rafe waren, die in irgendwelchen Schwierigkeiten steckten. Oder Angel. „Wehe, wenn es nichts Dringendes ist", brummte er, als er den Hörer abnahm.

„Ryan?"

„Ja?" Das war weder Ryan noch Rafe. Und auch nicht Angel. „Hier spricht Taylor Wellington."

Zum Glück weder Polizei noch Krankenhaus. Nur die Frau mit den alten und maroden Eichen vor dem Haus. Er war tatsächlich verärgert darüber gewesen, weil sie nicht einsehen wollte, wie dringend sie etwas unternehmen musste. Die Kleidung dieser Frau war mehr wert als sein Truck, aber obwohl er seinen Preis schon selbst gedrückt hatte, war sie nicht bereit gewesen, ihm den Auftrag zu geben. „Taylor, ist alles in Ordnung?"

„Nein. Sie haben mich doch wegen dieses einen Baums gewarnt. Der ist gerade umgestürzt, hat das Dach durchschlagen und ist ins Schlafzimmer des obersten Apartments gekracht. Sie müssen ihn wegräumen. Sofort."

Dieser Baum schien mindestens hundert Jahre alt zu sein, und Ryan hatte sofort erkannt, dass er mit den Wurzeln nur noch schwach im Erdreich verankert gewesen war. „Zum Glück ist das Apartment ja unbewohnt."

„Irrtum. Heute Abend ist meine neue Mieterin dort eingezogen. Suzanne. Sie haben sie gesehen, als Sie bei mir waren."

Ryan konnte sich sofort an sie erinnern – rotes Haar, grüne ausdrucksvolle Augen und, so weit man es unter dem weiten Kleid hatte erkennen können, ein wohl proportionierter Körper.

In ihrem Blick hatte er Interesse gelesen, aber in seinem Leben gab es im Moment keinen Platz für noch jemanden, der Ansprüche an ihn stellte. „Ist sie …?"

„Sie ist unverletzt, aber der Baum versperrt ihr den Ausgang."

„Ich bin schon unterwegs." Er legte auf und nahm den Hörer sofort wieder ab, um Ryan und Rafe zu wecken. Die Zwillingsbrüder stellten bei solchen Notfällen sein Einsatzteam. Zum Glück waren beide zu Hause.

Als Ryan zu seinem Truck lief, fühlte er sich wieder einmal seinen Brüdern gegenüber wie Mom, Dad, Boss und älterer Bru-

Knall auf Fall

der zugleich. Für einen einzigen Menschen waren das eindeutig zu viele verschiedene Rollen.

Er fuhr noch kurz bei seiner Firma vorbei, ehe er seine Brüder abholte. Dadurch verlor er zwar fünf Minuten, doch um einen Baum von einem Haus zu ziehen, benötigte er den größeren Wagen mitsamt der gesamten Ausrüstung.

Während er die Fahrzeuge wechselte, ging ein Wolkenbruch nieder, und augenblicklich war er nass bis auf die Haut. Dazu wehte noch immer ein stürmischer Wind.

Als dann seine Brüder bei ihm im Wagen saßen, fuhr er so schnell, wie er nur konnte. Im South Village war zum Glück kein Mensch mehr auf der Straße, und das war selbst zu dieser Uhrzeit ungewöhnlich. Der Sturm hatte anscheinend alle verjagt.

Endlich hielt Ryan vor dem Haus an, und bei dem Anblick, der sich ihm bot, zog sich sein Magen zusammen. Die riesige Eiche hatte tatsächlich das Dach durchschlagen. Es war nur die Ecke des Daches, aber obwohl dadurch wenigstens das Haus seine Stabilität nicht verloren hatte, war jetzt das Schlafzimmer getroffen worden, in dem sich Suzanne befand. Das kleine Fenster war genau wie der Giebel fast vollkommen verschwunden, und die entstandene Lücke wurde jetzt von dem umgestürzten Baum ausgefüllt.

Taylor kam mit besorgtem Gesicht auf den Balkon hinaus, und Ryan ging zu ihr hin und drückte ihr beruhigend den Arm. In ihrem seidenen Morgenmantel sah sie selbst um ein Uhr nachts so adrett aus wie vor zwölf Stunden.

„Die Tür ihres Schlafzimmers ist versperrt." Taylor zog ihren Morgenmantel enger um sich und blickte zu dem zerstörten Apartment hinauf. „Der Baum liegt so, dass sie nicht hinaus kann."

„Wir werden sie da schon rausholen."

„Beeilen Sie sich. Und, Ryan." Sie hielt ihn zurück, als er

sich umdrehen wollte. „Es tut mir leid, dass ich nicht auf Sie gehört habe."

„Schon gut. Es kommt alles wieder in Ordnung." Er konnte nur hoffen, dass er damit recht behielt.

Sein Team fing mit der Arbeit an, und als die ausfahrbare Leiter parallel zu dem umgestürzten Baum am Haus hinaufführte, stieg er hoch. Der Regen schlug ihm ins Gesicht, und der Wind pfiff ihm um die Ohren, doch er konnte immer nur daran denken, was die arme Suzanne dort oben durchstehen musste. Von unten beleuchtete Rafe mit einem Strahler seinen Weg.

Ryan hatte jetzt das eingedrückte Stück der Außenmauer erreicht, aber wegen des dicken Stamms und der belaubten Zweige konnte er in das Zimmer nicht hineinsehen. Er reckte den Hals und bemühte sich, wenigstens ein bisschen zu erkennen. Der Baum war quer durch das Schlafzimmer gestürzt und hatte Suzanne bestimmt in eine der hinteren Ecken vertrieben. Gleichzeitig drückten die schweren Äste von innen gegen die Tür. Vorsichtig stieg er von der Leiter und zwängte sich durch das Laubwerk hindurch ins Zimmer.

„Suzanne?"

„Hier!" Es klang kläglich.

Ryan legte sich flach auf den Boden, und es gelang ihm, unter dem mächtigen Stamm hindurchzukriechen. Einige Zweige zerkratzten ihm dabei die Arme und den Rücken, aber das merkte er kaum. Er richtete sich halb auf und blickte sich suchend um. Wo steckte sie denn?

Auf einmal hörte er ein Niesen; es kam aus der äußersten Ecke. Zum Glück ist sie noch am Leben, dachte er erleichtert und bahnte sich zu ihr einen Weg durch Äste und Zweige.

Schließlich schaltete er seine Taschenlampe ein, ließ den Lichtkegel kreisen, und dann sah er sie. Suzanne kauerte am Boden, hatte die Knie angezogen und beide Arme darum geschlungen.

Nachdem er noch über einige sperrige Äste sowie unzählige Glasscherben gestiegen war, hatte er sie erreicht. „Suzanne? Alles in Ordnung?"

Sie nickte nur, während sie am ganzen Körper zitterte. Das weite T-Shirt, das sie trug, war vollkommen durchnässt, und das Haar klebte ihr in Strähnen am Kopf. Ryan kniete sich vor sie hin und begann, ihren Körper nach Verletzungen abzusuchen. Dabei gab er sich große Mühe, nicht auf ihre Brüste zu achten, die sich unter dem T-Shirt deutlich abzeichneten. Der Saum reichte nicht ganz bis zum Slip und gab ihren Bauch frei. Bei jedem Atemzug, den sie machte, erzitterte sie erneut, und er hätte nicht sagen können, ob vor Angst oder Kälte.

Wahrscheinlich stand sie unter Schock. Ohne zu zögern, legte er die Taschenlampe hin, und nahm Suzanne in die Arme.

3. KAPITEL

Suzanne schmiegte sich an Ryans Brust und begann plötzlich vor Erleichterung zu weinen. Obwohl er genauso nass war wie sie, strahlte sein Körper Wärme aus, und sie presste sich immer enger an ihn. Es war ihr vollkommen gleichgültig, dass sie diesen Mann kaum kannte.

Im Moment war sie nur unsagbar dankbar, einen anderen Menschen bei sich zu haben. Sie schloss die Augen und versuchte, nicht mehr auf den Sturm zu hören, der draußen noch immer wütete.

Ein heftiger Windstoß fegte plötzlich durchs Zimmer, und die Glasscherben auf dem Boden klirrten leise.

„Das ist die zerbrochene Scheibe", sagte Ryan.

Als sie wieder zu zittern begann, setzte er sich etwas bequemer hin und nahm sie auf den Schoß. Mit seinem Körper schützte er sie so gut es ging vor der Kälte, und sie konnte sich nicht erinnern, dass sich schon einmal jemand so rührend um sie gekümmert hätte. Die Gefühle, die sie dabei verspürte, hatten mit Dankbarkeit allerdings nichts mehr zu tun.

„Sind Sie verletzt?" Er klang besorgt. Es musste daran liegen, dass sie sich wie eine dumme Gans benahm.

„Suzanne?"

Immer noch zitterte sie, aber mittlerweile war sie sich sicher, dass es nicht an der Kälte lag. Stumm schüttelte sie den Kopf.

Ryan legte ihr wärmend einen Arm um die Schultern und eine Hand auf den nackten Bauch, ehe er ihr prüfend ins Gesicht blickte. „Sind Sie sicher?"

Sie nickte bloß. Vor Schwäche vermochte sie nicht zu sprechen.

Er wollte sich lieber selbst davon überzeugen, und so hob er die Taschenlampe wieder auf und leuchtete Suzanne von Kopf bis Fuß ab.

Sie sah an sich hinunter. Ihr T-Shirt war so nass, dass es nichts mehr verbarg, und der Slip hatte auch keine trockene Faser mehr. Beide Kleidungsstücke waren außerdem verrutscht, sodass sie kaum noch etwas vor ihm verbargen. Beschämt presste sie die Augen zusammen.

In der Annahme, sie machte das aus Angst, legte er die Taschenlampe wieder weg und umrahmte ihr Gesicht mit beiden Händen. „Ihnen geht es gut, also brauchen wir Sie nur noch hier herauszubekommen. Na, wie klingt das?"

„Gut. Ich hoffe, es klappt."

„Oh, das wird es."

Während er sie mit einem Arm festhielt, zog er ein Sprechfunkgerät aus der Tasche und erteilte irgendwelche Befehle. Doch in ihren Ohren dröhnte der Funkverkehr so laut, dass sie kein Wort davon verstand. Erschöpft lehnte sie den Kopf an seine Brust und spürte das Vibrieren seiner Stimme. Seltsamerweise fand sie das unglaublich erotisch. Er riecht gut, mein sexy Held, dachte sie, und er fühlt sich auch gut an.

Wie hatte das alles nur geschehen können? Mitten im Schlaf war sie durch den lautesten Donner, den sie je gehört hatte, geweckt worden. Das nächste Krachen, das kurz darauf folgte, hatte aber nicht von einem Donner gestammt, sondern von dem umstürzenden Baum.

Suzanne war von der Matratze hochgesprungen, die Taylor ihr geliehen hatte, und genau in diesem Augenblick hatte der Baum die Decke und das Fenster durchschlagen.

Wie gelähmt hatte sie dann in der Ecke gehockt und es nicht begreifen können, dass der Baum sie so knapp verfehlt hatte und sie immer noch am Leben war. Dann hatte sie Taylors panische Stimme im Treppenhaus gehört, als sie nach ihr rief.

Und jetzt wurde sie ausgerechnet von dem Mann gerettet, der sie gestern Nachmittag so sehr beeindruckt hatte. Er war der erstaunlichste, stärkste und aufregendste Mann, den es gab.

Andererseits war auch er nur ein Mann.

Ich habe allen Männern abgeschworen, rief sie sich ins Gedächtnis. Allen. Taylor war Zeuge. Dieser Schwur kam ihr jetzt sehr gelegen, denn sonst wäre ihr Entschluss vielleicht ins Wanken geraten, so verführerisch fühlten Ryans feste Muskeln sich an.

Ein Blitz erhellte den Raum, und Sekunden später krachte der Donner. Unwillkürlich zuckte sie zusammen und presste sich so dicht wie möglich an Ryan.

Er strich ihr über den Rücken. „Keine Angst. Wir kommen hier heil heraus, das verspreche ich."

Sie nickte nur und genoss das beruhigende Streicheln seiner Hand.

„In der Zwischenzeit", sagte er, „stellen Sie sich vor, Sie wären ganz woanders. Zum Beispiel in Ihrem weichen warmen Bett. Okay?"

Das mit dem Bett konnte sie sich vorstellen, aber nur, wenn Ryan auch mit darin lag.

Nein, nein, nein, sagte sie sich sofort. Denk nicht daran.

„Irgendwo." Seine Stimme klang betörend. „Suchen Sie sich einen Ort aus, an dem Sie jetzt am liebsten wären."

Wo sie jetzt am liebsten wäre? „Also", begann sie und räusperte sich, „wenn ich unter Stress stehe, dann ..."

„Dann was?"

„Dann esse ich Eiscreme."

„Eiscreme?"

„Genau. Im Moment könnte ich eine ganze Eisdiele leer essen."

Ryan lachte auf. „Das glaube ich Ihnen aufs Wort. Wenn Sie mir etwas Schokoladeneis übrig lassen, komme ich gern mit. Abgemacht?"

Sie hob den Kopf und blinzelte, um seinen Gesichtsausdruck zu erkennen. Dieser Mann wollte mit ihr Schokoladeneis essen? Das sagte er doch nur ihr zuliebe, oder? „Sie mögen auch Schokoladeneis? Am besten schmeckt es direkt aus der Packung, stimmt's?"

Sein Streicheln war bis jetzt nur tröstend gewesen, doch während sie sich so ansahen, bekam es etwas Verführerisches und Verlangendes.

„Eine schöne Frau lädt mich zum Eisessen ein?" Sein Lächeln verfehlte nicht seine Wirkung, und schlagartig vergaß sie, wo sie war. „Mit Ihnen zusammen würde ich auch aufgespießte Käfer essen."

Suzannes letzter Verlobter hätte bei der Vorstellung, Eis direkt aus der Packung zu essen, die Nase gerümpft. Ihr erster Verlobter dagegen hätte ihr sofort gesagt, wie viele Kalorien in einer Familienpackung Eiscreme steckten. Dieser Mann dagegen, ihr mutiger Held, war zu allem bereit, nur damit sie ihre Angst vergaß.

Ein Blitzschlag erhellte Ryans Gesicht, kurz bevor der Donner die Wände erbeben ließ. Wieder zuckte Suzanne zusammen, und Ryan fuhr mit seinen Händen an ihren Armen hinauf, ehe er ihr Gesicht umfasste. Mit den Daumen strich er ihr über die Wangen. „Wir verschwinden von hier, ja? Jetzt sofort. Einverstanden?"

Sie sah erschrocken hinter sich zu der riesigen Baumkrone, die das gesamte Zimmer ausfüllte. Durch die Tür kamen sie nicht hinaus, und sie wusste, dass sie sich hier im zweiten Stockwerk befanden. Ryan konnte schließlich auch nicht fliegen, also blieb ihnen nur eine Leiter als Ausweg. Suzanne schluckte und versuchte, sich zu beherrschen. „Ich schätze, wir verschwinden auf dem Weg, auf dem Sie gekommen sind, ja?"

„Stimmt." Er hob ein paar Zweige an und beleuchtete mit der Taschenlampe den Spalt unter dem Stamm. „Wenn wir da hindurchkriechen, kommen wir nach drei Metern zum Fenster.

Abgesehen von der Tatsache, dass es dieses Fenster nicht mehr gab.

Er schob sie von seinem Schoß, knöpfte sich das langärmelige Hemd auf und zog es aus. Darunter trug er ein dunkles T-Shirt. „Tut mir leid, dass es nass ist, aber es ist immer noch besser als nichts."

Suzanne streifte sich das Hemd über und war dankbar dafür, dass es ihr bis zu den Schenkeln reichte. Noch dankbarer war sie allerdings, dass sie noch immer Ryans Körperwärme darin spürte.

Er knipste die Taschenlampe aus und steckte sie sich in die Hosentasche. „Ich krieche als Erster hindurch und schiebe die Glasscherben beiseite, so gut ich kann. Bleiben Sie dicht hinter mir."

Trotz der plötzlichen Dunkelheit erkannte sie Besorgnis in seinem Blick. Das verlieh ihr Mut, und dennoch wünschte sie sich, er würde sie noch einmal in den Arm nehmen. Nur um sie zu trösten. Sie spürte noch seine Finger an ihrer Wange und malte sich aus, er würde ihr damit durchs Haar streichen.

„Suzanne?"

„Alles klar." Sie antwortete ruhig, damit er nicht meinte, sie würde wieder in Panik geraten. Wenn sie sich jetzt unkontrolliert verhielt, dann lag das nicht mehr an der Katastrophe, sondern nur noch an ihrem Retter.

Dennoch schlug ihr Herz seinetwegen wie wild, und sie ärgerte sich darüber, weil sie solche Gefühle jetzt überhaupt nicht gebrauchen konnte.

Ryan ging auf die Knie, dann nahm er Suzanne bei der Hand und zog daran, bis auch sie sich hinkniete. Als er ihr aufmunternd zunickte, atmete sie tief durch. Er würde bestimmt alles tun, um sie hier heil herauszubringen. Daran sollte sie sich halten.

„Wir sind draußen, bevor Sie es richtig merken", sagte er, duckte sich und machte sich daran, unter dem Baum hindurchzukriechen. Als in diesem Moment wieder ein Donner das Zimmer erbeben ließ, stieß Suzanne Ryan fast um, so eilig hatte sie es, ihm zu folgen.

„Genau!", rief er ihr zu. „Bleiben Sie ganz dicht hinter mir."

Am liebsten hätte sie sich auf ihn gelegt. Während sie sich ganz flach machte und unter dem Baum hindurchzwängte, heulte der Sturm, und das beschädigte Mauerwerk ächzte bedrohlich. Suzanne hatte das Gefühl, als läge ihr Leben buchstäblich in den Händen des Mannes vor ihr.

Panik kann die seltsamsten Empfindungen in einem Menschen auslösen, dachte sie und versuchte, sich abzulenken. Morgen früh sähe sie das alles bestimmt viel nüchterner. Sie würde zur Arbeit gehen wie sonst, und sie würde dafür sorgen, dass sie wieder Geld auf dem Konto hätte. Und als Erstes würde sie sich Möbel davon kaufen. Schöne Möbel.

Wieder krachte ein Donner, und sie erstarrte vor Schreck. Doch Ryan, der sich schon auf der anderen Seite des Zimmers befand, packte sie bei den Armen und zog sie unter den Ästen hervor, bis sie vor ihm kniete.

„Das ist nur Mutter Natur, die etwas schlecht gelaunt ist. Uns geht es gut."

Ja, dachte Suzanne, hob den Kopf und blickte direkt auf seinen Mund.

Er hatte einen wohlgeformten Mund mit festen, sinnlichen Lippen, und sofort malte sie sich aus, wie es sein mochte, diese zu küssen. Wusste Ryan überhaupt, wie man eine Frau richtig küsste?

Ihr Blick wanderte langsam von seinem Mund zu den dunklen Augen, die wie gebannt auf sie gerichtet waren. Doch, er weiß es ganz genau, stellte sie fest und verspürte ein heißes Kribbeln.

Wieso kamen ihr bloß in solch einer Situation derartige Gedanken? Wie konnte sie gerade jetzt eine solche Lust empfinden? Suzanne begriff sich selbst nicht mehr. Und noch während sie darüber nachdachte, entdeckte sie in Ryans Blick dieselbe Lust und Sehnsucht.

Ein paar Sekunden lang rührte sich keiner von ihnen.

„Sind Sie bereit?", fragte er schließlich und brach damit den Bann.

Sie schluckte. „Ja, ich bin bereit."

„Wir klettern einfach durch das Loch in der Wand und steigen die Leiter hinunter."

Genau, ganz einfach. Durch das Loch und die Leiter hinunter. „Verstanden."

Der nächste Blitz wurde von einem krachenden Donner begleitet, was bedeutete, dass sich das Gewitter jetzt direkt über ihnen befand.

„Um Himmels willen", flüsterte sie entsetzt. „Etwas Eiscreme könnte ich jetzt wirklich gebrauchen."

„Ich wünschte, ich hätte ein Eis für Sie." Das Echo des Donners hing immer noch in der Luft. „Aber wenn es nur um eine Ablenkung geht, dann kann ich Ihnen das hier bieten." Spontan zog er sie an sich, und seine Wärme hüllte sie förmlich ein, bevor er die Lippen auf ihren Mund senkte.

Suzanne griff mit beiden Händen in sein Haar. Fast verzweifelt suchte sie in einer Welt, die sich vollkommen aufzulösen schien, nach einem Halt.

Ryans Kuss war wunderbar, und Dunkelheit, Unwetter und Angst verliehen diesem Erlebnis zusätzlich etwas ungeheuer Aufregendes.

Doch dann löste er sich schon wieder von ihr, und sie hätte fast laut protestiert. Als sie hörte, dass er genauso heftig atmete wie sie, musste sie sich zurückhalten, um seinen Kopf nicht wieder an sich zu ziehen.

Gerade hatte sie sich einigermaßen unter Kontrolle, da beugte er sich zu ihr vor und strich leicht mit seinen Lippen über ihre. Ohne zu zögern, erwiderte sie den Kuss und stöhnte laut auf, als er ihn noch vertiefte und mit der Zunge in ihren Mund eindrang.

Eigentlich hätte sie nach den Ereignissen dieser Nacht nichts mehr überraschen dürfen, doch dieser einfache Kuss tat es, indem er sie bis in ihr Innerstes berührte. Schließlich löste sich Ryan von ihr, sah sie verwundert an, und da wusste sie, dass er genauso überrascht war wie sie.

Suzanne war davon überzeugt, dass sie noch lange Albträume haben würde, in denen sie mit kaum etwas anderem bekleidet als mit Ryans Hemd die lange Leiter hinunterstieg. Als sie endlich unten angekommen war, wurde sie von Ryans Team, der entsetzten Taylor und der Feuerwehr, die mittlerweile zur Unterstützung angerückt war, in Empfang genommen.

Es war kaum eine Stunde vergangen, seit sie von dem umstürzenden Baum aus dem Schlaf gerissen worden war.

Taylor war außer sich vor Sorge und bestand darauf, dass Suzanne bei ihr übernachtete. Es gab zwar keinen Strom, aber mit der von Ryan geliehenen Taschenlampe fanden die beiden Frauen den Weg zu Taylors Schlafzimmer. Nachdem Taylor ein paar Kerzen angezündet hatte, bestaunte Suzanne das riesige vergoldete Bett. Mit Antiquitäten kannte sie sich nicht aus, dennoch wusste sie, dass dieses Prunkstück ein kleines Vermögen wert war.

„Ich weiß." Taylors Stimme klang müde. „Bargeld besitze ich keines, aber trotzdem bin ich nicht arm. Klingt ziemlich unglaubwürdig, stimmt's? Ich könnte den ganzen Kram verkaufen und mit dem Erlös unsere Staatsverschuldung ausgleichen." Versonnen blickte sie sich im Zimmer um, das vollgestopft war mit Antiquitäten, und Suzanne wurde klar, dass Taylor aus irgendeinem Grund sehr an diesen alten Möbeln hing. „Aber ich habe so viel Zeit damit verbracht, das alles zusammenzutragen, dass ich mich einfach nicht davon trennen mag. Mir bedeutet jedes einzelne Stück sehr viel."

Sie kreiste mit den Schultern, als wollte sie die sentimentalen Erinnerungen abschütteln, ehe sie an ihren weißen mit vergoldeten Schnitzereien versehenen Kleiderschrank trat und einen eleganten Pyjama aus Seide herausholte.

„Hier, nimm das", sagte sie zu Suzanne. „Geh aber erst einmal unter die heiße Dusche. Wenn du magst, kann ich dir auch ein Schaumbad einlassen."

„Nein, nein."

„Und während du dich aufwärmst, kann ich uns etwas kochen."

„Taylor."

„Magst du Cracker mit Käsedipp? Ich habe auch noch eine Flasche Wein, die bestimmt ..."

„Taylor, ich werde dich nicht verklagen."

Es überraschte Suzanne, als Taylor sie auf einmal umarmte und so eng an sich zog, dass sie kaum noch Luft bekam. „Denkst du denn, mir geht es ums Geld?" Ihr Flüstern klang entsetzt. „Du bist meine Freundin, und nur weil ich sparen wollte, wärst du beinahe ums Leben gekommen."

Etwas verlegen machte Suzanne sich frei. „Deine Freundin?"

„Wir haben uns doch verbündet. Meinst du, ich schließe mit jeder beliebigen Frau einen Pakt, für immer Single zu bleiben?" Unvermittelt wandte Taylor sich ab, trat ans Fenster und starrte in die Dunkelheit hinaus.

„Es tut mir so leid, Suzanne. Ich werde mir niemals verzeihen, was heute Nacht passiert ist", sagte sie leise.

„Aber es geht mir doch gut, Taylor. Sieh mal." Sie stellte sich neben sie, rollte die Ärmel von Ryans Hemd auf und zeigte Taylor ihre Arme. Sein männlicher Duft stieg ihr in die Nase und ließ sie wieder daran denken, wie lieb er sie getröstet hatte. „Ich habe nicht einmal einen Kratzer abbekommen."

„Wirst du jetzt ausziehen?"

„Tja, eine Dachwohnung ohne Dach ist mir ein bisschen zu ungemütlich."

Knall auf Fall

„Aber neben meinem Apartment ist noch eins frei."

„Das ist nett von dir. Leider sind diese Apartments hier doppelt so groß, und ich bin sicher, dass ich mir das nicht leisten kann."

„Doch, weil du dafür keinen Cent mehr als für die Dachwohnung zahlen wirst. Der erste Monat ist natürlich als Entschädigung für heute Nacht mietfrei. Bitte, Suzanne, bleib."

Die Vorstellung, wieder auf Wohnungssuche gehen zu müssen, behagte ihr nicht. Andererseits wollte sie die Situation auch nicht ausnutzen. „Taylor."

„Das ist mir wichtig. Du bist mir wichtig, Suzanne."

Es war schon lange her, seit jemand sich so sehr gewünscht hatte, dass sie blieb. Ihr Vater und ihre Mutter liebten sie, da war sie sich sicher, aber sie hätten sie niemals darum gebeten.

Außerdem ehrte sie Taylors angebotene Freundschaft. „Vielen Dank."

„Heißt das, du bleibst?"

„Es heißt: Vielen Dank, ich bleibe gern hier." Sie lächelte verlegen. „Im Moment würde ich in meinem Wagen nachts ziemlich frieren."

Erleichtert erwiderte Taylor das Lächeln. „Heute Nacht müsstest du dann allerdings in meinem Bett schlafen."

Als Suzanne das Bad verließ, wartete im Schlafzimmer bereits ein Becher mit heißer Schokolade auf sie.

„Glaub bloß nicht, dass ich das jetzt immer für dich mache", warnte Taylor sie. „Ich bin eher daran gewöhnt, bedient zu werden, als selbst jemanden zu bedienen." Sie rutschte an den äußersten Rand des Bettes und ließ Suzanne sehr viel Platz.

Erst als sie sich auch ins Bett legte, merkte sie, wie todmüde sie war. Sie zog sich die flauschige Decke bis zum Hals und seufzte wohlig, weil es so warm war und so bequem. „Es wäre eine Sünde, dieses Bett zu verkaufen. Der pure Luxus."

„Ich weiß, aber mit dem Erlös für dieses Schlafzimmer und die ganzen anderen Antiquitäten, die ich noch eingelagert habe, könnte ich die Renovierungsarbeiten bezahlen."

„Noch mehr Antiquitäten? Das ist ja wunderbar." Suzanne bewunderte Menschen, die geduldig suchten, bis sie etwas fanden, das perfekt zu ihrer Sammlung passte.

„Es ist ein schrecklich teures Hobby." Taylor klopfte auf das Kopfkissen. „Und ich kann es mir jetzt sowieso nichts mehr leisten. Aber keine Bange. Gleich morgen früh werde ich dir beim Umräumen deiner Sachen in das untere Apartment helfen. Sobald Ryan den Baum entfernt hat, werde ich alle anderen Arbeiten in Auftrag geben. Ich brauche einen Architekten, einen Bauunternehmer und noch andere Handwerker."

Ryan. Allein beim Klang seines Namens war Suzanne wieder hellwach. Für sie war er nicht mehr der Mann, der aus Bäumen fiel, sondern ein Held. Und genau deswegen musste sie ihm aus dem Weg gehen, sonst brachte er sie noch dazu, ihren Vorsatz zu vergessen, Single zu bleiben. Wenn sie auch noch ihren persönlichen Helden seelisch zugrunde richtete, dann würde sie sich das nicht verzeihen. „Wird er oft hier im Haus sein?"

„Wahrscheinlich die ganze Woche. So lange dauert es, bis er den umgestürzten Baum entfernt und die übrigen gestutzt hat."

Eine ganze Woche. Würde er wieder in diesem verführerischen Ton mit ihr sprechen, der sie glauben ließ, sie wäre die einzige Frau auf der Welt? Würde er sie wieder mit diesen kräftigen warmen Händen berühren? Oder, noch besser, würde er sie noch einmal so sinnlich küssen?

Jetzt geht meine Fantasie wieder mit mir durch, stellte sie ärgerlich fest. Ich will nicht mehr an ihn denken. Auf keinen Fall. Und ich brauche nichts und niemanden außer mir selbst und meinem Job als Chefkoch.

4. KAPITEL

Es ist nur ein Kuss gewesen, sagte Ryan sich die ganze Nacht, während er sich schlaflos hin und her wälzte.

Dennoch, selbst bei Sturm, Kälte und Regen hatte dieser Kuss ihn erregt.

Natürlich gab es eine ganze Reihe von möglichen Gründen, wieso er sich zu Suzanne hingezogen fühlte. In erster Linie hatte es sicher an dieser ungewöhnlichen Situation gelegen. Suzanne hatte panische Angst gehabt, weil sie bei dem Unwetter in ihrem eigenen Schlafzimmer eingesperrt gewesen war.

Doch insgeheim wusste er, dass diese starke Anziehungskraft, die unleugbar zwischen ihnen bestand, nichts mit den schrecklichen Ereignissen der vergangenen Nacht zu tun hatten. Und auch nicht mit seinem Wunsch, Suzanne beschützen zu wollen.

Schon im Morgengrauen stand Ryan auf. Er konnte es kaum erwarten, sie wieder zu sehen, und weckte sofort sein Team. Was nicht schwer war, weil beide Brüder diese Nacht bei ihm im Wohnzimmer auf dem Sofa schliefen.

Als Ryan das Licht einschaltete, zog sich Russ stöhnend die Decke über den Kopf. „Noch fünf Minuten, Mom", murmelte er.

Seine Mutter war seit sieben Jahren tot, und Ryan hatte seine Brüder jeden Morgen wecken müssen, damit sie pünktlich zur Schule kamen. Trotzdem redete Russ, der noch immer Schwierigkeiten mit dem Aufstehen hatte, morgens zuerst mit seiner Mutter.

Ryan schlug die Decke zurück. Russ' Zwillingsbruder Rafe war im Laufe der Nacht vom Sofa gefallen und hatte einfach auf dem Fußboden weitergeschlafen.

Ryan stieß ihn vorsichtig mit dem Fuß an. „Es gibt Cornflakes und frischen Kaffee. Beeilt euch, wir haben heute eine Menge Arbeit vor uns."

„Wir haben uns doch gerade erst hingelegt", beschwerte Rafe sich.

„Und jetzt stehen wir wieder auf."

„Donuts wären mir lieber." Rafe erhob sich vom Boden, wankte schlaftrunken ins Bad, um einen Moment später hellwach den Kopf ins Zimmer zu stecken. „Retten wir heute wieder ein paar hübsche Rothaarige?"

Ryan zog dem bereits wieder eingeschlafenen Russ die Füße vom Sofa. „Der heutige Tag bringt euch nichts als einen riesigen Baum, den wir fällen müssen. Heute sind wir keine Retter in der Not mehr."

„Oh Mann." Russ bedeckte sich die Augen mit einem Arm und stöhnte. Im nächsten Moment nahm er den Arm fort und lächelte strahlend. „Hey! Zieh dir heute aber kein T-Shirt unter das Hemd an, ja? Nur für alle Fälle."

„Wieso?"

„Falls uns heute durch Zufall wieder eine hübsche Rothaarige in durchnässter Unterwäsche über den Weg läuft." Russ spitzte vielsagend die Lippen. „Wenn du ihr dann kein Hemd leihen kannst, dann ..." Er wackelte mit den Augenbrauen.

Ryan riss ihm die Decke weg. „Steh endlich auf, du Widerling. Und dass du das alles so lustig findest, kann ich nicht ganz nachvollziehen. Die Frau hätte sterben können."

„Ach, Ryan, hör doch auf. Ich hab ja nur Spaß gemacht." Russ stand auf und reckte sich laut gähnend. „Sie sah nur süß aus. Und wie sie so nass die Leiter herunterkam, da ..." Er verstummte, als Ryan ihn wütend anfunkelte. „Schon gut. Ich werde jetzt ganz brav frühstücken."

„Prima Idee." Zusammen gingen sie in die Küche, und während Russ sich hungrig an den Tisch setzte, lehnte Ryan sich an den Tresen. Er musste sich erst einmal von dem Bild ablenken, dass Russ in ihm geweckt hatte. Suzanne, wie sie spärlich bekleidet nach ihm die Leiter hinunterstieg.

„Magst du sie etwa?", erkundigte sich Russ neugierig. „Gestern Nacht schienst du sehr um sie besorgt zu sein."

„Iss lieber, damit wir endlich an die Arbeit gehen können", wies Ryan ihn ungehalten zurecht.

„Schon gut, schon gut, du bist heute ja super gelaunt."

Ryan ärgerte sich ja selbst über seine Gereiztheit, doch er konnte nichts dagegen tun.

Die Gewitterfront war abgezogen, und über Südkalifornien schien wieder wie gewohnt die Sonne. Ryan saß am Steuer und hörte seinen Brüdern zu, die sich über eine Party unterhielten, zu der sie heute Abend eingeladen waren. Im South Village herrschte um sieben Uhr früh noch kaum Verkehr, doch es waren schon zahlreiche Fußgänger unterwegs. Eine Frau joggte in kurzer Hose und einem bauchfreien Oberteil vorbei, und wie auf Kommando drehten Rafe und Russ sich in ihren Sitzen um. Sie stießen sich fast die Köpfe, um die beste Sicht zu bekommen.

„Werdet endlich erwachsen", knurrte Ryan und wünschte sich, er hätte noch eine zweite Tasse Kaffee getrunken.

„Wenn Erwachsensein heißt, dass wir einer hübschen Frau nicht mehr nachsehen dürfen, dann verzichte ich gern darauf."

„Sei still, Rafe, und hör auf, ihn noch mehr zu reizen." Russ blickte Ryan besorgt an. „Was ist denn los mit dir, großer Bruder?"

„Nichts ist los."

„Du siehst doch sonst auch schönen Frauen hinterher. Und mindestens mit jeder zweiten steigst du ins Bett."

Das stimmte nicht im Entferntesten. Jedenfalls jetzt nicht mehr. Mit Anfang zwanzig war Ryan auch kein Kostverächter gewesen.

„Du Stier." Aus Rafes Stimme klang Stolz. „Eines Tages will ich so sein wie du."

Wenn die beiden wüssten. Ryan musste sich um Aufträge

kümmern, damit sie alle etwas zu essen hatten, und abends studierte er. Da blieb ihm nicht mehr viel Energie, um den Stier zu spielen. Meist war er zu müde, um an Sex auch nur zu denken. Und das mit zweiunddreißig. Wirklich traurig. „Es dreht sich nicht alles um Sex."

„Doch, tut es wohl", widersprach Russ, und Rafe musste lachen.

Vor Taylors Haus hielten sie an und stiegen aus. Ryan begutachtete zum ersten Mal bei Tageslicht, welchen Schaden der Baum angerichtet hatte. Er stieß einen leisen Pfiff aus. In der vergangenen Nacht hatte er sich in erster Linie nur um Suzanne gekümmert, aber jetzt erkannte er, wie schwierig es werden würde, diesen riesigen Baum aus dem Gebäude zu entfernen. Nachdem er mit seinen Brüdern die Leiter neben dem Baum angelegt hatte, stieg er hinauf, um von oben genauer beurteilen zu können, was zu tun war. Auf halbem Weg blieb er stehen, um sich die Arbeitshandschuhe aus dem Gürtel zu holen und sie anzuziehen. Doch plötzlich hielt er mitten in der Bewegung inne.

Er blickte direkt in das Fenster des ersten Stocks und hatte offenbar das Schlafzimmer vor sich. Dort stand das größte Bett, das er jemals gesehen hatte.

Und darin lagen zwei schlafende Frauen – Taylor und Suzanne.

Suzanne war kein Morgenmensch. Sie hätte sich lieber foltern lassen, als gleich nach dem Aufwachen aus dem Bett zu steigen. Doch nach dem hellen Sonnenstrahl zu urteilen, der ihre geschlossenen Lider traf, würde sie genau das tun müssen, wenn sie pünktlich zur Arbeit kommen wollte.

Nur widerwillig öffnete sie die Augen. Sie sehnte sich nach Kaffee und kalter Pizza, aber eine Frau wie Taylor hatte sicher keine Pizza im Kühlschrank.

Seufzend drehte sie sich auf die Seite und sah jetzt Taylor direkt vor sich, die selbst im Schlaf so perfekt wirkte wie immer. Wie schaffte diese Frau es, sogar im Bett ihr Haar kaum zu zerzausen? Das war doch unglaublich. Wenn sie nicht so großzügig und liebenswert wäre, hätte Suzanne sie mit Sicherheit schon aus Prinzip verabscheut.

Ihr Blick wanderte zum Fenster, doch statt der Häuser von Los Angeles erblickte sie breite Schultern und eine muskulöse Brust und etwas höher genau das Gesicht, das sie die ganze Nacht über in ihren Träumen verfolgt hatte.

Ryan.

Da ihm die Sonne im Rücken stand, konnte sie seinen Gesichtsausdruck nicht deutlich erkennen, aber bestimmt sah er sie dafür umso besser. Ihr Körper reagierte prompt auf ihn mit einem Kribbeln, und zögernd hob sie eine Hand, um ihm zuzuwinken.

Er winkte zurück, und sein jungenhaftes Lächeln ließ sie innerlich aufstöhnen. Dann stieg er weiter die Leiter hinauf, und Suzanne bekam nacheinander einen straffen Bauch, schmale Hüften und endlos lange Beine zu sehen, bevor Ryan schließlich ganz verschwand und sie mit ihren Gedanken allein ließ.

Sie drehte sich auf den Rücken und schloss die Augen. An die Arbeit und den Tag, der vor ihr lag, mochte sie jetzt nicht denken. Nein, lieber an die vergangene Nacht, als sie in Ryans Armen gelegen hatte.

Den Baum zu zerkleinern war körperliche Schwerstarbeit. Ryan bestellte sich deshalb per Handy bei einer Arbeitsvermittlung ein paar Hilfskräfte und hoffte nur, dass die Männer, die kurz darauf kamen, wenigstens schon einmal in ihrem Leben eine Motorsäge in der Hand gehalten hatten.

Wie immer bei solchen schwierigen Jobs, machte er sich Sorgen um Rafe und Russ, aber die beiden zeigten den Arbeitern so geschickt, was sie zu tun hatten, dass Ryan regelrecht Stolz empfand.

Doch sein Stolz bekam einen Dämpfer, als er sich fragte, ob die beiden ihr Studium überhaupt beenden würden. Russ hatte sich ein Semester frei genommen, und Rafe besuchte im Moment nur wenige Kurse.

Er wünschte sich für sie, dass es ihnen einmal besser ginge und sie nicht ihr Leben lang Bäume fällen mussten wie ihr Vater. Obwohl die körperliche Arbeit ihnen anscheinend Spaß machte. Seltsam, dachte Ryan. Er hatte das elterliche Geschäft bloß deshalb fortgeführt, damit sie auch weiterhin ein Dach über dem Kopf hatten, doch jetzt gefiel der Job den beiden sehr viel mehr als ihm. Wäre es denn so schlimm, wenn Russ und Rafe das Geschäft übernähmen?

Aus diesen Gedanken wurde er jäh gerissen, als er aus dem Augenwinkel eine rothaarige Frau erblickte, die aus dem Haus trat und schnell zur Gartenpforte lief. Es war Suzanne.

Jetzt überquerte sie mit wehendem Haar die Straße. Heute trug sie einen weißen weiten Rock und eine ärmellose Bluse.

Von ihrem aufregenden Körper war kaum etwas zu sehen, und Ryan gab sich große Mühe, nicht allzu deutlich zu ihr hinüberzustarren. Vergeblich.

„Ertappt!", rief Rafe und schlug ihm auf die Schulter.

Ryan beachtete seinen Bruder nicht, sondern beobachtete weiter Suzanne, wie sie in ein Auto stieg und in raschem Tempo davonfuhr. „Das ist Suzanne", sagte er erklärend.

„Ich weiß, wer sie ist. Die sexy Frau, die wir gestern Nacht gerettet haben."

Sexy? Allerdings, und genau deswegen ging sie Ryan auch nicht mehr aus dem Kopf. Aber es störte ihn, dass Rafe denselben Gedanken hatte.

Suzannes Wagen war schon bald seinen Blicken entschwunden. Anscheinend litt sie unter keinerlei Nachwirkungen von der vergangenen Nacht.

„Ryan?"

„Ja?"

„Aufwachen, sie ist weg."

Er schüttelte den Kopf. Benahm er sich tatsächlich wie ein liebeskranker Teenager? Noch einen Menschen mit Ansprüchen an ihn konnte er in seinem Leben doch nun wirklich nicht gebrauchen.

Aber wieder einmal musste er zugeben, dass diese Frau ihn anzog, zumindest körperlich.

„Trocken sieht sie auch gut aus", kommentierte Rafe unbekümmert. „Wie willst du sie bei deinen ständigen Dates eigentlich noch einplanen?" Lachend machte er sich wieder an die Arbeit.

Ja, fragte Ryan sich selbst, wie passt sie in meinen Plan? Gleichzeitig war er jedoch fest entschlossen, sich irgendwie Zeit für sie zu nehmen.

„Ryan?"

Er war immer noch in Gedanken versunken, als er sich zu Taylor umdrehte, die jetzt auch aus dem Haus trat. Das Kleid, das sie trug, war so kurz, dass es jedem Mann den Verstand rauben musste.

„Ich habe gerade mit der Versicherung telefoniert. Also nehmen Sie's mir nicht übel, wenn ich nicht gerade in bester Stimmung bin."

Ryan nickte. „Dann sind wir ja schon zwei."

Taylor lächelte und sprach in gelassenem Tonfall weiter. „Darf ich ganz offen sein?"

„Natürlich."

„Mir ist klar, dass Sie mich wegen der letzten Nacht für einen leichtfertigen Menschen halten müssen." Er wollte etwas erwidern, aber sie hob eine Hand. „Nein, lassen Sie mich ausreden. Ehrlich gesagt, kann ich mir dieses Haus gar nicht leisten. Ich habe es geerbt, besitze aber keinerlei Kapital, um es zu reparieren. Und obwohl es vielleicht nicht so aussieht", sie hob resigniert die Schultern, „verfüge ich auch in absehbarer Zukunft über keinerlei Einkommen."

„Klingt nicht nach pünktlicher Zahlung meiner Rechnung."

„Ich werde Sie dennoch bezahlen, denn ich habe bereits einen Plan, wie ich an Geld kommen kann. Deshalb fahren Sie bitte mit der Arbeit fort und stutzen Sie auch die anderen Bäume, die Sie nicht für sicher halten. Ende nächster Woche habe ich das nötige Geld zusammen. Ich kann nur hoffen, dass Sie damit einverstanden sind, denn ..."

„Schon in Ordnung", schnitt er ihr das Wort ab, und ihm gelang sogar ein Lächeln.

„Ganz bestimmt?", hakte Taylor nach.

Die Hälfte seiner Kunden zahlten erst, wenn er ihnen mit einer Klage drohte, da freute Ryan sich über jeden, der überhaupt freiwillig zahlte. „Keine Bange, wir sorgen schon dafür, dass Sie wegen dieser Bäume keine Angst mehr haben müssen. Das Schlimmste ist ohnehin überstanden."

Taylor drehte sich um und besah sich das Haus, das eine Renovierung so dringend brauchte. Besorgt runzelte sie die Stirn. „Das kann ich wirklich nur hoffen."

5. KAPITEL

Suzanne fuhr wie betäubt nach Hause. Ich bin arbeitslos, ging es ihr immer wieder durch den Kopf. Wie ist das alles nur so schnell passiert? Mein Leben läuft ab wie in einem schlechten Film, nur mit dem Unterschied, dass ich nicht einfach aufstehen und das Kino verlassen kann, dachte sie in einem Anflug von Sarkasmus.

Als sie vor Taylors Haus anhielt, blieb sie unschlüssig im Auto sitzen. Sie hatte Taylor versprochen, nicht auszuziehen, doch jetzt wusste sie nicht, wie sie die Miete bezahlen sollte.

Der umgestürzte Baum war bereits zum Großteil zerkleinert und der Vorgarten voller Holzstücke und Äste. Die Männer arbeiteten konzentriert, und sofort hatte Suzanne auch Ryan entdeckt.

Selbst aus der Entfernung erkannte sie in seinen Bewegungen und Gesten die Autorität. Energisch gab er Anweisungen, arbeitete selbst aber auch hart. Suzanne konnte kaum den Blick von ihm wenden.

Unvermittelt drehte er sich zur Straße um, und als er sie in ihrem Wagen entdeckte, schenkte ihr ein strahlendes Lächeln, ehe er mit seiner Arbeit fortfuhr.

Ryan. Er trug eine Jeans und ein Baumwollhemd, und seine muskulöse Brust und die kräftigen Arme zeichneten sich deutlich darunter ab. Sein Bauch war flach und fest, ja sein ganzer Körper schien nur aus kräftigen Muskeln zu bestehen, als er sich nach der Kettensäge bückte, um selbst einen starken Ast zu zerkleinern.

Der Stamm der mächtigen Eiche lag jetzt in handlichen Stücken aufgestapelt auf dem Rasen und wirkte harmlos, doch oben im Giebel sah Suzanne das klaffende Loch, wo sich erst gestern noch ihr Schlafzimmer befunden hatte. Es würde lange dauern, bis dieses Apartment wieder bewohnbar wäre. Sie empfand Mitleid mit Taylor, aber im Moment hatte sie selbst auch genug Probleme.

Inzwischen war ihre Benommenheit gewichen, aber dafür empfand sie jetzt ohnmächtige Wut über das, was sie auf ihrer Arbeitsstelle erlebt hatte. Ihre Hände zitterten, als sie ihre Tasche nahm und darin nach dem Handy zu suchen begann. Sie fand einen alten Kugelschreiber, einen Lippenstift, eine Kerze mit Vanilleduft, aber kein Handy. Ärgerlich schob sie die unbezahlte Abrechnung ihrer Kreditkarte zur Seite und auch den Brief, in dem ihr dritter Exverlobter sie anflehte, zu ihm zurückzukommen. Endlich entdeckte sie das Handy und hoffte, dass der Akku nicht leer war.

Das war er nicht, doch dafür bekam sie keinen Empfang. Sollte ihr heute denn überhaupt nichts gelingen? Sie schnappte sich die Tüte mit dem Becher Eiscreme, den sie aus dem Café mitgenommen hatte, und stieg aus dem Auto.

Immer noch bekam sie keinen Empfang zum Telefonieren.

Den Blick fest auf das Display gerichtet, betrat sie den Vorgarten. Dann blieb sie wieder stehen und wartete. Je länger das Handy nicht funktionierte, desto wütender wurde sie. Ihre Ungeduld, die sie mit allen Rothaarigen gemeinsam zu haben schien, wuchs.

Als das Handy endlich piepste und damit einen Empfang signalisierte, tippte Suzanne die Nummer ihres Ex ein und setzte sich auf einen Holzstamm. Während sie sich dann das Handy ans Ohr hielt, nahm sie den Eisbecher samt Löffel aus der Tüte, klemmte ihn sich zwischen die Knie und begann zu essen. Gerade ließ sie sich ihren ersten Löffel Schokoladeneis im Munde zergehen, da meldete sich Tim.

„Suzanne?" Seine Stimme klang freundlich wie immer, und das war auch einer der Gründe gewesen, die sie gestört hatten. Kannte dieser Mann denn keine Gefühle wie Ärger oder Frust?

„Wie kann ich dir helfen?", erkundigte er sich.

Knall auf Fall

Wie er ihr helfen konnte? Zum Beispiel, indem er langsam und qualvoll starb!

„Tim, ich dachte, wir beide hätten uns in gegenseitigem Einvernehmen getrennt."

„Tja, weißt du, ich vermisse dich immer noch. Das wird sich auch niemals ändern."

So ein Blödsinn. Von seiner eigenen Schwester wusste sie, dass er sich statt seiner Putzfrau jetzt die Sekretärin geschnappt hatte. „Wenn das stimmt, wieso hast du dann ...?"

„Suzanne? Bist du noch dran? Hallo?"

„Ja! Ich bin noch dran. Tim, du ..." Wieder verstummte sie und überlegte, was sie sagen sollte.

„Der Empfang wird ganz schlecht. Hallo? Hallo?"

Verdammt, sie hörte ihn doch ganz klar und deutlich. Suzanne stand auf und ging rückwärts auf die Haustür zu. „Der Empfang ist bestens, das sehe ich am Display", zischte sie ins Handy. „Also, verrat mir jetzt bitte, wieso du beschlossen hast, mein ganzes Leben zu ruinieren."

„Das klingt aber etwas sehr dramatisch, findest du nicht?"

„Wie bitte?" Sie lachte laut auf, ganz getreu dem Motto ihrer Familie, lieber zu lachen als zu weinen. „Nein, das finde ich nicht. Aber wenn du möchtest, kann ich gern dramatisch werden." Sie unterbrach sich erneut, aber dieses Mal, um sich einen großen Löffel voll Eis in den Mund zu schieben. Der herrliche Geschmack ließ sie fast aufstöhnen, doch sofort riss sie sich zusammen. „Warum hast du mich feuern lassen?"

„Ach so, das meinst du. Weißt du, es war für mich zu schmerzvoll, zu wissen, dass du im Restaurant meiner Schwester arbeitest. Ich hätte nicht mehr dort hingehen können, ohne an unsere Trennung erinnert zu werden. Deshalb habe ich jemanden gesucht, der für diesen Job besser geeignet ist. Das ist alles."

„Was, einen besseren Chefkoch als mich? Wer ist es?"

„Eine Frau, die mich so lieben wird, wie ich es verdiene."

Suzanne verzog das Gesicht. „Tim, was hat das denn mit Kochen zu tun?"

„Sie ist meine neue Freundin und so verliebt, dass sie alles für mich zu tun bereit ist."

Nein, sie konnte sich nicht länger beherrschen. Ihr Temperament ließ sie jede Verhaltensregel der Carters vergessen. „Du bist ein Schwein! Du hast mich feuern lassen, damit deine neue Flamme zu ein paar sexuellen Gefälligkeiten bereit ist?", schrie sie ins Handy.

„Nein, ich habe dich feuern lassen, um ein paar sexuelle Gefälligkeiten zu bekommen, zu denen du niemals bereit warst", entgegnete er ruhig. „Mir wurde erst jetzt klar, wie wenig wir in dieser Hinsicht zueinander passten." Er machte eine Pause, ehe er hinzufügte: „Vielleicht solltest du mal eine Therapie machen, Suzanne."

Sie legte den Kopf in den Nacken, blickte in den blauen Himmel und zählte bis zehn. „Ich brauche keine Sexualtherapie."

„Mal im Ernst, Suzanne, ich mache mir Sorgen um dich. Du solltest dir wirklich helfen lassen." Er klang tatsächlich besorgt, obwohl das nicht zu dieser Selbstsucht passte, die Suzanne ihren Job gekostet hatte. Den habe ich wirklich von Grund auf umgekrempelt, dachte sie. Mit dem einfühlsamen Tim, der ständig weinte, hatte dieser Mann nichts mehr gemeinsam.

„Ich muss jetzt auflegen, Suzanne."

„Tim ..." Sie hörte zwar nichts mehr, aber vielleicht war er ja noch dran. „Leg jetzt bloß nicht einfach so auf! Ich muss ... verdammt!" Sie starrte auf das Handy. „Ich bringe dich um!" Frustriert schob sie sich noch einen Löffel voll Eis in den Mund.

„Dann musst du ins Gefängnis und darfst nicht über ‚Los'."

Suzanne fuhr herum. Um Himmels willen. Dort stand Ryan. Er hatte sich inzwischen das Hemd ausgezogen, und sein Oberkörper war schweißbedeckt von der schweren Arbeit. Die Brustmuskeln schimmerten, und Suzanne konnte die Hitze, die von ihm ausging, regelrecht spüren. Sie bekam kaum noch Luft.

Sexualtherapie?, dachte sie. Was ich jetzt brauche, ist eine kalte Dusche. Ganz langsam zog sie den Löffel wieder aus dem Mund.

„Kein Mann ist es wert, für ihn ins Gefängnis zu gehen", stellte er gelassen fest. „Nicht einmal so ein Mistkerl wie ... Tim, sagtest du?"

Na prima, er hatte also mitgehört. Dann wusste er jetzt genau, was so alles in letzter Zeit in ihrem jämmerlichen Leben passiert war. „Du hast gelauscht."

Ryan verteidigte sich gar nicht erst, sondern verschränkte die Arme vor der Brust und lächelte verschmitzt. Dann hob er vielsagend die Augenbrauen und blickte an Suzanne vorbei.

Sie drehte sich um und erkannte zu ihrem Entsetzen, dass sie auf der Suche nach Empfang für ihr Handy mitten unter die arbeitenden Männer geraten war. Um sie herum lagen Kettensägen, Äxte und Haufen von Sägespänen.

Zwei der Arbeiter, die sich zum Verwechseln ähnlich sahen, standen da und grinsten übers ganze Gesicht. Offensichtlich waren es Zwillinge. Als Suzanne sie wütend anfunkelte, trollten sie sich und machten sich wieder an die Arbeit.

Ryan dagegen blieb, als hätte er nichts Besseres zu tun. Sie musterte ihn abschätzend von Kopf bis Fuß. Von den Arbeitsstiefeln bis zum dichten schwarzen Haar, in dem jetzt kleine Sägespäne hingen, sah er noch beeindruckender aus, als sie ihn in Erinnerung hatte. Und sie besaß, was Personen betraf, ein sehr gutes Gedächtnis.

Tim hatte auf kultivierte Art auch sehr gut ausgesehen, er war schlank und mittelgroß. Ryans Körper wirkte dagegen sehnig und durchtrainiert, so als würde er ihn schon seit Jahren durch harte Arbeit stählen. Einen Mann wie ihn hatte sie noch nie zuvor kennengelernt.

Und das will ich ja auch gar nicht, dachte sie ärgerlich. Sie hatte genug von Männern. Das sollte sie nicht vergessen.

Dennoch fiel es ihr schwer, jetzt unbeteiligt zu tun, nachdem er sie in der Nacht zuvor noch geküsst und in den Armen gehalten hatte. Aber gestern war ein Unwetter gewesen, ermahnte sie sich, sozusagen eine Ausnahmesituation.

Und wenn Ryan sie noch länger geküsst hätte, wäre sie wahrscheinlich zu allem bereit gewesen.

Was würde ein Sexualtherapeut wohl dazu sagen?

„Alles in Ordnung?", fragte er mit leiser Stimme.

„Mit mir? Oh, natürlich." Sie zwang sich zu einem Lächeln und hoffte nur, dass ihr Mund nicht mit Eiscreme verschmiert war. „Er ist tatsächlich ein Mistkerl."

„Hast du seinetwegen deinen Job verloren?"

Suzanne nickte.

„Wie bitte?" Taylor, die aus dem Haus gekommen war, griff bestürzt nach Suzannes Hand. „Hab ich richtig gehört? Du hast deinen Job als Küchenchefin im Café Meridian verloren?"

„Ihr Ex hat sie feuern lassen", erklärte Ryan. „Aber es hat auch sein Gutes. So muss sie ihn wenigstens nicht mehr sehen, finden Sie nicht auch, Taylor?"

„Auf jeden Fall." Taylor zog Suzanne überschwänglich an sich, und Suzanne blickte über Taylors Schulter hinweg zu Ryan. Nicht weil er ohne Hemd so umwerfend aussah, sondern weil er so viel Mitgefühl für sie aufbrachte.

Na ja, zum Teil auch, weil er kein Hemd anhatte. Wenn sie ehrlich war, dann sogar zum größten Teil.

Doch für ihren Geschmack war es jetzt ein bisschen zu viel Mitgefühl. „Mir geht es gut." Sie klopfte Taylor den Rücken. „Wirklich."

„Natürlich." Taylor gab sie frei und trat einen Schritt zurück. Als sie das Eis in Suzannes Hand bemerkte, nahm sie sich ungeniert einen Löffel davon. „Du wirst schon etwas Neues fin-

Knall auf Fall

den." Während sie mit vollem Mund sprach, gestikulierte sie wild mit dem Löffel. „Wir beide gegen den Rest der Welt. Hm, das schmeckt ja himmlisch. Ryan?" Sie langte noch einmal in den Becher und bot ihm auch einen Löffel voll an. Er beugte sich zu ihr vor, nahm mit dem Mund das Eis, schluckte und leckte sich anschließend die Lippen.

Suzanne starrte ihn an und wusste nicht, ob sie jetzt weglaufen oder ihn um einen Kuss anflehen sollte.

„Komm, lass uns deine Sachen ins andere Apartment hinuntertragen", schlug Taylor unternehmungslustig vor.

„Aber ich bin arbeitslos."

„Na und?"

„Damit bin ich arm und kann keine Miete mehr zahlen."

„Unsinn", tat Taylor ihren Einwand ab. „Übrigens, hast du immer solches Eis dabei?"

„Natürlich. Es ist Konditoreis."

„Sag bloß, du hast es selbst gemacht."

„Doch. Ich kann auch backen und kochen."

„Fantastisch." Taylor klatschte begeistert in die Hände. „Mit so einer Mieterin bin ich einverstanden."

„Wieso machst du dann keinen Party-Service auf?", warf Ryan ein. Als beide Frauen ihn überrascht ansahen, hob er beschwichtigend die Hände. „Na ja, ich fände, das wäre eine ganz natürliche Entwicklung. Erst Küchenchef, dann Party-Service. Du könntest selbstständig arbeiten und wärst nicht mehr von irgendeinem Kerl abhängig, der dich wegen einer neuen Freundin rauswirft."

Aufgeregt wandte Taylor sich an Suzanne. „Natürlich, Ryan hat recht. Du solltest mal die große Küche in dem Apartment sehen, in das du jetzt einziehst. Sie wäre bestens dafür geeignet."

„Eine Art Party-Service betreibe ich auch jetzt schon", entgegnete Suzanne gedehnt, „aber das ist nur ein Hobby von mir."

„Dann solltest du dein Hobby zum Beruf machen." Taylor nickte aufmunternd.

Suzanne lachte. „Ein eigenes Unternehmen liegt mir nicht." So etwas erschien ihr dann doch zu bodenständig, und ihre Mutter hätte jederzeit zugestimmt, dass sie dafür ungeeignet war.

„Ryan, du brauchst doch einen Party-Service!", rief einer der Zwillinge, und Suzanne bemerkte erst jetzt, dass sich mittlerweile fast die ganzes Belegschaft im Halbkreis um sie herum versammelt hatte.

Der andere Zwilling wischte sich über die Stirn und nickte. „Genau. Du hast uns für Freitagabend eine Geburtstagsparty versprochen. Bei dir zu Hause, weil wir noch ein Jahr zu jung sind, um durch die Bars zu ziehen. Also musst du unsere Gäste auch anständig bewirten."

„Und ob", stimmte sein Zwillingsbruder bei.

Ryan lachte. „Habt ihr schon mal etwas von Bescheidenheit gehört?" Dann wandte er sich wieder Suzanne zu. „Aber im Grunde ist das keine schlechte Idee."

Sie schüttelte den Kopf. „Das ist zwar nett gedacht, aber einen Auftrag nur als Beschäftigungstherapie will ich nicht annehmen."

„Probier es wenigstens. Es wäre ein Anfang", mischte Taylor sich ein. „Und ich als deine Vermieterin erlaube dir, dein Unternehmen von zu Hause aus zu betreiben."

Suzanne war es peinlich, dass alle sie jetzt anstarrten und gespannt auf ihre Antwort warteten. Aber sie würde nicht zustimmen. Ein eigenes Unternehmen konnte sie sich genauso wenig leisten wie eine neue Beziehung. Sie würde damit nur scheitern, und vom Scheitern hatte sie genug. „Das mach ich nicht, tut mir leid."

„Entschuldigt uns bitte einen Moment." Taylor legte Suzanne einen Arm um die Schultern und ging mit ihr ein paar Schritte zur Seite. „Bist du verrückt?", zischte sie. „Das ist doch eine wunderbare Chance für dich. Dein erster Auftrag und dazu noch von einem Supertypen."

„Wir haben den Männern doch abgeschworen, erinnerst du dich?"

„Nein, wir haben geschworen, Single zu bleiben. Von einem Leben wie im Kloster war nie die Rede. Suzanne, merkst du denn nicht, wie er dich ansieht?"

„Taylor, hör auf damit!"

„Es ist nur ein Probeauftrag. Und wenn ich meine geliebten Antiquitäten verkaufe, um dieses Haus für uns zu retten, dann wirst du doch ein paar Snacks für eine Party zubereiten können."

Stimmt, dachte Suzanne und seufzte. Dann wandte sie sich wieder den Männern zu und musste schlucken, als sie Ryans erwartungsvollen Blick sah. „Einverstanden."

„Sie machen es?", fragte einer der Zwillinge freudestrahlend. „Sie machen für uns den Party-Service?"

Sie lächelte ihn freundlich an. „Ja, Sie können sich darauf verlassen."

„Cool!"

Das Lächeln, das Ryan ihr daraufhin schenkte, beschleunigte ihren Pulsschlag. Sie trat näher an ihn heran. „Wieso tust du das?", fragte sie ihn leise.

„Was denn?"

„Du bist so nett zu mir."

„Das bin ich zu allen." Er lachte jetzt laut, als sie skeptisch die Augenbrauen hob. „Also schön, kann auch sein, dass ich selbst nicht gern koche."

„Du kannst überhaupt nicht kochen", meldete sich einer der Zwillinge. Anscheinend war Ryan also doch nicht so perfekt. Er konnte zumindest nicht kochen. Nach dieser Neuigkeit ging es Suzanne gleich viel besser.

Während Suzanne in ihrer Küche stand und Frühlingsrollen formte, dachte sie darüber nach, was in den letzten drei Tagen alles so geschehen war.

Es hatte nicht lange gedauert, ihre paar Habseligkeiten ein Stockwerk tiefer in das andere Apartment zu tragen, und Taylor hatte ihr zusätzlich ein paar Möbel geliehen, damit es in den größeren Räumen nicht so leer aussah. Dann hatte sie die Stellenangebote im „South Village Anzeiger" durchforstet und sich ein paar Mal beworben. Außerdem hatte sie ein paar weitere Aufträge für ihren Party-Service angenommen, aber nur als Hobby und weil sie so gern kochte; das betonte sie immer wieder. Zusammen mit Taylor war sie einkaufen gegangen, um die Küche mit den nötigsten Geräten auszustatten. Stundenlang hatte sie anschließend die ganze Wohnung geputzt, doch dann war sie selbst von dem Ergebnis überrascht gewesen.

Zugegeben, in ihrem neuen Wohnzimmer waren bisher lediglich nur ein paar ihrer Lieblingskerzen aufgestellt, und für absehbare Zeit würde das auch so bleiben, denn sie hatte bereits wegen der Küche ihr Konto überzogen. Aber für den Anfang reichte es ihr.

Ryans engste Mitarbeiter, die Zwillinge Rafe und Russ, hatte sie mittlerweile etwas besser kennengelernt. Die beiden waren sehr vorlaut und immer zu Scherzen aufgelegt. Zu ihrem zwanzigsten Geburtstag wollten sie eine große Party geben, und sie hatten ihr versichert, mit allem einverstanden zu sein, was sie für sie zubereitete. Da sie besonders gern chinesisch aßen, hatte Suzanne Reis gekocht, ihn anschließend gebraten und eine riesige Schüssel damit gefüllt. Dazu gab es verschiedene Saucen und Beilagen. Im Moment füllte sie die letzten Frühlingsrollen mit einer scharfen Gemüsemischung.

Sie liebte diese Arbeit.

Aber nur als Hobby. Die Vorstellung eines eigenen kleinen Unternehmens war für sie entsetzlich.

„Hm, alle Wohlgerüche Asiens vereint!" Russ kam mit Rafe im Schlepptau in die Küche, und sie sogen beide genießerisch die Luft ein.

„Riecht wirklich toll", stimmte Taylor zu, die den beiden folgte.

„Und ob." Russ rieb sich den Magen. „Wir sind für heute mit der Arbeit fertig und fahren jetzt nach Hause. Dann sehen wir dich, wenn du das Essen bringst, ja?"

„Genau." Suzanne warf ihm über die Schulter einen Blick zu. „Wartet mal, ihr fahrt jetzt zu Ryan?"

„Tja, wir haben dort so lange gewohnt, dass ich es manchmal immer noch mein Zuhause nenne." Rafe wollte sich eine Frühlingsrolle schnappen, aber Suzanne packte sein Handgelenk und hielt ihn zurück.

„Ihr habt bei Ryan gewohnt?" Erst jetzt begriff sie. „Dann seid ihr drei also Brüder."

„Genau." Russ strahlte. „Aber sag Ryan nicht, dass du es von uns weißt. Er möchte nicht, dass die anderen Arbeiter erfahren, dass wir verwandt sind."

So viel zu Ryan. Er hatte sie angelogen. Gut so, dachte Suzanne, denn gegen einen Mann, der lügt, kann ich mich besser zur Wehr setzen.

Zumindest wahrscheinlich.

„Wenn alle wüssten, dass wir Brüder sind, würden die anderen Kollegen vermuten, dass wir die besseren Jobs bekommen und mehr verdienen als sie." Russ konnte den Blick nicht von den Frühlingsrollen losreißen. „Außerdem würden sie denken, dass wir weniger Erfahrung haben als sie, und Ryan will keine Meuterei riskieren."

„Das ist wirklich umsichtig von ihm", lobte Taylor, die hier in der Küche wirkte wie eine Königin zwischen ihrer Dienerschaft. Sie war wie immer tadellos gekleidet. Heute trug sie ein Leinenkleid, das kaum eine Knitterfalte aufwies, obwohl sie darin die Schränke durchstöbert hatte, um nachzusehen, ob noch etwas für die Küche fehlte. „Findest du nicht auch, dass das ein netter Zug von ihm ist, Suzanne?"

Ja, allerdings, dachte sie mürrisch.

„Wer oder was ist hier nett?" Ryan quetschte sich mit in die Küche, und zum Glück trug er ein Hemd, denn so konnte Suzanne sich wenigstens halbwegs auf ihre Arbeit konzentrieren. Seit Tagen brachte er sie durcheinander, indem er sie anlächelte, wann immer er sie sah. Was eigentlich bewies, dass er tatsächlich ein netter Kerl war.

Umso wichtiger war es, dass sie sich von ihm fernhielt. Sie hatte schon andere nette Kerle auf dem Gewissen. Mit ihrer Art verwandelte sie diese in selbstsüchtige, eitle Gecken, die ihre Exfreundinnen zur Therapie schicken wollten.

Ryan war sich der Gefahr, in der er schwebte, überhaupt nicht bewusst, als er sich an den anderen vorbeidrängte und sich über ihre Schulter beugte. „Hm, das riecht himmlisch."

Sie fuhr herum. „Es ist nur etwas zu essen."

„Ich meinte ja auch dich." Verführerisch lächelte er sie an. „Du riechst himmlisch."

Wütend stemmte sie die Hände in die Hüften. „Wieso hast du mir nicht gesagt, dass ich hier für deine Brüder koche?"

Unbeeindruckt lächelte er weiter. „Hättest du den Auftrag dann angenommen?"

Nein, wahrscheinlich nicht.

„Siehst du", sagte er und zog an ihrem Schürzenband. „Übrigens, du siehst niedlich aus in diesen Sachen."

Bestimmt fand er auch schwangere Frauen niedlich, die barfuß umherliefen, weil sie mit ihren angeschwollenen Füßen in keine Schuhe mehr passten. „Ist das denn ein Annäherungsversuch?"

„Aber sicher."

Suzanne lachte. Was sollte sie auch anderes tun? Außerdem verbarg sie dadurch ihre Unsicherheit. „Alle raus hier!", befahl sie plötzlich und drängte die Anwesenden zur Tür, ohne auf deren Proteste zu achten. „Raus, raus, raus!"

„Bis heute Abend", flüsterte Ryan ihr noch ins Ohr und strich ihr über die Wange. „Dann werden wir beide tanzen."

Warum musste er bloß so eine Stimme haben? Wenn er so verführerisch mit ihr sprach, bekam sie jedes Mal einen trockenen Mund. Angestrengt rief sie sich ihren Schwur in Erinnerung: keine Männer. „Ich tanze nicht."

Sein Blick war genauso verführerisch wie seine Stimme. „Ich kann es dir ja beibringen."

„Ich habe nicht gesagt, dass ich es nicht kann. Ich sagte nur, dass ich es nicht tue."

„Das werden wir ja sehen." Mit diesen Worten ging er.

6. KAPITEL

Zu Hause stellte sich Ryan erst einmal unter die Dusche und ließ sich das heiße Wasser minutenlang über den Rücken laufen. Die Arbeit war wie üblich sehr anstrengend gewesen, und er spürte in jedem Muskel, was er heute geleistet hatte.

Doch der Tag war nicht mehr weit, an dem er Kettensäge und Axt für immer beiseitelegen konnte. Dann würde er ein paar Stunden an seinem Schreibtisch sitzen, planen und entwerfen, und abends wäre er noch immer frisch.

Und ich kann mich mit Frauen verabreden, dachte er, um wenigstens halbwegs dem Bild gerecht zu werden, das meine Geschwister von mir haben. Die Aussichten waren nicht schlecht – ein unbekümmertes, einfaches Leben mit einer festen Beziehung.

Nachdem er Jahre damit verbracht hatte, seine Familie zu versorgen, freute er sich auf die Zukunft. Er hätte nicht gedacht, jemals den Wunsch nach einer festen Bindung zu verspüren, aber er musste zugeben, dass es jetzt so war.

Eine stürmische Nacht und ein einziger Kuss hatten seine Einstellung geändert. Und natürlich die erstaunlichste Frau, der er je begegnet war.

Suzanne. Ob es daran lag, dass er sie inzwischen zu oft gesehen hatte?

Nein, sagte er sich sogleich. Taylor hatte er genauso oft gesehen, und mit ihr wollte er nicht unbedingt eine ganze Nacht verbringen.

Womöglich lag es dann daran, dass er Suzanne bereits nähergekommen war. Er hatte sie geküsst und in den Armen gehalten, während sie nur knapp bekleidet gewesen war.

Dieses Bild von ihr konnte er nicht vergessen, und er sah sie jetzt so deutlich vor sich, als sei es gerade erst passiert und nicht schon vor fünf Tagen. Ihre Brustspitzen hatten unter dem nassen T-Shirt hindurchgeschimmert, genau wie ihre intimste Stelle unter dem Slip. Ihr Körper war wie geschaffen für die Lust, sinnlich und aufregend. Während er sich einseifte, blickte Ryan an sich hinab und sah, was diese Gedanken bei ihm bewirkten.

Entnervt drehte er das kalte Wasser auf, doch das dämpfte seine Lust auch nicht.

„Ryan!", rief Angel vor der Tür. „Mach schnell. Ich will auch duschen!"

„In Ordnung." Er griff zur Shampooflasche, hielt aber im nächsten Moment wieder inne, während seine Gedanken zu Suzanne zurückkehrten. Was zog ihn bloß so zu ihr hin? Ein Leben mit ihr wäre bestimmt nicht unbekümmert und einfach, so wie er sich das vorstellte, und sie wirkte nicht gerade bis über beide Ohren in ihn verliebt.

Aber wenn sie ihn ansah, erkannte er eine Verletzlichkeit in ihrem Blick, die er unbedingt ergründen wollte. Sie war klug und voller Energie, doch ihre Empfindungen versteckte sie.

Verletzlichkeit hatte ihn bisher noch nie an einer Frau gereizt. Ryan zog selbstsichere Frauen vor, die wussten, was sie wollten. Wieso dann jetzt Suzanne?

Sie machte nicht gerade den Eindruck, als würde sie sich ihm willenlos hingeben. Da lag bestimmt noch ein schwieriger Weg vor ihm, wenn er sie erobern wollte.

Doch genau das hatte er vor.

In einer Stunde sollte die Party bereits anfangen, und Ryan ließ Suzanne voller Ungeduld ins Haus. Sie lächelte nervös und verschwand sofort in der Küche. Als Ryan ihr folgte, stand sie gerade vor dem geöffneten Kühlschrank.

„Dieser Mann hat nicht einmal Brot da", murmelte sie vor sich hin und schob ein langes Tablett mit köstlich duftenden Leckereien ins unterste Fach.

Ryan lehnte sich an den Türrahmen und weidete sich am Anblick von Suzannes Po, über den sich der enge schwarze Rock spannte.

„Ich wollte gestern einkaufen gehen", erklärte er und musste fast lachen, als sie erschrocken zu ihm herumfuhr. „Aber ich wusste ja, dass du heute eine Menge Essen mitbringst, deshalb dachte ich, ich kann mir die Mühe sparen. Vielen Dank übrigens."

„Bedank dich nicht, schließlich bezahlst du ganz gut dafür."

Wie war er nur darauf gekommen, diese Frau wäre nicht selbstsicher? Ihre Augen sprühten Blitze, und Ryan war froh, dass er so weit von ihr entfernt stand. Zu dem schwarzen engen Rock trug sie eine weiße Bluse mit langen Ärmeln und ovalem Ausschnitt. Obwohl die Bluse eher züchtig aussah, betonte sie ihre Brüste. Er hatte Suzanne halb nackt gesehen und in lässiger Kleidung, aber noch nie so wie jetzt. Das lange rote Haar hatte sie sich zu einer kunstvollen Frisur hochgesteckt, doch ein paar Strähnen hatten sich bereits wieder gelöst und umrahmten locker ihr Gesicht. Plötzlich errötete sie unter seinem Blick.

Warum?, fragte er sich und machte ein paar Schritte auf sie zu. Irritiert runzelte er die Stirn, als sie vor ihm so weit zurückwich, bis sie mit dem Rücken gegen die Anrichte stieß.

Mit beiden Händen griff sie hinter sich, um sich abzustützen, wobei sie ungewollt ihre Brüste vorstreckte. „Du bedrängst mich", sagte sie leise.

„Tue ich das wirklich?" Er trat vor sie hin und legte seine Hände über ihre. Dann sah er ihr tief in die Augen. „Du hast doch keine Angst vor mir, oder?"

„Natürlich nicht."

„Aber ich mache dich nervös."

„Unsinn, ich ..." Sie verstummte, als er zweifelnd die Augenbrauen hob. „Na gut", korrigierte sie sich, „vielleicht ein bisschen. Aber nur, wenn du mich so ansiehst wie ... wie jetzt."

„Wie denn?"

Knall auf Fall

„Wie ein Verdurstender ein Glas Wasser ansehen würde."

Der Vergleich gefiel ihm. „Und was genau willst du mir damit sagen?"

„Dass du mich auf diese Weise aus dem Konzept bringst. War das jetzt klar genug?"

„Vollkommen klar." Dass er so eine Wirkung auf sie hatte, gefiel ihm auch.

„Geh jetzt, ich habe zu tun."

Offenbar war sie sich im Gegensatz zu ihm noch nicht klar darüber, dass diese Anziehungskraft zwischen ihnen etwas ganz Besonderes bedeutete. Da lag noch ein weiter Weg der Überzeugung vor ihm. Er fuhr mit seinen Händen ihre Arme hinauf und spürte, wie sie unter seiner Berührung erzitterte.

„Verschwinde endlich und lass mich arbeiten", sagte sie, und es klang nicht so sicher, wie sie es sich gewünscht hätte. „Sonst beschließe ich vielleicht, dass du mir noch etwas mehr zahlen musst, weil Unterhaltungen nicht im Preis inbegriffen sind."

„Dann hören wir eben auf, uns zu unterhalten." Er senkte den Kopf und sog ihren frischen Duft ein. Nur Shampoo und Seife, aber diese Frau hatte auch kein teures Parfüm nötig. Er mochte sie genau so, wie sie war. „Verlierst du meinetwegen tatsächlich den Verstand?"

Wieder erzitterte sie leicht, und das bewies Ryan, dass er ihr nicht so gleichgültig war, wie sie tat.

„Zwar habe ich mich nicht so ausgedrückt, aber wenn du meinst ..." Sie holte keuchend Luft, als er jetzt mit den Lippen über ihren Hals strich.

Verzweifelt hob sie die Hände und legte sie ihm auf die Brust, um ihn von sich zu schieben. Doch Ryan umfasste ihre Hände und hielt sie fest.

„Allerdings heißt das noch lange nicht, dass es mir auch gefällt", fügte sie hinzu, wehrte sich jedoch nicht mehr, sondern starrte auf ihre miteinander verschränkten Hände.

„Warum lässt du es dann zu, dass ich dich anfasse?"

Ihr Kopf fuhr hoch, und für einen Moment blickte sie ihn sprachlos an. Dann lachte sie. „Das weiß ich selbst nicht."

„Willst du abstreiten, dass dir die Berührung gefällt?"

„Ryan, ich ..."

Er umfasste ihr Kinn. „Suzanne, wir haben noch gar nicht darüber gesprochen, was neulich passiert ist."

„Es war ein Unwetter, und ich hatte Angst. Da haben wir uns geküsst. Ende der Geschichte."

„Das ist nicht das Ende."

„Also schön, du hast recht. Du hast mir das Leben gerettet. Vielen Dank auch dafür. So, das ist jetzt das Ende."

Langsam schüttelte er den Kopf, während er mit einem Finger über ihre Unterlippe strich. „Es ist etwas Besonderes zwischen uns geschehen", stellte er ruhig fest. „Das weißt du genau."

Suzanne malte sich aus, Ryans Finger wäre sein Mund, der zärtlich ihre Lippe berührte. Dennoch sagte sie: „Das, was du da machst, ist keine gute Idee. Ich warne dich, ich bin nicht gut für Männer."

Einen Moment lang blickte er sie sprachlos an. Dann lachte er laut auf.

„Das stimmt", beharrte sie. „Du brauchst gar nicht zu lachen. Und wenn ich dir das sage, ist das nur zu deinem eigenen Schutz."

Er musterte sie aufmerksam, und als er ihre Nervosität bemerkte, sagte er leise: „Ich bin nicht so wie dein Exverlobter."

„Welchen meinst du?" Auf seinen verständnislosen Blick hin lächelte sie nachsichtig. „Es gab drei, und ich habe allen dreien den Charakter verdorben."

„Das bezweifle ich."

„Nein, wirklich, ich bin wie eine Katastrophe auf zwei Beinen. Bring dich in Sicherheit, solange du noch kannst. Das ist mein voller Ernst."

Knall auf Fall

„Klingt so, als seist du bei Männern bislang nur immer an Idioten geraten."

Sie schüttelte den Kopf. „Dafür habe ich zu viele kennengelernt. Und keinem von ihnen habe ich Glück gebracht. Mittlerweile bin ich Expertin, was Männer betrifft, dennoch habe ich in den Beziehungen auf ganzer Linie versagt. Es ist das Erbe meiner Familie. Mein Vater hatte bereits sechs Scheidungen hinter sich, als er meine Mom kennenlernte. Ich glaube, er bleibt nur bei ihr, weil sie ihn umbrächte, wenn er sie verlassen würde. Also zählt diese Ehe nicht wirklich."

„Suzanne." Er konnte sich nicht erklären, wieso er sich von dieser Eröffnung nicht abschrecken ließ, aber er sehnte sich nun einmal nach ihr. „Erstens bin ich für mein Glück selbst zuständig, das hängt von keiner Frau ab. Kein Mann sollte eine Frau dafür verantwortlich machen, ob er glücklich ist oder nicht. Und zweitens ..."

„Nein, es gibt kein Zweitens", unterbrach sie ihn hastig.

„Zweitens", fuhr er unbeirrt fort, „begehre ich dich mehr als je eine andere Frau zuvor."

Aus ihrem Blick las er, dass sie ihn auch begehrte, ehe sie sich schnell die Hände vors Gesicht schlug. „Oje, wir kennen uns doch erst seit ein paar Tagen."

„Genau seit fünf Tagen, und es kommt mir vor wie eine Ewigkeit."

„Ich kann nicht glauben, dass es schon wieder passiert. Wieso läufst du nicht vor mir weg? Das solltest du wirklich. Im Ernst, ich bringe die Männer dazu, dass sie durchdrehen."

„Suzanne." Lachend zog er ihr die Hände vom Gesicht. „Glaub mir, ich würde gern weglaufen, aber dazu ist es zu spät."

„Nein, Ryan, sag das nicht. Dazu ist es niemals zu spät." Sie seufzte. „Entschuldige, wenn das alles ein bisschen verrückt klingt, aber im Moment bin ich so nervös wegen dieser Party, dass ich kaum weiß, was ich sage. Bitte geh jetzt am besten und lass mich allein."

„Du brauchst nicht nervös zu sein. Dein Essen wird bestimmt ein voller Erfolg." Selbst wenn sie Chips und Salzstangen servierte, wären alle begeistert, aber davon wollte sie jetzt sicher nichts hören. „Komm, ich werde dir bei den Vorbereitungen helfen."

„Das ist eine gute Idee." Sie schob ihn in Richtung Tür. „Hilf mir, indem du verschwindest."

Ryan hatte recht, alle mochten Suzannes Essen. Ein paar Stunden später sonnte sie sich in ihrem Erfolg. Nur ein paar Bissen waren übrig geblieben.

Die Gäste waren alle jung, und nach der Musik, dem Gelächter und dem Stimmengewirr zu urteilen, amüsierten sich alle prächtig.

Ebenso Suzanne, die sich mitten unter ihnen befand. Ryans Brüder waren aber auch so charmant, dass man sie einfach mögen musste. Sie machten keinen Hehl daraus, wie sehr sie Ryan bewunderten, und sie erzählten ihr davon, wie er sie ganz allein großgezogen hatte, und natürlich prahlten sie auch damit, was er für eine magische Anziehungskraft auf Frauen habe.

Diesem Magnetismus werde ich widerstehen, nahm Suzanne sich fest vor.

Russ und Rafe sorgten unermüdlich dafür, dass keine Langeweile aufkam und ihre Gäste Spaß hatten. Insbesondere bei den weiblichen Gästen hatten die beiden großen Erfolg, und Suzanne dachte daran, dass die beiden ihrem großen Bruder vielleicht ähnlicher waren, als sie ahnten.

Zu vorgerückter Stunde dämpften beide das Licht und schoben die Möbel zur Seite, um eine Tanzfläche zu schaffen. Zeit für Suzanne, sich in die Küche zurückzuziehen.

Sie war schon fast aus der Tür, da stellte sich Ryan ihr in

den Weg. Er trug heute Abend eine beigefarbene Hose und ein weißes Hemd, das seine gebräunte Haut noch betonte. „Wo brennt's denn?"

„Tja, ich weiß nicht."

Bevor ihr eine plausible Entschuldigung einfiel, nahm er sie bei der Hand, führte sie zurück ins Wohnzimmer und mitten auf die Tanzfläche.

„Was hast du vor?", fuhr sie ihn an und versuchte, sich von ihm frei zu machen.

„Mit dir tanzen." Zwischen all den Gästen zog er sie in seine Arme.

Niemand schenkte ihnen große Beachtung, und wenn sie keine Szene machen wollte, blieb ihr keine andere Wahl, als mit Ryan zu tanzen.

„Entspann dich", flüsterte er dicht an ihrem Ohr, als sie sich versteifte, um möglichst wenig Körperkontakt mit ihm zu haben. Mit seinen kräftigen Händen strich er ihr den Rücken hinab bis zu ihrem Po. „Tanzen sollte eigentlich Spaß machen."

„Tanzen ist für mich kein Spaß."

„Weißt du etwa nicht, wie man locker tanzt?"

Sie schnaubte verächtlich. „Und ob ich das weiß. Ich habe sogar schon auf Tischen getanzt. Mein zweiter Verlobter hatte mir einen Job beim Table-Dance verschafft."

„Na, ich habe dir ja bereits deutlich gesagt, was ich von deinen Verflossenen halte."

„Und du bist jetzt nicht schockiert?"

„Dass du auf Tischen getanzt hast? Bestimmt hast du damit gutes Geld verdient. Wenn es dir Spaß gemacht hat, ist nichts dagegen einzuwenden."

„Nein, ich meine, dass ich so oft verlobt war und so viele anständige Männer zugrunde gerichtet habe."

„Ich bezweifle, dass du diejenige warst, die sie zugrunde gerichtet hat."

Ungläubig sah sie ihn an. „Dann hast du aber einiges missverstanden."

„Hast du denn wirklich schon einmal einen Menschen ruiniert?", erkundigte er sich leise. „Aber denk erst gut nach, bevor du antwortest. Hast du gelogen, gestohlen oder betrogen? Hast du dich verstellt, oder warst du einfach nur die Frau, die du bist? Klug, humorvoll, schön, mitfühlend und faszinierend?"

Sie schluckte. „Du machst mir Angst."

„Gut so. Du mir nämlich auch. Und jetzt sind wir über das Gerede aus dem Takt gekommen. Das geht nicht. Jetzt entspann dich endlich und lehn dich an mich an. Richtig, genau so."

Obwohl Suzanne bezweifelte, dass es klug war, schmiegte sie sich an ihn. Nur für einen Moment wollte sie dieses herrliche Gefühl genießen.

Es war verlockend, sich diesem Genuss noch etwas länger hinzugeben. Und wenn sie mochte, konnte sie die ganze Nacht mit ihm verbringen, das wusste sie.

Aber was hätte das für Folgen? Sie wollte nicht schon wieder scheitern. Es durfte nicht noch einmal passieren. Dieses Mal würde es in einer Katastrophe enden, denn bisher hatte sie noch nie so empfunden wie jetzt, so tief und intensiv. Und das, obwohl sie Ryan noch nicht einmal eine Woche kannte.

Die Musik wurde jetzt langsamer, und Ryan passte sich dem neuen Rhythmus an. „Findest du das nicht auch schön?"

Sie hörte seine tiefe Stimme ganz dicht an ihrem Ohr, und er hielt sie eng an sich gedrückt, damit sie sich nicht wieder zurückziehen konnte. Doch das hatte sie auch gar nicht vor; ihr Körper schien nicht auf das hören zu wollen, was der Verstand ihr sagte.

In völligem Einklang drehten sie sich ein paar Mal im Kreis, um dann fast schwebend über die Tanzfläche zu gleiten. Für einen Mann, der den ganzen Tag lang körperlich schwer arbeitete, tanzte Ryan sehr elegant und leichtfüßig. Suzanne fühlte sich wie im Rausch. Sie spürte Ryans Nähe, seine Hände, hörte seine einschmeichelnde Stimme, und noch nie in ihrem Leben hatte sie sich so wohl gefühlt wie in diesem Moment. Wenn er sie jetzt auf die Arme nähme und in sein Schlafzimmer trüge, würde sie ihn wahrscheinlich noch antreiben, damit er schnell zur Sache kam.

Ihre Brustspitzen berührten seine breite Brust, und ihre Hüften schmiegten sich perfekt an seine. Sie spürte seine festen Schenkel, seinen harten Bauch und den Beweis, wie sehr auch ihn dieser Tanz erregte. Als sie den Blick hob, erkannte sie deutlich das Verlangen in seinen Augen.

„Merkst du, was du mit mir anrichtest?", fragte er leise.

Sie nickte und vergaß, dass sie sich ja von ihm fernhalten wollte.

„Wirke ich auch so auf dich, wie du auf mich? Errege ich dich? Hast du auch das Gefühl, du könntest jeden Moment einen Höhepunkt erleben?"

„Ich ..." Sie bekam kein Wort heraus, so sehnsüchtig blickte er ihr jetzt in den Ausschnitt, obwohl man von ihren Brüsten nur den Ansatz sah. Es war wirklich eine sehr anständige Bluse, und genau das hatte sie auch im Sinn gehabt, doch als Ryan sich etwas zurücklehnte, bemerkte sie, dass ihre Brustspitzen sich deutlich abzeichneten.

„Ja", gestand sie flüsternd ein, was sich ohnehin nicht verbergen ließ. „Ich fühle auch so."

„Stimmt das? Spürst du Verlangen nach mir?", fragte er drängend an ihrem Ohr. „Sehnst du dich nach mir?"

Sie seufzte nur, als Ryan sie wieder an sich zog und eine komplizierte Schrittfolge tanzte.

Ein Glück, dass wenigstens er noch zum Tanzen in der Lage war. Ihr Herz klopfte so laut, dass es ihr in den Ohren dröhnte und sie fast gar nichts mehr von der Musik hörte. Überall spürte sie Ryans Berührungen, und das Begehren brannte wie

Feuer in ihr. Sie konnte kaum noch atmen und musste unentwegt schlucken.

Wenn Ryan etwas von dem Aufruhr ihrer Gefühle ahnte, so ließ er sich nichts anmerken. Er neigte nur den Kopf und fuhr mit der Wange an ihrem Ohr entlang. Es war eine so zärtliche Geste, dass Suzanne schon fürchtete, doch noch alle guten Vorsätze zu vergessen.

Dann endete das Lied. Ryan ließ sie los und trat einen Schritt zurück. Fast hätte sie laut protestiert, so sehr sehnte sie sich nach seiner Nähe. Reglos standen sie sich in dem halb dunklen Zimmer gegenüber, und sie hätte gern gewusst, was er jetzt dachte. Plötzlich setzte die Musik wieder ein, und Ryan griff nach ihrer Hand. „Einen Tanz noch", bat er leise, und als sie einen Moment zu lange zögerte, zog er sie einfach an sich.

Sofort schmiegte sie sich erneut an seinen großen, kräftigen Körper. Nie hätte sie gedacht, dass Tanzen so sinnlich sein könnte.

Ryan neigte den Kopf, um ihr tief in die Augen zu sehen. Dabei drückte er sie so fest an sich, als wollte er sie nie wieder loslassen.

Tim hatte sie nie so im Arm gehalten. So als wäre sie etwas sehr Kostbares, das man nicht mehr hergeben mochte.

Niemand zuvor hatte so mit ihr getanzt.

Es war unglaublich verführerisch und stellte eine riesengroße Versuchung dar, sich ihm einfach hinzugeben. Was soll ich dagegen tun, fragte sie sich fast verzweifelt und probierte es mit Ablenkung, indem sie sich ein kompliziertes Rezept ausdachte. Es half nichts. Auch der Gedanke daran, dass sie arbeitslos war, ernüchterte sie nicht.

Immer noch sehnte sie sich nach ihm, und sobald das Lied endete, löste sie sich aus seiner Umarmung. „Ich muss jetzt die Küche aufräumen."

„Nein, bleib."

„Ich muss aber." Als sie seinen frustrierten und gleichzeitig verlangenden Blick sah, drehte sie sich abrupt um und rannte förmlich in die Küche. Dann drehte sie das kalte Wasser auf und spritzte es sich ins Gesicht, bis sie wenigstens wieder halbwegs bei Vernunft war.

Erst dann räumte sie die Küche auf. Kaum war sie damit fertig, verließ sie das Haus heimlich durch die Hintertür.

7. KAPITEL

Am nächsten Nachmittag saßen Suzanne und Taylor auf dem großen Prunkbett und aßen Eiscreme direkt aus der Packung. Gerade hatte Suzanne ihren Bericht beendet, wie sie mit Ryan getanzt hatte.

„Ich finde es sehr interessant, dass ein Mann, für den du angeblich nichts empfindest, dein Herz so in Schwung bringt, wenn er dich im Arm hält."

Offenbar hatte Taylor noch nicht mit einem Mann wie Ryan Alondo getanzt. Es war für Suzanne ja auch das erste Mal gewesen. Nie zuvor hatte sie sich so sehr nach einem Mann gesehnt, dass sie sogar für ihn das Atmen aufgegeben hätte.

„Und trotzdem hast du weiter mit ihm getanzt?", hakte Taylor nach.

„Hm." Suzanne überlegte. „Ja", gestand sie seufzend.

„Aber letzten Endes hast du es irgendwie geschafft, zu verschwinden, ohne ihm vorher die Kleider vom Leib zu reißen."

Suzanne nickte. „Ich bin geflohen, als wäre der Teufel hinter mir her."

„Teufel ist gut. Diesen Mann kann man wirklich als wandelnde Sünde bezeichnen", stimmte Taylor ihr zu.

Wie auf ein Kommando reckten sich beide und sahen aus dem Fenster nach draußen, wo unten auf dem Rasen Mr. Sünde gerade bei der Arbeit war. Er stand vor einem großen Hackklotz und zerkleinerte Holz. Sein Hemd klebte ihm nass am Oberkörper, doch was Suzanne im Moment am meisten faszinierte, war der gleichmäßige Schwung, mit dem er die schwere Axt hob und senkte. Seine Arme, die Brust und die Beine bewegten sich in völligem Einklang.

Suzanne hatte vor ein paar Tagen einmal versucht, eine dieser Äxte hochzuheben, und es war ihr kaum gelungen. Ryan dagegen konnte auch noch sehr gezielt damit zuschlagen.

Knall auf Fall

„Er sieht wirklich fantastisch aus", sagte Taylor, als hätte sie Suzannes Gedanken erraten, und nahm noch einen Löffel voll Eis. „Irgendwie erdverbunden und solide, verstehst du, was ich meine? Ein bisschen gefährlich und rau. Sieh ihn dir bloß an." Mit verträumtem Blick leckte sie das Eis vom Löffel. „Ich wette, er ist auch ein außergewöhnlicher Liebhaber."

Ganz bestimmt, dachte Suzanne und musste plötzlich lachen. „Ich bin sicher, er wäre viel zu erfahren für mich."

Neugierig hob Taylor die Augenbrauen. „Soll das heißen, dass unser Baumkerl schon einiges erlebt hat? Was weißt du? Los, erzähl."

„Na ja, von seinen Brüdern erfuhr ich, dass er auf die Frauen wie ein Magnet wirkt." Sie verdrehte die Augen. „Das haben sie gesagt, nicht ich."

Übertrieben dramatisch fächelte Taylor sich Luft zu. „Puh, ein Mann, der auch noch weiß, was er tut. Herrlich, herrlich."

Genau das fand Suzanne auch, und sie begann zu schwitzen, als sie ihrer Fantasie freien Lauf ließ. „Können wir jetzt vielleicht über etwas anderes reden?"

„Na klar. Wie wär's damit?" Taylor ging auf die Knie und breitete auf dem Bett Skizzen und Entwürfe aus. Daneben legte sie einen dicken Ordner. „Das hier sind Angebote. Ich brauche einen Architekten, einen Bauunternehmer, einen Elektriker und noch einige andere. Von jeder Branche habe ich mir bislang drei Kostenvoranschläge eingeholt. Hast du überhaupt eine Ahnung, wieviel solche Leute verlangen?"

„Eine Menge?"

Sie nickte. „Es ist unglaublich. Aber wenn ich alle Antiquitäten verkaufe, schaffe ich es vielleicht. Vorausgesetzt, ich muss nie wieder essen oder heizen."

„Kein Problem." Suzanne klang zuversichtlich. „Wir leben in Südkalifornien, da braucht man keine Heizung. Und was das Essen angeht – ich habe zwei weitere Aufträge für meinen Party-Service. Eine Feier wegen einer Beförderung und eine Einweihungsparty."

„Prima! Du solltest endlich damit aufhören, die Stellenangebote zu lesen."

„Oh nein, den Party-Service will ich nur nebenbei betreiben. Aber dadurch kann ich uns ernähren." Suzanne beugte sich über die Skizzen, blickte dann jedoch hoch, als sie merkte, wie Taylor plötzlich innehielt. „Was ist denn los?"

Taylor sah sie mit großen Augen an. „Du hast gerade gesagt, du würdest mich ernähren."

„Na ja, du bist so schlank, da brauchst du nicht viel."

„Trotzdem ist es das Netteste, das mir je gesagt wurde." Tränen der Rührung traten ihr in die Augen, und schniefend nahm sie noch einen Löffel Eis. „Essen wir darauf, dass wir dieses Jahr nicht heizen müssen."

Suzanne hob auch ihren Löffel. „Auf einen geregelten Job, damit wir uns immer Eiscreme leisten können."

„Auf eine Menge sexy Kerle, die hier arbeiten." Taylor lächelte schon wieder. „Dann haben wir wenigstens was fürs Auge."

„Und zu guter Letzt", Suzanne drehte den Rücken zum Fenster, um nicht sehen zu müssen, wie gerade so ein sexy Kerl sich das Hemd auszog, „darauf, dass wir Single bleiben."

„Dass wir Single bleiben. Das bedeutet aber nicht, dass wir nicht Sex haben dürfen, wenn es sich ergibt. Alles im Rahmen guter Sitten natürlich."

„Natürlich." Doch genau da lag Suzannes Problem. Sie konnte nämlich nicht aufhören, an Sex zu denken, und die guten Sitten waren ihr dabei vollkommen egal.

Am nächsten Tag stand Suzanne wieder in ihrer Küche und bereitete kalte Platten für die anstehende Party wegen der Beförderung zu.

Wie immer hatte sie ihre Kerzen mit Vanilleduft angezündet. Einerseits, um zu entspannen, andererseits, weil ihr das Flackern und der Duft gefielen.

Taylor saß neben ihr auf dem Tresen und nahm sich einen von den riesigen gefüllten Champignons, die Suzanne auf einem Tablett herrichtete. „Ich brauche noch unbedingt einen Mieter", erklärte sie mit vollem Mund. „Sobald die Wand im Apartment unter dem Dach wieder repariert ist. Hoffentlich bleiben uns weitere Schicksalsschläge erspart."

„Darauf sollten wir trinken." Sie hoben beide ihre Limonadengläser, und jede von ihnen aß noch einen Pilz.

„Du kannst wirklich fantastisch kochen." Taylor stöhnte genüsslich. „Wo hast du das gelernt? Bei deiner Mutter?"

Suzanne schnaubte. „Meine Mom hat gekocht, indem sie einen Knopf an der Mikrowelle gedrückt hat. Sie hält nichts von meiner Arbeit. Sie ist Lehrerin und hat immer gehofft, ich würde einen genauso ehrenwerten Beruf ergreifen."

Taylor schüttelte sich theatralisch. „Und den ganzen Tag mit Kindern zu tun haben? Das wäre mein Ende."

Suzanne unterbrach ihre Arbeit und lächelte. „Das mag ich so an dir. Du hast dir nie von anderen vorschreiben lassen, was du zu tun und zu lassen hast."

„Das ist doch bei dir genauso."

„Irrtum." Suzanne wandte sich kurz um und schaltete die Deckenlampe ein, weil es inzwischen zu dämmern anfing. Die Sonne war fast untergegangen, doch Ryans Team arbeitete draußen im Licht einiger Strahler weiter. „Bis vor Kurzem habe ich exakt das gemacht, was andere von mir erwartet haben. Meine Mutter wollte, dass ich unterrichte, also habe ich im Kindergarten als Vorschullehrerin gearbeitet. Den ganzen Tag lang konnte ich den Kleinen die Nasen putzen und mit ihnen aufs Klo gehen."

Wieder schüttelte sich Taylor.

„Dann wollte mein erster Verlobter, dass ich Krankenschwester werde, aber dazu fehlte mir die Ausbildung. Deshalb habe ich als Hilfskraft gearbeitet."

„Oje."

„Im Ernst. An dem Tag, als eine Krankenschwester mir eine Bettpfanne reichte, damit ich sie entleere, habe ich gekündigt."

Taylor musste lachen, legte sich jedoch sofort die Hand vor den Mund. „Tut mir leid."

„Macht nichts, es kommt noch schlimmer. Mein nächster Verlobter schlug mir vor, als Tänzerin in einem Nachtclub zu arbeiten, und ich tat es nur deshalb, um meiner Mutter eins auszuwischen. Für mich war es eine Art verspätete Rache für die vielen tropfenden Nasen."

Taylor lächelte amüsiert, doch aus ihrem Blick sprach Mitgefühl. „Das ist nicht wahr."

„Und ob."

„Die Figur hast du jedenfalls dafür."

„Das fanden die Männer auch, aber das Tanzen auf Tischen lag mir nicht." Die Arbeit als Lehrerin hatte ihr Respekt im Kreis der Familie verschafft, bei der Arbeit im Krankenhaus hatte sie gewusst, dass sie etwas Sinnvolles tat, doch der Job als Tänzerin hatte ihr nichts als satte Trinkgelder eingebracht. Suzanne hatte sich ziellos gefühlt, bis sie den Job als Küchenchef bekam. „Mein letzte Verlobter ..."

„Die Heulsuse?"

„Genau, die Heulsuse. Er hat mir die Arbeit als Chefkoch in dem Café vermittelt, und das ist mehr, als sonst jemand je für mich getan hat."

„Was ist denn mit ihnen los gewesen?"

„Mit meinen Verlobten?" Suzanne hob die Schultern. „Ich habe ihre Gefühle für mich zerstört. Und das sehr gründlich."

„Dass du ganz allein daran schuld warst, kann ich kaum glauben."

„Doch, ich bin für die Liebe ungeeignet, Taylor. Da kannst

du alle drei fragen. Ich bin flatterhaft und nicht ernst genug. Dadurch verletze ich die Männer, und die Verlobungen gehen schnell wieder in die Brüche."

„Liebe ist Mist." Taylor sagte das mit solch einer Überzeugung, dass Suzanne annahm, sie müsste eigene Erfahrungen haben. Gerade wollte sie danach fragen, da bemerkte sie aus den Augenwinkeln eine Bewegung an der Tür.

Ihr Kopf fuhr herum. Ryan stand dort, und sein kräftiger Körper füllte den Türrahmen fast vollständig aus. Seiner missmutigen Miene nach zu urteilen, hatte er jedes Wort mitgehört.

Allein bei seinem Anblick klopfte ihr das Herz bis zum Hals. Werde ich denn nie vernünftig, dachte sie ärgerlich.

„Du hast recht, Liebe ist Mist. Und ich habe die Nase endgültig voll von Männern", sagte sie zu Taylor, ohne den Blick von Ryan zu nehmen.

„Ha, wer braucht schon die Männer?" Taylor drehte sich jetzt auch zur Tür um, und als sie Ryan entdeckte, biss sie sich betreten auf die Lippe. Doch im nächsten Moment lächelte sie übermütig. „Allerdings muss ich zugeben, dass sie hin und wieder ganz nützlich sein können. Zum Beispiel zum Entspannen beim Sex. Was meinst du, Suzanne?"

Ryan verzog spöttisch den Mund. „Ja, Suzanne, was meinst du?"

„Ich meine, dass ich jetzt keinen Besuch in meiner Küche brauche." Um ihre Verlegenheit zu überspielen, zog sie Taylor einfach das Tablett mit den Pilzen weg und brachte es in Sicherheit.

Taylor lachte nur und sprang vom Tresen. Mit beiden Händen strich sie sich das lange blonde Haar, das sie heute offen trug, nach hinten und gab Suzanne einen Kuss auf die Wange. „Werd jetzt bloß nicht prüde. Ich wollte nur meine These klarstellen."

„Und die lautet?"

„Man kann sehr wohl Sex mit einem Mann haben, ohne dabei gleich seine Unabhängigkeit aufzugeben." Taylor beugte sich zu ihr vor und flüsterte übertrieben laut: „Mit anderen Worten: Schnapp ihn dir." Dann straffte sie die Schultern, ging zur Tür und zwinkerte Ryan zu, als sie sich an ihm vorbeischob. „Bis später."

Ryan löste sich vom Türrahmen und kam unschlüssig näher.

„Ich meine es ernst." Demonstrativ wandte Suzanne ihm den Rücken zu und begann heftig in einer Schüssel zu rühren. „Ich brauche keinen Mann."

Noch vor ein paar Wochen hätte Ryan behauptet, er brauche auch keine Frau. Aber jetzt, wenn er Suzanne so ansah, verspürte er eine Sehnsucht nach ihr, die ihm bislang vollkommen fremd gewesen war. Ja, er brauchte eine Frau. Er brauchte Suzanne.

„Ich brauche überhaupt niemanden", murmelte sie vor sich hin.

„Du wiederholst dich." Er stellte sich hinter sie, legte ihr die Hände um die Taille und blickte über ihre Schulter hinweg in die Schüssel. „Was wird das?"

„Ein Brotteig." Suzanne seufzte, entzog sich ihm aber nicht. Das wertete Ryan schon als Fortschritt.

„Hast du vielleicht Hunger?", erkundigte sie sich. „Natürlich musst du Hunger haben, schließlich arbeitest du schon den ganzen Tag ohne zu essen. Komm setz dich, dann werde ich …"

Das Licht flackerte und erlosch.

Sie gab einen verärgerten Laut von sich, und Ryan strich ihr besänftigend über die Hüften. Es gefiel ihm, dass sie ihm Essen anbot. „Ach, entschuldige, aber ich hatte ganz vergessen, weswegen ich eigentlich in die Küche gekommen bin. Der Strom wird für eine Weile abgestellt, während Rafe einen Ast absägt, der zu dicht an die Stromleitungen heranreicht. Wir würden es auf morgen verschieben, aber es gibt eine neue Sturmwarnung, und da dürfen wir nicht länger warten."

Suzanne fuhr wütend zu ihm herum, wobei ihre Haare seine Wange berührten. Tief sog er ihren blumigen Duft ein.

„Wie konntet ihr nur! Ich muss mit den Vorbereitungen fertig werden, und dafür brauche ich Strom."

„Du hast doch immer noch die Kerzen."

„Na prima. Und wie soll ich das Brot backen?"

„Es dauert doch höchstens eine Viertelstunde."

„Und was soll ich solange tun?"

Darauf wusste er eine Antwort, aber die sprach er lieber nicht aus. „Wir könnten uns unterhalten", sagte er stattdessen.

„Worüber?"

„Darüber, wie gut wir zusammenpassen."

„Und woher willst du das wissen? Bis jetzt haben wir doch nur zusammen getanzt."

„Und der Kuss war nur ein Kuss?"

„Genau", entgegnete sie kühl, doch Ryan sah im flackernden Kerzenlicht die Unsicherheit in ihrem Blick.

Das ermutigte ihn so weit, dass er sie bei den Handgelenken nahm und näher an sich heranzog. „Suzanne." Auch wenn sie anderen weismachen wollte, sie sei ein männermordendes Wesen, so erkannte Ryan doch die Wahrheit. Suzanne war diejenige, die verletzt worden war, und deshalb würde es auch lange dauern, bis sie jemandem wieder ihr Vertrauen schenkte.

Sanft strich er ihre Arme hinauf bis zum Hals, umfasste zärtlich ihr Gesicht und wünschte sich, er könnte ihre Miene deutlicher sehen. „Suzanne, was geschieht hier mit uns?"

„Ich weiß nicht, wovon du sprichst."

Er stieß seine Hüften gegen ihre, und sie stöhnte leise auf. „Du spürst es doch auch, das weiß ich genau."

Ihr Atem ging plötzlich schneller, und sie legte ihm unwillkürlich die Hände auf die Schultern. „Na gut, vielleicht ist es ja so, wie Taylor schon gesagt hat – eine ganz natürliche Sehnsucht nach entspannendem Sex."

„Und die wäre gestillt, wenn wir jetzt miteinander schliefen?"

Auch ohne Licht sah er, dass sie ihn mit offenem Mund anstarrte. Leise lachend lehnte er seine Stirn an ihre. „Okay, dann werde ich jetzt gehen, bevor ich die Situation hier noch ausnutze."

„Nein, bleib. Du nutzt nichts und niemanden aus." Wie zum Beweis griff sie ihm ins Haar und hielt seinen Kopf fest. Ihr warmer Atem streifte seine Wange.

„Und wenn ich darüber nachdenke", fuhr sie fort, „dann habe ich selbst auch noch nie jemanden ausgenutzt. Seltsam eigentlich." Verführerisch rieb sie sich an ihm. „Glaubst du, ich könnte dich ausnutzen?"

Brennendes Verlangen durchströmte ihn, und er machte schon den Mund auf, um sich freiwillig für einen Versuch anzubieten, da verschloss sie seine Lippen mit ihren.

Sie hielt jetzt seinen Kopf so fest, als fürchtete sie, er könnte sich von ihr zurückziehen. Er wollte sie beruhigen, ihr sagen, dass er das niemals tun würde, doch dazu hätte er diesen herrlichen Kuss unterbrechen müssen.

Suzanne merkte kaum, wie der Tresen schmerzhaft in ihren Rücken drückte, während Ryan sich mit seinem ganzen Körper an sie lehnte. Sie war wie in einem Rausch, und das flackernde Kerzenlicht verstärkte noch die Unwirklichkeit der Situation. Schließlich riss sie sich zusammen und beendete den Kuss. Ihr Atem ging keuchend. „Siehst du? Das ist genau das, worum es zwischen uns geht. Nicht mehr und nicht weniger."

„Um Sex?"

„Nur um Sex. Und wenn es vorbei ist ..."

„Dann ist es vorbei", beendete er den Satz für sie.

Bildete sie sich das nur ein, oder klang er so, als glaubte er nicht daran?

„Genau", bekräftigte sie deshalb und bekam vor Erregung kaum noch Luft, als sie hinzufügte: „Wir müssen nur diese Sehnsucht stillen. Das ist alles."

Er nickte.

„Versprochen?" Sie versuchte, trotz der Dunkelheit seinen Gesichtsausdruck zu erkennen.

„Suzanne."

„Nein, du musst es versprechen. Das ist wichtig, weil ..." Sie unterbrach sich und fuhr dann verlegen fort: „Weil ich bisher ohne Verlobung noch nie Sex hatte."

Er wirkte fast geschockt. „Noch nie?"

„Nein", gab sie kleinlaut zu. „Ich möchte mit dir Sex, aber keine weiteren Verpflichtungen, okay?"

Er zögerte.

Schließlich, als sie schon glaubte, er würde ihr überhaupt nicht mehr antworten, sagte er: „Ich empfinde etwas für dich, Suzanne, und solange ich diese Gefühle nicht ganz verstehe, will ich nichts versprechen, was ich hinterher nicht halten kann."

„Ryan?" Es klang ungeduldig.

Mittlerweile war es fast ganz dunkel geworden, und außer dem schwachen Kerzenlicht erhellte nur noch eine Straßenlaterne draußen den Raum.

Als Ryan sie nun stürmisch an sich zog, wehrte sie sich nicht. Sie war sich jetzt vollkommen sicher, dass sie beide sich ihrer Lust hingeben und das Kapitel dann abschließen könnten.

„Suzanne." Sie hörte seine Stimme direkt hinter ihrem Ohr. Zärtlich küsste er dort die empfindsame Stelle, und ihre Knie gaben fast nach. „Ich mag es, wenn du dich so fest an mich klammerst."

Erst jetzt merkte sie, dass sie ihm unbewusst die Arme um den Hals geschlungen hatte. Doch anstatt ihn loszulassen, umschlang sie ihn nur noch fester und bog ihm einladend die Hüften entgegen.

„Genau so." Er stöhnte auf. „Ja, genau." Wieder küsste er sie, diesmal noch inniger und leidenschaftlicher. Seine Lippen waren wundervoll, und bei Zärtlichkeiten wie diesen konnte sie alles andere vergessen. Ja, Ryan schien genau zu wissen, wie man eine Frau verführte.

Hatte Tim ihr tatsächlich gesagt, sie solle eine Sexualtherapie machen? Der Mann war ja verrückt. Wenn sie etwas brauchte, dann höchstens eine kalte Dusche, um dieses verzehrende Feuer, das in ihr brannte, zu löschen.

„Stopp mich lieber jetzt als später", sagte er mit tiefer, rauer Stimme, ehe er mit seinen Lippen von ihrem Ohr über den Hals zu ihrem Mundwinkel fuhr.

Wie könnte ich dich jetzt stoppen, dachte sie, wandte blitzschnell den Kopf und biss ihn zärtlich in die Unterlippe. Das ließ ihn wieder verlangend aufstöhnen, und er hob sie leicht an, sodass ihre Füße den Kontakt mit dem Boden verloren. Immer wieder küsste er sie auf den Mund.

Dann setzte er sie wieder ab und trat einen Schritt zurück. Ihre Augen hatten sich mittlerweile an die Dunkelheit gewöhnt, und sie konnte sehen, wie er sie verlangend von Kopf bis Fuß musterte. Sie erschauerte unter seinem Blick.

Im nächsten Moment hob er sie auf den Tresen, und während er sie küsste, glitt er mit den Händen unter ihren Rock und begann ihre Schenkel zu streicheln.

Dann unterbrach er den Kuss, und sein Blick heftete sich auf ihren Ausschnitt. Suzanne hielt den Atem an, als er nach dem ersten Knopf griff und ihr die Bluse zu öffnen begann. Doch dann stieß sie ungeduldig die Luft aus. Die Bluse hatte unzählige Knöpfe, und Ryan ließ es sich nicht nehmen, einen nach dem anderen sorgfältig durch das Knopfloch zu ziehen.

Endlich hatte er es geschafft, und ganz langsam schob er ihr die Bluse von den Schultern. Mit einem Finger fuhr er zärtlich am Rand ihres BHs entlang, sodass sich ihre Brustspitzen erregt aufrichteten. Nie hätte sie gedacht, dass es so erotisch sein könnte, jemandem dabei zuzusehen, wie er sie streichelte und liebkoste.

Er öffnete den Vorderverschluss des BHs, schob den Stoff auseinander und umfasste ihre Brüste mit beiden Händen. Mit den Daumen strich er ganz sanft an der Unterseite der Rundungen entlang.

Ihre Brustspitzen richteten sich noch mehr auf, und automatisch schob sie die Hüften vor.

Ganz leicht berührte er mit den Fingerkuppen ihre erregten Brustspitzen.

„Ryan", stöhnte sie.

„Ich weiß." Er beugte sich hinab und umschloss eine der Spitzen mit dem Mund, um sie so lange mit Zunge und Zähnen zu reizen, bis sie schluchzend seinen Namen rief. Sie sehnte sich nach Erlösung und konnte sich kaum noch daran erinnern, dass eigentlich sie es gewesen war, die damit angefangen hatte. War es vielleicht nicht doch so, dass sie hier ihren Nutzen aus Ryan zog? Energisch schob sie alle störenden Gedanken von sich, schlang ihm die Beine um die Hüften und drängte sich an ihn.

Ryan hob den Kopf und blickte fasziniert auf ihre Brustspitze, die er jetzt mit dem Daumen streichelte. „Wie herrlich sich das anfühlt. Einfach perfekt", sagte er und griff mit der anderen Hand nach dem Saum ihres Rockes, um ihn ihr bis zur Taille hinaufzuschieben.

Verlegen sah sie auf ihre Oberschenkel hinab. Gefielen ihm vielleicht Frauen besser, die schlanker waren? Sie hob die Schenkel ein wenig an, damit sie schlanker wirkten, doch als sie nur Bewunderung in seinem Blick las, vergaß sie ihre Verlegenheit.

Unvermittelt umfasste er ihren Po und zog sie noch näher an sich heran.

Sie spürte seine starke Erregung und erbebte. Sie war bereits schon kurz vor dem Höhepunkt, obwohl er erst mit seinen Liebkosungen angefangen hatte. Verzweifelt barg sie den

Kopf an seiner Brust und biss sich auf die Unterlippe. „Bitte, Ryan", flüsterte sie mit einer Stimme, die sie kaum als ihre eigene erkannte.

„Was immer du willst", versprach er ihr heiser.

In diesem Moment ging das Licht wieder an.

8. KAPITEL

Wieder einmal stand Ryan lange unter der Dusche und versuchte, seine Erregung zu dämpfen.

Seit über einer Woche schon begehrte er Suzanne, und er fragte sich, wie lange ein Mann unbefriedigt herumlaufen konnte, ohne dass seine Gesundheit Schaden nahm.

Seine Brüder hatten wirklich den schlechtesten Zeitpunkt gewählt, um den Strom wieder einzuschalten.

Nur eine Minute länger, und sie hätten sich geliebt.

Stattdessen war das grelle Licht über ihren Köpfen aufgeflammt und hatte sie beide aus diesem sinnlichen Rausch gerissen. Suzanne war zusammengefahren und hatte ihn panikartig angesehen.

Nach dem ersten Schrecken hatte er einfach weitermachen wollen, doch sie hatte ihn nur energisch von sich geschoben und den Kopf geschüttelt.

Verschämt hatte sie an sich hinabgesehen. Die Bluse war ihr hinuntergeglitten und der Rock war bis zur Taille hochgerutscht. Ihre Brustspitzen waren noch feucht von seinen Küssen, ihre Schenkel weit gespreizt.

Der Gedanke daran reichte ihm, um wieder erregt zu werden.

„Ryan?" Angel hämmerte von draußen gegen die Badezimmertür. „Ich gehe jetzt, okay?"

Verdammt. Er stellte das Wasser ab.

„Und denk an diese Frau. Rafe hat für dich die Verabredung getroffen. Eine ‚heiße Nummer' hat er sie genannt. Jedenfalls hat er gerade eben angerufen und gesagt, dass sie gleich vorbeikäme. Bye!"

„Was? Warte!" Er schlang sich ein Handtuch um die Hüften und riss die Badezimmertür auf. Gerade in dem Augenblick schlug die Haustür zu. „Angel?"

Ganz vage konnte er sich erinnern, dass Rafe gesagt hatte, er habe eine Frau kennengelernt, die perfekt für ihn sei. Aber dem hatte Ryan nicht weiter Beachtung geschenkt, weil er diese Worte schon von ihm kannte.

Jetzt ahnte er, dass ihm etwas Wichtiges entgangen war. Wenn er eine Verabredung mit einer „heißen Nummer" hatte, dann wollte er Genaueres wissen.

Doch ob heiß, ungeeignet oder tatsächlich perfekt, heute Abend klopfte keine Frau an seine Tür. Mit diesem Entschluss legte er sich ins Bett und zog sich die Decke über den Kopf.

Am nächsten Tag saß Suzanne spät nachmittags auf der Treppe vor dem Haus und gab sich Mühe, Ryan nicht anzustarren, der wie üblich ohne Hemd arbeitete.

Er war mit den Bäumen fast fertig.

Schon bald würde er seinen nächsten Auftrag in Angriff nehmen und weiterziehen. Und das war Suzanne ganz recht so. Aber wieso klopfte ihr das Herz bis zum Hals, sobald sie ihn nur ansah?

Das ist pure Lust, sonst nichts, sagte sie sich. Wenn ein Mann schwer arbeitet und seine Haut vom Schweiß glänzt, dann ist das für manche Frauen sexy, mehr nicht.

Allerdings beschlich sie der Verdacht, dass ihre Gefühle für ihn nur ganz am Rande mit Sex und körperlicher Lust zu tun hatten.

Seufzend hob sie die Zeitung, die auf ihren Knien lag, und las weiter die Stellenanzeigen durch. Es reichte ihr nicht, dass sie ab und zu einen Auftrag für ihren Party-Service bekam. Sie brauchte ein regelmäßiges Einkommen.

Falls sie das einmal vergaß, musste sie nur ihre Mutter fragen.

Wieder seufzte sie und kreuzte eine Anzeige an, in der ein Restaurant, das nur ein paar Blocks entfernt lag, einen Chefkoch suchte. Sie schaute hoch, als plötzlich ein Schatten auf sie fiel.

„Hallo."

Diese Stimme schaffte es spielend, ihren Pulsschlag zu beschleunigen. Ryan stand vor ihr, und sie sah direkt auf seinen Schoß. Interessant, dachte sie, sehr interessant.

„Was machst da?"

Sie schaute wieder in die Zeitung. „Ich lese."

„Die Stellenanzeigen?" Er hockte sich vor sie hin und drückte die Zeitung nach unten. Suzanne hatte jetzt direkt sein Gesicht vor sich. Auch nicht schlecht, dachte sie. „Und was ist mit dem Party-Service?"

Sie wich seinem Blick aus. „Das ist nur ein Hobby. Ich hatte in letzter Zeit zwar mehr Aufträge als sonst, aber ich will kein eigenes Unternehmen."

„Gib den Service trotzdem nicht auf, hörst du?" Er richtete sich wieder auf, und Suzannes Blick glitt langsam an ihm hoch, bis sie ihm in die Augen sah.

„Keine Angst, ich werd's nicht tun." Es überraschte sie selbst, dass sie das sagte.

„Gut." Er bückte sich nach seinem T-Shirt, das auf dem Rasen lag, und zog es über, ehe er sich neben Suzanne auf die Treppe setzte. Dann schraubte er eine Wasserflasche auf, legte den Kopf in den Nacken und trank.

Bei jedem Schluck hüpfte sein Adamsapfel auf und ab, und zum ersten Mal wurde Suzanne bewusst, wie männlich so ein Kehlkopf aussehen konnte. Das hellblaue T-Shirt klebte ihm inzwischen wieder am Körper, und die Beine hatte er weit von sich gestreckt. Er sah entspannt und zufrieden aus.

Seufzend schraubte er die Flasche wieder zu und wischte sich kurz den Mund mit dem Handrücken ab. „Das tut richtig gut."

Dein Anblick tut gut, dachte sie und hätte ihm am liebsten

die letzten Wassertropfen von den Lippen geleckt. „Bist du für heute mit der Arbeit fertig?"

„Ja, Madam. Wir sind ohnehin fast fertig. Nur noch ein paar Stunden morgen, das war's dann."

So ungefähr hatte sie es auch eingeschätzt. „Und was ist mit den Bäumen hinter dem Haus?"

„Wieso fragst du?" Er wandte ihr das Gesicht zu. „Wirst du mich vermissen?"

Jede Sekunde. „Natürlich nicht."

„Natürlich nicht." Er sah wieder nach vorn, und sein Gesichtsausdruck war nicht zu deuten. „Die Bäume hinter dem Haus habe ich übrigens schon gestutzt."

„Oh! Du bist sehr gut, finde ich." Wieder wandte er sich ihr zu, und erst der amüsierte Blick seiner Augen verriet ihr, wie er ihr Lob aufgefasst hatte. „Das mit den Bäumen meine ich", erklärte sie schnell. „Das machst du sehr gut."

Wortlos musterte er sie, und in diesem Moment sehnte sie sich so sehr nach ihm, dass sie sich beherrschen musste, um nicht die Hand nach ihm auszustrecken.

„Reine Routine."

Sein resignierter Tonfall machte Suzanne stutzig. Obwohl es sie nichts anging, konnte sie nicht umhin, ihn zu fragen: „Stimmt etwas nicht?" An wen wandte er sich eigentlich, wenn er Probleme hatte?

„Ehrlich gesagt, bin ich das Geschäft mit der Baumpflege leid." Jetzt lächelte er wieder und stützte sich mit den Ellenbogen auf der hinteren Stufe ab. „Immer nur Bäume. Ich mag sie kaum noch sehen und werde richtig erleichtert sein, wenn ich ..."

Obwohl Suzanne ihn nicht unterbrochen hatte, beendete er den Satz nicht, sondern hob schweigend das Gesicht ins Licht der untergehenden Sonne.

„Du wirst erleichtert sein, wenn ...?"

Knall auf Fall

Es hupte, und sie zuckten beide zusammen. Ein roter kleiner Sportwagen stand am Straßenrand, und eine brünette Frau mit endlos langen Beinen stieg daraus aus.

Ryan betrachtete missbilligend die hohen, bleistiftdünnen Absätze ihrer Schuhe. Dazu trug sie einen Minirock aus schwarzem Leder mit einem so kurzen Oberteil, dass man einen kleinen Edelstein im Bauchnabel aufblitzen sah.

Ihn erstaunte, dass diese Frau zielsicher auf ihn zukam, und als sie ihn strahlend anlächelte, erstaunte es ihn noch mehr.

Meinte sie ihn womöglich gar nicht? Er verrenkte sich fast den Hals, während er sich suchend umblickte, aber hier waren nur Suzanne und er.

„Ryan?" Die Langbeinige blieb vor ihm stehen und reichte ihm eine Hand, die er nur zögernd ergriff. „Ich bin Allene." Erwartungsvoll sah sie ihn an, als müsste bei ihm jetzt der Groschen fallen.

Allene? Wer, um Himmels willen, war diese Frau? Und wieso tat sie, als wären sie uralte Bekannte? Fragend blickte er zu Suzanne, die jedoch genauso verblüfft schien wie er.

„Ich weiß, dass wir eigentlich vereinbart hatten, dass Sie mich dieses Mal abholen, nachdem gestern Abend unsere Verabredung geplatzt ist. Aber man sagte mir, Sie würden hier arbeiten, und da ich sowieso jeden Tag hier vorbeifahre, dachte ich …" Sie verstummte und lächelte wieder erwartungsvoll. Ryan stand langsam auf.

Plötzlich fiel ihm wieder ein, was Angel ihm gestern Abend gesagt hatte, und alles fügte sich zusammen.

Das hier war also die „heiße Nummer", die seine Brüder mit ihm verkuppeln wollten, ohne dass er überhaupt gefragt wurde. Heiß war diese Frau auf jeden Fall, aber dennoch war er nicht interessiert.

Zwei Augenpaare blickten ihn gespannt an.

Ryan beschloss, bei nächster Gelegenheit seinen kleinen Brüdern, die sich in alles einmischten, gehörig die Meinung zu sagen. „Tut mir leid, Lady, da muss ein Missverständnis vorliegen. Mein Bruder hat ..."

„Um Himmels willen, so geh doch endlich mit ihr." Suzanne sprang entnervt auf und klopfte sich den Staub vom Rock. „Geht und amüsiert euch."

„Was soll das?"

„Einen wunderschönen Abend noch." Damit drehte sie sich um, verschwand im Haus und zog die Tür hinter sich zu. Es knallte nicht, sondern klang sehr gesittet, dennoch war die Tür Ryan verschlossen.

„Komme ich vielleicht unpassend?" Endlich merkte auch Allene, dass sie Ryan in Verlegenheit gebracht hatte, und ihre rot geschminkten Lippen verzogen sich zu einem Schmollmund. „Ich dachte nur, weil ich doch schon die Karten für dieses Baseballspiel habe, könnten wir beide Zeit sparen, indem wir ..."

„Nein, nein, Sie kommen gerade richtig", log er und brachte sogar ein Lächeln zustande. „Es ist nur so, dass ich den ganzen Tag gearbeitet habe und etwas abgespannt bin." Er blickte ihr in diese herzerweichenden braunen Augen. „Tut mir wirklich leid, wenn ich etwas unhöflich war."

„Oh." Sie besah sich ratlos die Karten in ihrer Hand, und Ryan kam sich vor wie ein Schuft. „Wenn das so ist, habe ich natürlich Verständnis dafür, dass Sie nicht ausgehen möchten."

„Aber ...", begann er.

Sofort hellte ihr Gesicht sich auf. „Ja?" Es klang so hoffnungsvoll, dass Ryan sie nicht enttäuschen mochte.

„Ich werde schon nicht einschlafen."

„Wunderbar! Ich schlage vor, wir halten noch kurz bei Ihnen zu Hause an, damit Sie sich schnell duschen und umziehen können." Schon griff sie nach seiner Hand und zog ihn mit sich zu ihrem Auto.

Knall auf Fall

Ryan blickte sich stirnrunzelnd zum Haus um. Was mochte Suzanne jetzt von ihm denken? Sicher nichts Gutes.

Während der Fahrt überlegte er sich eine gerechte Strafe für seine Brüder. Eine Folter musste es sein. Eine lange und äußerst schmerzhafte Folter.

Ein paar Stunden später setzte Allene Ryan wieder vor Taylors Haus ab, weil dort noch sein Wagen stand. Sie drehte den Zündschlüssel herum und wandte sich mit einem strahlenden Lächeln an ihn.

Nachdem er dieses Lächeln jetzt den ganzen Abend lang erwidert hatte, waren seine Gesichtsmuskeln verkrampft, und er fühlte sich noch erschöpfter als zuvor.

Es war ihm nicht gelungen, Allene eher zu entkommen. Wann immer er es versucht hatte, zog sie einen Schmollmund und sagte, Rafe habe ihr versichert, dass Ryan sie nach dem Spiel noch zu einem Eis einladen würde.

Jetzt, nachdem er ihr den größten Eisbecher, den es gab, spendiert hatte, sehnte er sich nur noch nach einer Kopfschmerztablette und danach, alles Suzanne zu erzählen und das Missverständnis aufzuklären.

Er ahnte schon jetzt, dass es nicht leicht würde. Aber wenn es ihm irgendwie gelänge, wollte er heute Nacht bei ihr bleiben, um das fortzusetzen, was sie gestern begonnen hatten.

„Vielen Dank noch einmal für die nette Einladung", sagte er zu Allene und hob abwehrend die Hände, als sie plötzlich ihren Gurt löste und ihm etwas näher rückte. „Warten Sie."

Sie wartete jedoch nicht, sondern glitt geschickt über den Schaltknüppel und setzte sich ihm rittlings auf den Schoß. „Allene, ich ..."

„Pst", unterbrach sie ihn. „Danach sehne ich mich, seit ich dich auf der Treppe hab sitzen sehen – ausgestreckt, verschwitzt und unglaublich sexy." Sie griff ihm mit beiden Händen ins Haar und küsste ihn mitten auf den Mund. Fordernd stieß sie mit ihrer Zungenspitze gegen seine fest zusammengepressten Lippen.

Ryan verstand die Welt nicht mehr. Er hatte eine schöne Frau auf seinem Schoß, die ihm einen Zungenkuss verpasste, und trotzdem sträubte sich alles in ihm dagegen.

Was war los mit ihm?

So behutsam wie möglich machte er sich von Allene frei und schob sie zurück auf den Fahrersitz. Dort saß sie dann mit halb geöffneten Lippen und immer noch hoffnungsvollem Blick. Als er sich nicht rührte, seufzte sie resigniert auf. „Es ist eine andere Frau, stimmt's?"

Er nickte. „Tut mir wirklich leid."

Sie strich sich das Haar aus der Stirn. „Schon gut, das dachte ich mir bereits."

Wenn sie sich das bereits gedacht hatte, dann musste es schlimmer um ihn bestellt sein, als ihm lieb war. Er kam sich zwar wieder vor wie ein Schuft, aber eine so günstige Gelegenheit zur Flucht erhielt er sicher kein zweites Mal. Er öffnete die Tür, schwang die Beine aus dem Auto und rannte fast durch den Vorgarten zum Haus.

Auf der Treppe stand Suzanne und blickte ihm entgegen.

„Hallo, ich bin wieder da", sagte er etwas außer Atem.

Stumm hob sie eine Hand und fuhr ihm mit dem Finger über den Mund. Dann hielt sie den Finger ins Licht der Eingangslampe, um ihm den hellroten Lippenstift zu zeigen, mit dem Allene ihn verschmiert hatte.

Genauso stumm wandte sie sich wieder um und verschwand im Haus.

Diesmal knallte sie die Tür zu. Sehr laut sogar.

9. KAPITEL

Sobald Suzanne die Haustür zugeschlagen hatte, ärgerte sie sich über sich selbst. Konnte es ihr nicht egal sein, mit wem Ryan ausging? Wütend klopfte sie an Taylors Apartmenttür.

„Ich brauche jetzt unbedingt Eiscreme", sagte sie zu Taylor, als diese ihr öffnete.

„Dann komm rein. Ich habe eine neue Packung und sogar noch zwei saubere Löffel."

Suzanne ging gleich durch bis in die Küche und holte das Eis aus dem Kühlschrank. Seit Taylor ihre antiken Stühle verkauft hatte, um die Reparaturarbeiten bezahlen zu können, gab es bei ihr keine Sitzgelegenheit mehr. Also hockten sich die beiden Frauen auf den Tresen und stellten den Eisbecher in die Mitte.

Da diese Küche Suzanne sehr an ihre eigene erinnerte, musste sie sich große Mühe geben, um nicht an das Erlebnis mit Ryan zu denken. Sie nahm den Löffel, den Taylor ihr reichte, und bediente sich von dem Eis.

Taylor wartete, bis jeder von ihnen genau fünf Löffel gegessen hatte, ehe sie sich an Suzanne wandte. „So", begann sie und leckte ihren Löffel ab. „Was hat er getan?"

„Wer denn?"

„Ryan natürlich."

Suzanne betrachtete eingehend die Konsistenz des Schokoladeneises. „Wie kommst du darauf, dass er irgendetwas getan haben könnte?"

„Weil er ein Mann ist, Liebes. Männer können nicht anders, sie sind halt Idioten."

„Stimmt." Suzanne seufzte auf. „Aber aus irgendeinem Grund vergesse ich das mit den Idioten immer wieder."

„Also, ich muss zugeben, dass Ryan etwas weiter entwickelt zu sein scheint als die übrigen seiner Artgenossen. Zumindest sieht er dich an, und wenn du ihn nur ein klein wenig ermutigtest, dann würde er sicher auch einen Versuch bei dir wagen."

Suzanne schnaubte verächtlich und aß dann weiter von dem Eis.

Fragend hob Taylor eine Augenbraue. „Heißt das, er hat diesen Versuch bereits gewagt?"

„Nein."

„Hm." Taylor klang enttäuscht.

„Ich aber." Als Taylor daraufhin ungläubig auflachte, seufzte Suzanne erneut. „Ja, stell dir vor, ich habe den ersten Schritt gemacht. Gestern Abend war doch für eine Zeit der Strom weg. Und da hätten wir fast ..."

Taylor legte den Löffel hin. „Fast was?"

„Nichts." Suzanne stocherte auf einmal lustlos in dem Eisbecher herum. „Der Strom war gerade rechtzeitig wieder da, damit ich noch zur Vernunft kommen konnte."

„Wow. Ihr hättet also fast ..." Taylor seufzte jetzt auch, allerdings klang es bei ihr entschieden theatralischer. „Schade für dich. Er hat wirklich einen fantastischen Körper und ..."

„Und ist heute Abend mit einer Frau ausgegangen, die wie eine Barbiepuppe aussieht", fiel Suzanne ihr ins Wort.

„Was du nicht sagst."

„Er hat sie sogar geküsst."

„Nein!

„Und ob."

Taylor nahm ihren Löffel wieder auf und hielt ihn wie einen Dolch hoch. „Sollen wir ihn umbringen?"

„Ich meine es ernst."

„Ich auch." Taylor sprang von dem Tresen und musterte Suzanne eindringlich. „Kann es sein, dass du dich irrst? Ich habe doch selbst gesehen, wie er dich mit seinen Blicken fast verschlungen hat. Da gibt es keine andere Frau."

„Heute Abend gab es aber eine."

„Red mit ihm."

Suzanne sprang jetzt auch vom Tresen und griff nach dem Eisbecher. Diesen Trost wollte sie sich nicht nehmen lassen. „Auf keinen Fall."

„Solltest du aber."

„Wir sollten lieber unseren Schwur erneuern, denn den hast du anscheinend vergessen. Ich nehme das Eis hier mit, okay? Ich spendiere dann die nächste Packung." Mit diesen Worten verließ sie die Küche.

Taylor seufzte. „Meinen Schwur kann ich gern erneuern", murmelte sie vor sich hin. „Aber bei dir bin ich mir nicht mehr so sicher."

Während Suzanne über den dunklen Flur zu ihrem Apartment lief, hörte sie nicht auf, Eiscreme zu löffeln.

Eigentlich verwunderlich, denn ihre Kehle war wie zugeschnürt, und ihre Augen brannten von den unterdrückten Tränen. Sie war wütend auf sich selbst. Man konnte ja fast annehmen, es machte ihr etwas aus, mit wem dieser Neandertaler sich traf. Dabei wusste doch jeder, dass Ryan sich alles schnappte, was einen Rock trug.

Gewohnheitsgemäß streckte sie die Hand aus, um ihre nur angelehnte Apartmenttür aufzustoßen, und fuhr mit einem Aufschrei zurück, als sie statt des kühlen Holzes einen warmen menschlichen Körper berührte.

Besser gesagt, eine Männerbrust. Und diese Brust kannte sie.

„Suzanne, keine Angst. Ich bin's doch nur."

Die Stimme kannte sie auch, denn davon bekam sie immer einen trockenen Mund.

Zwei kräftige Hände legten sich auf ihre Schultern, und sie hob langsam den Blick.

„Wir müssen miteinander reden."

Sie schluckte den letzten Rest Eis hinunter, ehe sie sagte: „Kein Interesse."

„Es war Rafe, der diese Verabredung für mich arrangiert hatte."

„Du armer Kerl. Das war sicher sehr schlimm für dich."

„Hey, du hast doch selbst gesagt, dass ich gehen soll."

Das stimmte allerdings.

„Ich habe überlegt."

„Und was geht mich das an?"

„Du weißt schon. Wegen dieser Sache zwischen uns."

„Dieser Sache?" Sie lachte nervös auf. „Es gibt keine Sache zwischen uns."

„Doch, gibt es wohl." Ohne sie loszulassen, öffnete er die Tür und schaltete das Licht ein. Er tat ja gerade so, als fürchtete er, sie könnte vor ihm davonlaufen oder ihm wieder die Tür vor der Nase zuschlagen.

„Diese Sehnsucht, der wir nachgeben sollten." Ryan drängte sie nach drinnen.

„Wieso? Damit wir es endlich hinter uns haben? Das haben wir doch schon versucht." Sie schüttelte ihn ab. „Fahr nach Hause, Ryan."

„Du verstehst mich nicht."

„Doch, ich verstehe dich sehr genau. Du bist auf Frauen fixiert und kannst nicht anders."

„Suzanne!"

„Und wenn ich bedenke, was schon zum zweiten Mal in so kurzer Zeit beinahe zwischen uns passiert wäre, dann kann ich nur sagen, dass du sexbesessen bist." Sie kehrte ihm den Rücken zu und ließ ihn stehen.

In der Küche hatte er sie eingeholt, und als sie sich ihm empört zuwandte, besaß er auch noch die Frechheit zu lächeln.

„Suzanne." Er biss sich auf die Unterlippe, als könnte er jeden Moment in Gelächter ausbrechen. Unverschämt! Während sie noch überlegte, ob sie ihm einen Löffel Schokoladeneis ins Gesicht werfen sollte, langte sie schon in den Eisbecher.

„Wenn ich von etwas besessen bin, dann nur von dir. Und in einem Punkt solltest du dich nicht täuschen ..." Er nahm sie erneut bei den Schultern und drängte sie so weit zurück, bis sie gegen den Tresen stieß. „Ich gehe erst, wenn wir das hier geklärt haben."

So leicht ließ Suzanne sich nicht einschüchtern. Ohne noch länger nachzudenken – und das war ein Problem, gegen das sie schon seit ihrer Kindheit ankämpfte –, hob sie einen Löffel voll Eis und zielte auf sein Gesicht.

Das Eis traf ihn mitten an die Stirn.

Ryan strich mit der Hand darüber und betrachtete dann seine verschmierten Finger. Ein Tropfen lief ihm die Nase entlang, während er verwundert den Kopf schüttelte. „Ich kann nicht glauben, dass du das wirklich getan hast."

„Glaub es." Sie belud den Löffel erneut, holte aus und traf ihn dieses Mal an der Wange. „Ich habe hier noch eine Menge Munition."

„Anscheinend willst du in dieser Hinsicht nicht vernünftig werden." Er stützte sich jetzt mit den Händen links und rechts von ihr am Tresen ab und versperrte ihr damit den Fluchtweg. Dann neigte er sich hinunter und blickte ihr direkt in die Augen. Etwas von dem Eis auf seiner Wange tropfte ihr in den Ausschnitt.

Ryan besah sich den Klecks, ehe er sich noch tiefer neigte, um ihn abzulecken.

Als sie seine Zunge am Halsansatz spürte, hielt sie die Luft an. Sie hatte sich gerade eine schlagfertige Bemerkung zurechtgelegt, doch auf einmal fiel sie ihr nicht mehr ein.

„Und jetzt", er richtete sich wieder auf, „versuchen wir es noch einmal." Er lehnte seine Stirn gegen ihre und achtete nicht auf das Eis, mit dem er sie jetzt beide beschmierte. „Ja, wir müssen der Versuchung nachgeben. Aber", fügte er hinzu und nahm ihr den Eisbecher aus der Hand, „weil dir diese Vorstellung anscheinend Angst macht, solltest du mir Gelegenheit geben, dir vorher ein paar Dinge zu erklären." Vorsichtshalber schob er den Eisbecher ganz aus ihrer Reichweite, ehe er mit seiner Erklärung fortfuhr.

„Erstens solltest du wissen, dass ich kein Sexbesessener bin." Erneut neigte er den Kopf, um ihr mit der Zunge etwas Eiscreme vom Hals zu lecken. „Das wäre für mich auch viel zu ermüdend", murmelte er undeutlich.

Es fiel Suzanne schwer, seinen Worten zu folgen, während er jetzt an ihrem Hals lutschte. „Aber Rafe hat gesagt, dass ..."

„Rafe hat ja keine Ahnung. Er hatte das alles eingefädelt. Er versucht andauernd, mich zu verkuppeln."

Suzanne blinzelte. „Aber er sagte, du würdest jeden Abend ausgehen."

Ryan hob den Kopf. „Wenn überhaupt, dann nur an drei Abenden die Woche", entgegnete er so ernst, dass sie sich verwundert fragte, warum ihm das zu schaffen machte. Schließlich war sie diejenige, die ein Problem damit hatte, dass er sich mit so vielen Frauen traf.

„Auch nicht schlecht", erwiderte sie kühl und achtete nicht auf den Stich im Herzen, den sie verspürte.

Einen Moment lang sah er sie nur schweigend an, dann ergriff er ihre Hände, führte sie hinter ihren Rücken und hielt sie dort mit einer Hand fest. Mit der anderen Hand fuhr er ihr über den Hals und verstrich die Reste der Eiscreme. „Drei Verabredungen pro Woche findest du übertrieben, ja?"

Sie konnte sich nur schwer auf etwas anderes als seine streichelnden Finger konzentrieren. „Also ..."

„Stimmt das?" Zärtlich fuhr er mit einem Finger über ihre Wange. „Suzanne?"

Was hatte er sie eben gefragt?

Knall auf Fall

"Ich glaube, es gefällt dir nicht, dass ich mich überhaupt verabrede." Sein Finger beschrieb kleine Kreise. "Außer mit dir."

"Das bildest du dir bloß ein." Es war nur ein atemloses Flüstern, weil Ryan jetzt den Finger in den Eisbecher tauchte und sie ahnte, was er vorhatte.

Er nahm etwas Eis heraus und verteilte es wieder auf ihrem Hals, wobei er ununterbrochen über den heftig schlagenden Puls an ihrer Kehle strich.

Ihre Brustspitzen richteten sich auf.

"Drei Mal pro Woche gehe ich abends aus, das stimmt", fuhr er fort. "Aber nicht, weil ich mit Frauen verabredet bin." Er ließ ihre Hände los und griff jetzt nach dem obersten Knopf ihres Kleides. "Und was meine Sexbesessenheit angeht …" Sie hielt den Atem an, und noch bevor sie ihn wieder ausgestoßen hatte, war der erste Knopf offen. "Die gab es nie. Jedenfalls bevor ich dich kennenlernte."

"Und jetzt?" War das etwa ihre Stimme, die so heiser und einladend klang?

"Jetzt kann es durchaus sein, dass ich besessen bin." Ein zweiter Knopf folgte, dann noch einer, und schließlich rutschte ihr das Oberteil über die Schultern. Nur noch ein weißer BH bedeckte ihre Brüste, und Ryan fuhr mit den Daumen über ihre Brustspitzen, die sich unter dem dünnen Stoff deutlich abzeichneten. Suzanne presste die Schenkel zusammen. "Habe ich jetzt alle Fragen zu deiner Zufriedenheit beantwortet?"

Sie runzelte die Stirn und versuchte sich an das zu erinnern, worüber sie gerade gesprochen hatten. "Wenn du dich nicht mit der gesamten weiblichen Bevölkerung der Stadt triffst, wie verbringst du dann die drei Abende pro Woche?"

"Ich …" Er verstummte. "Ach, was soll's. Ich gehe aufs College."

"Aber das ergibt doch keinen Sinn."

"Warum nicht? Weil ich nur ein Baumfäller bin?"

Sie hörte aus seinem Tonfall heraus, dass er gereizt war. „Unsinn. Du weißt genau, dass du viel mehr tust."

Er schüttelte den Kopf. „Es ist eine stupide Arbeit, und die mache ich nur, um Geld zu verdienen. Es ist keineswegs mein Traumjob. Nein, mein Ziel ist, Landschaftsarchitekt zu werden. Und nachdem ich sechs Jahre lang alle Abendkurse besucht habe, die dafür angeboten wurden, stehe ich kurz vor dem Abschluss."

Er sah sie mit solch einer Entschlossenheit an, während ihm gleichzeitig Eiscreme von der Nase tropfte, dass sein Anblick sie rührte. „Es tut mir leid, dass ich dich mit Eiscreme beworfen habe."

„Könntest du es jetzt wenigstens ablecken?"

Liebend gern, dachte Suzanne. Aber sie wollte sich einen einigermaßen klaren Kopf bewahren, damit sie sich anschließend leichter von ihm trennen konnte. „Nein danke, obwohl es bestimmt sehr nett wäre."

„Sehr nett?" Er lachte auf. „Nur nett?"

„Das ist doch keine Beleidigung."

„Ach nein?"

„Ich gebe ja zu, dass es mir etwas heiß wird, wenn du in meine Nähe kommst. Aber ..."

„Dieses Wörtchen Aber hasse ich allmählich."

„Aber", fuhr sie ungerührt fort und lächelte, als er aufstöhnte, „wenigstens einer von uns sollte daran denken, was wir uns vorgenommen haben."

„Wie könnte ich das vergessen? Du erinnerst mich ja ständig daran, dass es zwischen uns nichts Ernstes geben kann."

Seine Brust berührte ganz sachte ihr Brustspitzen, und sie biss sich auf die Lippe, um ein Stöhnen zu unterdrücken. „Gehst du denn trotz deiner Abendkurse noch mit Frauen aus? Nicht dass mich das interessiert."

Sein Lächeln war umwerfend. „Und ob dich das interessiert.

Möchtest du vielleicht auch wissen, was Allene und ich heute Abend gemacht haben?"

„Nein, das ist mir vollkommen egal. Na gut, du kannst es mir ja erzählen. Los, red schon." Ärgerlich über ihre neu entfachte Eifersucht, fügte sie mildernd hinzu: „Es steht dir natürlich frei."

„Natürlich." Er strich ihr eine Haarsträhne hinters Ohr. „Auf jeden Fall haben wir uns nicht von oben bis unten mit Eiscreme beschmiert."

„Wir doch auch nicht."

„Die Nacht ist ja auch noch jung." Sein Blick war verführerisch, und an seiner Hand klebte immer noch Eis, als er ihr langsam damit durchs Haar fuhr.

„Du schmierst mir Eis ins Haar."

„Stimmt." Sein Mund war auf einmal ganz dicht an ihren Lippen. „Und ich habe vor, es überall auf dir zu verschmieren."

„Untersteh dich."

„Warum? Du hast doch damit angefangen." Sein Lächeln wirkte herausfordernd. „Ich dachte, du wolltest es."

„Nein, ich wollte ..."

„Ja?" Abwartend sah er sie an. „Was wolltest du?"

Also schön, sie hatte ihn mit Eis beworfen. Aber da war sie wütend auf ihn gewesen, weil sie geglaubt hatte, sie müsste mit dieser wandelnden Barbiepuppe konkurrieren.

Doch jetzt brauchte sie mit niemandem mehr zu konkurrieren, und auf einmal befielen sie Zweifel, ob es gut war, mit ihm zu schlafen.

„Wir sollten es vielleicht doch nicht tun", flüsterte sie, als er seine Stirn gegen ihre lehnte.

„Wahrscheinlich."

„Lass uns jetzt einfach damit aufhören, okay? Am besten gehst du jetzt."

„Ich werde eher bleiben und darum kämpfen."

Der Gedanke erfüllte sie mit Panik, weil ihr klar war, dass sie ihm nicht lange würde widerstehen können. „Nein, das wäre nicht fair."

„Du hast nur Angst, Suzanne."

„Ich habe keine Angst."

„Du musst wissen, dass ich nicht so bin wie die anderen Männer in deinem Leben. Ich werde für uns kämpfen und nicht einfach verschwinden, wenn's mal schwierig wird."

Stimmte das? Hatte bislang keiner ihrer Verlobten für ihre Beziehung gekämpft?

„Ich werde kämpfen", wiederholte er, und es klang wie eine Warnung. „Um dich. Um uns."

„Das solltest du dir aus dem Kopf schlagen." Ihre Stimme klang unsicher.

Er küsste sie, und sie spürte, wie sie schwach wurde. „Nein!" Sie versuchte, ihn von sich zu stoßen, doch es gelang ihr nicht. „Ich will nicht, dass du um unsere Beziehung kämpfst."

„Wieso nicht?"

„Weil du einen starken Willen hast. Und den musst du auch haben nach allem, was du durchgemacht hast." Wohl wissend, dass sie so einen Kampf nur verlieren konnte, reckte sie sich, langte nach dem Eisbecher und drückte sich das kühle Eis an die Brust. „Wirklich, du solltest jetzt gehen."

„Ich begehre dich, Suzanne. Ich möchte eins mit dir werden. Ich möchte, dass du bei mir bleibst. Für immer."

„Du kämpfst mit ziemlich miesen Tricks", flüsterte sie mit belegter Stimme. „Aber ich habe auch miese Tricks auf Lager." Mit diesen Worten griff sie in den Eisbecher und holte eine Handvoll halb geschmolzenes Eis heraus. Ehe er sich's versah, hatte sie ihm das T-Shirt aus der Hose gezerrt und die Masse an den Bauch geklatscht. Der Anblick seines nackten Bauches ließ sie zwar fast wieder schwach werden, aber sie hob entschlossen den Kopf.

Knall auf Fall

Ryan schnappte erschrocken nach Luft und zog dabei den Bauch ein. Das Eis rutschte in die Jeans und immer tiefer. Er schüttelte sich.

Suzanne schlug sich die Hand vor den Mund.

Teuflisch grinsend entwand er ihr den Eisbecher und nahm sich Eis auf den Löffel. Suzanne wurde es etwas mulmig zumute.

„Ryan." Sie lachte nervös auf und wollte einen Schritt zurückweichen, aber leider war da der Tresen. „Ryan."

„Genauso heiße ich."

„Ich will nicht …"

„Was denn?" Er neigte den Kopf zur Seite. „Was willst du nicht?"

„Tja." Sie sah sich gehetzt um. „Eigentlich besteht keinerlei Anlass dazu, dass wir uns so kindisch aufführen …" Sie holte erschrocken Luft, als Ryan ihr das Eis genau zwischen die Brüste fallen ließ.

Immer noch grinsend, begann er, ihr das Dekolleté mit dem Eis einzureiben.

Die Kälte ließ sie aufkeuchen. „Also schön, es war eine blöde Idee, sich mit Eis zu beschmieren."

„Stimmt. Vielleicht sollten wir uns ein anderes Spiel ausdenken", entgegnete er und zog sie an sich, ohne sich um ihre mit Eis beschmierte Brust zu scheren. „Wehr dich, wenn du kannst", murmelte er, bevor er sie auf den Mund küsste.

10. KAPITEL

"Vergiss nicht, hier geht es nur um Sex." Suzanne atmete tief durch, als Ryan schließlich den Kuss beendete. "Nur Sex", wiederholte sie.

Dennoch hörte er den Zweifel aus ihrer Stimme heraus. "Soll ich ehrlich sein?"

Sie schloss die Augen. Wollte sie wirklich, dass er jetzt ehrlich war und ihr die Wahrheit sagte?

Ihr Zögern machte sie für Ryan nur noch begehrenswerter.

"Vielleicht sollten wir jetzt lieber nicht reden", schlug sie vor.

Er schien enttäuscht. "Sollte ich vielleicht auch lieber gehen?", fragte er vorsichtig.

"Ja."

"Gut." Sein Körper bebte zwar vor Verlangen, aber vom Kopf her war er mit dieser Entscheidung einverstanden. Er trat einen Schritt zurück.

"Du ... du gehst wirklich?"

"Ja."

"Gut."

"Wirklich?"

Keiner von ihnen hätte später sagen können, wer den Anfang gemacht hatte, aber auf einmal lagen sie sich in den Armen und küssten sich beinahe verzweifelt.

Schwer atmend löste sie sich von ihm. "Ryan, um Himmels willen."

"Ich weiß. Wir müssen ..."

"Ja."

Er griff ihr unter die Achseln, setzte sie auf den Tresen und drängte sich zwischen ihre Schenkel. Unkontrolliert stöhnte er auf, als sie automatisch die Beine um ihn legte und sich ihm entgegenbog.

„Hier?" Suzanne keuchte. „Jetzt?"

„Hier und jetzt." Er schob ihr das Oberteil des Kleides bis zu den Ellbogen hinunter, wodurch sie praktisch gefesselt war, und öffnete ungeduldig den Vorderverschluss des BHs. Mit beiden Händen umfasste er ihre vollen Brüste.

„Ryan, das Kleid. Ich kann meine Arme nicht bewegen."

Doch er hörte nicht auf ihren Protest. Er nahm einen Löffel flüssiges Eis aus dem Becher und ließ es auf ihre nackten Brüste tropfen.

Zitternd holte sie Luft, wobei sich ihre Brüste hoben und senkten. Ryan löste sich aus der Umklammerung ihrer Beine und zog ihr den Slip aus, ehe er wieder nach dem Löffel griff und ihr jetzt das Eis auf den Bauch und die Schenkel tropfen ließ.

„Ryan." Sie zuckte zusammen, als einer der Tropfen zwischen ihre Schenkel lief und dort versickerte. „Das … das wird doch alles klebrig."

„Nicht wenn ich es vorher ablecke."

Aus großen Augen sah sie ihn an. „Du willst …"

„Du wirst schon sehen." Er beugte sich über ihren Schoß und schob ihre Schenkel weit auseinander. „Du bist wunderschön", keuchte er.

Sie rang nach Luft, als er den Kopf immer tiefer senkte. „Warte."

Er sah zu ihr hoch. „Was ist denn?"

„Noch nie … es hat noch niemand …" Sie lief rot an und schloss die Augen.

„Es hat dich noch nie jemand mit dem Mund verwöhnt?"

„Nein", gestand sie, ohne die Augen zu öffnen.

Einerseits war er wütend auf die anderen Männer in ihrem Leben, doch andererseits empfand er Genugtuung darüber, dass er ihr zeigen konnte, wie schön diese Art der Liebe war. „Mach die Augen auf und sieh mir dabei zu, Suzanne."

Als sie seinem Wunsch nachkam, glitt er mit den gespreizten Hände an ihren Schenkeln hinauf, bis sich seine Daumen berührten.

Suzanne begann zu wimmern.

Zärtlich verrieb er Eiscreme auf ihrer empfindsamsten Stelle. „So."

„Und jetzt?"

„Jetzt werde ich das ablecken. Wie versprochen."

Und das tat er. „Hm, Frau mit Schokogeschmack. Meine Lieblingssorte."

„Ryan, ich ..." Sie unterbrach sich, als er mit der Zungenspitze in sie hineinglitt, und ihr kehliges Stöhnen bewies ihm, wie erregend sie es fand.

Als er plötzlich den Mund weit öffnete und an ihr zu saugen begann, bäumte sie sich vor Lust auf. Mit beiden Händen umfasste er ihren Po und hielt sie fest, ohne mit dem Saugen und den Liebkosungen der Zungenspitze aufzuhören. Suzannes Erregung wuchs ins Unermessliche, und sie spürte, wie sie sich der Erfüllung näherte. Plötzlich verspannte sie sich und begann am ganzen Körper zu zittern. Ryan hielt inne, wartete auf ihren Höhepunkt, doch sie entwand sich ihm geschickt und presste die Schenkel zusammen. „Stopp!"

Er hob irritiert den Kopf. Sie hatte die Hände zu Fäusten geballt, und ihre Brüste hoben und senkten sich heftig.

„Ryan, ich ... ich ..."

„Du kommst?", fragte er sanft.

Die Haare flogen ihr ins Gesicht, als sie nickte, und Ryan fühlte sich mehr denn je zu ihr hingezogen. „Aber das ist doch wunderschön." Er strich ihr über die Brustspitzen. „Lass dich einfach fallen."

Bei der Berührung zitterte sie wieder am ganzen Körper. „Aber ..."

„Ich will es." Er senkte den Kopf erneut und blies seinen

kühlen Atem über ihren erhitzten Bauch. „Lass es geschehen, Suzanne. Komm."

Und als er noch einmal mit der Zunge in sie eindrang, schrie Suzanne auf und genoss die Erfüllung ihrer Lust.

Erst nach einiger Zeit vermochte Suzanne wieder die Augen zu öffnen, und beschämt blickte sie Ryan an. Sie hatte einen Höhepunkt erlebt, während er ihr dabei zusah.

„War es schön?" Sein Lächeln konnte nicht darüber hinwegtäuschen, dass er vor Unbefriedigtheit frustriert war.

Spontan griff sie nach seinem T-Shirt und zog es ihm über den Kopf. Beim Anblick seines muskulösen Körpers musste sie schlucken. Wie konnte ein Mann nur so perfekt aussehen? Anerkennend strich sie ihm über die Brust.

„Sag, dass du ein Kondom bei dir hast." Sie erkannte ihre Stimme nicht wieder, und noch nie war sie so direkt gewesen. Doch diese Offenheit hatte Ryan in ihr geweckt.

„Ich habe ein Kondom."

Sie öffnete den Knopf an seiner Jeans und zog den Reißverschluss hinunter. Das metallische Geräusch klang laut in ihren Ohren, denn abgesehen von ihrem lauten Atmen war es vollkommen still in der Küche.

Ohne Scheu fuhr sie ihm mit der Hand in den Slip und befühlte das geschmolzene Eis, ehe sie ihn ganz intim umfasste. Ryan bebte vor Verlangen, und auch in ihr erwachte wieder die Lust.

„Wo ist dein Bett?", fragte er heiser.

Sie schüttelte nur den Kopf. So lange wollte sie nicht warten. „Hier."

Er zögerte nicht länger, zog sich den Slip zusammen mit der Hose aus und streifte sich das Kondom über. Suzanne beobachtete ihn aufmerksam. Ihm bei so etwas Intimem zuzusehen fand sie ungemein erotisch.

„Ryan?"
Er sah sie fragend an.

„Beeil dich." Fordernd umschlang sie ihn mit Armen und Beinen, während er sie gleichzeitig vom Tresen hob und sich suchend umsah. Er entdeckte den Tisch, fegte mit einer Handbewegung alles zur Seite und setzte Suzanne darauf ab.

Dann umrahmte er ihr Gesicht mit beiden Händen, und als sie sich erneut küssten, war es keine zärtliche behutsame Berührung ihrer Lippen, sondern ein verzehrender, tiefer Kuss, mit dem sie sich gegenseitig ihre Leidenschaft zeigten.

Im Küssen drückte er sie nach hinten auf die Tischplatte und schob ihr den Rock hoch bis zur Taille.

Dann drang er in sie ein. In dem Moment, wo sie überrascht aufschrie, schrie auch er. Rhythmisch bewegte er sich vor und zurück und drang dabei immer tiefer in sie ein.

Suzanne blickte ihm verwundert in die Augen, als sie schon kurz darauf spürte, wie sie sich dem Gipfel näherte. Doch dieses Mal hielt sie sich nicht zurück. Und während sie sich zuckend unter ihm wand, konnte sie es kaum glauben, dass sie innerhalb kürzester Zeit gleich zwei Mal zu einem Höhepunkt gekommen war.

Sie wusste, dass es nicht an der Situation lag, sondern an Ryan.

Nachdem sie sich einigermaßen beruhigt hatte, küsste er sie zärtlich und strich ihr über das Gesicht. Dann begann er sich wieder in ihr zu bewegen, und erneut erstaunte es sie, wie nahe sie schon bald der Erfüllung war. Ihr Blick verschleierte sich, und sie konnte Ryan kaum noch sehen, doch dafür spürte sie ihn umso intensiver. Immer schneller bewegte er sich jetzt, und als er schließlich den Kopf in den Nacken warf und am ganzen Körper erbebte, rief er laut ihren Namen.

Sie ließ sich von seiner ungehemmten Leidenschaft mitreißen und gab sich ganz und gar dem dritten Höhepunkt in dieser Nacht hin.

Knall auf Fall

Doch selbst als ihre Körper vereint die Wellen der Lust auskosteten, hielt Suzannes Verstand sie zurück, die letzte innere Barriere zu überwinden.

Es ist nur eine Nacht, sagte sie sich immer wieder. Nur diese eine Nacht, damit die Sehnsucht zwischen uns endlich gestillt ist.

Als Ryan sie küsste, erwiderte sie den Kuss voller Inbrunst, aber sie verlor sich nicht mehr in diesem Gefühl.

Ryan kehrte nur langsam in die Wirklichkeit zurück. „Wenn das nichts als Sex war", murmelte er, „dann fress ich einen Besen." Seine Lippen waren dicht an ihrem Mund.

Sie antwortete nichts darauf.

Vorsichtig löste er sich von ihr und blickte auf sie hinab.

Verlegen setzte sie sich auf, rutschte vom Tisch und begann nach ihrem Slip zu suchen. Ryans Hose fand sie zuerst und warf sie ihm zu.

„Suzanne?"

Sie wandte sich ab, und während sie sich mechanisch das Kleid zuknöpfte, sah sie aus dem Fenster hinaus in die Nacht.

„Alles okay?"

Als Ryan ihr von hinten die Hände auf die Schultern legte, trat sie einen Schritt vor, um sich ihm zu entziehen. „Natürlich ist alles okay. Danke der Nachfrage."

Er konnte sich sehr gut vorstellen, was jetzt in ihr vorging. Es fiel ihr schwer, diese letzte Distanz zu ihm aufrechtzuerhalten und sich einzureden, alles sei noch wie vorher. Doch in diesem Punkt irrte sie sich. Niemals würde es zwischen ihnen wieder so sein wie vorher.

„Du sollst wissen, dass das gerade für mich ein einzigartiges Erlebnis war. Unvergleichlich." Er hatte schon mit etlichen Frauen Sex gehabt, auch in der Küche, und einmal war sogar Schlagsahne mit im Spiel gewesen, aber das alles reichte bei Weitem nicht an das heran, was er gerade mit Suzanne erlebt hatte. Es war viel mehr als Sex gewesen. Wenn er Suzanne im Arm hielt, dann fühlte er sich vollkommen. Nicht nur körperlich, sondern auch seelisch.

„Es ist schon spät. Entschuldige." Sie verließ die Küche, und einen Augenblick später hörte Ryan, wie die Tür zu ihrem Schlafzimmer zufiel.

Er stand da, noch immer ohne Hose, und kam sich jetzt so lächerlich vor, dass sein Selbstbewusstsein stark ins Wanken geriet.

Zwei Tage später hantierte Suzanne eifrig in ihrer Küche und bereitete das Dessert für die dritte Feier in dieser Woche zu, indem sie Kekse mit Schokolade überzog. Auch diesen Auftrag hatte sie bei Ryans Geburtstagsparty bekommen.

Als ihr der intensive Schokoladengeruch in die Nase stieg, dachte sie sofort wieder daran, wie sie sich hier in der Küche geliebt hatten.

Seufzend steckte sie sich einen weiteren Keks in den Mund. Damit hatte sie jetzt bereits ein Dutzend dieser Kalorienbomben zu sich genommen. Die Schokolade schmolz ihr im Mund, und der Keks löste sich langsam auf. Es schmeckte einfach herrlich.

Na gut, dachte sie. Mein Privatleben bekomme ich vielleicht nicht in den Griff, aber wenigstens kann ich fantastisch kochen und backen.

Nachdem sie bereits am frühen Nachmittag ihre Platten abgeliefert hatte, fuhr sie planlos durch das South Village und dachte über ihre momentane Situation nach. Eigentlich konnte sie froh sein, denn die Auswahl ihres Menüs hatte Anklang gefunden, und sie hatte bereits zwei weitere Anschlussaufträge für die kommende Woche in der Tasche.

Dennoch, für ein Hobby artet es langsam aus, sagte sie sich, ohne auf die innere Stimme zu hören, die ihr riet, das Hobby zum Beruf zu machen.

Es lag ihr eben nicht, auf Dauer verantwortungsvoll und ernsthaft ein Geschäft zu betreiben.

In den Straßen herrschte buntes Treiben. Berufstätige erledigten noch hektisch ihre Einkäufe, andere, die es besser hatten, gingen bloß bummeln oder sahen sich nach einem Flirt um. Es wimmelte von Radfahrern, Fußgängern und Joggern. Alle waren gut gelaunt, lachten, unterhielten sich oder sangen sogar aus vollem Hals wie der Teenager auf seinen Rollerblades. Der Duft aus den Straßencafés vermischte sich mit dem typischen Geruch der Großstadt.

Kurz entschlossen stieg sie an einem Kiosk aus, kaufte sich eine Zeitung mit Stellenanzeigen und fuhr anschließend im Schritttempo weiter, um sich die Cafés und Restaurants der Umgebung etwas genauer anzusehen.

Erst als sie an Ryans Firma vorbeikam, wurde ihr bewusst, welche Richtung sie genommen hatte.

Sie hielt an, stellte den Motor ab und überlegte. Sollte sie aussteigen? Obwohl sie angestrengt nach Gründen suchte, warum sie jetzt hier parkte, fiel ihr nur ein einziger ein: Sie wollte Ryan wiedersehen.

„Hallo!"

Suzanne zuckte zusammen, als sie plötzlich seine Stimme vernahm, und drehte den Kopf. Ryan stand lächelnd neben ihrem Auto. Allerdings wirkte sein Lächeln ein wenig verkrampft.

Sie kurbelte das Fenster herunter. „Hallo", erwiderte sie gepresst. „Ich wollte nur ..." Ja was? „Ich wollte ..."

Er sah die Zeitung auf dem Beifahrersitz. „Wieder einmal auf Jobsuche?"

Sie atmete auf. „Richtig."

„Und was ist mit dem Party-Service? Glaubst du immer noch, es ist nur ein Hobby?"

„Stimmt", entgegnete sie unfreundlich.

Er lächelte beschwichtigend. „Weiß ich ja. Was ich nicht weiß, ist, wovor du solche Angst hast, dich selbstständig zu machen." Es klang ganz sachlich, ohne jeden Vorwurf.

Das mochte auch der Grund dafür sein, dass sie ihm jetzt nicht mit einer flapsigen Bemerkung auswich. „Es ist das Übliche."

„Angst vor dem Versagen?"

Sie nickte. Woher kannte er sie so gut? Hatte je ein Mensch sie so durchschaut?

„Du liebst deinen Party-Service doch, oder?"

„Natürlich."

„Gefällt es dir denn nicht, deine Arbeitszeiten selbst zu bestimmen?"

Sie seufzte. „Doch."

„Und verdienst du gut dabei?"

Suzanne nickte und strich sich eine Haarsträhne aus der Stirn. „Ich weiß das ja alles. Es wäre der perfekte Anfang zu einem soliden und verantwortungsvollen Leben."

„Für mich klingt es eher nach dem perfekten Anfang zum Glücklichsein."

Niemand hatte sich bisher um ihr persönliches Glück Gedanken gemacht.

„Nur weil deine bisherigen Beziehungen gescheitert sind, heißt das noch lange nicht, dass du mit deiner Selbstständigkeit auch scheitern würdest", fügte er beinahe streng hinzu.

Als sie sich von ihm nur störrisch abwandte und durch die Windschutzscheibe starrte, griff er ihr unters Kinn, damit sie ihn wieder ansah. „Und wo ich schon einmal dabei bin, dir meine Meinung zu sagen – ich bin froh, dass diese anderen Beziehungen gescheitert sind. Das war Bestimmung, und es ist auch Bestimmung, dass du deinen eigenen Party-Service gründest."

Suzanne schloss entnervt die Augen. „Ryan."

„Komm, gehen wir zusammen essen", schlug er vor.

"Danke, ich habe keinen Hunger."

"Dann lass uns einfach spazieren gehen."

"Ich bin ..."

"Dann lass uns machen, was du willst, Suzanne." Seine Stimme klang verführerisch, und sein Blick war eindringlich. "Von mir aus können wir uns auch einfach hier auf offener Straße nur ansehen."

Das würde ich nicht lange durchhalten, dachte sie. Sie hatte sich etwas geschworen, und diesen Schwur durfte sie nicht brechen. Plötzlich ergriff sie Panik. "Ich hab keine Zeit mehr, tut mir leid", entgegnete sie, ließ den Motor an und fuhr los. Hoffentlich bin ich ihm jetzt nicht über den Fuß gefahren, dachte sie bloß.

Erst als sie zu Hause angekommen war, hatte sie sich etwas beruhigt. Dennoch fühlte sie sich todunglücklich. Leider fiel Eiscreme als Trost aus, weil sie dabei immer an den wilden, hemmungslosen Sex mit Ryan denken musste.

Dann eben Chips, beschloss sie, während sie die Treppe zu ihrem Apartment hinauflief. Eine große Tüte Paprikachips, daran ist nichts sexy.

Es sei denn, sie wären über Ryan Alondos Körper verstreut. Das wäre sicher sexy, denn dann könnte sie bei den Zehen anfangen und sich langsam nach oben essen. Seinen ganzen muskulösen schlanken Körper hinauf.

Nein! Schluss mit diesen Fantasien, befahl sie sich. Also auch keine Chips.

Die Tür zu Taylors Apartment stand offen, und Suzanne vermutete, dass ihre Freundin wieder einmal auf der Suche nach Baumaterialien und günstigen Handwerkern war. Neugierig betrat sie das Wohnzimmer. Dort standen ein großer Messingfrosch, ein kunstvoll geformter schmiedeeiserner Schirmständer und ein Glasregal mit vielen kleinen Porzellanfigürchen. Alles kostbare Antiquitäten und anscheinend neu erworben.

Taylors Sammelleidenschaft war nicht zu bremsen. Würde

sie die ganzen Sachen nicht wieder verkaufen müssen, um die Bauarbeiten am Haus bezahlen zu können? Suzanne fragte sich, ob sie beide nicht irgendwann auf der Straße landeten.

Aus der Küche drangen Stimmen, Männerstimmen und zumindest eine Frauenstimme.

Sofort begann ihr Herz zu rasen. War Ryan auch da? Hatte er sie auf der Fahrt hierher vielleicht überholt? „Taylor?", rief sie.

„Hier! Komm rein!"

Suzanne schämte sich jetzt ein wenig für ihre Neugier, als sie die Küche betrat. Zwei Männer saßen am Tisch über ein paar Pläne gebeugt, und am Tresen lehnte eine junge Frau mit einer Stehhaarfrisur und zahlreichen Ringen in einem Ohr. Sie trug eine ausgefranste Jeans, ein unglaublich knappes Top und einen Diamanten im Bauchnabel. Sie füllte gerade ein Formular aus. „Hallo."

Taylor kam in ihrer typisch vornehmen Art Suzanne entgegen. „Was ist denn los?"

Erstaunt hob Suzanne die Augenbrauen. „Wieso fragst du mich? Du bist es doch, die die Küche voller Menschen hat."

„Schlechte Laune, was?" Dann senkte sie die Stimme. „Diese beiden Männer erstellen gerade einen Kostenvoranschlag für die Renovierung. Als sie mich sahen, dachten sie, sie könnten mich übers Ohr hauen und Traumpreise verlangen. Aber da habe ich ihnen einen Strich durch die Rechnung gemacht. Jetzt beraten sie, wie sie die Preise senken und dennoch ihren Profit machen können."

Typisch Taylor, dachte Suzanne. „Und diese interessant aussehende junge Frau?"

„Das ist Nicole Mann."

Als die Frau ihren Namen hörte, hob sie aufmerksam den Kopf. Solche grauen Augen hatte Suzanne noch nie gesehen. Taylor winkte Nicole zu sich und ging dann den beiden Frauen voran nach draußen auf den Flur.

„Suzanne", sagte sie dort, „Miss Mann ist wegen des Dachapartments gekommen, das voraussichtlich nächste Woche fertig sein wird. Wenn du es nicht mehr haben willst, wird sie es mieten."

„Nein, ich bin zufrieden mit meinem Apartment." Suzanne lächelte Nicole zu, die das Lächeln jedoch nicht erwiderte. „Da oben wohnt es sich prima. Jetzt, wo der eine Baum weg ist, hat man eine fantastische Aussicht über die Dächer der Stadt."

„Ich habe kaum Freizeit, da bleibt mir wenig Gelegenheit, die Aussicht zu genießen." Nicole reichte Taylor das ausgefüllte Formular.

Taylor überflog die Einträge. „Sie sind Ärztin?"

„Chirurgin."

Suzanne konnte nicht fassen, dass diese Frau, die jünger als sie selbst schien, bereits eine ausgebildete Chirurgin war. Aber Taylor sprach schon weiter, bevor Suzanne Nicole Fragen stellen konnte.

„Und Sie ziehen alleine ein, ja? Kein Mitbewohner?"

„Um Himmels willen, nein!"

Das klang so entrüstet, dass Taylor lachen musste.

Nicole dagegen blieb ernst. „Warum ist das so lustig?"

„Suzanne und ich sind auf derselben Wellenlänge wie Sie, das ist alles. Wir haben uns nämlich geschworen, Single zu bleiben, damit wir wegen der Männer keine grauen Haare bekommen."

Nicole betastete sich ihre pechschwarzen Stachelhaare. „Den Schwur leiste ich auch gern." Jetzt lächelte sie. „Rufen Sie mich doch im Krankenhaus an, wenn die Wohnung bezugsfertig ist. Da erreichen Sie mich ohnehin fast rund um die Uhr."

„Einverstanden." Taylor blickte Nicole nachdenklich hinterher, als diese die Treppe hinunter zur Haustür ging. „Ich finde, sie hat irgendetwas ganz Besonderes an sich."

„Glaubst du, sie hat noch mehr Piercings?", fragte Suzanne.

„Aua, hoffentlich nicht. Aber ich meinte auch eher dieses

Gefühl, das ich hatte, gleich als ich sie sah. So eine Art Vorahnung, ähnlich wie bei dir."

„Wirklich?" Suzanne verzog die Mundwinkel. „Dachtest du, diese Frau soll sofort vom Grundstück verschwinden, sonst knallt mir ein Baum aufs Dach?"

Taylor lachte. „Nein, eher, sie könnte meine Freundin werden." Mit der Schulter stieß sie Suzanne an. „Genauso eine wie du."

Vor Rührung musste Suzanne schlucken. „Du bist auch meine Freundin."

„Freundin genug, damit du mir jetzt erzählst, was mit dir los ist?"

„Ach, nichts Besonderes."

„Und deshalb hast du dunkle Ringe unter den Augen und verlierst kein Wort mehr über ihn?"

„Ich muss ja nicht zwangsweise ständig das Gespräch auf ihn bringen."

„Ich wette, du sprichst nicht mal seinen Namen mehr aus." Als Suzanne nicht darauf reagierte, fuhr Taylor fort: „Ryan, Ryan, Ryan. Komm schon, das kannst du auch. Sag es. Ryan."

„Bitte, können wir nicht über etwas anderes sprechen?"

„Natürlich." Taylor lächelte. „Wie läuft der Party-Service?"

„Der ist …"

„Nur ein Hobby", fiel Taylor ihr ins Wort und schüttelte den Kopf. „Liebes, ich mag dich wirklich sehr, aber du weigerst dich ständig, den Tatsachen ins Auge zu sehen. Kapier es endlich. Du hast inzwischen ein kleines Unternehmen, das praktisch von allein läuft, und dazu die Aussicht auf wirklich guten Sex. Wieso lehnst du dich nicht zurück und genießt das Ganze? Was könnte dir denn schlimmstenfalls passieren, wenn du einmal bloß glücklich bist?"

Ich könnte bloß scheitern, dachte Suzanne, aber das wäre schlimm genug.

11. KAPITEL

Zu dieser stürmischen Jahreszeit wurde Ryan mit Aufträgen regelrecht überhäuft. Gleichzeitig hatte er Prüfungen für sein Studium abzulegen, und dabei konnte er kaum an etwas anderes denken als an Suzanne.

Das passte ihm überhaupt nicht. Für heute nahm er sich vor, zehn riesige Palmen zu kappen. Im Moment war es sein dringendster Auftrag, denn er war schon seit Wochen überfällig.

Leider fuhr er mit dem falschen Wagen los, hatte deshalb die falsche Leiter dabei und musste wieder umkehren. Dadurch verlor er zwei wertvolle Stunden.

Am nächsten Tag ging ihm auf halbem Weg der Sprit aus, weil er vergessen hatte zu tanken, und er musste Russ anrufen, damit er ihn abschleppte. Wieder eine Stunde vertan.

Am dritten Tag vergaß er, Angel von der Schule abzuholen, obwohl er ihr das fest versprochen hatte. Jetzt vergaß er also schon seine eigene Schwester.

Der vierte Tag dann verlief ausnahmsweise einmal ohne Zwischenfälle, und das war für ihn schon Grund zum Stolz.

Zu Hause angekommen, empfingen ihn seine Brüder und seine Schwester mit so ernsten Mienen, dass ihm fast das Herz stehen blieb.

„Was ist passiert?" Er dachte schon an eine ernste Krankheit oder einen Todesfall. Es musste etwas sehr Schlimmes sein, wenn seine Geschwister sich versammelt hatten. „Gibt's ein Problem?"

„Du bist das Problem." Angel schob ihn zu einem Sessel. „Wir sorgen uns um dich, Ryan Alondo." Sie machte eine einladende Geste. „Willkommen zum Verhör."

„Wie bitte?"

„Schon richtig verstanden, großer Bruder. Setz dich und hör uns dreien einmal gut zu."

„Also schön." Ryan nahm aufseufzend Platz.

„Gut, dann fange ich mal an. Erstens ist uns aufgefallen, wie vergesslich du in letzter Zeit bist. Du hattest nämlich früher ein sehr gutes Gedächtnis, Ryan."

„Ja, als wärst du über Nacht erblondet", bemerkte Russ und handelte sich damit von Angel einen wütenden Blick ein.

„Jetzt rede ich." Sie stellte sich vor Ryan hin und verschränkte die Arme vor der Brust. „Was ist los mit dir? Bist du etwa krank?"

„Nein. Nein!" Beschwichtigend hob er die Hände, als ihm klar wurde, wie besorgt sie alle drei tatsächlich um ihn waren. „Das bin ich nicht."

„Haben wir vielleicht Geldprobleme?", erkundigte sich Russ vorsichtig, weil Ryan derjenige war, der ihnen allen Geld gab und die Ersparnisse für die Familie anlegte.

Rafe trat vor. „Ja, hast du etwa mit dem Glücksspiel angefangen, alles verloren und weißt jetzt nicht, wie du es uns beibringen sollst?" Er zuckte gleichgültig mit den Schultern, obwohl der Gedanke daran ihn in Panik versetzte. „Wenn das so ist, dann machen wir dir keinen Vorwurf. Wir können härter arbeiten und mehr verdienen. Aber du musst es uns sagen."

Ryan hätte fast gelacht, aber rechtzeitig wurde ihm bewusst, dass es seine Geschwister ernst meinten. Im Moment sahen die drei ihn genauso an, wie er sie all die Jahre über angesehen hatte – mit einer Mischung aus Sorge und Zuneigung.

„Nein", beruhigte er sie, „ich habe nicht unser ganzes Geld verspielt."

„Läuft das Geschäft vielleicht schlecht?", wollte Angel wissen. „Du weißt doch hoffentlich, dass das auch keine Rolle für uns spielt. Rafe und Russ werden dann eben etwas anderes finden, und ich könnte zum Beispiel als Kellnerin arbeiten. Oder wir ..."

„Das Geschäft läuft bestens." Ryan fiel das Sprechen vor Rührung etwas schwer, weil sie ihm so deutlich zeigten, dass er nicht allein dastand und immer auf sie alle drei zählen konnte.

Knall auf Fall

„Seht mal, es tut mir leid, wenn ich in letzter Zeit ein bisschen daneben war, aber ..."

„Ein bisschen?" Rafe schüttelte den Kopf. „Gestern bin ich drei Stunden zu spät zur Arbeit gekommen, und weißt du, was du dazu gesagt hast? Nichts."

„Du warst zu spät gekommen?" Ryan runzelte die Stirn. „Warum zum Teufel?"

„Siehst du? Ich hatte versucht, es dir zu erklären, aber du hast mir nicht mal zugehört."

„Das werde ich allerdings jetzt tun. Also, wo warst du?"

„Könnt ihr das nicht später klären?" Angel ging vor Ryan in die Hocke und ergriff seine Hände. „Sag uns lieber jetzt, was los ist."

Ryan blickte sie der Reihe nach an. Diese drei Menschen bedeuteten ihm alles auf der Welt, und ihnen gegenüber sprach er die Wahrheit aus, die er sich jetzt erst selbst eingestand: „Ich habe mich verliebt."

Einen Moment lang schwiegen seine Geschwister verblüfft, dann brachen sie in schallendes Gelächter aus.

„Guter Witz." Angel wischte sich eine Lachträne von der Wange. „Du und verliebt. Verstehe. Wirklich gut."

„Als ob du je mit einer Frau zufrieden wärst." Auch Rafe konnte sich kaum beherrschen vor Lachen. „Wir wissen doch alle, dass du mindestens drei pro Woche brauchst."

Ryan schüttelte den Kopf. „In diesem Punkt irrt ihr euch", sagte er, obwohl er wusste, es war seine Schuld, dass er sie in dem Glauben gelassen hatte. „Ich verabrede mich nicht mit Frauen. Stattdessen gehe ich aufs College. Ich stehe kurz vor dem Abschluss meines Studiums als Landschaftsarchitekt."

Russ zog die Augenbrauen zusammen. „Aber du hast doch eine Verabredung. Erst vor Kurzem bist du mit Allene ausgegangen."

„Ja, ich war mit ihr aus, aber nur, weil Rafe es arrangiert hatte und ich nicht mehr absagen konnte. Ich sage euch die Wahrheit. An drei Abenden pro Woche besuche ich Kurse am College, und die Arbeit, das Studium und die Probleme mit Suzanne sind einfach zu viel für mich. Tut mir leid, dass ich nicht eher damit herausgerückt bin, aber ich habe es aus dem Grund verschwiegen, weil ich es allein schaffen wollte. Dieses Studium ist meine ganz private Angelegenheit."

Einen Moment lang sah Angel ihn nur wortlos an, dann sprang sie auf, beugte sich über ihn und schlang ihm die Arme um den Nacken. „Oh, Ryan, du gehst aufs College! Dann sind wir ja Studienkollegen. Ich bin so stolz auf dich!"

„Du wirst also Landschaftsarchitekt?" Nachdenklich rieb Rafe sich das Kinn. „Nobel, nobel."

„Und was wird aus dem Geschäft?", wollte Russ wissen.

„Das Geschäft mit den Bäumen können wir weiterführen, solange ihr Jungs es wollt."

„Dann hast du es nur unseretwegen nicht aufgegeben?" Rafe rieb sich noch immer das Kinn. „Bruder, das wäre wirklich nicht nötig gewesen."

„Natürlich war das nötig."

„Ich will jetzt nicht zu heulen anfangen oder dir um den Hals fallen wie Angel, das ist Weiberkram. Aber ich muss sagen, das ist mächtig cool von dir." Das leichte Zittern in der Stimme konnte Rafe jedoch nicht verbergen.

„Mein Bruder, der Landschaftsarchitekt." Russ wiegte anerkennend den Kopf. „Mann, das klingt echt gut. Aber dann beglückst du ja gar nicht sämtliche Frauen unserer Stadt. Oder?"

„Nein, wirklich nicht." Ryan drückte Angel, die ihn immer noch umarmte. „Tut mir leid, euch in dieser Hinsicht enttäuschen zu müssen."

Angel löste sich von ihm und blickte ihm in die Augen. „Und was ist mit Suzanne?"

„Sie ist die Einzige." Ryan lauschte seinen eigenen Worten

nach, schluckte und hörte endlich auf, sich selbst etwas vorzumachen. „Ja, sie ist die Einzige für mich", bekräftigte er.

„So so, sie ist also die ..." Angel verstummte und schlug sich die Hand vor den Mund. „Du meinst es ja ernst", hauchte sie.

„Vollkommen."

Mit einem übertriebenen Stöhnen ließ Russ sich in einen Sessel fallen. „Mein großer Bruder, mein Idol und Vorbild. Jetzt hat's ihn voll erwischt."

„Und was hast du jetzt vor? Was wirst du unternehmen?" Angel ließ sich von den Albernheiten ihrer Zwillingsbrüder nicht ablenken.

„Tja, ich werde versuchen, sie davon zu überzeugen, dass sie genauso empfindet wie ich."

„Wieso musst du sie erst davon überzeugen?" Angel runzelte die Stirn. „Liebt sie dich denn nicht auch? Was stimmt denn nicht mit dieser Frau?"

„Keine Angst, es ist alles in Ordnung mit ihr." Ryan musste jetzt lächeln. „Nur dass sie leider nicht ganz so überzeugt von mir ist wie du."

Endlich hatte Suzanne eine Halbtagsstelle als Chefkoch in einem Restaurant am anderen Ende der Stadt gefunden. Doch nachdem sie nun eine Weile ihr eigener Boss gewesen war, merkte sie schon recht bald, dass es nicht so viel Spaß machte, für jemand anderen zu arbeiten.

Zwar machte ihr nach wie vor das Kochen Spaß, aber dieses noble Restaurant war eine Nummer zu groß für sie. Die Leute, die dort verkehrten, hatten ganz genaue Vorstellungen davon, wie die Gerichte schmecken sollten, und sie hielten sich mit ihrer Meinung nicht zurück. Schnell war sie es leid, jeden Abend exakt dieselben Gerichte zuzubereiten. Sie getraute sich jedoch nicht, auch nur im Geringsten von den Rezepten abzuweichen, um nur ja keinen Gast zu verärgern.

Eines Morgens, ungefähr eine Woche nach dem überwältigenden Erlebnis mit Ryan in der Küche, stolperte sie fast über ein Päckchen vor ihrer Wohnungstür. Verwundert hob sie es auf. Es hatte eine seltsame Form und war, abgesehen von einer hübschen silbernen Schleife, schlicht verpackt. Sechzig Zentimeter lang, zehn Zentimeter breit. Sie hatte keine Ahnung, was darin sein mochte.

Sie sah nach rechts und links, doch der Flur war leer. Erwartungsvoll löste sie die Schleife und riss das Papier ab.

Ein Kochlöffel-Set aus Teakholz kam zum Vorschein, und eine Grußkarte fiel zu Boden. Als sie die Karte aufhob, begann ihr Herz beim Anblick der handgeschriebenen Worte wie wild zu pochen.

Suzanne, das ist für Deinen Party-Service. Ja, ich weiß, es ist nur ein Hobby. Aber vielleicht denkst Du ja an mich, wenn Du dieses Geschenk benutzt. Ich jedenfalls denke sehr oft an Dich. Ryan.

Das Geschenk kam also von Ryan. Von dem Mann, der sie zum Lächeln brachte, der ihre Sehnsucht und ihr Verlangen weckte, dem Mann, der sie bis nachts in ihre Träume verfolgte.

Ryan war auch der Mann, der ihr so spielend leicht unendlichen Kummer bereiten konnte. Einen solchen Einfluss hatte bisher noch niemand auf sie gehabt.

Dieses Geschenk war etwas ganz anderes als ein Strauß Blumen. Offenbar hatte er sich Gedanken darüber gemacht, wie er ihr eine Freude bereiten konnte, und das bewies, dass es von Herzen kam.

Sie musste vor Rührung schlucken, denn sie konnte sich nicht erinnern, dass sie schon einmal so etwas Persönliches erhalten hätte.

Vielleicht bin ich ja nur übermüdet und deshalb sehr empfänglich für solche Gesten, sagte sie sich. Seit Tagen schlief sie nicht, und wenn, dann träumte sie von Ryan.

Alles seine Schuld. Er hatte sie angerufen, sie besucht, und allmählich schaffte Suzanne es nicht mehr, weiterhin so kühl und gleichgültig zu tun. Die Versuchung, diese Beziehung zu vertiefen, war einfach viel zu groß.

Sie konnte sich nicht einmal mehr einreden, dass sich zwischen ihnen alles nur aufs Körperliche beschränkte. Ihre Gefühle gingen weit darüber hinaus, das hatte sie sich längst eingestanden.

Doch dadurch wurde alles nur noch komplizierter. Sie hatte Angst vor dem, was kam, wo sie es nicht einmal im Ansatz geschafft hatte, ihrem Entschluss treu zu bleiben.

Als sie an diesem Abend nach Hause kam, lag da ein neues Päckchen vor der Tür. Diesmal war es kleiner, aber es hatte auch eine silberne Schleife.

Suzanne kam sich vor wie ein Kind zu Weihnachten, während sie hastig das Geschenk auspackte. Als sie es dann allerdings in den Händen hielt, musste sie sich erst einmal mitten im Hausflur auf den Boden setzen.

Auf einem dunkelblauen Samtkissen lag eine kleine Anstecknadel in Form einer Kochmütze. Auf der Mütze war sogar ihr Name eingraviert, und sie konnte sich an dem kleinen silbernen Schmuckstück gar nicht satt sehen.

Was für ein Geschenk! Was für eine rührende Geste, dachte sie bei sich.

Schließlich öffnete sie die Klappkarte, und beim Anblick seiner Handschrift, glaubte sie seine Stimme ganz deutlich zu hören. Ihr Körper reagierte dabei wie auf ein Streicheln.

Suzanne, ich bin so stolz auf Dich. Sei auch stolz. Ryan.

Spät abends saß Suzanne auf ihrem Bett und trug bereits ihren Schlafanzug, bestehend aus einer Jogginghose und einem engen

Baumwoll-Top, an das sie die Anstecknadel geheftet hatte. In einer Hand hielt sie die Kochlöffel, in der anderen das Telefon und wählte Ryans Nummer. Als er sich mit seiner tiefen Stimme meldete, geriet sie fast in Panik.

Weshalb hatte sie ihn eigentlich angerufen? Was wollte sie ihm sagen?

Richtig, er sollte aufhören, ihr Geschenke zu machen. Sie wollte nicht ständig an ihn erinnert werden. Das alles musste ein Ende haben, sonst verlor sie noch den Verstand.

„Wer ist da?", fragte Ryan.

Unsicher biss sie sich auf die Lippe. Sag's ihm, machte sie sich Mut. Los, sag's ihm schon!

„Suzanne? Bist du das?"

Sie bekam keinen Ton heraus.

Ryans Stimme wurde noch tiefer, noch vertraulicher. „Suzanne, wenn du das bist, dann melde dich."

Sie schloss die Augen. „Woher weißt du das?", stöhnte sie.

„Dein Atmen würde ich überall wiedererkennen. Du bist aufgeregt, stimmt's?"

Na wunderbar, dachte sie.

„Freut mich, dass ich mal was von dir höre", fuhr er ruhig fort. „Ich habe gerade an dich gedacht."

„Ich ... ich muss jetzt auflegen."

„Nicht, Suzanne."

„Mach's gut", brachte sie mit erstickter Stimme heraus, ehe sie die Verbindung unterbrach.

Was für ein dramatischer Anruf! Sie schämte sich, und es kam ihr so vor, als könnte Ryan sie immer noch sehen, hören und ihre Gedanken lesen. Wie zum Schutz davor kroch sie unter die Decke und zog sich noch zusätzlich ein Kissen über den Kopf.

12. KAPITEL

Kaum war Suzanne am nächsten Morgen wach, lief sie als Erstes zur Wohnungstür und riss sie auf. Sie lächelte, als sie sah, dass Ryan in der Nacht hiergewesen war und wieder ein Geschenk für sie hingelegt hatte.

Vor sich hin summend, packte sie das Päckchen aus. Dieses Mal hatte er sich zwei große Kerzen mit Vanilleduft einfallen lassen. Er wusste genau, dass das ihre Lieblingskerzen waren, und wieder zerfloss sie innerlich vor Rührung.

Auf der Karte stand:

Suzanne, leider konnte ich keine Kerzen mit dem Duft von Schokoladeneis finden. Ryan.

Jetzt musste sie lachen, und dann ging ihr Lachen in Weinen über.

Nachdem sie sich beruhigt hatte, stand sie mit den Kochlöffeln in der einen Hand und den Kerzen in der anderen da und überlegte. Was könnte passieren, wenn sie nachgab? Wenn sie ihre Gefühle zuließ?

Nein, rief sie sich zur Ordnung. Denk in dieser Richtung gar nicht erst weiter. Hast du schon vergessen, was du bei den Männern anrichtest? Einstmals prima Kerle verwandelst du in Egoisten.

Das alles war kein Spiel mehr, und Suzanne wusste sich keinen Rat. Auf einmal wurde sie wütend auf sich selbst, weil sie ihre Gefühle einfach nicht unter Kontrolle bekam. So, wie sie war, lief sie die Treppe hinunter.

Unten im Erdgeschoss traf sie auf Taylor, die in dem Raum mit den großen Fenstern zur Straße hin sauber machte. Sie sah in ihrer frischen weißen Bluse und der beigefarbenen Hose so tadellos aus wie immer. „Guten Morgen, Taylor."

„Hallo. Guten Morgen", erwiderte sie, ohne sich umzudrehen, während sie den Besen schwang. „Ich mach hier klar Schiff und richte alles her. Wir brauchen jemanden mit genug Geld, der hier einzieht und wieder ein Geschäft eröffnet oder was auch immer. Ich habe mir überlegt, ob ... Oje." Im Sprechen hatte sie sich umgewandt, und erst jetzt bemerkte sie, wie aufgelöst Suzanne war. „Was ist denn los?"

„Weißt du, wo Ryan zurzeit arbeitet?"

„Lass mich nachdenken." Sie hob die perfekt gezupften Augenbrauen. „Wenn ich jetzt Ja sage, rennst du dann im Schlafanzug und mit einer Salatzange und Kerzen los? Ist das übrigens eine Salatzange?"

Suzanne blickte an sich hinunter. Manche Frauen trugen heutzutage weniger Stoff am Leib, wenn sie auf die Straße gingen, und ihr war es auch egal, dass sie unfrisiert und ungeschminkt war. Schließlich hatte sie nicht vor, an einem Schönheitswettbewerb teilzunehmen. „Das werde ich, ja. Er ... er hat mir Geschenke gemacht, Taylor."

„Dieser Mistkerl."

„Ganz meine Meinung."

Taylor verbiss sich ein Lächeln. „Was hat er dir denn geschenkt?"

„Nichts Einfallsloses wie zum Beispiel Blumen. Nein, nein, so leicht macht er's mir nicht. Er hat genau das Richtige getroffen. Dinge, die ich liebe, mir aber niemals kaufen würde."

„Also wirklich." In gespielter Empörung schüttelte Taylor den Kopf. „Das ist echt die Höhe."

„Kommt noch schlimmer."

„Sag bloß."

„Ich glaube, er mag mich wirklich. Es geht ihm nicht nur um Sex."

„Was fällt dem Typen ein!"

Jetzt musste Suzanne herzhaft lachen. Es war ihre typische

Knall auf Fall

Reaktion auf Stresssituationen, und es erleichterte sie ungemein.

„Ach, Liebes, gib's endlich auf. Heirate ihn."

Schlagartig verstummte Suzannes Lachen. Ungläubig sah sie Taylor an und wusste jetzt überhaupt nicht mehr, was sie sagen sollte. „Du bist genauso verrückt wie er", erwiderte sie schließlich verlegen.

„Findest du? Was tut er dir denn noch Entsetzliches an? Abgesehen davon, dass er dir Geschenke macht und dass ihr tollen Sex habt?"

„Er geht mir nicht mehr aus dem Kopf, das tut er mir an!"

Taylor lächelte geheimnisvoll. „Er arbeitet vor dem Pasadena Target, dem Einkaufszentrum. Da muss er ein paar Palmen beschneiden."

Das Einkaufszentrum war nicht weit entfernt. Suzanne konnte leicht zu Fuß dort hingehen, Ryan sagen, dass das alles nicht lustig sei und dass er mit den Geschenken aufhören solle. Sie wäre in nicht einmal einer halben Stunde wieder zurück. „Vielen Dank." Impulsiv zog sie Taylor in die Arme und drückte sie kurz.

Taylor erwiderte die Umarmung. „Wofür war das denn?"

„Dafür, dass du über mich gelacht hast. Ich habe mich viel zu ernst genommen."

Suzanne war schon an der Haustür, da rief Taylor ihr nach: „Schickst du ihn jetzt in die Wüste, oder gibst du ihm einen dicken Kuss?"

„In die Wüste", rief Suzanne zurück, ohne lange zu überlegen. Aber gleichzeitig sehnte sie sich danach, ihm den Kuss zu geben.

Ryan hing in einem Sicherheitsgurt in zwanzig Metern Höhe. Während er sich mit einem Fuß an der verglasten Fassade des Hochhauses abstützte, stand er mit dem anderen auf der Leiter und kappte die vertrockneten Blätter einer riesigen Palme.

Gerade überlegte er, wo er den nächsten Schnitt ansetzen sollte, da sah er etwas aus den Augenwinkeln. Unten kam jemand schnellen Schrittes auf Russ zu, der die Leiter hielt.

Es war eine Person mit aufregenden Kurven und wildem roten Haarschopf. Sie hielt etwas in den Armen und wirkte sehr aufgebracht.

Selbst in dieser Höhe konnte Ryan ihren Ärger spüren.

„Du hast Besuch", stellte Rafe fest, der noch ein paar Meter über ihm auf der Leiter stand.

Als ob Ryan nicht sofort gewusst hätte, dass sie es war. Sobald Suzanne in seine Nähe kam, hatte er das Gefühl, dass alles in ihm sich wie ein Radar auf sie ausrichtete. „Ich hab sie schon gesehen."

Sie stiegen beide die Leiter hinab. Suzanne hielt den Blick unverwandt auf Ryan gerichtet, und er fragte sich bang, ob das ein gutes oder ein schlechtes Zeichen war.

Ein schlechtes, stellte er fest, als er ihr Gesicht genauer erkennen konnte.

Sobald er unten war, stürzte sie sich auf ihn. „Du!", rief sie und bohrte ihm den Zeigefinger in die Brust.

„Au!" Er rieb sich die Stelle. „Schön, dich zu sehen", sagte er dann und bestaunte ihren eigenartigen Aufzug. Allerdings war sie ihm noch nie so sexy erschienen wie jetzt, und ihm wurde bewusst, wie sehr er sie vermisst hatte. „Wie geht's dir?"

„Danke gut. Aber es könnte mir besser gehen, wenn du mich nicht daran hindern würdest.

„Inwiefern?"

„Indem du mir keine Geschenke mehr machst. Wie bist du überhaupt ins Haus gekommen?"

„Mit dem Schlüssel, den Taylor mir wegen der Gartenarbeit gegeben hatte. Ich hab vergessen, ihn abzuliefern."

„Und, was ich zugern wüsste, warum hast du mir ausgerechnet ein Kochbesteck gekauft?"

Knall auf Fall

Rafe, der das Gespräch ungeniert mitverfolgte, nahm sich seinen Schutzhelm ab, weil er so besser hören konnte.

Ryan zuckte mit den Schultern.

„Warum?", wollte Suzanne wissen.

Ryan antwortete ihr nicht, sondern blickte nur wütend Russ an, der sich jetzt auch zu ihnen gesellt hatte. Offenbar hatte er genauso wenig Taktgefühl wie sein Bruder.

„Ryan?" Ungeduldig tippte sie mit der Fußspitze auf den Boden.

„Wieso ich dir ein Kochlöffelset gekauft habe? Tja ..." Ryan kratzte sich am Kopf, während er überlegte, ob das eine Fangfrage war.

„Genau. Wieso hast du mir das gekauft. Das ist doch keine schwere Frage, also antworte schon."

„Ich habe es gekauft, weil es mir gefiel und mich an dich erinnert hat. Und du kochst doch so gern." Hilflos hob er die Hände. „Ich finde, es passt zu dir."

„Mann, du hast ihr doch nicht wirklich Kochlöffel gekauft, oder?" Rafe schüttelte tadelnd den Kopf. „Wieso denn keine Blumen? Alle Frauen stehen auf Blumen."

Suzanne beachtete ihn nicht und hob die Kerzen hoch. „Und was ist mit denen hier?"

„Die hat sie auch von dir?" Russ verzog schmerzlich das Gesicht. „Ich fasse es nicht. Bist du in letzter Zeit mal auf den Kopf gefallen?"

Ryan funkelte seine Brüder wütend an, obwohl er wusste, dass das wenig fruchtete. Er würde sie sich später vorknöpfen müssen. Dann wandte er sich wieder Suzanne zu. „Ich habe dir diese Kerzen geschenkt, weil ihr Duft mich auch an dich erinnert."

„Aua!" Rafe stöhnte. „Das tut echt weh."

„Sie haben dich an mich erinnert?" Suzanne besah sich die Kerzen noch einmal ganz genau.

Verunsichert, nickte Ryan nur. War sie jetzt wütend auf ihn oder nicht?

Russ, der sich verpflichtet fühlte, seinem offensichtlich verwirrten Bruder zu helfen, mischte sich schlichtend ein. „Eigentlich wollte er dir Blumen kaufen, dir Dinner kochen und dann diese Kerzen anzünden. In letzter Zeit bringt er einiges durcheinander. Senile Demenz. Er ist ja nicht mehr der Jüngste."

Ryan tat entrüstet. „Überhaupt nichts habe ich durcheinander gebracht." Er konnte nur hoffen, dass es stimmte. Suzanne sah unschlüssig von einem zum anderen, und er wusste noch immer nicht, was in ihr vorging.

Aber was in ihm vorging, das wusste er: Er verspürte den unwiderstehlichen Drang, sie zu berühren. Vorsichtig hob er eine Hand.

„Er steht in letzter Zeit ein bisschen unter Druck, weil er seinen Abschluss als Landschaftsarchitekt macht", sagte Rafe erklärend, gerade als Ryan Suzanne über die Wange strich. „Sonst wäre ihm sicher etwas Romantischeres eingefallen."

Sie spürte Ryans Finger an ihrer Wange, drehte den Kopf und küsste ihn sanft in die Handfläche. „Es war romantisch", flüsterte sie.

Ryans Herz begann zu klopfen. Dann hatte sie die Geste also richtig verstanden. Sie fand solche persönlichen Geschenke auch romantisch. Glück für ihn.

„Hört auf, euch über euren Bruder lustig zu machen", wandte sie sich in tadelndem Ton an die Zwillinge. „Er hat sich bei der Auswahl der Geschenke viel Mühe gegeben."

Ryan nickte. „Sie sollten nur für dich sein." Ja, ausschließlich für Suzanne, denn für ihn gab es keine andere und würde es auch niemals geben.

„Es sind wundervolle Geschenke", sagte sie jetzt zu ihm, und er hatte das Gefühl, er würde glühen.

Er konnte nicht verhindern, dass Hoffnung in ihm aufkeimte. Vielleicht hatte er ja heute Abend Glück bei ihr. Und wenn er sie allein und ungestört von den anderen in den Armen hielt, konnte er sie möglicherweise davon überzeugen, wie fantastisch sie zueinander passten.

„Aber eines möchte ich wissen", fuhr sie mit leiser Stimme fort. „Warum machst du mir überhaupt Geschenke?"

So viel zu meinem Glück, dachte Ryan und begriff zum ersten Mal ein paar grundlegende Dinge im Leben. Erstens: Ein Geschenk ist kein Garant dafür, eine Frau ins Bett zu bekommen.

Und zweitens: Er wusste nichts Besseres.

Allerdings war er klug genug, um Suzannes Misstrauen und Angst zu erkennen, und er verstand, wieso hier ein paar kleine Geschenke nicht reichten. In ihren Gefühlen ließ sie sich nicht so leicht beeinflussen. Zumindest wehrte sie sich dagegen.

Wenn Ryan ihre Liebe gewinnen wollte, und das hatte er vor, dann musste er sie sich auf andere Weise verdienen. Auf die harte Tour. „Ich habe dir etwas geschenkt, damit du dich freust und lächelst."

„Doch nicht etwa, um mich rumzukriegen, damit dich …" Sie senkte die Stimme. „Damit ich mit dir schlafe?"

Auf keinen Fall würde er jetzt zugeben, dass er genau das im Sinn gehabt hatte. „Nur damit du lächelst", wiederholte er, und zur Belohnung bekam er genau dieses Lächeln.

Im nächsten Moment drehte sie sich um und ging. Das kam so plötzlich, dass er eine Weile verdattert dastand. „Hey!"

Sie ging weiter.

Was sollte das? „Suzanne?", rief er und lief ihr hinterher, ohne auf das johlende Gelächter seiner Brüder zu achten. Nach ein paar Metern hatte er sie eingeholt, hielt sie an den Schultern fest und drehte sie zu sich herum.

Sie lächelte immer noch, und es sah so reizvoll aus, dass er nicht anders konnte, als ihr Lächeln zu erwidern. „Bist du nur gekommen, um mich anzulächeln?"

„Nein. Ich kam, weil ich mit dir schimpfen wollte, aber jetzt bin ich überhaupt nicht mehr böse auf dich."

„Lass uns zusammen Lunch essen."

„Dafür ist es zu früh."

„Dann eben frühstücken."

„Ich habe aber keinen Hunger."

„Suzanne." Er stöhnte. „Du machst mich noch verrückt."

„Ich weiß." Sie rieb sich die Schläfe. „Das geht mir genauso. Tut mir leid, ich bin anscheinend auch etwas durcheinander. Ryan, ich brauche einfach Zeit zum Nachdenken."

„Kannst du das denn nicht, während ich bei dir bin?"

„Offen gesagt, nein." Sie strich ihm versöhnlich über die Wange. „Ich will dich nicht verletzen."

„Dann tu es nicht."

„Ich muss einfach allein sein, um nachzudenken, okay? Mach's gut, Ryan."

Er hielt sie fest. Das hörte sich fast an wie ein Abschied für immer, und das machte ihm Angst. Dennoch zwang er sich zu einem Lächeln. „‚Mach's gut' gefällt mir überhaupt nicht. Klingt mir viel zu endgültig."

„Ich brauche aber etwas Ruhe. Mehr kann ich dir nicht sagen." Damit schüttelte sie ihn ab und ging weiter.

Ich muss geduldig sein, sagte Ryan sich, während er Suzanne hinterherblickte, bis sie in der Menschenmenge verschwand.

13. KAPITEL

Am Abend richtete Suzanne Platten für eine Hochzeitsfeier her. Auch diesen Auftrag hatte sie durch Ryan bekommen.

Flüchtig dachte sie daran, dass er möglicherweise auch eingeladen war, aber dann verwarf sie den Gedanken wieder. Hier handelte es um eine goldene Hochzeit, und das glückliche Paar war bereits in den Siebzigern.

„Ich bin einfach dem köstlichen Duft gefolgt. So findet man dich am leichtesten." Taylor kam in die Küche, atmete tief ein und seufzte genießerisch. „Wir haben uns überlegt, dass wir dir helfen könnten, alles nach unten ins Auto zu tragen."

„Wir?"

Taylor trat einen Schritt zur Seite, und Nicole tauchte im Türrahmen auf.

„Ich habe mir gerade die Dachwohnung angesehen." Nicole wies nach oben, und ihre unzähligen Armbänder klirrten leise. „Der Duft hat uns angelockt." Sie trug eine weite Armeehose, die an den Hüften und Knöcheln eng anlag, und ein ärmelloses T-Shirt in Tarnfarben, das ihre zierliche Figur noch unterstrich. Das kurze Haar lag ihr heute glatt am Kopf an, und sie strich es sich hinter die Ohren, während sie sich über die Speiseplatten beugte und schnupperte. „Du bist anscheinend auch ein Genie."

„Auch?" Fragend blickte Suzanne zu Taylor.

„Ja, sie hat bereits mit zwölf Jahren die Highschool abgeschlossen. Richtig unheimlich, findest du nicht?"

Nicole lachte. „Das würde ich alles eintauschen, wenn ich dafür so gut kochen könnte." Sie beäugte die kunstvolle Dekoration, ehe sie hinzufügte: „Nein, stimmt nicht. Ich will gar nicht so gut kochen können. Viel lieber wohne ich im Apartment über jemandem, der es kann."

„Dieses Ziel hast du ja gerade erreicht, Supergirl." Taylor lachte jetzt auch.

„Tja, ich füttere euch beide gern mit allem, was ihr wollt, wenn ihr mir wirklich helft, diese Tabletts ins Auto zu tragen." Suzanne überlegte, ob sie ihre Bluse noch wechseln sollte. Würde jemandem der kleine Schokoladefleck auf der rechten Brust auffallen? Dann entschied sie, dass dazu keine Zeit mehr war.

Nicole blickte auf ihre Uhr.

„Hast du heute noch eine aufregende Verabredung?", erkundigte sich Taylor.

„Ich muss zur Arbeit."

„Essen ist immer wichtiger als die Arbeit."

„Stimmt." Nicole schnappte sich eines der großen Tabletts und ging voran.

Jede der Frauen musste vier Mal die Treppen hinunter- und wieder hinauflaufen, und als sie endlich alles im Auto verstaut hatten, war Suzanne vollkommen außer Atem. „Wenn man bedenkt, wie viel ich jeden Tag herumlaufe, dann sollte ich gertenschlank sein. Das hätte ich verdient."

„Gib doch Nicole ein paar Pfunde ab", schlug Taylor vor.

Suzanne nickte. „Fünf Kilo würde ich gern abgeben."

„Wirklich? Ich frage mich, ob Ryan derselben Ansicht ist." Taylor duckte sich hastig hinter Nicole, als Suzanne mit einer Hand ausholte. „Übrigens kann ich nur hoffen, dass er heute Abend auch zu der Feier kommt. Du siehst nämlich fantastisch aus. Die Arbeit scheint dir gut zu tun."

Suzanne kam sich überhaupt nicht fantastisch vor. Sie trug wie üblich eine weiße Bluse und dazu einen weiten schwarzen Rock, der ihre Hüften kaschierte. „Mir ist es gleich, ob er da ist oder nicht. Wir bleiben Single. Schon vergessen?"

„Ich jedenfalls halte mich daran." Taylor legte sich eine Hand auf die Brust. „Um mich brauchst du dir schon mal keine Sorgen zu machen."

„Und um mich erst recht nicht." Nicole schob das letzte Tablett in Suzannes Wagen.

„Du bist viel zu süß und zu jung für so einen Schwur", stellte Suzanne fest.

Nicole hob eine Augenbraue. „Ich bin siebenundzwanzig, also ungefähr in deinem Alter, stimmt's? Außerdem kann eine Frau gar nicht früh genug erkennen, dass man ohne Männer besser auskommt."

Noch vor ein paar Wochen hätte Suzanne dem sofort aus vollem Herzen zugestimmt. Doch jetzt sah sie in Gedanken Ryan vor sich. „Ich muss los."

„Gib Ryan einen Kuss von mir."

„Halt den Mund, Taylor."

Mit einem wissenden Lächeln wandte Taylor sich an Nicole. „Ganz bestimmt gibt sie ihm einen Kuss von mir."

Entnervt seufzte Suzanne auf. „In meinem Kühlschrank sind noch Reste. Das reicht für euch bestimmt als Dinner. Bedient euch."

„Komm, schlag ein!" Taylor hob die Hand und blickte auffordernd zu Nicole. Lächelnd schlug die mit ihrer Hand dagegen. Dann verschwanden die beiden Frauen Arm in Arm im Haus.

Suzanne schüttelte den Kopf und fragte sich, warum sie so einen Schwur überhaupt geleistet hatte, denn die Gründe dafür erschienen ihr plötzlich nicht mehr ganz einleuchtend.

Eine Stunde später war die Party in vollem Gange. Suzanne hantierte leise summend in der Küche und erschrak, als sie sich unvermittelt umdrehte. Die Hände in den Taschen vergraben, lehnte Ryan am Türrahmen und beobachtete sie.

Er trug eine Leinenhose und einen dünnen Pullover, der an seiner muskulösen Brust und den breiten Schultern so eng anlag, dass sie den Blick nicht mehr von ihm wenden konnte.

Er löste sich vom Türrahmen und kam lässig auf sie zu. „Hallo", begrüßte er sie mit leiser tiefer Stimme.

Wie kam es bloß, dass er sie so aus dem Gleichgewicht bringen konnte? Dabei hatte er sie nicht einmal berührt.

Langsam zog er eine Hand aus der Hosentasche und strich ihr eine Haarsträhne hinters Ohr. Eine ganz kleine Geste nur, doch Suzanne erzitterte.

„Ich habe zu tun", sagte sie ein wenig atemlos.

„Okay." Er berührte die Anstecknadel, die sie dicht über der Brust trug. Wären ihre Brustspitzen nicht schon aufgerichtet gewesen, dann würden sie es zumindest jetzt tun.

Verlegen wandte sie sich um und griff nach einem Tablett, doch Ryan nahm es ihr aus den Händen.

„Komm, ich helfe dir." Er lehnte sich leicht an sie an und küsste sie auf die Wange. Es war nur ein flüchtiger Kuss, dennoch konnte sie es nicht verhindern, dass sie wieder erzitterte. Sie sehnte sich nach mehr.

Während Ryan mit dem Tablett die Küche verließ, stand Suzanne nachdenklich da und versuchte zu ergründen, was mit ihr los war. Sie kam zu keinem Schluss.

„Na gut, dann nimm wenigstens ein Tablett und folge ihm", sagte sie laut zu sich selbst und wandte sich wieder zur Anrichte um. Auf der Fahrt hierher waren einige der liebevoll dekorierten Speisen etwas ins Rutschen gekommen und mussten neu geordnet werden.

„Wie kommt das eigentlich? Alle Köche, die ich kenne, reden mit sich selbst."

Suzanne brauchte sich gar nicht erst umzudrehen. Sie erkannte Angels Stimme auch so, denn sie hatte schon ein paar Mal mit ihr am Telefon gesprochen. Außerdem musste sie sich etwas sammeln, bevor sie sich dem nächsten anstrengenden Mitglied der Familie Alondo stellen konnte. „Wie viele Köche kennst du denn?"

„Na, dich zum Beispiel. Und meinen Bruder. Obwohl wir ihn immer aufziehen, ist Ryan in der Küche ziemlich geschickt. Wusstest du das?"

Nein, dachte sie. Aber es gab eine Menge, die sie über ihn nicht wusste, und das war auch besser so. Leider stellte sie sich trotzdem vor, wie Ryan nur mit einer Jeans bekleidet in der Küche stand, um ihnen beiden einen Mitternachtssnack zuzubereiten. Dieses Bild vor Augen machte sie nervös.

„Nach dem Tod unserer Eltern war er derjenige, der für uns gekocht hat." Angel schob die Schälchen mit dem Dessert auf einem der Tabletts zurecht, während sie weitererzählte. „Er hat uns auch bei den Hausaufgaben geholfen, Russ und Rafe zum Basketball gefahren und mich ertragen, als ich noch ein dummer, eitler und boshafter Teenager war."

Angel lachte, als ihr anscheinend etwas Lustiges einfiel. „Anfangs wollten Rafe und Russ sich nicht ohne Mom und Dad an den Tisch setzen, aber Ryan hat die Geduld nicht verloren und dennoch jeden Abend für uns gekocht." Sie nahm sich aus einer Schüssel einen Keks, steckte ihn in den Mund und schloss kurz genießerisch die Augen. „Das schmeckt ja unglaublich! Bei Ryan gab es nur gesundes Essen. Salat, Gemüse und so. Damals habe ich ihn dafür gehasst."

Suzanne stellte sich die drei jüngeren Geschwister vor, wie sie meuternd abends mit Ryan am Tisch saßen. Dabei hatte er nur das Ziel gehabt, die Familie zusammenzuhalten und zu versorgen. Dafür hatte er sogar auf seinen Wunsch, aufs College zu gehen, verzichtet.

So ein Mann war anders als alle, die sie bisher kennengelernt hatte. Ein solcher Mann würde niemals schnell aufgeben, wenn es einmal nicht so gut in der Beziehung lief. So ein Mann würde nicht lügen, und niemals würde so ein Mann sie mit Absicht verletzen.

Einen solchen Mann konnte sie doch gar nicht in seinem Charakter verderben, oder? Wovor hatte sie dann eigentlich Angst?

Ob sie sich die ganze Zeit völlig umsonst hinter ihrer Angst verschanzt hatte?

War sie womöglich ein Feigling? „Und jetzt?", fragte Suzanne leise und wandte sich Angel zu. „Was empfindest du jetzt für ihn? Schließlich hat er für euch viele Opfer gebracht."

„Ich liebe ihn mehr als sonst jemanden auf der Welt", antwortete Angel und steckte sich noch einen Keks in den Mund. „Hm." Sie leckte sich die Lippen. „Und wehe, es verletzt ihn jemand."

Nachdenklich lehnte Suzanne sich gegen die Anrichte und musterte Ryans Schwester. „Soll das so eine Art Drohung sein?"

Angel erwiderte unerschrocken ihren Blick. „Hast du denn vor, ihn zu verletzen?"

„Red keinen Unsinn." Suzanne lachte, aber es klang verunsichert. „Dazu habe ich überhaupt nicht die Möglichkeit."

„Glaubst du das wirklich?" Anscheinend war Angel von Suzannes Antwort enttäuscht, denn sie legte den dritten Keks, den sie bereits in der Hand gehabt hatte, wieder auf den Teller zurück.

Suzanne dachte daran, wie Ryan sie vorhin angesehen hatte. So eindringlich und sehnsüchtig.

Sehnsucht nach mir, dachte sie.

Dabei hatten sie beide nicht vorgehabt, dass es zwischen ihnen so weit kam. Das wusste Suzanne genauso sicher, wie sie wusste, dass das, was jetzt zwischen ihnen geschah, keine Frage der Vernunft mehr war. Hier ging es nur um ihre Herzen.

Als hätte er gespürt, dass man über ihn sprach, kam Ryan in diesem Moment in die Küche zurück. Er blickte von einem zum anderen und hob dann die Augenbrauen. „Was gibt's?"

„Nichts." Angel ging zu ihm und gab ihm einen Kuss auf die Wange.

„Wofür war der denn?"

„Nur so." Angel hob die Schultern. „Ohne jeden Grund", sagte sie und warf über die Schulter Suzanne einen eindringlichen Blick zu, ehe sie die Küche verließ.

Suzanne drehte sich wieder zur Anrichte um und kümmerte sich geschäftig um das nächste Tablett. „Sie ist ein guter Mensch", murmelte sie. „Und das ist dein Verdienst."

„Da solltest du sie mal frühmorgens an einem Wochentag erleben." Er trat hinter sie. „Ich möchte keine Verdienste, die mir nicht zustehen."

Sie sah sich zu ihm um. „Ryan, du ..."

Sanft legte er ihr einen Finger auf die Lippen. „Hörst du das?"

„Ich höre nur die Musik." Ihre Lippen streiften beim Sprechen seine Fingerkuppe.

„Genau." Gerade wurde ein langsames verträumtes Lied gespielt, und Ryan drehte Suzanne zu sich herum und nahm sie in die Arme.

Sie spürte nichts als Sehnsucht nach ihm, deshalb schmiegte sie sich an ihn, und gemeinsam wiegten sie sich im Takt der Musik.

Beim zweiten Song zog Ryan sie noch etwas dichter an sich, und Suzanne erwiderte diese innige Umarmung und lehnte den Kopf an seine Schulter.

Sie seufzte leise, unfähig, sich gegen die Gefühle zu wehren, die Ryan so leicht und so schnell in ihr hervorrief.

Mit einer Hand strich er ihr über den Rücken, mit der anderen ergriff er ihre Hand und verschränkte die Finger mit ihren. Dann neigte er den Kopf und legte seine Wange an ihre.

Suzanne empfand sich mit Ryan als eine vollkommene Einheit, während sie sich in völliger Harmonie zur Musik bewegten.

Bei dieser Erkenntnis schlug ihr Herz nur umso schneller.

Doch der Körperkontakt allein reichte ihr allmählich nicht mehr. Sie hätte ihm gern gesagt, was in ihr vorging, allerdings waren ihre Empfindungen so neu für sie, dass sie bestimmt nicht die richtigen Worte fand.

Andererseits könnte sie ihm auch ohne Worte zeigen, was

sie bewegte. Sie könnte ihn zum Beispiel küssen. Sie wollte ihn küssen. Nein, sie musste ihn küssen. Sofort. Sofort wollte sie einen dieser leidenschaftlichen Küsse erleben, die ihr nur Ryan zu geben vermochte.

Sie reckte sich, drückte fordernd ihren Mund auf seinen, und sofort erfüllte er ihren Wunsch nur allzu gern. Als Suzanne sein lustvolles Stöhnen vernahm, drängte sie sich noch enger an ihn. Ihr schien, als sei dies das Erotischste, was sie je erlebt hatte.

Dann verstummte das Lied, und der Zauber des Augenblicks war vorbei.

Sofort löste sie sich von ihm. „Ich muss jetzt weitermachen."

Mit dem Daumen fuhr er ihr über die Lippen, die er gerade noch geküsst hatte. „Dieser Party-Service von dir, der entwickelt sich immer besser."

„Tja." Sie trat einen Schritt zurück und ging dann zur Spüle. „Es läuft ganz gut. Für ein Hobby, meine ich."

„Bin ich für dich auch nur ein Hobby?"

Sie drehte das Wasser auf. Ich muss der Versuchung widerstehen, ermahnte sie sich. Ich muss Ryan widerstehen.

Doch umsonst. Sie wollte mehr von Ryan und den wundervollen Gefühlen, die er in ihr weckte.

Mehr als alles andere wünschte sie sich eine Beziehung zu ihm. Doch als sie sich mit einem Lächeln zu ihm umdrehte, um ihm genau das zu sagen, war er nicht mehr da.

Hier stand sie nun allein in der Küche, mit eingefrorenem Lächeln, und sehnte sich nach ihm.

Sicher war es ihm in letzter Zeit genauso ergangen wie ihr jetzt.

Suzanne brauchte noch eine gute Stunde, bis sie alles in der Küche wieder sauber hatte, doch Ryan kehrte nicht zu ihr zurück.

Dann dauerte es noch einmal eine halbe Stunde, bis sie alles wieder in ihrem Auto verstaut hatte. Als er sich noch immer nicht blicken ließ, fuhr sie kurz entschlossen zu ihm nach Hause.

Erst als sie vor seiner Tür stand und die Hand bereits zum Klopfen erhoben hatte, zögerte sie.

Das war doch dumm, was sie da tat. Sie wusste ja nicht einmal, was sie ihm sagen sollte. Suzanne ließ die Hand sinken und wandte sich zum Gehen, doch dann überlegte sie es sich anders. Sie drehte sich auf dem Absatz um und klopfte laut an, bevor der Mut sie verließ.

Nach einiger Zeit öffnete Ryan die Tür. Er war nur bekleidet mit einer Jogginghose und hatte sich den Bügel einer schmalen Lesebrille zwischen die Lippen geklemmt. In einer Hand hielt er ein Buch, in der anderen einen Bleistift. Anscheinend war er beim Studieren und nicht gerade erfreut über die Störung.

Doch dann sah er sie. „Suzanne?"

Ihr gelang ein Lächeln, doch im Grunde war sie so nervös, dass ihr fast übel wurde. „Hallo", sagte sie, trat einen Schritt vor und nahm ihm die Brille aus dem Mund. Dann legte ihm eine Hand auf die nackte Brust, stellte sich auf die Zehenspitzen und küsste ihn.

Einen Moment lang war er zu verblüfft, um zu reagieren. Schließlich legte er das Buch und den Bleistift auf den Boden und umfasste ihre Hüften. Doch anstatt sie an sich zu ziehen, wie sie gehofft hatte, hielt er sie auf Abstand. Als sie einen Schritt auf ihn zumachen wollte, hinderte er sie daran.

„Bist du allein?", fragte sie vorsichtig.

„Ja."

Er war allein, wollte sie aber offensichtlich nicht an sich heranlassen. Suzanne war ratlos. Nachdenklich musterte sie ihn. Schließlich versuchte sie es ein zweites Mal, hob eine Hand und strich ihm über die Brust. Sie musste das einfach tun. Als er nicht vor ihr zurückzuckte, befühlte sie seine festen Muskeln und die kleinen Brustwarzen.

„Suzanne, was machst du da?"

Seine Stimme klang gepresst, und das beruhigte Suzanne etwas. Und die dünne Jogginghose konnte auch nicht verbergen, dass ihr Streicheln ihn erregte. „Ryan."

Er sah sie nur an. Sein Blick war weder kühl noch abweisend, doch anscheinend hatte er auch nicht vor, es ihr leicht zu machen.

Oh bitte, flehte sie innerlich. Lass es nicht zu spät sein. „Ich möchte mit dir schlafen", flüsterte sie und spürte, wie sie rot anlief.

„Du meinst, du willst Sex?"

Offenbar hatte sie ihn verletzt, obwohl sie vorhin noch Angel gegenüber beteuert hatte, dass sie dazu gar nicht in der Lage sei. „Nein, keinen Sex."

Er wirkte nicht überzeugt, und so strich sie ihm über die Arme zu den Händen hinab. Vertraulich verschränkte sie die Finger mit seinen.

Immer noch stand er steif vor ihr.

Sie nahm all ihren Mut zusammen, reckte sich und küsste ihn auf einen Mundwinkel. Dann fuhr sie mit den Lippen langsam zum anderen Mundwinkel.

Ryan schloss die Augen, und Suzanne sah zum ersten Mal, wie lang seine dichten schwarzen Wimpern waren.

„Bitte, Ryan." Jetzt glitt sie ihm mit der Zungenspitze über die Unterlippe, und Ryan stöhnte. „Lass mich dich lieben."

Ehe sie wusste, wie ihr geschah, hatte er sie an sich gerissen, drehte sich mit ihr herum in den Flur und gab der Tür einen Tritt, sodass sie ins Schloss fiel.

Dann hielt er inne und sah ihr tief in die Augen. „Nur unter einer Bedingung, Suzanne. Dieses Mal ohne jeden Vorbehalt."

Sie wollte ihm die Arme um den Nacken legen, doch Ryan hielt sie wieder auf Abstand. „Wiederhol es."

„Ohne jeden Vorbehalt.""

Knall auf Fall

„Versprochen?"
„Ich verspreche es", flüsterte sie.
Kaum hatte sie das gesagt, da drückte er sie gegen die Haustür und strich ihr begehrlich über den Körper.
Für Suzanne war es der Himmel auf Erden. „Ryan, ich habe mich so lächerlich aufgeführt."
„Ja, aber ich liebe dich trotzdem." Dann umrahmte er mit den Händen ihr Gesicht und küsste sie so stürmisch, dass sie keine Luft mehr bekam. Schließlich löste er sich von ihr. „Hast du mich in diesem Punkt wenigstens verstanden? Ich liebe dich nämlich, mein kleiner Dummkopf."

14. KAPITEL

Suzanne starrte Ryan so entsetzt an, dass er sich besorgt fragte, ob er diese Worte lieber für sich hätte behalten sollen. Aber er war sich seiner Sache ganz sicher gewesen. Noch jetzt glühten ihre Wangen, und an ihrem Hals sah man den heftig schlagenden Puls. Ihre Brust hob und senkte sich, während sie hinter ihrem Rücken nach dem Türknauf tastete.

„Lass mich mal raten, was du jetzt vorhast", sagte er barscher als gewollt, weil er sich gekränkt fühlte. „Du musst gehen."

„Ich …"

„Ich habe dir nur eines zu sagen: Tu es nicht."

„Du liebst mich", hauchte sie.

„Ja. Ich wollte nicht, dass das geschieht, glaub mir. Ich dachte, ich hätte alles, was ich brauche." Gequält lächelte er. „Aber da hab ich mich anscheinend geirrt. So wie für dich habe ich noch für keine Frau empfunden." Als er in ihren Augen Tränen schimmern sah, legte er einen Arm um sie und fuhr ihr beruhigend über den Rücken. „Ich weiß, du fürchtest, du könntest mich verletzen, aber …"

„Ryan."

„Ich bin schon ein großer Junge, Suzanne."

„Das weiß ich, Ryan."

In dem Moment, wo er sich zu ihr hinabbeugte, hob sie ihm das Gesicht entgegen, und es dauerte nur einen Wimpernschlag, bis sie sich küssten und ihre Körper sich wieder in völliger Harmonie aneinanderschmiegten.

Ohne den Kuss zu unterbrechen, hob er sie hoch und schaffte es trotz seines heftigen Verlangens nach ihr, sie über den Flur zu seinem Schlafzimmer zu tragen.

Erst vor seinem Bett setzte er sie wieder ab. „Suzanne, ich …"

Sie kletterte auf das Bett, kniete sich hin, und er hatte vergessen, was er sagen wollte.

Er kniete sich auch aufs Bett, kam mit seinem Gesicht ihrem ganz nahe und umfasste ihre Taille. Langsam drückte er sie nach hinten.

Suzanne ließ sich auf den Rücken fallen, zog die Beine unter sich hervor und streckte sie aus. „Ryan?"

„Ja. Jetzt und hier." Er legte sich auf sie, und während er sie voller Hingabe küsste, drängte er sich mit den Hüften an sie, um ihr zu zeigen, wie sehr er sie begehrte. Wie als Antwort darauf umfasste sie seinen Po und zog ihn noch dichter an sich.

Ja, das war es, wonach er sich sehnte. Aber für seinen Geschmack hatten sie beide noch viel zu viel an. Er setzte sich wieder auf, zog Suzanne in Windeseile aus und warf ihre Kleidung achtlos auf den Boden.

Dann lag sie nackt vor ihm und hob ihm einladend die Hüften entgegen. Im nächsten Moment streifte er sich die Jogginghose ab, und als sie sich an seinen Füßen verfing, riss er sie einfach zur Seite weg. Suzanne musste lachen, doch das Lachen verwandelte sich in ein Keuchen, als Ryan sich vorbeugte und an einer ihrer Brustspitzen zu saugen begann. Aufreizend knabberte er dann an der erregten Knospe, bis Suzanne seinen Kopf umklammerte und laut aufschrie vor Lust.

Oh ja, das war es, wonach er sich immer gesehnt hatte. Während er die süße Folter an der anderen Brust wiederholte, ging ihr Atem keuchend. Immer wieder stieß sie seinen Namen aus.

Mit beiden Händen strich er ihr unermüdlich über den Körper, wobei er sie aufmerksam beobachtete. Ihr Blick war verklärt, und sie warf den Kopf von einer Seite zur anderen.

Nur für mich, dachte er. Sie ist nur für mich geschaffen.

„Liebe mich", flüsterte sie.

„Ja, mein Schatz." Jetzt strich er ihre Schenkel hinab und an den Innenseiten wieder hinauf, ehe er ihre Beine spreizte und ihre intimste Stelle mit den Daumenkuppen reizte.

Suzanne stieß einen kleinen Schrei aus und drängte sich seiner Hand entgegen. „Liebe mich", forderte sie ihn noch einmal auf und streckte verlangend die Hand nach ihm aus. „Bitte, Ryan, liebe mich."

„Sieh mich dabei an."

Sie schloss die Augen und errötete. „Ich ..."

„Sieh mich an", bat er, und seine Stimme zitterte, so sehr sehnte er sich danach, eins mit ihr zu werden. „Ohne jeden Vorbehalt. Du hast es versprochen."

Sie schluckte. „Dann jetzt, Ryan. Jetzt."

„Erst wenn ich dich geschmeckt habe." Diese Worte waren kaum zu verstehe, weil er bereits den Kopf gesenkt hatte.

Bei der ersten Berührung seiner Zunge zuckte Suzanne zusammen und bäumte sich auf. Er reizte ihre empfindsamste Stelle weiter, bis Suzanne laut schluchzte vor Lust. Verzweifelt hielt sie sich an seinen Ohren so fest, dass er schon fürchtete, er würde niemals wieder etwas hören können.

Aber welcher Mann wollte schon hören, wenn er so etwas erleben durfte? Beharrlich fuhr er mit seinen Liebkosungen fort. Suzanne wand sich unter ihm und drängte ihn zu immer intensiveren Zärtlichkeiten.

„Bitte, Ryan, bitte!"

Willig saugte er und hielt sein eigenes Verlangen zurück, bis sie laut aufschreiend zum Höhepunkt kam. Selbst kurz vor der Erfüllung, streifte er sich hektisch ein Kondom über und drang in sie ein.

Suzanne blickte ihm in die Augen. Wilde Leidenschaft sprach aus ihrem Blick. „Ja, jetzt!"

Sie hätte nicht einmal genau sagen können, ob ihr Höhepunkt vorüber war oder noch andauerte. Immer noch bebte sie am ganzen Körper, und es schien, als würde sie ewig auf dieser Welle der Lust treiben.

Ryan umfasste ihre Hände und verschränkte ihre Finger mit seinen. Während er sich rhythmisch in ihr bewegte, küsste er sie und ließ seine Zunge im selben Rhythmus vor- und zurückschnellen.

Schließlich drang er tief in sie ein und verharrte. „Suzanne." Er stieß ihren Namen aus und war in dieser Sekunde vollkommen eins mit ihr. Sie beide waren ein Körper, eine gemeinsame Seele, die sich nach nichts als der Erlösung sehnte.

Sie verspannte sich, und Ryan spürte es ganz intim. Dieses erregende Gefühl war zu viel für ihn. Er schrie auf, versuchte noch, den Höhepunkt hinauszuzögern, doch vergeblich. Nichts auf der Welt hätte ihn jetzt zurückhalten können.

Er barg das Gesicht an ihrem Hals und gab sich ganz seiner Lust hin.

Als Ryan aufwachte, schien ihm die Sonne ins Gesicht, und er kniff ärgerlich die Augen zusammen. Noch halb in seinen Träumen gefangen, dachte er an die letzte Nacht zurück. Dann musste er lächeln, denn sein erregter Körper zeigte ihm deutlich, dass er selbst im Schlaf noch einmal alles durchlebt hatte.

Es erschien ihm wie ein Wunder, dass Suzanne zu ihm gekommen war. Er konnte es sich immer noch nicht ganz erklären, aber irgendwann würde sie es ihm schon verraten. Zuerst würde er sie allerdings wachküssen müssen. Dies war seine kleine Rache, denn mitten in der Nacht war er aus dem Schlaf gerissen worden, weil sie ihn ganz intim mit dem Mund liebkoste. Auf diese Weise geweckt zu werden war allerdings das Schönste, was er sich vorstellen konnte, und er hatte sich gefragt, womit er das verdiente. Als er dann ihre Zungenspitze spürte, hatte er keinen klaren Gedanken mehr fassen können. Stöhnend hatte er den Kopf ins Kissen gedrückt und den überwältigendsten Höhepunkt seines Lebens ausgekostet.

Ryan war zwar bei Weitem nicht mit so vielen Frauen zusammen gewesen, wie seine Brüder glaubten, aber trotzdem besaß er einige Erfahrung. Er wusste, wie man beim Sex Entspannung fand. Er wusste, wie er als Mann einer Frau Lust bereiten konnte, um dann diese Lust von ihr zurückzubekommen.

Aber noch nie in seinem Leben hatte er dermaßen die Kontrolle über sich verloren. Noch nie war die Liebe so gewesen wie mit Suzanne.

Glücklich lächelnd öffnete er die Augen und drehte sich zu ihr herum.

Doch das Bett war leer.

Unterdessen zog Suzanne sich zu Hause aus und ging unter die Dusche. Als sie das heiße Wasser auf der Haut spürte, musste sie unweigerlich an die vergangene Nacht denken.

Sie seifte sich ein, und in ihrer Vorstellung waren es Ryans Hände, die ihren Körper berührten. Verträumt lächelte sie vor sich hin. Ryan musste gar nicht einmal bei ihr sein, um sie zu erregen. Noch nie hatte sie so etwas erlebt, auch nicht bei ihren drei Exverlobten.

So etwas hätte sie sich zuvor auch niemals gestattet.

Sie strich ihren Unterschenkel hinauf und erzitterte bei der Erinnerung. Ryan hatte sie mit Händen, Mund, Zunge und dem ganzen Körper liebkost und sie so vollkommen befriedigt, dass sie sogar jetzt noch ganz erschöpft war. Ihr Hals war immer noch gerötet von seinen Bartstoppeln. Beschämt stellte sie fest, dass sie dieselben Spuren auch an ihren Brüsten und an den Innenseiten ihrer Schenkel fand.

Er liebt mich, schoss es ihr durch den Kopf. Ryan Alondo liebt mich.

Natürlich versuchte er mit allen Mitteln der Kunst, sie so weit zu bringen, dass sie diese Liebe akzeptierte. Wenn er nur wüsste! Das war längst geschehen, und nicht erst seit gestern Nacht. Ryan brauchte sie nicht mit körperlicher Liebe zu überzeugen. Er hatte das schon mit seinem Lächeln getan.

Knall auf Fall

An diesem Nachmittag brachte Angel Ryan einen Brief in sein Büro.

„Was hast du da? Die Post war heute schon da." Er war etwas abgelenkt, denn vor ihm lag ein Stapel mit Rechnungen, die bezahlt werden mussten. Außerdem hatte er noch eine ganze Reihe von Angeboten zu erstellen, und dann war da noch sein gebrochenes Herz, das ihm zu schaffen machte.

„Das hier kam nicht mit der Post." Vielsagend lächelnd legte Angel den Brief auf seinen Schreibtisch und ging wieder hinaus.

„Angel!" Unwillig runzelte er die Stirn, weil sie nicht zu ihm zurückkam. Hörte sie ihm eigentlich jemals zu? Entnervt riss er den schlichten weißen Umschlag auf.

Es war eine Einladung.

Da er nicht das aufregende Leben führte, das alle ihm unterstellten, bekam er nur sehr selten Einladungen. Aber hier wurde er zu einer Party eingeladen.

Ob Suzanne dabei den Party-Service macht, fragte er sich unwillkürlich und hoffte, dass sie irgendwann sich selbst und allen anderen gegenüber zugeben würde, dass dieser Party-Service ihre berufliche Erfüllung war.

Warum war diese Frau bloß so stur?

Er drehte die Karte herum und vergaß seine Überlegungen.

Lieber Ryan, Du bist herzlich zur Eröffnung meines Party-Services „Earthly Delights" eingeladen. Heute Abend um sieben Uhr. Ich brauche keine Zusage von Dir, komm einfach. Bitte. Suzanne.

Um sechs Uhr verließ Ryan seinen Schreibtisch und ging in die Küche. Seine Geschwister waren wieder einmal unangemeldet zu Besuch. Rafe stöberte gerade im Kühlschrank, Russ saß am Tisch vor einem Teller mit Resten von gestern. Davon war jetzt allerdings nicht mehr viel übrig.

Angel hockte auf dem Tresen und verspeiste Ryans letzte Packung Chips.

„Hallo", begrüßten ihn alle drei mit vollem Mund.

Diese Schmarotzer! „Täusche ich mich, oder habt ihr nicht alle drei auch eigene Wohnungen?" Ryan holte sich ein Glas, schenkte sich Wasser ein und trank es in einem Zug aus. Ein Bier wäre ihm jetzt lieber, aber er hatte das Gefühl, als brauchte er heute noch einen klaren Kopf.

Das heißt, wenn er zu dieser Eröffnung ginge.

Sicher hatte sie wegen ihrer Party viel zu tun, und er konnte immer noch nicht ganz glauben, dass sie diese anfängliche Idee von einem eigenen Geschäft in die Tat umsetzte.

Für ihn blieb jetzt bestimmt nicht mehr viel Zeit übrig.

Rafe stand noch immer vor dem geöffneten Kühlschrank. „Ich bin kurz vor dem Verhungern."

Ryan verdrehte die Augen. Sein kleiner Bruder hatte seit der Geburt fast ununterbrochen Hunger. „Du kannst bei Suzanne was essen."

„Bei Suzanne?"

„Ja, bei ihrer Eröffnung." Er schob Rafe zur Seite und machte den Kühlschrank zu. „Euch hat sie doch bestimmt auch eingeladen, oder?"

Angel stieß Rafe, der sich neben sie gestellt hatte, in die Seite. „Na klar, das hat sie."

Rafe blinzelte verwirrt. „Aber ..."

Angel stieß ihn noch einmal an und lächelte Ryan strahlend zu. „Doch, doch, wir sind alle mit dabei. Fahr du nur schon vor. Wir kommen dann später nach." Sie sprang vom Tresen, nahm Ryan bei den Armen und drehte ihn zur Tür. „Nun geh schon. Und viel Spaß auch."

Bevor Ryan sich noch dagegen wehren konnte, schob sie ihn bereits aus seinem eigenen Haus hinaus und schloss die Tür hinter ihm.

Knall auf Fall

„Euch auch viel Spaß", murmelte er verdutzt, während er zu seinem Auto ging.

Wenig später parkte er vor dem Haus, wo alles begonnen hatte. Hier war er aus dem Baum gesprungen, direkt vor die Füße der Frau, die sein Leben verändert hatte.

Es kam ihm wie eine Ewigkeit vor und nicht erst wie ein Monat. Er hatte seitdem vieles erlebt und wusste, wie er sich die Zukunft vorstellte. Leider wusste er nicht, wie er dieses Ideal seiner Zukunft erreichen sollte.

Nach der letzten Nacht würde es ihm bestimmt schwerfallen, Suzanne unbefangen gegenüberzutreten. Aber offenbar hatte sie einige Entscheidungen über ihre eigene Zukunft getroffen, und da wollte er dabei sein.

Ich werde lächeln und mich unterhalten, beschloss er. Ich werde alles tun, um ihr an dem heutigen Abend zu helfen. Vielleicht lenkt es mich sogar etwas von meinem Kummer ab.

Während er den Vorgarten durchschritt, betrachtete er die Fassade. Allmählich sah das Haus auch nicht mehr wie ein Fremdkörper zwischen den hübschen anderen Gebäuden in der Straße aus. Auch der Garten machte einen ordentlichen Eindruck. Die Bäume waren gestutzt, zwei komplett gefällt, und das Haus wirkte bewohnt, obwohl die beiden Schaufenster im Erdgeschoss immer noch leer waren. Allerdings schien sie jemand geputzt zu haben, wie Ryan jetzt feststellte.

Und dank Taylors Versicherung war das Loch im Dach auch nicht mehr zu sehen. Trotzdem blieb noch eine Menge an Renovierungsarbeiten. Ryan hatte Taylor bei der Auswahl der Handwerker und dem Vergleich der einzelnen Angebote geholfen. Ein paar verlässliche Kollegen hatte er ihr auch empfohlen. Finanzieren musste sie die Renovierung durch den Verkauf der ganzen Antiquitäten, die sie über so viele Jahre gesammelt hatte. Dann allerdings würde das Haus schon bald wieder im alten Glanz erstrahlen.

Als Ryan näher kam, sah er das Schild im linken Schaufenster:

Hier eröffnet demnächst „Earthly Delights", der Party-Service von Suzanne Carter.

Wollte Suzanne auch gleich ein Geschäft eröffnen? Das konnte Ryan kaum glauben, und sein Herz schlug schneller.

Bestimmt herrschte jetzt bereits Gedränge in ihrem Apartment, und er fragte sich, ob sie sich noch ein paar Möbel gekauft hatte, außer dem Küchentisch, den er bereits kannte. Er betrat den Hausflur und ging erwartungsvoll die Treppe hinauf.

Aus dem Apartment kam kein Laut, und als er klopfte, hörte er nur ein leises Rascheln, dann einen unterdrückten Fluch.

„Suzanne?"

Wieder ein Rascheln. „Ja! Komm rein!"

Er trat ein, blickte sich um und lächelte. Nein, Möbel gab es immer noch nicht, aber das Wohnzimmer mit der Fensterfront blitzte vor Sauberkeit und roch nach Zitronen. Suzanne hatte auf dem Holzfußboden ein paar Teppiche verteilt, damit es anheimelnder aussah.

Ein eingetopftes Bäumchen stand auf der Fensterbank, und Ryan musste fast lachen. Es sah aus, als wollte Suzanne das Schicksal, das ihr mit einem großen Baum so übel mitgespielt hatte, verhöhnen.

Überall standen Kerzen und verbreiteten ein gedämpftes, schimmerndes Licht.

Außer ihm war niemand da. Es gab keine Feier, keine Freunde, keine Kunden. Niemanden. „Suzanne?"

Aus der Küche kam ein Klappern, gefolgt von einem Fluchen. „Alles okay?", rief er.

„Ja, bleib, wo du bist. Ich ... bin fast fertig. Verdammt."

Langsam ging er dennoch weiter.

„Idiot", schimpfte Suzanne jetzt. „Du bist wirklich ein Idiot, wenn du denkst, du kannst bei deiner Nervosität eine Kerze anmachen."

Ryan konnte seine Neugier nicht mehr bezähmen und betrat die Küche. Suzanne stand am Tisch, beugte sich über eine mit Schokolade verzierte Eistorte und versuchte gerade, die vielen kleinen weißen Kerzen darauf anzuzünden.

Statt ihres üblichen Aufzugs als Gastgeberin mit weißer Bluse und schwarzem Rock, trug sie ein weites geblümtes Leinenkleid. Eines der Sommerkleider, die Ryan so sehr an ihr liebte. Eigentlich liebte er alles an ihr. Angefangen von dem roten Haar, das sie immer vergeblich zu bändigen versuchte, bis hin zu den langen gebräunten Beinen.

„Mist, ich bekomme die blöden Kerzen nicht an."

„Lass mich mal." Er ging zu ihr hin und nahm ihr die Streichhölzer aus der Hand. „Aber wenn das wirklich eine Eistorte ist, dann wird sie geschmolzen sein, bevor deine Gäste eintreffen."

Sie holte tief Luft und sah Ryan an. „Mein Gast ist bereits eingetroffen."

15. KAPITEL

Ryan schien nicht zu begreifen. „Wie bitte?"

Wieder holte Suzanne tief Luft und nahm Ryan die Streichhölzer ab. Dann ergriff sie seine Hände und lächelte nervös. „Du bist der Einzige, den ich eingeladen habe."

„Dann ... dann ist das alles mit dem Party-Service gar nicht wahr?"

„Doch, das ist wahr." Auf das enttäuschte Gesicht, das er jetzt machte, war sie allerdings nicht gefasst gewesen. Anscheinend begriff er noch immer nichts, und das war ganz allein ihre Schuld. „Mir ist es mit dem Party-Service sehr ernst, genauso wie mit ..."

„Womit, Suzanne?"

„Mit dir, Ryan. Mit dir ist es mir sehr ernst."

Er blickte auf ihre verschränkten Hände hinab. „Das hast du mir heute Morgen aber auf sehr seltsame Weise gezeigt." Er sah wieder hoch, und Suzanne erkannte, wie verletzt er war. „Wieso hast du dich einfach so heimlich davongemacht?"

„Ich ..." Sie biss sich auf die Unterlippe. Den ganzen Tag lang schon suchte sie nach einer Erklärung dafür. „Ich bin in deinen Armen aufgewacht. Es war so schön warm, und du hast so tief geschlafen." Sie errötete. „Ich fühlte mich so geborgen und konnte gar nicht aufhören, dich anzusehen."

„Warum hast du mich nicht geweckt und mit mir gesprochen?"

Sein Blick war jetzt zärtlich und leidenschaftlich zugleich. Suzannes Nervosität steigerte sich. „Ja, schon. Aber das, was mich bewegte, konnte ich dir nicht im Bett sagen. Es ist mir wichtig, dass du dich später niemals fragen musst, ob es nur im Rausch der Leidenschaft geschah."

„Was wolltest du mir denn sagen?" Innerlich machte er sich schon auf das Schlimmste gefasst.

Knall auf Fall

„Dass ich dich liebe", brach es aus ihr heraus. „Ich liebe dich über alles, Ryan."

Er blinzelte überrascht, ehe er sie umfasste und etwas anhob. Sie berührte gerade noch mit den Zehenspitzen den Boden, und ihre Nase war ganz dicht vor seiner. „Wie bitte?"

Bei seinem heiseren Tonfall musste sie lächeln. Gleichzeitig zitterte sie so stark, dass sie fürchtete, sie würde ihm jeden Moment entgleiten. „Ist dir klar, dass noch nie ein Mann so nett zu mir war wie du? Du bist der erste Mann, der wirklich an mich und meine Fähigkeiten glaubt. Ich will damit sagen, es gab in meinem Leben Männer, die ..."

„Suzanne."

„Die mich begehrt haben. Es gab Männer, die ..."

„Suzanne!"

Sie sah zu Boden und biss sich auf die Lippe. Schließlich hob sie den Blick und sah ihn an. „Ja?"

„Sag es noch einmal."

Liebevoll legte sie die Hände an seine Wangen, und während sie ihn ganz sachte küsste, spürte sie, wie sich ihr Herz für ihn öffnete. „Du hast mir vieles über mich selbst verraten", sagte sie leise. „Durch dich habe ich gelernt, mich so zu akzeptieren, wie ich bin. Jetzt verfolge ich meine Hoffnungen und Träume, auch wenn mir meine Ziele unerreichbar erscheinen. Ich habe nämlich keine Angst mehr vor dem Scheitern. Bei diesem Party-Service zum Beispiel brauchte ich nur ein bisschen Ermutigung."

„Suzanne." Er lehnte seine Stirn an ihre. „Ich liebe dich. Ich werde dich immer lieben, und ich werde dir gleich alle Ermutigung geben, die du brauchst. Aber vorher möchte ich, dass du es noch einmal ausprichst."

„Zu dem Punkt komme ich noch." Sie löste sich aus seiner Umarmung, warf einen Blick auf die Eistorte und drehte sich dann wieder zu ihm um. „Es fängt an zu schmelzen."

Ryan seufzte. Also schön, sie wollte ihn mit Eiscreme verführen. Das war süß von ihr, und wenn er an das letzte Eisessen mit ihr dachte, bekam diese Torte etwas sehr Erregendes.

Doch im Moment empfand er etwas ganz anderes als sexuelle Erregung. „Ich will kein Eis."

„Sieh doch hin."

Er blickte auf die Torte und auf die Buchstaben, die sie so sorgfältig mit Schokoladensahne darauf geschrieben hatte. „Ich liebe dich" stand dort.

Die Buchstaben zerliefen bereits, aber es war noch sehr deutlich zu erkennen.

Suzanne liebte ihn.

Sie legte ihm die Arme um den Nacken. „Ich liebe dich. Von ganzem Herzen."

Endlich löste sich Ryans innere Anspannung, und er gab sich ganz diesem warmen Gefühl des Glücks hin, das ihn durchströmte. „Mir kommt es vor, als hätte ich ein Leben lang darauf gewartet, dass du das sagst."

„Ich hoffe ja, dass mir noch ein Leben lang Zeit bleibt, es immer wieder zu sagen." Mit einem Finger fuhr sie über die Eistorte.

„Ich finde, wir sollten heiraten", sagte sie wie nebenbei und strich ihm mit dem Schokoladenfinger über den Hals, während Ryan sie fassungslos ansah.

Die kalte Schokolade ließ ihn nach Luft schnappen. „Heiraten?"

„Genau." Sie neigte sich hinab und leckte ihm die Schokolade vom Hals. Er stöhnte.

„Es hat lange genug gedauert, bis mir klar geworden ist, was ich mir vom Leben erhoffe", stellte sie sachlich fest. „Da will ich keine Zeit mehr verschwenden." Zärtlich küsste sie ihn auf den Mund, ehe sie ihm in die Augen blickte. „Hast du ein Problem mit einer Frau, die weiß, was sie will?"

„Überhaupt nicht. Schließlich liebe ich so eine Frau", erwiderte er und zog sie an sich.

Strahlend lächelte sie ihn an, und Ryan erwiderte das Lächeln. Das, was er sich am meisten vom Leben erhoffte, hielt er in den Armen. „Und anscheinend werde ich so eine Frau sogar heiraten."

EPILOG

Eine Woche später saßen Suzanne, Taylor und Nicole in der Dachwohnung und aßen Eis. Diesmal hatte Nicole die Packung gestiftet und auch gleich für Plastiklöffel gesorgt, mit denen die drei Frauen gleichzeitig das Eis attackierten.

Die gute Nicole mit ihrem Sinn fürs Praktische.

Am Tag zuvor war sie eingezogen, deshalb hatte Taylor beschlossen, eine kleine Einzugsparty zu veranstalten.

Ihnen war jeder Anlass recht, um ein paar Kalorien zu sich zu nehmen.

„Dann willst du ihn also tatsächlich heiraten?" Nicole steckte sich noch einen Löffel Eis in den Mund und sah Suzanne interessiert an. „Für immer zu zweit?"

„Ja." Suzanne lächelte. „Genau das ist der Plan."

„Klingt irgendwie beängstigend."

„Gut möglich." Dennoch seufzte sie glücklich, als sie sich als Braut vorstellte. Sie hatte keinerlei Zweifel, das Richtige zu tun. „Nein, diesmal passt alles zusammen." Versöhnlich lächelnd blickte sie zu Taylor. „Scheint so, als würde ich unseren Schwur nun doch brechen."

„Macht nichts." Taylor winkte großzügig ab. „Nicole und ich halten ihn ja aufrecht."

Nicole nickte ernsthaft. „Auf jeden Fall."

„Dann viel Glück." Suzanne dachte daran, wie entschlossen sie selbst noch vor wenigen Wochen gewesen war. Trotzdem machte es ihr nichts aus, dass sie nicht bei ihrem Wort geblieben war. „Glaubt mir, die Liebe kann euch ganz unerwartet begegnen und euer Leben auf den Kopf stellen, bevor ihr überhaupt merkt, was passiert."

„Das hat nichts mit Glück zu tun." Entschlossen schüttelte Nicole den Kopf, und ihre silbernen Ohrringe klirrten leise.

„Auf keinen Fall. Kein Mann schleicht sich so einfach in mein Herz."

„Ganz meine Meinung, Supergirl." Taylor nickte bestätigend. „Um Single zu bleiben, braucht man kein Glück, sondern nur den gesunden Menschenverstand."

Suzanne lächelte bloß und nahm noch einen Löffel Eis. Im Gegensatz zu ihren beiden Freundinnen wusste sie, dass der Verstand überhaupt keine Rolle spielte, wenn es um Herzensangelegenheiten ging.

– *ENDE* –

Jill Shalvis

Aus heiterem Himmel

Roman

Aus dem Amerikanischen von
Johannes Heitmann

Aus heiterem Himmel

1. KAPITEL

Durch einen nackten Mann geweckt zu werden, das wäre natürlich etwas anderes. Aber weit und breit war kein nackter Mann in Sicht, und so wurde Nicole Mann wie üblich durch den Wecker geweckt. Und wie jeden Tag schaffte sie es auch heute, innerhalb von nicht einmal zehn Minuten zu duschen, sich anzuziehen und als Frühstück einen Burrito zu verschlingen.

Wie jeden Tag stürmte sie aus ihrem Apartment, um zum Krankenhaus zu kommen, wo ihr diesmal wegen der Grippewelle wahrscheinlich eine Doppelschicht bevorstand.

Ihr gesamtes Leben wurde nur von der Arbeit bestimmt, doch was war schon dabei? Ärztin war einfach ihr Traumberuf, auch wenn ihr deswegen kaum Zeit für irgendetwas anderes blieb. Nicht einmal Zeit für nackte Männer, aber auch damit konnte sie leben. Als Hochbegabte hatte sie schon mit zwölf Jahren die Highschool abgeschlossen, und seit diesem Tag, der fünfzehn Jahre zurücklag, hatte sie davon geträumt, einmal Ärztin sein.

„Pst."

Nicole dachte immer, sie hätte Nerven wie Drahtseile, doch jetzt zuckte sie zusammen, als sie im dunklen Hausflur ein Flüstern hörte.

Das Flüstern stammte jedoch nicht vom Schwarzen Mann oder einem anderen Ungeheuer. Es war nur die Hausbesitzerin, ihre Freundin Taylor Wellington, die den Kopf aus der Tür ihres Apartments streckte. Taylor war schön und freundlich, was allein schon Grund genug wäre, um sie zu hassen. Außerdem konnte Taylor reden, bis man sich völlig erschlagen fühlte von ihrer Redeflut. Doch Nicole wusste aus Erfahrung, dass es keinen Zweck hatte, sich gegen sie zu wehren.

Nicole konnte es immer noch nicht recht begreifen, dass

diese Frau ihre Freundin geworden war, obwohl sie so grundverschieden waren.

„Pst."

„Ich sehe dich ja", sagte Nicole. „Habe ich dich geweckt?" Taylor sah allerdings nicht so aus, als sei sie gerade aus dem Bett gefallen. Allerdings sah sie immer perfekt aus, auch wenn es noch früh am Morgen war.

„Nein, wenn ich schlafe, dann kann mich nichts und niemand wecken", versicherte Taylor. „Aber ich habe mir den Wecker gestellt, um dich abzupassen."

Sie musterte Nicole von Kopf bis Fuß, und Nicole sah, dass Taylor wie üblich perfekt geschminkt war.

„Liebes, ich dachte, wir wären uns einig, was deine Tarnanzüge angeht."

Nicole blickte an sich hinunter. Sie trug ein ärmelloses olivgrünes T-Shirt und eine eng anliegende Armyhose mit tausend Taschen. Was gab es daran auszusetzen? So hatte sie sich schon während ihrer Studienzeit angezogen. Damals hatte sie sich solche Sachen in Secondhandläden gekauft, weil es günstig war, doch mittlerweile hatte sie sich an diesen bequemen Look so sehr gewöhnt, dass sie ihn nicht mehr aufgeben wollte. Aber es überraschte sie, dass es Taylor etwas ausmachte, wie ihre Mitbewohnerin auf andere wirkte.

Nicole lebte erst ein paar Wochen hier in South Village, einem trendigen Stadtviertel am Rand von Los Angeles. Ihre vorherige Wohnung war größer gewesen, und in dem weitläufigen Apartmenthaus hatte sich niemand darum gekümmert, wer sein Nachbar war. Ihr hatte diese Anonymität eigentlich gut gefallen. Sie war lediglich deshalb umgezogen, weil das Haus verkauft wurde und die neuen Besitzer alles umgestalten wollten. Ihr neues Apartment lag nahe beim Krankenhaus, und es war klein, was den Vorteil hatte, dass sie weniger putzen musste. Dass dieses Haus baufällig war, sah sie zwar als Nachteil, doch solange sie ein Bett zum Schlafen hatte, war sie zufrieden.

„Weshalb wolltest du mich abfangen?", fragte sie Taylor.

„Ich dachte mir schon, dass du es vergessen hast. Heute Abend wollen wir doch Suzannes Verlobungsparty planen."

Suzanne Carter lebte im dritten Apartment des Hauses. Die drei Frauen waren die einzigen Bewohner und hatten schon oft miteinander gelacht und Eis gegessen. Doch es widerstrebte Nicole, eine Party vorzubereiten, auf der sie geschminkt herumlaufen, lächeln und Konversation betreiben müsste. Sie hasste das alles.

„Du hast es vergessen", stellte Taylor nüchtern fest.

„Nein, ich ..." Also schön, dachte Nicole, ich hab's vergessen.

Nicole konnte es nicht ändern, dass sie, was Feiern und dergleichen Termine betraf, sehr vergesslich war. Ihre Familie, die sie nur selten zu Gesicht bekam, konnte ein Lied davon singen. In diesem Jahr hatte sie schon die Familienfeier zur Rückkehr ihrer Schwester vom College vergessen, genauso wie die alljährliche Feier am ersten April und sogar ihren eigenen Geburtstag. Allerdings wusste ihre Familie etwas, das Taylor noch nicht begriffen hatte: Nicole war gern allein. Partys fand sie schrecklich, und das Vorbereiten von Verlobungspartys gehörte dazu.

„Tut mir leid, ich komme erst sehr spät zurück", sagte sie.

Taylor warf ihr einen eindringlichen Blick zu. „Sag bloß. Willst du dir ein neues Piercing machen lassen?"

Nicole verdrehte die Augen. Ständig zog Taylor sie wegen ihrer vielen Ohrringe im rechten Ohr auf. Doch es war ein sehr freundschaftlicher Spott. Außerdem wusste Taylor ja nicht, dass diese Ohrringe etwas mit ihrer Ehre zu tun hatten. „Nein, kein neues Piercing."

Geduldig auf eine Antwort wartend, hob Taylor eine Augenbraue.

Hastig versuchte Nicole, eine höfliche Ausrede zu finden. Wir sind im Krankenhaus unterbesetzt, und ..."

„Lass gut sein, Supergirl." Taylor hob abwehrend eine Hand, um sich weitere Entschuldigungen zu ersparen. „Kommen wir doch gleich zum Punkt. Von Hochzeiten und dem ganzen Drum und Dran bekommen wir beide Pickel, stimmt's?" Sie blickte Nicole wie eine strenge Mutter fest in die Augen. „Aber hier geht es um Suzanne."

Suzanne war neben Taylor der einzige Mensch, der Nicole vom ersten Treffen an so akzeptiert hatte, wie sie war. Dabei wusste Nicole genau, dass sie oft schroff, verschlossen und abweisend wirkte.

Die drei Frauen hatten sich kennengelernt, kurz nachdem Taylor dieses Haus geerbt hatte. Leider besaß Taylor abgesehen davon keinen Cent, und so hatte sie erst Suzanne und kurze Zeit später Nicole als Mieterinnen aufgenommen. Im Grunde hatten sie alle wenig gemeinsam. Suzanne betrieb einen Party-Service und bewirtete sie ständig mit himmlischen Gerichten. Außerdem schien ihr Vorrat an Eiscreme niemals zu Ende zu gehen. Taylor hielt sich selbst und die anderen mit ihrem trockenen Humor bei guter Laune und bemutterte sie, was Nicole ihr aber nie verraten würde. Und Nicole ... Sie hätte selbst nicht sagen können, was sie zu der Gemeinschaft beitrug. Es war ihr ein Rätsel, warum Taylor und Suzanne so viel an ihr lag.

Eines jedoch hatte sie von Anfang an verbunden: Sie hatten sich geschworen, Singles zu bleiben. Oft hatten sie darüber gesprochen, sich gegenseitig zugeprostet und dabei ihren Schwur erneuert. Allerdings hatte Suzanne den Schwur mittlerweile gebrochen und sich unsterblich verliebt und wollte nun heiraten.

Nicole seufzte. „Ich werde es irgendwie einrichten, hier zu sein."

„Keine Bange, Heiraten ist ja nicht ansteckend."

„Da mache ich mir auch keine Sorgen. Meine Arbeit ist mein

Aus heiterem Himmel

Leben, und ich bin viel zu selbstsüchtig, um mich an einen Mann zu binden."

„Genau. Wir sind glücklich mit unserem Leben als Single, und so soll es bleiben."

„Auf jeden Fall."

Aber ein bisschen nervös machte es sie schon, dass Suzanne, die ein ebenso überzeugter Single wie sie gewesen war, den Schwur gebrochen hatte und heiratete. So etwas durfte ihnen nicht passieren. Sie würden aufpassen und ihre Gefühlswelt unter Kontrolle halten müssen.

Genau, dachte Nicole. Bloß keine ernsthaften Gefühle entwickeln, dann sind wir beide vor Ärger sicher.

Vierundzwanzig Stunden lang hatte Nicole schwer gearbeitet, als sie sich nun im Morgengrauen die drei Treppen zu ihrer kleinen Dachwohnung hinaufschleppte.

Es war noch dunkel oder immer noch. Nicole war zu erschöpft, um sich darüber Gedanken zu machen. Die Arbeit war fast unmenschlich gewesen. Starker Nebel hatte einen Massenunfall auf dem Highway 5 in Richtung Süden verursacht. Zweiundvierzig Autos waren darin verwickelt gewesen, und sie hatte den ganzen Tag im OP verbracht. Ihr war kaum Zeit geblieben, um sich die Nase zu putzen. Auf Schnittverletzungen, gebrochene Beine und Rippenbrüche war dann noch eine Entbindung von Zwillingen per Kaiserschnitt gefolgt.

Man hatte sie gebeten, noch eine Schicht dranzuhängen, und nach einem kurzen Schlaf im Ärztezimmer, um wieder zu Kräften zu kommen, hatte Nicole noch die zweite Schicht gearbeitet. Während der knappen Ruhepause hatte sie geträumt, sie würde von Hochzeitskleidern und Torten verfolgt. Wie war sie bloß darauf gekommen?

Jetzt sehnte sie sich nur noch nach etwas zu essen, einer heißen Dusche und ihrem Bett. Die Reihenfolge war ihr ziemlich egal. Sie hatte sich Tacos gekauft, und bei dem Gedanken an die warmen Tacos in der Tüte, die sie sich gerade an die Brust drückte, lief ihr das Wasser im Mund zusammen. Das war zwar kein gesundes Frühstück, aber Hauptsache, es machte satt. Schon seit der zweiten Operation gestern sehnte sie sich nach etwas scharf Gewürztem.

Nach dem Essen hatte sie vor, in Tiefschlaf zu fallen. Jedenfalls bis zu ihrer nächsten Schicht. Heute Nachmittag war ein Belegschaftstreffen angesetzt, und anschließend würde sie für einen ausgefallenen Kollegen die Nachtschicht übernehmen. Schon jetzt standen vier Operationen fest auf dem Plan.

Hoffentlich habe ich auch scharfe Soße bestellt, dachte sie, denn an Fertigsoßen gab es in ihrer winzigen Küche nichts außer etwas Undefinierbarem, das sich schon vor Wochen grün verfärbt hatte.

„Du kleines widerliches Ding. So ein Mist." Ein metallisches Kratzen begleitete den Fluch, der in irischem Akzent erklang. „Ich werde dich ... Verdammt, beim letzten Mal hast du doch auch noch funktioniert, wieso denn jetzt nicht mehr?"

Der Mann klang so ungezwungen, als würde er sich hier wie zu Hause fühlen, dass Nicole einen Moment brauchte, um sich bewusst zu machen, dass er keineswegs hierhergehörte.

Na, wunderbar, dachte sie. Sie war ohnehin in der richtigen Stimmung, sich mit jemandem anzulegen. Vorausgesetzt, ihre Tacos erlitten dabei keinen Schaden. Manchmal war es als körperliches Leichtgewicht durchaus von Vorteil, mit einem hohen IQ gesegnet zu sein. Während ihres Medizinstudiums hatte sie zum Ausgleich Karate gelernt, und sie war sehr gut darin. Wenn sie sich etwas in den Kopf setzte, dann hatte sie auch Erfolg.

Auf geht's, sagte sie sich und stellte ihre Tacotüte auf der obersten Treppenstufe ab, bevor sie ihre Kampfhaltung einnahm. Ihr Frühstück durfte nicht in Gefahr geraten. Sie ging die letzten Stufen hinauf. Hier oben war außer ihrem Apartment nur noch der Dachboden. Ein Mann lag flach in dem schmalen Flur. Die Arme hatte er seitlich ausgestreckt. Er maß gerade die alten Holzbohlen des Fußbodens aus, während er die fantasievollsten irischen Flüche ausstieß.

Nicole musste lachen und konnte den Blick nicht lösen von dem schlanken Mann, der dort bäuchlings ausgestreckt vor ihr auf dem Boden lag. Die langen Beine steckten in Jeans, und die enge Hose betonte die Waden und Schenkel. Und den festen runden Po.

Das T-Shirt war dem Mann nach oben gerutscht, und Nicole sah eine Menge gebräunten muskulösen Rücken. „Beiß mich", stand auf dem hellblauen T-Shirt.

Nicole vergaß ihre Kampfeslust und lächelte. Beiß mich. Dazu hätte sie wirklich Lust. Der Mann sah einfach zum Anbeißen aus. „Entschuldigen Sie", machte sie sich bemerkbar.

Er hielt die Arme weiterhin lang ausgestreckt, und das kleine Gerät, das er in Händen hielt, piepste und leuchtete rot auf. „Seien Sie ein Engel", sagte er mit einer tiefen Stimme, die Nicoles Herzschlag beschleunigte. Sein irischer Akzent war allerdings schlagartig verschwunden. „Reichen Sie mir den Notizblock."

Nicole stand immer noch in Verteidigungshaltung da und musste den Hals recken, bis sie das kleine Notizbuch entdeckte, das aus seiner Gesäßtasche ragte. Es sah aus, als würde es dort ständig herausgezogen und wieder hineingesteckt werden.

Offenbar zögerte sie etwas zu lange, denn der Mann stützte sich auf die Ellbogen und drehte den Kopf. Das tiefschwarze Haar war zerzaust, und Nicole sah nun, dass er kristallklare blaue Augen hatte.

Der Mann musterte sie von oben bis unten, wie sie, die Knie leicht gebeugt und die Fäuste geballt, dastand. Er ließ das Messgerät los und rieb sich das Kinn. „Wollen Sie mit mir um mein Notizbuch kämpfen?"

Nicole ließ die Fäuste sinken und betrachtete diesen unglaublich gut aussehenden Fremden noch einmal ausführlich. Dann bückte sie sich nach ihrer Tüte mit den Tacos. „Wer sind Sie, und warum liegen Sie fluchend in meinem Flur?"

„Haben Sie's gehört?" Er lächelte. „Sagen Sie's bitte nicht der Hausbesitzerin weiter. Sie hat extra angeordnet, dass ich im Flur nicht fluchen darf."

Nicole wunderte sich, dass Taylor diesen Mann nicht gleich in ihr Schlafzimmer verfrachtet hatte. Taylor hatte nichts gegen Sex, und dieser Mann strahlte Erotik pur aus.

In einer fließenden Bewegung stand er auf, und sie bemerkte jetzt, wie groß er war. Zugegeben, sie selbst gehörte eher zu den kleinen Menschen dieser Welt, aber dieser Mann maß sicher ein Meter neunzig.

Wenn ich meine Nase ganz nach oben recke, komme ich damit vielleicht gerade bis an seine Schulter, dachte Nicole. Seine Körpergröße und die seltsame Anziehungskraft, die er auf sie ausübte, verunsicherten sie. Und Unsicherheit war ein Gefühl, das sie nicht ausstehen konnte. Sie trat einen Schritt zurück und brachte sich wieder in Angriffsposition, um auf alles vorbereitet zu sein.

„Wenn ich gewusst hätte, dass Sie sie hören, hätte ich mir die Flüche verkniffen." Er wirkte jetzt leicht verlegen, als er über sein Kinn strich. Dem dunklen Bartschatten nach zu urteilen, war es schon ein paar Tage her, seit er sich rasiert hatte. „Wie ich sehe, habe ich Sie erschreckt."

Nicole runzelte die Stirn. Der irische Akzent war jetzt tatsächlich vollkommen verschwunden, dafür klang es nun ein bisschen gekünstelt.

Wahrscheinlich unterdrückte er seinen Akzent. Wollte er seine Abstammung verheimlichen? Sie selbst lief zwar auch nicht wie ein offenes Buch herum, aber bei anderen mochte sie Geheimniskrämerei überhaupt nicht.

„Beantworten Sie bitte meine Fragen."

Der Mann hob friedfertig die Hände, als habe sie ihm mit dem Finger gegen die Brust gestoßen. „Kein Grund, mich gleich so anzufahren. Ich bin nur der Architekt. Ty Patrick O'Grady. Stets zu Ihren Diensten."

„Sie sind der Architekt?", fragte Nicole verwirrt nach.

„Das Haus hier soll renoviert werden." Als wollte er ihr zeigen, wie harmlos er war, lehnte er sich mit der Schulter an die Wand und lächelte so umwerfend, dass Nicole ein Schauer über den Rücken lief. „Hier muss erst mal ein Architekt ans Werk, bevor man mit den Bauarbeiten beginnen kann. Dieses Haus fällt nämlich fast schon unter Denkmalschutz. Es muss dringend renoviert werden, aber bestimmte Teile der Bausubstanz dürfen nicht verändert werden."

Das Haus lag mitten im eleganten South Village, und Nicole konnte sich gut vorstellen, dass es einiges wert war, obwohl es heruntergekommen und verwahrlost aussah. Schon seit Wochen schleuste Taylor Bauexperten durchs Haus, weil eine grundlegende Renovierung unumgänglich war.

„Dann erstellen Sie also ein Angebot für die Eigentümerin? Für Suzanne?" Aufmerksam beobachtete Nicole ihn.

Er lächelte. „Nein, nicht für Suzanne, sondern für Taylor. Aber das war ein guter Versuch, das gebe ich zu. Allerdings gehört etwas mehr dazu, um mich reinzulegen, Süße."

Er nannte sie Süße? Der kann was erleben, dachte Nicole.

Er hob die pechschwarzen Augenbrauen und meinte lässig: „Soll ich Ihnen meinen Ausweis zeigen, oder erschlagen Sie mich jetzt mit Ihren Tacos, die so lecker duften?"

„Was ist denn mit Ihrem Akzent passiert?"

Jetzt wirkte er ratlos. „Was für ein Akzent?"

„Vorhin hatten Sie noch einen irischen Akzent. Sind Sie Einwanderer?"

„Ja, direkt vom Schiff aus Australien, Kleine." Er grinste. „Oder war das …" Er wechselte den Akzent von einem Satz zum nächsten. „Europa? Ich bringe die Kontinente immer durcheinander."

Ein Witzbold also. „Es ist schon ziemlich spät, um ein Angebot auszuarbeiten."

„Sehr früh, meinen Sie wohl."

Schon möglich. Sie konnte nicht mehr genau sagen, welche Tageszeit es war. „Wie auch immer. Weshalb sind Sie hier?"

„Ich bin ein viel beschäftigter Mann, Darling. Aber Sie haben mich so durcheinandergebracht, dass ich glatt Ihren Namen vergessen habe."

Nicole verschränkte die Arme vor der Brust. „Mit Darling liegen Sie jedenfalls daneben."

Wieder lächelte er, und sie musste sich eingestehen, dass dieses Lächeln umwerfend war.

„Soll ich jetzt raten?", sagte er.

„Dr. Mann", stellte sie sich widerwillig vor. „Und wenn Sie nichts dagegen haben, würde ich jetzt gern meine Tacos essen." Und dann ins Bett gehen. Allein.

Wieso kommt mir dieser Gedanke gerade jetzt?, fragte sich Nicole. Ich gehe immer allein ins Bett. Immer.

Der Mann lächelte immer noch. Es wirkte, als wüsste er etwas, das sie nicht wusste. Fast hätte sie mit den Zähnen geknirscht. „Was ist? Kommt jetzt, dass ich viel zu jung bin, um Ärztin zu sein, und wie ein kleines Mädchen aussehe? Dann mal los. Ich kenne diese geistreichen Bemerkungen allerdings alle schon. Sie werden sich also Mühe geben müssen."

Er betrachtete sie von Kopf bis Fuß, und sie ärgerte sich, wie warm ihr unter seinem Blick wurde.

„Für mich sehen Sie nicht wie ein kleines Mädchen aus."

Oh nein, dachte Nicole. Für diese Schiene bin ich jetzt wirklich zu müde. Sie ging an dem Mann vorbei zur Tür von ihrem Apartment und fing an, ihre zahllosen Hosentaschen der Reihe nach abzuklopfen. Wo steckte nur der blöde Schlüssel?

„Probleme?"

Ohne ihn zu beachten, nahm sie die Tüte mit den Tacos in die andere Hand und überprüfte die hinteren Hosentaschen. Kein Glück. Das war wirklich ein Nachteil dieser Hosen. Sie waren zwar bequem und praktisch, aber man konnte endlos suchen, bis man in den vielen Taschen etwas fand.

„Dr. Mann?"

„Bitte." Sie schloss die Augen, als seine tiefe sexy Stimme ganz dicht hinter ihr erklang. „Bitte gehen Sie einfach." Wenn sie nicht sofort etwas aß und dann ins Bett kam, würde sie hier direkt vor seinen Füßen in Tiefschlaf fallen.

Es wäre nicht das erste Mal. Sie hatte bereits im Stehen geschlafen – während der langen Bereitschaftsdienste in der Ausbildung.

Sie hörte ein Klicken und riss die Augen auf. Die Tür stand offen. Ty Patrick O'Grady hielt eine Kreditkarte in die Höhe. Dieser Mann war also nicht nur Architekt mit sexy irischem Akzent und umwerfendem Lächeln. Anscheinend steckte noch eine Menge mehr in ihm.

„Die sind doch zu vielem zu gebrauchen", meinte er mit Blick auf die Kreditkarte.

„Sie haben mein Türschloss geknackt?"

„Genau."

„Sind Sie ein Einbrecher?"

Sein tiefes Lachen wirkte noch erotischer als seine Stimme. „Drücken wir es so aus, ich habe schon einiges gemacht. Sie brauchen ein besseres Türschloss."

„Aber Sie können doch nicht einfach …"

„Haben Sie den Schlüssel gefunden?"

„Nein, aber …"

„Gehen Sie doch rein, Darling." Sanft schob er sie in ihr Apartment und nahm ihr die Tüte mit den Tacos ab, die sie vor Müdigkeit fast fallen lassen hätte. „Bevor Sie hier im Flur Wurzeln schlagen."

Sie ging hinein und wollte die Tür hinter sich zuschlagen. Leider stand der Mann bereits auf der falschen Seite der Tür. Ihr kleines Apartment wirkte plötzlich noch winziger. „Und ich bin nicht Ihr Darling."

„Nein, Sie sind Dr. Mann."

„Also schön, ich bin nicht der umgänglichste Mensch auf Erden, wenn ich müde bin. Wollen Sie mich jetzt verklagen?"

„Ich würde Sie lieber mit Vornamen ansprechen."

„Nicole", sagte sie knapp und schnappte sich die Tüte Tacos aus seiner Hand. Dann ging sie in die Küche. Das waren nur vier Schritte. „Von mir aus dürfen Sie jederzeit gehen. Die Tür finden Sie ja allein."

Natürlich ging er nicht. Dieser Mann sah zwar fantastisch aus, aber offenbar war er auch unbeirrbar und stur.

„Was haben Sie vor?", verlangte sie zu wissen.

„Ich will dafür sorgen, dass Sie nicht im Stehen einschlafen."

„Waren wir uns nicht einig, dass ich eine erwachsene Frau bin?"

„Stimmt."

Sie schob einen Stapel von medizinischen Fachzeitschriften beiseite und riss die Tüte Tacos auf.

„Wie wär's denn mit einem richtigen Frühstück?"

„Das hier ist genau richtig. Leben Sie wohl, Mr. Architekt."

„Es war mir ein Vergnügen."

Nicole lehnte sich an die Anrichte und biss in den ersten Taco.

„Freut mich wirklich, dass ich Ihnen behilflich sein konnte."

„Ja, vielen Dank – fürs Knacken vom Türschloss und fürs Eindringen in mein Apartment." Sie stöhnte vor Gier fast auf, als sie den ersten Bissen kaute. Schnell trank sie von dem Mineralwasser, das sie sich zusammen mit den Tacos gekauft hatte. Der erste Taco verschwand in Sekundenschnelle.

Als sie den zweiten aus der Tüte holte, seufzte der Mann.

Aus heiterem Himmel

Sie blickte ihn an. „Haben Sie vergessen, wo die Tür ist? Einfach umdrehen und dann der Nase nach."

„Sie sollten wirklich etwas auf Ihre Ernährung achten."

„Hier habe ich Fleisch, Käse, Salat und Teigwaren. Alles, was der Mensch braucht."

„Ja, aber …" Er beobachtete, wie sie sich etwas Soße vom Daumen leckte. „Ich schätze, Sie haben gerade eine anstrengende Schicht im Krankenhaus hinter sich."

„Stimmt." Sie trank noch mehr Mineralwasser. „Nehmen Sie's nicht persönlich, ja? Verschwinden Sie. Ich habe eine Verabredung mit meinem Bett, und dieses Date betrifft ausschließlich mein Kopfkissen und mich."

„Wie schade", sagte er lächelnd.

Sein Lächeln ließ ihren Puls schneller schlagen.

„Bloß keine falschen Hoffnungen. Doktorspiele mit Fremden sind bei mir nicht drin."

„Sie machen auch nicht den Eindruck, als wären Sie sehr verspielt."

Sie bedachte ihn mit einem wütenden Blick.

„Auch das sollte kein Annäherungsversuch sein, Dr. Mann. Mir geht es nur um Ihre Ernährung. Die Papiertüte hat sicher einen ähnlichen Nährwert wie der Inhalt. Soll ich Ihnen vielleicht etwas kochen?"

Als sie zu lachen anfing, verstummte er. Nachdem Nicole etwas gegessen hatte, fühlte sie sich schon besser. Sie stellte die Tüte weg und ging zur Tür. Dieser Mann konnte bestimmt einiges zum Kochen bringen. Aber auch wenn sie sich ein so wunderbares Exemplar von Mann gern ansah, hatte sie nicht vor, mehr mit ihm anzufangen.

„Gute Nacht." Sie öffnete die Tür.

„Lassen Sie mich raten. Sie haben etwas gegen richtiges Essen, stimmt's?"

Er kam mit lässigen Schritten auf sie zu, und sie war gegen

ihren Willen fasziniert von seinen Bewegungen. Gleichzeitig blickte er sie so durchdringend an, dass es ihr vorkam, als würde er ihr bis auf den Grund der Seele schauen.

„Nein, ich habe nur etwas gegen Fremde, die für mich kochen wollen. Sehen wir den Tatsachen doch mal ins Gesicht, Mr. Architekt." Sie bedachte ihn mit einem Lächeln, das sie sonst nur für die fürchterlichsten Lebewesen dieses Planeten vorgesehen hatte: für balzende Männer. „Es ist nicht mein Magen, der Sie an meinem Körper interessiert."

„Nein?" Fragend hob er die schwarzen Augenbrauen. „Was glauben Sie denn, was ich will, wenn ich Ihnen anbiete, für Sie zu kochen?"

„Was auch immer es ist, ich bin nicht daran interessiert."

Langsam schüttelte er den Kopf und lächelte leicht. Er wirkte nicht gekränkt oder verärgert, aber er schien sich auf ihre Kosten zu amüsieren.

„Was auch immer es ist", sagte er und ahmte ihren Tonfall nach.

„Gute Nacht", wiederholte sie nachdrücklich. Wie kam es nur, dass er sie wütend machte und gleichzeitig so anregte?

„Gute Nacht, obwohl es schon Morgen ist." Bevor er sich umdrehte und das Apartment verließ, strich er ihr mit dem Finger über die Wange.

Als er fort war, legte Nicole die Hand auf ihre Wange. Es dauerte einen Moment, bis ihr klar wurde, dass er am Schluss wieder mit dem irischen Akzent gesprochen hatte. Wieso verleugnete er seine Herkunft?

An diesem Tag hatte auch Ty viel zu tun. Er hatte drei laufende Projekte in der Innenstadt von Los Angeles, zwei in Burbank, vier in Glendale und, so hoffte er jedenfalls, jetzt auch eines hier in South Village.

Seltsam, wie sehr ihm South Village gefiel. Vielleicht lag es

Aus heiterem Himmel

daran, dass dieses Viertel von Los Angeles noch aus den historischen Häusern bestand. Hier fühlte man sich fast in die Zeit des alten Westens zurückversetzt. Zum Glück besaß die Stadtverwaltung genug Geld, sodass die Bausubstanz erhalten worden war. Jetzt waren die Straßen voller Leben. Es gab Restaurants, Theater, ausgefallene Boutiquen, und viele Berühmtheiten wohnten hier.

Mit den vielen jungen Singles, die sich hier abends und an den Wochenenden vergnügten, konnte Ty nichts anfangen, dennoch gefiel ihm die Atmosphäre hier.

Ganz besonders gefiel ihm natürlich, dass es hier genug für ihn zu tun gab. In South Village gab es immer etwas zu renovieren, und die Leute waren wohlhabend genug, um sich diese Renovierungen leisten zu können. Ein guter Architekt fand hier immer Aufträge.

Da er noch nicht lange hier wohnte, hatte er noch keinen Geschäftspartner und auch keine Angestellten. Das bedeutete für ihn einen Haufen Arbeit. Er war oft unterwegs und saß außerdem viel an seinem Zeichentisch.

Doch die viele Arbeit machte ihm nichts aus, ganz im Gegenteil. Wenn etwas zu einfach war, dann wurde Ty immer misstrauisch. Diese Haltung stammte noch aus seiner Kindheit. Damals war ihm nichts in den Schoß gefallen, und auch nachdem er es aus der Gosse herausgeschafft hatte, hatte er sich alles erkämpfen müssen.

Bei der Erinnerung an seine Vergangenheit warf er entnervt den Bleistift auf den Schreibtisch und lehnte sich in seinem Stuhl zurück. Er legte die Füße auf den Tisch und sah aus dem Fenster zu den San Gabriel Mountains. Kalifornien war schön, ganz ohne Zweifel. Wenn auch vielleicht nicht so schön wie Rio oder Tokio. Ty hatte auf der Flucht vor seiner Vergangenheit schon viel von der Welt gesehen, aber hier fühlte er sich entspannter als vorher.

Dieses Gefühl verging allerdings immer wieder, egal an welchem Ort er lebte. Früher oder später würde er weiterziehen, das stand für ihn fest. Vielleicht nach New York. Das könnte interessant sein. Aber im Moment gefiel es ihm in Kalifornien mit den vielen blonden Schönheiten, dem gesunden Essen und den Sandstränden.

Außerdem fragte hier so gut wie keiner nach seiner Lebensgeschichte, und das gefiel ihm noch besser. Er war einer von vielen. Er konnte der sein, der er wollte. Hier war er ein erfolgreicher Architekt mit ausreichend Geld auf dem Konto. Die Ausstattung seines Büros ließ seinen Erfolg erkennen, und Ty konnte sich jeden Luxus leisten, der ihm in den Sinn kam.

Nie wieder würde ihm der Magen knurren, weil er seit Tagen nichts gegessen hatte. Nie wieder würde er diese nagende Angst vor der Zukunft haben. Das lag lange hinter ihm. Damals, in seine Kindheit, in einem der ärmsten Viertel von Dublin in Irland, waren Angst und Hunger ein fester Bestandteil seines Lebens gewesen.

Das alles hatte er vor Jahren hinter sich gelassen, als er fortgegangen war. Mittlerweile dachte er nur noch selten an jene Zeit zurück.

Heute konnte ihn nichts und niemand mehr verletzen. Er sorgte dafür, dass beständig mehr Geld auf sein Konto kam, und das schaffte er mit Arbeit, die ihm gefiel. Und wenn er hin und wieder eine der Schönheiten Kaliforniens in sein Bett bekam, dann hatte er nichts dagegen.

Ty musste an heute Morgen denken – an Dr. Nicole Mann. Sie gehörte nicht zu den typischen Schönheiten, die hier in Kalifornien herumliefen. Doch dass sie trotz ihrer offensichtlichen Erschöpfung voller Kampfgeist gewesen war, das machte sie in seinen Augen zur aufreizendsten kleinen Frau, die ihm je begegnet war. Klein war sie in der Tat. Sie reichte ihm ja kaum bis zur Schulter. Dennoch war ihr Körper perfekt geformt, und ihre Kurven waren aufregend. Diesen Körper verdankte sie bestimmt nicht ihrer unausgewogenen Ernährung. Viel eher hatte sie ihn sich mit eisernem Willen erkämpft. Denn einen eisernen Willen hatte Frau Doktor. Wenn Blicke töten könnten, würde er nicht mehr auf den Beinen stehen.

Er dachte an ihre langen dunklen Wimpern und die großen grauen Augen. Das kurze schwarze Haar, das ihr bis ans Kinn reichte, schimmerte seidig.

Ty wollte darüber lachen, was für eine eindringliche Wirkung sie auf ihn gehabt hatte, doch daran war überhaupt nichts Lustiges. Nicole unterschied sich von allen anderen Menschen, und genau deswegen beeindruckte sie ihn auf eine Art, die ihm gar nicht gefiel. Am besten, er dachte nicht mehr an sie und ihren perfekt geformten Mund, der wie geschaffen war für heißen Sex.

Ty richtete sich auf und stellte die Füße auf den Boden. Genau, dachte er. Immer auf dem Boden bleiben. Halt dich von anderen Menschen fern, besonders von der sexy Ärztin. Er drehte sich mit seinem Stuhl herum und rollte zu seinem Computer. Um sich von diesen grauen Augen und den sinnlichen Lippen abzulenken, würde er weiterarbeiten.

Er startete den Computer und fragte seine E-Mails ab. Achtundzwanzig waren eingetroffen, und er öffnete eine nach der anderen. Manche druckte er aus, manche beantwortete er, und danach würde er sie alle löschen.

Bei allen Nachrichten ging es um laufende Aufträge. Nur der Absender der letzten Nachricht war ihm fremd. Dennoch dachte Ty sich nichts dabei, als er die E-Mail öffnete.

„Bist Du Ty Patrick O'Grady aus Dublin?"

Ty wäre fast vom Stuhl gesprungen. Er starrte auf den Bildschirm. Er fuhr sich durchs Haar und drehte sich mit dem Stuhl langsam im Kreis. Niemand wusste, woher er stammte. Niemand.

Doch als er wieder zum Monitor sah, stand die Nachricht immer noch unverändert dort.

Ja, er war Ty Patrick O'Grady aus Dublin. Aber wer wollte das wissen? Und wieso? Es gab nichts Gutes an seiner Vergangenheit. Im Grunde verband er so viel Schlechtes damit, dass er schon bei der Erinnerung daran Magenkrämpfe bekam.

Er wollte die Nachricht gerade löschen, doch dann zögerte er.

Wer war der Absender?

Nein, das spielte keine Rolle.

Ty stand auf und ging in seinem Büro hin und her. Schließlich stieß er einen Fluch aus und kehrte zum Computer zurück. Reglos betrachtete er einen Moment die Nachricht, dann streckte er die Hand aus und löschte sie.

2. KAPITEL

Nach zwei höllisch anstrengenden Arbeitstagen fuhr Nicole nach Hause. Dass sie ausnahmsweise weder in tiefster Nacht noch ganz früh am Morgen zu Hause ankam, merkte sie daran, dass sie weit und breit keinen freien Parkplatz in South Village fand. Schon gar nicht in der belebten Straße, in der sie wohnte.

In den Geschäften, Galerien und Restaurants tobte das Leben, und Nicole fiel wieder einmal auf, dass offenbar alle Menschen außer ihr ein Privatleben hatten. Andererseits hatte sie schon vor langer Zeit entschieden, dass die Medizin ihr Leben war. Im Moment fehlte ihr nur noch ein Parkplatz zum Glück. Nachdem sie immer wieder fluchend um den gesamten Block gekurvt war, fand sie endlich eine Parklücke in ihrer Straße. Der Weg zum Haus tat ihr gut, und beim Gedanken an die frischen Croissants, die sie sich unterwegs gekauft hatte, wurde sie richtig glücklich. Die würde sie gleich essen und dazu die Hamburger, die sie in der zweiten Papiertüte bei sich trug.

Nicole erreichte das Haus mit den Erkern, Türmchen und winzigen Balkons. Die beiden Schaufenster im Erdgeschoss waren leer, doch Suzanne wollte dort ihren eigenen Party-Service aufmachen. Taylor beschäftigte sich Tag und Nacht mit der Renovierung des Hauses, ließ sich Angebote kommen und verkaufte einige ihrer Antiquitäten, um das Ganze zu finanzieren.

Vor den Fenstern im ersten Stock waren Blumenkästen aufgehängt. Taylors Blumen blühten und grünten, während Suzannes ein bisschen müde wirkten. Suzanne verbrachte jetzt ja auch viel Zeit bei Ryan.

Von ihrer Mutter wurde Nicole oft gefragt, wieso sie sich keine Eigentumswohnung zulege. Als Ärztin müsse sie doch einen Haufen Geld verdienen.

Ein guter Witz, dachte Nicole. Sie war jetzt siebenundzwanzig, und mit vierzig würde sie vielleicht die Hälfte ihres Studiendarlehens abbezahlt haben. Möglicherweise könnte es auch noch etwas länger dauern, da sie oft ehrenamtlich in Krankenhäusern arbeitete, in denen Arme und Obdachlose versorgt wurden. Aber Geld spielte für sie ohnehin keine Rolle. Für sie zählte nur die Arbeit, und da blieb ihr keine Zeit zum Versorgen von Blumen, geschweige denn für ein eigenes Haus.

Genau so gefiel ihr das Leben.

Erschöpft stieg sie die Treppe zu ihrem Apartment im Dachgeschoss hinauf. Draußen war es noch hell, was für sie sehr ungewohnt war. Blinzelnd blickte sie durch ihr Wohnzimmer. Seltsam, wie anders es aussah, wenn die Sonne durch das große Fenster schien. Draußen eilten die Leute in Scharen zu den schicken Cafés und Restaurants, und nach einem Blick auf die Uhr wusste Nicole auch, warum. Es war fünf Uhr nachmittags, und die Leute trafen sich zu einem Drink nach der Arbeit oder einem frühen Dinner. Sie würde nicht auf den Gedanken kommen, sich mit anderen einfach so zu treffen. Wenn sie sich nicht gerade bei der Arbeit verausgabte, dann war sie lieber allein.

Während Nicole eine der drei Fachzeitschriften durchlas, schlang sie ihr Essen hinunter. Hamburger und Pommes frites, das passte zu dem Artikel über neue Arten von künstlichen Arterien.

Die Sonne schien immer noch, als Nicole ins Bad ging. Während sie sich langsam auszog, um eine heiße Dusche zu nehmen, las sie weiter und aß noch ein Croissant.

Mehrere Dinge gleichzeitig zu tun, das war für sie keine Herausforderung.

Nach der Dusche ging sie nackt zurück in ihr Schlafzimmer und wollte sich gerade ins Bett legen, als ihr Blick auf den Anrufbeantworter fiel. Er blinkte.

Verdammt, im Grunde hasste sie diese Maschine. Leider hatte die Verwaltung des Krankenhauses darauf bestanden, weil

Aus heiterem Himmel

man sie sonst in dringenden Fällen kaum erreichen konnte. Seufzend drückte sie auf den Knopf und spulte die Nachricht ab. Wenn es das Krankenhaus war, dann würde sie sich aufs Bett fallen lassen und tot stellen.

„Nicole, meine Kleine, ich bin's. Deine Mom." Die Stimme ihrer Mutter klang fröhlich wie immer.

Glaubt sie, ich erkenne sie nicht an der Stimme?, fragte sich Nicole. Diese Stimme verfolgt mich doch schon mein ganzes Leben.

„Arbeitest du auch nicht zu viel? Kommst du zwischendurch auch mal zur Ruhe? Ernährst du dich vernünftig? Wirst du mich jemals anrufen, um mich zu beruhigen? Damit ich nicht ständig in Sorge bin, dass meine Kleine sich durch ihre viele Arbeit ihr eigenes Grab schaufelt."

Nicole ließ sich aufs Bett fallen und rubbelte sich mit dem Handtuch das kurze Haar trocken. Wenn es strubbelig nach oben stand, reichte ihr das als Frisur. Hatte sie ihre Mutter nicht erst letzte Woche angerufen? Ein Anruf pro Woche musste reichen, um ihr schlechtes Gewissen zu besänftigen.

„Einmal in der Woche reicht mir einfach nicht, Nicole." Anscheinend konnte ihre Mutter auch noch Gedanken lesen. „Ich will deine Stimme hören."

Nicole verdrehte die Augen, aber gleichzeitig musste sie lachen.

„Liebes, hör zu. Am Sonntag gibt es Gulasch. Dein Vater hat schon deine Schwestern angerufen, und sie kommen alle mit Mann und Kindern. Alle werden hier sein."

Nicole hatte zwei Schwestern, alle verheiratet und mit Reihenhaus, Kombi und mindestens zwei Kindern. Die Vorstellung, dass die ganze lautstarke Truppe glücklich vereint und lachend zusammensaß, weckte in ihr einen Heißhunger auf einen weiteren Hamburger.

„Also, Kleines, du kommst. Wir erwarten dich um vier Uhr,

und ich warne dich: Wenn du nicht auftauchst, dann ... dann werde ich dich eine Woche lang jeden Tag anrufen."

Das glaubte Nicole ihr sofort. Ihre Mutter war warmherzig, aber eine Tyrannin, die einen mit ihrer Liebe erdrücken konnte.

Alle Mann unter einem Dach? Nicole dachte an ihre Schwestern, die miteinander lachten und zankten; an Kinder, die mit klebrigen Fingern herumrannten; an Babys in stinkenden Windeln. Allein bei dem Gedanken daran bekam sie Kopfschmerzen. Sie liebte ihre Familie, aber in ihrer Nähe fühlte sie sich immer wie eine Außerirdische. Das war schon immer so gewesen.

Trotz ihres beeindruckenden IQs konnte Nicole nicht gut mit Menschen umgehen, wenn es sich um private oder informelle Kontakte handelte. Ihr fiel es schwer, einfach zu plaudern, und es machte ihr große Schwierigkeiten, eine normale Unterhaltung in Gang zu halten. Dass ihre Familie sie trotzdem liebte, obwohl sie so in sich gekehrt und verschlossen war, konnte Nicole immer noch nicht begreifen. Sie versuchte, nicht zu häufig darüber nachzudenken.

„Dann sehen wir uns am Sonntag." Für ihre Mutter schien die Sache klar zu sein. „Es wird Spaß machen, wieder zusammen zu sein."

Unter Spaß stellte Nicole sich etwas anderes vor. Vielleicht könnte sie eine Extraschicht im Krankenhaus einlegen.

„Ich liebe dich, mein Baby."

Na gut, dann sollte es eben so sein.

Nicole blieb splitternackt auf dem Bett liegen und vergrub den Kopf unter zwei Kopfkissen. Zwanzig Sekunden später war sie fest eingeschlafen.

Sie träumte. Eigentlich hätte sie gedacht, sie würde heute von der zweiten Operation träumen. Bei dem Patienten war eine Arterie geplatzt, und als sie die Blutung endlich gestillt hatte, war sie von oben bis unten bespritzt gewesen.

Aus heiterem Himmel

Doch das hatte sie alles zurückgelassen, als sie das Krankenhaus verließ. Stattdessen war sie im Traum wieder zwei Jahre alt und lernte die Namen aller ehemaligen Präsidenten der USA auswendig. Ihre Eltern hatten ein Buch über diese Präsidenten, und aus Spaß hatte Nicole ihren altklugen Schwestern Annie und Emma die Liste der Namen dieser Männer von hinten nach vorn aufgesagt.

Damals war allen zum ersten Mal klar geworden, dass Nicole anders als die anderen war.

Mit sechs hatte sie ihrer Schwester Emma bei den Mathehausaufgaben der siebten Klasse geholfen.

Mit zwölf hatte sie Annie geholfen, sich auf die Abschlussprüfungen vorzubereiten. Hinter vorgehaltener Hand war Nicole als Genie und Wunderkind bezeichnet worden, dessen IQ mit normalen Tests nicht mehr messbar war.

Während andere Mädchen sich mit Lipgloss, Popgruppen und Jungen beschäftigten, war Nicole von der Wissenschaft fasziniert gewesen. Sie hatte Frösche operiert und tote Käfer seziert. Doch ihre Altersgefährten blieben ihr ein Rätsel.

Jetzt war sie erwachsen, und immer noch war sie anders als die übrigen Menschen. Dabei hätte sie mittlerweile eigentlich lernen müssen, mit anderen umzugehen und geselliger zu werden.

Doch die Wirklichkeit sah anders aus. Sie verabredete sich fast nie. Ihre Bestimmung und ihr ganzes Lebensziel war es, kranke Menschen zu heilen. Ihr Leben hatte sie der Medizin verschrieben.

Und wieso tauchte dann plötzlich in ihrem Traum ein großer dunkelhaariger Mann mit sexy Stimme und irischem Akzent auf? Mit umwerfendem Lächeln und einem Blick, der Sehnsüchte in ihr weckte, die ihr völlig neu waren?

Nicole wälzte sich auf die andere Seite und sank wieder in Tiefschlaf.

„Wach endlich auf, Nicole, du machst mir Angst."

Nicole kuschelte sich tiefer in die Kissen. „Geh weg, Mom, ich muss heute nicht zur Schule."

„Wenn ich aussehe, als könnte ich deine Mutter sein, dann habe ich etwas Grundlegendes falsch gemacht."

Nicole riss die Augen auf, und ihr Herz raste. Gut, dachte sie, ich bin zu Hause. Die Sonne scheint – wie ärgerlich. Und Taylor saß auf ihrem Bett und sah so hinreißend schön und elegant wie immer aus.

Stöhnend machte Nicole die Augen wieder zu. „Ich habe dir nicht bei den Vorbereitungen zur Verlobungsfeier geholfen, stimmt's?"

„Stimmt, aber ich verzeihe dir, weil du es wieder gutmachen wirst. Hier hast du erst mal Frühstück."

Nicole roch etwas Himmlisches. Sie öffnete ein Auge und sah ein Tablett voller Speisen vor sich. Das Wasser lief ihr im Mund zusammen.

„Du kannst dir sicher denken, dass nicht ich das alles zubereitete habe. Suzanne richtet heute einen großen Brunch aus, und das hier ist für uns abgefallen. Du hast mir eine höllische Angst eingejagt, weil du auf mein Klopfen nicht reagiert hast. Mein Rufen hast du auch nicht gehört. Welcher Mensch hat einen so tiefen Schlaf?"

Nicole blinzelte. „Ich."

„Du hast offenbar wieder zu viel gearbeitet. Nicole, das kann doch nicht gesund sein."

Nicole schloss die Augen wieder. Mit Mitgefühl konnte sie nichts anfangen. Wenn ich mich nicht bewege, verschwindet Taylor vielleicht einfach wieder wie ein Trugbild, dachte sie.

„Sie sind ein Morgenmuffel, stimmt's?"

Die Männerstimme kam aus der anderen Ecke des Zimmers. Nicole hatte eigentlich gedacht, ihr Herz hätte bei Taylors Anblick schon gerast, aber jetzt überschlug es sich förmlich. Sie

Aus heiterem Himmel

hatte die Stimme sofort erkannt, auch wenn sie den Mann gestern nur ganz kurz gesprochen hatte. Ein Schauer lief ihr über den Rücken, dabei war ihr überhaupt nicht kalt.

Nicole verdrängte dieses unwillkommene Gefühl, indem sie sich auf ihre Wut konzentrierte. „Was zum Teufel ..."

„Bevor du dich aufregst und sauer auf mich wirst, lass es mich dir erklären." Taylor drückte sie zurück aufs Bett.

Nicole wusste, dass sie körperlich jederzeit gegen Taylor ankam. Wann immer sie die Zeit dafür fand, trainierte sie. Taylor dagegen schien sich nur dadurch fit zu halten, dass sie die Haarbürste hob und senkte. Dennoch hielt etwas sie davon ab, Taylors zierlichen Hals zu würgen: Sie schlief nackt. Das hieß also, sie würde nackt aus dem Bett springen müssen, um sich gegen Taylor zu wehren.

„Wieso ist er hier?" Sie presste die Zähne zusammen und hielt angespannt die Bettdecke vor ihre Brüste.

Tys durchdringender Blick ruhte auf ihr. Aus seinen hellblauen Augen sprach Belustigung, Neugier und noch eine Menge mehr.

Taylor drehte den Kopf nach hinten und blickte zu dem großen fabelhaft aussehenden Mann. „Ihr kennt euch bereits?"

„Das kann man wohl sagen", stieß Nicole aus.

„Prima, denn ich werde ihm den Auftrag geben, das Haus zu renovieren, bevor es auseinanderfällt. Dazu wird es also auf keinen Fall kommen, mach dir bloß keine Sorgen", fügte sie schnell hinzu.

„Taylor." Nicole rieb sich die Schläfen. „Komm zum Punkt. Wieso ist er hier? In meinem Schlafzimmer!"

„Nun, ich stand vor deiner Tür und habe mir die Lunge aus dem Hals geschrien. Allmählich geriet ich schon in Panik. Da hat er mir angeboten, die Tür aufzubrechen, weil ich meinen Schlüsselbund nicht bei mir hatte. Er ist nicht nur ein ausgezeichneter Architekt, sondern auch ein sehr geschickter Handwerker."

„Lass mich raten." Nicole sah zu Ty, der hinter Taylor stand und lächelte. „Er hat es mit einer Kreditkarte gemacht, stimmt's?"

„Ja, genau. Toller Trick, findest du nicht?"

„Hm." Nicole runzelte die Stirn. Es störte sie, dass Ty so gelassen wirkte, als gehörte er hierher in ihr Schlafzimmer. In mein Schlafzimmer gehört kein Mann, dachte sie, auch wenn er noch so gut aussieht. Ihr Blick glitt über sein hellblaues Baumwollhemd und die Jeans. Die Ärmel hatte er hochgeschoben, und die Jeans saßen so eng, dass ihr ganz heiß wurde. „Haben Sie diesen Trick mit der Kreditkarte in Irland gelernt?"

„Wie kommen Sie denn darauf?" Er klang vollkommen unschuldig.

Offenbar konnte er auch noch gut schauspielern. „Weil ich Ihren Akzent erkenne."

„Ich war lange in England", erklärte Ty gelassen. „Dort habe ich gelebt."

Er kam näher, um sich anzusehen, was Nicole auf ihrem Tablett hatte, nahm sich einen Toast und betrachtete Nicole. Sein Blick war so intensiv, dass sie am ganzen Körper erschauerte. Ty biss in den Toast und kaute etwas. Dann leckte er sich ein wenig Butter vom Finger. Es hatte etwas aufreizend Erotisches, und unwillkürlich richteten Nicoles Brustspitzen sich auf.

„Ich dachte, Sie hätten in Schottland gelebt."

Ty beugte sich vor und hielt ihr den Toast so dicht vor die Lippen, dass Nicole nichts anderes übrig blieb, als abzubeißen.

„Da war ich auch", antwortete er und ließ sie noch einmal abbeißen. Mit dem Daumen strich er ihr die Butter von der Unterlippe. „Und in Australien war ich auch, falls es Sie wirklich interessiert."

Nicole spürte seine Berührung bis in die Zehenspitzen, und ihr wurde immer wärmer. Direkt in Augenhöhe vor ihr befand sich der Reißverschluss seiner Jeans. Sie konnte gar nicht übersehen, wie stark er sich nach vorn wölbte.

Aus heiterem Himmel

„Ich musste doch sichergehen, dass es dir gut geht." Taylor nahm sich ein Stück Pfirsich. „Tut mir leid, dass ich hier eingedrungen bin, aber wenn du gerade mal nicht wie eine Verrückte arbeitest, schläfst du wie eine Tote."

„Und Sie reden im Schlaf", sagte Ty lächelnd.

Nicole wollte protestieren, da schob Taylor ihr schnell ein Stück Pfirsich in den Mund. Als Nicole automatisch hineinbiss und sich der fruchtige süße Geschmack in ihrem Gaumen ausbreitete, musste sie husten.

„Das nennt man Obst." Tadelnd schüttelte Taylor den Kopf. „Kennst du vielleicht nicht, aber es ist eine sehr wertvolle Nahrung, die man allerdings nicht zu Gesicht bekommt, wenn man sich immer nur was vom Imbiss holt."

„Taylor!"

„Wenn du so weiterlebst, bringst du dich noch um." Taylor wirkte ernstlich besorgt. „Versprich mir, dass du das hier alles aufisst. Die Eier, die Würstchen, den Toast, das Obst. Alles."

Nicole seufzte. „Es hat sich noch kein Vermieter darum geschert, wie ich mich ernähre."

Taylor richtete sich auf und strich sich die Krümel von den Händen. „Mehr bin ich also nicht für dich als nur deine Vermieterin?"

Als Nicole sah, dass Taylor jetzt nicht nur besorgt, sondern auch verletzt war, wich sie ihrem Blick aus und starrte an die Decke. „Das ist genau der Grund, wieso ich mich von meinen Mitmenschen fern halte."

Taylor wirkte nun leicht verunsichert, was bei ihr so gut wie nie vorkam. „Tut mir leid. Ich gehe jetzt. Gib Suzanne bitte ihr Tablett zurück, dann …"

Nicole hielt sie am Handgelenk fest. „Hör bitte auf. Es tut mir leid."

„Dazu besteht kein Grund."

Seufzend zog Nicole an Taylors Arm, bis sie sich wieder aufs

Bett setzte. „Ich bin eine Idiotin, okay? Aber ich weiß einfach nicht, wie man sich ... anfreundet."

„Dann sind wir Freundinnen?"

„Das weißt du doch genau. Es sei denn, du versuchst weiterhin, mich mit Obst zu ersticken."

„Na, dann." Taylor nahm sich einen Toast. „Hier ist ja genug, um eine ganze Armee zu versorgen. Ty, möchten Sie ein Würstchen? Seien Sie nicht so schüchtern. Suzanne ist wegen der anstehenden Hochzeit so nervös, dass sie viel zu viel gekocht hat."

„Taylor ..." Nicole wollte sie bremsen, aber dann blieb ihr fast die Luft weg, als Ty sich nun zu ihnen setzte. Auf die andere Seite des Bettes. Mit seinen langen Beinen berührte er ihre Schenkel. Zwischen ihnen war zwar die Bettdecke, dennoch löste die Nähe seines warmen festen Körpers ein Kribbeln in ihr aus, als stünde sie unter Strom.

Ihr Herz setzte einen Schlag lang aus, als Ty sich zu ihr drehte und ihr in die Augen blickte. Brennendes Begehren regte sich in ihr. Sie hatte davon gehört, dass es so etwas gab, aber bislang hatte sie es noch nie erlebt. Auf jeden Fall nicht so plötzlich und so stark.

Sie presste die Bettdecke an ihren nackten Körper und sah hilflos zu, wie ihre beiden ungebetenen Gäste sich über das Frühstück hermachten, das sie auf den Knien balancierte. Die ganze Situation hatte etwas Unwirkliches.

Den Blick immer noch unverwandt auf ihre Augen gerichtet, steckte Ty ein Stück Apfel zwischen seine makellos weißen Zähne und biss ab.

Etwas Unwirkliches und viel zu Erregendes, dachte Nicole. „Ich muss aufstehen."

Taylor nahm sich einen Keks, als hätte Nicole nichts gesagt. „Hm, die sind einfach himmlisch. Ty?"

Er beugte sich über das Bett und ließ sich von Taylor einen Keks in den Mund stecken.

„Sind die nicht köstlich?", fragte Taylor nach.

Ty leckte sich die Lippen und schaute erneut Nicole an. „Allerdings."

„Mehr?", fragte Taylor. „Ein Mann Ihrer Größe, der so schwer arbeitet, muss doch bei Kräften bleiben."

Nicole, die immer noch ihre Bettdecke umklammert hielt, hätte fast mit den Zähnen geknirscht. „Ich muss wirklich ... He!" Sie konnte nicht weitersprechen, denn Ty schob ihr einen Keks in den Mund. Er tat es nicht sehr sanft, und sie musste den Mund schnell schließen, um sich nicht vollzukrümeln.

Der Blick seiner hellblauen Augen hielt sie in seinem Bann, und sie konnte sich nicht einmal beschweren, weil sie den Mund voller Keks hatte. Kekse, die wirklich fantastisch schmeckten. Das wollte sie aber unter keinen Umständen zugeben.

„Ich frühstücke nie." Sie unterdrückte einen wohligen Seufzer, als sie den Keks herunterschluckte. „Ich trinke sonst nur ..."

„Kaffee", beendete Ty den Satz für sie und beugte sich so dicht zu ihr, dass seine Lippen sie fast berührten. „Das wissen wir bereits. Hier ist er doch. Sie bekommen noch Magengeschwüre, wenn Sie so weitermachen." Tadelnd schüttelte er den Kopf. „Dabei sind Sie Ärztin und sollten es besser wissen."

„Sie gefallen mir", sagte Taylor und lächelte Ty an. „Wir könnten bei Nicole gut zusammenarbeiten. Mir ist klar, dass Sie noch viele andere Aufträge haben, aber könnten Sie nach diesem Job nicht vielleicht noch eine Weile hierbleiben und meine Freundin zu einer besseren Ernährung erziehen?"

„Ich muss jetzt wirklich aufstehen", sagte Nicole entschieden. „Könntet ihr zwei vielleicht ..." Sie deutete zur Tür.

„Na los doch." Tys Blick bekam etwas Herausforderndes. „Stehen Sie auf."

Nicole dachte daran, dass sie nackt war, zog die Bettdecke noch etwas höher zum Kinn. Sie war noch nie schüchtern gewesen und fühlte sich in ihrer Haut normalerweise sehr wohl.

Schließlich war sie in einem winzigen Haus und mit einer großen Familie aufgewachsen, da hatte es für niemanden viel Privatsphäre gegeben. Im Studentenwohnheim war es nicht viel anders gewesen, und in den Umkleideräumen im Krankenhaus war sie meistens ebenso wenig allein wie im Moment in ihrem Schlafzimmer. Aber Tys Nähe beunruhigte sie. Er wirkte voller Leben und männlicher Kraft. Sie konnte sich genau vorstellen, welchen Typ Frau er bevorzugte: Frauen mit langen Haaren, großen Brüsten und runden Hüften.

Frauen, die das genaue Gegenteil von ihr waren. Sonst machte ihr Aussehen ihr nichts aus, aber im Moment fühlte sie sich mit ihren kleinen Brüsten und den schmalen Hüften nicht sehr weiblich.

Genau in diesem Augenblick meldete sich ihr Pieper. Offenbar lag er auf dem Stuhl unter dem Haufen Kleidung.

Taylor hob die Hand, damit Nicole liegen blieb. „Heute ist dein freier Tag."

„Ich kann den Pieper nicht einfach missachten." Allerdings wünschte Nicole, dass sie gestern Nacht noch mehr Sachen auf den kleinen Apparat gehäuft hätte. Mit ein bisschen mehr zum Beispiel Schmutzwäsche darüber hätte man den Pieper nicht gehört. „Also schön, der Spaß ist vorbei. Ihr habt eure Pflicht getan und mich gefüttert. Jetzt verzieht euch."

„Nicole." Taylor blieb sitzen. „Rühr diesen Pieper nicht an."

Nicole wandte sich an Ty, der sie lächelnd ansah. „Ich muss aber."

„Natürlich, Darling." Einladend wies er auf den Stuhl. „Gehen Sie nur, wenn es für Sie so wichtig ist."

„Dafür müssen Sie sich erst mal vom Fleck bewegen."

Hilfsbereit rutschte Ty zum Fußende. „Auf geht's."

So würdevoll wie möglich zog Nicole die Bettdecke um sich und hielt sie wie einen Rettungsring fest, während sie aufstand. Sicher hatte niemand etwas gesehen. Dennoch traute sie sich

Aus heiterem Himmel

nicht, zu Ty zu blicken, bevor sie mit hoch erhobenem Kopf zum Stuhl ging.

Sie musste ein paar Zeitschriften und Kleider auf den Boden werfen, doch dann konnte sie die Nummer des Anrufers lesen. Ja, es war die Klinik.

„Verrat es mir nicht." Taylor stand auf. „Du fährst hin. Du bist wirklich ein hoffnungsloser Fall, weißt du das?" Nach einem entnervten Seufzer ging sie zur Tür. „Aber wir werden dir zur Seite stehen, wenn du zusammenbrichst."

„Wir?"

„Suzanne und ich natürlich. Du bist doch auf uns angewiesen. Verschwinde schon. Verausgabe dich bei der Arbeit bis zur totalen Erschöpfung."

„Das werde ich, vielen Dank." Es belustigte Nicole, dass Taylor offenbar wirklich erschüttert war. Sie drehte sich zu Ty um. „Sie sollten meine Wohnungstür mittlerweile ja im Schlaf finden. Ich gehe duschen."

„Vielleicht sollten Sie den Kaffee mitnehmen." Er hielt ihr die Tasse hin.

„Danke." Sie versuchte, nicht verklemmt zu wirken, während sie in ihre Bettdecke geschlungen ins Bad schlurfte. Die Tür schloss sie etwas energischer, als geplant. Es klang fast wie ein Gewehrschuss. Aber hier war für sie die Grenze erreicht. Wenn sie schon vor Publikum aufwachte und frühstückte, dann wollte sie wenigstens allein duschen. Mochte der Kerl, den sie in ihrem Schlafzimmer vorgefunden hatte, auch noch so gut aussehen.

Das heiße Wasser wirkte Wunder, und Nicole blieb so lange unter der Dusche, bis der Strahl langsam kühl wurde. Seufzend drehte sie den Wasserhahn zu und stieg aus der Kabine.

Mist, auf diesen freien Tag hatte sie sich wirklich gefreut!

Es war kein trockenes Handtuch mehr im Regal, also musste sie wohl auf den Stapel mit gebrauchten Handtüchern zurückgreifen, der sich neben der Duschkabine anhäufte. Im Schlafzimmer lag auch so ein Haufen. Mittlerweile betrachtete sie die beiden als natürliche Gebirgszüge in ihrer Wohnung und hatte sich richtig an sie gewöhnt.

Während sie sich abrieb, betrachtete Nicole sich im Spiegel. Nicht schlecht, dachte sie. Auch wenn sie gern etwas größer wäre. Aber der Knochenbau gefiel ihr. Dank ihres Kraft- und Fitnesstrainings fühlte sie sich wie ein schlankes Energiebündel.

Etwas mehr Oberweite wäre allerdings auch nicht übel.

Sie musste fast lachen. Was wollte sie denn mit einem aufregenden Dekolleté anfangen? Die Männer standen bei ihr ja nicht gerade Schlange.

Immer noch lächelnd öffnete Nicole die Tür und ging zurück ins Schlafzimmer. Auf dem Weg ließ sie das Handtuch fallen – und bemerkte Ty, der auf ihrem Bett saß und ein Glas Orangensaft hochhielt.

Er muss mich ja so deutlich sehen wie ich ihn, fuhr es ihr durch den Kopf.

Das Glas rutschte Ty aus den Fingern und zerschellte zeitgleich mit Nicoles Aufschrei auf dem Boden.

Hastig bückte sie sich nach ihrem Handtuch. „Was tun Sie da?"

„Ich ..."

Sie richtete sich wieder auf und wich seinem Blick aus, während sie das Handtuch wieder um sich schlang und feststeckte. „Ich dachte, Sie wären schon weg!"

„Ich ..." Ty fluchte innerlich. Aber er konnte einfach keinen vernünftigen Satz herausbringen, weil er immer noch Nicoles leicht feuchten, schlanken, festen Körper vor Augen hatte. Er stand auf und bemerkte, dass seine Knie ein wenig zitterten.

Was war denn mit ihm los? Nicole war doch gar nicht sein Typ. Seine Idealfrau war blond und mit weichen Kurven. An

Nicole war nichts weich. Weder ihr durchtrainierter Körper noch ihre Stimme, und schon gar nicht ihr Blick.

Wieso bekam er sie dann nicht aus dem Kopf und konnte den Blick nicht von ihr lösen? „Tut mir leid. Ich wollte nur dafür sorgen, dass Sie den Orangensaft trinken."

„Das ist mir jetzt aber schlecht möglich, oder?" Energisch zerrte sie das Handtuch über den Brüsten zurecht.

Kleine, perfekt gerundete feste Brüste, dachte Ty. Mit rosigen Spitzen. Irgendwie gelang es ihm, auf einigermaßen sicheren Beinen zu Nicole zu gehen, ihr Kinn anzuheben und ihr in die vor Wut und Verlegenheit blitzenden Augen zu blicken. „Es tut mir wirklich leid", wiederholte er leise.

„Ja."

Sein Blick glitt zu ihrem Mund, und sofort stellte er sich vor, sie zu küssen, bis sie seufzend vor Lust jeden Widerstand aufgäbe. Bis sie sich ihm leidenschaftlich hingäbe. Was bin ich doch für ein Mistkerl, dachte er. „Sie sollten wissen, dass ich mich zu Ihnen hingezogen fühle. Ich kann es mir selbst nicht erklären."

„Obwohl Sie mich nackt gesehen haben? Na, sieh mal einer an."

Sie glaubt mir nicht, dachte er. Er atmete tief ihren Duft ein – womit er seine erotischen Fantasien nur noch mehr anregte. Aber das war doch alles völlig unsinnig, jedenfalls mit dieser Frau. Sie würde sich niemals mit einem so unsteten Mann wie ihm abgeben. Er wusste ja selbst nie, wann ihn das Reisefieber packte.

Damit kam keine Frau zurecht, egal von welchem Erdteil sie stammte.

Andererseits suchte er auch gar keine feste Bindung.

„Sie sind schön, Nicole." Er hörte seine Stimme wie von einem Fremden. „Verdammt schön." Zart strich er über die Wange.

Erst als er schon aus dem Haus war und in seinem Auto saß, stieß Ty die Luft aus, die er die ganze Zeit unbewusst angehalten hatte. Ratlos blickte er vor sich hin.

Er hatte ernst gemeint, was er ihr gesagt hatte. Er konnte sich diese Anziehungskraft nicht erklären. Und Nicole war wirklich schön. Allein bei dem Gedanken an ihren schlanken Körper überkam ihn sofort wieder brennende Begierde, und das gefiel ihm nicht.

Das gefiel ihm überhaupt nicht.

Aus heiterem Himmel

3. KAPITEL

In den nächsten zwei Tagen arbeitete Nicole so viel, dass es ihr gelang, zu vergessen, dass Ty sie nackt gesehen hatte. Erst am Ende ihrer aufreibenden Schichten, als sie vor ihrem Spind im Umkleideraum für Ärzte stand, wurde ihr bewusst, dass sie am nächsten Tag frei hatte.

Schlaf, ich komme!, dachte sie und seufzte wohlig.

„Das war aber ein interessanter Seufzer", ertönte eine Männerstimme hinter ihr.

Sofort wünschte Nicole, sie wäre fünf Minuten früher fertig gewesen. Dr. Lincoln Watts war Leiter der Chirurgie und damit ihr Chef. Seine Fähigkeiten als Chirurg konnte sie nur neidlos anerkennen, doch außerhalb des OPs war er, kurz gesagt, ein mieser Typ. Die Krankenschwestern hassten ihn, und sämtliche Hilfskräfte fürchteten sich vor ihm. Von den anderen Ärzten wurde er nur toleriert, weil er ihr Vorgesetzter war und weil man sich nur Ärger einhandelte, wenn man sich mit ihm anlegte. Denn Dr. Lincoln Watts besaß das Gedächtnis eines Elefanten.

Als Jüngste im Team hatte Nicole gelernt, sich unauffällig zu verhalten. Sie machte ihre Arbeit gut, und mehr wollte sie nicht.

Im Moment betrachtete Dr. Watts ihren Po.

„Kann ich Ihnen helfen?", fragte Nicole höflich und drehte sich zu ihm um, damit er ihr ins Gesicht sah.

Er ließ den Blick an ihr hinaufwandern, und jetzt war sie froh, dass ihre Brüste nicht so groß waren. Dieser Mann sollte bei ihrem Anblick so wenig Lust wie möglich verspüren.

„Und ob Sie mir helfen können." Er lächelte, als er ihr nun in die Augen sah. „Tja, ich glaube, das können Sie tatsächlich."

Verdammt!

„Kommen Sie heute Abend mit mir zur Wohltätigkeitsveranstaltung."

Diese Veranstaltung fand jedes Jahr statt, um reiche Gäste

zum Spenden zu bewegen. Das Krankenhaus war auf diese Spenden angewiesen, und die Gäste konnten die Spenden von der Steuer abschreiben. Auf diese Weise waren alle glücklich.

Allerdings müsste Nicole einen ganzen Abend lang strahlend lächeln und sich herausputzen. Sie konnte es aber nicht ausstehen, stundenlang zu lächeln und zu plaudern, deshalb hatte sie es dieses Jahr so arrangiert, dass sie an dem Abend arbeiten musste, damit sie dem ganzen Trubel entgehen konnte.

„Tut mir leid, ich arbeite", antwortete sie.

„Das kann ich für Sie regeln."

Und als Dank soll ich mit ihm ins Bett, vermutete Nicole. „Nein, danke. Es macht mir nichts aus, wenn ich den Ball versäume."

„Ich will, dass Sie mit mir kommen."

Und was Dr. Watts wollte, das bekam er auch. „Entschuldigen Sie, Dr. Watts, aber das wäre den Kollegen gegenüber unfair."

„Linc."

„Wie bitte?"

Er fuhr ihr mit dem Finger über die Schulter, und fast wäre sie angewidert zusammengezuckt.

„Nennen Sie mich Linc", sagte er sanft. „Ich würde es als persönlichen Gefallen ansehen, wenn Sie mich begleiten."

Nicole hatte schon mit acht Jahren perfekt rechnen können, aber das Einmaleins im Umgang mit Menschen beherrschte sie nicht. „Ich sagte: Nein."

Dr. Watts Blick wurde kalt, und dann, ohne ein weiteres Wort, verschwand er.

Unbehaglich sah Nicole ihm nach. Hatte sie gerade ihre Karriere beendet, weil sie keine Lust hatte, mit ihrem Chef ins Bett zu steigen?

Nicole war nach Hause gefahren. Auf dem Weg ins Haus kam sie an einem großen bronzenen Löwen vorbei und an einem al-

Aus heiterem Himmel

ten Grammophon, an einer mit Schnitzereien verzierten Kommode und an einer Standuhr aus Marmor.

Taylor, das arme reiche Mädchen!, dachte Nicole. Taylor war im Reichtum aufgewachsen, und jetzt besaß sie nur dieses Haus und die Antiquitäten, die sie ihr Leben lang gesammelt hatte. Nun verkaufte sie einzelne Stücke, um mit dem Erlös die Renovierung des Hauses zu finanzieren. Taylor war einfallsreich, das musste man ihr lassen.

Ein Bär aus Holz mit einem Fisch im Maul saß auf der Treppe. Auf der nächsten Treppe standen, ordentlich aufgereiht, gerahmte Kunstdrucke. Nicole betrachtete gerade eine gemalte Schale Obst und stellte fest, dass sie hungrig genug war, um sogar Früchte zu essen, als Taylor die Tür ihres Apartments aufriss.

Mist, dachte Nicole. Jetzt will sie bestimmt über ihre neuesten Pläne für die Party mit mir sprechen. „Ich bin wirklich müde." Sie seufzte dramatisch, um Taylors Mitleid zu wecken.

Doch Taylor streckte die Hand aus und zog Nicole mitleidlos zu sich in die Wohnung. „Wir müssen miteinander reden."

„Aber …"

„Du bist müde, ja, schon gut, ich weiß. Das habe ich mir bereits gedacht und deshalb die Party auch alleine geplant."

Nicole war ihr dafür sehr dankbar und bekam nun ein schlechtes Gewissen, weil sie zuerst so barsch gewesen war. „Vielen Dank, dass du …"

„Dank mir nicht, Supergirl. Du brauchst ein Kleid."

„Oh nein!"

„Oh doch! Und mach dir erst gar keine falschen Hoffnungen, dieses Kleid wird kein Fummel sein, sondern schick."

„Aber …"

„Dann wirst du es dir beim nächsten Mal überlegen, ob du mir die Planung noch einmal allein überlässt."

„Stell die Pläne um."

„Nein", sagte Taylor unnachgiebig. „Suzanne verdient es."
„Schon, aber ..."
„Etwas Schickes." Taylor nickte entschieden. „Ein Kleid aus Seide und Spitze. Dazu hohe Pumps, Make-up und eine tolle Frisur. Kurzum: das ganze Drum und Dran."

Nicole hatte heute zwei kritische Operationen hinter sich und Dr. Watts sexistischen Annäherungsversuch. Aber das war alles nichts gegen die Vorstellung, sich schick machen zu müssen. „Du machst Witze."

„Kleines, über Mode mache ich nie Witze. Wir beide treffen uns an deinem nächsten freien Tag zum Einkaufsbummel."

Nicole fluchte so heftig, dass Taylor lachen musste.

„Oh, Nicole, und weil ich die Party allein geplant habe, bist du mir einen Gefallen schuldig."

Seufzend dachte Nicole an ihr Bett. „Taylor, bitte."

„Keine Sorge, es ist nicht schwer. Das hier muss in Tys Büro." Sie drückte Nicole einen Stapel Pläne in die Hand. „Gefällt er dir?"

„Wer?"

„Ty!" Taylor musste lachen. „Natürlich gefällt er dir. Warum denn auch nicht? Er ist unglaublich sexy und hat einen tollen Körper." Sie seufzte dramatisch. „Wirklich schade, dass er und ich uns zu ähnlich sind. Wir würden uns nur gegenseitig umbringen."

Nicole schüttelte ahnungsvoll den Kopf. „Erzähl mir nicht, warum. Ich will es gar nicht wissen."

„Ich erzähl's dir trotzdem. Ty und ich, wir sind unstete Geister. Wir ziehen beide umher, von einem Ort zum anderen."

„Du und unstet?"

„Unglaublich, aber wahr. Bevor ich hier eingezogen bin, habe ich kein Jahr am selben Ort verbracht. Ty hat so ein Zuhause wie ich noch nicht gefunden. Mit ihm wäre mein Leben eine ständige Auseinandersetzung. Gegen eine kleine heiße Af-

Aus heiterem Himmel

färe hätte ich nichts einzuwenden, und Ty ist ein wirklich sexy Typ, aber für mich ist er leider tabu."

Nicole hielt sich die Ohren zu, so gut das mit den Plänen auf ihren Armen ging, aber Taylor lachte nur.

„Geh schon. Sag ihm, dass er den Auftrag hat. Die Adresse des Büros steht auf dem Aufkleber. Es ist keine drei Minuten von hier."

Bevor Nicole etwas erwidern konnte, hatte Taylor sie umgedreht und aus der Tür geschoben. Entrüstet fuhr sie herum, aber Taylor verschloss schnell die Tür.

„Ich mache das nicht", rief Nicole.

„Dann komm wieder rein und hilf mir bei der Auswahl der Servietten, der Platzdeckchen und der Speisenfolge für die Party."

Nicole blickte auf Tys Adresse und hatte plötzlich das Gefühl von Schmetterlingen im Bauch. Wie kam es nur, dass ihr immer heiß wurde, wenn sie an Ty dachte? Und jedes Mal richteten ihre Brustknospen sich auf. „Das ist eine ganz blöde Idee, Taylor."

„Seit wann hast du Angst vor einem Mann?", rief Taylor durch die geschlossene Tür zurück.

Seit es einen Mann gab, der Gefühle in ihr weckte, die sie nicht verstand. „Ich kann das nicht."

„Gib die Pläne einfach ab, Nicole. Du sollst ihn ja nicht gleich heiraten."

Ja, danke. Durch diese Versicherung ging es ihr auch nicht besser. Seufzend ging Nicole die Treppe wieder hinunter und stieg wieder in ihr Auto.

Ty hatte Kopfschmerzen. Er hatte einen langen Arbeitstag hinter sich, und gerade eben war wieder eine E-Mail angekommen. Reglos stand er da und blickte auf die Zeilen. Dann schloss er fluchend die Augen, um in der nächsten Sekunde wieder auf den Bildschirm zu sehen.

Ich bin sicher, dass Sie Ty Patrick O'Grady aus Dublin sind. Anne Mary Mulligan aus Dublin war Ihre Mutter. Bitte bestätigen Sie das.
Margaret Mary

Wieso suchte eine Frau namens Margaret Mary nach ihm? Ty konnte es sich nicht erklären. Weshalb wollte sie unbedingt, dass er seine Herkunft bestätigte? Wusste sie etwas von seiner Kindheit?

Er war noch ein Kind gewesen, als er Dublin verlassen hatte, und seitdem hatte er nicht mehr zurückgeblickt. Warum auch? Mit Dublin verband ihn nichts mehr. Sein Vater war sturzbetrunken bei einer Schlägerei ums Leben gekommen, als er ein Jahr alt gewesen war. Seine Mutter hatte eine Bar gehabt und die Zimmer über der Bar vermietet, wenn sie gerade Geld gebraucht hatten. Das war eigentlich immer der Fall gewesen. Er war für seine Mutter nur ein Fehler gewesen, an den sie nur ungern erinnert wurde.

Er war ihr deswegen nicht böse gewesen, denn so war ihm genug Freiraum geblieben, um zu tun, was ihm gefiel. Seine Mutter hatte häufig vergessen, ihm etwas zu essen und zum Anziehen zu geben. Von ihr bekam er nur eine Matratze, auf der er schlafen konnte. Also hatte er sich sein Essen selbst besorgt. Kleidung hatte er sich gestohlen, und er hatte sich mit einer Gang herumgetrieben, die denen in Los Angeles in nichts nachstand.

Mit zehn Jahren hatte er den ersten Mord erlebt. Es war um ein Paar Stiefel gegangen.

Als er elf war, hatte seine Mutter die Bar verkauft und war weggezogen. Ohne ihn.

Mit siebzehn hatte er sich selbst als hoffnungslosen Fall betrachtet. Und dann hatte er einen Fehler gemacht, indem er versuchte, einem australischen Touristen das Portemonnaie zu stehlen. Der Mann, Seely McGraw, war Polizist gewesen. Anstatt ihn ins Gefängnis zu bringen, hatte er ihn mit sich nach Australien genommen. Irland hatte ihm keine Träne nachgeweint.

In Australien hatte Seely ihn durch die restliche Schulzeit gebracht und aus ihm einen einigermaßen anständigen Menschen gemacht. Das, was ihn umtrieb, immer weiterzuziehen, hatte er allerdings nicht zum Schweigen bringen können.

Nach Seelys Tod hatte er seine Reiselust ausgelebt und war in Europa, Asien, Afrika und Südamerika gewesen. Dann war er in die USA gekommen und schließlich in Kalifornien gelandet.

Jetzt, zum ersten Mal im Leben gefiel es ihm wirklich an einem Ort, und er hatte sich ein Zuhause geschaffen.

Manchmal fragte er sich, wie lange es dauern mochte, bis es ihn wieder weitertrieb. Das konnte sicher nicht mehr lange dauern, aber bis dahin wollte er sein Hiersein genießen. Hin und wieder wunderte er sich regelrecht darüber, wie weit er es gebracht hatte.

Das Leben hier gefiel ihm. Er hatte einen Beruf, der ihm Spaß machte, und Geld besaß er mehr als ausreichend.

Doch jetzt wollte jemand ihn unbedingt an seine Vergangenheit erinnern, als er noch der kleine Herumtreiber in Irland gewesen war.

Wütend tippte er eine Antwort ein.

Wer will das wissen?

Nein, das klang ja wie eine Ermutigung zu weiteren E-Mails. Dabei wollte er seine Vergangenheit vergessen.

Doch bevor Ty dazu kam, seine Frage zu löschen, klopfte es an der Tür, und er rief: „Herein." Da er den Pizza-Service erwartete, hatte er die Tür offen gelassen.

„Hier hinten", rief er und stand auf. Hoffentlich hatten sie nicht wieder das Bier vergessen.

„Ty?"

Das war nicht die Pizza, das war Nicole! Sie blickte ihn mit ihren großen grauen Augen an, und schlagartig war er heiß erregt. Diese Frau machte ihn schwach vor Begehren, und er hasste es, Schwächen zu haben. Dennoch sehnte er sich unbändig danach, ihre Lippen zu küssen und ihren Körper zu spüren. Offenbar sah man ihm seine Gedanken an, denn Nicole hob nun leicht irritiert die Brauen.

Rasch blickte Ty an sich hinunter. Nach dem Duschen hatte er sich kein Hemd mehr angezogen, und auch der Hosenknopf seiner Jeans stand offen. Als er den Knopf jetzt schloss, glitt Nicoles Blick von der Tätowierung an seinem Arm zu der Stelle seines Körpers, wo er am intensivsten auf ihre Nähe reagierte.

„Ich dachte, es sei der Pizza-Service", erklärte er.

Abrupt blickte Nicole auf. Sie wirkte, als könnte sie sich nicht mehr erinnern, weswegen sie hergekommen war.

„Das kommt von Taylor", sagte sie plötzlich und drückte ihm den Stapel Pläne, die sie bei sich trug, in die Hand. „Sie haben den Job, Mr. Architekt." Damit drehte sie sich um.

„Nicole."

Reglos verharrte sie, ohne sich umzudrehen. „Ja?"

Was hatte er gerade sagen wollen? Irgendetwas. „Ich habe den Job?"

„Habe ich das nicht gerade eben gesagt?"

„Ja, das haben Sie, Darling. Also, dann sollten wir feiern."

Sie fuhr herum. „Feiern?"

„Genau." Dieser glutvolle Blick gefiel ihm. Er zeigte, dass sie genauso aufgewühlt war wie er.

„Das mit Ihrem irischen Akzent ist wirklich merkwürdig." Nicole stützte die Hände in die Hüften. „Sie sagen, Sie hätten keinen, aber als Sie eben ‚Herein' gerufen haben, da war der Akzent wieder da. Sobald Sie mich dann erkannt haben, war er wie-

Aus heiterem Himmel

der weg. Und gerade eben haben Sie noch sehr wütend ausgesehen und überhaupt nicht in der Stimmung zum Feiern." Sie blickte zum Computer. „Macht der Computer Sie wütend?"

„Nein." Ty legte die Unterlagen beiseite und wollte seinen Monitor abschalten, aber aus Versehen drückte er die Enter-Taste und schickte damit seine Frage an den Absender der E-Mail – an Margaret Mary.

Wütend auf sich selbst blickte er auf den Bildschirm und fluchte laut.

„Was ist denn?"

„Ach, nichts." Ty wandte sich vom Computer ab und atmete tief durch, bevor er sich an die Wand lehnte und Nicoles Anblick genoss.

Sie trug enge schwarze Jeans und ein schlichtes schwarzes, ärmelloses T-Shirt, das die Jeans nicht ganz erreichte. Er konnte ein bisschen nackte Haut von ihrem flachen Bauch sehen, und dass im Bauchnabel ein kleiner Diamant blitzte. Frisiert hatte sie sich offenbar nur, indem sie sich mit den Fingern durchs Haar gefahren war, und ihr Make-up bestand nur aus Lipgloss. Sie strahlte Willensstärke und Selbstbewusstsein aus. Er konnte es selbst kaum glauben, aber das und ihre Aufmachung, Nicole insgesamt, wirkte so anziehend auf ihn, dass er sich am liebsten auf sie gestürzt hätte.

„Wieso spielt es eine Rolle, in welcher Stimmung ich eben noch war? Jetzt ist mir nach Feiern zumute."

„Nun, mir nicht", entgegnete sie.

Sie klang aufgebracht und wütend. Von der ruhigen, beherrschten Ärztin war nichts mehr zu spüren. Wahrscheinlich hätte er das schon eher bemerken sollen, hatte es in seiner Erregung aber nicht getan, doch jetzt fiel ihm auf, wie erschöpft und unglücklich sie offenbar war. „Stimmt etwas nicht?"

Sie hob nur eine Schulter und sah weg.

„Nicole?" Gern hätte er sie an sich gezogen und getröstet.

Dabei war er in seinem Leben noch nie der Kuscheltyp gewesen.
„Hatten Sie einen schweren Tag im Krankenhaus?"

Wieder zuckte sie nur mit den Schultern.

Wollte sie, dass er es aus ihr herauslockte? Na schön. Jedenfalls wollte er jetzt unbedingt wissen, was sie bedrückte. „Haben Sie einen Patienten verloren?"

Nicole seufzte, und für eine so zierliche Person klang dieser Seufzer viel zu schwer. „Heute nicht, zum Glück."

„Hat jemand damit gedroht, Sie zu verklagen?"

Sie musste lächeln. „Heute nicht, zum Glück."

Wenigstens hatte sie ihren Humor nicht verloren. „Haben Sie eine E-Mail bekommen, durch die Sie an Ihre unerfreuliche Vergangenheit erinnert wurden?"

Lange blickte sie ihn forschend an, während er sich am liebsten die Zunge abgebissen hätte, weil er geredet hatte, ohne nachzudenken.

„Ist Ihnen das passiert?", fragte sie schließlich.

„Wir reden über Sie."

„Ich will aber nicht über mich reden." Nicole verschränkte die Arme.

„Aha, Sie verstecken Ihre Gefühle. Das weiß ich bei einer Frau zu schätzen, weil ich das nämlich genauso tue."

„Kein Grund zum Stolz."

„Weiß ich. Wenn ich einen Cent bekäme für jedes Mal, wenn eine Frau mich dazu bringen wollte, mich zu öffnen und mich bei ihr auszuheulen, dann wäre ich ein reicher Mann." Ty lächelte und neigte den Kopf. „Wir sind beide launisch, gereizt und voller Energie. Vielleicht sollten wir unsere Energien bündeln, Darling."

Nicole runzelte die Stirn, und ihre kleinen Ohrringe blitzten, als auch sie nun den Kopf zur Seite neigte. „Lassen Sie mich raten. Energien bündeln, das heißt bei Ihnen wilder tierischer Sex. An der Wand vielleicht? Im Stehen?"

Diese Frau war wirklich unglaublich. Und sehr wütend. Er stellte sich das vor, was sie gerade beschrieben hatte. „Also ..."

„Sie denken dran, stimmt's?"

„Ja, das tue ich."

Sie lächelte spöttisch, und er hielt sie schnell am Handgelenk fest, als sie sich abwenden wollte. „Ich denke daran, Nicole, weil Sie es gesagt haben. Außerdem bin ich ein fantasievoller Mensch, und Sie haben mir gerade eben ein sehr anregendes Bild in den Kopf gesetzt."

„Da ist er wieder", sagte sie anklagend, „Ihr Akzent. Der kommt immer dann durch, wenn Sie wütend sind oder ..."

„Oder erregt?"

Nicole entzog ihm ihre Hand. „Sie sollten wissen, dass ich nur deshalb bereit war, Ihnen die Pläne zu bringen, damit ich Ihnen bei dieser Gelegenheit sagen kann, dass ich der Anziehungskraft nicht nachgeben werde."

„Dann geben Sie also zu, dass Sie sich zu mir hingezogen fühlen?"

Sie schien ihn mit ihrem Blick zu durchbohren. „Vergessen Sie's einfach."

Um das zu bestärken, legte Nicole die Hände auf Tys Brust. Sie blickte auf ihre Finger und spreizte sie, als wollte sie so viel wie möglich von Ty berühren.

„Was tun Sie da?", fragte Ty und klang etwas gepresst.

„Ich stoße Sie weg."

Aber das tat sie nicht.

Langsam legte Ty seine Hände auf ihre und verschränkte seine Finger mit ihren.

Nicole atmete tief aus und hörte, dass auch Ty die Luft ausstieß. Dann blickten sie sich an.

„Wir hätten doch lieber nur darüber reden sollen, wie unser Tag war", sagte Nicole leise.

„Meiner war schrecklich."

„Meiner auch."

„Meine Vergangenheit hat mich eingeholt, und das gefällt mir nicht."

„Ich bin von meinem Chef angemacht worden."

„Was soll das heißen?", fragte Ty „Was hat er getan?"

„Was für eine Vergangenheit?", fragte Nicole.

„Ach, egal", sagten sie beide gleichzeitig und verstummten dann.

Wortlos blickten sie sich an.

Nicoles Lippen zuckten, und ganz langsam breitete sich ein Lächeln auf ihrem Gesicht aus. Ty erwiderte das Lächeln und merkte, dass ihm bei Nicoles Lächeln auf eine Weise warm wurde, wie er es noch nie erlebt hatte.

„Und wenn wir vielleicht überhaupt nicht sprechen?", flüsterte sie und beugte sich etwas vor, sodass ihre Lippen nur noch ein winziges Stück von seinem Mund entfernt waren.

Ty sehnte sich nach dem Kuss, aber ihn beschäftigte, was ihr bei der Arbeit passiert war. Er wollte diesen Vorfall nicht kommentarlos hinnehmen. „Nicole, was Ihren Chef betrifft …"

„Nicht mehr sprechen."

„Aber …"

Sie legte ihm einen Finger auf die Lippen, und Ty atmete schneller.

Leise seufzend lehnte sie sich an ihn. „Du riechst wirklich gut. Wer hätte das gedacht, dass du so gut riechst."

Auch sie roch gut, und er musste sich sehr zusammennehmen, um sie nicht zu küssen. „Wieso hättest du nicht gedacht, dass ich gut rieche?"

„Weil ich dich nicht mögen will", antwortete sie und klang bedrückt. „Du hast ja keine Vorstellung davon, wie sehr ich mich dagegen wehre."

„Aber du magst mich trotzdem."

Nicole erwiderte nichts, und Ty musste lächeln. Die Sonne,

Aus heiterem Himmel

die durchs Fenster fiel, schien in ihr Gesicht und ließ ihre ausdrucksvollen Augen leuchten.

„Hör genau zu, Darling, denn mein Akzent kommt jeden Moment durch." Bevor er weitersprach, strich er mit dem Kinn sanft über ihre Wange und dann mit den Lippen über die sensible Haut hinter ihrem Ohr. „Mir gefällt es auch nicht, dass ich dich mag. Überhaupt nicht."

Er atmete tief durch und fühlte sie erzittern. „Aber es ist zu spät. Ich mag dich bereits." Zärtlich streichelte er ihren Rücken. „Nutzen wir das zu unserem Vorteil. Vergessen wir den heutigen Tag." Er fuhr ihr durch das kurze seidige Haar und umfasste ihren Kopf.

Noch vor ein paar Minuten war Nicoles Blick hart und spöttisch gewesen, doch als Ty nun ihr Kinn abhob, um sie ins Gesicht zu sehen, lag ein weicher Ausdruck in ihren Augen. Er beugte sich weiter zu ihr und flüsterte: „Vergessen wir den heutigen Tag und den Ärger."

Sie seufzte leise. Es war ein sehr sinnlicher Seufzer, der sein Verlangen noch vertiefte.

„Gehen wir aufs Ganze und vergessen auch gleich unsere Namen. Was hältst du davon?", fragte er.

„Ich vergesse meinen Namen niemals", erwiderte Nicole etwas atemlos.

„Das kommt nur, weil du viel zu vernünftig bist." Ty genoss es, dass seine Nähe sie durcheinanderbrachte. Ihre Brustspitzen hatten sich aufgerichtet und drückten sich durch das dünne T-Shirt, als fieberten sie seiner Berührung entgegen. Er konnte es kaum erwarten, sie zu liebkosen. „Manchmal, Nicole, muss man mit dem Strom schwimmen."

„Das ist nicht gerade meine Stärke."

„Ja, das glaube ich dir."

Sie ballte die Hand an seiner Brust zur Faust. „Ich mag es nicht, wenn mein Privatleben kompliziert wird, Ty."

„Komplikationen können aber etwas Gutes sein. Natürlich keine dauerhaften Komplikationen. Aber kurzfristige ..." Er senkte die Stimme. „Bist du bereit dazu?"

Sie biss sich auf die Unterlippe und blickte auf seinen Mund. Sie schmiegte sich noch etwas fester an Ty, und er verlor fast die Kontrolle über sich.

„Nicole? Bist du bereit?"

„Tu's einfach."

„Was denn?" Er musste lächeln.

„Mich küssen!"

Nicole wirkte jetzt so frustriert, dass er fast gelacht hätte. Aber um jetzt zu lachen, war er viel zu erregt und begehrte sie viel zu stark. „Wie du willst, Darling." Zärtlich strich er mit den Lippen über ihre und streichelte sie mit der Zungenspitze.

Aus heiterem Himmel

4. KAPITEL

Nicoles Herz schlug wie wild. Wie kann ich mich bloß so sehr zu Ty hingezogen fühlen?, fragte sie sich. War er nicht der letzte Mann, den sie so heiß begehren sollte?

Schließlich waren sie vollkommen gegensätzlich. Sie war angespannt, ehrgeizig und lebte für ihre Arbeit. Dagegen wirkte Ty immer entspannt und lebenslustig. Was in ihm vorging, verbarg er allerdings nach Möglichkeit.

Okay, in diesem letzten Punkt ähnelten sie sich vielleicht.

Aber hatte Taylor nicht über ihn gesagt, er ließe sich treiben und lebe mal hier, mal dort? Sie dagegen wusste sehr genau, was sie vom Leben wollte. Das war schon immer so gewesen. Und zu ihrem Lebensziel gehörte es nicht, einen Mann zu haben. Sex spielte für sie keine große Rolle. Sex nicht und romantische Gefühle auch nicht.

Ihr Lebensweg lag klar vor ihr. Sie war ihm bisher gefolgt, und das würde sie auch weiterhin tun. Sie wollte eine ausgezeichnete Ärztin sein und in der Chirurgie neue Wege gehen. Und in erster Linie wollte sie Menschenleben retten.

Über ihr eigenes Leben wollte sie nicht allzu sehr nachdenken.

Andererseits konnte sie nicht leugnen, dass Ty etwas in ihr auslöste. Er weckte ihre Sehnsucht nach Nähe. So etwas ließ sie nur ungern zu, denn dadurch wurde sie verletzlich.

Dagegen brauchte Ty sie nicht einmal zu berühren, damit sie sich nach ihm sehnte. Er brauchte sie nur anzusehen, und schon fing ihr Puls an zu rasen. Dafür sollte sie Ty hassen, und das erst recht, als er ihr die Arme um den Nacken legte. Noch während sie den Kopf zurücklegte, um seinen Kuss voller Hingabe zu erwidern und zu vertiefen, empfand sie Wut auf Ty, weil er sie so schwach machte.

Sie konnte sich nicht erklären, wieso ihr Körper so intensiv auf ihn reagierte. Diese Leidenschaft war verzehrend, dabei vertraute sie Ty noch nicht einmal. Das Ganze kam völlig ungeplant.

Nicole fuhr mit den Fingern über die sexy Tätowierung an seinem Oberarm, und Ty strich über ihren Rücken. Wie im Fieber zerzauste sie sein kurzes Haar und hielt seinen Kopf fest, während er sie küsste. Stöhnend presste er sich an sie.

„Das ist verrückt", stieß sie atemlos aus.

„Ja." Seine Stimme klang tief und verlangend.

Ty schob beide Hände unter ihr T-Shirt und streichelte ihren nackten Rücken. Immer wieder küsste er ihre Lippen und erfüllte sein Versprechen. Nicole vergaß alles, was an diesem Tag geschehen war. Sie vergaß den Stress und sogar ihren Namen.

Dann kam sie sekundenlang wieder zu Besinnung und wollte sich von Ty lösen. Sie sagte sich, dass sie sich von Anfang an auf diese Umarmung nicht hätte einlassen dürfen. Nun klebte sie fast an seinem halb nackten Körper und konnte ihm gar nicht nah genug kommen.

Hör auf damit, befahl sie sich.

Stattdessen fuhr sie fort, ihn ebenso hingebungsvoll wie verlangend zu küssen. Sie drang mit der Zunge in seinen Mund vor und strich mit den Fingerspitzen über seine glatte, muskulöse Brust. Seine festen warmen Muskeln zu fühlen ließ sie heftig erschauern. Sie klammerte sich an Tys Schultern, als wäre er das einzig Solide in einer schwankenden Welt.

Er hörte nicht auf, mit beiden Händen ihren Körper zu streicheln. Mit den Daumen reizte er die empfindsame Haut unterhalb ihres Bauchnabels. Die Knie wurden ihr weich, dagegen waren ihre Brustspitzen vor Erregung so hart und sensibel, dass sie jede Bewegung ihres T-Shirts merkte. Es kam ihr so vor, als würde Ty bereits ihre Brüste liebkosen.

Doch das hatte er noch nicht getan, dabei sehnte sie sich un-

Aus heiterem Himmel

bändig danach. Sie begehrte diesen Mann wahnsinnig, und es erschreckte sie nicht einmal mehr.

Da ertönte plötzlich ein leises Ping, wie ein Weckton. Der Monitor von Tys Computer hatte sich wieder angeschaltet. Bei dem Geräusch wurde es Nicole sehr bewusst, dass sie in Tys Haus stand, sich an ihn schmiegte und ihn förmlich anflehte, etwas zu tun, was sie vom Verstand her eigentlich gar nicht tun wollte.

„Dein Computer ruft." Verdammt, war das ihre Stimme, die so zittrig klang?

Ty hob den Kopf und blickte Nicole so benommen vor Begehren an, dass sie sich fast wieder an ihn geschmiegt hätte.

„Wie bitte?", murmelte er.

Sie löste sich aus seiner Umarmung, damit sie wieder einen klaren Gedanken fassen konnte, und trat einen Schritt zurück. Wie konnte ein einziger Kuss sie bloß dermaßen aus dem Gleichgewicht bringen!

Wenn dieser Mann seine Verführungskünste spielen ließ, dann war sie ihm einfach nicht gewachsen. Dagegen gab es nur ein einziges Mittel: Sie musste sich von ihm fernhalten. Punktum.

„Dein Computer", wiederholte Nicole und fuhr sich mit der Zunge über die Lippen, als würde ihr die Berührung von Tys Mund fehlen. „Er ruft dich."

Ty brauchte eine Weile, bis er das begriffen hatte, denn er war viel zu hingerissen davon, wie Nicole mit der Zungenspitze ihre Unterlippe leckte. Schließlich wandte er den Kopf und blickte zu seinem Monitor.

Nicole fiel auf, wie angestrengt Ty atmete. Ihr fiel jede Einzelheit an ihm auf, als wären all ihre Sinne auf ihn ausgerichtet. Seine nackte Brust, wie gebräunt seine Haut war und was für ausgeprägte Muskeln er hatte. Und dass der Reißverschluss seiner ausgewaschenen Jeans sich deutlich nach vorn beulte.

Ich errege ihn!, dachte sie. Sie, die kleine Frau mit den kleinen Brüsten und den superschmalen Hüften, erregte den attraktivsten, sinnlichsten Mann, der ihr je begegnet war. Es gefiel Nicole allerdings gar nicht, dass sie diese Vorstellung so aufregend fand.

„Du hast eine E-Mail bekommen", sagte sie und ärgerte sich, dass sie schon wieder oder immer noch atemlos war. Wenn Ty merkte, wie sehr er sie erregte, deutete er das vielleicht als Einladung, fortzufahren. „Willst du sie nicht lesen?"

„Doch." Mit seinem breiten Oberkörper versperrte er ihr die Sicht auf den Bildschirm, während er die E-Mail las. Danach schaltete er den Bildschirmschoner wieder ein und drehte sich um. „Wo waren wir stehen geblieben?", sagte er mit verführerischer Stimme und streckte die Arme nach ihr aus.

„Oh nein." Sie trat einen Schritt nach hinten und stieß prompt gegen die Wand. „Nicht so schnell." Mit der flachen Hand schlug sie ihn auf die Brust und konnte sich dann leider nicht davon abhalten, die Berührung seiner warmen festen Haut zu genießen, bevor sie ihre Hand eilig zurückzog. „Ich verschwinde."

„Macht der kleine Kuss dir so viel zu schaffen?"

Anklagend hob sie einen Finger. „Auf keinen Fall werde ich mich von dir zu einem zweiten kleinen Kuss überreden lassen."

„Weil dir das den Verstand rauben würde?"

„Weil es einfach nur dumm wäre." Sie tauchte unter seinem Arm weg und ging in die Mitte des Zimmers. „Ich bin hierher gekommen, um dir die Pläne zu bringen und dir zu sagen, dass ich mich nicht zu dir hingezogen fühle."

„Was nicht stimmt, wie wir gerade bewiesen haben."

„Okay", gab sie es zu. „Aber ich will das alles nicht. Und jetzt verschwinde ich von hier."

Ty wartete, bis Nicole an der Tür war. „Wäre es denn so schlimm, wenn wir unserem Verlangen nachgeben würden?"

Nicole wagte nicht, sich zu ihm umzudrehen, denn sie befürchtete, dass Ty sie mit einem einzigen Blick wieder schwach machen könnte. Stattdessen legte sie den Kopf in den Nacken und sah zur Decke. „Ja", antwortete sie.

Aus heiterem Himmel

„Warum?"

„Es ist eben so."

„Es würde ziemlich feurig werden, Darling, das weißt du."

So erregt, wie sie immer noch war, fiel es ihr nicht schwer, ihm das zu glauben. Plötzlich meldete sein Computer sich wieder, und Ty stieß einen unbeherrschten Fluch aus. Nicole drehte sich um und sah gerade noch seinen Gesichtsausdruck, als Ty sich zu seinem Computer wandte.

Er war wütend.

Was stimmte denn nicht?

Neugierig trat Nicole hinter Ty und bemerkte gar nicht, dass sie jetzt wieder dicht bei ihm war. Als er abrupt herumfuhr und den Monitor mit seinem Körper verdeckte, wäre sie vor Schreck fast gestolpert, doch Ty hielt sie mit beiden Händen an der Taille fest.

Er hielt sie fest umklammert, während er sie fragend ansah. „Na? Hast du etwas Interessantes entdeckt?"

„Nein."

„Du hattest recht, wegzulaufen, Nicole." Seine Stimme hatte den warmen Klang von eben verloren. „Du solltest weglaufen. Jetzt."

Er ließ sie los, und sie taumelte einen Schritt zurück. Als sie das Gleichgewicht wiedererlangt hatte, wandte Ty sich ab und blickte aus dem Fenster. Die Hände hatte er zu Fäusten geballt.

Nicole blickte auf seinen Rücken. „Ich habe überhaupt nichts gesehen."

„Dann wirst du nächstes Mal schneller sein müssen."

Jetzt wurde auch Nicole wütend. Sie fuhr herum und verließ das Büro. Sie lief die Treppen hinunter und hatte gerade die Haustür erreicht, als Ty sie am Ellbogen zurückhielt und zu sich herumdrehte. Mit beiden Händen hielt er sie fest.

Nicole sah ihn an, diesen rätselhaften Mann mit der tiefen Stimme und den sexy Lippen, dem schwarzen Haar und den blauen Augen, den sie nicht aus dem Kopf bekam, ob sie nun wach war oder schlief.

Sie wollte sich von ihm losreißen, aber das ließ er nicht zu. „Ein gezielter Tritt, und du kniest vor mir", warnte sie ihn.

„Gerade eben noch war mir nach einem wilden schmutzigen Kampf ohne Regeln, aber das ist jetzt vorbei." Er lockerte seinen Griff. „Ich habe dich angefahren, und das tut mir leid."

„In Ordnung", sagte sie eisig.

„Sieh mal, ich war schlecht gelaunt, okay? Das lasse ich dann an jedem aus, der in meine Nähe kommt." Ty seufzte. „Deshalb habe ich meistens auch niemanden um mich."

Nicole bemühte sich, weiterhin wütend zu sein. Wenn sie wütend war, würde sie vielleicht die Kraft finden, zu gehen. Aber dann sah sie Tys Blick und spürte seine Hände, und ihre Wut erstarb.

„Es tut mir leid", wiederholte er.

„Ich sagte doch bereits, es ist in Ordnung."

„Verzeihst du mir?"

„Ich fahre häufig genug selbst aus der Haut. Normalerweise bin ich außerhalb der Arbeitszeit unausstehlich. Niemand will etwas mit mir zu tun haben. Meiner eigenen Familie wäre es lieber, wenn ... Verdammt! Verdammt!" Nicole schlug sich vor die Stirn. „Ich habe das Familienessen verpasst. Das werde ich noch bitter bereuen."

„Wieso?"

„Anscheinend hast du nicht so eine Familie wie ich. Alle sind laut, neugierig und versuchen, mich herumzukommandieren. Der anstrengendste Arbeitstag könnte nicht schlimmer sein."

„Nein, so eine Familie habe ich nicht." Tys Blick war unergründlich. „Ehrlich gesagt, habe ich überhaupt keine Familie."

Nein, sagte sich Nicole, ich werde kein Mitleid empfinden.

„Es tut mir wirklich leid." Seine Stimme war jetzt sehr sanft, und er strich ihr behutsam übers Kinn. „Lass dich von meiner miesen Laune nicht verscheuchen."

„Ich muss jetzt wirklich los."

„Eigentlich hätte ich dich nie für einen Feigling gehalten."

Sie stieß ihn mit dem Finger vor die Brust. „Nimm das zurück!" Niemand bezeichnete sie als Feigling! Niemand! Leider spürte sie viel zu intensiv das Heben und Senken seiner Brust, und sofort war sie mit ihren Gedanken wieder ganz bei Tys Körper.

Ty musste lächeln, als Nicole aufhörte, ihn gegen die Brust zu stoßen, und stattdessen mit dem Finger sanfte Kreise beschrieb.

„Ich werde nicht mit dir schlafen", verkündete sie, fuhr aber gleichzeitig mit dem Fingernagel so sinnlich über seine Brustwarzen, dass Ty aufstöhnte. „Nein, das werde ich nicht."

„Was hast du nur für schmutzige Gedanken." Er erschauerte, als sie fortfuhr, seine Brustwarzen zu streicheln.

„Und du? Hast du nicht einmal flüchtig daran gedacht?" Nicole genoss es, ihn zu berühren, und ihre Stimme war nur noch ein raues Flüstern.

„Du hast auf jeden Fall daran gedacht."

„Ich kann dich begehren und trotzdem Abstand halten."

„Ach, wirklich?"

„Du wirst schon sehen." Sie wandte sich zur Tür, drückte die Klinke herunter und zögerte. „Ist mit dir auch alles in Ordnung?"

„Wieso fragst du?"

„Wegen dieser E-Mail." Nicole blickte ihn über die Schulter an, aber Ty ließ sich nicht anmerken, was in ihm vorging.

„Mach dir um mich keine Sorgen, Darling."

Anscheinend macht sich niemand um ihn Sorgen, dachte Nicole. Wie konnte es Menschen geben, die niemandem etwas bedeuteten? Ihre Familie war zwar sehr nervig, aber sie waren immer für sie da. Sie konnte sich nicht vorstellen, wie es wäre, völlig allein zu sein.

„Ich kann es förmlich sehen, wie du dir den Kopf zerbrichst, Frau Doktor."

„Ich habe mich gerade gefragt, wie es kommt, dass du so allein bist. Was ist mit deiner Familie passiert?"

„Persönliche Fragen und das von dir?" Sein Lächeln wirkte etwas gezwungen. „Pass auf, wir machen das so: Für jede deiner Fragen darf ich dir auch eine stellen. Also los: Wie kommt es, dass du, obwohl du so schön und sexy bist, nervös wirst, weil wir uns gegenseitig erregen?"

Sie war schön und sexy? So würde sie sich nicht bezeichnen. Klug und intelligent, ja. Aber sexy? Dieser Mann brauchte eine Brille. Dabei hatte sie das Gefühl gehabt, dass seine wundervollen blauen Augen tadellos funktionierten.

Nicole öffnete die Tür und hörte Ty hinter sich lachen.

„Lass mich raten: Du musst zur Arbeit?"

„Genau."

Nicole fuhr nach Hause. Sie hätte gedacht, dass sie die ganze Zeit über noch Tys spöttisches Lachen im Ohr haben würde. Stattdessen dachte sie über einen Charakterzug nach, den sie bei Ty Patrick O'Grady niemals vermutet hätte: Verletzlichkeit.

Ty arbeitete während der nächsten paar Tage, als würde er von einem Dämonen verfolgt. Und so ungefähr war es auch.

Der Dämon war weiblich und hieß Dr. Nicole Mann.

Doch Ty war es gewohnt, nicht auf seine Gefühle zu achten, und genau das tat er auch jetzt.

Deshalb konnte er es sich nicht erklären, wieso er öfter zu Taylors Haus fuhr, als eigentlich nötig war. Auch heute wieder, drei Tage nach dem Kuss, war er am späten Nachmittag erneut dort.

Es war wirklich ein unglaublicher Kuss gewesen. Ty sehnte sich nach einem zweiten dieser Art. Er wollte Nicole spüren, wollte erneut erleben, wie sie sich an ihn schmiegte und schwach wurde vor Verlangen. Er sehnte sich nach ihrer Nähe und ihrer Wärme.

Seltsam, dachte er und kannte sich selbst nicht wieder. Denn eigentlich wollte er am liebsten überhaupt nichts für sie empfinden.

Taylor fing Nicole ab, als sie sich gerade nach einem langen Arbeitstag in ihr Apartment unterm Dach schleichen wollte.

„Hallo, komm doch einen Moment herein."

„Also ich …" Wie immer beim Nachhausekommen dachte Nicole nur noch an ihr Bett. In zehn Minuten wollte sie darin liegen. Unter dem Arm hatte sie einen Schwung Fachzeitschriften, die sie auch unbedingt durchstöbern wollte.

„Erspar mir den Dackelblick, der zieht bei mir nicht. Du kannst nicht immer nur arbeiten, Fachzeitschriften lesen oder schlafen." Taylor lockte sie mit dem Zeigefinger näher. „Kommen Sie und nehmen Sie Ihre Medizin wie ein erwachsener Mensch, Frau Doktor. Suzanne ist bei mir, und sie ist so aufgeregt, dass ich fast glaube, es ist doch etwas an dieser Sache mit der Liebe."

„Wieso heiratest du dann nicht?"

„Nicht in diesem Leben. Ich habe dir doch gesagt, wir beide bleiben Single. Und jetzt komm rein. Wir müssen die Kleider anprobieren, die ich uns für die Verlobungsparty besorgt habe."

Jetzt wünschte Nicole, sie hätte noch die Nachtschicht drangehängt. „Das wäre doch nicht nötig gewesen."

„Ich habe es aber getan. Du wärst ohnehin nie mit mir zum Einkaufen gegangen, und mir ist klar, dass du kein einziges Kleid im Schrank hast."

„Nicole, bist du das?" Suzanne steckte den Kopf aus Taylors Apartment und lächelte. Das rote Haar hatte sie hochgesteckt, und ihr geschmeidiger Körper steckte in einem schimmernden schwarzen Cocktailkleid, in dem sie wie eine Sexgöttin aussah.

„Was meinst du?" Sie breitete die Arme aus und drehte sich langsam im Kreis. „Wird es Ryan gefallen?"

Verblüfft schüttelte Nicole den Kopf. Sie hatte Suzanne bislang nur in schwarzer Hose und weißer Bluse gesehen, wenn sie für ihren Party-Service unterwegs war, oder in weiten Sommerkleidern. „Machst du Witze? Er wird auf der Stelle über dich herfallen. In dem Aufzug fühle sogar ich mich zu dir hingezogen."

Suzanne lachte und zog Nicole in Taylors Apartment. „Kleider machen wirklich Spaß. Kommen wir zu dir."

„Das wird auch mal Zeit." Taylor rieb sich die Hände und blickte Nicole von oben bis unten an. „Zieh dich aus."

Nicole lachte nur, aber Taylor verschränkte die Arme und sah sie abwartend an.

Nicoles Lächeln erstarb. „Auf keinen Fall."

„Doch, jetzt und hier."

„Hör auf damit." Nicole hielt ihr T-Shirt fest, als Taylor daran zerrte. „Nimm die Pfoten von mir."

„Ich habe das perfekte Kleid für dich. Keine Sorge, es war heruntergesetzt. Ich weiß ja, dass du knapp bei Kasse bist."

„Woher weißt du das?"

„Schließlich wohnst du hier. Das Kleid ist smaragdgrün, es glitzert und der Schnitt macht Männer wild."

Taylor hielt ein Stück Stoff hoch, das Nicole viel zu klein erschien, um als Kleid durchzugehen.

„Es wird deinen perfekten Körper betonen, obwohl du noch einen sehr wirksamen Push-up-BH brauchst."

„Na, vielen Dank auch." Notgedrungen zog Nicole ihr T-Shirt aus.

„Vielleicht solltest du dir ein Paar Brüste kaufen", meinte Taylor trocken, und Suzanne prustete los.

Wütend sah Nicole zu Suzanne, die die Lippen aufeinander presste und sich jedes weitere Lächeln verkniff.

Aus heiterem Himmel

„Entschuldige." Taylor hob die Hände. „Ich habe nur laut gedacht."

„Weshalb sollte ich mir Brüste kaufen? So etwas Blödes." Nicole war wirklich verärgert. „Um mir einen Mann zu angeln? Den will ich gar nicht."

Fragend hob Taylor die Augenbrauen. „Wenn du mir jetzt mitteilen willst, dass du auf Frauen stehst …"

„Lesbisch bin ich nicht. Du bist wirklich blöd." Nicole stieg aus ihrer Hose. „Ich bin einfach nur zufrieden damit, allein zu leben. Das ist alles."

Einen Moment lang wirkte Taylor bedrückt, und Nicole wollte schon nachfragen, doch da hielt Taylor ihr das Kleid hin.

„Wie gesagt, man braucht ja nicht wie eine Nonne zu leben, nur weil man allein sein will."

„Wer behauptet denn, ich würde wie eine Nonne leben?" Nicole betrachtete das Kleid. Sie hatte keine Ahnung, wie sie es anziehen sollte.

„Dann kommst du also auf deine Kosten?" Taylor nahm ihr das Kleid wieder ab, strich es glatt und zog es Nicole über den Kopf. „Du bist doch viel zu verspannt und unausgeglichen. Da kann es höchstens sein, dass er auf seine Kosten kommt. Du aber nicht."

Nicoles Kopf tauchte aus dem Kleid auf. „Wie bitte?"

Suzanne räusperte sich. „Sie meint, dass du ihm einen Höhepunkt verschaffst, er dir aber nicht."

Nicole sah zwischen den beiden hin und her. Sie wirkten so mitleidig, dass sie lachen musste. „Ihr seid vollkommen verrückt." Sie streifte sich das Kleid über die Hüften und wollte es tiefer ziehen, aber da war der Stoff schon zu Ende.

„Ich merke doch, wie Ty dich ansieht." Taylor tippte sich mit einem perfekt manikürten Fingernagel an die Lippen.

Nicole tat, als hätte sie diese Bemerkung nicht gehört.

„Welcher Ty?" Suzanne zog die Spaghettiträger von Nicoles Kleid zurecht.

„Mein Architekt. Erinnerst du dich nicht? Ich habe dir doch von ihm erzählt. Aber du hast ja ständig nur mit Ryan geknutscht, wahrscheinlich hast du überhaupt nichts mitbekommen." Taylor ließ Nicole nicht aus den Augen. „Er ist groß, dunkelhaarig und sehr sexy. Nicht zu vergessen der leckere Akzent."

„Ein Akzent kann nicht lecker sein", widersprach Nicole sofort, und Taylor und Suzanne lachten. „Was denn? Das geht wirklich nicht."

„Sie ist völlig verrückt nach ihm", rief Taylor glücklich.

„Wir müssen ihn unbedingt auch zur Verlobungsparty einladen", erklärte Suzanne.

„Wie bitte?", fragte Nicole ahnungsvoll, während sie ihr Kleid glatt strich. „Weshalb solltet ihr das tun?"

Suzanne und Taylor sahen sie nur wortlos an.

„Was denn?" Verlegen verschränkte Nicole die Arme. „Was starrt ihr mich so an?"

„Ich kann es nicht fassen." Taylor schüttelte den Kopf.

„Wow", stieß Suzanne aus. „Einfach nur wow. Du bist sehr schön, Nicole."

Erst war Nicole sprachlos an, dann lachte sie.

„Wirklich", stimmte Taylor Suzanne zu.

Nach einem ärgerlichen Blick auf die beiden ging Nicole zu dem hohen Spiegel, der in einer Ecke stand. Als sie sich darin sah, war sie erneut sprachlos.

Nicole nahm sich nur selten die Zeit für einen Blick in den Spiegel. Sie zog sich möglichst bequem an, schminkte und frisierte sich selten. Meist sah sie sich selbst nur im weißen Kittel. Geschlechtsneutral, würde sie ihre übliche Aufmachung nennen.

Jetzt nahm sie sich als Frau wahr. Der grüne Stoff brachte ihre grauen Augen zur Geltung. Und erst in diesem Kleid fiel ihr richtig auf, wie weiblich ihr Körper war.

„Das musst du unbedingt bei der Party tragen", stellte Taylor entschieden klar.

Das Kleid war eng und hatte Spaghettiträger, die sich über dem sündig tiefen Rückenausschnitt kreuzten. Der Saum saß sehr hoch am Schenkel, und bei jeder Bewegung schien er noch höher zu rutschen.

„Du siehst fast aus, als hättest du Brüste und Hüften", fügte Taylor hinzu.

„Du siehst umwerfend aus." Suzanne warf Taylor einen bösen Blick zu. „Du hast einen wirklich sehr schönen Körper, Nicole."

„Ein bisschen mager vielleicht." Taylor seufzte, aber dann lächelte sie. „Aber manche Männer werden verrückt, wenn sie einen Frauenkörper wie deinen sehen, Nicole."

Jemand klopfte an die Tür, und während Taylor öffnen ging, sagte Suzanne leise: „Du siehst wirklich bezaubernd aus. Das wird ein großer Spaß werden."

Nicole stöhnte innerlich. Wie sollte sie ihr bloß begreiflich machen, dass sie sich lieber die Zahnwurzeln behandeln ließe? „Ich werde aber keine Seidenstrümpfe oder hohen Hacken anziehen."

„Okay."

„Das ist mir ernst. Ich …"

„Nun ratet mal, wen ich gefunden habe." Taylor kam zurück ins Zimmer. „Einen Mann. Und das, wo wir doch gerade die Meinung eines Mannes hören wollten. Er wollte nur ein paar Unterlagen abgeben, aber …" Sie lächelte listig und trat einen Schritt zur Seite.

Ty stand da und wirkte völlig überrumpelt. Doch dann entdeckte er Nicole, und seine Verwirrung verwandelte sich in Lust, als er dieses aufregende Kleid sah.

„Was halten Sie davon?", fragte Taylor gespielt unschuldig. „Reicht das für eine Verlobungsparty?"

„Das reicht für jeden Zweck." Tys irischer Akzent war nicht zu überhören.

5. KAPITEL

eim letzten Treffen hatte Nicole ihn an der Tür stehen lassen, und Ty hatte ihr verlangend nachgesehen und dann beschlossen, sich das nicht noch einmal anzutun.

Nie wieder wollte er sie verlangend ansehen.

Und jetzt stand er hier und konnte nicht aufhören, sie verlangend anzublicken.

Allerdings war es nicht nur wegen des Wahnsinnskleids, das sie trug, dass er so von ihr gefesselt war, es lag auch an Nicoles Blick. Die Signale, die sie ihm mit ihren grauen Augen gab, waren ebenso aufreizend wie widersprüchlich: Hau ab und begehre mich.

Suzanne und Taylor strahlten ihn voller Stolz an, als hätten sie diese Vision eigenhändig für ihn erschaffen.

„Sie sieht zum Anbeißen aus, finden Sie nicht?" Taylor klatschte begeistert in die Hände. „Warten Sie's nur ab, bis sie schwarze Seidenstrümpfe und hochhackige Schuhe dazu anhat."

„Mir reicht's." Nicole deutete mit dem Zeigefinger auf Ty. „Du hörst auf mich anzustarren. Und du …", sie fuhr zu Taylor herum, „… kannst deine Strümpfe und Pumps gleich wieder vergessen."

Ty gab sich wirklich Mühe, sie nicht weiter anzustarren, als Nicole ihm den Rücken zuwandte, um sich Taylor vorzuknöpfen. Aber bei der Rückenansicht, die sich ihm nun bot, raste sein Puls nur noch mehr. Wenn, dann könnte Nicole zu diesem Kleid nur halterlose Strümpfe tragen. Der Rückenausschnitt reichte so tief, dass man das Bündchen ihres pfirsichfarbenen Seidenslips sehen konnte.

Die harte Nicole, die sich so gern als raue Kämpferin ausgab, trug also Seidenslips. Das haut mich um, dachte Ty.

„Ich muss jetzt los zur Arbeit." Missmutig bückte Nicole

sich nach ihren Sachen und zeigte dabei noch mehr von ihrem Slip.

Ich sehe nicht hin, sagte sich Ty. Ich sehe einfach nicht hin.

Sie fuhr zu ihm herum und ertappte ihn. Ihre Augen schossen Blitze, als sie an ihm vorbeiging.

„Ich dachte, du hättest beschlossen, nicht mehr so viele Überstunden zu machen", rief Taylor ihr nach. „Sonst bringst du dich noch um, bevor du dreißig wirst."

„Nein, du hast beschlossen, dass ich nicht mehr so viele Überstunden machen soll. Ich habe lediglich damit aufgehört, dir zu sagen, wie gut es mir geht."

„Dir geht es aber nicht gut", wandte Taylor ein, und Suzanne nickte zustimmend. „Du lebst nur für die Arbeit und hast keine Zeit mehr für andere Leute oder andere Dinge. Das ist nicht richtig, Nicole. Du versteckst dich vor dem Leben. Sagen Sie's ihr, Ty."

Mit einem einzigen Blick warnte Nicole ihn, auch nur ein Wort zu sagen.

Hilflos hob er die Hände. „Ich will nicht …"

„Ach, bitte." Taylor deutete auf Nicoles Gesicht. „Sehen Sie die dunklen Ringe unter ihren Augen? Das ist Schlafmangel."

Ty schlief in letzter Zeit auch nicht gut. Das lag in erster Linie an den Erinnerungen an Nicole. Immer wieder musste er daran denken, wie weich ihr Mund gewesen war, als sie sich geküsst hatten, und wie leidenschaftlich ihr Zungenspiel gewesen war.

Unter den gegebenen Umständen und angesichts der Tatsache, dass er selbst dunkle Ringe unter den Augen hatte, hielt er sich mit Kommentaren zurück.

„Wenn ich eine Mutter brauche, rufe ich meine eigene an."

„Oh, da fällt mir etwas ein: deine war hier." Taylor hob die Augenbrauen. „Sie hat mich ausgehorcht. Anscheinend habe ich den Test bestanden, denn sie hat mich beauftragt, dafür zu sorgen, dass du ausreichend schläfst, genug Gemüse isst und im Krankenhaus keine Doppelschichten mehr übernimmst."

Als Nicole ganz unverblümt ihre Meinung dazu sagte, traute sogar Ty seinen Ohren nicht. Dann blickte er ihrem entzückenden Po nach, als sie aus dem Apartment verschwand.

„Lass das Kleid beim Ausziehen heil!", rief Taylor ihr nach. „Und häng es auf einen Bügel."

Die Tür knallte zu, und Taylor lachte leise.

Suzanne seufzte. „Du hättest sie nicht so reizen sollen."

„Meinst du das ernst? Dann hätte sie das Kleid doch niemals anprobiert und schon gar nicht zugestimmt, es zur Party anzuziehen. Und sie sollte wirklich mehr Grünzeug essen, das hast du selbst gesagt."

„Sie hat nicht versprochen, dass sie das Kleid zur Party anzieht", wandte Suzanne ein.

„Das wird sie. Bestimmt." Taylor klang sehr zuversichtlich.

Ty dankte seinem Schicksal, dass er das nicht miterleben musste.

„Sie sind natürlich auch zu meiner Verlobungsparty eingeladen", sagte Suzanne in diesem Moment.

„Ich?" Panik überkam ihn, und das geschah nur sehr, sehr selten.

„Ja. Ich glaube, Sie werden ohnehin noch etwas länger hier beschäftigt sein." Suzanne lächelte ihn vielsagend an.

Verdammt, das roch verdächtig nach Kuppelei! Unwillkürlich trat Ty einen Schritt zurück, und beide Frauen lachten.

„Jetzt sagen Sie bloß nicht, Sie werfen sich genauso ungern in Schale wie Nicole." Fragend sah Taylor ihn an.

„Nein, aber ich lasse mich nur ungern manipulieren."

„Wir manipulieren Sie?" Taylor neigte den Kopf zur Seite. „Die meisten Männer wären begeistert, wenn sie die Chance bekämen, mit einer Frau auszugehen, die aussieht wie Nicole in diesem Kleid."

Aus heiterem Himmel

„Ich brauche keine Kupplerin, um mich mit einer Frau zu verabreden. Wollten Sie nicht meine Meinung zu den Angeboten der Bauunternehmen hören, die Ihnen vorliegen?" Ty hörte selbst den leicht verzweifelten Unterton in seiner Stimme. „Können wir zum Thema zurückkommen?"

„Wir reden hier doch nicht vom Heiraten, Ty." Als er sich immer noch nicht entspannte, seufzte Taylor und sagte: „Na schön, dann weihe ich Sie in unser kleines Geheimnis ein: Nicole und ich haben uns geschworen, für immer Single zu bleiben. Wir wollten kein Brautkleid, keinen Ehering, keine Hochzeit. Niemals. Wenn wir uns an einen Mann binden, dann nur für eine Affäre. Verstanden?"

„Warum hast du es ihm verraten?", wollte Suzanne wissen. „Jetzt ist er Nicole gegenüber im Vorteil."

Taylor lächelte belustigt. „Ich habe so ein Gefühl, dass hier eher Ty im Nachteil ist. Aber wenn Sie ihr wehtun", fügte sie hinzu, „dann bekommen Sie es mit uns zu tun."

„Auf jeden Fall", stimmte Suzanne sofort zu.

Das kann doch nur ein Scherz sein, dachte Ty und lachte auf. Taylor und Suzanne lachten nicht mit.

„Wenn Sie ihr wehtun", sagte Taylor und klang sehr ernst, „dann finden wir Sie, egal, wo auf dem Erdball Sie sich verstecken. Wir werden Sie finden und Ihnen Ihr bestes Stück abschneiden. Verstanden?" Sie klatschte in die Hände und lächelte. „Können wir uns jetzt an die Arbeit machen?"

Die amerikanischen Frauen sind doch verrückt, dachte Ty. Komplett verrückt.

Zwanzig Minuten später verließ Nicole fluchtartig ihr Apartment. Nachdem Ty aufgetaucht war, hatte sie gewusst, dass an Schlaf nicht mehr zu denken war. Sie musste sich ablenken, und das ging am besten im Krankenhaus bei der Arbeit.

In Gedanken sah sie jedoch immer nur Ty vor sich, wie er sie angeschaut hatte, als sie das grüne Kleid trug. Wer hätte gedacht, dass ein Mann sie mit so glühenden Blicken regelrecht bombardieren könnte. Sie hatte das Gefühl gehabt, jeden Moment vor Wut zu explodieren oder vor Lust dahinzuschmelzen.

Ich werde jetzt nicht die ganze Zeit über meine Gefühlsverwirrungen nachdenken, beschloss Nicole. Ich werde mich auf die Arbeit konzentrieren. Ich werde ...

Bei ihrem Auto angekommen, blieb sie abrupt stehen. Die Straßen waren voller Menschen, die offenbar den ganzen Tag lang nichts anderes zu tun hatten, als zu bummeln, einzukaufen und sich zu amüsieren.

Sie dagegen wollte ins Krankenhaus, um weiterzuarbeiten, und hätte dieses Vorhaben auch umsetzen können, wenn Taylor nicht auf der Motorhaube ihres Wagens sitzen würde. Und daneben der Mann, an den sie lieber nicht mehr denken wollte. Sie hatten die Köpfe zusammengesteckt über einer aufgeschlagenen Mappe und lachten, lachten, bis sie sie entdeckten.

Taylor lachte weiter, doch Tys Lachen erstarb langsam.

„Du hast dich umgezogen", sagte er.

„Tja, im Cocktailkleid zu operieren, das ist etwas schwierig."

Taylor stellte die Füße auf die Stoßstange von Tys Wagen, der direkt vor Nicoles parkte, und winkte Nicole näher heran. „Ty hat mich gerade bei der Auswahl eines Bauunternehmers beraten. Sieh dir diese beiden hier an." Sie hielt zwei Angebote hoch. „Sie sind jung, nett und teuer, aber wie es scheint, verstehen sie was von ihrem Job." Taylor blickte zu Ty, und er nickte zustimmend. „Dann gibt es noch diese beiden hier." Sie hielt zwei andere Angebote hoch. „Die sind etwas älter, erfahrener und günstiger. Aber ich garantiere dir, dass sie Bierbäuche haben, und die Hosen rutschen ihnen hinten so weit runter, dass man mehr von ihren Hintern sieht, als einem lieb ist. Das wird kein schöner Anblick."

Ty verdrehte die Augen. „Sagen Sie bloß nicht, dass Sie einen Bauunternehmer nach seinem Hintern aussuchen."

„Gut, dann sage ich es Ihnen nicht." Lächelnd sprang Taylor auf, umarmte Nicole und ging zum Haus.

„Tja, ich glaube, dann sind wir fertig", sagte Ty und blickte ihr nach.

Lächelnd drehte Taylor sich noch einmal um. „Mir kommt gerade ein Gedanke. Nicole muss ja gar nicht wirklich zur Arbeit. Außerdem hat sie bestimmt noch nichts gegessen. Da könntet ihr zwei doch ausgehen."

„Nein", sagte Nicole sofort. Mit Ty essen gehen? Auf keinen Fall.

Aber Taylor ging auf ihren Widerspruch gar nicht ein und verschwand im Haus.

Ty zog Nicole an der Hand zu sich. „Hallo", sagte er leise.

„Hallo."

„Es tut mir leid, was da oben passiert ist."

„Dass du mich in diesem Kleid gesehen hast?"

„Nein, dass du dich darin so unwohl gefühlt hast. Dabei sahst du wirklich atemberaubend aus."

„Ja. Seltsam, was so ein tief ausgeschnittener kleiner Fummel bei einem Mann auslöst. Hast du ein paar Gehirnzellen verloren?"

Tys Lächeln war sehr verführerisch, und Nicole konnte den Blick nicht von seinen Lippen lösen. Außerdem war sie sich sehr bewusst, dass er sie immer noch festhielt und wie warm seine Hand war. Dass sie gar nicht in seiner Nähe sein wollte, hatte sie völlig vergessen.

„Darling", antwortete er leise. „Ich verliere immer Gehirnzellen, wenn ich dich ansehe."

Wie unfair, dachte sie, dass ich allein bei dem Klang seiner Stimme fast dahinschmelze. „Wenn schon dieser Aufzug das bei dir auslöst, dann hast du ein größeres Problem, als ich annahm."

Sie blickte an sich hinunter. Sie trug ein schlichtes weißes T-Shirt und Armyhosen.

Er nahm nicht den Blick von ihr. „Das hat nichts mit deiner Kleidung oder deinem Aussehen zu tun."

Wieso sagte er so etwas? Noch nie hatte jemand so etwas zu ihr gesagt. Wie sollte sie damit nur umgehen? Röntgenbilder und Operationen, das war ihre Welt. Hier ging es leider um viel persönlichere Dinge, und darin war sie ziemlich hilflos. Da half nur tief Luft holen.

„Das macht Angst, stimmt's? Gehen wir etwas essen, Nicole."

„Weil Taylor es will?"

„Weil ich dich nicht aus dem Kopf bekomme. Lass uns einfach etwas Zeit miteinander verbringen und sehen, wohin es führt."

„Nirgendwohin."

Ty lächelte. „Wir werden es sehen."

„Nein." Nicole stieg in ihr Auto. „Ich muss los." Hastig drehte sie den Zündschlüssel.

Der Motor röchelte und keuchte.

Noch einmal drehte sie den Schlüssel, aber nichts tat sich. Schon wieder. „Mist."

„Klingt, als hättest du Probleme mit der Batterie." Vollkommen ruhig öffnete Ty die Tür und zog Nicole nach draußen. „Zum Glück für dich fährt mein Auto tadellos. Ich setze dich am Krankenhaus ab, und während du dort bist, lasse ich deine Batterie wechseln."

„Ich will nicht ..."

„Das macht mir keine Umstände."

Natürlich fuhr Ty Nicole nicht direkt zur Arbeit, sondern er parkte bei einem netten Straßencafé.

„Nur um dich am Leben zu halten", erklärte er, stieg aus und kam um den Wagen herum.

Fassungslos ließ Nicole sich beim Aussteigen helfen und zu einem freien Tisch führen. Wann hatte ein Mann sie zum letzten Mal so zuvorkommend behandelt? Ihr wurde leicht schwindlig.

„Wer bist du eigentlich?", fragte sie, als sie sich am Tisch gegenübersaßen.

Ty senkte die Speisekarte und lächelte. „Da gibt es keine Mysterien. Was du siehst, ist, was du kriegst."

„Das bezweifle ich stark."

„Verstehe ich nicht. Und bei dir? Gibt es da verborgene Abgründe?"

Sie blickte an sich hinunter, fuhr mit einem Finger über ihre Ohrringe und zuckte mit den Schultern. „Ich glaube nicht."

„Erzähl mir von den Ohrringen. Was bedeuten Sie?"

„Wie kommst du darauf, dass sie etwas bedeuten?"

„Das ist so eine Ahnung."

Nicole fühlte sich nicht wohl dabei, dass Ty sie so gut durchschaute. „Jeder kleine Ring steht für ein Jahr Medizinstudium", antwortete sie schließlich. Sie war damals noch ein Teenager gewesen und hatte es sehr schwer gehabt, sich in der Erwachsenenwelt zurechtzufinden. Mit den Ohrringen hatte sie sich Mut gemacht, die Zeit durchzustehen.

Ty lächelte gelassen, und Nicole fühlte sich mehr denn je zu ihm hingezogen. Langsam schob er einen Ärmel seines Hemds hoch und zeigte ihr die Tätowierung, die sie bereits kannte. Es war ein schmales Band um den gebräunten muskulösen Oberarm, und das tätowierte Muster war genauso sexy wie der ganze Mann.

„Nach jedem Jahr auf dem College habe ich mir ein Stück mehr tätowieren lassen. Das letzte Stück habe ich mir machen lassen, als ich meinen Abschluss gemacht habe und mit dem Praktikum in Sydney angefangen habe."

„Dann ist es ja fast genauso wie bei mir", flüsterte sie und fühlte sich mit ihm in diesem Moment tief verbunden.

Die Kellnerin kam. Als Nicole nur Kaffee bestellte, orderte Ty fast alles, was es auf der Speisekarte gab.

„Ich wachse noch", erklärte er Nicole lächelnd. „Außerdem musste ich Taylor versprechen, dass ich dich füttere."

„Wir sind also doch deshalb hier. Weil du es Taylor versprochen hast."

Sein Lächeln erstarb, und er wollte etwas entgegnen, doch da kam die Kellnerin mit frischem Brot und Butter zurück. Sobald sie fort war, bestrich Ty eine der warmen Scheiben mit Butter. „Wir sind hier, weil ich Zeit mit dir verbringen will. Und ich glaube, dass du eigentlich auch mit mir zusammen sein möchtest, obwohl du das hinter deiner sturen und kühlen Art verbirgst." Er reichte ihr die Scheibe Brot.

„Nur weil wir hier zusammensitzen, heißt das nicht, dass wir auch im Bett landen." Sie nahm ihm das Brot ab, weil ihr beim Anblick der zerlaufenden Butter der Magen knurrte. „Weder bei dir noch bei mir."

„Natürlich nicht." Ty biss in seine Scheibe Brot. „Du musst zur Arbeit."

Sie blickte ihm in die Augen. „Weder jetzt noch sonst irgendwann."

„Das ist aber wirklich schade, zumal wir ja vor Verlangen fast platzen, obwohl wir einfach nur hier zusammensitzen. Und denk erst an den Kuss."

Bei dem Gedanken daran ging ihr Pulsschlag schneller. „Diesen Kuss sollten wir schnellstens vergessen."

Ty lachte tief und herzlich auf.

„Doch, das sollten wir", beharrte Nicole.

„Ich würde dir gern gehorchen, Darling, aber ich werde oft in deiner Nähe sein. Wir werden aufeinandertreffen, und keiner von uns beiden wird den Kuss vergessen können."

„Du scheinst aus Erfahrung zu sprechen.

„Allerdings." Seine blauen Augen leuchteten wie Kristalle.

Aus heiterem Himmel

„Gestern Nacht habe ich beschlossen, dich nicht einmal mehr anzusehen."

„Und was ist passiert?"

„Was passiert ist?"

Als die Kellnerin in dem Moment die Bestellung brachte, fing er so voller Appetit zu essen an, dass Nicole unweigerlich seinem Beispiel folgte.

„Du bist passiert."

Auf diese Bemerkung wollte Nicole lieber nichts erwidern. Schweigend aßen sie. Nicole musste zugeben, dass es sich gut anfühlte, etwas im Magen zu haben. Wie konnte sie bloß so häufig das Essen vergessen? Da sie sich andere Freuden im Leben verkniff, zum Beispiel Sex mit Ty, sollte sie sich wenigstens mit dem Essen etwas Gutes tun.

„So." Nachdem er genießerisch alles aufgegessen hatte, was er sich aufgefüllt hatte, lehnte Ty sich zurück. „Und was steht für heute auf dem Plan, Frau Doktor?"

„Operationen, dann eine Besprechung und noch mehr Operationen."

„Bist du eine gute Chirurgin?"

„Die beste."

Er lächelte. „Das dachte ich mir. Wusstest du denn schon immer, was du tun willst?"

„Von Kindheit an. Und du? Wolltest du schon immer Architekt werden?"

Sein Lächeln wirkte einen Moment lang etwas gezwungen. „Nicht von Kindheit an", sagte er auffallend unbekümmert.

Als Nicole ihn einfach nur abwartend ansah, seufzte Ty. „Drücken wir es so aus: Ich hatte nicht die schönste aller erdenklichen Kindheiten."

Sie musste lächeln. „Du hast eine ganz schöne Menge angestellt, stimmt's?"

„Mehr als du dir vorstellen kannst."

„Ich bin schockiert. Hast du ..."

„Nein, jetzt sprechen wir über dich." Er hob die Augenbrauen. „Deine Mom ist eine Frau, die man nicht so schnell wieder vergisst."

Ungläubig sah Nicole ihn an. „Du hast sie auch getroffen?"

„Darling, sie kam ja wie ein Tornado durch das Haus gestürmt. Jeder musste auf sie treffen." Er lächelte. „Du bist ihr sehr ähnlich."

„Überhaupt nicht."

Tys Lächeln verstärkte sich. „Und ob."

Nicole legte die Gabel beiseite. „Sie hat einen Mann, einen Haufen Kinder, noch mehr Enkel, und sie regiert ihre kleine Welt wie Attila, der Hunnenkönig."

„Du bist auch ein kleiner Attila. Wie war es denn, in einer so großen Familie aufzuwachsen?"

Ernsthaft interessiert beugte Ty sich vor.

„Nun ja." Nicole dachte nach. „Ich hatte kein eigenes Bett. Und man musste Stunden warten, bis man ins Bad konnte. Außerdem trug ich meistens Sachen, aus denen meine Schwestern herausgewachsen waren." Sie zögerte etwas, bevor sie eingestand: „Aber es war immer jemand für mich da, wenn ich Hilfe brauchte." Immer. Hatte sie sich eigentlich jemals richtig dafür bedankt? „Und wie war das bei dir?"

Schlagartig schien Ty sich zu verschließen. „Ich sagte dir doch schon, dass ich keine Familie habe."

„Was ist denn geschehen?"

„Meinen Vater habe ich nie gekannt, und über meine Mutter will ich lieber nicht reden." Er griff nach seinem Glas Eistee. „Sollen wir uns nachschenken lassen?"

„Nein, danke." Nicole spürte seinen verborgenen Schmerz, wusste jedoch, dass sie Ty jetzt nicht trösten konnte. Diese Traurigkeit trug er schon zu lange in sich. „Ty."

„Nein", wehrte er sofort ab. „Belassen wir's dabei."

Bevor sie etwas antworten konnte, legte er ein paar Geldscheine auf den Tisch und stand auf. „Bringen wir dich zur Arbeit."

„Und danach?"

Seine Miene verriet nicht, was in ihm vorging. „Was soll deiner Meinung nach denn danach geschehen?"

„Vielleicht nichts?"

„Nicole." Er strich ihr über die Wange und lächelte leicht gezwungen. „Müssen wir das denn hier und jetzt entscheiden?"

Kopfschüttelnd reichte Nicole ihm die Hand und hob sich Ty unbewusst entgegen, als er sich zu ihr beugte und sie küsste. Bevor sie den Kuss richtig genießen konnte, war er schon vorbei.

Sie öffnete die Augen, und als sie Tys fragenden Blick sah, sagte sie: „Nein, ich muss ins Krankenhaus."

„Dann fahren wir ins Krankenhaus." Er führte sie nach draußen.

Nicole hoffte, sich mit der Arbeit abzulenken. Dann würde sie vielleicht ausnahmsweise einmal nicht ständig an Ty denken, der immer neue Seiten zeigte.

Nicole entfernte den Blinddarm eines Hockeyspielers und nähte einem Tischler einen abgesägten Finger wieder an.

Am Ende ihrer Schicht war es ihr fast gelungen, Ty zu vergessen. Sie stand in der Eingangshalle vor einem Automaten mit Schokoriegeln, als ihr Handy klingelte.

„Liebes, ich habe dir etwas Essen dagelassen. Deine Vermieterin war so nett, mich reinzulassen, damit ich alles in deinen Kühlschrank packen kann."

„Mom!" Nicole musste lachen. „Ich habe doch etwas zu essen."

„Nein, du hattest einen fauligen Kopfsalat und zwei Flaschen Mineralwasser. Jetzt hast du etwas zu essen. Taylor ist eine schöne Frau, findest du nicht? Ist sie verheiratet? Ich konnte keinen Ring entdecken, aber ..."

„Mom, bitte!"

„Sag einfach Danke, Nicole."

„Danke, Nicole."

„Wirklich witzig. Vergiss wenigstens nicht, diesen Sonntag zum Dinner zu kommen."

„Ich werde es versuchen."

„Streng dich mehr an als letzte Woche. Vielleicht kann ich dich bestechen. Ich werde Brownies backen. Deine Lieblingssorte."

„Mom ..."

„Mit Füllung."

Nicole musste erneut lachen. Selbst nach einem noch so anstrengenden Arbeitstag schaffte ihre Mutter es immer irgendwie, sie aufzuheitern. Bei ihrer Mutter fühlte sie sich immer geliebt, auch wenn sie sich gar nicht liebenswert fühlte.

Manche Menschen haben so etwas nie erlebt, kam es ihr plötzlich in den Kopf. Ty zum Beispiel. „Ich liebe dich, Mom."

„Ich liebe dich auch, mein Baby. Sehen wir uns bald?"

„Das werden wir", erwiderte Nicole seufzend und nahm sich fest vor, dieses halbe Versprechen auch zu halten. Dann legte sie auf.

Ihr Blick fiel auf einen Schokoriegel in dem Automaten, und sie drückte die entsprechende Taste und warf eine Münze ein.

Das Geld verschwand, aber es kam kein Schokoriegel heraus.

„Du widerliches Ding." Sie trat dagegen. Bisher hatte so ein Tritt immer Erfolg gezeigt, aber diesmal rührte der Automat sich nicht.

„Sie müssen es mit Gefühl versuchen."

Dr. Lincoln Watts schob sich ganz dicht hinter sie, sodass Nicole sekundenlang die Luft wegblieb, weil der schwere Duft seines Rasierwassers ihr penetrant in die Nase stieg. Dr. Watts umarmte sie fast, als er mit beiden Armen an ihr vorbeigriff und auf die Knöpfe des Automaten drückte.

Der Schokoriegel fiel ins Ausgabefach.

Nicole presste sich an den Automaten, bevor sie sich umdrehte. „Vielen Dank." Ich zähle bis drei, beschloss sie, dann benutze ich die Fäuste.

„Jetzt sind Sie mir aber etwas schuldig."

Er hielt sein Lächeln sicher für sexy, sie fand es nur widerlich. Kein Wunder, dass die Krankenschwestern diesen Kerl hassten. Sie trug bereits ihre Privatkleidung, und Dr. Watts verschlang sie förmlich mit den Augen.

„Haben Sie außer den ganzen Ohrringen auch ein paar interessante Tätowierungen?"

Einen Moment blickte sie ihn nur schweigend an. „Ist das eine berufliche Frage?"

„Gehen Sie heute Abend mit mir aus."

„Dr. Watts."

„Linc", verbesserte er sie mit sanfter Stimme, doch sein Blick hatte nichts Sanftes, als er ihr mit einem Finger über die Wange strich.

Sie schob seine Hände weg und erklärte langsam, als hätte sie es mit einem Idioten zu tun: „Ich gehe nicht mit Kollegen aus. Arbeit und Privatleben halte ich strikt getrennt."

„Ich gehöre nicht zu Ihren Kollegen. Ich bin Ihr Chef."

„Mir ist es gleich, welche Funktion Sie ausüben. Meine Antwort bleibt dieselbe."

Dr. Watts biss die Zähne zusammen und vergaß das Lächeln. „Also weisen Sie mich wieder ab?"

Was hatten intelligente, gut aussehende Männer eigentlich immer für Probleme? „Ja, ich weise Sie wieder ab."

„Das ist keine gute Idee, Nicole."

„Dr. Mann."

Lange sah er sie an, dann trat er zurück. Sein Blick war eisig.

„Sie wissen hoffentlich, dass ich Ihnen das Leben zur Hölle machen kann."

„Nein, ich kann Ihnen das Leben zur Hölle machen." Gut gesagt, dachte Nicole.

Sie war die Jüngste im Ärzteteam und wusste, dass es ungeschriebene Regeln gab. Dr. Watts hielt alle Fäden in der Hand, und im Grunde war sie machtlos.

Trotzdem hielt sie den Kopf hoch erhoben, während sie an Dr. Watts vorbeiging und das Krankenhaus verließ. Erst da fiel ihr ein, dass ihr Auto in der Werkstatt war. Na, prima, der perfekte Abschluss eines schrecklichen Tages. Sie sehnte sich nach einer Auseinandersetzung, aber es war niemand da, an dem sie ihren Ärger auslassen konnte.

Nicole ging zur nächsten Telefonzelle und suchte sich die Nummer eines Taxiunternehmens heraus.

6. KAPITEL

Zeichnen und Entwerfen, das war Tys Bestimmung. Er setzte seine Ideen um, indem er Gebäude entwarf, und wenn die Sache stand, dann zog er weiter. Besonders in dem letzten Punkt war er Experte. Er konnte jederzeit seine Sachen packen und wegziehen. Das meiste konnte er sich ohnehin überall auf der Welt neu kaufen. Wenn nötig, schaffte er es innerhalb einer halben Stunde, fertig zur Abreise zu sein.

Taylors Haus bot viele Möglichkeiten, obwohl es so verwahrlost aussah. Dieser Job war für ihn eine Herausforderung, sodass es ihm im Moment nicht in den Sinn kam, weiterzuziehen.

Ty stand gerade auf dem Dach und blickte auf Nicoles Wohnzimmerfenster hinunter. Er überlegte, ob er einen Erker einbauen könnte, damit es mehr zum Stil der Jahrhundertwende passte, in dem das Haus erbaut worden war. In dem Moment hörte er unten auf der Straße das Quietschen von Reifen.

Nicole sprang aus einem Taxi. Ty hatte ihr Auto in die Werkstatt gebracht. Mittlerweile müsste es fertig sein. An Nicoles Gang erkannte er, dass sie fast vor Wut platzte. Was mochte bloß vorgefallen sein?

Obwohl er noch einige Dachsparren vermessen musste, rutschte er auf dem Dach hinunter bis zu dem Zierbalkon vor ihrem Wohnzimmerfenster. Durch die Scheibe sah er, dass sie gerade ihre Apartmenttür zuknallte. Sie erblickte ihn sofort und runzelte unwillig die Stirn.

Tja, dachte Ty, es ist doch schön, wenn man herzlich willkommen ist.

Wütend kam sie auf ihn zu und riss das Fenster so abrupt auf, dass er schon fürchtete, sie wollte ihn aus dem dritten Stockwerk nach unten stoßen.

„Was tust du hier?"

„Ich dachte, ich komm mal vorbei."

„Sehr lustig." Sie lächelte nicht. „Treibst du dich oft vor fremden Fenstern herum?"

„Nur vor deinem." Er neigte den Kopf zur Seite. „Darf ich hereinkommen?"

„Nein."

„Und wenn ich dich sehr nett darum bitte?"

„Ach, lass das." Sie wandte sich ab. „Komm rein, du lässt dich ja sowieso nicht abwimmeln."

Ty konnte es sich selbst nicht ganz erklären. Aber wenn Nicole so gestresst war, dann zog es ihn immer ganz besonders hin zu ihr. Er kletterte in die Wohnung und betrachtete Nicole, die dastand, als hätte sie einen Besenstiel verschluckt. Er trat hinter sie und legte ihr sanft die Hände auf die Schultern.

„Pst", beruhigte er sie, als sie zusammenzuckte. Behutsam massierte er ihre Schultern. Jeder Muskel war verspannt. Außerdem merkte er, dass sie vor Wut kochte. Er fühlte mit ihr und suchte nach einem Weg, um ihr zu helfen. In der nächsten Sekunde fiel ihm außerdem auf, dass sie unter ihrem weißen T-Shirt einen BH aus gelber Spitze trug. Ob ihr Slip dieselbe Farbe hatte?

„Wie kommt es denn, dass Sie heute so verspannt sind, Frau Doktor?"

„Das liegt an dem Dreckskerl, der mich ohne Aufforderung angefasst hat."

Ty erstarrte.

„Dich meine ich nicht."

Trotzdem biss er die Zähne zusammen. „Wer hat dich angefasst, ohne dass du es wolltest?"

„Nur ein Blödmann bei der Arbeit."

„Dein Chef?"

Sie zuckte nur mit den Schultern.

„Verdammt!" Mühsam zügelte Ty seinen Zorn und fuhr mit seiner Massage fort. Offenbar wollte Nicole sein Mitgefühl nicht, und mit seinem Ärger konnte sie jetzt sicher auch nichts anfangen. In möglichst gelassenem Tonfall sagte er: „Möchtest du, dass ich mich wie ein Höhlenmensch auf ihn stürze und ihn verprügle?"

Nicole musste lachen, und er entspannte sich etwas. Wenn dieser Kerl ihr etwas angetan hätte, sagte er sich, würde sie jetzt nicht lachen können.

„Ich habe ihn bereits versorgt", erklärte sie.

„Hoffentlich hast du ihm einen Tritt verpasst, dass er drei Wochen lang nicht sitzen kann."

„Nein, ich habe nur seinem Selbstbewusstsein einen Dämpfer verpasst."

Es klang stolz, und er musste lächeln. „Gutes Kind." Wie zierlich sie war! So klein und perfekt. „Bist du sicher, dass ich dem nicht noch etwas Nachdruck verleihen soll?"

„Nein." Nicole schwieg und biss sich auf die Unterlippe, als Ty eine Verspannung unten an der Schulter lockerte.

Ein wohliges Stöhnen wäre Ty lieber gewesen, denn er wollte hören, wie gut ihr seine Massage tat. Sie sollte ihre Wut vergessen. Aber man kann im Leben nicht alles haben, sagte er sich.

„Ty?"

„Ja?"

„Danke." Sie wandte sich zu ihm um und lächelte. „Für dein Angebot, den Höhlenmenschen zu spielen."

Bei ihrem dankbaren Blick hätte er sich am liebsten auf die Brust getrommelt und triumphierend geheult. Wieso hatte er sich eigentlich vorgenommen, sich von ihr fernzuhalten? „Nicole?"

Ihre Wut schien verschwunden zu sein, aber richtig fröhlich wirkte sie nicht.

„Ja, Ty?"

„Ich werde dich jetzt berühren."

„Das tust du doch bereits."

„Aber an anderen Stellen."

„Weshalb kündigst du das so großartig an?"

„Damit du nicht auch meinem Selbstbewusstsein einen Dämpfer verpasst, meine Kämpferin." Er umfasste ihr Gesicht und beugte sich ganz langsam zu ihr. Nicole sollte Zeit haben, sich auf seine Zärtlichkeit vorzubereiten. Wenn sie wollte, konnte sie jetzt auch einen Rückzieher machen.

Das tat sie nicht, kam ihm aber auch nicht entgegen. Stattdessen verspannte sie sich etwas, und sein Mut sank. „Nein, jetzt verkrampf dich nicht gleich wieder", flüsterte er. „Ich werde dich jetzt küssen. Sag Ja."

„Ty."

„Ja oder nein, Nicole. Ich will nicht, dass du mich mit irgendeinem Mistkerl verwechselst, der dir ohne Erlaubnis zu nah kommt."

„Ich weiß doch genau, wer du bist."

„Ja oder nein."

„Ja. Okay? Ja, los. Berühr mich." Sie schlang die Arme um seinen Nacken und fuhr ihm mit beiden Händen durchs Haar. „Küss mich, bis ich den ganzen Ärger vergesse, Ty. Schaffst du das?"

„Und ob." Er fasste sie um die Hüften und zog sie dichter an sich. „Das schaff ich bestimmt."

Nicole stellte sich auf die Zehenspitzen, und dann berührten seine Lippen ihre. Alles, was zwischen ihnen unausgesprochen war, wurde unbedeutend. Ty schob seine Zunge in ihren Mund, und voller Hingabe erwiderte sie seinen Kuss. Wie eine Katze schmiegte sie sich an ihn, und er zog sie noch dichter an sich und hob sie ein Stück vom Boden hoch. Dann küsste er sie so glutvoll, dass sie sich beide nach mehr sehnten. Nach sehr viel mehr. Schließlich unterbrachen sie nach Atem ringend den Kuss.

Nicole taumelte einen Schritt zurück. Eine Hand auf ihr wild klopfendes Herz gelegt, fuhr sie sich mit der Zunge über die Lippen. „Was war das?"

„Ich weiß es auch nicht genau." Leidenschaftlich zog Ty sie wieder an sich. „Versuchen wir's noch mal, vielleicht können wir es dann ergründen."

Sie küssten sich von neuem und streichelten sich gegenseitig wie im Fieber.

So schnell war Ty noch nie so stark erregt gewesen. Nicole fuhr mit der Hand unter sein Hemd, und er schob ihr T-Shirt nach oben. Hastig streifte sie sich die Schuhe ab und schlang ein Bein um seine Hüften. Verlangend rieb sie sich an ihm, und er wurde fast verrückt vor Verlangen.

Ohne den Kuss zu unterbrechen, tastete er nach dem Saum ihres T-Shirts, um es ihr auszuziehen. Nicole wollte gerade seinen Reißverschluss öffnen, als ihr Pieper sich meldete. Sie zuckte zusammen.

„Hör einfach nicht hin", murmelte Ty und hielt sie an der Taille fest.

Leise seufzend öffnete Nicole die Augen. „Ich muss aber." Sie trat einen Schritt zurück. Ihr Atem flog, und ihre Finger zitterten, als sie sich das T-Shirt glatt strich. Sie wich Tys Blick aus, als sie sich auf die Suche nach dem Pieper machte. „Tut mir leid, ich hätte es nicht so weit kommen lassen dürfen."

„Nun, es war ja nicht so, dass es nur von mir ausgegangen ist."

„Trotzdem hätte ich nicht ..." Nicole verstummte, als sie ihren Pieper entdeckte und auf das Display sah.

„Lass mich raten", sagte Ty. „Du musst los."

„Ja."

„Ja." Er trat zurück und steckte die Hände in die Hosentaschen. „Bis dann, Nicole."

„Tut mir leid."

„Mir auch." Ty verließ ihr Apartment, um sich nicht Nicoles Gründe anhören zu müssen, wieso das alles niemals hätte passieren dürfen.

Er kannte diese Gründe – es waren seine eigenen. Er wusste nur nicht mehr, wieso sie ihm so wichtig waren.

Irgendwann mitten in der Nacht gab Ty den Versuch einzuschlafen auf und ging ins Arbeitszimmer. Wenn er ohnehin nicht schlafen konnte, dann konnte er die Zeit auch nutzen und arbeiten.
Vielleicht wurde er seine Rastlosigkeit dann los. Nein, es ist eher Erregung, gestand er sich ein. Wieso bloß hatte er die Hände nicht von Nicole lassen können? Bereute er jetzt etwa, was er getan hatte? Aber hatte er sich nicht vorgenommen, das Leben in vollen Zügen zu genießen?
Arbeiten war genauso unmöglich wie schlafen, wenn man körperlich erregt war. Also schaute er nach seinen E-Mails und sah, dass Margaret Mary ihm geantwortet hatte.

Lieber Ty Patrick O'Grady aus Dublin. Natürlich willst Du wissen, wer ich bin. Meinen Vornamen kennst Du ja schon. Mein ganzer Name ist Margaret Mary Mulligan. Ich bin vierundzwanzig Jahre alt, stamme aus Dublin und bin die Tochter von Anne Mary Mulligan. Damit sind wir Halbgeschwister. Vielleicht haben wir sogar denselben Vater, aber ich kenne meinen Vater nicht. Wie Du sicher weißt, ist unsere Mutter tot. Jetzt bist Du mein einziger Angehöriger, und ich möchte Dich kennenlernen. Bitte schreib zurück. Margaret Mary

Ty starrte auf den Bildschirm, bis die Buchstaben vor seinen Augen verschwammen. Er hatte eine Schwester? War das denn möglich?
Er dachte an seine Mutter, die keinem Ärger und keinem Mann aus dem Weg gegangen war. Durchaus möglich, dass er Geschwister hatte. Seufzend begann er die E-Mail zu beantworten.

Aus heiterem Himmel

Liebe Margaret Mary

Was sollte er denn jetzt schreiben? Wie geht's? Das war zu förmlich.

Was willst du von mir? Nein, das klang zu aggressiv.

Er fing noch einmal von vorn an.

Liebe Margaret Mary aus Dublin.

Ty musste lachen. Jetzt schrieb er ja schon so förmlich wie seine Halbschwester. Dann erstarb sein Lächeln. Dieser Kontakt konnte ihm nur unschöne Erinnerungen bringen. Also schrieb er:

Wieso jetzt? Wieso ich? Kann es nicht Dutzende von uns geben? Versuch's doch bei einem von den anderen. Ty Patrick O'Grady

Er schickte die Nachricht ab und saß schweigend da, bis der Computer piepte, weil eine E-Mail eingetroffen war.

„Du kannst also auch nicht schlafen", sagte er leise und öffnete die Nachricht.

Lieber Ty. Ich bin so froh, dass Du geantwortet hast. Nein, außer uns beiden gibt es niemanden, das hat Mutter mir kurz vor ihrem Tod gesagt. Man wusste zwar nie, ob sie die Wahrheit sagt, aber in diesem Punkt glaube ich ihr. Nur wir beide sind noch da. Bist Du nicht neugierig? Margaret Mary

Nein, dachte Ty. Neugierig bin ich nicht. Am liebsten würde er die Vergangenheit vergessen. Ihn interessierte nur, dass er viel erreicht hatte.

Nur wir beide sind noch da. Das klang traurig. Offenbar gefiel es Margaret Mary weit weniger als ihm, keinerlei Bindungen zu haben. Sicher war sie noch sehr jung und hatte ein Wunschbild von einer Familie, das er längst begraben hatte.

Ach, was soll's, dachte Ty. Ich kann auch antworten.

Margaret Mary, wenn Du Dich nach einer Familie sehnst, dann vergiss es. Trösten war noch nie meine Stärke. Falls Du Geld brauchst, dann kann ich nur hoffen, dass unsere Mutter Dir etwas vererbt hat. Lass es lieber auf sich beruhen. Ty Patrick O'Grady

Es ist besser so, dachte Ty. Ich bin so lange allein gewesen, dass ich keinen anderen Menschen in meiner Nähe gebrauchen kann. Er war Einzelgänger, und er wollte keine dauerhaften Bindungen eingehen, weder zu einer überraschend aufgetauchten Schwester noch zu Nicole.

Feste Beziehungen sind nicht meine Stärke, sagte er sich.

Da Ty die Nacht jetzt als für sich beendet betrachtete, holte er die Pläne von Taylors Haus hervor und machte sich an die Arbeit. Heute wollte er sich mit dem Dachboden beschäftigen. Taylor wollte sich dort einen Speicher einrichten, in dem sie die Antiquitäten aufbewahren konnte, die sie nach wie vor sammelte.

Da er nicht noch einmal Nicole beggenen und sich von ihr ablenken lassen wollte, beschloss Ty, jetzt gleich hinzufahren und sich den Dachboden anzusehen. Zu dieser Uhrzeit arbeitete Nicole sicher noch im Krankenhaus, und er würde niemanden stören.

Ty machte sich auf dem Dachboden gerade ein paar Notizen, als er hörte, dass eine Tür geöffnet wurde. Das Geräusch war so laut, dass er sich verwundert umsah. Offenbar stand er direkt über Nicoles Apartment.

Aus heiterem Himmel

Das Dach zog sich im Grunde über zwei Stockwerke. Ganz oben war der Spitzboden, in dem er gerade stand, und darunter befand sich die Dachwohnung, in der Nicole wohnte. Es gab zwei Wege auf den Dachboden. Entweder über die Leiter vom Treppenhaus aus – auf diesem Weg war er hergekommen – oder durch eine Klappe in der Zimmerdecke von Nicoles Wohnzimmer.

Vor ein paar Monaten war während eines starken Sturms ein Baum ins Dach gestürzt. Das Apartment war mittlerweile wieder vollkommen hergerichtet, aber hier oben auf dem Dachboden sah es immer noch ziemlich wüst aus.

Ty bückte sich und öffnete die Klappe.

Es quietschte laut, doch Nicole, die im Flur ihres Apartments stand, reagierte nicht. Da sah Ty, dass sie Kopfhörer aufgesetzt hatte. Außerdem sang Nicole so laut und falsch mit, dass er lächeln musste. Sie bekam von ihrer Umgebung offenbar gar nichts mit.

Er wollte sie gerade auf sich aufmerksam machen, da streifte sie sich die Schuhe ab und zog sich das T-Shirt über den Kopf.

Sie trug einen BH mit Tigerstreifen. Wusste sie eigentlich, wie sexy sie darin aussah? Nun legte sie die Hände an den Bund ihrer Hose.

„Nicole!", schrie er und verlor fast den Halt, weil er sich so weit vorbeugte. Aber er wollte unbedingt, dass sie wusste, dass er hier war. Sonst zog sie sich aus und war danach wieder wütend auf ihn. Und gut gelaunte Frauen, die lächelten oder vor Lust seufzten, gefielen ihm besser. Zumindest wenn sie nackt waren.

Immer noch singend schlängelte sie sich aus der Hose und schleuderte sie mit dem Fuß auf den Stapel Schmutzwäsche. Ihr Slip passte farblich nicht zum BH, war aber genauso sexy – aus violetter Seide und winzig. Tanzend drehte sie sich im Kreis und ging zum Schlafzimmer, wobei er ausgiebig ihren Rücken und den Po bewundern konnte.

„Oh Mann", flüsterte er und beugte sich so weit vor, wie er sich nur traute. „Nicole!"

Ty brach durch die Decke. Er spürte den Luftzug im Gesicht und sah den Boden auf sich zurasen. Ein Bild, das sich mit dem von Nicole in BH und Seidenslip mischte.

Nicole erschrak wirklich selten. Aber als Ty durch ihre Zimmerdecke stürzte, bekam sie einen höllischen Schreck. Nun lag er auf dem Boden ihres Wohnzimmers, und sie starrte ihn erst einmal fünf Sekunden lang fassungslos an, bevor sie zu ihm lief. Er rührte sich nicht.

„Oh nein. Ty. Ty!"

Er lag auf der Seite, und das Gesicht war grau vor Staub und Mörtel. Nicole sank auf die Knie und beugte sich über ihn.

„Ty, kannst du mich hören?"

Nichts, doch wenigstens hob und senkte sich seine Brust. Nicole schluchzte fast vor Erleichterung. „Du kommst wieder in Ordnung. Ganz bestimmt."

Sie sprang auf und rief über ihr Handy einen Krankenwagen. Dabei verhielt sie sich ganz ruhig und kühl wie bei jedem Notfall.

Dann sah sie wieder zu Ty, der groß und reglos auf dem Boden lag, und verlor fast die Nerven. Ihre Hände zitterten, als sie ihn berührte. Was sollte sie jetzt tun? Es war, als hätte sie ihre ganze Ausbildung mit einem Schlag vergessen.

„Verdammt, Nicole, reiß dich zusammen", sagte sie sich. Langsam strich sie mit der Hand seine Arme und Beine entlang. Beim rechten Fußknöchel runzelte sie die Stirn. Er musste nicht unbedingt gebrochen sein, war aber etwas angeschwollen. Auf der rechten Seite tastete sie vorsichtig nach gebrochenen Rippen.

„Alles wird wieder gut." Sie wusste selbst nicht, ob sie damit ihn oder sich beruhigen wollte.

An der Stirn formte sich eine große Beule. „Ty." Sie umfasste seinen gut geformten Kopf und blickte in sein männlich schönes Gesicht. „Komm schon, Ty. Komm wieder zu dir. Wach auf." Sie zog ein Augenlid hoch. Die Pupillen reagierten nicht richtig, aber vielleicht war es nur eine Gehirnerschütterung. „Bitte, Ty, wach auf. Kannst du das für mich tun? Wach auf, dann werde ich ..."

Ty stöhnte und hustete. Langsam rollte er sich auf den Rücken und stöhnte erneut. Die Augen behielt er geschlossen. „Leise, Darling", flüsterte er. „Es ist zu früh, um so zu schreien."

„Ty." Tränen der Erleichterung traten Nicole in die Augen. „Du bist hier bei mir."

„Du hast deinen Satz nicht beendet. Was tust du, wenn ich aufwache?"

Selbst in so einer Situation konnte er noch Witze machen! Doch als er sich aufzurichten versuchte, verzog er vor Schmerz das Gesicht und hielt sich den Kopf.

„Beweg dich nicht." Sie half ihm, sich langsam wieder hinzulegen. „Du hast dir vielleicht etwas gebrochen, wahrscheinlich deinen Dickkopf. Nein", sagte sie schnell, als er sich wieder aufrichten wollte, „jetzt bleib mal einen Moment still liegen, verdammt noch mal."

„Pst", murmelte er. „Nicht so einen Lärm."

„Ist dir schwindlig? Übel?"

Vorsichtig öffnete Ty ein Auge und schloss es dann wieder. „Ja. Aber ich werde dir nicht auf diese reizende Unterwäsche spucken. Du bist so hübsch, Nicole." Er seufzte, und dann regte er sich nicht mehr.

Nicole geriet fast in Panik. „Ty!"

„Ja, hier." Seine Augen waren weiterhin geschlossen. „Wenn du mit deiner süßen sexy Stimme meinen Namen sagst, dann wünsche ich mir fast, wir beide würden es miteinander versuchen. Du und ich."

„Ty, ich ..." Es klopfte an der Tür, und Nicole sprang auf und schnappte sich ihre Sachen. „Moment noch!" Im Laufen stieg sie in ihre Hose.

„Nicole!" Taylor pochte erneut an die Tür. „Liebes, was war das für ein Krach?"

Nicole zog sich das T-Shirt über den Kopf und riss die Tür auf. „Ty ist bei mir durch die Decke gestürzt. Der Krankenwagen ist schon unterwegs. Taylor, sieh ihn dir an. Er hat sich den Kopf gestoßen und hat bestimmt eine Gehirnerschütterung. Ich weiß überhaupt nicht mehr, was ich tun soll."

Taylor nahm sie an der Hand und lief zu Ty. „Oh, mein armer, großer sexy Kerl. Dir wird hoffentlich nicht übel. Es ist mein Fußboden, vergiss das nicht."

Ty musste lachen, aber dann stöhnte er auf und fing an, sehr bildreich zu fluchen.

„Er soll lieber nicht reden", flehte Nicole und klang panisch.

Taylor packte sie bei den Schultern und schüttelte sie leicht. „Ich gehe jetzt runter und warte auf den Krankenwagen. Du bleibst bei ihm. Er kommt schon wieder in Ordnung, Liebes."

„Das ist doch eigentlich mein Text", flüsterte Nicole, als Taylor hinausrief und sie mit dem verletzten Ty zurückließ.

7. KAPITEL

Nicole war zu Ty in den Krankenwagen gestiegen. Als sie ihn nun in die Notaufnahme schoben, fing sie sofort an, Anweisungen zu erteilen.

Danach saß sie da wie ein Häuflein Elend und wusste einfach nicht, was sie tun sollte. Tys Rippen und der verstauchte Knöchel wurden versorgt. Abgesehen von einer Gehirnerschütterung, hatte sein Kopf den Aufprall offenbar unverletzt überstanden.

Ja, dachte Nicole, er hat ja auch einen Dickschädel. Andererseits war er wirklich schwer aufgeschlagen.

Sie ließ die neugierigen Blicke des Pflegepersonals über sich ergehen, wissend, dass sie sich verraten hatte, als sie mit unsicherer Stimme herumgeschrien hatte. Im Dienst schrie sie nie.

Nun, die Leute würden es überstehen. Und sie?

Sie füllte die notwendigen Papiere für Ty aus, was länger dauerte, als sie gedacht hätte. Zum ersten Mal erlebte sie das alles von der anderen Seite aus.

Taylor saß im Wartezimmer und wirkte ungewöhnlich nervös. Suzanne war auch da und lehnte sich Halt suchend an den großen dunkelhaarigen, gut aussehenden Ryan, der fest den Arm um sie gelegt hatte.

Nicole stutzte. Hatte sie sich denn jemals so an einen Mann gelehnt? War ein Mann ihr überhaupt jemals so vertraut gewesen?

Nein, aber sie wollte es auch gar nicht anders haben. Sie war stark genug und konnte auf ihren eigenen Füßen stehen.

Schließlich konnte sie Taylor, Suzanne und Ryan dazu überreden, nach Hause zu fahren. Sie versicherte ihnen, dass Ty mit seinem Dickkopf in guten Händen sei und wieder gesund werden würde.

Dafür würde sie sorgen.

Nicole saß auf Tys Bett. Er schlief, sah aber viel zu blass aus. Wenn er jedoch genug Ruhe und Pflege bekam, würde er wieder gesund werden.

Aber komme ich auch wieder ganz in Ordnung?, fragte sich Nicole.

Dass sie fast in Panik geraten war, konnte nur heißen, dass Ty ihr mehr bedeutete, als ihr lieb war.

Das Piepen von Maschinen drang an ihr Ohr, Gummisohlen quietschten auf dem Flur, und ein ständiges Stimmengewirr war zu hören. Es roch nach Reinigungsmitteln, Medikamenten, Salben und nach Angst und Schmerz. Die üblichen Geräusche und Gerüche einer Intensivstation.

Doch hier drinnen gab es nur den bewusstlosen Ty und sie, Nicole, die sich fragte, was mit ihrem Leben gerade geschah. Vorsichtig berührte sie Tys Kopfverband. „Du hast mir einen Schrecken eingejagt, Ty Patrick O'Grady", flüsterte sie.

„Aus Dublin", fügte er in seinem irischen Akzent hinzu, ohne die Augen zu öffnen.

Hatte er wirklich gesprochen, oder bildete sie sich das nur ein? „Ty?"

„Du machst mir auch Angst." Seine Stimme klang heiser und etwas schleppend wegen der Schmerzmittel, die man ihm verabreicht hatte. „Du und auch meine Schwester. Ich habe eine Schwester, habe ich das schon erzählt?"

„Nein." Sie hielt sich die Hand vor den Mund, um nicht hysterisch loszulachen vor Erleichterung. „Ich weiß eigentlich fast gar nichts über dich."

„Sie hat mich über das Internet aufgespürt und will mich kennenlernen. Alle wollen mich kennenlernen." Er nuschelte ein bisschen, aber der irische Akzent war unverkennbar herauszuhören. Ty lächelte, behielt die Augen aber geschlossen. „Du begehrst mich auch, stimmt's, Frau Doktor? Genauso sehr wie ich dich. Gib es einfach zu."

Aus heiterem Himmel

Ihr Herz schlug schneller. „Halt lieber den Mund, du großer Dummkopf, du stehst unter Medikamenten."

„Kommt es mir deshalb so vor, als würde mein Körper von meinem Kopf wegschweben? Dein Kopf schwebt auch, Frau Doktor. Du bist so hübsch. Fast wünschte ich mir, ich könnte mal an einem Ort bleiben."

„Bitte, bitte sprich nicht weiter. Sonst sagst du noch etwas, das du später bereust." Einerseits wollte sie weglaufen, gleichzeitig wollte sie, dass er weitersprach.

„Du willst mich doch auch, das weiß ich."

Wie konnte dieser Mann bloß so hinreißend sein, obwohl er blass und fast noch bewusstlos im Krankenhausbett lag? „Ty."

„Vielleicht ist dieses Begehren auch nur einseitig." Er stieß einen tiefen Seufzer aus. „Ihr bringt mich ganz durcheinander. Alle drei."

Alle drei? Offenbar ging es ihm doch schlechter, als sie gedacht hatte. Oder lag das an den Medikamenten? Sie beugte sich zu ihm und überprüfte seine Pupillen.

Ty musste lächeln. „Alles in Ordnung mit mir, Darling. Trotzdem nett von dir, dass du dir Sorgen machst."

Nicole setzte sich wieder gerade hin. „Hast du mit deiner Schwester schon gesprochen?"

„Sie sehnt sich nach einer Familie, aber wer braucht so etwas? Ich nicht. Schon als Kind hab ich mich allein durchgeschlagen."

Nicole saß bewegungslos da und wehrte sich gegen das tiefe Mitgefühl, das sie empfand. „Das sind zwei, Ty. Deine Schwester und ich."

„Aber da ist auch noch sie."

„Wer?" Wenn er jetzt verkündete, dass es noch eine Ehefrau gäbe, würde sie ihn umbringen.

„Meine Mutter. Sie hat mich nie gewollt. Das habe ich dir wahrscheinlich auch noch nicht gesagt."

Seufzend legte sie ihm eine Hand auf die Brust. „Nein", flüsterte sie, und ihre Stimme klang etwas gepresst.

„Ich habe einen schlechten Charakter. Das hätte ich dir vielleicht eher sagen sollen, aber ich wollte dir keine Angst einjagen. Ich habe schon viele schlimme Dinge getan. Ich habe gestohlen, gelogen, betrogen. Regt dich das jetzt auf?"

„Ty, du musst dich ausruhen. Bitte." Nicole war den Tränen nahe und hätte ihn am liebsten in die Arme gezogen.

„Das kann ich nicht. In meinem Schädel hämmert es grauenhaft. Ich wusste gar nicht, dass ich eine Schwester habe."

„Das hast du mir schon erzählt." Sie wollte das alles nicht hören, denn wie sollte sie Abstand zu ihm halten, wenn sie alles über ihn wusste? „Bitte, Ty, ich will nicht …"

„Ich will sie nicht mögen."

Nach dieser Aussage schwieg Ty so lange, dass Nicole schon dachte, er wäre eingeschlafen. Still saß sie da und sah ihn an. Dass er eine schlimme Kindheit gehabt hatte, hatte sie bereits vermutet, aber dass es so schlimm gewesen war, bestürzte sie. Sie strich ihm über den Arm und die Wange und wünschte, sie könnte seinen inneren Schmerz mildern.

„Hast du Mitleid mit mir, Frau Doktor? Wenn ja, dann werde ich mich auf der Stelle auf dich stürzen und dich küssen, bis dir das Mitleid vergeht."

„Du stürzt dich auf niemanden, dazu bist du im Moment gar nicht in der Lage."

„Ich versuch es trotzdem." Damit streckte er die Hand nach ihr aus. Doch er griff ins Leere. „Mist."

„Lieg ganz still." Sie strich ihm über das blasse Gesicht.

„Ja." Schweiß trat ihm auf die Stirn. „Lieber ganz still liegen."

„Gut so. Du brauchst deine ganze Kraft, um wieder gesund zu werden. Du musst …"

„Nicole? Darling?" Ty kniff die Augen zu. „Ich höre mir

deine Belehrungen wirklich sehr gern an, aber wenn du nichts dagegen hast, werde ich mich jetzt übergeben."

Als Ty das nächste Mal die Augen öffnete, lag er immer noch im Krankenhausbett. Das Krankenhaushemd war viel zu kurz und hinten offen. Ihm war übel, und er hatte Schmerzen. Offenbar hatte die Spritze, die die Schwester ihm vor kurzer Zeit gegeben hatte, nicht gewirkt.

Krankenhäuser konnte er nicht ausstehen. Das war schon früher so gewesen, als er mit zwölf fast zu Tode geprügelt worden war. Es war seine eigene Schuld gewesen, weil er in ein Restaurant eingebrochen war. Der Inhaber hatte ihn erwischt, als er vor dem riesigen Kühlschrank saß und Essen in sich hineinstopfte. Dass er total abgemagert war und einfach nur Hunger gehabt hatte, hatte für den Mann keine Rolle gespielt. Er hatte einen Tobsuchtsanfall bekommen und ihn so verprügelt, dass er auf der Intensivstation gelandet war.

Dort hatte man ihn eher wie ein wildes Tier als wie einen Menschen behandelt. Damals war er nur haarscharf um eine Haftstrafe im Jugendgefängnis herumgekommen.

Jetzt lag er wieder im Krankenhaus, und all die unangenehmen Erinnerungen kehrten zurück.

Nicoles Gesicht tauchte in seinem Blickfeld auf. Ihre großen, ausdrucksstarken grauen Augen; das kurze Haar, das ihr schönes Gesicht noch betonte; und die silbernen Ohrringe in einem Ohr. Und diese sinnlichen Lippen, die er so gern küssen wollte.

Bildete er sich ihr Gesicht vielleicht nur ein? Er hatte hier in diesem Bett schon einige wirre Träume gehabt, und immer war Nicole darin in einem BH im Tigerlook und einem violetten Seidenslip aufgetaucht.

„Hallo." Nicoles Stimme klang sachlich. Sie trug einen weißen Kittel, und ein Stethoskop hing um ihren Hals. Es war der Krankenbesuch einer Ärztin. „Wie geht es dir? Ist dir noch übel?"

In seinen Tagträumen hatte sie nicht gesprochen, sondern nur vielsagend gelächelt und sich über ihn gebeugt, um ihm Freuden zu verschaffen, die er noch nie erlebt hatte. „Mir gefiel das andere Outfit besser", sagte er und schloss die Augen.

„Wie bitte?" Prüfend legte sie ihm die Hand auf die Stirn.

Offenbar dachte sie, er sei immer noch nicht bei Sinnen. „Ach, egal, lass uns aus dieser netten Herberge verschwinden."

„Auf keinen Fall."

„Wie bitte, Frau Doktor?"

Sie hielt ihr Klemmbrett vor die Brust und sah sehr beherrscht aus. Hier war sie in ihrer vertrauten Umgebung. Und ich will in meiner vertrauten Umgebung sein, dachte Ty, und nicht flach auf dem Rücken liegen und ein Nachthemd tragen, das an allen Enden zu kurz ist.

„Du musst heute Nacht noch hierbleiben, Ty."

„Das glaube ich nicht." Er lächelte verkrampft. „Gib mir meine Sachen."

„Ich meine es ernst."

„Ich auch. Gib mir meine Sachen, oder du bekommst mich in ganzer Pracht zu Gesicht. Dieses Nachthemd lässt einem keine Geheimnisse."

Vorsichtig setzte er sich auf und unterdrückte ein schmerzvolles Stöhnen. Seine Rippen brannten wie Feuer, genau wie der Knöchel. Über den Schmerz in seinem Kopf wollte er lieber nicht nachdenken, sonst verlor er sofort wieder das Bewusstsein. Da Frau Doktor ihm seine Sachen nicht reichte, sondern ihn nur missbilligend ansah, wobei sie allerdings sehr sexy wirkte, stellte er die Füße auf den Boden.

„Ty, jetzt sei doch nicht dumm."

„Es war schon dumm genug von mir, durch deine Wohnungsdecke zu stürzen."

„Du stehst noch unter Schmerzmitteln. Du kannst dich nicht selbst anziehen, geschweige denn nach Hause fahren."

Aus heiterem Himmel

„Ich fühle mich gar nicht benommen."

„Ach, nein? Wie viele Finger halte ich hoch?"

Er blinzelte zu ihrer Hand. Da waren überhaupt keine Finger. Und wenn er jetzt genauer hinsah, war ihr Kopf vom Körper getrennt. Schade, es war ein so hübscher Kopf. Ein Dickkopf, aber hübsch.

„Wie viele, Ty?"

„Weiß ich nicht genau. Aber du trägst einen BH mit Tigerstreifen und einen Slip aus violetter Seide."

Da sie nicht lachte, fand sie das wohl nicht lustig.

Er versuchte weiterhin, auf die Beine zu kommen, und blickte auf seinen Knöchel. Als er aufzutreten versuchte, tat es so weh, dass er keuchend nach Luft schnappte. „Bist du sicher, dass das Ding nicht gebrochen ist?"

„Der Knöchel ist nur schlimm gezerrt."

Na schön, dann weiter. Jetzt aufstehen. Er beugte sich nach vorn.

Die sexy Ärztin verschränkte nur die Arme und runzelte die Stirn.

Mit größter Anstrengung stemmte er sich hoch. Dabei berührte er sicherheitshalber aber nur mit dem unverletzten Fuß den Boden. Die Rippen schmerzten höllisch, und sein Kopf fühlte sich an, als sei er explodiert. Halt suchend streckte er die Arme nach vorn. Da das Nachthemd hinten offen stand, zog es am Po.

Als Ty wild mit den Armen ruderte, ließ Nicole ihr Klemmbrett fallen und stürzte zu ihm.

„Verdammt." Sie schob die Schulter unter seinen Arm, und Ty stützte sich auf sie.

Wie kann diese zierliche Frau mein ganzes Gewicht tragen?, fragte er sich.

„Was ist bloß mit dir los, du sturer …"

„Pst." Er legte einen Arm um sie und rang nach Luft. Er sah nur noch Grau vor sich, und einen Moment lang fürchtete er, wieder ohnmächtig zu werden. Nur die schimpfende kleine Frau neben ihm hielt ihn bei Bewusstsein.

„Von allen dummen und starrsinnigen Menschen, die ..."

Der Rest davon ging unter, weil Ty nur noch ein Dröhnen in den Ohren hörte. Nicole setzte ihn wieder aufs Bett. Ty hätte nicht gedacht, dass ihm wirklich jeder Muskel wehtun könnte. Er konnte ein schmerzerfülltes Stöhnen nicht länger unterdrücken, legte sich auf die Seite und rang nach Luft.

„Ich rufe die Schwester, damit du noch ein Schmerzmittel bekommst."

„Nicht. Die Schwester ist böse zu mir."

„Du Baby."

Er lachte und hätte dann fast geschrien, so sehr schmerzten seine Rippen.

„Lachen solltest du lieber nicht."

Nicoles Stimme klang immer noch sachlich, aber Ty hörte einen seltsamen Unterton heraus. Er reckte den Hals und blickte an sich herunter. Sein Po war unbedeckt. Alle Welt konnte ihn sehen. „Kommst du auf deine Kosten?"

Nicole deckte ihn zu. „Ich bin Ärztin. Ich habe schon alles Menschliche zu Gesicht bekommen."

„Trotzdem habe ich es mir etwas anders vorgestellt. Nicole, ich bleibe hier nicht über Nacht."

„Aber ..."

„Nein, auf keinen Fall." Er sah ihr in die Augen. „Ich kann einfach nicht."

„Wieso nicht?"

„Ich hasse Krankenhäuser."

„Das sagen alle."

„Aber bei mir ist es Ernst."

Lange musterte sie ihn nachdenklich, dann setzte sie sich wieder neben ihn. „Also schön, du hast eine Abneigung gegen Krankenhäuser."

Aus heiterem Himmel

„Ich werde nicht bleiben."

„Allein kannst du aber nicht nach Hause. Du brauchst jemanden, der auf dich aufpasst und dir hilft."

Da musste er ihr recht geben, so schwer es ihm auch fiel. „Und wie lange?"

„Zumindest heute Nacht und den morgigen Tag. Vielleicht noch eine zweite Nacht. Wenn dein Kopf wieder klar ist, kannst du herumhumpeln, solange du vorsichtig bist."

„Gut."

„Und wer kann dir zu Hause helfen?"

„Darüber muss ich noch nachdenken."

Nicole verschränkte die Arme. „Ich weiß doch, dass du keinerlei Familie hast."

Sofort horchte Ty auf. „Woher weißt du das?"

„Du hast es mir erzählt."

Ihrem mitfühlenden Blick nach zu urteilen, hatte er ihr eine Menge erzählt. Na wunderbar! „Hör nicht auf das Gejammer von Männern, die unter Drogen stehen. Habe ich wenigstens auch ein Wort über deine interessante Unterwäsche verloren? Nicole, ich finde es ziemlich interessant, dass du nach außen hin so hart und cool wirkst und tief drinnen so weich bist." Er lächelte.

„Du wechselst das Thema."

„Das versuche ich zumindest."

„Okay, du hast nichts Peinliches erzählt, wenn dir das Sorgen macht. Du hast nur gesagt, das du eine Schwester hast, von der du nichts wusstest, bis sie anfing, dir E-Mails zu schreiben."

„Und?"

„Und dass deine Mutter dich nicht wollte."

Mist. Er hatte ihr sein Herz ausgeschüttet. Sie klang mitfühlend, und das wollte er nicht. Er wollte von niemandem Mitleid. Er wollte aus diesem Bett und zwar sofort. „Tja, es hat mich sehr gefreut."

Sofort drückte sie ihn zurück aufs Bett. „Es tut mir leid, Ty."
Wieso? Was denn? Dass er durch ihre Decke gestürzt war? Oder dass er sie zu Tränen gerührt hatte mit seiner Geschichte vom ungeliebten Kind? „Das ist doch nicht dein Problem."

Sie nickte nur und ging zur Tür. Dort blieb sie einen Moment stehen, dann drehte sie sich wieder zu ihm um. „Ich weiß, dass du allein bist. Du bist zu stolz, um einen Freund um Hilfe zu bitten. Als deine Ärztin kann ich dich unter diesen Bedingungen aber nicht entlassen."

„Ich gehe, Nicole, egal was passiert."

„Das weiß ich." Nachdem sie die Augen kurz geschlossen hatte, blickte sie ihn durchdringend an. „Und deswegen wirst du mit mir nach Hause kommen."

Ich muss verrückt sein, dachte Nicole, während sie nach Hause fuhr. Ty saß benommen neben ihr.

Suzanne und Taylor halfen ihr dann, ihn nach oben in ihr Apartment zu bekommen. Dort gab sie ihm eine weitere Pille gegen die Schmerzen. Er stellte sich wie ein Kleinkind an, aber als sie drohte, ihm eine Spritze zu geben, schluckte er die Pille.

Dann stand sie vor dem Bett und fragte sich, wieso sie sich solche Sorgen machte, nur weil er etwas blass um die Nase war. Noch nie in ihrem Leben war sie innerlich so aufgewühlt gewesen.

Ty blickte sich in dem schlichten Schlafzimmer mit den kahlen Wänden um. Er registrierte dunkelblaue Bettwäsche, zwei Kopfkissen und dass, abgesehen von dem Wäscheberg auf dem Stuhl in der Ecke und dem hohen Stapel von medizinischen Zeitschriften, alles aufgeräumt war.

„Keine Bücher? Kein Romane?", fragte er.

„Mir reicht das zum Lesen." Nicole deutete auf die Zeitschriften.

„Das sollte mich eigentlich nicht überraschen. Mit Roma-

Aus heiterem Himmel

nen könntest du dich in deiner Freizeit womöglich entspannen. Willst du mir wirklich dein Bett überlassen?"

„Im Krankenhaus hast du es ja nicht ausgehalten. Schon vergessen?"

„Hm."

„Was soll das denn jetzt heißen? Was stimmt denn nicht mit meinem Bett?"

Ty lächelte Nicole an und wackelte mit den Augenbrauen. „Dass du nicht darin liegst."

„Du bist unmöglich. Ich schlafe auf dem Sofa, du Angeber."

„Du hast gar kein Sofa, sondern nur einen alten Futon. Ansonsten gibt es fast nichts in deinem Apartment außer dem Loch in deiner Wohnzimmerdecke und einer Menge Dreck darunter."

„Das lässt sich alles wieder reparieren." Der Futon reichte ihr zum Schlafen. „Gute Nacht, Ty."

Er lehnte sich gegen die Kopfkissen und blickte zur Decke. Sein Gesicht wirkte angespannt. „Liest du mir nicht noch eine Gutenachtgeschichte vor?"

„Na klar. Es war einmal ein Idiot, der durch eine Zimmerdecke fiel und auf dem Kopf landete."

Ty schloss die Augen. „Haha."

„Wieso hast du solche Angst vor Krankenhäusern?"

„Ich halte es dort einfach nicht aus."

„Also schön." Auch wenn Ty sie nicht ansah, wusste Nicole, dass ihn im Moment mehr seine Erinnerungen schmerzten als seine körperlichen Verletzungen. „Glaub bloß nicht, dass du es hier sehr angenehm haben wirst. Ich wecke dich alle zwei Stunden."

„Versprochen?" Er öffnete ein Auge.

„Um deine Gehirnerschütterung zu überprüfen, du Witzbold."

„Ich habe da noch etwas anderes, das du unbedingt auch überprüfen solltest."

„Lass gut sein, Ty. Dieses Thema kannst du bei den ganzen Schmerzmitteln im Moment wirklich vergessen."

Ein Lächeln umspielte seine Mundwinkel. „Probier's doch."

„Gute Nacht, Ty."

„Gute Nacht. Nicole?"

Sie war schon an der Tür und drehte sich noch einmal um. „Wieso hast du mich mit zu dir genommen?"

„Weil du verletzt bist."

„Sag die Wahrheit."

Nicole seufzte. „Ich weiß es nicht."

Ty nickte und schloss die Augen wieder. Einen Moment später ging sein Atem schwerer. Die Medikamente wirkten.

Lange stand Nicole da und sah ihn an. Da lag ein Mann in ihrem Bett. Bisher hatte sie sich noch nie nach der Nähe eines Mannes gesehnt. Aber jetzt empfand sie diese Sehnsucht. Das Gefühl war fast schmerzlich intensiv. Doch sie wusste ja, dass Ty es nicht ernst meinte. Ernst war es ihm nur damit, dass er mit ihr schlafen wollte.

Für ihn ging es nur um Lustbefriedigung. Bei einem anderen Mann hätte sie das nicht gestört, aber bei ihm beunruhigte sie das. Denn ihre merkwürdige Sehnsucht zeigte, dass sie womöglich mehr für ihn empfand.

Nicole legte sich nicht hin. Immer wieder schaute sie nach ihrem Patienten und räumte zwischendurch ihr Wohnzimmer auf. Dann säuberte sie den Kühlschrank und versicherte Taylor und Suzanne, dass es Ty ganz gut gehe. Nach anderthalb Stunden setzte sie sich aufs Bett und aß eine Brezel.

„Ty?"

Er regte sich nicht.

„Ty?"

„Ich wusste, dass du zurückkommst und mich anflehst, ob du zu mir ins Bett steigen darfst."

Aus heiterem Himmel

„Ich bin hier, um zu sehen, ob es dir gut geht."
„Dann sieh nach."
Seine Stimme klang benommen, aber sein Blick war so eindringlich, dass sie ihn bis in die Fingerspitzen spürte.
„Wie geht es dir?", fragte sie.
„Mir würde es besser gehen, wenn du aufhörst, an dieser Brezel zu lutschen. Durch den Anblick wird mein Gehirn nicht mehr so gut durchblutet."
„Anscheinend geht es dir bestens." Sie aß die Brezel auf und ließ Ty weiterschlafen.
Nicole ging ins Wohnzimmer und kehrte erst nach einer Stunde ins Schlafzimmer zurück. Das Mondlicht fiel auf Tys kräftigen Körper. Er hatte die Decke weggestrampelt und lag flach auf dem Rücken. Ein Arm lag über seinen Augen, und die muskulöse Brust hob und senkte sich gleichmäßig. Er trug nur graue Boxershorts.
Die Shorts reichten ihm knapp bis zum Nabel. Sie betrachtete seinen Körper. Neben den Prellungen und leichten Verletzungen waren dort auch Narben, die nichts mit seinem Sturz zu tun hatten. Eine reichte quer über seinen flachen Bauch, als habe jemand mit einem Messer quer über seinen Bauch gezogen. Neben dem Schlüsselbein war eine weitere, offenbar eine Brandnarbe. Eine lange Narbe zog sich über eine Wade, und auch am Schenkel hatte Ty eine. Außerdem hatte er die Tätowierung am Arm, die er ihr schon gezeigt hatte.
Und dieser Mann bezeichnete sie als Kämpferin!
Allmählich bekam sie einen Eindruck davon, wie er aufgewachsen war. Es fehlten noch eine ganze Reihe von Teilen in dem Puzzle, aber auf neugierige Fragen würde er mit Sicherheit nicht antworten. Ihr war klar, dass er sich schon als Kind seinen Weg im Leben selbst suchen musste, und Nicole gestand sich ein, dass sie das faszinierend fand.
Wie konnte eine Mutter ihr Kind im Stich lassen? Was ging in einer Frau vor, wenn sie ihren Sohn missachtete?

Nicole empfand viel Mitgefühl für ihn, auch wenn sie wusste, dass Ty solche Gefühle bestimmt nicht haben wollte. Dazu war er viel zu stolz.

„Willst du mir die ganze Nacht lang beim Schlafen zusehen?", murmelte Ty, ohne die Augen zu öffnen.

Wie ertappt zuckte Nicole zusammen. „Du bist wach?"

„Willst du sehen, wie wach ich bin?"

Sie musste lächeln, da er sich nicht rührte, weil er wahrscheinlich immer noch ziemliche Schmerzen hatte. „Weißt du überhaupt, wo du bist?"

„In deinem Bett. Ohne dich." Seine Stimme klang tief und sehr sexy. „Willst du wieder etwas überprüfen? Meine Temperatur vielleicht? Ich bin sehr heiß, Darling."

„Du bist verletzt."

„Nicht sehr."

Prüfend sah sie ihn an. Er rührte sich immer noch nicht und hielt die Augen weiterhin geschlossen. Offenbar konnte sie sich in Sicherheit fühlen und würde nichts riskieren, wenn sie ihn ein bisschen herausforderte – und zwar nicht als Ärztin, sondern als Frau. „Glaubst du wirklich? Meinst du, du könntest …"

„Ich weiß es."

„Ja? Dann beweis es mir. Komm und nimm mich, mein großer Junge."

Vorsichtig öffnete Ty ein Auge und machte es gleich wieder zu, als er Nicoles mutwilliges Lächeln sah.

„Na, komm schon. Hol's dir", forderte sie ihn auf.

Er stöhnte. „Kannst du einem armen Mann vielleicht etwas behilflich sein und dich ein bisschen mehr zu mir beugen?"

„Nein."

„Jetzt verstehe ich, du bist ein boshafter Mensch."

„Gute Nacht, Ty."

„Das hatten wir doch schon."

Aus heiterem Himmel

„Du wirst es heute Nacht noch einige Male zu hören bekommen. Bedank dich bei deiner Gehirnerschütterung."

Ty fluchte, und Nicole musste erneut lächeln. Ein Mann, der so fluchen konnte, würde auch wieder gesund werden.

Als sie das nächste Mal nach ihm sah, hatte er so große Schmerzen, dass sie schließlich auf einem Stuhl an seiner Seite schlief, um ihn besser versorgen zu können. Mitten in der Nacht drehte Ty sich laut stöhnend auf die andere Seite, und Nicole strich ihm beruhigend über die Stirn. Obwohl er kein Wort sprach, wusste sie, dass er wach war und große Schmerzen hatte.

„Es tut mir leid", flüsterte sie.

„Mir tut es auch leid. Ich bin durch deine Zimmerdecke gefallen, und so was macht man nicht."

„Brauchst du noch eine Schmerztablette?"

„Ja, und ich habe beschlossen, dass ich die mag."

„Und die Ärztin? Was ist mit der?" Nicole wusste selbst nicht, wieso sie das gefragt hatte, und wünschte nun, sie hätte es nicht getan.

Ein kleines Lächeln spielte um Tys Lippen. „Vielleicht komme ich noch zu dem Schluss, dass ich die Ärztin mehr als nur ein bisschen mag."

„Das liegt nur daran, weil sie die guten Sachen für dich hat."

Jetzt öffnete er beide Augen. „Das stimmt. Du hast eine Menge guter Sachen für mich."

Nicole wurde rot.

„Und ich spreche nicht von deinem kleinen aufregenden Körper, Dr. Nicole Mann."

8. KAPITEL

Am Morgen fühlte Nicole sich wie gerädert. Wann war das letzte Mal die Versorgung eines einzigen Patienten so anstrengend für sie gewesen?

Es musste daran liegen, dass dieser Patient ihr so viel bedeutete. Viel zu viel.

Aber im Moment plagte ein anderes Problem sie. Sie war nicht sicher, ob Ty den Tag über allein bleiben konnte. Er konnte noch nicht ohne Hilfe aufstehen. Auch wenn er das entschieden abstreiten würde, er war noch nicht bei Kräften.

Also tat sie etwas, was sie noch nie getan hatte. Zum ersten Mal in ihrem gesamten Berufsleben rief Nicole in der Klinik an und nahm sich einen Tag frei.

Danach fragte sie sich, ob sie den Verstand verloren hätte.

Nach dem Anruf im Krankenhaus stand Nicole mitten in ihrem Wohnzimmer und wusste tatsächlich nicht, was sie jetzt tun sollte.

Nur einen einzigen Patienten zu versorgen, das war nicht gerade tagesfüllend.

Der Tag erstreckte sich endlos vor ihr. Dabei hatte sie sich in ihrem ganzen Leben noch keinen Moment Freizeit gestattet und sollte es eigentlich genießen. Schließlich schnappte sie sich ihre medizinischen Fachzeitschriften und wissenschaftlichen Berichte, die sie von der Arbeit mitgenommen hatte. Doch zum ersten Mal machte ihr Lesen keinen Spaß.

Nicole setzte sich vor den Fernseher, den sie erst ein paar Mal eingeschaltet hatte, obwohl sie ihn schon seit Jahren besaß.

Es dauerte keine fünf Minuten, und sie zappte gebannt von einem Kanal zum nächsten, um mitzubekommen, was tagsüber lief, von Talkshows über Serien bis zu Filmklassikern.

Als das Telefon klingelte, hob sie verärgert den Kopf. Als sie den Hörer abnahm, wurde ihr Ärger noch größer.

„Hallo." Es war die kultivierte etwas träge Stimme von Dr. Lincoln Watts. „Machen Sie heute mal blau?"

Nicole umklammerte den Hörer etwas fester. „Ich habe ein Anrecht auf einen freien Tag."

„Ist es gestern spät geworden?" Seine Stimme klang tiefer. „Oder hat Ihr Liebhaber Sie heute Morgen nicht aus dem Bett gelassen?"

„Ich komme heute nicht zur Arbeit, Dr. Watts. Mehr hat Sie nicht zu interessieren. Schluss." Es erstaunte Nicole, wie ruhig sie klang. Weil die Werbepause im Fernsehen gerade zu Ende war, legte sie wieder auf. Erst als sie auf ihre Hand mit dem Telefon blickte, merkte sie, dass sie vor Ärger zitterte.

Keine zwei Sekunden später klopfte es an der Tür. So ein Mist, dachte sie, stand auf und öffnete, aber ohne den Blick vom Fernseher zu nehmen.

„Guten Morgen." Suzanne hielt ein abgedecktes Tablett in den Händen, das so himmlisch roch, dass Nicole augenblicklich das Fernsehen vergaß.

„Das ist nicht für dich." Suzanne zog das Tablett zur Seite, als Nicole das Tuch anheben wollte. „Es ist für Ty. Sag ihm, ich hoffe, dass es ihm besser geht."

„Du hast Ty etwas zu essen gebracht und mir nicht?"

„Genau. Und friss ihm nichts weg. Er braucht alle Kraft, um wieder gesund zu werden." Beim Anblick des Lochs in der Decke pfiff Suzanne leise. „Der arme Kerl."

„Er ist ein erwachsener Mann." Nicole hatte in der Nacht ausreichend Gelegenheit gehabt, seinen perfekt geformten Körper in allen Einzelheiten zu betrachten. „Essen hilft ihm nicht beim Gesundwerden." Sie hob das Kinn. „Dazu braucht er meine Fähigkeiten als Ärztin."

Mitleidig schüttelte Suzanne den Kopf. „Ach, Honey, du musst noch eine Menge über Männer lernen. Man kommt nur auf einem Weg an sie ran, und das hat – entgegen einer weit verbreiteten Annahme – nichts mit Verführungskünsten zu tun. Ihr lustempfänglichster Punkt ist der Magen. Gib ihm dieses Tablett und wünsch ihm lächelnd einen guten Morgen. Dann wirst du sehen, was ich meine. Du kannst doch lächeln, oder? Auch wenn es noch so früh ist?"

Wütend sah Nicole sie an.

Suzanne lachte. „Tja, ehrlich gesagt, sehe ich dich nur selten lächeln. Meistens arbeitest du ja nur."

„Heute nicht. Ich habe mir den Tag freigenommen."

„Du?", rief Suzanne ungläubig.

Entnervt verdrehte Nicole die Augen. „So eine große Sache ist das ja auch nicht."

„Für dich schon. Du bist doch arbeitssüchtig. Und nun hast du dir wegen Ty einen Tag freigenommen. Das ist stark."

„Er ist schließlich durch meine Zimmerdecke gestürzt."

„Einen freien Tag für einen Mann. Wart ab, bis Taylor erfährt, dass es dich erwischt hat. Am Ende steht sie als Einzige von uns da, die sich an den Schwur hält."

„Nein, nein." Nicole lachte. „Ich weiß ja nicht, was du jetzt vermutest, aber vergiss es gleich wieder. Ich bleibe für immer Single, genau wie Taylor."

„So so."

„Wirklich." Das meinte Nicole ernst. Früher oder später würde Ty mit seinem Job hier fertig sein und dann verschwinden. Wahrscheinlich würde er über kurz oder lang sogar ganz aus L. A. wegziehen. Es trieb ihn nun einmal immer weiter.

Sie würde dann auch nach vorn sehen. Sie würde …

Ich werde ihn vermissen, dachte sie. Und wie!

Aber ihr Lebensplan sah keinen Mann vor. Ihre Karriere, ihre Familie und ihre neugierigen Freundinnen reichten ihr.

„Ich habe es auch erst geleugnet." Suzanne lächelte wissend.

„Da gibt es nichts zu leugnen."

„Verstehe. Ich komme später wieder und hole das Tablett.

Dann kannst du mir ja verraten, was immer du auf dem Herzen hast." Lachend ging Suzanne die Treppe hinunter.

Nicole setzte sich wieder vor den Fernseher – und fragte sich, ob Ty gerade von ihr träumte.

Ty wurde langsam wach. Schließlich öffnete er die Augen. Die Sonne schien durchs Fenster und blendete ihn. Stück für Stück überprüfte er seinen ganzen Körper. Er fühlte sich, als wäre er unter eine Dampfwalze geraten. Abgesehen von seinem Kopf. Der fühlte sich an, als wäre er in einen Schraubstock geklemmt.

Es dauerte einige Zeit, bis Ty endlich saß. Prüfend blickte er zur Badezimmertür, die nur wenige Meter entfernt war. Ihm kam es vor, als wären es hundert Kilometer. Entschlossen richtete er sich auf und wurde von der Anstrengung fast ohnmächtig. Er hielt sich an der Stuhllehne fest und atmete ein paar Mal vorsichtig ein und aus. Sein Knöchel brannte wie Feuer, und seine Rippen schmerzten bei jedem Atemzug. Bestimmt fällt mir gleich der Kopf von den Schultern, dachte er. Dennoch schaffte er es ins Bad, schloss die Tür und lehnte sich von innen dagegen.

„Ty!", rief Nicole Sekunden später von der anderen Seite der Tür aus. „Was tust du?"

„Ich kämpfe gegen die Übelkeit an."

„Alles in Ordnung? Tut dir was weh? Brauchst du Hilfe?"

„Nein, ja und nein." Als Ty fertig war, öffnete er die Tür wieder und war tatsächlich kurz davor, die Besinnung zu verlieren.

Nicole war sofort bei ihm und stützte ihn. „Wie kannst du bloß allein aufstehen und herumlaufen? Dein Unfall war doch erst gestern!"

„Ich will nicht zurück ins Bett", sagte Ty, als Nicole ihn in diese Richtung lenkte. „Es sei denn, du kommst mit."

Sie hatte die Arme um seinen nackten Oberkörper geschlungen, wobei sie es vermied, die verletzten Rippen zu berühren. Es gefiel Ty, ihre Hände zu spüren. Sie führte ihn ins Wohnzimmer. Auf dem Futon lag eine Decke, und im Fernseher lief „Bezaubernde Jeannie". Neben dem Futon stand eine Schale mit Cornflakes.

„Ich liebe Cornflakes." Erst jetzt merkte er, wie hungrig er war. „Und die Serie mag ich auch."

„Da kommt eine Folge nach der anderen. Gerade eben wurde Jeannie in ihrer Flasche eingesperrt." Nicole sah zum Fernseher. „Ich würde auch gern einfach blinzeln und mir jeden Wunsch erfüllen. Gerade eben lief eine Komödie, und ich habe noch nie im Leben so gelacht. Was hast du denn?" Verlegen sah sie Ty an.

Ty konnte den Blick nicht von ihr lösen. Nicoles Wangen waren gerötet, und sie war so ausgelassen wie ein Kind. Immer noch hielt sie ihn fest, und er hätte ewig so dastehen können. Etwas regte sich in ihm. Etwas, das nichts mit rein körperlichem Verlangen zu tun hatte. Nicole wirkte so glücklich, wie er sie noch nie erlebt hatte, und er wünschte sich plötzlich, sie besser kennenzulernen.

„Hast du diese Serien denn noch nie gesehen?", fragte er.

„Machst du Witze?" Sie lachte unbeschwert. „Als Kinder durften wir nur das Sandmännchen sehen. Einen eigenen Fernseher habe ich mir erst vor ein paar Jahren zugelegt, ihn danach aber fast nie angestellt. Eben in dieser Serie mit Jeannie, das muss ich dir erzählen ..." Als Nicole Tys Lächeln bemerkte, stutzte sie. „Was ist denn? Hör auf damit."

„Du bist anbetungswürdig."

„Und du bist unmöglich. Ich weiß nie, was ich von deinen Kommentaren halten soll."

„Nimm mich so, wie ich bin, Darling. Hauptsache, du nimmst mich."

Nicole trat einen Schritt zurück und ließ ihn allein stehen. Ty belastete seinen verstauchten Knöchel – und zuckte vor

Aus heiterem Himmel

Schmerz zusammen. Er hielt sich die Rippen – und biss die Zähne aufeinander, als alles vor seinen Augen verschwamm.

„Du Dummkopf", murmelte Nicole und stützte ihn wieder. „Setz dich. Dein Glück, dass Suzanne Mitleid mit dir hatte und dir Frühstück gemacht hat."

„Heißt das, du stellst dich meinetwegen nicht an den Herd und bereitest mir nicht im Schweiße deines Angesichts eine Mahlzeit zu?"

„Ich stelle mich für niemanden an den Herd."

„Wie gut, dass es Cornflakes gibt."

„Lang lebe der Hersteller von Cornflakes. Milch darüber zu gießen, das kriege auch ich noch hin." Achselzuckend präsentierte Nicole ihm das himmlisch duftende Tablett. „Das Gen für hausfraulichen Ehrgeiz ist bei mir wohl nicht vorhanden. Ich koche nicht, ich züchte keine Blumen und ich …", sie hob die Serviette, die Suzanne zu einer Blume gefaltet hatte, „… ich falte auch keine Servietten zu kleinen Kunstwerken."

Nicole wirkte in diesem Moment so süß, dass Ty lächeln musste, obwohl ihm der Kopf dabei dröhnte. „Ich mag dich trotzdem."

Sie erwiderte das Lächeln nicht, aber sie gab ihm auch keinen Tritt. „Wirklich?"

„Ungelogen." Nicole war ganz anders, als Ty erwartet hatte. Sie war keineswegs überheblich, verwöhnt oder gefühllos, sondern warmherzig, freigiebig und mitfühlend. Er musste sich richtig beherrschen, damit er sie nicht an sich zog und das Gesicht in ihr Haar drückte. Doch das würde ihm nicht nur ziemlich wehtun, sondern wäre auch falsch. Solche Wünsche sollte er sich nicht erlauben. „Ich finde, du bist eine unglaubliche Frau, Nicole. Und so sexy, dass es schon verboten werden müsste."

Sie lächelte spöttisch. „Damit, dass ich sexy sei, ist mir noch keiner gekommen."

„Dann musst du es bislang überhört haben, denn in meinen Augen bist du die erotischste Frau, die mir je begegnet ist."

„Tja." Nicole rieb mit den Händen über ihre Jeans und trat einen Schritt zurück. Angestrengt suchte sie nach etwas, womit sie sich beschäftigen konnte. „Ich muss jetzt ..."

Als sie sich langsam im Kreis drehte und dabei ziemlich ziellos wirkte, musste Ty lachen. „Arbeiten?"

„Nein, heute habe ich frei." Sie wich seinem Blick aus und hob die Abdeckung von Suzannes Frühstück. „Hier. Iss, bevor du noch mehr Schmerzmittel bekommst."

Gehorsam griff Ty nach der Gabel und stöhnte, als ihm dabei die Schulter schmerzte. Offenbar wurde er allmählich zu alt, um durch Zimmerdecken zu stürzen. „Wieso musst du nicht arbeiten?" Als er ihren Blick sah, begriff er, auch wenn er es kaum glauben konnte. „Du hast dir freigenommen? Meinetwegen?"

„Was hätte ich denn tun sollen? Die Zubereitung des Frühstücks dir überlassen?"

„Du hast es doch auch nicht gemacht."

„Willst du dich beschweren?"

„Nein, überhaupt nicht." Während Ty einen zweiten Bissen von dem köstlichen Bauernfrühstück nahm, sah er Nicole unverwandt an. „Du hast dir den Tag für mich freigenommen. Ich glaube, du bist verrückt nach mir."

„Halt den Mund und iss."

„Ja, schon gut." Hungrig aß er weiter. „Und danke, dass du dich um mich kümmerst."

„Bild dir bloß nichts darauf ein. Das hätte ich für jeden anderen auch getan."

Nichts da, dachte Ty. Sie ist verrückt nach mir.

Die Erfahrung, einen ganzen Tag lang zu faulenzen, war für Nicole völlig neu. Sie hatte von Kollegen gehört, die hin und wieder einen Tag zu Hause blieben, um einfach mal abzuschalten und nichts zu tun, als den ganzen Tag lang ungesundes Zeug zu futtern und fernzusehen. Sie hatte sich dann immer überlegen gefühlt, weil sie dieses Bedürfnis nie verspürte.

Sich Seifenopern anzuschauen, das war doch der Gipfel!

Jetzt erlebte sie, dass es ihr Spaß machte. Sie saß im Schneidersitz auf dem Boden, trug eine alte Jogginghose und ein T-Shirt, und hielt in einer Hand das Popcorn und in der anderen die Fernbedienung. Auf dem Futon hinter ihr lag Ty und schlief tief und fest.

Seltsam, wie wohl sie sich dabei fühlte. Es war fast schon erschreckend.

Als ihre neugierigen Mitbewohnerinnen an die Tür klopften, stöhnte Nicole gequält auf. „Das wird langsam beleidigend", begrüßte sie sie leise. „Ich kann sehr wohl selbst für ihn sorgen."

Suzanne reichte ihr ein Tablett, auf dem Nicole einen üppigen Lunch vermutete, damit der arme Ty nicht verhungerte, zumal sie ja nicht einmal in der Lage war, eine Scheibe Brot zu toasten.

„Drei Mal am Tag Cornflakes sind nicht gut für die Gesundheit", erklärte Suzanne.

Taylor lächelte. „Nimm's nicht persönlich, aber wir sind uns nicht sicher, ob du weißt, wie man sich um einen Mann kümmert."

„Er ist kein Mann, sondern mein Patient."

„Das sieht er selbst sicher anders." Taylor reichte ihr einen Laptop. „Sag ihm, dass ich sein Auto abgeschlossen habe. Das hier war drin, und ich dachte mir, er braucht es vielleicht."

„Ich werde nicht zulassen, dass er arbeitet." Nicole kniete sich hin, um das Tablett abzustellen. Dann richtete sie sich wieder auf und nahm den Laptop entgegen.

Taylor hob ihre Augenbrauen und lächelte wissend. „Weißt du, was ich denke?"

„Wenn ich Ja sage, verschwindet ihr dann?"

„Ich glaube, Suzanne hat recht. Ich werde wahrscheinlich als Einzige unseren Schwur eisern halten."

Suzanne nickte, während Nicole wütend wurde.

Nur mühsam gelang es ihr, ihre Stimme zu senken. „Nur weil ich finde, dass er nicht arbeiten sollte, heißt das noch lange nicht, dass ..."

„Liebes." Besänftigend legte Suzanne ihr eine Hand auf den Arm. „Das ist doch in Ordnung, wenn du hinter ihm her bist."

„Das bin ich nicht", stieß Nicole zwischen den Zähnen hervor und wies mit dem Finger anklagend auf Taylor. „Und ich werde auch Single bleiben."

„Okay, aber vergiss nicht, dass du trotzdem wilden Sex haben darfst."

Nicole hielt Taylor hastig den Mund zu und sah über die Schulter nach hinten, ob Ty auch noch schlief. „Und jetzt müsst ihr verschwinden."

„Wieso?" Taylor versuchte, an ihr vorbei ins Apartment zu sehen. „Ist er schon nackt?"

„Macht's gut." Nicole wollte sie aus dem Weg schieben, damit sie die Tür schließen konnte. Doch Taylor streckte den Kopf vor.

„Nur ein kurzer Blick."

„Bye, bye." Nicole schob Taylors Kopf zurück und machte die Tür zu.

Ihre Erleichterung war nur von kurzer Dauer.

Ty hatte ihr das Gesicht zugewandt und sah sie interessiert an.

„Hallo." Während sie zu ihm ging, fragte sie sich, wie viel er gehört hatte. „Wie geht's dem Kopf? Hast du noch große Schmerzen?"

„Du hättest ihnen wenigstens sagen können, dass ich schon fast nackt bin und dass du jetzt nicht weißt, wie du weitermachen sollst."

Aus heiterem Himmel

Also hatte er alles mitbekommen. „Ich weiß genau, was ich mit dir anfangen soll", versicherte sie. „Ich wollte nur …" Nicole unterbrach sich, weil Tys Blick so viel Verlangen ausdrückte, dass sie keinen Ton mehr herausbrachte.

Eine Sekunde lang stellte sie sich vor, ihn zu küssen und ihm zu gestatten, dass er sie auszog und mit ihr schlief. Unwillkürlich beugte sie sich dichter zu ihm, doch dann rief sie sich ins Gedächtnis, dass es ihn früher oder später weitertreiben würde.

Wenigstens war sie noch klug genug, um zu wissen, dass es mit ihnen nicht klappen konnte. „Ich wollte nur …"

„Komm her, Nicole."

Ty lag ausgestreckt auf dem Futon. Die Decke war halb heruntergerutscht, und seine Brust und seine Arme waren nackt – und voller Blutergüsse.

„Geht es dir besser, Ty?"

„Kommst du zu mir?"

Nicole lehnte sich mit dem Rücken an die Tür. „Nein, das ist im Moment keine gute Idee."

Sein Blick war immer noch verlangend, aber sein Seufzer zeigte, dass Ty ihren Einwand wohl oder übel akzeptierte.

„Dann gib mit eben nur den Laptop", sagte er.

Sie drückte den Computer an ihre Brust. „Du solltest lieber nicht arbeiten."

„Und du solltest dir nicht solche Sorgen um mich machen."

Wenn ich auf den Kopf gefallen wäre, wäre ich bestimmt auch gereizt, dachte Nicole. „Komm und hol ihn dir." Den Laptop in den Händen, streckte sie die Arme aus.

„Dir macht es Spaß, Leute zu quälen, stimmt's?"

Ty kam langsam hoch, wobei die Decke ganz auf den Boden rutschte. Die Shorts hing ihm tief auf den Hüften, und Nicoles Blick glitt unwillkürlich dorthin. Dann bemerkte sie Tys schmerzverzerrtes Gesicht. Sie hielt den Laptop fest umklammert, um nicht zu Ty zu stürzen und ihm zu helfen.

„Wenn ich dich erreiche", murmelte Ty und schwankte leicht, „dann werde ich dich ..."

„Na schön." Er ist wirklich sehr blass, dachte Nicole. „Hier." Sie ging zu ihm, bevor er losgegangen und womöglich gefallen wäre, schob ihn sanft zurück auf den Futon und stellte ihm den Laptop auf den Schoß. „Dann arbeite doch. Mir ist es egal."

„Prima."

Nicole wandte sich ab. „Ich werde dann ..." Suzanne hatte für den Lunch gesorgt. Was blieb da für sie zu tun? Ich könnte ihn den ganzen Tag lang ansehen, dachte sie spontan.

„Könntest du mir einen Gefallen tun?" Tys Stimme klang etwas rau.

Sie wandte sich ihm wieder zu. „Ich werde dir nicht helfen zu duschen."

Er lachte und musste sich sofort die Rippen halten. „Es geht um ein paar Abmessungen. Du müsstest für mich nach unten gehen und ein paar Messungen vornehmen, damit ich etwas Sinnvolles tun kann, während ich dir den Tag raube."

Ty hatte sich nicht wieder zugedeckt. Nicole konnte nicht glauben, dass der Anblick seines fast nackten Körpers sie so aus dem Gleichgewicht brachte. Schließlich sah sie täglich nackte Männer.

Andererseits hatte nicht jeder Patient einen so herrlichen Körper.

„Kannst du das für mich tun?"

„Ich glaube schon." Arbeit war jetzt zwar nicht gut für ihn, aber sollte sie diesen sturen Mann etwa bemuttern? Sie hatten ja keinerlei persönliche Beziehung. Auf eine solche Beziehung würde Ty sich auch niemals einlassen. Im Grunde bedeuteten sie sich nichts.

Na gut, Ty bedeutet mir etwas, gestand Nicole sich ein.

Um seinem Anblick wenigstens für kurze Zeit zu entkommen, nahm sie das Blatt, das er ihr hinhielt, und ging zur Tür.

Aus heiterem Himmel

„Du brauchst einen Zollstock!", rief er ihr nach. „Und sei vorsichtig, wenn du …"

„Ein paar Messungen bekomme ich schon hin." Taylor hatte bestimmt ein Maßband, und von Suzanne bekam sie sicher Eiscreme. Denn jetzt brauchte sie etwas Süßes, um sich von ihrer eigentlichen Sehnsucht abzulenken.

Der Sehnsucht nach Ty.

Nicole ließ sich Zeit mit den Messungen. Einerseits wollte sie sich wieder völlig unter Kontrolle bekommen, andererseits hoffte sie, dass Ty einschlief, wenn sie ihn lange genug allein ließ.

Und was sprach dagegen, wenn sie noch kurz zu Suzanne ging und sich mit Keksen und Eiscreme vollstopfte? Schlimmstenfalls wurde ihr die Jeans zu eng.

Als Nicole schließlich in ihr Apartment zurückkehrte, war das Wohnzimmer leer. Sie fand Ty in ihrem Bett. Er hatte den Laptop an die Telefonleitung angeschlossen, um seine E-Mails abzufragen. Offenbar war er darüber eingeschlafen.

„Ty?"

Er rührte sich nicht. Er lag flach auf dem Rücken und hatte den Kopf zur Seite gedreht. Die Brust hob und senkte sich regelmäßig. Die Prellungen an den Rippen waren gut zu sehen, weil Ty sich nicht zugedeckt hatte. Der Knöchel musste gekühlt werden, und wahrscheinlich brauchte er auch wieder ein Schmerzmittel.

Nicole trat näher. Sie wollte ihm nur den Puls fühlen, aber dann fiel ihr Blick auf eine geöffnete E-Mail.

Lieber Ty, ich brauche kein Geld, aber wir beide sind eine Familie. Kannst Du wirklich behaupten, dass Du nicht interessiert wärst? Stehst Du so sehr unter Zeitdruck, dass Du nicht einmal Deine einzige lebende Verwandte kennenlernen willst? Ich würde Dich so gern treffen und ken-

nenlernen, denn Du bist meine Familie. Zurzeit wohne ich in der örtlichen Jugendherberge. Bitte zeig etwas Interesse. Margaret Mary

Gerührt blickte Nicole auf die Zeilen. Wenn Margaret Mary so empfand, was ging dann in Ty vor?

„Hast du genug gesehen?"

Erschrocken fuhr Nicole zusammen.

Ty versuchte, verschlafen und gereizt, sich aufzusetzen.

„Nein." Sie streckte die Hand aus. „Lass bitte ..."

Er klappte den Laptop zu. „Ja, ich lasse dich jetzt in Ruhe. Und du lässt mich auch in Ruhe."

Wortlos sah Nicole zu, wie Ty langsam aufstand.

„Was sollte das bedeuten?", wollte sie wissen.

„Vergiss es." Er blickte sich um. „Wo sind meine Sachen?"

„Dort drüben." Sie deutete auf die sorgfältig gestapelte Wäsche auf ihrem Nachttisch. „Aber ..."

„Ich muss einiges erledigen." Es bereitete Ty starke Schmerzen, die paar Schritte zu gehen, aber er schaffte es, sich zu beherrschen, auch wenn ihm der Schweiß auf die Stirn trat und er einen Moment lang schwankte.

„Ty, leg dich wieder hin."

„Das ist sicher nicht als Einladung gemeint, das Bett mit dir zu teilen. Deshalb verzichte ich."

„Ich begreif das nicht. Du wolltest doch lieber zu mir kommen, als im Krankenhaus zu bleiben. Was ist denn passiert?"

„Ich sagte doch gerade, ich habe einiges zu erledigen."

„Willst du zum Beispiel zur Jugendherberge?"

Er sah sie scharf an.

„Tut mir leid." Verlegen verschränkte sie die Finger. „Ich habe mehr von der E-Mail gelesen, als ich wollte."

Ty winkte ab, als Nicole ihm beim Anziehen helfen wollte, obwohl er sich hinsetzen musste, um seine Jeans hochzuziehen.

Aus heiterem Himmel

Als er sich wieder hinstellte, atmete er angestrengt, und seine Brust glänzte schweißnass. Das Hemd anzuziehen fiel ihm auch schwer, und Nicole musste die Zähne aufeinanderbeißen, damit sie nicht doch zu ihm eilte, um ihm zu helfen.

Dann war er auf dem Weg zur Tür.

„Ty." Als er sie ungeduldig ansah, seufzte sie. „Du kannst nicht selbst Auto fahren. Dafür hast du zu viele Schmerzmittel im Blut."

„Die letzten beiden Tabletten habe ich nicht genommen."

„Du hast nicht …" Also deshalb tat ihm alles weh. „Du bist wirklich ein Dummkopf."

„Tatsächlich, Frau Doktor?" Er klemmte sich den Laptop unter den Arm und war schon fast draußen, als er sich noch einmal umdrehte. „Danke."

„Wofür? Dafür, dass ich dich vertrieben habe?"

„Nein, für deine Hilfe."

„Okay."

Während Nicole langsam auf ihn zuging, beobachtete Ty sie misstrauisch. Als Nicole vor ihm stand, schloss er kurz die Augen und seufzte. Dann strich er ihr sanft über die Wange. „Ich muss gehen", flüsterte er und berührte ihre Ohrringe.

Fast hätte Nicole den Kopf gedreht und einen Kuss in seine Hand gedrückt. „Warum denn?"

„Weil ich mit ständiger Gesellschaft nicht zurechtkomme." Er trat einen Schritt zurück und ließ die Hand sinken.

„Manchmal muss man die Menschen an sich heranlassen, Ty."

„Da sprichst du sicher aus eigener Erfahrung, stimmt's?"

Nicole achtete nicht auf den spöttischen Tonfall. „Ich habe meine Familie, und Suzanne und Taylor." Und dich, hätte sie fast hinzugefügt. Es beunruhigte sie, wie sehr sie wünschte, es wäre so.

„Leb wohl, Nicole."

„Warte. Willst du ihr nicht wenigstens antworten?"

„Interessiert dich das wirklich?"

„Das weißt du genau."

„Im Grunde weiß ich überhaupt nichts über dich."

„Wie kannst du das nach der letzten Nacht sagen, Ty?"

„Wir sind sehr unterschiedlich, das hast du selbst gesagt."

„Vielleicht sind diese Unterschiede oberflächlicher, als ich dachte."

„Und das bedeutet, Nicole?"

„Dass wir beide Einzelgänger sind und beide für unsere Arbeit leben. Das sind doch schon zwei wesentliche Gemeinsamkeiten."

„Kannst du dich nicht an deine eigenen Worte erinnern? Du sagtest, du seist Ärztin und hättest jedem geholfen."

Nicole blickte Ty direkt in die Augen. „Du bedeutest mir sehr viel."

„Das tut mir leid für dich. Mach's gut, Nicole."

Dann war Ty weg, und sie blickte auf die geschlossene Tür. Der Abschied hatte sehr endgültig geklungen. Ist mir auch recht, dachte Nicole. Alles bestens.

Das erklärte allerdings nicht, wieso ihr Tränen über die Wangen liefen.

9. KAPITEL

Nachdem Ty zu Hause angelangt war, schlief er zwei Tage durch. Dann lag er zwei weitere Tage untätig herum, was ihm überhaupt nicht ähnlich sah.

Es war ihm alles viel zu still. War das der Grund, wieso er ständig an Nicole dachte? Um sich abzulenken, machte er das Radio an und fing an zu arbeiten.

Trotzdem bekam er Nicole nicht aus dem Kopf. Wie sollte er das auch anstellen? Sie war klug, sexy und schön, und er begehrte sie. Andererseits hatte er schon viele Frauen begehrt. Was war diesmal so anders? Weshalb war er so deprimiert? Er konnte es sich nicht erklären. Zwischen Nicole und ihm gab es keine Beziehung, weil sie keine wollte.

Ich auch nicht, dachte Ty. Er wollte gern mit ihr schlafen, sie in die Arme ziehen, eins mit ihr werden und dieses unglaubliche Verlangen nach ihr stillen. Aber das alles war nicht geschehen, und jetzt war es vorbei. Er war noch nie der Typ gewesen, der sich ausmalte, was alles hätte sein können.

Ty begriff nicht, dass manche Menschen so viel zögerten. Das Leben war schließlich nicht dazu da, dass man sich hinsetzte und alles akzeptierte, was kam. Er hatte sein Schicksal selbst in die Hand genommen, und deswegen führte er jetzt ein schönes Leben. Wenn es ihm hin und wieder zu still wurde, dann lenkte er sich ab. Es war ihm nie schwergefallen, eine Frau zu finden, die etwas Spaß haben wollte. Vielleicht brauchte er auch jetzt genau das: heißen Sex.

Schade, dass er sich kaum bewegen konnte.

Fünf Tage nachdem er durch die Zimmerdecke gestürzt war, fuhr Ty an der Jugendherberge vorbei. Aus purer Neugier, sagte er sich. Er stieg aus und fragte die junge Frau am Eingang nach Margaret Mary. Sein Herz schlug wie wild, als er wartend dastand, während sie ihre Listen durchsah. Die Rippen schmerzten ihn immer noch. Schließlich teilte die Frau ihm mit, dass Margaret Mary gerade nicht da sei.

Auch gut, dachte Ty. Ich wollte sie ohnehin nicht kennenlernen.

Er fuhr an einigen Baustellen vorbei, die er als Architekt betreute, und holte trotz schmerzender Rippen die Arbeit nach, die die letzten Tage liegen geblieben war. Erschöpft kehrte er nach Hause zurück. Vielleicht konnte er jetzt wenigstens schlafen.

Doch um Mitternacht lag er immer noch wach im Bett. Hätte ich doch wieder ein Schmerzmittel nehmen sollen?, fragte sich Ty. Aber er mochte nicht ständig unter Medikamenten stehen. Also biss er die Zähne zusammen und sagte sich, dass es ihm morgen wahrscheinlich schon besser ginge. Er schaltete das Licht an, um zu arbeiten, aber die Pläne verschwammen ihm vor den Augen, und ihm wurde schwindlig.

Seufzend griff er nach dem Tablettenfläschchen, da klopfte es an der Tür. Weil ihm kein einziger Grund einfiel, weswegen jemand um Mitternacht bei ihm anklopfen sollte, öffnete er auch nicht.

Doch es klopfte von Neuem.

Er zog sich eine Jogginghose an. Jetzt konnte er schon gehen, ohne bei jedem Schritt aufschreien zu wollen. Offenbar war er auf dem Weg der Besserung. Dennoch hätte er sich am liebsten erst einmal hingesetzt, als er die Tür erreicht hatte. Und als er sie öffnete, haute es ihn fast um, als er sah, wer davor stand.

„Nicole!"

Sie hatte sich mit beiden Armen an den Türrahmen gestützt und hielt den Kopf gesenkt. Jetzt bei seinem Ausruf richtete sie sich etwas auf. Das kurze schwarze Haar stand ihr zu Berge, als wäre sie immer wieder mit den Fingern hindurchgefahren. Sie trug ein Top mit Spaghettiträgern und darüber eine Latzhose. Ein Träger war ihr über die Schulter gerutscht. Ihr kleiner schlanker Körper bebte vor Anspannung.

Ihr Blick hielt ihn gefangen. Aus ihren Augen sprachen so viele Gefühle, dass es ihm fast wehtat, Nicole anzusehen.

„Habe ich dich geweckt? Das tut mir leid. Ich wollte nur …"

Er hielt sie am Arm fest, als sie sich wieder umdrehen wollte, und zuckte leicht zusammen, als er dabei unwillkürlich ihre nackte Haut berührte. Es war, als hätte ihn der Blitz getroffen.

„Ich hätte nicht kommen sollen", flüsterte sie.

Ja, das wäre besser gewesen. Denn jetzt wusste er nicht mehr, ob er sie überhaupt würde wieder loslassen können.

„Ich habe bei dir Licht gesehen." Sie hob eine Schulter und lächelte ihn an.

Dieses Lächeln berührte Ty in einer Weise, über die er lieber nicht nachdenken wollte. Jedenfalls nicht im Moment. Im Moment wollte er nur Nicole spüren. Er brauchte ihre Nähe mehr als alles andere.

„Taylor sagt, sie habe nichts von dir gehört. Und zur Untersuchung im Krankenhaus bist du auch nicht gekommen. Deshalb …"

Ty zog Nicole zu sich ins Haus.

„Deshalb habe ich mich ins Auto gesetzt, und da bin ich." Erneut lächelte sie ihn an, und sein Herz setzte einen Schlag lang aus. „Wie gesagt, ich sah Licht bei dir."

Er machte die Tür zu. Nicole ging einen Schritt nach hinten und stieß gegen die Holzwand. Ihr Lächeln wirkte jetzt etwas unsicher.

„Ich wollte mich nur davon überzeugen, dass es dir gut geht und …" Nicole verstummte, als Ty seine Hände rechts und links von ihrem Kopf an die Wand stützte und damit plötzlich sehr nah war. „Willst du mir etwas sagen?", flüsterte sie und fuhr sich unruhig mit der Zunge über die Unterlippe.

„Willst du mich jetzt untersuchen?", fragte er zurück.

„Ich … ich …"

Ty musste lächeln. „Du bist nervös, und auch wenn es verrückt klingt, das gefällt mir."

Nicole presste die Finger auf ihre Augen, und sofort nutzte Ty den unbeobachteten Moment, um noch näher an Nicole heranzurücken.

„Weißt du was?" Sie hatte die Augen immer noch geschlossen. „Ich werde jetzt wieder gehen."

Nicole senkte die Hände und stieß dabei automatisch gegen Tys Brust. Wie Feuer schoss es durch seine Rippen, und er sackte fast in sich zusammen.

„Oh, Ty." Erschrocken hielt sie ihn an der Taille fest.

„Verdammt!"

„Ich weiß. Oh, es tut mir so leid."

Ty holte tief Luft und blickte Nicole in die Augen. Er sah an ihrem Blick, was er auch spürte. Sie berührte ihn jetzt nicht als Ärztin, sondern als Frau.

„Alles in Ordnung?", fragte sie leise.

„Ich sag dir Bescheid, wenn ich keine Sterne mehr sehe", antwortete er und atmete noch etwas unregelmäßig.

„Oh, es tut mir wirklich sehr leid. Ich wollte dir nicht wehtun."

„Das weiß ich."

Aber genau das hatte sie getan. Sie begriff nur nicht, in welcher Weise, begriff nicht, warum ihre Nähe ihn so aufwühlte. Dabei war er es doch, der keine feste Beziehung wollte. Er war es, der immer lockere Sprüche machte und nichts ernst nahm. Oder etwa nicht?

„Nicole." Er hielt ihren Blick fest. Dann beugte er sich zu ihr, bis sein Mund fast ihren berührte. „Wieso bist du gekommen?"

„Ich habe dir doch gesagt, dass ich …"

„Wieso, Nicole?"

Nicole schloss die Augen und versuchte, die Wahrheit vor Ty zu verbergen. Dass sie in seinen Armen liegen wollte und ihm das geben wollte, was sie die ganze Zeit über zurückgehalten hatte. Sie wollte wissen, ob sie sich diese starke Anziehungskraft zwischen ihnen nur einbildete oder ob er ihre Gefühle erwiderte.

„Nicole?"

„Ja?"

„Ich weiß, dass du dich normalerweise nur für deine Arbeit interessierst. Deshalb finde ich es sehr erregend, dass du jetzt hier aufgetaucht bist. Hier bei mir."

Nicole blickte auf seine Hand. Ty hatte seine Finger mit ihren verschränkt. Während er sie dann langsam mit sich durchs Haus zog, betrachtete sie seinen muskulösen Rücken.

„Ich führe dich jetzt in mein Schlafzimmer." Er blickte über die Schulter zu ihr. „Sag Nein, wenn dich das stört."

Sie folgte ihm.

Im Schlafzimmer war es bis auf das matte Mondlicht dunkel, sodass Nicole blinzelte, als Ty das Licht eingeschaltet hatte.

„Ich möchte dich sehen können." Er stellte sich dicht vor sie. Während er sie langsam zum Bett drängte, sah er sie ebenso zärtlich wie verlangend an. „Ich glaube, ich kenne den Grund, warum du hergekommen bist. Und ich sehne mich genauso wie du danach."

„Aber du bist doch noch nicht wieder gesund." Die Matratze drückte ihr von hinten gegen die Schenkel. Ihr Herz schlug so laut, dass Nicole fürchtete, Ty würde es hören.

„Sag mir, wenn ich mich irre." Er streifte ihr auch den anderen Träger von der Schulter, und der Latz der Hose rutschte ihr bis zur Taille.

Das dünne Top konnte nicht verbergen, wie erregt sie war. Und obwohl Ty Nicole nur ansah, richteten ihre Brustspitzen sich noch mehr auf, dass es fast schmerzte.

„Nicole", flüsterte er heiser. „Du hast immer noch nicht Nein gesagt."

„Ich ..."

Er streichelte ihre Arme und wartete ab.

Nicole fuhr sich mit der Zungenspitze über die Lippen, und Ty stöhnte leise auf.

„Sag es. Sag Nein, wenn du kannst."

„Ich will ja gar nicht Nein sagen."

Noch bevor Nicole den Satz beendet hatte, küsste Ty sie. Sofort öffnete sie die Lippen, und er drang mit der Zunge in ihren Mund vor. Es war die gleiche Sehnsucht, das gleiche Verlangen, das sie zueinander trieb.

Nur um Atem zu holen und ihr leidenschaftlich in die Augen zu sehen, hob Ty den Kopf. Danach presste er gleich wieder hungrig die Lippen auf ihre. Nicole fuhr ihm mit den Fingern durchs Haar und vertiefte den Kuss noch. Sie wollte nicht mehr nachdenken. Sie wollte nur noch diese sinnliche Glut spüren, die Ty in ihr auslöste, und sich ihr vollkommen hingeben.

Nach dem Kuss schauten sie sich atemlos an. Wie spielerisch strich Ty zu ihren Schultern und streifte Nicole die Spaghettiträger herunter. Ohne den Blick von ihrem Gesicht zu lösen, zog er ihr das Top bis zur Taille und entblößte dadurch ihre Brüste.

Er senkte den Blick. Sein Brustkorb hob und senkte sich schneller.

Ich weiß, dass meine Brüste zu klein sind, dachte Nicole und wollte sie mit den Händen bedecken, doch Ty hielt ihre Hände fest.

„Sagst du jetzt Nein?" Seine Stimme klang rau.

„Ty, ich ..."

„Tust du es?"

Körperlich war er vollkommen angespannt, doch sein Blick war unergründlich. Nicole spürte am Bauch den harten Beweis seines Verlangens. So stark hat mich schon lange kein Mann mehr begehrt, ging es ihr durch den Kopf. „Ich sage nicht Nein."

Seine Anspannung löste sich in einem langen Seufzer. „Ein

Glück." Ty ließ ihre Hände los und umfasste Nicoles Brüste. „Du bist wunderschön."

In diesem Augenblick fühlte Nicole sich auch so.

Sanft rieb er mit den Daumen über die Brustspitzen und streichelte sie mit der Zungenspitze, bevor er so sinnlich dagegenblies, dass Nicole lustvoll aufstöhnte.

„Perfekt", stieß er heiser aus und saugte und knabberte an den Knospen.

Nicole ballte vor Erregung die Fäuste und warf den Kopf in den Nacken. Sie streifte sich eilig die Schuhe ab. Dadurch wurde sie zwar noch kleiner, aber das störte sie jetzt nicht, sie wollte mehr. Sie stellte sich auf die Zehen und schlang ein Bein um Tys Hüfte. Verlangend presste sie sich an ihn.

Tys Stöhnen zeigte ihr, wie sehr auch sie ihn erregen konnte.

„Das ist deine letzte Chance, Nicole. Danach gibt es kein Zurück mehr."

Als Antwort zerrte sie am Bund seiner Jogginghose.

Ty musste lachen. „Du verzichtest also auf deine letzte Chance."

Er gab ihr einen leichten Stoß, sodass sie rücklings auf seinem Bett landete, kniete sich vor sie und zog ihr Latzhose und Top ganz aus, sodass sie nur noch ihren hellblauen Slip trug.

„Jetzt."

Nicole musste schlucken.

„Jetzt sprechen wir mal über deine seltsame Unterwäsche." Mit dem Finger strich Ty die mit Spitze besetzten Säume entlang.

Kurz vor der Stelle, an der Nicole sich am meisten nach seiner Berührung sehnte, hielt er inne. „Ich ... das ist ..."

„Und dann dieses Stottern. Das ist neu." Sein Lächeln wirkte etwas angespannt, während er ihr den Slip langsam über Hüften und Schenkel zog und hinunter bis zu den Füßen. Er streifte ihn ab und warf ihn beiseite.

„Du hast viel zu viel an", sagte Nicole atemlos, als Ty weiterhin vor ihr knien blieb und sie einfach nur betrachtete. Seine kristallblauen Augen blitzten.

„Da ist noch ein Punkt", erklärte er und rührte sich nicht. „Du solltest vielleicht wissen, dass ich mich nicht bewegen kann."

„Oh, Ty!" Nicole setzte sich augenblicklich auf. Behutsam strich sie über seine nackte Brust. „Tut mir leid, ich ..."

Ty legte ihr einen Finger auf die Lippen. „Kehr jetzt bloß nicht wieder die Ärztin hervor." Ganz langsam legte er sich auf den Rücken und atmete tief ein und aus.

„Ist es so okay?" Nachdem sie die Positionen praktisch getauscht hatten, beugte Nicole sich über ihn.

Ty berührte ihre Brüste, die sich dicht vor seinem Gesicht befanden. „Sogar sehr okay." Er hob den Kopf und streichelte die Brüste genießerisch mit der Zunge, während er mit den Händen ihren Rücken hinabstrich und ihr bedeutete, die Schenkel zu spreizen. Dann zog er Nicole mit einem Bein an sich, dass sie fast auf ihm gelandet wäre.

Rasch stützte sie sich auf den Armen ab, um seinen verletzten Brustkorb nicht zu belasten. „Ist es immer noch okay?"

Sanft glitt er mit den Händen ihre Beine hinauf zu den Hüften und weiter zur Taille. Er massierte zärtlich ihre Brüste und strich zu ihrem flachen Bauch, der ein wenig zitterte, weil sie so erregt war. „Es ist vollkommen." Nach einem kleinen Halt bei ihrem Bauchnabel näherte er sich ihren Schenkeln.

„Ty."

„Ja, Nicole. Ich liebe es, wenn du meinen Namen so aussprichst. Man hört, wie erregt du bist und wie sehr du mich begehrst."

Das stimmte. Sie begehrte ihn unendlich, und sie war sich ganz sicher, es nicht zu überleben, wenn dieses Verlangen nicht bald erfüllt wurde.

„Ich habe dich vom ersten Augenblick an begehrt." Ty bewegte seinen Daumen weiter nach unten.

Nicole schnappte nach Luft.

„Sag mir, dass du mich auch begehrst."

Sie schrie auf vor Lust, als sie seinen Daumen an ihrer sensibelsten Stelle spürte. „Ich begehre dich."

„Dann werd eins mit mir", sagte Ty, und seine Stimme war rau vor Begierde.

Nicole zog ihm die Hose herunter, um sich sofort an ihn zu schmiegen.

Ty stöhnte auf. „Nicole." Er hob sich an, doch der Schmerz in seinen Rippen ließ ihn aufs Bett zurücksinken.

„Pst. Lass mich machen. Beweg dich nicht."

„Wie du willst." Ty war bereit, sich Nicole zu überlassen.

Sie küsste ihn leidenschaftlich. Ihre Zungen umkreisten sich, ihr Atem mischte sich mit seinem. Wie im Fieber streichelten sie einander. Sie streichelte seine Brust und strich hinunter zu seinen Lenden, wo sie ihn sehr intim umfasste, und er liebkoste sie mit den Fingern immer aufreizender, bis sie nur noch hilflos nach Luft rang. Sie machten sich gegenseitig wahnsinnig. Zitternd rieb sie sich an ihm, während er verlangend zu ihr drängte.

„Die Kondome sind im Nachttisch", stieß er zwischen den Zähnen hervor.

„Ja, ich hab eins." Nicole riss das Päckchen auf und spreizte die Schenkel über Tys Hüften. Vorsichtig rollte sie das Kondom ab.

Ty hielt es nicht länger aus. Er fasste Nicole um die Hüften und hob sie leicht an. Während sie sich gegenseitig entgegenkamen, drang er tief in sie ein.

Nicole schrie auf vor Lust. Sie fühlte sich gleichzeitig voller Hingabe und voller Macht. Hingerissen küsste sie Ty. Sein Griff um ihre Hüften verstärkte sich, und er hob sie so hoch, dass er fast aus ihr herausglitt, um sie dann wieder sinken zu lassen und sie erneut vollkommen auszufüllen.

„Oh, Ty."

„Ich weiß." Er warf vor Erregung den Kopf zurück. „Ich weiß."

Nicole spannte die Schenkel an, stemmte sich etwas hoch und senkte sich wieder. Es war sie, die den Rhythmus vorgab und den sinnlichen Tanz langsam immer weiter steigerte, bis sie keuchte und sich mit Leib und Seele nur noch nach der Erfüllung ihres immer drängenderen Verlangens sehnte. Noch nie hatte sie es so intensiv empfunden. Mit jeder Bewegung kam sie dem Höhepunkt näher, und dann zog Ty sie dichter an sich und saugte an ihrer Brust.

Nicole erschauerte heftig auf dem Gipfel der Lust, der sie total überwältigte und in Wellen ihren ganzen Körper erfasste. Als die Schauer allmählich nachließen, fühlte sie sich hilflos und schwach. Und sehr befriedigt.

Wie aus weiter Ferne hörte sie Tys tiefes Aufstöhnen und spürte, dass er sich unter ihr anspannte, als er nun genauso wie sie den Höhepunkt erreichte. Er umklammerte ihre Hüften und drang ein letztes Mal ganz in sie ein.

Ihn so zu sehen und zu spüren, ließ Nicole noch einmal erbeben. Zitternd presste sie sich an ihn, während sie einen zweiten Gipfel erlebte.

Danach drehten sie sich auf die Seite, und Nicole schmiegte die Wange an Tys Brust. Sie fühlte seinen rasenden Herzschlag, während sie versuchte, zu Atem zu kommen. Sie fühlte sich so matt wie noch nie und hatte gleichzeitig das Gefühl zu schweben.

Ja, dachte sie. In seinen Armen bin ich sicher und geborgen. Und Ty scheint es in meinen Armen ebenso zu gehen. Er ist vollkommen entspannt.

Zum ersten Mal in ihrem Leben fühlte Nicole sich außerhalb ihrer Arbeit rundum wohl.

Sie drehte den Kopf ein bisschen und blickte direkt in Tys blaue Augen.

Wie schön es ist, ihm so nah zu sein, dachte sie. Sie hatte nur selten eine Beziehung gehabt und noch seltener Sex. Dieses Zusammensein mit Ty war mit nichts vergleichbar, was sie bislang erlebt hatte.

Sie hatte sich vollkommen ihrer Lust hingegeben und zwei überwältigend intensive Höhepunkte gehabt. Es war einfach unbeschreiblich mit Ty gewesen. Und sie wollte es mit ihm wieder erleben.

Ty sagte kein Wort. Sie merkte an seinen Atemzügen, wie erschöpft er war. Offenbar hatte er wieder Schmerzen.

Und sie merkte noch etwas. Sie merkte, dass er sich innerlich von ihr zurückzog.

„Schlaf ruhig", flüsterte sie. Hatte sie sich zu früh gefreut? War dieses wohlige Gefühl, das sie empfand, ganz einseitig?

Er sagte immer noch nichts und schloss die Augen.

Als Ty tief schlafend neben ihr lag, verließ Nicole das Haus.

10. KAPITEL

Es überraschte Ty nicht, als er beim Aufwachen allein war. Trotzdem war er enttäuscht. Das lag vielleicht auch an seiner körperlichen Erregung, die sich nicht einmal durch eine kalte Dusche dämpfen ließ. Aber Ty ahnte, dass er nicht deshalb frustriert war, weil sein Körper nicht zum Zuge kam.

Bevor er zu lange über den wahren Grund nachgrübeln konnte, rief er bei Nicole an. Dabei wusste er überhaupt nicht, was er sagen sollte. Hallo, das war eine tolle Nacht, was? Wieso bist du verschwunden? Ich will wieder flachgelegt werden.

Vielleicht sollte er auch bei der Wahrheit bleiben: Ich bin aufgewacht, und du warst fort. Jetzt fühle ich mich unendlich einsam.

Letztlich brauchte er nichts zu sagen, denn nur der Anrufbeantworter meldete sich. Ty legte auf. Er sollte es lieber akzeptieren, dass sie einfach verschwunden war. Sie waren zwei erwachsene Menschen, die nur ihrem Trieb nachgegeben hatten.

Er konnte bloß hoffen, dass dieser Trieb Nicole bald wieder zu ihm führte.

Ty war froh, dass seine Schmerzen merklich nachgelassen hatten. Offenbar hatte dieses außergewöhnliche erotische Erlebnis seinem Körper gutgetan.

Es war ja auch unvergleichlich gewesen. Er hatte schon einiges auf diesem Gebiet erlebt, doch noch nie zuvor hatte er wirklich die Kontrolle über sich verloren und sich völlig seiner Lust ergeben und sich ganz auf seine Partnerin eingelassen. Auf dem Gipfel hatte er die Augen offen behalten und Nicole angesehen. In ihrem Blick hatte er erkannt, dass sie in diesem Moment genauso offen und verletzlich gewesen war wie er.

Das machte ihm Angst.

Ty stand auf und lenkte sich mit Arbeit ab, und als er zu Taylors Haus fuhr, um die Entwürfe mit ihr zu besprechen, nahm er sich fest vor, bei Nicole nur ganz kurz hereinzusehen. Er wollte nur Hallo sagen.

Natürlich war sie gerade im Krankenhaus und arbeitete. Sicher dachte sie nicht einmal an ihn.

Taylor und Suzanne verwöhnten ihn mit Nahrung und guter Laune. Seltsam. Normalerweise hätte er sich in so einer Atmosphäre erdrückt gefühlt. Er hatte mit keiner der beiden Frauen geschlafen, dennoch verwöhnten sie ihn und wollten sich mit ihm anfreunden. Mit Frauen befreundet zu sein, das kam bei ihm selten vor. Andererseits konnte man sich Taylor und Suzanne einfach nicht widersetzen.

Er mochte sie, jedenfalls bis sie ihn an die Verlobungsparty erinnerten. Sie sollte an diesem Abend stattfinden, und er wurde erwartet.

Bisher war er solchen Verpflichtungen immer aus dem Weg gegangen. Was soll's?, dachte Ty. Dann gebe ich eben nach.

Auf dem Rückweg fuhr er wieder an der Jugendherberge vorbei und fragte nach Margaret Mary.

Diesmal hieß es, sie sei ausgezogen.

Ty hielt sich am Empfangspult fest, um nicht zu schwanken. „Wohin ist sie gegangen?"

Die junge Frau zuckte mit den Schultern. „Ich glaube, sie wollte nach Seattle."

Das war ja tausend Meilen entfernt! Hatte sie überhaupt ein Auto? Geld? Oder war sie vollkommen mittellos und fuhr jetzt per Anhalter? Hatte sie überhaupt ein Gespür für die Gefahren, die auf sie lauerten?

Ty konnte es sich selbst nicht genau erklären, wieso er es auf einmal so eilig hatte, aber er raste nach Hause, um so schnell wie möglich zu seinem Computer zu kommen.

Es gab keine E-Mail von ihr. Hatte sie es aufgegeben? Das könnte er ihr nicht verübeln. Denn genau das hätte er verdient.

Zum ersten Mal war es Ty, der den Kontakt aufnahm.

Margaret Mary aus Dublin, ich bin ein irischer Dickkopf, und es tut mir leid. Ich weiß, dass das eine lausige Entschuldigung ist, aber bitte versuch, mich zu verstehen. Aber so was wie Familie hat mir immer nur Schmerz und Leid zugefügt. Allerdings habe ich das Gefühl, dass es bei Dir anders gewesen wäre. Ich weiß nicht, was diesen Sinneswandel bewirkt hat. Vielleicht mein Sturz (ein lange Geschichte) oder die Tatsache, dass ich heute Morgen allein aufgewacht bin und erkannt habe, dass ich daran selbst schuld bin (noch eine lange Geschichte).
Also, Margaret Mary aus Dublin, entscheide selbst: Ist es zu spät?
Dein Bruder Ty Patrick O'Grady

Ty lehnte sich zurück und blickte nach draußen auf die Berge am Horizont. Was für eine grandiose Aussicht, und was für ein großes, leeres, stilles Haus!

Seit wann kam ihm das Haus bloß so still vor? Hatte er sich nicht immer seine Ruhe gewünscht?

Jetzt sehnte er sich nach etwas anderem, auch wenn er nicht genau sagen konnte, wonach.

Auf jeden Fall fehlten ihm ein paar Menschen in seinem Leben.

An diesem Abend schaffte Nicole es unter viel Fluchen, sich für die Verlobungsparty zurechtzumachen. Sie schaffte es, Taylor und ihrer Schminkausstattung aus dem Weg zu gehen, indem sie lange bei der Arbeit blieb. Halterlose Strümpfe, das grüne Kleid, Mascara und Lippenstift waren für ihren Geschmack mehr als genug.

Die Party fand bei Ryan statt, weil Suzanne gerade zu ihm zog. Als Nicole das Haus betrat, wurde sie fast erschlagen von dem Duft köstlicher Speisen, der Musik und dem Gelächter. Alle schienen sie umarmen zu wollen. Suzanne, Taylor und Ryan. Sie schob die beiden Frauen weg, weil die sich wegen ihres Kleids gar nicht mehr beruhigten, und ließ sich von Ryan in die Arme ziehen.

„Moment mal, das ist mein Verlobter!", stellte Suzanne klar, als der große gut aussehende Ryan Nicole gar nicht mehr losließ.

„Er ist lediglich ein aufmerksamer Gastgeber." Nicole gab Ryan einen Schmatzer auf den Mund und genoss es, als Suzanne erschrocken nach Luft schnappte und Taylor auflachte.

Dann kam noch ein Mann auf sie zu. Er sah für ihren Geschmack sogar noch besser aus als Ryan, hatte hellblaue Augen, manchmal einen irischen Akzent und einen Dickkopf, der ihrem in nichts nachstand.

„Hallo", begrüßte sie ihn etwas verlegen. Dass Ty sie mit den Augen zu verschlingen schien, machte es ihr nicht leichter.

„Hallo", antwortete er.

Hastig zog Suzanne Taylor und Ryan mit sich weg.

Jetzt war Nicole mit Ty allein. Sie konnte kaum still stehen, verlagerte das Gewicht von einer hohen Hacke auf die andere und biss sich auf die Unterlippe. Sie zerrte am Saum ihres Kleids und fühlte sich verletzlich und zugleich kindisch.

Ty kam näher, und sie wusste nicht, ob sie ihn schlagen oder küssen sollte. Wenn sie doch wenigstens Jeans anhätte!

Er legte ihre eine Hand an die Taille und drückte sie sanft. „Du hast mein Herz gestohlen."

Wenn er solchen Unsinn redete, dann wurde ihr immer ganz anders. „Hör auf damit."

„Aber es stimmt. Du bist umwerfend."

„Weil ich irre hohe Pumps und einen lächerlich knappen Stofffetzen trage?"

„Nein, deine ganze Art macht dich umwerfend." Sanft strich er ihr über die Wange. „Du hast dich Suzanne zuliebe so angezogen. Sie bedeutet dir viel."

„Mir war klar, dass es hier gute Sachen zu essen gibt."

Ty schüttelte den Kopf. „Mir machst du nichts vor."

Ja, er durchschaut mich, dachte sie, und gerade das machte ihr Angst.

Nicole nahm sich fest vor, sich mit Arbeit abzulenken, damit sie nicht an Ty dachte. Auf der Party hatte er viel zu fabelhaft ausgesehen, und ständig hatte er ihr Zärtlichkeiten ins Ohr geflüstert. Sein leidenschaftlicher Blick hatte ihr die ganze Welt versprochen, obwohl sie letztlich allein nach Hause gefahren war.

Für kurze Zeit gelang es ihr immer wieder, sich abzulenken, aber vergessen konnte sie Ty nicht.

Jetzt, eine Woche später, stand sie gerade im Schwesternzimmer und studierte die Unterlagen eines Patienten, als Dr. Watts von hinten zu ihr trat.

„Sie riechen gut", flüsterte er und drängte sich so dicht an sie, dass sie seine Schenkel spürte.

„Einen Schritt zurück", sagte sie warnend. Sie stand eingezwängt zwischen dem Schreibtisch und seinem Körper, doch sie empfand eher Wut als Angst. Im Notfall könnte sie ihn spielend zu Boden werfen, aber den darauf folgenden Ärger wollte sie sich ersparen.

„Weshalb sträuben Sie sich so gegen mich?" Dr. Watts strich ihr über den Nacken.

Nicole schlug seine Hand weg. „Ich sage es Ihnen jetzt ein letztes Mal: Nehmen Sie Ihre Pfoten von mir."

„Sonst?"

„Sonst wird es Ihnen leidtun."

Dr. Watts lachte leise und rührte sich nicht. Dann drängte er sich mit den Hüften an ihren Po, und Nicole platzte der Kragen.

„Sie fühlen sich gut ..."

Weiter kam er nicht. Nicole hatte ihm den Ellbogen in den Magen gerammt und ihm gleichzeitig mit aller Kraft auf den Fuß getreten.

Aus heiterem Himmel

„Was geht hier vor?"

Nicole strich sich das Haar aus dem Gesicht und wandte sich dem eintretenden Mann zu. Dr. Luke Walker stand vor ihr. Er gehörte zum Aufsichtsrat des Krankenhauses und war der oberste Personalchef. Auch Dr. Lincoln Watts, der sich gerade am Boden wand, gehörte zu seinen Untergebenen.

„Gibt es ein Problem, Dr. Mann?"

„Jetzt nicht mehr."

Dr. Walker betrachtete den Mann auf dem Boden und bedachte dann Nicole mit einem scharfen Blick. „Sie hätten sich schon eher bei mir melden sollen, Nicole."

Sie atmete tief durch. „Mir geht es gut."

„In Ordnung. Dann betrachten Sie Ihre Schicht bitte als beendet."

„Aber …"

„Nicht als Strafe." Dr. Walker trat zurück, als Dr. Watts sich aufrappelte. „Als kleine Wiedergutmachung für die Geduld, die Sie mit diesem Mann gezeigt haben. Dr. Watts, Sie kommen bitte mit mir."

Dr. Lincoln Watts warf Nicole einen wütenden Blick zu, und sie hätte fast losgelacht.

Auf der ganzen Fahrt nach Hause sang sie gut gelaunt vor sich hin, und dann bekam sie auch noch einen Parkplatz direkt vor dem Haus.

Als sie die Treppen hinaufstieg, fing Suzanne sie ab.

„Hallo, Nicole", begrüßte Suzanne sie lächelnd.

Taylor trat zu ihr. „Weißt du eigentlich, was man beim Telefon als Rückruf bezeichnet?"

Nicole hatte die Nachrichten der beiden gehört, bislang aber noch keine Gelegenheit gehabt, sie anzurufen. Jetzt bekam sie ein schlechtes Gewissen, zumal die zwei sich wirklich zu freuen schienen, sie zu sehen.

„Seht ihr? Deshalb habe ich ungern Freunde." Sie schloss die

Tür auf und schob die beiden in ihr Apartment. „Ich bin als Freundin einfach ungeeignet."

„Stimmt ja gar nicht, du hast nur viel zu tun."

„Aber hin und wieder könntest du dich schon an uns erinnern", wandte Taylor ein. „Das wäre nett."

„Tut mir leid. Aber die Arbeit ..."

„Ja, schon gut." Taylor betrachtete die Zimmerdecke. „Wahrscheinlich ist dir nicht einmal aufgefallen, dass ich die Decke habe reparieren lassen."

Stimmt, dachte Nicole. Wie konnte ich das nur übersehen? „Also, ich ..."

„Ich erwarte ja gar keine Erklärung von dir", sagte Taylor.

„Seht mal, ich muss ..."

„Du kommst gerade von der Arbeit, was kannst du da zu tun haben?" Taylor ließ sich auf den Futon im Wohnzimmer fallen und sah sich um. „Du brauchst dringend Möbel."

„Das sehe ich nicht so."

„Wieso richtest du dich nicht schöner ein? Willst du bald wieder ausziehen?"

„Ich fühle mich wohl hier. Drüben steht mein Bett."

Taylor hob eine Augenbraue. „Aber die Sachen in der Küche sind immer noch in Kartons."

„Das liegt daran, dass Suzanne mir ständig etwas zu essen bringt. Ich brauche gar nicht zu kochen." Nicole lächelte Suzanne an. „Danke übrigens."

Suzanne erwiderte das Lächeln. „Soll ich damit aufhören? Würdest du dann häuslicher werden? Wenn du gezwungen wärst, dich einzurichten?"

„Aber ich will doch gar nicht weg." Nicole sah von einer zur anderen.

„Bist du dir da sicher?" Taylor stand auf. „Ich weiß doch, dass du bislang immer nur ein paar Monate in derselben Wohnung gelebt hast. Ist es für dich jetzt auch wieder Zeit für den nächsten Umzug? Ich merke doch, wie unangenehm es dir ist, dass es hier Leute gibt, denen du etwas bedeutest." Sie trat dicht vor Nicole und betrachtete sie eingehend. „Ja", stellte sie fest. „Es wird für dich Zeit, weiterzuziehen."

Nicole verschränkte die Arme vor der Brust. „Viele Leute ziehen oft um. Dagegen habe ich meinen Job schon ganz lange, und den will ich nicht wechseln. Das zählt doch auch als Stabilitätsfaktor."

Suzanne lächelte schief. „Du hast nur Angst, Menschen nah an dich heranzulassen. Das weiß ich deshalb so genau, weil es bei mir ähnlich war. Bevor ich Ryan kennengelernt habe."

Nicole wandte sich an Taylor. „Hast du unseren Schwur vergessen? Schließlich bedeutet er, dass man die Leute nicht zu nah an sich heranlässt."

„Er bedeutet lediglich, dass du dir keinen Verlobungsring anstecken lässt. Aber abgesehen davon, kannst du tun und lassen, was du willst." Taylor neigte den Kopf zur Seite. „Du weißt doch, dass wir dich lieben, stimmt's? Und ich glaube, du empfindest auch Zuneigung für uns."

„In erster Linie für Suzanne, weil sie für mich kocht." Nicole versuchte zu scherzen, weil sie so gerührt war. Mit Gefühlen konnte sie einfach nicht umgehen.

„Und ich weiß auch, dass du etwas für Ty empfindest."

„Das könnte man als Wut bezeichnen."

„Dann magst du ihn nicht? Das sah aber anders aus, als er verletzt war, Nicole."

„Weil ich Ärztin bin. Ich kann es nicht ertragen, wenn jemand verletzt ist, selbst wenn es ein uns allen bekannter Ire ist."

„Du warst außer dir, und zwar nur, weil er es war." Taylor schüttelte den Kopf. „Du warst in Panik, und das bist du sonst nie."

„Du hast dir sogar einen Tag freigenommen", warf Suzanne mit einem vielsagenden Lächeln ein.

Taylor lächelte. „Du hast Seifenopern und alte Serien gesehen. Du hast deine eigenen Gefühle entdeckt, stimmt's, Nicole?"

In erster Linie konnte Nicole sich daran erinnern, was für einen Spaß ihr das Fernsehen gemacht hatte. Aber vor allem hatte sie es genossen, Ty in ihrem Bett zu haben. Daran könnte sie sich gewöhnen.

„Oder war es so gut, dass es dir Angst gemacht hat?", hakte Suzanne nach.

„Habt ihr zwei eigentlich nichts zu tun? Ihr macht euch zu viele Gedanken um andere. Also schön: Ty bedeutet mir eine Menge." Sie senkte die Stimme zu einem Flüstern. „So viel, dass es mir Angst macht. Deshalb bleibt mir nichts übrig, als mich mit Arbeit davon abzulenken. Seid ihr jetzt zufrieden?"

Ty stand an der Tür und lächelte Nicole an. „Ich bin sehr zufrieden, aber das ist nicht alles."

Nicole verschluckte sich fast. Seit wann stand er dort? „Ty, ich ..."

„Ich habe auch Angst, Nicole. Große Angst sogar."

Suzanne drückte beruhigend seinen Arm. „Das wird mit der Zeit weniger."

„Und wieso?"

„Weil die Liebe sich durchsetzt, natürlich." Suzanne lächelte bei Tys entsetztem Blick und zog Taylor am Arm. „Komm, lassen wir die beiden allein."

„Nein!" Nicoles Herz raste, und ihre Hände wurden feucht. Wer sprach hier von Liebe? Durfte sie denn nicht einfach nur Lust empfinden? Musste gleich von Liebe die Rede sein? „Taylor."

Taylor lachte. „Ach, Süße, wenn du dich sehen könntest. Du warst immer nur zu beschäftigt, und jetzt ist es einfach so passiert. Weißt du überhaupt, was du jetzt tun sollst? Arme Nicole." Sie legte die Hände um Nicoles Gesicht und gab ihr einen dicken Kuss. „Gute Neuigkeiten, Supergirl: Du bist klug genug, um es selbst herauszufinden."

Aus heiterem Himmel

Es mag ja sein, sagte sich Nicole, dass ich gemerkt habe, dass das Leben nicht nur aus Arbeit, sondern auch aus Vergnügen besteht. Und was sollte sie mit dieser Erkenntnis jetzt anfangen? Was wollte sie eigentlich? Wie sollte sie sich Ty gegenüber verhalten? War es nicht dumm von ihr zu hoffen, dass er der Richtige für sie sein könnte?

Nein, dachte sie. Das ist er nicht. Das wird er auch nie sein. Doch es stimmt, er bedeutet mit etwas. Und das hat er jetzt auch noch mitbekommen. Wie peinlich! „Taylor."

Aber ihre Freundinnen hatten sie mit Ty allein gelassen. Er sah fast genauso entsetzt aus, wie sie sich fühlte.

„Also, mein Tag ist gelaufen." Sie versuchte zu lächeln.

Ty stieß die Luft aus und sah Nicole fragend an. „Irgendetwas ist heute doch vorgefallen, oder?"

„Ach nichts." Unglaublich, wie gut er sie durchschaute. „Bei der Arbeit lief es nicht so toll …"

„Hat dieser Mistkerl sich wieder an dich herangemacht?"

Tys zorniger Tonfall erstaunte sie. „Das hat sich alles geklärt."

„Ganz sicher?"

„Ganz sicher."

Ty wirkte immer noch unruhig.

„Wieso bist du überhaupt hier?" Nicole verschränkte die Arme vor der Brust.

„Ich habe hier einen Auftrag zu erledigen."

„Ach, richtig." Sie kam sich albern vor. Natürlich, sein Auftrag. Was hatte sie denn gedacht? Dass er sie sehen wollte? Wie lächerlich!

„Um den werde ich mich gleich kümmern." Er drehte sich um, doch anstatt zu gehen, machte er nur die Tür zu.

11. KAPITEL

Ty und Nicole waren allein im Apartment. Ty blickte Nicole in die Augen. Offenbar war sie genauso verwirrt und unruhig wie er.

„Was hast du vor?" Nicole beobachtete Ty misstrauisch, als er sich ihr näherte. „Ich dachte, du wolltest dich um deinen Auftrag kümmern."

„Das tue ich auch." Er umfasste ihre Oberarme und zog sie dicht an sich.

Atemlos öffnete sie den Mund. „Aber geht es dabei nicht um deinen Job? Du wolltest doch arbeiten."

„Wer hat etwas von Arbeiten gesagt?"

„Du ... ich ..."

„Jetzt stotterst du schon wieder. Allmählich kommt mir der Verdacht, dass du nur in meiner Nähe stotterst. Das gefällt mir, aber bleiben wir beim Thema. Ich möchte ein paar Dinge zwischen uns klarstellen."

„Oh." Nicole ließ sich nicht anmerken, was in ihr vorging. „Verstehe. Dir tut es leid, was geschehen ist."

„Glaubst du das wirklich?" Ty hielt ihren Blick fest und erkannte, dass es ihr ernst war. „Bist du deshalb, ohne dich zu verabschieden, weggegangen?"

„Jetzt erzähl mir nicht, dass du mit mir aufwachen wolltest." Sie löste sich aus seinem Griff. „Du hast keinen Ton gesagt, weil du nämlich panische Angst hattest."

„Das war nur ein ganz flüchtiges Gefühl."

„Das kommt dir jetzt nur so vor", erklärte Nicole. „Aber ich mache dir gar keinen Vorwurf. Ich bin nicht der Typ Frau, neben der ein Mann aufwachen will."

Leise fluchend fuhr Ty sich durchs Haar und suchte nach den richtigen Worten. „Nicole, du bist genau der Typ Frau, neben der ein Mann aufwachen möchte. Du bist klug, sexy und

Aus heiterem Himmel

schön. Ich war einfach überwältigt und sprachlos, nachdem ich gerade den unglaublichsten Sex meines Lebens mit dir gehabt hatte."

Nicole errötete und konnte kaum glauben, was er sagte.

„Es war mehr als Sex. Das klingt zwar abgegriffen, aber zwischen uns war eine so innige Verbindung, und, okay, ja das hat mich erschreckt."

Sie wagte nicht, sich zu rühren. „Sprich weiter."

Ty räusperte sich, weil er plötzlich eine raue Kehle hatte. „Ich habe mich dir so nah gefühlt wie noch niemandem zuvor.

Allmählich löste Nicoles innere Anspannung sich etwas. „Stimmt das wirklich?"

„Es kam mir vor, als würdest du mich in- und auswendig kennen."

Eine wohlige Wärme breitete sich in ihr aus. „Den Eindruck habe ich von dir auch."

Ty schüttelte den Kopf und drehte sich von ihr weg. „Aber ich komme aus dem Nichts. Ich war ein Niemand."

„Nein, sag das nicht." Es tat Nicole weh, dass er sich so sah.

„Du hast ja keine Ahnung, was ich alles getan habe, um zu überleben."

„Du warst ein Kind. Niemand gibt dir die Schuld", erwiderte sie energisch. „Also gib sie dir nicht selbst."

Ty wirkte immer noch sehr bedrückt, und Nicole strich ihm über den Rücken. Obwohl es nur eine ganz leichte Berührung war, zuckten seine Muskeln.

„Dieser Junge von damals lebt aber immer noch tief in mir", sagte er leise. „Ich bin rastlos. Auch hier in L. A. habe ich den Drang, weiterzuziehen."

Ihr blieb fast das Herz stehen. „Du willst fort?"

Ty drehte sich wieder zu ihr, und sie sah in seine Augen. Dieser Mann hatte ihr gezeigt, wie es war, aus ihrem Käfig auszubrechen. Er war stark, klug und humorvoll. Außerdem war er ehrgeizig und voller Leidenschaft. Noch nie hatte sie so viel für einen Mann empfunden.

„Ich habe daran gedacht, wieder zu verschwinden. Es wäre ganz einfach", sagte er. „Ich könnte alles zusammenpacken und neu anfangen." Er zuckte die Schultern. „In New York zum Beispiel."

„Ja." Sie räusperte sich, weil ihre Kehle auf einmal wie zugeschnürt war. Er dachte daran, von hier wegzuziehen! „Ty." Geh bitte nicht, flehte sie innerlich.

Sacht strich Ty ihr über die Wange und den Hals entlang und zog Nicole wieder an sich. Seine Lippen waren dicht vor ihrem Mund. „Aber dann habe ich dich getroffen."

Ty lächelte, doch es wirkte weiterhin bedrückt. Dennoch regte sich plötzlich Hoffnung in Nicole.

„Und das heißt?", fragte sie vorsichtig.

„Dass ich zum ersten Mal den Wunsch gehabt habe, jemandem von meiner Vergangenheit zu erzählen. Ich wollte, dass du mich verstehst. Nicole, wir sind so verschieden …"

Sie unterbrach ihn mit einem Kuss. Ihr war klar, dass er sich seiner Vergangenheit schämte, doch sie wusste ja, was für ein Mann Ty wirklich war. Er sehnte sich nach Wärme, Liebe und Anerkennung, genau wie alle Menschen. Nur aus Angst setzte er seinen lässigen Charme und seinen trockenen Humor ein, damit die anderen ihm nicht zu nah kamen. Aber sie ließ sich nicht mehr abwehren.

Selbst jetzt versuchte er es noch. Obwohl sie ihn voller Leidenschaft küsste und die Arme um seinen Nacken schlang, berührte er sie nicht.

Nicole umfasste sein Gesicht. „Verschließ dich nicht, Ty. Zeig mit, dass du mich auch willst. Selbst wenn es nur ein klein wenig ist."

„Nur ein klein wenig?" Tys Lachen klang wie ein Stöhnen. „Ich sehne mich unendlich nach dir." Er drückte sie fest an sich und hob sie hoch. „Aber du solltest lieber wissen, was gut für dich ist, Nicole. Schick mich lieber weg und halt dich von mir fern."

„Das kann ich nicht."

„Dann kann uns niemand helfen."

Ty küsste sie. Es war so zärtlich und behutsam, dass Nicole dahinschmolz. Ihre Zungen fanden sich zu einem sinnlichen Spiel, und der Kuss wurde immer heißer und tiefer. Nach einem Moment sahen sie sich an. Ihr Verlangen spiegelte sich in den Augen des anderen. Aufstöhnend presste Ty die Lippen erneut auf ihre, und Nicole erwiderte den Kuss mit dem gleichen Hunger.

Nur um wieder zu Atem zu kommen, hoben sie den Kopf.

„Nicht hier", stieß Nicole atemlos aus und schwankte leicht, als Ty einen Schritt zurücktrat. „In meinem Schlafzimmer."

„Nicole, ich …"

„Komm in mein Schlafzimmer." Entschlossen nahm sie seine Hand und zog ihn mit sich zum Schlafzimmer, bevor er zur Vernunft käme und sich verabschiedete. Sie wollte sich nicht von Ty verabschieden und hoffte inständig, dass er im Grunde auch gar nicht wegwollte.

Es war schon spät, und im Schlafzimmer war es dunkel. Nicole schaltete das Licht an und zögerte dann. Vielleicht sollte sie es lieber dunkel lassen? Nein, sagte sie sich und wandte sich zu Ty um, während sie sich die Bluse über den Kopf zog.

Ty versuchte erst gar nicht, seine Begierde zu verbergen, und Nicole wollte sich diesen Ausdruck wilder Leidenschaft in seinen Augen fest einprägen, damit sie sich immer daran erinnern konnte, wenn Ty fort war.

„Nicole."

Fast hätte sie geweint, weil Bedauern in seiner Stimme mitschwang. Er wollte seine Meinung ändern, aber er schaffte es einfach nicht. Nun, jetzt war er auf jeden Fall noch hier und bei ihr, und sie würde die Gelegenheit nutzen. Sie knöpfte ihre Jeans auf und hörte ihn scharf die Luft einziehen.

„Warte, ich ..." Stöhnend brach Ty ab, als Nicole sich die Jeans Zentimeter für Zentimeter herunterzog und sie dann abstreifte.

Jetzt trug sie nur noch einen BH aus roter Seide und einen Tanga aus gelber Spitze. Verdammt, dachte Nicole, wieso habe ich nicht wenigstens heute BH und Slip in passenden Farben angezogen? Doch für solche Überlegungen war es jetzt zu spät. Um sicherzugehen, dass Ty sie auch richtig wahrnahm, drehte sie sich langsam im Kreis und fuhr sich dabei mit beiden Händen über den Körper.

„Das ist nicht fair", flüsterte er und trat so dicht an sie heran, dass ihre Körper sich fast berührten.

„Unfair ist hier nur, dass du noch nicht einmal angefangen hast, dich auszuziehen."

Nicole zerrte an seinem Hemd, und Ty hob die Arme, damit sie es ihm ausziehen konnte. Beim Anblick der blauen Flecken auf seinem Brustkorb, empfand sie tiefe Zärtlichkeit für ihn.

„Alles in Ordnung, Ty?"

„Im Moment schon. Deine heutige Farbkombination gefällt mir."

„Ja, ja. Eines Tages werde ich früher aufstehen, damit ich mehr Zeit habe, um alles passend auszusuchen."

„Nein, mir gefällt es wirklich so. Es zeigt, dass du nur äußerlich beherrscht und rational bist, in Wahrheit aber aufreizend und chaotisch."

Ty strich ihre Seiten hinauf zu den Brüsten, und Nicole griff in sein Haar und zog seinen Kopf dichter zu sich und küsste ihn.

„Nicole ..." Immer wieder sprach er ihren Namen aus, als wäre er wie berauscht von seinem Klang. Zärtlich fuhr er mit den Lippen über ihre Wange bis hinters Ohr und den Hals hinab. Gleichzeitig glitt er mit den Händen über ihren Körper. Ihr BH fiel auf Boden, der Tanga folgte.

„Ich möchte dir nicht wehtun", sagte Ty leise.

„Dann tu mir nicht weh." Nicole öffnete seine Jeans, schob die Hände hinein und umfasste seinen festen Po. Da ihr klar war, dass Ty sich schlecht bücken konnte, kniete sie sich vor ihn, um ihm die Jeans ganz auszuziehen. Die Shorts zog sie gleich mit herunter, und dann stockte ihr einen Moment der Atem, als sie direkt vor ihren Augen sah, wie groß seine Begierde war.

„Nicole."

Sie umschloss ihn mit den Lippen, und Ty taumelte einen Schritt zurück. Wie im Fieber fuhr er mit den Händen durch ihr Haar und warf den Kopf in den Nacken. Immer aufreizender liebkoste sie ihn mit der Zungenspitze, und Ty erschauerte. Doch dann entzog er sich ihr und zog sie wieder hoch.

„Ty, ich möchte dich glücklich machen."

„Ich dich auch. Deshalb gehen wir jetzt auch aufs Bett."

„Aber ..."

„Ich würde ja den Helden spielen und dich tragen, aber im Moment geht das nicht."

„Wegen deiner Rippen."

„Genau."

Ty folgte Nicole auf das Bett und legte sich neben sie. Er streichelte zärtlich ihre Füße und strich langsam hoch zu ihren Schenkeln.

„Pass mit deinen Rippen auf ..." Sie verstummte, als er ihre Schenkel spreizte. Der glühende Blick, mit dem er sie ansah, entfachte nur noch mehr ihre Lust.

Ty atmete tief durch. „Wie soll ich mir nicht wehtun, wenn du mich schon mit deinem Anblick umbringst?"

Ganz langsam beugte er sich vor, und Nicole wusste, was er vorhatte, als sie seinen warmen Atem an den Innenseiten ihrer Schenkel spürte.

„Sei vorsichtig, Ty."

„Pst."

Er küsste sie sehr intim, und sie konnte nur noch hilflos stöhnen und seinen Namen ausstoßen.

„Ich begehre dich." Tys Blick wurde noch leidenschaftlicher, als er mit einem Finger in sie eindrang. „Mehr als je eine Frau zuvor."

„Ich will dich auch." Nicole konnte vor Erregung kaum sprechen. Aber sie wollte Ty sagen, was sie fühlte, damit er nicht fortging, sondern hier und bei ihr blieb. „So wie dich habe ich noch niemanden gebraucht. Liebe mich."

„So?"

Beide Hände um ihren Po gelegt, drückte er seine Lippen auf ihren sensibelsten Punkt. Sie spürte seine Zunge und verging fast vor Wonne. Sanft und geschickt liebkoste er sie mit dem Mund, und sie erlebte einen unbeschreiblich starken Höhepunkt. Während sie immer noch bebte, kniete er sich vor sie und kam zu ihr.

Plötzlich verharrte Ty und stieß einen Fluch aus.

Nicole war außer sich vor Sehnsucht und konnte es nicht erwarten, dass er sich endlich bewegte. „Was ist?"

„Ich habe das Kondom vergessen", stieß er aus und löste sich wieder von ihr. Es kostete Ty große Überwindung, aufzustehen und ein Kondom aus seiner Brieftasche zu nehmen. Hastig riss er das Tütchen auf und streifte sich den hauchdünnen Schutz über.

„Beeil dich." Nicole konnte kaum glauben, dass diese raue Stimme ihre war.

„Hier geht es nicht um einen Notfall, Frau Doktor. Kein Grund zur Eile." Aufreizend langsam glitt Ty wieder in sie hinein und hielt dabei ihren Blick fest.

Nicole hob sich ihm voller Ungeduld entgegen. Sie wollte ihn ganz spüren. Jetzt, sofort.

„Langsam", flüsterte er und strich mit den Lippen ihren Hals entlang.

Nicole konnte sich nicht länger beherrschen. Er sollte sie nehmen, damit sie ihre Angst, dass er morgen schon verschwunden sein könnte, vergaß. „Ty!"

Doch er ließ sich nicht drängen.

Sie packte seinen Po und wollte ihn an sich ziehen, doch ohne Erfolg. Ty war zu kräftig, als dass sie gegen ihn ankäme. Sie glaubte vor Verlangen zu sterben, und er hielt sie hin. Sie wollte wütend auf ihn sein, aber dann erkannte sie, dass er sich ebenso nach ihr verzehrte wie sie sich nach ihm. Er hatte die Zähne zusammengebissen und zitterte fast, während er sich langsam ein wenig aus ihr zurückzog, um wieder ganz zu ihr zu kommen. Er umfasste ihre Hüften fester, als er leidenschaftlicher und tiefer in sie eindrang. Wie im Rausch strich sie mit den Händen über seinen Rücken und erwiderte seine Bewegungen.

Nicole schlang die Beine um seine Hüften, spürte Tys Herzschlag und fühlte sich mit ihm eins.

Die Ekstase riss sie mit sich. Ein Feuerwerk schien hinter ihren geschlossenen Augenlidern zu explodieren. Schauer um Schauer durchliefen sie, und ihr Atem flog. Sie spürte, dass Ty das Gesicht an ihren Hals presste und ihren Namen rief, als er den Gipfel erreichte. Sie klammerte sich an seine Schultern, als das Beben, das durch seinen Körper lief, sich auf ihren übertrug und sie mit ihm zusammen noch einmal zum Höhepunkt kam.

Einen Augenblick später sank Ty neben sie und zog sie mit sich auf die Seite. Reglos lagen sie da. Nur das wilde Hämmern ihrer Herzen war zu hören.

Nicole konzentrierte sich ganz auf die unglaublichen Empfindungen, die sie erfüllten. Sie wollte an nichts anderes denken.

Ty küsste ihre Schulter und zog sich etwas zurück, damit er Nicole in die Augen sehen konnte. „Alles okay?"

„Mehr als okay." Nicole fühlte sich fantastisch. So gut hatte sie sich noch nie gefühlt – so entspannt und gleichzeitig so lebendig.

Ty stand auf und verschwand ins Bad. Als er zurückkehrte, blieb er neben dem Bett stehen. Er war immer noch nackt, als er ihr fest in die Augen sah. „Soll ich gehen?"

Wie konnte er das fragen? Allein bei der Vorstellung zog sich ihr Herz zusammen. Nein, das sollte er nicht. Um ihm das zu zeigen, schlug sie einladend die Decke zurück.

Ty schaltete das Licht aus und legte sich neben Nicole. Er zog sie dicht an sich, und sie schmiegte sich an seinen warmen Körper.

Sie liebte Ty. Das wusste Nicole mit absoluter Gewissheit, obwohl sie noch nie so für einen Mann empfunden hatte.

Und was jetzt?, fragte sie sich und versuchte, ruhiger zu atmen. Nun, sie hatte schon viele Situationen gemeistert, und gemeinsam mit Ty würde sie auch diese hier schaffen.

Mit dem Gedanken schlief Nicole lächelnd ein. Sie lächelte auch am Morgen, als sie aufwachte, weil die Sonne ihr ins Gesicht schien.

Sie streckte den Arm nach Ty aus, und ihr Lächeln erlosch. Er war fort.

12. KAPITEL

Er kann nicht weg sein, dachte Nicole. Sie richtete sich etwas auf und horchte auf Geräusche aus dem Bad oder der Küche. Allerdings war der Kühlschrank so gähnend leer, dass man sich in der Küche nicht sehr lange aufhalten würde.

Sie hörte keinen Laut und wusste, dass Ty gegangen war. Ich bin allein, dachte sie. Kein Problem, das bin ich gewohnt. Ganz bewusst lehnte sie sich wieder zurück, um sich selbst zu beweisen, wie gelassen sie das nahm.

Da hörte sie ein Geräusch im Treppenhaus und sprang aus dem Bett. Vielleicht war er losgegangen, um zum Frühstück Kaffee und Donuts zu besorgen.

Wenn er das getan hatte, dann würde sie ihn für immer lieben.

Nicole hatte die Hand bereits an der Klinke, als ihr bewusst wurde, dass sie splitternackt war. Schnell lief sie zurück, wickelte sich in die Bettdecke, rannte wieder zur Tür und riss sie auf.

Nichts. Aber sie hörte immer noch diese Geräusche. Deshalb ging sie auf Zehen ein paar Stufen hinunter. Insgeheim rechnete sie damit, dass Ty jeden Moment auftauchen würde. Lächelnd, mit einer Tüte Donuts und Kaffeebechern im Arm. Sie war bereit, sich für ein paar Donuts jedem seiner Wünsche zu unterwerfen.

„Nicole? Bist du das?"

Mist, das war Suzanne. Nicole fuhr herum und wollte die Treppe wieder hinauflaufen, aber sie trat auf die Bettdecke und fiel der Länge nach hin.

„Liebes, alles in Ordnung?" Suzanne kam näher. Sie trug einen riesigen Bilderrahmen aus Messing.

„Frag bitte nicht." Nicole setzte sich hin.

Hinter Suzanne, am anderen Ende des Rahmens, tauchte jetzt auch Taylor auf. „War es eine anstrengende Nacht?"

Nicole zog die Decke enger um sich und schwieg.

„Hm", sagte Taylor, doch dieses eine Wort drückte sehr viel aus. „Ich komme ausnahmsweise gleich zum Punkt: Ich verkaufe heute diesen Bilderrahmen, aber weder ich noch Suzanne können heute hier sein. Ich hatte gehofft, dass du mit Ty mehr oder weniger den ganzen Tag im Bett verbringst, damit du dem Käufer den Rahmen übergeben kannst."

„Ty ist weg."

„Holt er dir Frühstück?"

„Er ist ganz weg. Hat sich weggeschlichen." Nicole rieb sich das Gesicht. „So. Seid ihr jetzt glücklich?"

Taylor setzte sich auf die Stufe neben sie. „Habt ihr Sex gehabt letzte Nacht?"

„Was spielt das denn für eine Rolle?"

„Habt ihr oder nicht?"

„Ja! Drei Mal! Bin ich jetzt genug gedemütigt?"

„Hast du ihm während dieser drei Mal gesagt, dass du ihn liebst?", wollte Suzanne wissen.

Nicole hätte sie am liebsten erwürgt. „Wieso sollte ich?"

„Weil es die Wahrheit ist."

Der wütende Blick, mit dem Nicole sie bedachte, schien Suzanne in keiner Weise zu beeindrucken.

„Na?", drängte Taylor. „Hast du es ihm gesagt?"

„Nein." Die Nacht war perfekt gewesen, und sie hatten einander immer wieder erregt und geliebt. Sie hatte nicht glauben können, dass sie so glücklich sein konnte. „Er hat es auch nicht gesagt."

„Vielleicht hat er genauso viel Angst davor wie du." Taylor sprach nun sehr sanft und legte Nicole einen Arm um die Schultern. „Liebe kann einem manchmal einen ganz schönen Schrecken einjagen."

Nicole blickte ihr prüfend in die Augen und erkannte, dass Taylor aus Erfahrung sprach. „Dir hat jemand sehr wehgetan."

„Oh ja. Aber hier geht es um dich."

Suzanne setzte sich auf der anderen Seite neben Nicole. „Sag es ihm einfach und wart ab, was passiert."

Nicole holte tief Luft und stand auf. Okay. Feige war sie noch nie gewesen. „In Ordnung."

„Toll. Aber weißt du was?" Taylor zupfte an der Bettdecke. „Ty findet deinen Aufzug sicher klasse, aber bevor du auf die Straße gehst, solltest du dir doch lieber etwas anziehen."

Nachdem Nicole sich angezogen hatte, fuhr sie zu Tys Haus. Neben seinem Wagen stand ein fremdes Auto, und in der Auffahrt standen Kartons.

Offenbar zog er bereits aus.

Na gut, dachte Nicole. Er will mir also das Herz brechen. Aber leicht mache ich es ihm nicht. Sie hob den Kopf, achtete nicht auf ihr wild pochendes Herz und klopfte an die Tür.

Sobald er geöffnet hatte, schluckte sie und sagte: „Ich liebe dich."

Einen langen Moment blickte er sie nur schweigend an, dann ertönte eine Stimme aus dem Haus.

„Ty?" Eine große schöne Frau mit strahlend blauen Augen trat zu ihm.

Leider öffnete sich kein großes Loch im Erdboden, in dem Nicole hätte versinken können. Deshalb trat sie den Rückzug an. „Entschuldige."

„Nein", widersprach die Frau. „Sie müssen entschuldigen." Sie wandte sich an Ty und schlug ihm auf den Arm. „Du Blödmann hast mir gar nicht erzählt, dass du eine Freundin hast."

Jetzt reichte es Nicole. Sie fuhr herum und lief zurück zu ihrem Wagen. Gerade hatte sie die Fahrertür geöffnet, als sie herumgewirbelt wurde.

Ty stand vor ihr und blickte sie durchdringend an. Er legte ihr die Hände auf die Arme und drückte sie rücklings gegen das Auto. Sie wollte sich aus seinem Griff winden, aber er hielt sie einfach mit seinem ganzen Körper fest.

Es war genau wie in der vergangenen Nacht.

Nicole schloss die Augen. „Bitte", flüsterte sie. „Der Morgen war für mich ziemlich demütigend. Lass mich einfach los."

„Erst musst du wiederholen, was du eben gesagt hast." Ty klang genauso atemlos wie sie.

Sie öffnete die Augen wieder, presste die Lippen aber aufeinander.

Seufzend strich Ty über ihre Arme. „Nicole."

„Ich komme zu spät zur Arbeit."

Sein Atem ging immer noch unregelmäßig, als er die Stirn an ihre lehnte. „Du hast recht, ich hätte heute Morgen nicht verschwinden sollen, ohne dir eine Nachricht zu hinterlassen. Als mir das klar wurde, war ich aber schon auf halbem Weg nach Hause. Aber ich war so früh wach, und du wirktest so erschöpft. Außerdem brauchte ich Zeit zum Nachdenken. Als ich dann zu Hause ankam, fand ich die Nachricht meiner Schwester vor."

„Du hast sie gefunden?", rief Nicole.

Ty fühlte sich mehr denn je zu ihr hingezogen. Er hatte Nicole enttäuscht, dennoch blickte sie ihn nun voller Wärme und Interesse an, weil es um seine Schwester ging.

Weil sie mich liebt, ging es ihm durch den Kopf, und er fing an zu zittern. „Ehrlich gesagt hat sie mich gefunden. Das ist sie, dort, die Frau im Haus."

Nicole blickte hinüber zu der schönen jungen Frau, die in der Auffahrt stand. Erst jetzt fiel ihr die Ähnlichkeit auf. Sie hatte die gleichen blauen Augen, das gleiche schwarze Haar, das gleiche Lächeln wie Ty.

„Habt ihr schon miteinander geredet?", fragte Nicole leise.

„Wir haben gerade angefangen."

Aus heiterem Himmel

„Ich habe euch also unterbrochen. Das tut mir wirklich leid, ich ..."

„Meine Schwester und ich haben alle Zeit der Welt." Ty umfasste ihr Gesicht. „Aber im Moment geht es nur um uns beide, Nicole."

„Und die Kartons? Ich dachte, du ziehst um."

Ty musste lächeln. „Ja, das wäre das Einfachste, aber seit gestern Nacht ist alles anders."

„Was ist denn geschehen?"

„Mir ist klar geworden, was für ein Idiot ich bin." Er streichelte mit den Daumen ihre Wangen. „Aber dieser Idiot liebt dich, Nicole."

Sie lachte auf, doch es klang etwas zitterig. „Wirklich?"

„Oh Darling, wenn du nur wüsstest, wie sehr." Er zog sie näher an sich. „Ich dachte, dieses rastlose Leben würde mir gefallen." Ty drückte das Gesicht in ihr Haar. „Dadurch habe ich die Vergangenheit immer vergessen können. In Wahrheit war ich nur ein Vagabund ohne jede Bindung. Aber dann bin ich hier gelandet." Er trat einen Schritt zurück und lächelte sie an. „Ich liebe das Leben hier in Kalifornien." Zärtlich berührte er ihr Ohrläppchen. „Und dann hatte ich auf einmal eine Schwester, die mich suchte. Das hat mich eine Zeitlang ziemlich durcheinandergebracht."

Nicole lächelte. „Offenbar ist sie genauso stur wie du."

„Ja, das ist sie."

Ty strich ihr über den Rücken und drückte Nicole fest an sich, als könnte er gar nicht genug von ihr bekommen. Es war diese unstillbare Sehnsucht nach ihr gewesen, wegen der er heute Morgen aus ihrem Bett gesprungen war. Er war plötzlich davon überzeugt gewesen, dass er nicht ständig in Nicoles Nähe sein dürfte, weil ihr das sicher nicht recht wäre.

„Und jetzt bist du zu mir gekommen." Liebevoll küsste er sie. „Darling, ich habe mich noch niemals jemandem so nah gefühlt wie dir, und ich werde dich nie wieder loslassen. Sag mir bitte, dass du damit einverstanden bist."

„Damit bin ich sogar sehr einverstanden. Voll und ganz."

„Ich möchte dich heiraten, Nicole. Ich möchte Kinder mit dir haben, eine Familie gründen und alles richtig machen."

Als Nicole daraufhin blass wurde, musste Ty lachen. Leidenschaftlich und voller Liebe zog er sie an sich. „Wir müssen ja nichts überstürzen. Wir können auch einfach zusammen sein. Mir reicht es schon, wenn du mich liebst."

Nicole biss sich unsicher auf die Unterlippe. „Und wenn ich niemals heiraten möchte? Und niemals Kinder bekommen will? Was dann?"

„Ich will dich, Nicole. Das ist das Wichtigste für mich. Der Rest wäre sehr schön, aber mir geht es um dich."

Ein strahlendes Lächeln breitete sich auf ihrem Gesicht aus. „Du bist ein Wunder, Ty. Ich kann es gar nicht fassen, dass du mich so sehr liebst."

„Glaubst du, du bist nicht liebenswert?"

„Ich weiß, dass ich es nicht bin. Aber ich bin selbstsüchtig genug, um dich trotzdem zu heiraten." Sie lachte Ty an. „Ich möchte sogar einen kleinen Jungen haben, der so aussieht wie du."

„Ich möchte ein kleines Mädchen", stellte Ty klar und küsste sie. „Mit deinen Augen und deinem unwiderstehlichen Lächeln."

„Darüber müssen wir noch verhandeln. Wie wär's mit einer Hochzeit am Strand von Mexiko? In Badesachen."

Überglücklich lehnte er die Stirn an ihre und versuchte zu begreifen, welches Geschenk Nicole ihm machte. „Du willst nur kein Kleid anziehen."

Nicole runzelte die Stirn. „Hast du damit ein Problem?"

Lachend küsste er sie. „Nein. Aber Suzanne und Taylor werden Ärger machen. Willst du jetzt meine Schwester kennenlernen?"

„Liebend gern."

Ty drehte sich um und winkte nur in Richtung Haus, da kam Margaret Mary auch schon angestürmt und lächelte hoffnungsvoll. „Alles in Ordnung bei euch? Ich wollte keinen Ärger machen."

„Hast du auch nicht." Ty zog seine Schwester näher. „Margaret Mary, das ist Nicole. Meine beste Freundin, Geliebte und zukünftige Ehefrau."

Überrascht riss Margaret Mary die Augen auf. „Wirklich? Sie wird meine Schwägerin? Das ist ja wie noch eine Schwester für mich. Oh, Ty!"

Tränen traten ihr in die Augen, und sie zog Ty und Nicole ganz fest in die Arme, dass Nicole die Luft wegblieb. „Ein Bruder und eine Schwester, davon habe ich immer geträumt", flüsterte Margaret Mary, und Nicole musste schlucken, weil sie so gerührt war.

Sie erwiderte die Umarmung, und dann gingen sie alle drei Hand in Hand zum Haus.

„Ty?", fragte Nicole, und er hob ihre Hand und drückte sanft einen Kuss auf ihre Finger. „Wir werden uns nie mehr einsam fühlen, oder?"

Er sah sie so liebevoll an, dass sie vor Freude hätte jubeln können. „Niemals, Darling", antwortete er. „Nie wieder."

EPILOG

Bei Suzannes Hochzeit stand Nicole als Brautjungfer vor dem Altar und lauschte nervös auf die ersten Takte des Hochzeitsmarsches. In ihrem ganzen Leben war sie noch nie so nervös gewesen. Ihr zitterten die Knie, und ihr war heiß, weil Taylor sie praktisch gezwungen hatte, Strümpfe anzuziehen. Angeblich täten das alle Brautjungfern, hatte sie behauptet.

Wenigstens hatte sie keine Strumpfhose, sondern Strümpfe gewählt, damit Ty ihr die Dinger nachher so schnell wie möglich wieder ausziehen konnte. Heute trug sie ihm zuliebe sogar Unterwäsche, die zueinander passte.

Nun erschien Suzanne im Portal der Kirche. Sie sah in ihrem Brautkleid aus weißem Satin strahlend schön aus, und sie lächelte ihren Bräutigam, der ebenfalls schon am Altar stand, liebevoll an.

Ryan sah in seinem Smoking umwerfend aus, und als er Suzanne jetzt ansah, schimmerten seine Augen verdächtig.

Die Kirche war bis auf den letzten Platz gefüllt, und die Musik war laut genug, dass Taylor Nicole etwas zuflüstern konnte, ohne von den anderen gehört zu werden, als Suzanne ihren Platz vor dem Altar erreicht hatte. „Bald stehst du dort, wo Suzanne jetzt steht."

„Wir wollen doch durchbrennen."

„Feigling."

„Aber nicht zu feige, um zuzugeben, dass die Liebe jetzt ein fester Bestandteil meines Lebens ist." Nicole lächelte.

Taylors Blick bekam einen bedrückten Ausdruck.

Sofort empfand Nicole tiefes Mitgefühl mit ihr. Voller Zuneigung drückte sie Taylors Hand. „Ich wünsche mir von ganzem Herzen, dass du das eines Tages auch erlebst."

„Nein." Taylor zitterte ein wenig. „Für immer Single, diesen Schwur werde ich, wenn nötig, eben allein halten."

Allein. So hatte Nicole sich auch immer gesehen, bis sie Ty getroffen hatte. Sie blickte suchend über die Bänke, bis sie ihn entdeckte.

Ihre Blicke trafen sich, und als sie die Liebe in seinen Augen sah, war sie einfach glücklich. „Glaub mir, Taylor", flüsterte Nicole. „Eines Tages wird die Liebe dich ganz unerwartet überwältigen. Es wird dich umhauen, das weiß ich."

„Klingt eher nach einem Knockout."

„Fühlt sich auch so an. Aber mir gefällt es." Tys Lächeln ließ Nicoles Herz noch schneller schlagen. „Ja, mir gefällt es."

– ENDE –

Jill Shalvis

Küsse und andere Katastrophen

Roman

Aus dem Amerikanischen von
Johannes Heitmann

Küsse und andere Katastrophen

1. KAPITEL

Eines Tages, dachte Taylor Wellington, werde ich alt und runzlig sein. Und dann hören meine besten Freundinnen vielleicht endlich damit auf, mir einreden zu wollen, dass ich eine große Liebe brauche.

Niemand brauchte die große Liebe.

Taylor hatte geliebt, aber sie hatte auch lange Zeit ohne Liebe gelebt, deshalb war sie sich ihrer Sache sehr sicher. Im Moment presste sie sich gerade ihr Handy ans Ohr und lauschte Suzanne und Nicole, die ihr per Konferenzschaltung endlose Vorträge darüber hielten, wie wunderbar das Leben durch die Liebe wurde.

„Du musst es unbedingt ausprobieren."

Und so etwas von Nicole! Bei ihr war es gerade erst ein paar Monate her, dass sie sich Hals über Kopf in Ty Patrick O'Grady verliebt hatte, den eigenwilligen Architekten aus Irland, den Taylor engagiert hatte.

„Liebe ist noch besser als Eiscreme."

Diese Erkenntnis kam von Suzanne, bei der Eis essen als Lösung für alle Probleme hatte herhalten müssen. Suzanne hatte sich auch erst vor Kurzem verliebt. Sie war sogar noch einen Schritt weiter gegangen als Nicole und hatte geheiratet.

„Gib dir einen Ruck, Taylor, und mach Schluss mit dem Singledasein. Probier's zur Abwechslung mal mit einem Mann. Das wird dein Leben komplett verändern."

Taylor glaubte keine Sekunde lang daran. Liebe, das wusste sie aus eigener Erfahrung, war etwas, wobei man am Ende nur litt. Aber das würden ihre Freundinnen nicht verstehen. Taylor hatte es ihnen nie zu erklären versucht, denn sie kannte die beiden noch gar nicht so lange. Sie hatte die beiden Frauen kennengelernt, als sie die zwei Apartments in dem Haus, das sie kurz zuvor geerbt hatte, vermieten musste. Sie hatte das Geld gebraucht, denn von irgendetwas musste sie ja schließlich leben. Suzanne war als Erste eingezogen, und später Nicole. Beide hatten zusammen mit Taylor geschworen, niemals ihr Singledasein aufzugeben.

Leider hatten die beiden ihren Schwur schon bald gebrochen. Erst kürzlich waren sie wieder ausgezogen, denn natürlich wollte jede mit ihrer großen Liebe zusammenleben.

„Nur weil ihr zwei freiwillig eure Freiheit aufgebt, heißt das doch noch nicht, dass auch ich …" Taylor verstummte, weil sie ein seltsames Geräusch hörte. Lauschend neigte sie den Kopf zur Seite. „Wartet mal einen Moment."

Das ganze Haus erzitterte. Einen Augenblick lang fürchtete sie, das Haus würde zusammenbrechen, und das war gar nicht so abwegig, denn das alte Gebäude hatte eine grundlegende Renovierung dringend nötig. Aber ein zusammenbrechendes Haus stand für heute nicht auf Taylors Plan, und in ihrem Leben passierte selten etwas, das nicht von ihr geplant war.

Doch da war wieder dieses Zittern. Und gleich darauf noch einmal. Irgendetwas hämmerte regelmäßig gegen die Wände, genau im selben Rhythmus wie Taylors Kopfschmerzen. „Mädels, ich würde euch liebend gern weiter zuhören. Es interessiert mich brennend, was alles in meinem Leben nicht stimmt, aber ich muss jetzt auflegen."

„Warte! Höre ich da etwa Geräusche von Bauarbeiten?", fragte Suzanne.

Taylor ließ sich von dem beiläufigen Ton nicht täuschen. Sowohl Suzanne als auch Nicole hatten ihre große Liebe durch Bauarbeiten kennengelernt. Bauarbeiten, die sie, Taylor, in Auftrag gegeben hatte. Jetzt hofften Suzanne und Nicole, dass Taylor das Gleiche passierte.

Da muss ich euch enttäuschen, dachte Taylor. Ich werde mich in niemanden verlieben. Sie hatte zwar ein schlechtes Gewissen, dennoch hielt sie den Hörer ein wenig vom Kopf weg

Küsse und andere Katastrophen

und ahmte mit dem Mund ein Rauschen und Knacken in der Leitung nach. Das ist nicht nett von mir, dachte sie. Schließlich sind das hier die beiden einzigen Menschen auf der Welt, denen ich wirklich etwas bedeute. Aber von dem ganzen Gerede über Liebe bekomme ich Schweißausbrüche, auch wenn die zwei es nur gut meinen.

Und eine Wellington geriet nie ins Schwitzen, schon gar nicht, wenn sie Seide auf der Haut trug. Das hatte Taylor von ihrer Mutter gelernt. „Ich muss auflegen, die Verbindung ist ganz schlecht!", verkündete sie und beendete das Gespräch.

Mist. Sie liebte Suzanne und Nicole wie die Schwestern, die sie sich immer anstatt der beiden gewünscht hatte, die sie tatsächlich hatte. Trotzdem hätte sie bestimmt laut geschrien, wenn sie sich ihr Loblied auf die große Liebe noch länger hätte mit anhören müssen. Und im Moment konnte sie sich einen solchen Ausbruch nicht erlauben, denn sie brauchte ihre ganze Kraft, um ihre neuen Lebensumstände zu meistern.

Es kostete sie schon genug Energie, das nötige Geld für die umfangreichen Umbauarbeiten aufzutreiben. Allein aus diesem Grund bekam Taylor nachts oft kein Auge zu. Ihr Großvater hatte ihr ein Erbe mit einem großen Haken hinterlassen: dieses renovierungsbedürftige alte Haus, in dem sie jetzt stand. Nur das Haus und keinen Cent mehr. Keine Wertpapiere, kein Barvermögen, nichts.

Taylors teure Ausbildung hatte er komplett finanziert, und sie hatte gut von seinem Geld gelebt, bis er eines Tages starb und alles außer diesem Haus ihrer Mutter hinterließ, die gar nicht einsah, warum sie teilen sollte. Taylors Mutter war schon ihr ganzes Leben lang so geizig gewesen, dass jeder Schotte vor Neid erblassen würde.

Tja, es war eben Pech. Taylor wollte darüber genauso wenig nachgrübeln wie über die Tatsache, dass ihre Familie, mit der sie nichts außer der Blutsverwandtschaft verband, bestimmt überhaupt nicht zur Kenntnis nehmen würde, wenn sie die vor ihr stehende Aufgabe mit Erfolg bewältigte. Aber wenn sie es nicht schaffte, würden es ganz sicher alle mitbekommen. Wenn sie das Haus verkaufte, wäre sie frei und könnte tun, was sie wollte, doch sie hatte auch ihren Stolz. Sie stand vor der ersten großen Herausforderung ihres Lebens, und da wollte sie nicht kneifen.

Ich werde es schaffen, dachte sie. Ich werde dieses Haus renovieren lassen und meinen Platz im Leben finden. Schon vor Monaten hatte sie angefangen, ein Zimmer nach dem anderen wieder herzurichten, aber dann hatte sie sich dazu durchgerungen, einige ihrer wertvollen Antiquitäten zu verkaufen. Sie hatten ihr mehr eingebracht als erwartet, und sie wollte mit diesem Geld das ganze Haus in einem Zug renovieren lassen.

Und zwar ab morgen.

Auch wenn es ihr auch noch so schwerfallen mochte, sie würde ganz ruhig bleiben. Entschieden steckte sie das Handy wieder in die Tasche. Prüfend blickte sie zu den Wänden, die immer noch unter den rhythmischen Schlägen erbebten. Taylor war sich ziemlich sicher, dass sie sich mit dem Bauunternehmer darauf geeinigt hatte, erst morgen mit den Arbeiten zu beginnen, und nicht schon heute.

Eins konnte sie nicht leiden, und das war die Störung ihrer wohldurchdachten Pläne. Sie wollte diesen letzten Tag der Ruhe genießen, um Kraft für die vor ihr liegende Aufgabe zu sammeln. Damit sie ab morgen der Welt zeigen konnte, aus welchem Holz sie geschnitzt war.

Ihr Haus war um die Jahrhundertwende im viktorianischen Stil erbaut worden und besaß den altmodischen Charme der damaligen Zeit. Allerdings war das Haus seit mittlerweile hundert Jahren vernachlässigt worden. Putz rieselte von den Wänden, die elektrischen Leitungen waren in einem katastrophalen Zustand, über die Holzbalken hatten sich die Termiten hergemacht, und im letzten Jahr hatte ein Wasserrohrbruch eine Überschwemmung herbeigeführt, deren Schäden immer noch nicht beseitigt waren.

Im Erdgeschoss gab es zwei Geschäftsräume mit großen Schaufenstern, im Dachgeschoss befanden sich ein Apartment und ein Dachboden. Dazwischen lagen im ersten Stock zwei Apartments, von denen Taylor eines bewohnte. Im Moment schloss sie die Tür dieses Apartments und ging die Treppe hinunter, dem Lärm folgend.

Auf den Straßen des South Village tobte bereits das Leben. Den Geschäftsleuten des Viertels stand ein weiterer ertragreicher Tag bevor. Los Angeles lag keine zehn Kilometer entfernt, und der berüchtigte Smog machte natürlich nicht an der Stadtgrenze Halt. Doch Taylor fand die heißen, stickigen Sommer nicht so lästig wie viele andere. Ihr gefiel es hier blendend, und sie fühlte sich inmitten der jungen trendbewussten Leute wohl, die sich von diesem Vorort mit seinen vielen Theatern, Straßencafés, Boutiquen und Galerien angezogen fühlten.

Auf diese Leute setzte Taylor ihre Hoffnungen. Schon bald würde sie die beiden Geschäftsräume vermieten können. Suzanne hatte bereits angekündigt, dass sie einen der kleinen Läden für ihren Party-Service nutzen wollte. Zum Glück. Aber was sollte aus dem zweiten werden? Die Vermietung wäre eine wahre Erleichterung für ihr strapaziertes Bankkonto. Allerdings wollte sie die Hoffnung nicht aufgeben, diese Räume eines Tages für ein eigenes Geschäft zu nutzen. Vorausgesetzt, ihr blieben noch Antiquitäten übrig, nachdem sie die ganzen Umbauten bezahlt hatte. Im Moment war das das jedoch ein sehr weit entfernter Traum.

Das Hämmern war jetzt lauter, und es kam ganz eindeutig aus einem der schmutzigen und staubigen Ladenräume. Von der Straße her hörte Taylor Menschen, die vorbeigingen, sich unterhielten und lachten. Shopping war früher mal ihr liebstes

Hobby gewesen, und insgeheim sehnte sie sich manchmal danach zurück.

Doch auch das musste sie auf einen fernen Tag verschieben.

Taylor wandte sich den Geschäftsräumen auf der linken Seite zu, und das Hämmern wurde noch lauter. Sie öffnete die Tür zu einem kurzen Flur und wurde in den hinteren Zimmern von einer gigantischen Staubwolke empfangen. Der Lärm war hier so laut, dass sie keinen klaren Gedanken fassen konnte, doch sobald sie eintrat, verstummte das Hämmern.

Verwundert blieb sie stehen und atmete den Schmutz ein. Die Luft war an diesem heißen Frühlingstag in Kalifornien ohnehin schon schwül und drückend, und Taylor überlegte, wie lange es dauern würde, bis ihr sorgfältig gelocktes Haar, von dem sie einige Strähnen unter ihrem Strohhut hervorgezupft hatte, ihr in schlaffen Strähnen ins Gesicht hängen würde.

„Sie sind mir im Weg", erklang eine tiefe barsche Stimme hinter ihr.

Taylor fuhr herum und blinzelte, um trotz des Staubs, der sich langsam senkte, etwas zu erkennen. Inmitten von all dem Schmutz und Staub stand ein Mann. Eine Hand hatte er auf die Hüfte gestützt, in der anderen hielt er einen riesigen Vorschlaghammer, dessen Stiel an seine Schulter gelehnt war.

Einen Moment lang war sie sprachlos, und das kam bei ihr nur sehr selten vor.

Als sich der Staub noch mehr senkte, erkannte Taylor in dem Mann Thomas Mackenzie, ihren Bauunternehmer. Den größten Teil ihrer bisherigen Abmachungen hatten sie per Telefon und E-Mail erledigt, aber ein paar Mal hatten sie sich auch getroffen. Da war er aber sauber und ordentlich angezogen gewesen. Im Moment war er keines von beidem.

Obwohl sie immerhin knapp einen Meter siebzig groß war, musste Taylor den Kopf in den Nacken legen, um dem mindestens zehn Zentimeter größeren Mackenzie ins Gesicht zu sehen. Beim letzten Treffen hatten sie beide am Tisch gesessen, und Taylor hatte ihn nicht als so groß, so muskulös, so beeindruckend in Erinnerung.

Im Moment zog er die Mundwinkel abfällig nach unten. Seine Augen hatten den goldbraunen Farbton von gutem alten Whiskey, und sein Blick wirkte verärgert. Sein Haar wies fast denselben Farbton auf wie seine Augen. Seine Stirn wurde teilweise von einem blauen Schweißband verdeckt. Der Mann machte einen sehr ernsten Eindruck und wirkte mit seinem wilden Äußeren mehr als nur ein bisschen gefährlich.

Bei diesem Gedanken lief Taylor ein Schauer über den Rücken, obwohl sie sich für dieses seltsame Prickeln fast schämte. Weshalb fiel ihr denn ausgerechnet jetzt ein, dass sie sich zwar für ein Leben als Single entschieden hatte, keineswegs aber für das einer Nonne? Sie mochte schöne Dinge und wusste alles zu schätzen, was eine schöne Form besaß. Dieser Mann war trotz seines mürrischen Blicks ein wahres Prachtexemplar, und bei seinem Anblick erwachten ihre Sehnsüchte und Begierden schlagartig zum Leben.

Andererseits stand sie gar nicht auf wilde Kerle, und ihr entging nicht, dass dieser Mann hier genau zu wissen schien, wie er sich zur Geltung bringen konnte. Taylor griff auf denselben Trick zurück, den sie anwandte, wenn sie auf Flohmärkten ein Möbelstück sah, von dem sie auf den ersten Blick begeistert war, das sie sich aber nicht leisten konnte.

Geh einfach weg, sagte sie sich. Langsam trat sie einen Schritt zurück und riskierte einen letzten Blick auf dieses Musterbeispiel männlicher Schönheit, wobei sie alle Einzelheiten registrierte.

Lange kräftige Beine in weicher abgetragener Jeans. Abgenutzte Arbeitsstiefel mit Profilsohle. Die muskulösen Arme und die breite Brust waren ihr schon aufgefallen. Das T-Shirt spannte sich wie eine zweite Haut über dem Oberkörper. Der

Mann war groß und schlank, voller Energie und ungekünstelt. Genau solche Männer mochte sie, vorausgesetzt, sie legte es darauf an, einen kennenzulernen. Was momentan nicht der Fall war.

„Sie stehen mir immer noch im Weg", stellte er fest.

„Ihnen auch einen guten Morgen, Mr. Mackenzie."

Er stieß die Luft aus. „Mac."

„Wie bitte?"

„Nennen Sie mich Mac. Der Name passt zu mir."

„Wirklich? Zu Ihnen passt eher etwas wie Mr. Überheblich."

Seine Lippen verzogen sich zum Anflug eines Lächelns. „Aber wenn man mich mit Mac anspricht, antworte ich eher."

„Also gut. Mac."

Reglos stand er da, als wartete er auf etwas. Und als er auffordernd die Augenbrauen hob, merkte Taylor, dass sie gehen sollte.

Schade, dachte sie, dass er mich nicht besser kennt. Sonst wüsste er, dass ich nur das tue, was mir passt, und mich nicht darum kümmere, was andere von mir erwarten. „Ich war nicht damit einverstanden, dass die Arbeiten heute schon beginnen", erklärte sie.

„Aber Sie haben den Vertrag unterschrieben."

Das hatte sie allerdings. Ihre geliebte Kommode hatte sie verkaufen müssen, um die erste Anzahlung leisten zu können, und es würden noch viele Zahlungen fällig werden. Aber die Arbeiten sollten erst morgen beginnen, und Taylor brauchte noch diesen einen Tag der Ruhe.

Anscheinend war Mac der Ansicht, es sei alles geklärt, denn er wandte sich ab und ging mit der Gelassenheit eines Mannes, der gelernt hat, geduldig zu sein, zurück an seine Arbeit. Erneut hob er den Vorschlaghammer und schlug damit gegen die Südwand. Seine Arme streckten und beugten sich, und die deutlich ausgeprägten Muskeln bewegten sich in perfektem Gleichklang.

Küsse und andere Katastrophen

Taylor wurde in keiner Weise mehr beachtet, während Mac die Mauer bis auf die Stahlträger herausschlug.

Fassungslos sah sie zu und war gegen ihren Willen fasziniert von der körperlichen Gewalt, die Mac ausübte. Sein Körper kam ihr wie eine perfekte Maschine vor. „Äh ... entschuldigen Sie."

Der Vorschlaghammer hob und senkte sich vollkommen gleichmäßig. Was für eine Kraft mag dazu nötig sein, überlegte sie und betrachtete wie gebannt Macs Muskeln. Wieder überkam sie ein Schauer, und das lag mit Sicherheit nicht daran, dass es in dem Raum zu kühl war. Im Gegenteil. Der Mann schwitzte, und auch Taylor wurde es heiß.

Ganz offensichtlich war es zu lange her, seit sie in den Armen eines Mannes Erfüllung gefunden hatte. „Mac?"

Er blickte nicht einmal zu ihr hin, und das verunsicherte sie. Taylor hatte ihre Wirkung auf Männer schon früh erkannt, als ihr schlaksiger Teenagerkörper sich in etwas verwandelt hatte, wovon alle Männer träumten. Seit jener Zeit schaffte sie es spielend, dass jedes Wesen mit Bartwuchs sich nach ihr umdrehte.

Im Augenblick wurde sie allerdings vollkommen ignoriert. Verdammt!, dachte sie, als in diesem Moment auch noch ihr Handy klingelte. Sie hielt es sich ans Ohr und steckte sich einen Finger in das andere, weil Mac solchen Lärm machte.

„Hallo?"

„Ich habe schlechte Neuigkeiten", verkündete Mrs. Cabot, die Besitzerin eines exklusiven Antiquitätengeschäfts am anderen Ende der Stadt.

„Schlechte Neuigkeiten?", wiederholte Taylor überrascht.

Der Vorschlaghammer sank zu Boden, und Mac drehte sich um.

Taylor und er blickten sich in die Augen.

Es kam ganz unvermittelt, und Taylor empfand es wie eine Explosion im Kopf. Dieser Mann hatte so faszinierende Augen, dass sie zum ersten Mal im Leben bei einem Gespräch den Faden verlor. Sie biss sich auf die Unterlippe und suchte krampfhaft nach einer wenigstens halbwegs vernünftigen Erwiderung. Ihr Puls begann zu rasen, als Mac den Blick zu ihrem Mund wandern ließ.

Das bildest du dir alles ein!, sagte sie sich. Er fühlt sich nicht zu dir hingezogen und du dich nicht zu ihm. Das wäre vollkommen unpassend. Andererseits hatte sie sich nach ihrem entsetzlichen Verlust von damals zwar geschworen, ihr Herz nie wieder zu verschenken, aber Enthaltsamkeit musste damit ja nicht zwangsweise verbunden sein.

Nervös befeuchtete sie die Lippen mit der Zunge, als der Blick ihres Bauunternehmers noch tiefer glitt. Ganz unverhohlenes Verlangen sprach aus diesem Blick.

Oh Mann! Mühsam konzentrierte Taylor sich auf das Telefonat. „Was gibt's denn?"

Mac stellte den Hammer hin.

Tat er das ihretwegen? Taylor konnte das kaum glauben. Das würde ja heißen, dass er zu so etwas wie Umsicht und Rücksichtnahme fähig war! Wahrscheinlich war er nur fertig mit seinem heutigen Arbeitspensum.

„Tut mir leid", sagte Mrs. Cabot, „was den Kerzenleuchter aus dem neunzehnten Jahrhundert betrifft, so sind Sie überboten worden."

Schlagartig vergaß Taylor Mac. Sie umklammerte den Hörer. „Was wollen Sie damit sagen? Hat noch jemand ein Angebot für den Kerzenleuchter abgegeben?"

„Sie wurden überboten von ...", Taylor hörte leises Rascheln am anderen Ende der Leitung, „... von einer Isabel W. Craftsman."

Darauf hätte Taylor eigentlich selbst kommen können. Nur ein Mensch in der Stadt konnte den Wert des Leuchters genauso gut einschätzen wie sie selbst – ihre Mutter.

Taylor hatte es sich so sehr gewünscht, diesen Leuchter zu

Küsse und andere Katastrophen

besitzen, aber das wusste ihre Mutter sicher auch. Ihre Mutter war hochgebildet, unglaublich gescheit, und ihr entging nichts. Mit dem Ergebnis, dass sie immer alles wusste. Das war auch schon früher so gewesen.

Nur eines wusste sie nicht: Was eine gute Mutter ausmachte. In dieser Rolle hatte sie schmählich versagt.

Nach dem College war Taylor zu Hause ausgezogen und hatte beschlossen, damit einen Schlussstrich unter ihre Vergangenheit zu ziehen und sich wie eine Erwachsene zu verhalten. Und deshalb hatte sie mit ihrer Mutter gesprochen. Sie hatte ihr sagen wollen, sie verziehe ihr all die vergessenen Geburtstage und die mangelnde Herzlichkeit. Was genau sie sich genau von dieser Erklärung erhofft hatte, wusste Taylor nicht, aber sie hatte bestimmt nicht damit gerechnet, vom Klingeln des Handys ihrer Mutter unterbrochen zu werden. Ihre Mutter hatte eine Hand gehoben, damit Taylor wartete, während sie den Anruf entgegennahm. Es drehte sich um irgendetwas Berufliches, und nach dem Gespräch hatte ihre Mutter ihr einen Kuss auf die Wange gegeben und war einfach gegangen. Dass ihre Tochter ihr gerade etwas Wichtiges hatte sagen wollen, hatte sie vollkommen vergessen.

Schließlich hatte Taylor nur mit den Schultern gezuckt und war auch gegangen. Sie hatte es überlebt und sich damit abgefunden, dass nicht jede Mutter warmherzig und gefühlvoll war.

Vor ein paar Jahren hatte Isabel dann das Undenkbare getan und wieder geheiratet. Ihrem neuen Ehemann zuliebe hatte sie alles andere aufgegeben. Dr. Edward Craftsman war ein kaltherziger Gehirnchirurg und genauso ehrgeizig wie sie selbst. Taylor war zur Hochzeit eingeladen gewesen und hätte nicht glauben können, was sie dort erlebte, hätte sie es nicht mit eigenen Augen gesehen.

Ihre Mutter lebte förmlich für diesen Mann und wich ihm nicht von der Seite. Isabel, die ihre Töchter nie umarmte, küsste und herzte ihren Edward, als gäbe es nichts Schöneres für sie.

Allein der Gedanke daran tat weh. Und genauso schmerzte die Vorstellung, dass ihre Mutter ihr den Kerzenleuchter weggeschnappt hatte. „Ich danke Ihnen." Taylor unterbrach die Leitung und steckte das Handy wieder weg. Verdammt! Diesen Leuchter hatte sie sich so sehr gewünscht! Natürlich musste so etwas passieren, wenn sie ihr Herz an etwas hängte. Hatte sie nicht längst gelernt, dass es ihr nur Schmerzen brachte, wenn sie sich nach etwas sehnte?

Sie hatte schließlich andere Sorgen. Zum Beispiel war da ein Haus, was sie instand setzen lassen musste. Und Mac rief ihr Dinge ins Gedächtnis, an die sie sich lieber nicht erinnern wollte.

Er hatte den Vorschlaghammer beiseitegelegt, doch er war nicht untätig. Er schaufelte Schutt in eine Schubkarre und wirkte dabei genauso entschlossen wie beim Einreißen der Wand.

Taylor runzelte die Stirn und stemmte ungeduldig die Hände in die Seiten. „Wir haben immer noch nicht geklärt, weswegen Sie einen Tag zu früh anfangen."

Er schaufelte weiter, bis die Schubkarre unter ihrer Last fast zusammenbrach. Langsam richtete er sich auf, und Taylor konnte nicht die kleinste Spur von sexuellem Interesse in seinem Blick erkennen. Hatte sie sich das Knistern zwischen ihnen etwa nur eingebildet?

„Ich dachte mir, ein Tag früher dürfte für Sie kein Problem sein." Er warf die Schaufel zur Seite und packte die Griffe der Schubkarre. Die Muskeln an seinen Oberarmen spannten sich an.

Mühsam riss Taylor den Blick von ihm los. „Ich brauche diesen letzten Tag, bevor in den nächsten drei Monaten hier nur noch Lärm und Chaos herrschen. Diesen Ruhetag haben Sie mir verdorben."

Mit dem Unterarm wischte er sich über die Stirn. Taylor erkannte, dass er erschöpft, verschwitzt und schlecht gelaunt war.

Küsse und andere Katastrophen

„Ich glaube eher, dass dieser Anruf Ihnen den Tag verdorben hat."

Trotz ihrer Verärgerung empfand sie immer noch dieses erotische Prickeln. „Mir wäre es wirklich sehr lieb, wenn Sie jetzt gehen und erst morgen wieder kommen würden."

„Das ist ein Scherz, oder?", entgegnete Mac.

„Nein."

„Ihre Ruhe ist Ihnen wichtiger als der Beginn der Renovierungsarbeiten, die Sie selbst in Auftrag gegeben haben?"

„Allerdings."

„Na schön." Er ließ die Schubkarre stehen und stützte die Hände in die Seiten. „Wie Sie wollen, Prinzessin. Dann eben morgen, aber treiben Sie dieses Spielchen nicht noch einmal mit mir. Ich werde diesen Job nicht weiter aufschieben, egal in welcher Laune Sie gerade sind."

Hatte er sie wirklich gerade Prinzessin genannt? Der Kerl konnte was erleben! Taylor riss sich den Strohhut vom Kopf, für den sie seinerzeit ein hübsches Bündel Scheine hingeblättert hatte. Diesen Mann ging es nichts an, dass sie ihre helle Haut vor der Sonne schützen musste. Auch wenn er sie vermutlich wegen dieses Huts für zimperlich hielt. „Morgen ist mir sehr recht", stieß sie hervor.

Mac reckte sich, und das T-Shirt spannte sich über seiner Brust. Taylor sah lieber nicht genauer hin, um nicht abgelenkt zu werden. Dann rieb er sich die Augen. „Gut, ich verschwinde. Aber wenn Sie ohnehin schon vor Wut kochen, dann könnten Sie uns beiden doch einen Gefallen tun." Er hob den Vorschlaghammer hoch und hielt ihn Taylor hin. „Schlagen Sie den alten Putz von den Wänden. Betrachten Sie es als eine Art Therapie."

Taylor blickte auf den schweren Hammer. Sie konnte sich nicht entsinnen, jemals in ihrem Leben auch nur einen Schraubenzieher benutzt zu haben. Das lag zwar in erster Linie an ihrer vornehmen Familie, doch sie lebte jetzt schon so lange allein, dass sie sich den Umgang mit Werkzeugen längst hätte beibringen können.

Es wäre bestimmt eine Genugtuung, jetzt den Hammer zu schwingen und diesen Mann dadurch zu verblüffen. Liebend gern würde sie sehen, wie ihm das überhebliche Grinsen verginge.

Einladend wedelte er mit dem Vorschlaghammer.

Seltsam, dachte Taylor. Es juckt mir in den Fingern, dieses Werkzeug zu halten, mit aller Kraft zu schwingen und gegen die Wand krachen zu lassen, mag es auch noch so roh und gewalttätig sein.

„Sie wollen es doch", forderte Mac sie mit leiser tiefer Stimme auf. „Fassen Sie ihn an."

Taylor hob die Augenbrauen und blickte den Mann mit aufreizendem Augenaufschlag an. „Haben die alle dieselbe Größe?"

Sofort blitzte es in seinen Augen auf, und Taylor erkannte, dass sie sich die erotische Spannung vorhin nicht bloß eingebildet hatte. „Ich dachte, die Größe spielt keine Rolle?"

Sie hob eine Schulter. „Das ist nur so eine Geschichte, die eine Frau in die Welt gesetzt hat, um ihren armen Ehemann zu trösten, der ... nicht richtig ausgestattet war."

„So, so." Wieder hob Mac den Vorschlaghammer, und jetzt lächelte er belustigt. „Auf die richtige Ausstattung kommt es also an, ja?"

„Genau."

Kurz sah er zu dem Vorschlaghammer und dann wieder in Taylors Augen. „Anscheinend habe ich ja die richtige Ausstattung. Greifen Sie jetzt zu?"

Ja, das würde sie. Jedenfalls was den Hammer betraf. Im Moment konnte sie ihren Zorn kaum bändigen. Sie ärgerte sich über ihren verstorbenen Großvater, der sich wahrscheinlich von irgendeiner Wolke aus gerade königlich über sie amüsierte. Sie war wütend auf ihre Mutter, der alles außer ihrer eigenen Tochter wichtig war, auf ihr kümmerliches Bankkonto, auf den Kerzenleuchter, den sie nicht bekam, und am meisten ärgerte es Taylor, dass sie das alles allein durchstehen musste.

Im Augenblick brauchte sie nichts dringender als diesen schweren Vorschlaghammer.

Mac hielt ihn ihr hin.

Es kribbelte ihr in den Fingerspitzen.

Herausfordernd sah er sie an.

„Also gut." Sie setzte sich den Strohhut wieder auf, schnappte sich den Hammer und stieß einen Fluch aus, als das Gewicht des Hammers ihr die Arme nach unten riss. Der Hammer schlug dicht vor ihren Füßen auf den Boden.

Mac schnalzte mit der Zunge. „Tut mir leid, ich dachte, Sie wären stärker."

2. KAPITEL

Wütend musterte Taylor Mac, und er verkniff sich ein Lächeln, während er in gespielter Unschuld die Schultern hob.

Taylor packte mit aller Kraft zu und wuchtete den Vorschlaghammer hoch. Dabei landete sie fast auf ihrem wohlgeformten Po. Sie taumelte einen Schritt zurück und lächelte Mac triumphierend und strahlend an.

Sein Herz setzte einen Schlag lang aus.

Mac hätte nie gedacht, dass er nach all seinem Kummer überhaupt noch zu so intensiven Gefühlsregungen fähig war.

Taylor wandte ihm den Rücken zu, schwang den Hammer mit aller Macht und ließ ihn gegen die Wand krachen. Als der Putz fiel und Staub aufwirbelte, lachte Taylor laut auf und drehte den Kopf zu Mac.

Ja, er sah ihr zu. Seit sie diesen Raum betreten hatte, konnte er kaum den Blick von ihr abwenden. Mac vermutete, dass alle Männer Taylor Wellington mit Blicken verschlangen. Und ganz bestimmt war Taylor sich dessen sehr bewusst. Sie kleidete sich teuer und geschmackvoll und sah mit ihrem blonden Haar und den großen grünen Augen umwerfend aus. Ihr Körper war wie dafür geschaffen, erwachsene Männer in die Knie zu zwingen und betteln zu lassen. Ihre aufreizenden weiblichen Kurven wurden von einem seidenen Sommerkleid verhüllt, und Mac musste sich beherrschen, um diesen Körper nicht zu berühren. In Gedanken riss er ihr den Strohhut vom Kopf, fuhr ihr durchs Haar, küsste ihre sinnlich geschwungenen Lippen und streichelte ihre seidige Haut, die nach Pfirsichen duftete. Er wollte über ihr blaues Seidenkleid streichen und herausfinden, ob Taylor auch mit zerzaustem Haar so unwiderstehlich aussah wie in ihrer prinzessinnenhaften Perfektion.

Mac wusste, wann er eine verwöhnte Tochter aus gutem

Hause vor sich hatte. So eine Erfahrung hatte er schon hinter sich, und genau wegen dieser bitteren Enttäuschung wollte er auch jetzt nicht der Versuchung erliegen.

Sein Glück hing von wichtigeren Dingen ab als von einem albernen Leuchter. Er hatte beim Stadtrat von South Village Angebote für mehrere Projektausschreibungen eingereicht. Dabei ging es um die Renovierung von Gebäuden, die unter Denkmalschutz standen. Alte Straßenzüge und Gassen sollten wieder in früherem Glanz erstrahlen, und wenn Mac diese Aufträge bekam, würde ihm das nicht nur eine Menge Geld einbringen, sondern auch sein Ansehen in der gesamten Baubranche fördern. Diese Sache lag ihm sehr am Herzen, obwohl er sich ständig bemühte, sich nicht allzu große Hoffnungen zu machen.

Taylor hob wieder den Vorschlaghammer und legte all ihre Kraft in den nächsten Schlag. Keine Strähne ihrer kunstvollen Frisur verrutschte unter dem Strohhut, und selbst das Kleid warf kaum Falten. Dennoch spürte Mac, dass Taylor sich nicht über ihn lustig machte. Sie versuchte tatsächlich, ihre Wut abzureagieren. Entschlossen presste sie die Lippen aufeinander, und sie blickte auf die Wand, als sähe sie dort ein ihr bekanntes Gesicht, das ihre Hammerschläge erdulden musste.

Die unverhohlene Aggression, die diese Frau auslebte, erschreckte Mac beinahe. Doch mehr noch erschrak er über die Erregung, die ihr Anblick in ihm auslöste. Jedes Mal, wenn sie zum Schlag ausholte, bewegten sich ihre runden Brüste, die Hüften und ihr Po.

Mac schaffte es einfach nicht, den Blick von ihr loszureißen. „Ich kann nur hoffen, dass ich Ihnen nie in die Quere komme", stellte er nüchtern fest, und Taylor antwortete mit einem zustimmenden Stöhnen, bevor sie den Hammer wieder gegen die Wand krachen ließ.

Wenn sie so weitermachte, würde sie noch Blasen an den

Händen bekommen. Mac hätte nicht gedacht, dass sie den Hammer überhaupt hochheben könnte. „He, Prinzessin, meinen Sie nicht, das reicht allmählich?"

Ohne auf ihn zu achten, hämmerte sie weiter, obwohl es sie alle Kraft kostete.

Mac trat einen Schritt näher, um ihr den Vorschlaghammer abzunehmen, bevor sie sich noch verletzte.

Mit einem Ellbogen stieß Taylor ihn weg. „Zurück", stieß sie zwischen den Zähnen hervor.

Halb verärgert, halb belustigt gehorchte er. „Also schön, vielleicht habe ich mich in Ihnen tatsächlich getäuscht."

„Nein." Noch ein Schlag und noch ein Schlag. „Sie hatten recht, das hier ist genau das Richtige. Außerdem ...", sie hämmerte weiter, „... ist es viel billiger als eine Therapie." Sie machte einen Moment Pause, um Luft zu schnappen.

„Sie könnten doch Ihren Daddy bitten, dass er Ihnen etwas zuschießt."

Taylor erstarrte. Dann stellte sie langsam den Vorschlaghammer ab, bevor sie sich mit eiskaltem Blick zu Mac umwandte. „Wissen Sie, wenn ich es mir recht überlege, bin ich jetzt doch fertig. Vielen Dank." Sie sprach betont förmlich, ging an Mac vorbei und zog die Tür hinter sich zu.

Mac schüttelte den Kopf und pfiff leise. Die Frau bewahrte selbst dann, wenn sie vor Wut fast platzte, eisern Haltung. Mac verließ das Haus und wusste nicht, ob er sich über Taylor Wellington ärgern oder amüsieren sollte. Er würde nachgeben und ihr ihre Ruhe lassen. Aber nur, weil es ihm sehr gut passte.

Mac stieg in seinen Pick-up und fuhr in Richtung Osten. Er lebte nicht im noblen und beliebten South Village, wo die Mieten hoch waren, sondern in einer Gegend, die von den Stadtvätern bislang völlig vernachlässigt worden war.

Nach zehn Minuten betrat er sein eigenes kleines Haus, und es war wirklich winzig. Als Erstes warf er seine Post ungeöffnet

Küsse und andere Katastrophen

auf den Tisch zu den anderen Stapeln von unbezahlten Rechnungen.

Für Mac spielte seine finanzielle Lage keine sehr große Rolle. Ihm war nur wichtig, dass er unabhängig war. Frei von jeglichen Verpflichtungen seiner Familie gegenüber. Sie meinten es alle gut mit ihm, doch er fühlte sich oft regelrecht von ihnen erdrückt. Außerdem war er frei von seiner Exfrau, der er es verdankte, dass er seine Rechnungen nicht bezahlen konnte.

Er hatte sich damals geweigert, ihrem Wunsch nachzugeben, dass sie beide vom Geld seiner großzügigen Familie lebten. Sie hatte zur feinen Gesellschaft gehören wollen, doch das Leben der Reichen und Vornehmen war nicht seine Welt. Schließlich hatte sie all sein Geld an sich gerissen und ihn mit voller Absicht so sehr verletzt, wie sie nur konnte, indem sie ihr gemeinsames Kind abtreiben ließ.

Nein, beschloss Mac, heute werde ich nicht daran denken. Er zog sich aus, streifte sich alte Shorts über und reagierte auf seine Weise den Zorn ab: mit langem, kraftraubendem Jogging.

In aller Frühe fuhr Mac am nächsten Morgen wieder zu Taylors Haus. Diese Tageszeit mochte er besonders. Wenn die Sonne noch nicht ganz aufgegangen war, kam ihm der Tag noch frisch und unverdorben vor.

Seine Männer würden heute überall im Haus alten Putz abklopfen, defekte elektrische Leitungen und alte Wasserrohre herausreißen. Gestern hatte er ganz für sich allein seinen Ärger abreagieren wollen, und davon gab es genug. Seine Mutter hatte ihn angerufen. Trotz ihres aufreibenden Jobs war sie eine warmherzige, liebevolle Frau, die davon überzeugt war, ihr Sohn müsste ohne ihre selbst gekochten Gerichte verhungern. Ständig bedrängte sie ihn, wann er wieder einmal am Sonntag zum Essen käme.

Dann hatte ihn sein früherer Captain angerufen, der ihn

wieder zur Polizei zurückholen wollte. Den Polizeidienst hatte Mac vor vier Jahren, kurz nach der Scheidung aufgegeben. Er war gern Polizist gewesen, aber die Baubranche gefiel ihm noch besser. Seit seiner Kindheit bastelte und werkelte er, und es machte ihn immer noch glücklich, etwas mit seinen eigenen Händen aufzubauen.

Es brachte ihm Spaß, heruntergekommene historische Häuser zu renovieren, sodass sie wieder in ihrem ursprünglichen Glanz erstrahlten. Bisher hatte er noch keinen Tag bereut, den Polizeidienst quittiert zu haben. Zuerst hatte er in der Firma eines Freundes der Familie gearbeitet, um die Branche kennenzulernen. Jetzt war er seit zwei Jahren sein eigener Chef. Angefangen hatte er mit der Renovierung einzelner Räume, bis er im letzten Jahr zum ersten Mal ein ganzes Haus restauriert hatte.

Taylors Haus war sein bislang größter Auftrag und seine Chance, die nächste Stufe auf der Erfolgsleiter zu erklimmen.

Er konnte nur hoffen, dass ihm das gelang. Nachdem Ariel ihn finanziell, moralisch und seelisch ruiniert hatte, konnte er es sich noch nicht leisten, sein eigenes Haus zu renovieren. Na schön. Dann arbeitete er eben an fremden Häusern, um sich etwas zusammenzusparen. Damit hatte er kein Problem.

Er parkte direkt vor Taylors Haus und war sich gar nicht bewusst, welches Glück es war, hier in der Gegend einen Parkplatz zu finden. Hoffentlich kam Taylor ihm heute nicht ständig in die Quere. Seine Männer sollten sich auf die Arbeit konzentrieren und nicht durch eine schöne Frau abgelenkt werden, auch wenn sie den Vorschlaghammer noch so elegant schwingen konnte.

Sein Team wartete bereits vor der Haustür, und Mac runzelte die Stirn. Wieso gingen sie nicht hinein und machten sich an die Arbeit?

Aber sie standen nicht einfach nur da, sondern lächelten und

Küsse und andere Katastrophen

nickten wie willenlose Puppen. Es überraschte ihn wenig, als er Taylor in der Runde erblickte.

„Die stammt aus Russland", verkündete sie gerade und hielt eine Vase hoch, während Mac sich verärgert der Gruppe näherte. Mit perfekt manikürten Fingernägeln strich sie liebkosend über das glatte Porzellan, während sie sprach. Macs Herz schlug schneller, und das lag nicht nur an seinem Ärger. Sein Puls beschleunigte sich, und Verlangen packte ihn. Himmel, er musste verrückt geworden sein!

„Sie kostet ein kleines Vermögen." Taylor streichelte die Vase und seufzte leise, so sehr genoss sie die Schönheit des Porzellans.

Ihr Seufzer half Mac nicht gerade dabei, sich wieder in den Griff zu bekommen, und er überlegte, wie lange es schon her war, dass er mit einer Frau zusammen gewesen war. Durch Ariel und ihr grausames Spiel war ihm die Lust auf Frauen vergangen.

Diese Lust kehrte jetzt allerdings zurück und ließ sich nicht einfach so ignorieren. Er blickte auf die Vase in Taylors Händen.

Anscheinend war sie sich gar nicht bewusst, dass diese Männer bezahlt werden wollten. Sonst hätte sie gestern nicht so leichtfertig seinen Arbeitstag beendet. Im Nachhinein konnte Mac sich nicht erklären, was ihn gestern so zu ihr hingezogen hatte. Taylor war Ariel viel zu ähnlich, als dass er sich in ihrer Nähe wohl fühlen könnte. Doch worin auch immer diese Anziehungskraft bestand, die Taylor auf ihn ausübte, er würde ihr nicht mehr nachgeben.

Taylor trug ein kurzes hellblaues Kleid mit farblich passendem Jackett, ein Outfit, in dem sie eher auf einen Laufsteg passte als auf die Stufen ihres heruntergekommenen alten Hauses. Das Haar hatte sie sich hochgesteckt, und sie trug dasselbe Lipgloss wie gestern.

In Macs Augen sah sie aus wie ein hübsch dekorierter kalter Drink, und mit einem Mal hatte er den Eindruck, vor Durst gleich umzukommen. Er konnte den Blick nicht von ihr losreißen.

Als Taylor ihn entdeckte, hielt sie mitten im Satz inne und leckte sich unbewusst die Lippen. Entweder war sie nervös oder erregt. Bei Mac bewirkte diese kleine Bewegung jedenfalls sofort, dass sich von Neuem Verlangen in ihm regte.

„Wieso sind Sie hier?", fragte er.

Sie hob die Augenbrauen und schien dadurch ihm und seiner Crew deutlich machen zu wollen, dass er kaum mehr als ein Neandertaler war. Zugegeben, vielleicht hatte die Frage etwas barsch geklungen, denn immerhin gehörte ihr dieses Haus.

Andererseits hatten sie beide sich über jedes Detail der Renovierung geeinigt. Taylors Anwesenheit hier war also nicht mehr erforderlich, und Mac wusste genau, dass er mit den Arbeiten heute viel weiter kommen würde, wenn sie sich nicht hier aufhielt.

Je weiter sie weg war, desto besser. „Sie haben zugestimmt, dass Sie für die Dauer der Renovierungsarbeiten ausziehen", rief er ihr in Erinnerung.

„Ich habe zugesichert, dass die Mieter nicht hier wohnen. Suzanne und Nicole sind fort."

„Aber Sie sind noch hier."

„Ich bin ja auch keine Mieterin."

Kopfschüttelnd stieg er die Stufen zu ihr hinauf. Er brauchte diesen Job. Wenn er erstklassige Arbeit abliefern wollte, dann musste er sich in seine Aufgabe vertiefen, und das konnte er sicher nicht, wenn Taylor den ganzen Tag lang hier herumstolzierte. „Sie können doch nicht ernsthaft während der Bauarbeiten hierbleiben wollen."

Entschlossen hob sie das Kinn und blickte ihn herausfordernd an. „Ich tue, was mir gefällt."

Offenbar wollte sie tatsächlich bleiben. Vertraute sie ihm

nicht oder wollte sie ihn nur um den Verstand bringen? „Warum?"

„Ich komme Ihnen schon nicht in die Quere." Das war eigentlich keine direkte Antwort auf seine Frage.

Mac wusste aus Erfahrung, dass Bauherren bei den eigentlichen Bauarbeiten nur störten, weil sie ständig die Abfolge der Arbeiten ändern wollten. „Sehen Sie mal, Prinzessin ..."

„Mein Name", sagte sie und lächelte kühl, während sie die Vase in die andere Hand nahm, als überlegte sie, ob sie Mac das gute Stück auf den Kopf schmettern sollte, „lautet nicht Prinzessin."

Mac fuhr sich mit dem Finger über die Nase. „Ich will mich hier nicht wie ein Sturkopf aufführen, aber wir alle kämen hier viel besser zurecht, wenn Sie uns einfach unsere Arbeit machen ließen."

„Sie sind ein Sturkopf, das war ja einer der Gründe, weshalb ich Ihnen den Auftrag erteilt habe." Taylors Bemerkung überraschte Mac. „Und ich finde, Sie könnten mir schon ein bisschen vertrauen. Ich werde Ihnen bestimmt nicht auf die Füße treten."

Mac vertraute ohnehin nur wenigen Menschen, und bestimmt keiner Frau, die es gewohnt war, dass ihr die Männer zu Füßen lagen.

„Vertrauen Sie mir", wiederholte sie mit leiser Stimme und sah Mac unverwandt an.

Mac stemmt die Hände in die Seiten. Er sah Taylor in die Augen, aber die erwiderte den Blick mit der Kaltblütigkeit einer Kobra. „Also schön, wie Sie wollen."

Taylor unterdrückte ihr Lächeln, doch der Triumph sprach aus ihrem Blick.

Mac sah das und konnte nicht glauben, dass ihre grünen Augen ihn erst gestern so unglaublich erregt hatten. Doch selbst jetzt löste ihr Blick Begierde in ihm aus.

„Werden Sie in dieser Woche noch mit dem Abklopfen des Putzes im Erdgeschoss fertig?"

„Unten und oben."

„Oh." Sie wirkte ein wenig verunsichert. „Müssen Sie Ihre Mannschaft denn so antreiben?"

„Wieso fragen Sie?"

„Tja, ich finde, es reicht, wenn Sie in dieser Woche mit den Wänden im untersten Stockwerk fertig werden. Schließlich soll es fürchterlich heiß werden."

„Eine Woche reicht für die Abrissarbeiten. Wir schaffen auch den ersten Stock", erwiderte er unbeirrt.

„So."

Es klang so, als hielte sie ihn nicht nur für einen Sturkopf, sondern auch für einen Sklaventreiber. „Solche Arbeiten sind sehr anstrengend und schmutzig", erklärte er und versuchte sich nicht anmerken zu lassen, wie sehr es ihn nervte, dass er sein Vorgehen erklären musste.

„Das ist mir bewusst."

„Deshalb ist es besser, wenn wir es so schnell wie möglich hinter uns bringen."

„Okay, vielleicht können Sie und Ihre Leute erst im Erdgeschoss alle Renovierungsarbeiten beenden, bevor Sie im ersten Stock weitermachen."

„Nein, das wäre unsinnig."

„So."

Es klang zweifelnd. Wieso wollte sie nicht, dass sie in dieser Woche schon in den ersten Stock kamen? Am liebsten hätte er sie zu einer Antwort gedrängt, aber mittlerweile hatten sie die ungeteilte Aufmerksamkeit der gesamten Mannschaft, und die Köpfe der Männer gingen hin und her wie bei einem Tennismatch.

Mac wollte Taylor keine Szene machen. Wenn sie ihm den ganzen Tag über im Nacken sitzen wollte, dann würde er dafür sorgen, dass sie heute Abend völlig verdreckt war und dass sie ihr elegantes Outfit ab morgen nur noch als Putzlappen benutzen konnte.

Ja, die Prinzessin würde Staub schlucken und schwitzen – und dann hoffentlich etwas von ihrer verheerenden Wirkung auf ihn verlieren.

„Auf geht's", ermunterte er seine Männer, und sie betraten das Haus.

3. KAPITEL

In den nächsten Tagen behielt Taylor die Umbauarbeiten genau im Auge, allerdings aus sicherem Abstand heraus. Sie war klug genug, Mac nicht weiter zu reizen, so leicht ihr das auch gefallen wäre.

Anscheinend empfand er dieselbe irritierende körperliche Anziehungskraft. Denn mehr als körperlich konnte sie nicht sein. Mac strahlte eine elementare Männlichkeit aus, und da konnte Taylor sich doch nur körperlich angezogen fühlen. Etwas Zärtliches, Einfühlsames konnte sie an ihm nicht entdecken.

Mit einem sanfteren Mann konnte sie Spaß haben und ihn wieder verlassen, wenn ihr danach war. Vorausgesetzt, sie wollte überhaupt einen Mann. Was zurzeit nicht auf ihrem Programm stand.

Später vielleicht. Im Moment hatte sie größere Probleme. Wie zum Beispiel sollte sie vor ihrem Bauunternehmer verbergen, dass sie nicht nur aus Interesse bei den Arbeiten zugegen war, sondern dass sie hier wohnte, weil ihr schlichtweg das Geld fehlte, um sich irgendwo anders einzuquartieren? Jeden Cent, den sie besaß, musste sie in dieses Haus stecken. Bevor der Umbau nicht fertig war, konnte sie keine neuen Mieter suchen und hatte kaum Einnahmen.

Suzanne und Nicole hatten ihr beide angeboten, bei ihnen zu wohnen, aber Nicole lebte jetzt mit Ty zusammen, und Suzanne wohnte bei Ryan. Alle waren frisch verliebt. Obwohl Taylor dieses Gefühl kannte, wollte sie es nicht aus der Nähe mit ansehen. Das würde sie sich nicht antun.

Sie würde einfach hierbleiben, sich aus den Arbeiten heraushalten und Mac aus dem Weg gehen. Was schwierig werden könnte, denn mittlerweile wusste sie, wie wenig man sich vor Thomas Mackenzie verbergen konnte.

„Gehen Sie zur Seite, Prinzessin, oder Sie verwandeln sich innerhalb von zwei Sekunden in ein wandelndes Staubtuch."

Wie aus dem Nichts aufgetaucht, stand er am Fuß der Treppe und blickte zu ihr hoch. Taylor lehnte sich im ersten Stock an das Treppengeländer vor ihrem Apartment. Bisher hatte Mac noch nicht mitbekommen, dass sie immer noch hier schlief.

Er trug einen Schutzhelm, Arbeitshandschuhe und eine Atemmaske, die ihm um den Hals baumelte. Das staubbedeckte dunkle T-Shirt klebte ihm am Leib. Taylors Herz schlug schneller, und das ärgerte sie. Aber er war so groß und sah so männlich aus. Den Vorschlaghammer in den Händen, musterte er sie mit durchdringendem Blick. So ungern Taylor es sich auch eingestand, sie zitterte fast vor Verlangen. Es erschreckte sie, dass sie sich hier wie ein Teenager aufführte. Wenn sie geahnt hätte, dass es dazu kommen würde, hätte sie den Auftrag an einen anderen Bauunternehmer vergeben.

Nein, beschloss sie, auch wenn dieser Mann es ihr nicht gerade leicht machte, so würde sie doch mit keinem anderen zusammenarbeiten wollen. Er mochte stur und direkt sein, aber er war grundehrlich und verstand sein Handwerk.

Ehrlichkeit war es im Moment allerdings nicht, was sich auf seinem Gesicht abzeichnete, als er langsam die Treppe zu Taylor hinaufkam. Als er direkt vor ihr stand, hatte sie den Eindruck, von seiner Größe und Kraft fast erdrückt zu werden. Er will mich nur einschüchtern, dachte sie, aber ich werde ihm zeigen, wer hier der Herr im Haus ist.

Sie hob den Kopf und reckte das Kinn.

„Sie stehen ja immer noch hier in dem ganzen Schmutz", stellte er fest.

Ich werde nicht ausweichen, dachte Taylor. Keinen Millimeter. Auch wenn er mir jetzt so nahe ist, dass ich seine Körperwärme spüren kann. Sie sah ihm in die hellbraunen Augen und erkannte unglaubliches Selbstbewusstsein in seinem Blick.

Ihr Herz schlug schneller, und ihr wurde immer wärmer. Ihre Haut kribbelte, als würden sämtliche Nervenenden gleichzeitig gereizt. Nein, ich werde die Finger von ihm lassen, ermahnte sie sich. Schließlich hatte er keine der Eigenschaften, auf die sie bei einem Mann Wert legte. Er war nicht ruhig und gelassen. Er war nicht umgänglich, sondern sehr entschlossen, seinen Willen durchzusetzen. Sicher ließ er nicht zu, dass sie ihre Spielchen mit ihm trieb.

Es war schon lange her, seit ein Mann solche Emotionen in ihr ausgelöst hatte. Und Jeff Hathaway war damals eher noch ein Junge gewesen als ein Mann.

Sie hatten sich in der zweiten Klasse kennengelernt. Jeff hatte damals Tony Villa geschlagen, nachdem der Taylor als „Grünling" verspottet hatte, nur weil sie ein grünes Kleid, eine grüne Strumpfhose und grüne Schuhe getragen hatte. Jeff hatte ihre Ehre verteidigt, und Taylor war selig gewesen.

In der sechsten Klasse hatte Jeff in der Mittagspause ihre Hand gehalten, obwohl alle anderen es sehen konnten, und damit hatte er endgültig ihr Herz erobert.

Auf der Highschool waren sie unzertrennlich gewesen. Taylor war felsenfest davon überzeugt, dass Jeff der Richtige für sie war. Es spielte keine Rolle, dass er aus ärmlichen Verhältnissen stammte und ihre Mutter ihn ablehnte. Er war Taylors Ein und Alles.

Sie wollten gleich nach Abschluss der Schule heiraten, aber Taylor war damals noch nicht achtzehn, und es war klar, dass ihre Mutter niemals ihre Einwilligung geben würde. Also warteten sie den Sommer über und schmiedeten Pläne fürs College, wo sie sich ein Zimmer teilen wollten. Im Oktober wollten sie dann heimlich zum Heiraten nach Las Vegas fahren, gleich nach Taylors achtzehntem Geburtstag.

Jeff war ihr bester Freund, ihr Liebhaber, ihr zukünftiger Ehemann.

Und am letzten Septembertag kam Jeff bei einem Autounfall ums Leben.

Küsse und andere Katastrophen

An die darauf folgenden Tage und die nächsten Jahre wollte Taylor nicht zurückdenken. Doch im Grunde war sie zäh und überstand das alles. Irgendwie lebte sie trotz ihres Kummers weiter, und mit Anfang zwanzig verabredete sie sich sogar hin und wieder. Doch sie wollte sich nur amüsieren. Auf keinen Fall wollte sie tiefe Gefühle entwickeln.

Selbst jetzt noch, mit siebenundzwanzig, kam es ihr manchmal so vor, als fehlte ein Teil von ihr. Der beste Teil, nämlich Jeff. Taylor hatte ihn über alle Maßen geliebt. Natürlich kam sie mittlerweile mit dem Leben wieder zurecht. Sie konnte Gefallen an einem Mann finden, konnte lachen und all das tun, was sie zuvor auch getan hatte.

Nur eines hatte sich unwiderruflich geändert: Wenn sie jetzt einen Mann an sich heranließ, dann lediglich, um ein Bedürfnis zu stillen. Manchmal wollte sie sich an eine muskulöse Brust schmiegen oder sexuelle Erfüllung finden.

Mehr nicht. Es war jetzt fast zehn Jahre her, doch Taylor konnte sich immer noch nicht vorstellen, jemals wieder eine so tiefe und bedingungslose Liebe für einen Menschen zu empfinden.

„Prinzessin?"

Sie fuhr erschrocken zusammen. Wie hatte sie Mac bloß vergessen können? Er blickte sie gerade auffordernd an. Er war der erste Mann seit Jeff, nach dem sie sich überhaupt sehnte. Also schön, jetzt hatte sie es sich eingestanden. Das änderte aber überhaupt nichts daran, dass Mac nicht ihr Typ war.

„Ein bisschen Staub bringt mich nicht um", sagte sie.

„Sie haben den schlimmsten Dreck ja auch noch nicht erlebt. Wenn Sie hier stehen bleiben, während wir im Flur den Putz abschlagen, werden Ihre Lungen innerhalb von einer halben Stunde wie Feuer brennen. Ganz zu schweigen von den Kopfschmerzen, die Sie bekommen werden."

Klang da Fürsorge aus seiner Stimme? Damit macht er mich

nicht weich, dachte Taylor. So, wie mein Körper auf ihn reagiert, darf ich keine Sekunde lang vergessen, den Verstand einzuschalten. Das wäre nicht nur dumm, sondern auch gefährlich.

„Danke für den guten Ratschlag." Lächelnd wandte sie sich ab und ging in ihr Apartment, das bis auf ihr Schlafzimmer und ihr Bad leer geräumt war. Fast alle ihre Möbel und ihre persönlichen Dinge befanden sich jetzt bei ihren wertvollen Antiquitäten in einem Lagerhaus.

Nur das Schlafzimmer war ihr als Zufluchtsort noch geblieben. Hier stand das große Himmelbett mit der luxuriösen Bettwäsche. Das war ihr noch aus der Zeit geblieben, als ihr Bankkonto immer prall gefüllt gewesen war.

Taylor fand es nicht schlimm, dass sie ihren Weg jetzt selbst meistern musste. Sie sah es eher als Herausforderung, der sie sich zu stellen hatte. Das alles war so plötzlich gekommen, und niemand hatte auf ihre Gefühle Rücksicht genommen.

Es wäre noch stark untertrieben zu behaupten, dass sie ihrer Familie nicht sehr nahe stand. Ihre Familie war selbstsüchtig, und da konnte sie sich selbst auch nicht ganz ausschließen. Jeder dachte in erster Linie nur an sich, etwas, das Taylor nicht ausstehen konnte. Ihre Absätze klapperten über den Boden, während sie hin und her lief. Sie sehnte sich nach einem anderen Leben. Sie wollte mehr als das, was sie hatte. Irgendetwas fehlte ihr.

Nur selten gestattete sie sich solches Selbstmitleid, aber jetzt sehnte sie sich nach Aufmunterung und Mitgefühl. Sie setzte sich auf ihr Bett, kramte ihr Handy hervor und rief Suzanne an.

„Was machen meine Ladenräume?", fragte Suzanne zur Begrüßung. „Kann ich bald einziehen?"

Im Hintergrund hörte Taylor das Klappern von Töpfen und Geschirr, und sie musste lächeln. Sofort ging es ihr besser. Suzanne duftete stets nach Vanille, auf ihrer Kleidung waren immer irgendwo Essenskleckse, und meist war sie gerade dabei, irgendeine Köstlichkeit zuzubereiten.

„Dein kleiner Laden macht sich", beantwortete Taylor die Frage. „Deinem Party-Service steht kaum noch etwas im Weg."
„Ich bin jedenfalls bereit."
„Ich auch." Hoffentlich konnte sie dann auch zeitgleich in die anderen Geschäftsräume einziehen. Voraussetzung dafür war allerdings, dass sie auf einen weiteren Mieter verzichten konnte. Taylor seufzte. „Ich kann es kaum erwarten, dich wieder in meiner Nähe zu haben."
Das Töpfeklappern verstummte. „Ich dachte, dir gefällt es, ganz allein zu leben."
„Tja, eigentlich gefällt es mir nicht so sehr, wie ich gedacht hätte."
Einen Moment lang war vom anderen Ende der Leitung kein Laut mehr zu hören. „Taylor? Was ist los?"
Mist, sie hatte sich verraten. Ihre Freundinnen bedeuteten ihr sehr viel, aber sie war es nicht gewohnt, sich ihnen zu offenbaren. Taylor fiel es ohnehin schwer, über ihre Probleme zu reden. Im Grunde vertraute sie sich überhaupt niemandem an. Sie wusste ja selbst nicht genau, was mit ihr los war. Irgendetwas fehlte ihr, und sie spürte eine vage Sehnsucht in sich. Doch wonach sie sich sehnte, konnte sie nicht sagen.
„Ich wollte mich nur mal melden."
„Du klingst bedrückt."
„Nein, das kann nicht sein."
„Ist auch egal. Ich komme zu dir, sobald ich hier fertig bin. Das kann höchstens eine halbe Stunde dauern. Dann bringe ich Eiscreme mit, und du kannst mir alles erzählen."
Eiscreme war für Suzanne eine Art Allheilmittel. Normalerweise half Eis essen auch tatsächlich, aber im Moment glaubte Taylor nicht recht daran. „Sahneeis mit Schokolade?" Taylor seufzte.
„Geht klar", versprach Suzanne. „Gib mir dreißig Minuten, das reicht."

Die Versuchung war sehr groß. Doch sosehr Taylor Suzanne auch mochte, sie konnte sich nicht vorstellen, ihrer Freundin von ihrer Vergangenheit zu erzählen. Der Verlust von Jeff und die Wahrheit über ihre gefühlskalte Familie, das alles hing irgendwie mit den Gefühlen, die ihr jetzt zu schaffen machten, zusammen. Taylor wollte nicht in diese Erinnerungen eintauchen, nachdem sie sie so viele Jahre verdrängt hatte. Wenn sie das jetzt tat, wäre der Schmerz vielleicht wieder so intensiv wie früher. „Heute Abend muss ich zu einem Treffen der Historischen Gesellschaft." Das stimmte sogar. „Aber vielleicht morgen, okay?"

„Abgemacht?"

„Abgemacht. Und gib Ryan einen Kuss von mir."

„Ich wünschte, du würdest während der Bauarbeiten zu uns ziehen. Wenigstens zum Übernachten."

„Mir geht's hier ganz gut."

„Aber du bist mitten in der Altstadt ganz allein in diesem großen leeren alten Haus."

„Genau deswegen wird mich hier auch niemand stören. Weil das Haus alt und leer ist. Mach dir keine Sorgen, Suzanne, ich bin hier in Sicherheit."

„Natürlich mache ich mir Sorgen, aber das hält dich bestimmt nicht davon ab, deinen Willen durchzusetzen. Also gut, wir reden morgen miteinander, ja?"

„Auf jeden Fall."

Taylor steckte gerade das Handy weg, als Mac mit seiner tiefen rauen Stimme zu ihr sprach. Sie erschrak fürchterlich und zuckte zusammen.

„Sie sind gar nicht ausgezogen."

Verdammt. „Sie sind ja ein sehr scharfer Beobachter. Der reinste Sherlock Holmes." Ganz langsam drehte sie sich auf dem Bett zu ihm um.

Das war ein Fehler.

Es kam ihr irgendwie schamlos vor, hier auf dem Bett zu sitzen, während er direkt davor stand. Er war ein so maskuliner Typ, und sie hatte spontan Lust auf ihn.

Seine Augen glänzten, und Taylor hatte auf einmal Schmetterlinge im Bauch. Stellte er sich gerade vor, hier bei ihr auf dem Bett zu sein? Malte er sich aus, was sie alles miteinander tun könnten? Darauf würde sie ganz sicher nicht eingehen, und sie wollte sich auch nicht irgendwelchen Tagträumen hingeben, auch wenn es ihr schwerfiel, ihre hyperaktive Fantasie zu zügeln.

„Ich weiß ja nicht, mit wem Sie gerade telefoniert haben", stellte er fest. „Aber derjenige hat auf jeden Fall recht. Nachts sind Sie hier nicht sicher, auch wenn Sie das nicht wahrhaben wollen."

„Ich bin hier so sicher wie auf der Polizeiwache."

„Das Gebäude ist menschenleer, und man sieht ihm von außen an, dass hier renoviert wird. Sie wissen sehr genau, dass hier jeden Tag viele Leute vorbeikommen. Woher nehmen Sie die Gewissheit, dass nicht nachts jemand zurückkommt, um nachzusehen, ob es hier Baumaterial oder Werkzeug zu stehlen gibt?"

„Weil ich die Haustür abschließe."

Abfällig stieß er die Luft aus.

„Ich bleibe auf jeden Fall, Mac."

„Bestimmt kommen noch Tage, an denen Sie nicht einmal Strom haben werden, kein fließendes Wasser und kein Gas. Sie sind hier nicht im Hotel, Prinzessin. Selbst Camping ist komfortabler als das Wohnen in einem Haus ohne Energieversorgung."

Seit Monaten schon gönnte Taylor sich keinerlei Luxus mehr, aber das wollte sie auf keinen Fall zugeben. Es ging Mac auch nichts an, dass sie Stück für Stück ihre Antiquitäten verkaufte, um genug Geld zur Verfügung zu haben. Mac hielt sie für eine verwöhnte Prinzessin, daran konnte sie nichts ändern. Es war ihr vollkommen gleichgültig, was er von ihr dachte.

Wenn er tatsächlich dachte, dass sie vor der ersten Herausforderung kniff, die das Leben ihr stellte, dann irrte er sich gewaltig. Sie würde weiter Spaghetti mit Tomatensoße aus der Dose essen, auch wenn die Renovierungsarbeiten sich ewig hinzogen. Ich werde das hier durchziehen, dachte sie. Das hier wird ein wunderschönes Haus, und bestimmt werde ich meine Pläne keinem Mann zuliebe ändern. Auch wenn er der erste Mann seit zehn Jahren ist, bei dem mein Herz schneller schlägt.

„Ich werde dafür sorgen, dass ich immer Batterien und Trinkwasser im Haus habe", erklärte sie entschieden.

Lange blickte Mac sie unverwandt an, und schließlich schüttelte er langsam den Kopf. „Sind Sie immer so stur oder stellen Sie sich nur bei mir so an?"

Er war nicht der erste Mann, der sie für schwierig hielt, und Taylor bezweifelte, dass er der letzte sein würde. Doch im Moment war ihr der verletzte Stolz am wichtigsten. Sie würde Mac niemals gestehen, dass sie es sich schlichtweg nicht leisten konnte, während der Umbauten woanders zu übernachten. „Ich bleibe, Mac."

„Trotz Schmutz und Lärm? Trotz der ganzen lästigen Umstände und der Gefahr?"

Die einzige richtige Gefahr drohte Taylor von ihm allein, doch für diese seltsame Komik fehlte ihm wahrscheinlich der Sinn. „Trotz Schmutz, Lärm und Gefahr."

„Taylor, ich ..."

„Immerhin ein Fortschritt. Sie sprechen mich mit meinem Namen an." Lächelnd neigte sie den Kopf zur Seite. „Dann kennen Sie ihn also doch."

Mac biss die Zähne zusammen. „Sie lassen sich nicht umstimmen, habe ich recht? Ich kann sagen, was ich will, aber Sie ändern Ihre Meinung nicht, stimmt's?"

„Sie haben es erfasst." Ihr blieb keine andere Wahl. „Sie können sagen, was Sie wollen."

4. KAPITEL

Das Nachtleben im South Village stand dem am Sunset Strip in Los Angeles in nichts nach. Es gab unzählige Veranstaltungen und unzählige Besucher, die extra deswegen jeden Abend durch die Straßen strömten. Doch im South Village waren die Menschen nicht aggressiv, hier herrschte eine entspannte, fröhliche Atmosphäre.

Die Stadtväter hatten diese Atmosphäre aus einem einzigen Grund gefördert: um Reichtum in die Stadt zu bringen.

Der Plan war aufgegangen. Alles war auf Touristen ausgerichtet, und die Menschen kamen in Scharen. In den zwanziger Jahren des vorigen Jahrhunderts hatte das Viertel seine erste Blütezeit erlebt, in den dreißiger und vierziger Jahren war es still um das South Village geworden, und in den fünfziger und sechziger Jahren waren hier Protestmärsche und Demonstrationen an der Tagesordnung gewesen. Danach war das Viertel über zwanzig Jahre hinweg langsam wieder aufgebaut worden und hatte sich in eine wahre Goldgrube verwandelt.

Als Folge davon fand man heutzutage kaum noch einen freien Parkplatz.

Fluchend kurvte Mac immer wieder um den Häuserblock. Er hatte einen langen anstrengenden Tag hinter sich, und jetzt wollte er nichts sehnlicher als eine winzige Parklücke, egal wo. Hauptsache, er konnte seinen Wagen irgendwo abstellen.

Die Hitze würde ihn noch umbringen – vorausgesetzt, Taylor schaffte das nicht vorher. Dazu brauchte sie ihn nur mit ihren wunderschönen grünen Augen anzusehen. Sicher dachte sie, sie könnte ihre Gefühle verbergen, aber Mac konnte in ihren Blicken wie in einem Buch lesen.

Was ihn jedoch störte, war die Aura kühler Eleganz, die sie umgab. Allerdings war ihm mittlerweile klar, dass sie damit nur ihre unglaubliche Halsstarrigkeit verbarg, und er vermutete eine hitzige und leidenschaftliche Frau hinter der kühlen Fassade.

Heiße Leidenschaft war wiederum genau sein Fall. Er liebte Frauen, die genau wussten, was sie wollten und wie sie es auch bekamen. Wenigstens war das früher so gewesen.

Leider kam für Taylor und ihn keine noch so kurze Affäre infrage. Diese Frau mochte noch so heißblütig und aufregend sein – Mac wusste ganz genau, dass Taylor all das verkörperte, worauf er sich niemals mehr einlassen würde.

Außerdem verbarg sie irgendetwas vor ihm, das spürte er genau. Dieses Geheimnis hatte nichts damit zu tun, dass sie noch in dem Haus wohnte, obwohl er ihr gesagt hatte, sie solle ausziehen. Er konnte nur ihr zuliebe hoffen, dass es nichts mit seinem Job zu tun hatte. Seine ganze Zukunft hing davon ab, dass er diesen Auftrag erfolgreich beendete. Wieso brachte diese Frau ihn überhaupt dazu, wieder Gefühle zu haben?

Im Moment empfand er nur Hunger und Müdigkeit, aber es war wichtig für ihn, dass er heute Abend am monatlichen Treffen der Historischen Gesellschaft teilnahm. Er musste Kontakte knüpfen, auch wenn er dabei innerlich mit den Zähnen knirschte. Selbst wenn viele das nicht wahrhaben wollten, letztendlich ging es nicht darum, was man konnte, sondern wen man kannte. Und er musste sich diesen Regeln fügen.

Schlimmer wurde das Ganze noch dadurch, dass diese Treffen eher Cocktailpartys glichen als einer Informationsveranstaltung. Mac hasste Cocktailparty.

Die Treffen fanden im Rathaus statt, und als Mac die Häppchen auf den Tellern sah, wünschte er sich sofort ein kühles Bier und eine richtig saftige Pizza. Eine vierköpfige Band sorgte für die musikalische Untermalung, die so dermaßen laut war, als wollten die Musiker mit Absicht jede Unterhaltung unmöglich machen.

Wenigstens funktionierte die Klimaanlage. Es war angenehm

kühl, obwohl es draußen selbst zu dieser Zeit noch unglaublich schwül war.

Trotz der Hitze hatte sich die gesamte High Society des South Village hier versammelt und plauderte. Mac entdeckte bei seiner Ankunft sofort drei Stadträte, den Polizeichef und die Bürgermeisterin. Dann bahnte er sich einen Weg quer durch die Halle.

Die Menge hatte sich aus gutem Grund versammelt. Hier ging es um Geschäfte, und das war im South Village schon immer ein Thema gewesen, das man sehr ernst nahm. Außerdem dienten diese Treffen jedoch noch einem anderen Grund – sie waren eine Kontaktbörse für Singles.

Spöttisch lächelnd blickte Mac sich um. Stimmt, dachte er, überall Leute ohne festen Partner. Es gab viele junge Frauen aus bester Familie mit gierigem Blick, die durch die Menge zogen und sich nach geeigneten Kandidaten umsahen. Sie suchten Männer, die auf den kleinsten Wink ihrer sorgfältig maniküren Finger reagierten. Diese Männer mussten einen guten Namen haben und ein dickes Bankkonto, das den Frauen ein sorgloses Leben bescherte.

Mac kannte sich da aus. Schließlich hatte er auf einem solchen Treffen ein paar Geschäfte tätigen wollen, als seine Exfrau ihn sich geangelt hatte. Sie hatte bei seinem Namen gleich das große Geld gewittert und nicht damit gerechnet, dass ihm seine Unabhängigkeit mehr bedeutete als ein Leben im Reichtum, das seine Familie ihm ermöglichen konnte.

Auch heute noch fand Mac es beschämend, wie leicht es ihr gefallen war, ihn zu ködern. Sie musste nur lächeln und sich ein paar Mal durch das perfekt frisierte Haar streichen, und schon war er ihr verfallen.

Diese verdammten Erinnerungen!

Er verdrängte die Gedanken an die Vergangenheit, setzte ein Lächeln auf und kämpfte sich weiter durch die Menge. Er hatte den festen Vorsatz, nett zu sein und sich unter die Menge zu mischen.

Eine Stunde später war Mac davon überzeugt, seine Pflicht erfüllt zu haben. Er hatte mit den wichtigsten Entscheidungsträgern geplaudert. Beispielsweise mit der Bürgermeisterin Isabel W. Craftsman, die für ihren rücksichtslosen Ehrgeiz bekannt war. Dennoch waren sich alle einig, dass sie für die Stadt mehr erreicht hatte als jeder andere Bürgermeister zuvor. Auch mit dem Stadtrat Daniel Oberman, der früher einmal selbst ein Bauunternehmen geleitet hatte, jetzt aber mit vollem Einsatz die Renovierungsprojekte vorantrieb, hatte Mac gesprochen und mit verschiedenen anderen.

Kein Wunder, dass er jetzt Kopfschmerzen hatte. In dieser Woche hatte er schwer gearbeitet, und deshalb beschloss er, in ein paar Minuten mit einem höflichen Lächeln zu verschwinden.

Und das hätte er bestimmt getan, wenn er Taylor Wellington nicht gesehen hätte, die Frau, die ihm im Moment das Leben zur Hölle machte.

Sie trug ein glänzendes hellblaues Kleid mit Spaghettiträgern, das ihre Schenkel nur halb bedeckte. Ihre nackten Beine waren gebräunt und noch länger, als Mac sie in Erinnerung hatte. Im Augenblick wurde Taylor von einer Gruppe von Frauen umringt, die alle aussahen, als wäre es ihr höchstes Ziel im Leben, sich für solche Anlässe zurechtzumachen. Jede von diesen Frauen hätte auf das Titelbild einer Zeitschrift gepasst, doch in Macs Augen sahen sie alle wie Plastikpüppchen aus, Taylor eingeschlossen.

Dann hob sie den Kopf und blickte ihm in die Augen. Und innerhalb eines Wimpernschlags bekam ihr kühler Blick einen Ausdruck, den man nur als leidenschaftlich bezeichnen konnte. Das passierte so schnell, dass Mac schon glaubte, er hätte es sich bloß eingebildet.

Dieser Blick traf ihn mitten ins Herz. Es war gleichzeitig quälend und unglaublich schön. Aber wie kam sie dazu, ihn so anzusehen?

Küsse und andere Katastrophen

Taylor blickte ihm weiter in die Augen, obwohl die Leute um sie herum mit ihr sprachen, sie anlächelten und ihr im Vorbeigehen zunickten. Sie schien völlig unberührt von dem, was um sie herum vorging. Doch dann war der Moment vorbei, und ihr Blick wurde wieder so kühl, als wäre nichts geschehen.

Ihre Gedanken und Gefühle verbergen, das kann sie wirklich gut, dachte Mac. Mir soll's recht sein. Ich will nämlich gar nichts Näheres darüber wissen.

Doch sie blickte immer wieder zu ihm hinüber, und Mac konnte gar nicht anders, er ging langsam auf sie zu. Er fühlte sich wie an einem Bungee-Sprungseil, das an Taylor befestigt war. Und das, obwohl er sich gerade eben erst vorgenommen hatte, von hier zu verschwinden.

Als er Taylor erreicht hatte, wich seine Benommenheit langsam, und er nahm seine Umgebung wieder wahr. Er spürte die kühle Luft und hörte die aufgetakelte rothaarige Frau links von Taylor sagen: „Es überrascht mich, dich hier zu sehen, Taylor. Eigentlich hatten wir gehört, dass du – wie soll man es ausdrücken? –, dass du auf der sozialen Leiter ein paar Sprossen nach unten gerutscht seist."

„Ganz nach unten", fügte die perfekt frisierte Frau zu Taylors Rechten hinzu. „Bis zur untersten Sprosse."

Einige der Frauen lachten, so als würden sie sich alle über den Scherz amüsieren. Doch im Grunde bestand kein Zweifel, dass sie sich alle über Taylor lustig machten.

Sie wandte sich wieder den Frauen zu und wirkte dabei so kühl und abweisend, als könnte ihr der Spott der anderen überhaupt nichts anhaben.

„Wir haben von dem Testament gehört." Die Frau, die das sagte, schaffte es nicht ganz, einen überzeugend mitfühlenden Blick aufzusetzen. Ihre Häme ließ sich nicht überspielen. „Hat dein Großvater wirklich sein ganzes Geld deiner Mutter vermacht und dir keinen Cent hinterlassen?"

Unbeeindruckt erwiderte Taylor ihren Blick. „Was spielt das für eine Rolle? Ich brauche kein Geld von irgendwem."

Als wäre das der beste Witz des Abends, fingen alle an zu lachen.

Taylor presste die Lippen zusammen.

„Du bist so witzig", stellte die Rothaarige fest. „Du bringst mich immer zum Lachen."

„Deine Mutter sieht gut aus", stellte eine der anderen fest. „Und mit dem Geld von ihrem Daddy kann sie sich zur nächsten Wahl bestimmt eine spitzenmäßige Kampagne leisten."

„Ganz bestimmt", erwiderte Taylor nur.

Mac wusste nicht genau, worüber diese Frauen sprachen, aber weil er den Blick nicht von Taylor abwenden konnte, war ihm etwas aufgefallen, das ihn erschreckte.

Ihre Körperhaltung wirkte ganz gelassen, nur an ihrem Blick sah er, dass der Spott der anderen Frauen ihr doch zu schaffen machte. Offenbar spielte es für sie eine große Rolle, was diese Frauen von ihr hielten.

Wieso war er eigentlich nicht sofort weggerannt?

Eine andere Frau aus der Gruppe tätschelte Taylors Arm. „Ich jedenfalls finde, du hast dich bis jetzt tapfer geschlagen."

„Wenigstens hast du noch all diese fantastischen Sachen zum Anziehen." Neidisch betrachtete die Rothaarige Taylors atemberaubendes Kleid. „Jetzt musst du einfach nur damit anfangen, jedes Teil mehr als einmal zu tragen."

„Und keine Sorge, bei unseren monatlichen Treffen zahlen wir deinen Lunch mit", bot eine andere an.

Mac hätte gern ein paar dieser Frauen erwürgt. Hatte er nicht gerade eben noch gedacht, dass Taylor perfekt in diese Gruppe passte? Auf einmal wirkte sie überhaupt nicht mehr wie ein Plastikpüppchen, sondern wie ein ganz normaler Mensch, der verletzt war.

„Wie nett von euch, dass ihr euch so um meine finanzielle

Lage sorgt." Taylors Stimme klang eiskalt. „Sehr rührend."

Jetzt lächelte nur noch Mac.

„Aber macht euch keine Sorgen um mich", fuhr sie fort. „Ich komme sehr gut zurecht." Sie wandte sich um und ging von den Frauen weg. Und auch von Mac.

Den Kopf hielt sie hoch, und sie sprach mit niemandem mehr. Taylor wollte auf die Veranda und von dort in den angrenzenden botanischen Garten gehen, der von der Historischen Gesellschaft finanziert wurde.

Sie öffnete die Türen und trat hinaus in die Nacht. Mac folgte ihr wie ein Welpe, der sich nach Streicheleinheiten sehnt.

5. KAPITEL

Taylor atmete tief durch und trat in die warme Sommernacht. Nein, beschloss sie, ich werde mich zusammennehmen und das alles nicht an mich heranlassen. Sie war unendlich traurig, aber die Sticheleien dieser Frauen, die sie früher für Freundinnen gehalten hatte, hatten nur wenig damit zu tun.

Diese Frauen waren ihr unwichtig, aber Taylor fühlte sich unsagbar einsam, obwohl ihre eigene Mutter auch auf der Party gewesen war. Ja, sie hatten sich begrüßt und sich das obligatorische Küsschen gegeben, haarscharf an der Wange vorbei, denn schließlich musste man ja darauf achten, dass das Make-up nicht litt und die Kleidung nicht zerknitterte. Also hatten sie beide gelächelt und den üblichen Small Talk gemacht.

Es war eine feuchtschwüle Nacht. Doch genau das brauchte Taylor jetzt als Ausgleich für die Eiseskälte der vergangenen Stunde. Sie stellte sich an das Geländer, um in den Garten zu sehen. Es hieß, dieser Garten sei der schönste im ganzen South Village.

Was bin ich überhaupt für eine Frau?, fragte sie sich. Ich bin siebenundzwanzig und habe bisher von fremdem Geld gelebt. Eigentlich verdiene ich wirklich den Spott, den ich heute geerntet habe, aber aus anderem Grund, als die anderen denken.

Taylor hatte sich nie anstrengen müssen, um etwas zu erreichen. Bis jetzt.

Sie lehnte sich ans hölzerne Geländer und rieb sich die Schläfen. Als sie sich die Tränen aus den Augen wischte, verschmierte sie das Make-up. Es war ihr egal. Armes reiches Mädchen, dachte sie und hasste sich für ihr Selbstmitleid. Außerdem hätte es richtig heißen müssen: armes *ehemals* reiches Mädchen.

War es denn so absurd, dass sie sich heute Abend nach so langer Zeit etwas von ihrer Mutter erhofft hatte? Eine richtige

Umarmung oder ein echtes Lächeln? Taylor fühlte sich unendlich allein.

„Taylor."

Beim Klang der tiefen Stimme, die sie mittlerweile nur allzu gut kannte, erstarrte sie. Wie gelang es diesem Mann eigentlich immer, sie in ihren schwächsten Momenten aufzuspüren? „Gehen Sie."

„Keine Chance."

Sie hörte Schritte, die sich näherten. Dieser blöde Kerl. „Mac, ich …"

„Ich weiß, Sie wollen, dass ich verschwinde. Und glauben Sie mir, das würde ich auch gern tun."

Allerdings kam er trotzdem näher und lehnte sich mit der Hüfte gegen das Geländer. Seine Brust berührte Taylors Schulter. Er musterte Taylor eindringlich, während sie so tat, als hätte sie noch nie etwas so Interessantes wie die Blumen in diesem Garten gesehen.

„Ich wollte schon weg, bevor ich überhaupt hier ankam", erklärte er.

„Was hält Sie dann noch hier?" Nein, dachte sie, ich sehe ihn nicht an. Mir ist es gleich, wie groß und kräftig er ist. Sie konnte die Hitze seines Körpers spüren und sehnte sich danach, mehr davon zu fühlen, obwohl es hier draußen heiß genug war.

Allein diese Sehnsucht trieb ihr wieder die Tränen in die Augen, und ein paar Tränen liefen ihr über die Wangen. Taylor hielt noch die Luft an, doch dann schniefte sie laut.

„Oh nein." Mac legte ihr die Hände auf die Arme und drehte Taylor zu sich herum, sodass sie seinem Blick nicht länger ausweichen konnte. „Was ist denn los?"

Was los war? Nichts. Alles.

„Prinzessin?"

In diesem tiefen weichen Tonfall klang das verhasste Wort wie ein Kosename. Diesen samtweichen Ton hätte Taylor niemals von Mac erwartet. Sie brachte keinen Ton heraus, und so schüttelte sie nur schweigend den Kopf.

Mit einem Daumen strich er ihre eine Träne von der Wange. Taylor wusste, dass ihr Gesicht mittlerweile dem eines Waschbären glich, doch im Moment machte sie sich in erster Linie Sorgen darüber, was Macs Berührung in ihr auslöste. Sein Daumen beschrieb kleine Kreise auf ihrer Wange, und mit den anderen Fingern fuhr er ihr ins Haar. Taylor stand nur reglos da und kämpfte gegen den Drang an, einfach loszuschluchzen und ihren Kummer rauszulassen.

Schweigend wartete Mac ab. Er drängte sie nicht und wirkte auch nicht so, als wäre es ihm peinlich, dass sie weinte. Er tat nichts, außer geduldig darauf zu warten, dass sie sich wieder beruhigte.

Und auf einmal wollte Taylor sich gar nicht mehr zusammenreißen. „Alles, was sie gesagt haben, stimmt", stieß sie flüsternd aus. „Ich bin als verwöhnte Göre aufgewachsen." Sie wartete auf irgendeine Zurückweisung, doch Mac massierte ihr nur sanft die Schläfen. „Meine Familie ... wir standen uns alle nie sehr nahe. Dank Großvaters Vermögen habe ich eine erstklassige Ausbildung erhalten. Alle paar Jahre hat er mich besucht, um zu sehen, ob sich seine Investition auch auszahlte, aber darüber hinaus hatte ich zu ihm keinen Kontakt. Ich hatte immer den Eindruck, er wäre von mir enttäuscht."

„Taylor ..."

„Nein, schon gut." Sie wollte sein Mitleid nicht. Die Stille hier draußen machte diesen Moment zu etwas sehr Intimem. Taylor schmiegte sich an Macs großen kräftigen Körper. „Mein Großvater ist gestorben", erklärte sie. „Und sein Testament war ... ziemlich überraschend."

„Inwiefern?"

„Tja, zum einen hat er mir das Haus hinterlassen, das du gerade renovierst."

„Ein wahres Prachtstück."

„Allerdings. Vorausgesetzt, man richtet es wieder her. Und das kostet eine Unmenge Geld."

Mac nickte.

„Mein Großvater hat den Fonds, aus dem er mich finanziert hat, komplett meiner Mutter übertragen. In dem Wissen, dass sie niemals mit jemandem teilen würde." Taylor schloss die Augen, bevor sie die Wahrheit gestand: „Dadurch bin ich praktisch pleite."

„Wieso gibt deine Mutter dir nichts ab?"

„Sie spart schon ihr ganzes Leben lang für schlechte Zeiten." Taylor stieß ein kurzes Lachen aus. „Sie ist der reichste Geizhals, den man sich denken kann."

„Und was ist mit deinem Vater?"

„Er ist wieder verheiratet und lebt in Europa. Ich sehe ihn nur sehr selten."

„Die Frauen dort drinnen haben über deine Mutter gesprochen, als wäre sie heute Abend auch hier."

„Das ist sie auch. Du kennst doch sicher Isabel Craftsman."

Ungläubig riss Mac die Augen auf. „Deine Mutter ist die Bürgermeisterin?"

„Genau die." Normalerweise führten solche Unterhaltungen immer in eine von zwei möglichen Richtungen. Entweder wurde Taylor bewundernd angestarrt, weil ihre Mutter trotz ihrer Unterkühltheit viel für die Stadt getan hatte, oder die Reaktion war verächtlich, denn Taylors Mutter hatte sich auf dem Weg nach oben keine Freunde gemacht.

Mac hingegen wirkte weder bewundernd noch verächtlich. „Und du kannst dich wirklich nicht an sie wenden, wenn du Hilfe brauchst?"

„Doch, das könnte ich, aber …"

„Du willst es nicht", beendete er den Satz für sie, und Taylor las Respekt in seinem Blick. „Was ist mit deinen Schwestern?"

„Wie gesagt, wir stehen uns nicht sehr nahe."

„Das Gebäude ist ein Vermögen wert."

„Wenn man es verkauft." Taylor wandte Mac das Gesicht zu. „Aber das werde ich nicht tun. Ich werde nicht kneifen. Mac, ich bin nicht wie diese Frauen dort drinnen, und ich werde nicht so werden, auch wenn es mir das Genick bricht."

„Du bist überhaupt nicht wie sie", stimmte er ehrlich zu.

Taylor sehnte sich heute nach einem Vertrauten, und dieser sexy Mann, der das genaue Gegenteil von ihr war und der ihr so viel Schwierigkeiten machte, bot ihr sein Vertrauen an. So etwas hatte sie seit Jeff nicht mehr erlebt.

Allein der Gedanke kam ihr wie Verrat vor, und das machte ihren Kummer noch größer. Allerdings reagierte Mac auch ganz anders als andere Männer. Ein solches Verständnis hätte Taylor eher von einer Freundin wie Suzanne erwartet.

Mac stand einfach nur da und ließ sie sich ausheulen.

Taylor schmiegte sich in seine ausgebreiteten Arme. Sie gab sich seiner Wärme hin und kostete die Kraft aus, die Mac ausstrahlte. Sie legte die Wange an seine Halsbeuge, atmete den Duft seiner Haut ein – ein Duft nach Wald, Seife und Mann.

Mac fuhr ihr durchs Haar und schob Taylors Kopf ein wenig nach hinten, um ihr in die Augen zu sehen. Sie betrachte das ausgeprägte Kinn, die leicht geschwungenen Lippen und die hellbraunen Augen.

Taylor spürte seinen Blick bis in die Zehenspitzen. Sie hatte keine Ahnung, wie so etwas möglich war, aber ihre Probleme traten auf einmal in den Hintergrund. Sie konnte die Erregung auch nicht mehr leugnen, die Mac in ihr weckte. Ohne nachzudenken, schlang Taylor ihm die Arme um den Nacken und schmiegte sich noch ein bisschen enger an ihn.

Er stöhnte auf.

Trotz ihrer vielen Sorgen empfand Taylor so etwas wie weiblichen Stolz. Sie war es, die dieses Verlangen in ihm auslöste. Er spürte die erotische Spannung zwischen ihnen also auch. Wie zum Beweis dafür strich er ihr mit leicht zitternden Fingern das Rückgrat hinunter und wieder nach oben. Taylor konnte sich gegen das aufkeimende Verlangen nicht wehren.

„Das wäre vielleicht der richtige Zeitpunkt für dich, um mir mitzuteilen, dass du verheiratet bist", sagte sie leise. „Oder sonst wie vergeben."

„Ich bin nicht verheiratet." Ein Lächeln umspielte seine Lippen. „Oder sonst wie vergeben. Ich bin mit niemandem zusammen."

Ihre Brüste schmiegten sich an seine Brust, ihr Bauch berührte seinen, und Taylor blickte ihm unverwandt in die Augen. Mac war in diesem Moment der einzige Mensch auf der ganzen Welt für sie. Dieses Gefühl überwältigte sie, und sie lehnte sich noch stärker an ihn.

Die Luft um sie beide herum schien zu knistern, und die heiße Nachtluft fachte das Feuer zwischen ihnen noch weiter an. Taylor konnte kaum noch Luft holen. „Mac, ich …"

„Ja?"

Sie seufzte. „Ich will …" Dich, fügte sie in Gedanken hinzu.

Mac folgte der unausgesprochenen Aufforderung. Er neigte den Kopf und küsste Taylor. Zuerst ganz sachte, doch dann verstärkte sie den Griff um seinen Nacken, und der sanfte Kuss wurde immer wilder, immer unkontrollierter.

„Ist es das, was du wolltest?", fragte Mac schließlich und zog sich etwas zurück. Seine Stimme klang noch rauer als sonst.

„Ja." Taylor brachte kaum einen Ton heraus und atmete heftig. Mac war ebenso außer Atem wie sie. Lange blickten sie sich wieder nur schweigend an, und Taylor stellte völlig überwältigt fest, dass sie nicht mehr so hingebungsvoll geküsst hatte, seit …

Ich habe es nicht gewollt, dachte sie. Macs durchdringender Blick war wie Feuer, und Taylor spürte ganz deutlich seine Erregung. Offenbar sehnte er sich nach mehr, dennoch stand er nur abwartend da.

Ich könnte ihn mit zu mir nach Hause nehmen, dachte Taylor. Wir können den Abend gemeinsam verbringen und uns bis zur totalen Erschöpfung lieben. Es wäre bestimmt toll und sehr befriedigend. Gleichzeitig spürte sie, dass ihr das nicht reichen würde. Zum ersten Mal nach Jeffs Tod reichte ihr unverbindlicher Sex nicht mehr, nicht einmal mit einem so aufregenden Mann wie Mac.

„Ich fahre jetzt nach Hause." Ihre Stimme klang leise, und sie strich ihm über die Wange. „Allein."

„Ja." Mac drehte das Gesicht zur Seite und hauchte einen Kuss in ihre Handfläche. „Das dachte ich mir schon."

Sollte ich jetzt erleichtert oder gekränkt sein?, schoss es Taylor durch den Kopf. Wollte er nicht wenigstens versuchen, sie dazu zu überreden, die Nacht mit ihm zu verbringen? Sie trat einen Schritt zurück und schluckte. „Ich glaube, dieser Kuss war vielleicht keine so gute Idee."

„Ja."

Jetzt konnte sie das Lachen nicht länger unterdrücken. „Manchmal möchte eine Frau, dass man ihr widerspricht."

„Taylor, war das ein ganz normaler Kuss für dich?"

Ihre Lippen prickelten immer noch, und ihr Herz hämmerte rasend schnell. Langsam schüttelte sie den Kopf.

„Nein", stimmte Mac ihr zu. „Und bei einer so tiefen Verbundenheit zwischen uns sollten wir keinen Fehler machen."

„Du bist also auch verletzt worden", stellte sie überrascht fest.

Mac öffnete schon den Mund, schloss ihn dann aber wieder. Leise seufzte er. „Ich war verheiratet, aber das ist schon lange her."

„Hast du Kinder?"

Eine Sekunde lang wirkte sein Gesicht gequält. „Es hat zwi-

Küsse und andere Katastrophen

schen uns nicht geklappt. Es war so eine Katastrophe, dass ich mich niemals wieder ernsthaft binden will."

„Das kann ich sogar nachvollziehen." Leicht spöttisch lächelte sie. „Stell dir das mal vor." Ihr Körper bebte immer noch, als sie einen Schritt zurücktrat. „Gute Nacht, Mac."

„Gute Nacht, Taylor." Mac blickte ihr nach. Sie wirkte so beherrscht, wie sie mit hoch erhobenem Kopf wegging. Zitternd atmete Mac aus. Was war das für ein Kuss gewesen! Hatte er sich nicht geschworen, Frauen gegenüber immer einen Rest von Skepsis zu bewahren?

Beim nächsten Mal musste er unbedingt vorsichtiger sein. Er würde sich gegen Taylors Blick wappnen. Diese gefühlvollen Augen und diese verlangenden Blicke stellten für ihn eine Gefahr dar, und er wollte nicht in diese Falle tappen.

Ich werde vorsichtig sein, sagte er sich. Sehr vorsichtig.

6. KAPITEL

Taylor war froh, das ganze Wochenende vor sich zu haben, bevor in der nächsten Woche die Türen und Fenster erneuert wurden. Zwei Tage lang würde es in diesem Haus keine Bauarbeiten geben. Kein Hämmern, keine Fremden und keine Entscheidungen, die sie zu treffen hatte. Einfach nur Ruhe.
Und kein Mac.
In diesen zwei Tagen konnte sie tun, was ihr gefiel. In erster Linie wollte sie nicht ständig daran denken müssen, was auf der hinteren Veranda des Rathauses geschehen war. Und vor allem wollte sie nicht daran denken, was alles *nicht* geschehen war.
Mac strahlte so viel Kraft aus, sowohl körperlich als auch vom Willen her. In seiner Nähe spürte man sehr deutlich, welche Kontrolle er über sich hatte. Dabei wollte doch Taylor immer diejenige sein, die alles unter Kontrolle hatte. Wenn sie einen Mann in ihr Leben ließ, dann wollte sie den Kurs bestimmen.
Mac ließ sich bestimmt von niemandem den Kurs vorgeben.
Noch dazu hatte er sie in ihrem schwächsten Moment erlebt. Niemand hatte sonst diese Seite an ihr kennengelernt. Taylor beschloss, sich von nun an im Hintergrund zu halten und die unvermeidlichen Treffen mit Mac auf ein Minimum zu beschränken.
Damit wäre das Problem gelöst.
Aber drei Monate lang? Das war eine sehr lange Zeit.
Er muss seine Frau sehr geliebt haben, dachte sie. So sehr, dass er es nicht ertragen kann, sich wieder zu verlieben. Seltsam, dass sie sich deswegen umso mehr nach ihm sehnte.
Ganz unvermittelt klopfte es unten an der Haustür, und Taylor zuckte zusammen. Es war Samstag und noch früher Vormittag. Sie erwartete niemanden, und sie fühlte sich in ihrer Ruhe gestört. Deshalb runzelte sie unwillig die Stirn, während sie die Treppe hinunterging und durch den Türspion sah.

Küsse und andere Katastrophen

Draußen standen Nicole und Suzanne. Sie hielten eine Packung Eis und drei Löffel hoch und grinsten von einem Ohr zum anderen.

Überglücklich riss Taylor die Tür auf. „Ihr könnt anscheinend Gedanken lesen." Sie streckte schon die Hand nach dem Eis aus, doch Nicole wehrte sie ab.

„Nicht so hastig." Prüfend musterte sie Taylor von oben bis unten. „Ja, du hattest recht", sagte sie zu Suzanne. „Da stimmt was nicht."

Jetzt sahen die beiden Frauen Taylor durchdringend in die Augen, und sie wand sich verlegen. „Seid nicht albern, mir geht's bestens."

Trotzdem wurde sie von ihren Freundinnen in die Arme gezogen, und vor Rührung traten ihr Tränen in die Augen.

Was war nur los mit ihr?

„Ach, Liebes." Die rothaarige Suzanne mit dem sinnlichen Körper hob den Kopf, reichte Nicole die Löffel und umfasste Taylors Gesicht mit beiden Händen. „Was ist denn los?"

Konnten diese beiden Frauen hellsehen? Taylor strich sich übers Haar und schaute an sich herunter. Mit ihrer Kleidung war alles in Ordnung. Sie war ihre ganz persönliche Rüstung, um der Welt gegenüberzutreten.

„Ja, ja, du siehst toll aus wie üblich", wiegelte Nicole sofort unwillig ab. Sie war Ärztin auf der Intensivstation im Krankenhaus, und schicke Kleider und aufwendige Frisuren waren ihrer Meinung nach nichts als Zeitvergeudung. Trotzdem war sie eine Schönheit. Jetzt musterte sie Taylor mit dem Röntgenblick, den anscheinend alle Ärzte beherrschten. „Und lass dir sagen, dass es ganz schön nervig ist, wenn du inmitten von Mörtel, Schutt und Staub so gut aussiehst. So, und jetzt raus damit: Was ist los?"

„Nichts." Taylor zwang sich zu einem Lächeln. „Wahrscheinlich Heuschnupfen oder eine Allergie."

„Blödsinn." Nicole ging voraus und direkt in Taylors Apartment, wo sie sich alle aufs Bett setzten. Dann verteilte sie die Löffel. „Wir wollen die Wahrheit hören. Am besten gleich die ausführliche Version der Geschichte, dann müssen wir hinterher nicht so viel nachfragen."

Taylor schob den Löffel in das Sahneeis und verspeiste gleich mit dem ersten Bissen eine Unmenge an Kalorien. „Ich habe doch schon gesagt, dass es mir gut geht."

„Wenn Suzanne oder ich behaupten, es ginge uns gut, obwohl es nicht stimmt, dann lässt du uns nie damit durchkommen. Deshalb brauchst du das bei uns gar nicht erst zu versuchen." Nicole wedelte mit dem Löffel. „Also heraus mit der Sprache. Wer ist der Mistkerl, der für den bedrückten Ausdruck auf deinem hübschen Gesicht verantwortlich ist?"

„Da gibt es keinen ..." Taylor blickte in die beiden erwartungsvollen und gleichzeitig besorgten Mienen ihrer Freundinnen und stieß einen tiefen Seufzer aus. Um Mut zu sammeln, vernichtete sie gleich noch einen Löffel Eiscreme. „Mac heißt er. Ihm gehört die Firma, die ich mit dem Umbau beauftragt habe."

„Und?" Fragend hob Nicole die Augenbrauen. „Da steckt doch noch mehr dahinter. So etwas spüre ich."

„Und ..." Ach, dachte sie, was soll's! „Und er kann himmlisch küssen."

Suzanne leckte ihren Löffel ab und lächelte. „Aha."

„Wieso ‚aha'?" Taylor richtete sich auf.

„Du bist dabei, dich in ihn zu verlieben."

„Bloß weil ich finde, dass er himmlisch küsst?"

„Weil deine Augen leuchten, wenn du das sagst." Suzannes Stimme klang sehr sanft. „Dich hat's schwer erwischt."

„Lust oder Liebe?" In ihrer typischen direkten Art wollte Nicole Klarheit schaffen.

„Lust!" Taylor war empört.

Zögernd neigte Nicole den Kopf zur Seite. „Das kam mir ein bisschen zu schnell."

„Ich bleibe Single, Nicole. Ohne jeden Zweifel."

Suzanne griff nach Taylors Hand. „Erzähl doch mal, was an der Liebe so schlimm ist. Wer hat dich denn so verletzt?"

„Das Leben." Mehr wollte Taylor im Moment nicht dazu sagen. Vielleicht würde sie die Einzelheiten nie jemandem verraten. „Eines solltet ihr wissen: Ich habe die Liebe erlebt, und, wie es so schön heißt, Liebe tut fürchterlich weh."

„Das muss aber nicht immer so sein", entgegneten Nicole und Suzanne wie aus einem Mund.

Aber Taylor wollte sich nicht umstimmen lassen. Liebe war nichts für sie, in diesem Punkt war sie sich ganz sicher.

Am Montagmorgen kümmerte Mac sich zuerst darum, dass seine Leute damit anfingen, die Fenster und Türen zu ersetzen, bevor er sich auf die Suche nach Taylor machte.

Er fand sie in ihrem Apartment auf dem Bett, und er hatte nicht damit gerechnet, dass allein ihr Anblick ihn so aus dem Gleichgewicht bringen würde. Sein Magen zog sich zusammen, sein Herz schlug schneller, und er konnte nur noch daran denken, Taylor an sich zu reißen und wieder in die Arme zu nehmen.

Eigentlich hatte er gedacht, dass er diese Sehnsucht seit Freitagabend überwunden hätte. Anscheinend hatte er sich in diesem Punkt geirrt.

Eigentlich durfte niemand auf der Welt morgens um sieben Uhr so fantastisch aussehen. Ihr glänzendes blondes Haar fiel ihr perfekt gekämmt über die Schultern, und zu einer hellgelben Hose trug sie ein gleichfarbiges ärmelloses Oberteil. Eine klassische, stilvolle Kombination. Das Oberteil war vorn und hinten weit ausgeschnitten, sodass Mac viel makellose Haut und aufregende Kurven sehen konnte. Seine Kehle war plötzlich trocken, und er sehnte sich nach einem Schluck Wasser. Die langen Beine hatte Taylor verschränkt, und eine Sandalette hing von ihrem Zeh herab und schwang hin und her, während sie mit dem Fuß wippte. Sie telefonierte, und ihre dezent geschminkten Lippen schimmerten, während sie ins Handy sprach.

Taylor sah Mac sofort, und obwohl sie ihn nicht einmal anlächelte, spürte er, dass sie spontan auf ihn reagierte.

Bei dem Gespräch ging es um den Verkauf eines antiken Weinregals, und Taylors Stimme klang sehr bestimmt und ruhig. Offenbar war sie nicht bereit, mit dem Preis auch nur einen Cent herunterzugehen. Seit Freitag verstand Mac den Grund dafür sehr gut. Taylor verstand es, knallhart zu verhandeln, und er konnte seine Bewunderung nicht unterdrücken, als er mitbekam, wie Taylor einen unglaublich guten Preis für das Weinregal erzielte.

Als sie das Telefonat beendete, leuchteten ihre Augen. Sie wirkte stolz und auch erleichtert.

Das erinnerte Mac daran, weshalb er gekommen war. „Guten Morgen."

„Guten Morgen", sagte sie kühl und schlüpfte wieder in ihre Sandalette.

„Ich möchte mit dir sprechen."

„Tja, ich ..." Sie blickte sich um, als suchte sie nach einer passenden Ausrede.

„Lass es, Prinzessin. Wenn du mir nach diesem einen Kuss aus persönlichen Gründen aus dem Weg gehen willst, dann bitte schön."

Eines musste er ihr lassen: Sie ließ sich keinerlei Regung anmerken. „Den einen Kuss hatte ich schon fast vergessen." Ihre Stimme klang völlig ungerührt.

„Ach, wirklich?"

Sie stieß die Luft aus. „Nein."

Ganz unvermittelt zog sich sein Herz zusammen. „Wenn es dich irgendwie tröstet, dann lass dir sagen, dass du der Grund dafür bist, dass ich jetzt seit zwei Tagen nicht mehr richtig schlafen kann."

Taylor hob eine Schulter, als spielte das für sie keine Rolle, doch ihr Blick bekam einen wärmeren Ausdruck. „Ich schätze, das tröstet mich tatsächlich."

„Sieh mal, Taylor …"

„Wir müssen nicht lang und breit darüber reden. Es wird nicht wieder geschehen."

„Stimmt." Doch es störte ihn, dass er nicht wusste, wieso sie sich so von ihm distanzierte. „Mir ist jetzt klar, wieso du noch hier wohnst. Du weißt nicht, wohin und hast kein Geld, also sitzt du hier fest, bis wir mit den Arbeiten fertig sind."

„Vielen Dank für die treffende Analyse meiner Situation." Sie lachte leise.

„Hier geht's nicht um deinen Stolz, Taylor. Du steckst jeden Cent in dieses Gebäude und betrachtest es als Verschwendung, für die Übergangszeit in ein Hotel zu ziehen."

Taylor hob die Hände. „Ertappt."

Mac kam näher und erkannte, dass ihre Pupillen sich unwillkürlich etwas weiteten.

Lag das an seiner Nähe? Taylors Gegenwart berührte ihn ebenfalls. Er nahm ihr Parfüm wahr. Es war ein exotischer Duft – süß und sexy. Mac sah den Pulsschlag an Taylors Hals, der deutlich verriet, dass sie nicht so ruhig und gelassen war, wie sie ihn glauben machen wollte. „Ich bin eigentlich hier, um dir zu erklären, dass wir versuchen werden, uns sozusagen um dich herum zu arbeiten. Dieses Zimmer renovieren wir ganz zum Schluss."

„Aber sagtest du nicht, du willst alles in einem Zug erledigen, damit die anderen Handwerker nicht mehrmals kommen müssen? Du hast gesagt, es sei ohnehin schwer genug …"

„Ich weiß genau, was ich gesagt habe. Aber ich werde den zeitlichen Ablauf ändern."

„Wieso?"

„Weil ich möchte, dass du als meine Kundin zufrieden bist."

„Als deine Kundin", wiederholte sie leise, und es klang ein bisschen verletzt.

Das musste er sich doch einbilden. „Bei diesem Auftrag will ich alles richtig machen."

„Tue ich dir leid?"

„Unsinn. Du bist viel zu stur, als dass man mit dir Mitleid empfinden kann."

Eine Weile sah sie ihn nur wortlos an, dann musste sie lächeln. „Also schön, Mac. Solange es nichts mit Mitleid zu tun hat. Ach, übrigens ..." Sie stand vom Bett auf, und es war eine so fließende elegante Bewegung, dass Mac nicht mehr an eine Plastikpuppe, sondern vielmehr an eine Katze denken musste. Langsam kam sie näher, und er ballte die Hände zu Fäusten, um sie nicht nach Taylor auszustrecken.

„Vielen Dank", sagte sie leise, und ihre sinnlichen Lippen glänzten verführerisch.

Mac wollte lieber nicht näher darüber nachdenken, was dieses Lächeln in ihm auslöste. Wusste sie es überhaupt? Wahrscheinlich nicht, sonst würde sie ihn nicht weiterhin so ansehen. Sie waren sich doch beide einig, dass zwischen ihnen nichts weiter geschehen sollte. Aber Mac wollte lieber auf Nummer sicher gehen. „Kommen wir noch mal zum Persönlichen."

Schlagartig verschwand jeder sinnliche Ausdruck aus Taylors Miene, und Mac musste lachen. „Nach allem, was du durchgemacht hast, dachte ich, ein kleiner Kuss wäre das Geringste deiner Probleme."

„Wenn es nur ein kleiner Kuss gewesen wäre, dann hättest du recht." Ihre Offenheit erschreckte Mac.

Erst jetzt sah er, dass auch Taylor die Hände zu Fäusten ballte. Fiel es ihr etwa genauso schwer, die Hände von ihm zu lassen, wie ihm von ihr? Oder wollte sie ihn schlagen? „Sag mir, wieso du das nicht mehr willst", forderte er sie leise auf.

Sie hob den Kopf und war Mac jetzt so nahe, dass sie beide

sich nur noch ein bisschen vorzubeugen brauchten, um sich zu küssen. „Ich mag es lieber unkompliziert", flüsterte sie. „In unkomplizierten Beziehungen bin ich wirklich gut. Aber mehr will ich nicht, nie wieder in meinem Leben. Und das hier ...", seufzend schloss sie die Augen, „... das hier fühlt sich für mich nach mehr an, Mac. Es macht mir Angst."

„Sieh mal, ich ..."

„Mac ...", einer der Arbeiter stand in der Tür, „... wir brauchen dich unten."

Taylor wandte sich ab.

„Wir kommen später noch mal darauf zurück", sagte Mac zu Taylor.

Sie hob nur die Schultern.

„Taylor ..."

„Ich glaube nicht, dass das nötig ist."

„Doch, das ist es." Mac bemerkte, wie sie sich verspannte. Es tat ihm leid, aber schließlich würden sie noch ein paar Wochen miteinander zu tun haben.

Es war ganz wichtig, dass sie das zu Ende besprachen. Denn sonst würde er vielleicht überhaupt nicht mehr aufhören können, an Taylor zu denken.

7. KAPITEL

Aber zu diesem Gespräch kam es nicht. Weder an diesem Tag noch am nächsten, denn Taylor tat etwas, womit Mac nicht gerechnet hätte: Sie ging ihm aus dem Weg, und darin war sie sehr gut.

Er ließ die Wasser- und Stromleitungen einbauen und bekam Taylor nicht zu Gesicht. Alle Wände wurden verputzt, aber Taylor war nirgends zu sehen.

Eines Morgens stand er mit einem Wasserschlauch vor dem Haus und spülte einige Werkzeuge ab, als auf einmal eine Frauenstimme ganz dicht an seinem Ohr „Entschuldigen Sie" hauchte.

Abrupt hob er den Kopf und blickte auf eine kleinere Version von Taylor. Mac hätte gedacht, eine Frau wie Taylor Wellington gäbe es nur einmal auf der Welt, doch diese Frau hatte das gleiche blonde Haar und dieselben klaren grünen Augen. Sogar ihre Kopfhaltung erinnerte ihn an Taylor. Aber damit waren die Ähnlichkeiten auch schon erschöpft.

Sie reichte ihm kaum bis zu den Schultern, und im Gegensatz zu Taylor, die immer dezent elegant und stilvoll wirkte, war ihre jüngere Ausgabe auffällig und nach der neuesten Mode gekleidet. Sie trug knallenge Jeans und ein enges bauchfreies Top. Im Bauchnabel funkelte ein Diamant, und als die Frau sich leise lachend im Kreis drehte, entdeckte Mac tief unten an ihrem Rückgrat eine tätowierte Rose.

Wieso will jemand, dass es so aussieht, als wüchse eine Blume aus seinem Po?, fragte er sich, aber er war jetzt zweiunddreißig, und damit anscheinend zu alt für solche Dinge.

„Ich sehe ihr ziemlich ähnlich, stimmt's?" Die Frau lächelte. „Ich bin Liza, Taylors kleine Schwester. Und Sie sind …"

„Mac."

„Der Mann, mit dem sie gerade spielt?"

Diese Frage wurde von einem koketten Augenaufschlag begleitet, und jetzt erkannte Mac noch weitere Unterschiede. Taylors Blick und Stimme wirkten meistens sanft, aber an Liza war nichts Sanftes. Sie wirkte hart wie Stein. Diese junge Frau kannte sich sehr genau aus, und man merkte ihr die Erfahrung im Umgang mit Männern deutlich an. „Mit dem sie gerade spielt?", wiederholte er und strich sich übers Kinn, als müsste er nachdenken. „Nein."

Liza lachte. „Sie sind männlicher als die anderen Typen, die sie hatte. Die waren für meinen Geschmack immer eine Nummer zu kultiviert." Sie ließ abschätzend den Blick über seinen Körper gleiten. „Aber wenn man Sie so ansieht, dann ... oh, Baby. Ja, ich verstehe, was sie an Ihnen findet." Sie fuhr sich mit der Zunge über die Unterlippe und warf ihm durch ihre langen dunklen Wimpern einen sexy Blick zu. „Sie sind ein scharfer Kerl."

Es war schon eine ganze Weile her, seit eine Frau sich so ungeniert an ihn rangemacht hatte, und Mac hätte sich fast umgedreht, um ganz sicher zu sein, dass sie auch wirklich mit ihm sprach.

„Das muss ich meiner großen Schwester lassen", sagte Liza. „Sie hat wirklich Geschmack. Trotzdem muss ich Ihnen den Rat geben, sich nicht zu sehr auf sie einzulassen. Taylor hält es nicht lange mit einem Mann aus. Das ist seit Jeff so."

„Jeff?"

„Ihre große Liebe", erklärte Liza übertrieben dramatisch und kam noch einen Schritt näher. Mit einem Finger fuhr sie ihm über die Schulter und den Arm hinab. „Taylor bildet sich ein, er sei der tollste Kerl auf Erden gewesen. Jetzt glaubt sie, ihre Chance auf das große Glück sei vertan. Das ist doch dumm, oder? Immerhin gibt es Milliarden Männer auf der Welt." Ihr Blick wurde nachdenklich. „Also, großer Junge: Spielen Sie mit Taylor, oder stehen Sie zur Verfügung?"

Mac hielt ihren wandernden Finger fest, als der sich gerade

von seiner Brust hinab zum Bauch bewegte. „Ich bin hier der Bauunternehmer."

„Ah, der Bauunternehmer." Liza blickte am Haus hinauf. „Grandpa hat Taylor immer am meisten gemocht." Sie drehte den Kopf wieder zu ihm, und das Haar flog ihr ins Gesicht, eine Geste, die ziemlich einstudiert wirkte. „Ist sie hier? Oder sind wir ganz allein?"

„Sehen Sie ...", Mac tat so, als versuchte er angestrengt, sich an ihren Namen zu erinnern, „... Liza."

„Oh, oh." Sie zog einen Schmollmund, und bevor Mac sie daran hindern konnte, umfasste sie sein Gesicht mit beiden Händen. „Jetzt sind Sie mir böse. Hat Ihre Mom Ihnen nie gesagt, dass man Falten bekommt, wenn man sich ärgert?" Jetzt lehnte sie sich an ihn und rieb sich sehr berechnend vorn an seiner Jeans. „Oder vielleicht ist es Ihnen auch egal, ob Sie Falten bekommen. Bei Männern spielt das keine Rolle, stimmt's? Ihre Lachfältchen sind jedenfalls süß."

Mac umfasste ihre Handgelenke und schob Liza von sich weg. „Das reicht."

„Liza!"

Liza zuckte nicht einmal zusammen. Sie schob nur die Unterlippe noch ein bisschen weiter vor und drehte sich zu Taylor, die aus dem Haus kam, so elegant wie immer. Taylors Blick verriet ihre Wut.

„Hallo, Taylor." Liza konzentrierte sich wieder ganz auf Mac. „Sieh mal, was ich gefunden habe."

„Hör auf, meinen Bauunternehmer in Verlegenheit zu bringen."

„Ach, Taylor, er sieht doch so toll aus. Kann ich ihn haben?" Sie drückte ihre Brüste an Macs Arm und blickte Taylor treuherzig an. Allerdings war Taylor immun gegen diesen Blick. „Bitte, bitte."

„Hör auf damit." Taylor trug einen weiten weißen Rock

und ein rotes Top; auf ihrem blonden Haar saß ein Strohhut mit breiter Krempe.

Mac fand sie verführerischer als je zuvor und wäre am liebsten auf der Stelle mit ihr ins Schlafzimmer verschwunden, um sein Verlangen zu stillen. Taylor sah ihn wieder an, und er hatte keine Ahnung, was sie jetzt dachte.

„Was möchtest du, Liza?", fragte sie ihre Schwester.

„Willst du mich nicht ins Haus bitten und mich herumführen?"

„Deshalb bist du doch nicht hier."

Liza versuchte, die Unterlippe noch etwas weiter nach vorn zu schieben, doch das hatte keinerlei Wirkung auf Taylor. „Ich brauche Geld", gab Liza schließlich zu.

„Versuch's bei deiner Mutter."

„Sie ist auch deine Mutter."

Taylor blickte ihre Schwester nur durchdringend an und wartete.

„Was würde das nützen? Sie ist geiziger als jeder Schotte", meinte Liza aufgebracht.

Taylor schüttelte langsam den Kopf. „Ich kann dir nichts geben."

„Du hattest noch nie etwas für mich übrig."

Eine Sekunde lang schloss Taylor die Augen. „Es tut mir leid, dass ich früher oft nicht da war, wenn du mich gebraucht hast, aber ehrlich gesagt habe ich im Moment kein Geld. Ich könnte dir nichts geben, selbst wenn ich wollte. Es geht einfach nicht."

„Ja, schon gut. Es ist auch nicht so wichtig." Mit einem letzten eindringlichen Blick zu Mac drehte Liza sich auf den Fersen um und ging davon.

„Liza."

Sie drehte sich nicht um, schloss das Gartentor hinter sich und verschwand zwischen den Passanten.

Taylor stand da und wirkte tief in Gedanken versunken.

Behutsam trat Mac näher. „Deine Schwester ist sehr ... interessant."

Taylor hob den Kopf, und Mac merkte, dass sie innerlich kochte. „Sie ist das Nesthäkchen und eine verwöhnte Göre. Aber im Grunde ist sie nur ein Kind, das sich verzweifelt nach Aufmerksamkeit sehnt."

„Auf mich hat sie sehr wie eine erwachsene Frau gewirkt."

„Stimmt. Sie ist einundzwanzig und müsste sich mittlerweile auch ihrem Alter entsprechend verhalten. Hat sie dich belästigt, bevor ich kam?"

„Nein."

„Hat sie dich sexuell bedrängt?"

Jetzt musste Mac lachen. „Ja, du Tugendwächterin, das hat sie. Und jetzt werde ich dich wegen meiner verletzten Ehre verklagen."

„Ich meine es ernst, Mac."

„Ach, ich werde es überleben."

„Schon, aber ..." Ratlos blickte sie in die Luft, bevor sie Mac wieder in die Augen sah. „Mac, ich ..."

Interessiert neigte er den Kopf zur Seite. Taylor so verlegen zu sehen war neu für ihn. „Was willst du mir sagen?"

Sie holte tief Luft und öffnete schon den Mund, doch dann schien sie es sich anders zu überlegen.

Mac konnte sich erst nicht erklären, was ihr so zu schaffen machte, aber dann begriff er. Sie versuchte sich zu entschuldigen, aber sie erstickte fast an den Worten. „Hast du ein Problem?" Auf einmal fiel es ihm schwer, sich ein Lächeln zu verkneifen.

„Nein, ich wollte nur sagen, dass ..."

„Ja?"

„Es tut mir leid." Sie sah ihn so wütend an, als wäre das alles seine Schuld. „Es tut mir leid, wenn Liza dich belästigt hat. Es tut mir leid, dass du dich mit ihr abgeben musstest, obwohl du hier nur deine Arbeit erledigst."

Mac lächelte jetzt. „Schon gut." Wer hätte gedacht, dass Taylor so wütend und gleichzeitig so reizend aussehen konnte? „War das so schwer? Es tut doch gar nicht weh."

„Das Entschuldigen fällt mir noch schwerer, wenn ich merke, dass man sich dabei über mich lustig macht." Ihre Blicke sprühten fast Funken.

„Nein, ich lache dich nicht aus. Ich freue mich mit dir." Doch er musste weiter lächeln und sah, dass Taylor vor Zorn fast platzte.

Sie hielt die Fäuste an den Hüften, schob die Schultern zurück und hielt den Kopf sehr aufrecht. Diese Frau ist kampfbereit, dachte Mac, daran besteht kein Zweifel.

Es mochte unsinnig sein, aber es gefiel ihm, sie so zu sehen. Gleichzeitig war ihm bewusst, dass er sein Leben riskierte, wenn er das jetzt aussprach. „Kannst du versuchen, es noch einmal auszusprechen? Nur damit ich noch einmal sehen kann, wie du dich dabei windest?"

„Du bist ein Mistkerl, Mac, weißt du das eigentlich?"

„Ja." Er musste lachen, weil sie sich wortlos umdrehte und wegging. „Das hat man mir schon früher gesagt."

Abrupt blieb sie stehen und wandte sich langsam wieder zu ihm um. Als sie gesehen hatte, wie Liza sich an ihm rieb, hätte sie am liebsten wie ein zorniges Kind mit dem Fuß aufgestampft, aber ein so kindisches Verhalten verkniff sie sich lieber. Sie hatte ohnehin schon genug zu Macs Belustigung getan. Aber niemand lachte sie aus. Niemand.

Doch da stand er. Der Wind blies ihm das Haar in die Stirn, und er amüsierte sich ganz offensichtlich auf ihre Kosten. Dabei wirkte sein schlanker kräftiger Körper völlig entspannt. Am meisten machte es Taylor zu schaffen, dass sie sich selbst jetzt am liebsten voller Leidenschaft auf ihn gestürzt hätte.

„Pass auf, wo du hintrittst, Prinzessin", warnte er sie und deutete auf den Wasserschlauch, der dicht neben ihr lag. „Deine Schuhe werden sonst nass." Auf dem Boden hatte sich bereits eine Pfütze gebildet.

Es war zwar noch früh, doch hier im Süden von Kalifornien war es auch zu dieser Zeit schon heiß. Erst als das kalte Wasser über Taylors Zehen strömte, merkte sie, wie heiß die Sonne schien.

Langsam blickte sie zu dem Schlauch hinab. Dann zu Mac.

„Denk nicht mal dran", warnte er sie und gab damit erst den Anstoß zu ihrem Plan.

„Oh, doch, das tue ich." Und Taylor wollte nicht nur daran denken, sie wollte es auch tun. Sorgfältig legte sie den Strohhut ins Gras. Diesen Hut mochte sie sehr, und er sollte nicht so nass werden wie Mac jetzt gleich. Der allerdings würde ziemlich viel Wasser abbekommen.

„Taylor!" Seine sexy Stimme klang jetzt noch warnender.

Niemand lacht über mich, dachte sie. Und niemand schreibt mir vor, was ich zu tun und zu lassen habe.

Niemals.

Bevor sie sich dessen richtig bewusst wurde, hatte sie den Schlauch hochgehoben und aufgedreht. Der kalte Strahl traf Mac auf die Brust.

Das eisige Wasser war sicher der Grund für Macs Aufschrei. Vielleicht hatte es auch damit zu tun, dass Taylor nun etwas tiefer zielte.

Nach dem ersten Aufschrei gab er jedoch ein Knurren von sich, das wie eine Kampfansage wirkte.

Entsetzt und aufgeregt zugleich hielt sie den Strahl weiterhin auf Mac gerichtet und ging näher.

Er wich einen Schritt zurück, und ein paar Leute, die aus der Eisdiele auf der anderen Straßenseite kamen, johlten und feuerten sie an.

Küsse und andere Katastrophen

Mac achtete gar nicht auf die Rufe und lächelte so hinterhältig, dass Taylor einen Moment zögerte. Dieses Zögern nutzte er aus, um Taylor rücklings auf den Rasen zu drücken. Mac hielt sie am Boden, indem er sich auf sie legte.

Sie wollte es nicht wahrhaben, aber Mac hatte sie besiegt. Sie, Taylor Wellington, die sich von niemandem unterkriegen ließ. Zum Glück war der Holzzaun, der das Grundstück zur Straße hin begrenzte, hoch genug, um sie beide vor den Blicken der Passanten abzuschirmen. Wenigstens diese Demütigung blieb ihr erspart.

Mac hob den Kopf und blickte ihr lächelnd in die Augen. Das Wasser tropfte von ihm auf sie herab. Dann ergriff er Taylors Hände, drückte sie oberhalb ihres Kopfes aufs Gras und hielt sie mit einer Hand fest. Ihr Rücken wurde gegen das weiche kühle Gras gepresst, und vorn spürte sie Macs warmen und überhaupt nicht weichen Körper.

„Geh von mir runter", fauchte sie und wand sich, um sich zu befreien. „Wir sind hier vor dem Haus, jeder könnte …"

„Was denn? Uns sehen? Von mir aus, prima."

In dieser Sekunde erkannte Taylor, was er vorhatte. Sein verlangender Blick ließ ihren Puls noch schneller rasen, als Mac die Lippen auf ihren Mund presste.

8. KAPITEL

Taylor gab einen unterdrückten Aufschrei von sich, doch dann wurde sie von Empfindungen überschwemmt – Macs Hände auf ihren, sein fantastischer muskulöser Körper, der sie auf den Boden drückte, seine kräftigen Schenkel eng an ihren. Ihre Finger verflochten sich fester mit seinen, und sie bog den Rücken durch, um Mac noch näher zu sein.

Als sie sich das erste Mal geküsst hatten, war sie viel zu durcheinander gewesen, um es genießen zu können. Klar denken konnte sie auch jetzt nicht, aber Macs Lippen schmeckten himmlisch. Und in diesem Moment wurde ihr auch noch etwas anderes klar. Er wusste genau, wie er ihre Lippen liebkosen musste. Ganz zärtlich streifte er ihre Mundwinkel. Taylor hätte fast gequält aufgestöhnt, so sehr sehnte sie sich nach mehr. Und dann drang er in ihren Mund vor, spielte mit ihrer Zunge, und Taylor ging begeistert darauf ein. Sie hatte das Gefühl, sich in ein hemmungsloses wildes Lebewesen zu verwandeln, das nur seiner Lust folgte.

Sie musste ihn berühren. Ungeduldig wand sie sich unter ihm, und Mac ließ sie los. Ja ... oh ja, ging es ihr durch den Kopf, als sie ihm wie im Fieber über die nassen Schultern und den Rücken strich. Genau das hier hatte sie heute Morgen gebraucht. Hiernach hatte sie sich gesehnt, als sie heute früh aufgewacht war und sich so unerklärlich traurig gefühlt hatte. Mit einem leisen Seufzen zog sie Mac noch enger an sich und vertiefte den Kuss.

Auch Mac stöhnte auf. Er umfasste ihren Po und presste sich noch fester an sie. Taylor spürte seine Erregung und schrie fast auf vor Lust. Sie fühlte sich hilflos in ihrer Begierde und hatte nur den einen Gedanken: mehr.

Ganz langsam hob er den Kopf, und zuerst wollte Taylor

den Kuss gar nicht beenden, so gefangen war sie in ihrer Leidenschaft.

„Taylor." Seine Stimme war kaum wieder zu erkennen. Als er sah, dass sie einen Schmollmund zog, seufzte er auf und strich ihr über die Wange. „Du bist wunderschön."

Das Gras unter ihr war kühl und feucht, doch die Sonne schien so heiß, dass es Taylor nicht kalt wurde. Doch jetzt war sie nicht mehr durch Macs Kuss abgelenkt und konnte wieder halbwegs klar denken. Wahrscheinlich war ihre Wimperntusche verschmiert, und bestimmt hatte er ihr den ganzen Lippenstift weggeküsst. Ihr Lieblingsrock hatte bestimmt schon Flecke und war hoffnungslos zerknittert.

Außerdem lag sie mit gespreizten Beinen auf dem Rücken und bot sich ihm in all ihrer Verletzlichkeit dar.

Bei diesem letzten Gedanken schloss sie die Augen.

Seufzend rollte Mac sich von ihr. Auf dem Rücken liegend, blickte er in den Himmel und griff nach Taylors Hand.

„Was war denn das?", flüsterte sie, ohne die Augen zu öffnen. Es würde noch lange dauern, bis sie wieder normal atmen konnte. Aber sie ließ es zu, dass Mac die Finger mit ihren verschränkte, und erwiderte ihren Druck. „Was in aller Welt ist geschehen?"

„Was auch immer es war, es war verdammt gut."

„Ja." Sie wandte ihm das Gesicht zu und sah, dass er die Wolken beobachtete.

„Da ist Bambi", stellte er fest und deutete zu einer Wolke.

Taylor musste lachen. „Du siehst Bambi?"

„Ja, da oben. Und die Wolke da hinten sieht wie eine Segelyacht aus."

Taylor drehte sich auf die Seite und stützte einen Ellbogen auf. Mac wirkte, als wäre er hier zu Hause. Ihr Blick wanderte über seinen langen, schlanken Körper. Die Kleidung klebte ihm an den muskulösen Gliedmaßen. Wie stark er ist!, dachte Taylor.

Doch seine Stärke war nicht nur körperlicher Natur. Sie wusste, dass er auch einen sehr starken Charakter besaß.

Mac sah sie lächelnd an und zupfte ihr einen Grashalm aus dem Haar. „Erinnerst du dich an den Abend im Rathaus?"

Wie sollte sie den jemals vergessen? „Ja."

„Und an den Kuss?"

An jeden Moment davon, dachte sie, sagte es aber nicht.

„Das dachte ich mir." Ihr Schweigen war ihm Antwort genug. „An diesem Abend sind wir beide auseinandergegangen und haben uns geschworen, dass es zwischen uns nicht zu mehr kommen darf."

„Ich weiß." Da lag er so dicht neben ihr und war ihr dennoch so fern. Taylor musste ihn einfach berühren. Sanft strich sie ihm über die Schulter und den Arm.

Sein Blick bekam wieder einen verlangenden Ausdruck. „Wir haben beschlossen, dass die Sache zwischen uns damit abgeschlossen ist, stimmt's? Hat sich für dich daran etwas geändert?"

Gute Frage. Taylor spürte, dass seine Muskeln sich unter ihrer Berührung zusammenzogen. „Ja. Jetzt möchte ich mehr über dich erfahren, Mac."

„Wieso?"

Ein Blick in sein Gesicht reichte ihr. Offenbar fühlte er sich nicht so sehr zu ihr hingezogen, um sich ihr öffnen zu wollen. Verlegen versuchte sie, ihm ihre Hand zu entziehen. „Ich weiß, für dich hat sich nichts verändert." Sie wandte den Kopf ab.

„Warte doch."

„Nein, du musst mir nicht erklären, wieso du mich nicht willst."

Er seufzte. „Könntest du mich bitte ansehen?"

Flüchtig schaute sie ihm in die Augen.

„Nein, du musst mich schon richtig ansehen." Seine Stimme klang gepresst.

Taylor begriff nicht, was er von ihr wollte. Ihr Blick glitt an seinem Körper entlang. Über die Brust, den flachen Bauch und bis zu … „Oh", stieß sie leise aus. Ihr Mund wurde trocken, und gleichzeitig wurde ihr heiß zwischen den Schenkeln.

„Ich will dich mehr als meinen nächsten Atemzug", versicherte Mac ihr, und seine Stimme klang gequält. „Doch mehr als Sex kann ich dir nicht geben."

„Wegen deiner Exfrau?" Taylor hasste es, so verunsichert zu sein, dass sie nachfragen musste.

„Ja", erwiderte er knapp.

Auch wenn es ihr schwerfiel, schaffte Taylor es, sich nicht anmerken zu lassen, wie sehr sie das traf. Sie wusste nur zu gut, wie es war, wirklich zu lieben. Und wie schwer es war, wieder zu lieben, wenn man eine große Liebe verloren hatte. Dass die Menschen sich dagegen wehrten, konnte sie gut verstehen.

Vor fünf Sekunden hätte sie selbst sich auch noch zu den Menschen gezählt, die einen neuen Versuch nicht wagen wollten. Sie würde Jeff niemals vergessen, aber sie war es leid, immer einsam zu sein und nur flüchtigen oberflächlichen Sex zu erleben. Sosehr es sie auch erschreckte, sie sehnte sich nach mehr.

„Sie … hat dich verlassen?"

„Ja."

Taylors Herz verkrampfte sich. „Und du hast dich nie davon erholt."

Eine Weile dachte er darüber nach. „Nein, das habe ich nicht", sagte er dann, und Taylors Herz schien zu zerbrechen, denn sie verstand ihn nur zu gut.

„Wie lange ist das her?"

Seufzend hob er die Schultern. „Vier Jahre."

„Und was fühlst du für sie?"

„Taylor." Mac rieb sich die Augen. „Können wir vielleicht über etwas anders reden?"

„Zum Beispiel?"

„Über Jeff." Als sie erschrocken Luft holte, blickte er sie zärtlich an. „Deine Schwester hat seinen Namen erwähnt. Und dass er die Liebe deines Lebens gewesen sei." Mit einem Finger fuhr er ihr über die Wange.

„Das stimmt."

„Was ist passiert?"

„Wir hatten geplant zu heiraten, doch kurz vor der Hochzeit kam er bei einem Autounfall ums Leben."

Mac strich ihr durchs Haar. „Das tut mir leid."

Bedauerte er, dass sie durch seine Frage an die überwältigenden Gefühle erinnert wurde, die sie damals empfunden hatte? „Wohin soll das Ganze führen, Mac?" Taylor stützte sich mit einer Hand auf seine Brust. „Das muss ich wissen."

„Es führt dazu, dass wir vor unerfülltem Verlangen brennen."

Taylor spreizte die Finger, um so viel wie möglich von seinem Körper zu berühren. „Dann werden wir nicht ..." Sie ließ ihre Hand von seinem Bauch tiefer gleiten, doch er hielt ihre Hand fest.

Gequält stöhnte er auf. „Willst du mich umbringen?"

„Ich versuche nur, mich besser zu fühlen."

Mac führte ihre Hand zu seinem Mund. „Ich würde mich besser fühlen, wenn ich dich überall streicheln, dich überall küssen könnte."

Taylor erschauerte, als sie Mac so erotische Dinge sagen hörte. Ja, dachte sie, dadurch würde ich mich auch besser fühlen. Und je eher, desto besto.

„Aber was wäre danach?" Er strich ihr mit einem Finger über die Schulter. „Es würde uns niemals ausreichen, wenn wir nur ein Mal miteinander schlafen."

„Dann tun wir es eben zwei Mal."

„Ich meine es ernst."

„Es ist doch nicht so, als würdest du auf einen fremden Planeten verschwinden, nachdem du mit diesem Job fertig bist." Taylor lächelte aufreizend, aber ihr Lächeln erstarb, als sie Macs Blick sah. Aus seinen Augen sprach tiefes Bedauern und gleichzeitig unbändige Lust. Taylor zwang sich zu lachen. Zum ersten Mal in ihrem Leben war sie es, die einem Mann gegenüber die Initiative ergriff, und das machte ihr Angst. Besonders weil sie drauf und dran war, zurückgewiesen zu werden. „Oder doch? Willst du wegziehen?"

„Taylor." Dieser Klang ihres Namens von seinen Lippen! Und diese tiefe Stimme!

In diesem Moment wusste sie es. Er würde sie zurückweisen, bevor sie etwas miteinander begonnen hatten. Und das sollte ihr eigentlich recht sein, wenn sie vernünftig war. „Nein", sagte sie hastig. „Sprich es nicht aus, Mac."

„Ich kann dir nicht geben, was du dir erhoffst." Mac wirkte zutiefst gequält. „Ich kann es einfach nicht."

„Ich habe dir doch gesagt, du sollst es nicht aussprechen." Es sollte unbeschwert klingen, aber Taylor scheiterte kläglich. Um wenigstens noch einen Rest an Stolz zu bewahren, setzte sie sich hin.

Während sie im Gras gelegen und die Wolken bestaunt hatten, war nicht nur Taylors Herz gebrochen, sondern auch der ganze Rasen durch das laufende Wasser überschwemmt worden. Taylors Bluse und Rock waren durchnässt, und sie wollte sich gar nicht vorstellen, wie ihr Haar aussah.

Sie war innerlich und äußerlich ein Wrack, und sie wurde ärgerlich, als sie Mac ansah. Er war auch klitschnass, sah dadurch aber nur noch wundervoller aus.

Ärger ist gut, beschloss sie und rappelte sich hoch. Dann schnappte sie sich den Schlauch und konzentrierte sich ganz auf ihre Wut. Das gab ihr neue Kraft und ließ sie ihr seelisches Elend vergessen.

Sie richtete den Strahl auf Mac, während er noch bequem

dalag. Ihm ging es ja auch gut. Sein Herz war nicht gebrochen, sein Körper sah fantastisch aus, und er hatte diese tollen Lippen, nach denen Taylor sich so sehr sehnte.

Als ihn das kalte Wasser traf, sprang er fluchend auf und schoss auf Taylor zu. Sie wollte weglaufen, aber er war schneller und brachte sie zum Stolpern. Im Fallen fing er sie auf.

Taylor landete auf ihrem Strohhut.

„Du hast recht", stieß Mac aus. „Es ist befreiend, sich nasszuspritzen."

Sie war wieder dort, wo sie insgeheim sein wollte. Unter Mac.

Sein Lächeln erstarb, als er ihr in die Augen sah. Genauso verschwand auch Taylors Wut. Verdammter Kerl, dachte sie und schluckte, als er ihr die Hände seitlich vom Kopf auf den Boden drückte. Langsam beugte er den Kopf vor, und unwillkürlich hob Taylor den Kopf, um ihm entgegenzukommen.

„Ach, du liebe Zeit!", erklang eine erschrockene Frauenstimme, und Taylor sah zwei Füße dicht neben ihrem Kopf. Sie steckten in zierlichen Sandaletten, die Nägel waren pfirsichfarben lackiert, und an zwei Zehen steckten kleine Ringe.

Suzanne.

„So, so." Die zweite Frauenstimme klang bei Weitem nicht so erschrocken. Taylor sah zwei schwarze Schnürstiefel.

Nicole.

„Vielleicht sollten wir wieder gehen", flüsterte Suzanne Nicole zu.

„Das sollten wir", stimmte Nicole zu.

Keiner der vier Füße bewegte sich.

Seufzend schob Taylor Mac von sich weg. Sanft strich er ihr noch einmal mit dem Daumen über die Unterlippe, bevor er aufstand und Taylor mit sich hochzog.

Da standen Suzanne und Nicole und blickten sie fassungslos an. Suzanne trug eines ihrer geblümten Kleider und funkelnde

Küsse und andere Katastrophen

Ohrstecker, und Nicole hatte wie üblich ein schwarzes ärmelloses T-Shirt und eine Khakihose an.

Keine von Taylors Freundinnen sprach ein Wort, doch das konnte sie ihnen nicht zum Vorwurf machen. Schon in trockenem Zustand war Mac ein aufregender großer Mann. Nass entsprach er dem erotischen Traum einer jeden Frau.

Besonders ihrem.

Er streckte die Hand aus, als wäre überhaupt nichts Ungewöhnliches geschehen. „Ich bin Mac."

„Nicole." Während sie ihm die Hand gab, betrachtete Nicole ihn sehr genau. „Und das hier ist Suzanne."

Auch ihr reichte Mac die Hand und wirkte völlig gelassen, obwohl ihm noch das Wasser aus den Haaren übers Gesicht lief.

„Ich, äh …" Taylor blickte zu Mac und war zum ersten Mal in ihrem Leben sprachlos. „Wir wollten gerade …"

„Ich glaube, wir können uns schon denken, was ihr gerade wolltet." Nicole schaffte es, ein ernstes Gesicht machen.

Suzanne schaffte das nicht. Sie lächelte wissend. „Ihr habt Spaß gehabt. Auf dem Rasen mit dem Schlauch. Und das trotz deiner schönen Kleider. Sogar den Hut hast du zerquetscht. Ach, Taylor", lachend klatschte sie in die Hände, „das ist ja wunderbar!"

Taylor fuhr sich übers Haar.

„Du vermutest ganz richtig", sagte Nicole zu ihrer Freundin. „Du siehst grässlich aus. Die Haare, das Make-up, die Kleider, alles."

Mac lächelte und blickte anerkennend zu Taylors Freundinnen. „Sie sieht klasse aus, wenn sie so zugerichtet ist, oder?"

Nicole warf ihm einen Seitenblick zu. „Gefällt sie Ihnen so?"

Eindringlich blickte er Taylor in die Augen. „Am allerbesten."

Nicole wechselte einen vielsagenden Blick mit Taylor, die schnell wegsah. Doch Mac merkte bestimmt, dass sie errötete.

„Du hast es geschafft, Taylor", stellte Nicole fest. „Du hast den passenden Mann für dich gefunden. Kein Maßanzug, keine gepflegte Frisur, kein vornehmes Gerede. Ja, er gefällt mir."

Taylor knirschte fast mit den Zähnen, als Mac selbstgefällig lächelte. „Ihr klingt so, als wollte ich mir ein neues Auto zulegen."

„Männer sind aber sinnlicher als Autos", flüsterte Suzanne und unterdrückte ein Lachen, als Taylor sie wütend ansah. „Tut mir leid."

„Er ist mein Bauunternehmer", stellte Taylor klar und hob ihren ruinierten Strohhut auf. „Und er hat mir meinen Lieblingshut ruiniert."

„Stimmt." Fragend hob Nicole eine Augenbraue. „Was habt ihr zwei da eigentlich gemacht? Gearbeitet?"

Mac musste lachen und tat schnell so, als müsste er husten, als Taylor zu ihm herumfuhr. „Ich gehe lieber ins Haus an die Arbeit."

„Eine gute Idee." Taylor wartete, bis er verschwunden war. Ihr war klar, dass Suzanne und Nicole auf seinen sexy Po starrten.

„Oh, Baby", stieß Suzanne aus. „Du hast deinen Traumtyp gefunden."

„Er ist schon recht ansehnlich." Nicole wirkte sehr zufrieden. „Das hat ja nicht lange gedauert, bis du als Letzte von uns dreien deinen Schwur aufgibst, für immer Single zu bleiben."

„Dieser Schwur gilt für mich noch!"

„Du hast dich ja um ihn gewickelt wie Frischhaltefolie", wandte Suzanne ein.

„Und deine Lippen haben an seinen geklebt wie mit Sekundenkleber", fügte Nicole lächelnd hinzu. „Küsst er so gut, wie er aussieht?"

Taylor fluchte laut, und ihre Freundinnen lachten auf. „Wir sind kein Paar." Auf keinen Fall wollte sie zugeben, dass sie sich

Küsse und andere Katastrophen

genau das gewünscht hatte. Schließlich hatte Mac es abgelehnt. „Er ist nur wegen der Arbeit hier. Mehr nicht."

„Und diese Küsse sind was? Erholung von der Arbeit? Ein kleiner Bonus von dir?", hakte Nicole nach.

„Habt ihr kein eigenes Leben, um das ihr euch kümmern müsst?"

„Du hast dich doch täglich in mein Leben eingemischt, als ich hier noch wohnte", beschwerte Nicole sich. „Und als ich mich in Ty verliebt habe und es nicht zugeben wollte, da hast du mich nur ausgelacht."

„Ich bin nicht in Mac verliebt", protestierte Taylor. Doch ihr Herz zog sich zusammen. „Ganz bestimmt nicht."

„Ach, Liebes." Suzanne klang jetzt sehr ernst. „Man braucht dich doch nur anzusehen, weißt du das nicht?"

„Mac und ich kennen uns doch kaum."

„Dann ist es wirklich ernst." Auch Nicole klang jetzt überhaupt nicht mehr spöttisch. „Es kommt wie ein Wirbelsturm über dich, und du kannst dich nicht dagegen wehren."

Das wusste Taylor bereits. Sie hatte schon geliebt, und es war wunderschön gewesen. Und unendlich schmerzvoll.

Dennoch war sie jetzt bereit, es wieder zu versuchen. Aber Mac wollte es nicht, und sie wollte nicht mit den Erinnerungen an seine Exfrau in Konkurrenz treten. „Ihr zwei täuscht euch hier gewaltig."

Sie musste sich um anderes kümmern. Zum Beispiel brauchte sie Geld für die nächsten Renovierungsarbeiten. „Also", sagte sie mit gekünstelter Freude. „Wer kommt mit zu meinem Lager, um zu entscheiden, von welcher Antiquität ich mich diesen Monat trenne?"

Ihre Freundinnen stöhnten gequält auf, und Taylor lächelte. Wenn diese Freundschaften hielten, dann würde es ihr reichen.

Es musste einfach reichen.

9. KAPITEL

Im Haus suchte Mac nach einer Beschäftigung. Irgendwie musste er sich von Taylor ablenken. Diese unglaublich erotische Blondine hätte er niemals wieder anfassen dürfen. Dann entdeckte er die groben Holzklötze, die von den Arbeiten an den Türrahmen übrig geblieben waren. Er hatte darum gebeten, dass diese Klötze aufgestapelt wurden, aber natürlich hatte es niemand getan. Na schön, er konnte die Ablenkung gebrauchen.

Als er zur Hälfte fertig war, war er außer Atem, aber in Gedanken war er immer noch bei Taylor, die ihn um den Verstand brachte.

Die Frauen lachten. Mac hörte Taylors Lachen heraus, aber er weigerte sich, nach draußen zu sehen. Fast hatte er den Eindruck, ihren Duft riechen zu können. Noch schneller stapelte er die Holzklötze auf, aber das half auch nichts. Der sinnliche Duft erinnerte ihn an heiße Sommernächte und Tänze im Mondlicht. Nackt mit Taylor zu tanzen und sie zu küssen …

In Gedanken ging er zu dicht an dem Stapel vorbei und stieß sich das Schienbein. Ein paar Momente verbrachte er damit, fluchend herumzuhüpfen. Dann machte er sich wütend über den Rest der Holzklötze her. Das verschwitzte T-Shirt zog er aus. Heute war es wirklich unerträglich heiß.

Er sammelte die herumliegenden Pläne und Skizzen ein und rollte sie auf. Plötzlich hörte er einen schrillen Schrei. Achtlos ließ er die Pläne fallen und rannte zum Fenster. Draußen auf dem Rasen, wo er eben noch mit Taylor gelegen hatte, standen die drei Frauen.

Zwei von ihnen schrien entsetzt, obwohl nichts zu sehen war, was sie hätte so erschrecken können. Abgesehen von der dritten Frau, Taylor Wellington. Diese Frau, die auch für Macs Herz und Seele eine echte Gefahr darstellte, bedrohte die beiden anderen im Moment mit dem Gartenschlauch und grinste triumphierend.

Mac war überzeugt, dass sie keine Ahnung hatte, wie sie aussah. Ihr Haar war zerzaust, die Haut glühte, und ihr Lächeln gab ihm den Rest. Sie war nass, ihre Augen funkelten übermütig, und auf Mac wirkte sie so sexy wie sonst nichts auf der Welt.

Sie richtete den Wasserstrahl auf Suzanne und Nicole.

Innerhalb von wenigen Sekunden waren die beiden klitschnass, und dann kämpften die drei so wild, wie Mac es bisher nur im Fernsehen beim Frauencatchen gesehen hatte.

Ich bin nur ein schwacher Mann, gestand er sich ein und hing wie gebannt am Fenster. Nicole entwand Taylor den Schlauch, und Mac hob interessiert die Augenbrauen. Suzanne fiel aufschreiend auf den Po, und Mac konnte den Schmerz fast fühlen. Mit lautem Kriegsschrei sprang sie wieder auf, und er musste lachen.

Dann rang Nicole Taylor und Suzanne gleichzeitig nieder, und die drei rollten sich im Gras.

Macs Nase klebte an der Scheibe, und es war ihm ein bisschen unangenehm, wie sehr ihn dieser Anblick erregte.

Dann lachte Taylor über etwas, das Nicole gesagt hatte, und sie sah so glücklich aus, dass Macs Magen sich zusammenkrampfte. Die Kleider klebten ihr am Leib, trotzdem war sie unbeschwert und strahlte pure Lebensfreude aus.

Nichts an ihr erinnerte ihn mehr an die kühle Frau, als die er sie kennengelernt hatte. Am liebsten wäre es ihm gewesen, wenn Taylor noch genauso wie damals wäre, denn dann wäre er nicht so fasziniert von ihr wie jetzt.

Als könnte sie seine widersprüchlichen Gedanken lesen, wandte sie in diesem Moment den Kopf, und ihre Blicke trafen sich.

Mac hielt den Atem an.

Erst nach langer Zeit wandte sie sich wieder ab, und Mac konnte Luft holen.

Nein, sagte er sich, ich brauche niemanden. Niemals wieder.

Die nächste Woche verbrachte Mac mit den Holzarbeiten. Das war normalerweise seine liebste Beschäftigung, und er hoffte, sich damit von den Gedanken an Taylor ablenken zu können. Er wollte nicht mehr daran denken, wie sie sich in seinen Armen anfühlte oder wie ihre Lippen schmeckten.

Doch es half nichts. Jeden Abend saß er am Küchentisch und vermied den Blick auf den Stapel von Rechnungen. Dann machte er Pläne für die Renovierung seines eigenen Häuschens und hoffte, dass er wenigstens mit einem der Projekte, die der Stadtrat zu vergeben hatte, betraut wurde. Dadurch würde er diese Rechnungen bezahlen können.

Am Ende der nächsten Woche hatte er immer noch keine Entscheidung aus dem Rathaus bekommen, und er wurde nervös. Am Freitag ging er früh zur Arbeit. Körperliche Anstrengung ließ ihn normalerweise immer seine Sorgen vergessen.

Taylors Auto stand nicht vor dem Haus, aber das hatte hier im South Village, wo Parkplätze Mangelware waren, nichts zu bedeuten.

Allerdings versuchte Taylor immer, trotzdem einen Platz direkt vor dem Haus zu bekommen, und meistens gelang ihr das auch.

Einmal eine Prinzessin, immer eine Prinzessin, dachte Mac.

Er hingegen musste seinen Wagen drei Häuserblocks entfernt abstellen, obwohl es noch sehr früh am Morgen war.

Im Haus war alles still. Mac benutzte den Schlüssel, den Taylor ihm zur Verfügung gestellt hatte, und ging zur Treppe. In den vergangenen Wochen hatten sie schon viel geschafft. Heute war das Apartment gegenüber von Taylors Wohnung an der Reihe. Es sollten Küchenschränke eingebaut werden, und einen

Küsse und andere Katastrophen

Moment lang genoss Mac zufrieden den Anblick dessen, was sie schon erreicht hatten.

Das Treppenhaus sah wirklich gut aus. Das frische Holz, die Ziegel und der neue Putz unterstrichen den ursprünglichen Charme des alten Hauses.

Mac legte seinen Werkzeuggürtel an, weil er das Gewicht mochte und weil ihm die körperliche Arbeit gefiel. Er würde niemals einer jener Bauunternehmer werden, die nur im Cadillac vorfuhren, Anweisungen erteilten und wieder verschwanden. Am liebsten hätte er alle Arbeiten ganz allein ausgeführt.

Er sah sich nach seinen Plänen um und erinnerte sich daran, dass er sie in Taylors Apartment gelassen hatte, als er dort mit dem Maler über die Anstreicharbeiten gesprochen hatte. Rasch sah er auf die Uhr. Es war noch nicht einmal sieben.

Dass Taylor ein Morgenmuffel war, wusste Mac bereits. Obwohl sie jeden Tag um acht schon perfekt gekleidet und zurechtgemacht erschien und so umwerfend wie immer aussah, sprach sie selten ein Wort, bevor sie sich nicht aus dem Eiscafé gegenüber einen großen Kaffee geholt hatte.

Mac sah ihr dabei gern zu, obwohl er ihr das niemals gesagt hätte. Abgesehen vom Geschäftlichen hatten sie seit dem Kampf mit dem Schlauch kein Wort gewechselt. Gut so, dachte Mac.

Auch zu Taylors Apartment besaß er einen Schlüssel, und so ging er hinein. Aber es fiel ihm nicht so leicht, in ihr Schlafzimmer zu gehen, um die Pläne zu holen, die er dort gelassen hatte. Taylors Duft hing in der Luft. Sein Blick wanderte über ihre Kleider, wie immer perfekt zusammengelegt, und es juckte Mac in den Fingern, diese Sachen zu berühren. Er sah das Bett mit den teuren Laken und prallen Kissen. Am liebsten wäre Mac gleich ins Bett gestiegen und hätte es auf die schönste Weise zerwühlt, die es gab.

Die teuren Laken bewegten sich und wurden zur Seite geworfen, als Taylor sich aufsetzte. Ihr Haar war zerzaust, sie war ungeschminkt, und sie hatte fast nichts an.

Als Mac sah, was sie am Leib hatte, musste er schlucken. Es schien eine Art Nachthemd aus hellgelber Spitze zu sein. Die winzigen Träger waren ihr von den Schultern gerutscht, und Mac dankte der Schwerkraft dafür, dass sie so tief hingen, dass die Brüste fast ganz entblößt waren.

Taylor legte eine Hand über ihre Brüste. „Mac?"

„Ich ... Es tut mir leid."

Blinzelnd sah sie ihn an.

Mac wusste, dass er umkehren und den Raum verlassen sollte, aber er stand da wie angewurzelt. „Ich dachte, du wärst nicht zu Hause."

Wieder blinzelte sie nur.

Oh, wieso konnte er nicht einfach verschwinden? Kann ich mich nicht einfach anständig verhalten und gehen?, dachte er. „Dein Auto steht nicht vor dem Haus."

Taylor gähnte ungehemmt und reckte die Arme über den Kopf. Dann streckte sie sich, sodass ihr Hemdchen noch ein bisschen tiefer rutschte.

Macs Herz schlug so heftig, dass er glaubte, man müsste es im ganzen Raum hören. Er deutete auf ihre Brust. „Dein Nachthemd rutscht." Oh Mann, diese Frau war unglaublich. Sie wirkte noch ganz verschlafen, und ihre Haut wirkte rosig angehaucht. Wieder reckte Taylor sich und gähnte, und dann bewegte sie die Beine und zog das Laken bis zu den Schenkeln herunter. Das winzige Nachthemd reichte ihr kaum bis über den Slip.

Vorausgesetzt, sie trug überhaupt einen.

Bei diesem Gedanken konnte er kaum noch atmen, und alles Blut strömte ihm aus dem Kopf in die untere Körperhälfte.

Wieder streckte sie sich, und diesmal seufzte sie wohlig, als ihre Muskeln sich lockerten. Das Laken rutschte ganz herab, und Mac bekam einen großzügigen Blick auf ihre makellosen

Küsse und andere Katastrophen

Schenkel. Dazwischen konnte er ein winziges Stück des gelben Slips sehen.

Fast hätte er auch geseufzt. Reizte sie ihn absichtlich so? Und richteten ihre Brustwarzen sich so auf, weil ihr kalt war? Oder hatte das etwas mit ihm zu tun? Sei vernünftig, sagte er sich. Raus hier, und zwar sofort. Er trat auch einen Schritt zurück, aber dann versagten die Beine ihm wieder den Dienst. „Taylor?"

„Ja?" Die Augen geschlossen, gähnte sie.

Er starrte Taylor an, als ihm die Wahrheit klar wurde. „Du bist gar nicht richtig wach."

Sie riss die Augen auf. „Mac?"

Der Himmel bewahre mich in Zukunft vor verschlafenen, sexy Frauen, die kaum etwas am Leib haben, dachte er. Wenn meine Widerstandskraft so gering ist wie jetzt, kann ich mich nicht gegen sie wehren.

Allerdings musste er Taylor anerkennend zugestehen, dass sie nicht schrie, als sie vom Traum in die Wirklichkeit zurückkehrte. Sie zerrte nicht erschrocken das Laken über sich. Das hätte auch nicht zu Taylor Wellington gepasst. Stattdessen stieg sie aus dem Bett und verschränkte die Arme vor der Brust.

Obwohl Mac um einiges größer war als sie, hatte er den Eindruck, sie würde auf ihn herabsehen.

„Du?"

„Tut mir leid, ich ..."

Sie wandte sich von ihm ab und ging in Richtung Badezimmer.

Mac wollte etwas sagen, aber ihm blieben die Worte in der Kehle stecken, denn der Rückenausschnitt des Nachthemds reichte bis hinunter zu diesem aufreizenden Po, und der dünne Stoff umschmiegte ihren Körper wie eine zweite Haut.

Dann schloss sich die Badezimmertür, und er konnte nichts mehr sehen. Mac schüttelte den Kopf. „Taylor." Er legte eine Hand an die Holztür. „Ich wusste nicht, dass du hier drin bist."

„Wie lange arbeitest du jetzt schon in diesem Haus, Mac?"
Ihr gelassener Tonfall verwirrte ihn noch mehr. „Sehr lange."
„Stimmt", erwiderte sie ruhig. „Und habe ich in all dieser Zeit schon mal irgendetwas getan, was dich zu der Annahme hätte verleiten können, dass ich ein Morgenmensch bin?"
„Nein."
„Bin ich jemals früher aufgestanden als nötig?"
Wieso klang ihre Stimme so gelassen? War sie jetzt verärgert oder nicht? „Nein, aber ..."
„Weißt du, was ich dachte, als ich die Augen öffnete und dich sah? Ich dachte, du wärst ein Teil meines Traums. Es war ein schöner Traum", fügte sie hinzu, und allein bei ihrem Tonfall überkam ihn Erregung.
„Ich ..."
„Du hättest einfach zu mir ins Bett kommen sollen, anstatt da zu stehen und mich zu beobachten."
Und nach dieser verblüffenden Feststellung stellte sie das Wasser in der Dusche an und übertönte damit jede Antwort, die Mac ihr hätte geben können.

Der Sommer wurde immer heißer, aber weder Taylor noch Mac hatten die Zeit, sich über die stickige Hitze Gedanken zu machen. Mac hatte mit Dachdeckern, Malern, Fliesenlegern und anderen Handwerkern zu tun, und Taylor wurde schon schwindlig, wenn sie ihnen allen bei der Arbeit zusah.
Doch sie alle arbeiteten sehr konzentriert, und Taylors Haus, das einst der Schandfleck der ganzen Gegend gewesen war, entwickelte sich vor aller Augen zu einer wahren Schönheit. Die Passanten blieben auf der Straße stehen, wenn sie auf dem Weg ins Theater oder zum Essen waren, und bestaunten, was sich hier tat.
Taylor hatte ihre helle Freude daran, und am liebsten sah sie Mac bei der Arbeit zu.

Küsse und andere Katastrophen

Mindestens ein Mal pro Tag ertappte er sie dabei, dass sie ihn beobachtete. Andererseits erwischte sie ihn auch hin und wieder. Wenn sie Baupläne ansah, Fliesenmuster verglich oder einfach nur telefonierte, dann spürte sie ihn. Sobald sie dann aufsah, stand Mac dort, und aus seinem Blick sprachen Verlangen und Sehnsucht.

Und allmählich auch Zuneigung.

Und obwohl sie es seit zehn Jahren vermied, solche Gefühle bei einem Mann zu wecken, war es diese Zuneigung, die Taylor am meisten zusetzte.

Eines Tages trug sie am Nachmittag einen kleinen Schreibtisch die Treppe hinauf zu ihrem Apartment. Das Möbelstück war nicht schwer, aber sperrig, und es war ein kleines Vermögen wert. Taylor hatte ihn bei einer Haushaltsauflösung für einen sagenhaft geringen Preis erstanden, und sie war so glücklich, dass nichts und niemand ihre Freude dämpfen konnte.

„Du siehst aber sehr zufrieden aus."

Mac stand in der Tür ihres leeren Wohnzimmers und trug eine alte Jeans mit zerrissenen Knien. Der weiche Stoff schmiegte sich perfekt an seinen Körper und betonte jeden Muskel. Das T-Shirt war auf einer Seite aus der Hose gerutscht und hatte sich auf der anderen Seite an dem Werkzeuggürtel verfangen, der ihm tief auf den Hüften saß, sodass ein Streifen von Macs flachem Bauch zu sehen war.

Taylor hatte auf einmal Schmetterlinge im Bauch und setzte den Schreibtisch ab. „Ich bin auch sehr zufrieden mit mir." Sie hob den kleinen Schreibtisch wieder hoch.

„Was ist das denn?"

„Nur ein Möbelstück, dass ich ergattert habe. Gefällt's dir?"

Eingehend musterte er sie von Kopf bis Fuß. „Sehr sogar."

„Ich meinte den Tisch."

„Ach so."

Taylors Herz schlug schneller vor Freude. Sie hatte sich so

sehr gewünscht, ihn sagen zu hören, dass er sie schön fand. „Er muss ungefähr um 1920 hergestellt worden sein, und er ist wirklich ein Prachtstück."

„In deinem Lager würde dieses Prachtstück aber besser aufgehoben sein." Mac nahm ihr den Tisch ab, und in seinen Armen wirkte er wie ein Spielzeug. Dann trug er ihn durch das Wohnzimmer ins Schlafzimmer.

Das Schlafzimmer war nicht klein, doch mit Mac darin wirkte es auf einmal winzig. Taylor folgte ihm und wurde sich peinlich bewusst, dass das einzige andere Möbelstück hier drinnen ihr Bett war. Es stand mitten im Zimmer, und die Tagesdecke, die eigentlich immer darübergezogen wurde, lag noch auf dem Boden daneben.

„Diese Woche wird es hier schlimm nach Farbe riechen", warnte er sie.

„Kein Problem."

„Der Lärm und der Dreck ..."

„... sind auch kein Problem." Taylor sah einen Muskel in seiner Wange zucken, als wäre Mac sehr angespannt. Wieso eigentlich? Wenn er sie nur halb so sehr begehrte wie sie ihn, dann war er selbst schuld, dass er so verspannt war.

„Ich habe gehört, dass Nicole und Suzanne dir beide angeboten haben, dass du bei ihnen übernachten kannst."

Sie hob eine Hand und zwang sich zu lächeln. Sie war es leid, ewig dieselbe Auseinandersetzung zu führen. „Ich bleibe hier."

„Sieh mal, Prinzessin, ich will doch nur sagen, dass dieses Haus in der Zeit nicht deinen Anforderungen entsprechen wird."

Sie lachte. „Daran bin ich gewöhnt. Deshalb lasse ich es ja renovieren."

„Ich finde nur, du solltest ausziehen, bis wir fertig sind."

Als er sich zu ihr umdrehte, fragte sie sich, ob er allmählich auch den inneren Druck spürte, den sie schon die ganze Zeit empfand. Machte es ihm auch zu schaffen, dass sie tagtäglich

Küsse und andere Katastrophen

miteinander zu tun hatten? Sehnte er sich jetzt auch nach mehr?
„Du willst mich nur nicht in deiner Nähe haben."

Einen Moment lang schloss er die Augen. „Das Problem liegt wirklich nicht darin, dass ich dich nicht um mich haben will, Prinzessin. Im Gegenteil. Ich möchte am liebsten in dir drin sein. War das deutlich genug?"

Ihr Puls raste los. „Warum tust du das?", fragte sie flüsternd. Ihre Knie gaben fast nach, und das nur wegen ein paar Worten von ihm.

„Was denn?"

„Mich mit jedem Wort und jedem Blick daran zu erinnern, dass es zwischen uns knistert."

„Es ist schwer in Worte zu fassen, stimmt's?"

„Es ist eine Anziehungskraft", sagte sie ganz offen. „Und für jemanden, der vorgibt, ihr nicht nachgeben zu wollen, erwähnst du sie ziemlich oft."

„Ich habe nie behauptet, dass ich es nicht will, Prinzessin." Er kam ihr so nahe, dass sie seinen warmen Atem an der Wange spürte. Dann strich Mac ihr sanft über die Stelle, an der sie eben noch den Lufthauch gefühlt hatte. „Das Problem liegt nur darin, dass wir beide uns unterschiedliche Dinge wünschen."

„Woher willst du das wissen?" Sie erwiderte seinen leidenschaftlichen Blick. „Du willst ja nicht darüber reden."

„Willst du denn? In Ordnung. Ich möchte mit dir eine ganze Nacht in diesem Bett verbringen." Er deutete darauf. „Ich will dich unter mir spüren, mit weit gespreizten Beinen und Armen, den Kopf nach hinten geworfen. Ich will, dass du meinen Namen ausrufst, wenn ich dich berühre und dich überall küsse und liebkose. Ich möchte mit dir alle Hemmung verlieren. Ich begehre dich so sehr, dass ich nicht mehr richtig essen und schlafen kann. Selbst die Arbeit bekomme ich kaum noch hin. Noch Fragen?"

Ihr fiel keine einzige Frage ein, weil Mac ein Bild in ihr heraufbeschworen hatte, das sie jetzt nicht mehr aus dem Kopf bekam. Sie fuhr sich mit der Zunge über die Lippen und blickte Mac dann in die Augen. Er seufzte tief.

„Habe ich schon erwähnt, dass du mich umbringst?", fragte er leise und strich ihr über den Hals und das Dekolleté.

Taylor erzitterte. „Ja." Ihre Stimme war kaum lauter als ein Flüstern. „Das hast du erwähnt."

„Gut."

Er wollte sich schon abwenden, doch dann warf er ihr noch einen letzten durchdringenden Blick zu. „Wenn du das nächste Mal mit mir spielen willst, Prinzessin, dann denk vorher an das, was ich im Grunde von dir will."

Wie sollte sie das jemals vergessen?

Sobald Mac den Raum verlassen hatte, sank sie aufs Bett und blickte an die Decke. Mit einer Hand fächelte sie sich Luft ins Gesicht, weil ihr mit einem Mal sehr heiß war.

10. KAPITEL

Taylor und Mac konzentrierten sich wieder ganz aufs Berufliche.

Am nächsten Nachmittag musste Taylor mit ihrem Handy nach draußen gehen, weil sie im Haus keinen Empfang hatte, und Mac kam gerade durch den Vorgarten. Er hielt ein paar Baupläne in der Hand und war tief in Gedanken. Ohne aufzusehen, ging er an ihr vorbei, und dabei strich er mit der Schulter an ihrer entlang.

Hatte er sie überhaupt gesehen? Während er weiterging, blickte er über die Schulter hinweg zu Taylor, und sein Blick war so leidenschaftlich, dass ihr der Atem stockte.

Oh ja, er hatte sie gesehen.

Eine Stunde später kam er durch die Eingangshalle, wo Taylor Farbtafeln verglich, und mit einer Hand fuhr er ihr über den Po, damit sie ihn durchließ.

Sie erbebte am ganzen Körper.

War das nur ein zufälliger Kontakt gewesen? Bestimmt nicht. Mac wusste immer genau, was er tat.

Er spielt mit mir, dachte sie, obwohl er mich davor gewarnt hat, das mit ihm zu tun.

Zeit für Rache, beschloss sie. Gleich am nächsten Morgen ergriff sie die Initiative. Ganz beiläufig streifte sie mit den Brüsten seinen Arm, als sie sich vorbeugte, um ihm etwas auf den Plänen zu zeigen.

Keuchend sog Mac die Luft ein.

Das gefiel ihr, denn es bewies, dass das, was er am liebsten ignoriert hätte, sehr wohl vorhanden war. Ob es ihm gefiel oder nicht, es gab diese Anziehungskraft zwischen ihnen.

Anschließend sorgte sie dafür, dass sie ihn bei jeder sich bietenden Gelegenheit berührte oder ihn auf eine ganz bestimmte Weise ansah.

Mac sagte nichts dazu, aber er strich ihr manchmal übers Haar, und Taylor hätte dann am liebsten wie eine Katze geschnurrt und ihn angefleht, sie zu streicheln. Wenn er mit ihr besprach, wie der Holzboden verlegt werden sollte, blickte er ihr auf die Lippen, und wenn kein anderer im Raum war, strich er ihr mit dem Handrücken über die Wange.

Einmal fuhr er ihr mit einem Finger den Arm entlang, und Taylors Haut prickelte noch stundenlang.

Aber sie sprachen kein Wort darüber und beschränkten sich bei ihren Unterhaltungen ganz auf die Arbeit.

Davon gab es genug. Taylor musste sich entscheiden, in welchen Farben die Räume im ersten Stock gestrichen werden sollten, und jetzt, wo die Renovierung bald beendet wäre, musste sie sich auch Gedanken über die zukünftige Vermietung machen.

Dann waren da noch die Geschäftsräume im Erdgeschoss. Eine Seite sollte Suzanne bekommen, und die andere? Vielleicht eine Kunstgalerie oder eine kleine Geschenkboutique? Oder ein Buchladen? Taylor liebte Bücher.

Wenn sie allerdings an ihren Lagerraum mit all den Antiquitäten dachte, seufzte sie innerlich. Diese Möbelstücke hatte sie über viele Jahre hinweg gesammelt. Das war ihr finanzieller Rückhalt. Einige davon hatte sie verkaufen müssen, aber bei Weitem nicht so viele wie anfangs befürchtet.

Allmählich glaubte sie, dass sie es wirklich schaffen konnte. Sie würde die Geschäftsräume auf der anderen Seite für sich selbst behalten, um dort einen Antiquitätenladen zu eröffnen.

Je länger sie darüber nachdachte, desto besser gefiel ihr die Vorstellung.

Ihr Handy klingelte kurz, und Taylor seufzte, als sie aufs Display sah. Ihre Mutter hatte ihr eine kurze Nachricht geschickt. Anscheinend spürte ihre Mutter genau, wenn ihre Tochter etwas Verrücktes tun wollte.

Im Grunde bestand ihre ganze Beziehung aus kurzen Mitteilungen. Das machte Taylor traurig, und deshalb tat sie etwas, das sie sonst nie machte: Sie rief ihre Mutter an.

Sobald sie die kühle Stimme ihrer Mutter hörte, zögerte sie. „Hallo, Mom."

„Taylor! Wie nett."

„Du hast mich angerufen."

„Ja, natürlich. Tja, ich wollte dich daran erinnern, dass ich wieder im Wahlkampf stehe. Mein Team hat vorgeschlagen, dass ich ein Familienfoto machen lasse, das wir für PR-Zwecke benutzen können."

Der Wahlkampf. Natürlich. Wie hatte sie nur auf den Gedanken kommen können, dass ihre Mutter anrief, weil sie sie vermisste? „Okay."

„Wirklich?" Die Bürgermeisterin von South Village, die von allen geachtet wurde, schien ehrlich gerührt zu sein, dass Taylor ohne Widerspruch einwilligte.

Wieder sehnte Taylor sich nach persönlicher Wärme. „Ja, ich komme. Aber bei meinen Schwestern wirst du vermutlich mehr Überredungskraft brauchen."

„Das schaffe ich schon."

Wahrscheinlich wird sie ihnen Geld anbieten, dachte Taylor. Vielleicht hätte ich auch welches verlangen sollen.

„Und? Was treibst du so?"

Taylor erschrak fast darüber, dass ihre Mutter etwas so Persönliches fragte. Interessierte es sie tatsächlich? Als Test erwiderte Taylor: „Ich eröffne in Grandpas Haus einen Antiquitätenladen."

„Und was wird aus deinem Studium? War das alles umsonst?"

„Aber der Laden ist das, was ich möchte."

„Das halte ich für eine schlechte Idee."

Taylor unterdrückte eine schnippische Antwort und hörte

sich noch eine Zeitlang die Argumente ihrer Mutter an. Es ging um die großen Hoffnungen, die sie in Taylor gesetzt hatte. Beispielsweise, dass sie eines Tages auch in die Politik einstieg.

Ich und Politik, dachte Taylor und fand schließlich eine Entschuldigung, um das Gespräch beenden zu können.

Dann schlug sie die Hände vors Gesicht. Hatte sie wirklich gehofft, dass ihre Mutter echte Wärme zeigen würde?

„Es muss schwer sein, die härteste Frau der ganzen Stadt als Mutter zu haben."

„Lass mich in Ruhe." Sie hob den Kopf und wollte ihm sagen, er solle sich um seine eigenen Angelegenheiten kümmern, aber sein Blick war so verständnisvoll und mitfühlend, dass Taylor wegsehen musste. „Ich will mit meiner schlechten Laune allein sein."

„Da habe ich eine bessere Idee." Er kam ins Zimmer, als gehörte ihm das Haus. Er trug wie immer Jeans und ein T-Shirt, und hinter einem Ohr klemmte ein Bleistift.

Ich will stark sein, dachte Taylor, aber ich brauche ihn nur anzusehen, und schon fühle ich mich schwach. Und sehr, sehr weiblich.

„Komm." Zu ihrer Verwunderung legte er die Pläne, die er in der Hand hielt, auf ihr Bett und nahm sie bei der Hand.

Sie waren schon fast zur Tür hinaus, als Taylor sich sträubte, doch mit wenig Erfolg. Mit einer Hand drückte sie ihm gegen den Rücken, doch dadurch spürte sie nur noch deutlicher seine Wärme und Kraft. „Wo gehen wir hin?"

„Das wirst du schon sehen. Ich verspreche dir einen Lunch, bei dem du vor Glück seufzt." Der Blick seiner whiskeyfarbenen Augen und sein aufforderndes Lächeln wirkten unwiderstehlich. „Abgemacht?"

Er lächelt mich an!, schoss es Taylor durch den Kopf. „Was ist denn heute mit dir los?"

„Nichts."

Küsse und andere Katastrophen

„Du sprichst seit Tagen nur noch mit mir, wenn es das Haus betrifft, und Körperkontakt gehst du aus dem Weg, als hätte ich eine ansteckende Krankheit."

„Nein, das siehst du falsch." Er überlegte einen Moment. „Du bist für mich eher wie ein kühles frisches Bier zum Lunch in praller Sonne."

„Ist das eine Beleidigung? Den Vergleich verstehe ich nicht."

„Du trinkst das Bier, und es schmeckt himmlisch. Aber nachher kannst du nicht mehr klar urteilen."

Sie zog die Augenbrauen zusammen. „Hm. Ich weiß immer noch nicht, ob das eine Beleidigung ist."

Mac musste lachen. „Sagst du mir jetzt, was los ist? Liegen deine Haare heute nicht richtig?"

Sie wollte sich gerade prüfend durchs Haar streichen, als sie sein Lächeln bemerkte. „Sieht es so aus, als wäre meine Frisur nicht in Ordnung?"

Er lächelte. „Ich weiß genau, dass das eine Fangfrage ist. So in der Art wie: Sehe ich in dieser Hose fett aus? Da hat ein Mann schon verloren, bevor er antwortet."

„Das beweist meinen Standpunkt, dass Männer Idioten sind. Du könntest einfach sagen: Du siehst toll aus. Ende der Diskussion."

„Du siehst toll aus." Mac lachte leise. „Ende der Diskussion."

„Mac, ich …"

„Nur eine Stunde", sagte er leise und fuhr ihr über die Wange.

Innerlich seufzte sie auf. So nachgiebig kannte sie sich gar nicht. Es war schon sehr lange her, seit ein Mann so etwas in ihr ausgelöst hatte. „Eine Stunde", wiederholte sie und folgte ihm die Treppe hinunter zum Wagen.

Wenn sie sich gegenüber ehrlich war, musste sie sich eingestehen, dass sie diesem unwiderstehlichen Mann überallhin gefolgt wäre.

Mac wusste selbst nicht, warum er bei Taylor den Retter in der Not spielen wollte, aber jetzt fuhr er mit ihr zum Rathaus, um nachzusehen, ob er auf seine Angebote schon einen positiven Bescheid erhalten hatte. Taylor wirkte so verloren und bedrückt, als trüge sie die Last der gesamten Welt auf ihren Schultern.

Obwohl er geglaubt hatte, ihn könnte nichts mehr rühren, war er betroffen von diesem traurigen Anblick. „Wenn du die ganze Renovierung mit dem An- und Verkauf von Antiquitäten bezahlst, dann musst du darin wirklich Talent haben."

„Meinst du?"

Das Kompliment schien sie wirklich zu erstaunen. Mac blickte zu ihr und wünschte sofort, er hätte es nicht getan. Da war wieder die verletzliche Taylor mit ihren Zweifeln und Ängsten, und am liebsten hätte er sie in die Arme gezogen und niemals wieder losgelassen. Genau davor musste er sich in Acht nehmen.

Doch sie beugte sich ganz nah zu ihm, sodass er die Sommersprossen auf ihrem Nasenrücken erkennen konnte. Die waren Mac noch nie aufgefallen. In ihren Ohrläppchen funkelten zwei winzige Diamanten. Das war stilvoll und unglaublich sexy. Mac hatte noch keine Frau wie sie getroffen.

„Du brauchst für mich nicht den Babysitter zu spielen", sagte sie. „Mir geht es wirklich gut."

„Du bist eine ausgezeichnete Lügnerin."

„Willst du wirklich wissen, was mit mir los ist?" Ihre Stimme bekam jetzt einen sehr sinnlichen Tonfall. „Soll ich dir sagen, was mich jetzt aufheitern würde?" Sie beugte sich wieder zu ihm und fuhr sich mit der Zunge über die Unterlippe.

Er konnte nur den Kopf schütteln. „Nein."

„Wilder, leidenschaftlicher Sex", flüsterte sie. „Dadurch würde ich mich besser fühlen."

Er wollte etwas sagen, aber ihm versagte die Stimme, und er musste sich erst räuspern. „Taylor?"

Küsse und andere Katastrophen

„Nur für den Fall, dass es dich wirklich interessiert."

Wilder, leidenschaftlicher Sex. Ihm schossen sofort erotische Bilder durch den Kopf, und er war bis aufs Äußerste erregt, als er vor dem Rathaus anhielt.

Sie stiegen aus und gingen zum Fahrstuhl. Die Stadtplanung befand sich im dritten Stock, und als sie allein in der engen Kabine standen, wich Mac Taylors Blick aus.

„Wilden, leidenschaftlichen Sex mit mir hat bislang noch niemand abgelehnt", stellte sie nüchtern fest.

Mac biss die Zähne zusammen und blickte starr auf die Leuchtanzeige. „Ja, für mich ist es auch das erste Mal."

Taylor wartete, bis die Kabine im dritten Stock anhielt. „Und wieso?"

Eine Sekunde lang schloss er die Augen, weil sie so verletzt klang. „Deinetwegen, Taylor. Es wäre nämlich nicht nur wilder, leidenschaftlicher Sex. Mit dir wäre es etwas anderes, und damit komme ich nicht zurecht, so leid es mir tut."

Sie blickte ihn nur an, und dann öffneten sich die Türen. Mac flüchtete fast aus dem Fahrstuhl.

„Was tun wir hier?", wollte sie wissen, während sie Mac den Flur entlang folgte.

„Wir erkundigen uns, ob die Aufträge schon vergeben wurden."

Sie erreichten das richtige Büro, und Mac hielt Taylor die Tür auf. Als er ihr die Hand unten auf den Rücken legte, zuckten sie beide zusammen.

Anklagend blickte sie ihm in die Augen. „Siehst du?" Die Lippen ganz dicht an seinem Ohr, streifte sie sein Ohrläppchen und seine Wange. „Wir stehen beide unter Strom, weil wir uns nach Sex sehnen."

Sie bringt mich um, dachte er. Sie weiß es genau, und sie tut es trotzdem. Seit er in seinen Pick-up gestiegen war, hielt bei ihm jetzt die Erregung an, und es war keinerlei Erleichterung in Sicht.

Zehn Minuten später wusste Mac, dass der Stadtrat sich noch nicht entschieden hatte. Gemeinsam mit Taylor fuhr er wieder mit dem Fahrstuhl ins Erdgeschoss. Dort trafen sie ein älteres Pärchen, das Mac nur allzu gut kannte.

„Mac!" Die Frau, die ein schwarzes Kostüm und flache bequeme Schuhe trug, streckte die Arme nach ihm aus. „Oh, Mac!"

Interessiert beobachtete Taylor, wie die überaus elegante Frau Mac umarmte und ihn dann anlächelte. „Was für eine schöne Überraschung."

Der Mann zog Mac auch in die Arme und klopfte ihm auf den Rücken. „Hey, ich war gestern beim Golfen", sagte er. „82, drei unter Par. Wann kommst du mal wieder mit?"

Mac verzog das Gesicht. „Ich golfe nicht mehr, das weißt du doch. Schon seit Jahren nicht mehr."

„Seit vier Jahren." Die Frau nickte. „Seit genau vier Jahren spielst du kein Golf mehr. Seit ..."

„Schon gut", unterbrach Mac sie, und sein Lächeln wirkte etwas aufgesetzt. „Ich bin einfach zu beschäftigt."

„Aha", stellte die Frau mit vielsagendem Unterton fest.

Mac blickte zu Taylor, und sie glaubte fast, einen panischen Ausdruck in seinen Augen zu erkennen. „Tja, wir müssen ..."

„Nein, Moment mal. Wir sind gerade auf dem Weg zum Lunch", warf der Mann ein. „Kommt doch mit." Höflich lächelte er Taylor an.

„Das ist Taylor." Mac wischte sich den Lippenstift von der Frau von der Wange. „Das sind die stellvertretende Bezirksstaatsanwältin Lynn Mackenzie und ihr Ehemann, Richter Mackenzie."

Die stellvertretende Bezirksstaatsanwältin lächelte. „Taylor, was für ein hübscher Name." Zu Mac sagte sie: „Du hast eine Freundin! Oh Mac, wieso hast du denn kein Wort gesagt?"

„Die Sache ist die ...", Mac wich Taylors Blick aus, „ich arbeite nur an ihrem Haus."

„So, eine Geschäftsbeziehung also." Belustigt hob die Frau die Augenbrauen. „Verstehe."

„Nein, wirklich." Verlegen verlagerte Mac das Gewicht von einem Bein aufs andere, und Taylor konnte es gar nicht fassen, ihn so zu erleben. „Sie ist eine Kundin."

Wurde er jetzt tatsächlich rot? Taylor traute ihren Augen nicht.

„Es ist rein beruflich", betonte er.

Die Staatsanwältin blickte Mac eingehend an, und ihre Augen strahlten, als hätte sie gerade eine Erkenntnis gehabt. „Sagst du das nur, damit ich schnell wieder gehe?"

„Natürlich nicht." Mac wich immer noch Taylors Blick aus. „Tja, also, wir müssen wirklich los …" Er nahm Taylor am Ellbogen. „War nett, euch zu sehen."

„Einen Moment noch, Thomas Ian Mackenzie." Die Staatsanwältin stemmte die Hände in die Hüften. „Versuchst du etwa zu verheimlichen, dass wir deine Eltern sind?"

Das hätte ich mir denken können, dachte Taylor und war dennoch erstaunt. Ungläubig sah sie zu Mac. „Du bist der Sohn des Richters?"

Mac seufzte. „Ja."

„Und der stellvertretenden Bezirksstaatsanwältin?"

„Stimmt", gab er zu.

„Du machst wohl Scherze!"

Lynns Lächeln wurde unsicher. „Ist das ein Problem für Sie?"

Taylor seufzte. „Nein, kein Problem. Es ist nett, Sie beide kennenzulernen."

Lynn verschränkte die Arme. „Seltsam, aber das glaube ich Ihnen nicht."

„Doch wirklich." Taylor sah zu Mac und beschloss, ihn später umzubringen. „Es ist nur so, dass Mac in den vergangenen Monaten zumindest mal hätte erwähnen können, dass seine Eltern der Richter und die stellvertretende Bezirksstaatsanwältin sind. Zum Beispiel, als ich ihm verriet, dass ich die Tochter von Isabel Craftsman bin."

„Sie meinen Isabel Craftsman, die Bürgermeisterin?"

„Genau." Taylor sah zu Mac, der immer noch ihrem Blick auswich.

„Hm." Mit gehobenen Augenbrauen betrachtete Lynn Mac. „Ich verstehe."

„Mom, ich ..."

„Ach, jetzt nennt der Herr mich plötzlich Mom!" Vertraulich neigte Lynn den Kopf zu Taylor. „Ganz ehrlich, Taylor, ich habe diesen Mann noch nie zuvor gesehen, und er nennt mich einfach Mom."

Taylor musste lachen. Diesen Humor hatte Lynn sicher gut gebrauchen können, als sie einen Sohn wie Mac aufzog.

„Wieso kommt ihr zwei nicht mit uns zum Lunch?", bot Macs Vater noch einmal an.

Taylor sah zu Mac und fragte sich, ob er damit einverstanden war.

„Tut mir leid." Mac gab seinen Eltern einen Abschiedskuss und griff dann nach Taylors Arm. „Wir haben es eilig." Dann zog er Taylor so schnell mit sich, dass ihr fast schwindlig wurde.

„Sehr raffiniert", sagte sie, als sie beide wieder auf der Straße standen. „Du wolltest also dafür sorgen, dass ich deine Eltern nicht ausfragen kann."

„Moment mal, ich wollte nur dich vor ihren Fragen beschützen. Glaub mir, die beiden versuchen ständig, mich zu verkuppeln." An einem Imbiss blieb er stehen. „Willst du einen oder zwei Hot Dogs?"

Fassungslos sah sie ihn an. „Das hier ist der Lunch, zu dem du mich einlädst? Das mich zum Seufzen bringt?"

„Einen oder zwei?"

Im South Village gab es fast mehr Cafés und Restaurants als Einwohner, doch in letzter Zeit konnte Taylor es sich kaum noch leisten, essen zu gehen. Das meiste von ihrem Geld war in Macs Taschen gelandet, und er lud sie jetzt nur zu Hot Dogs ein? Von einem Imbiss auf der Straße? „Zwei." Sie drängte ihn auch noch dazu, ihr Pommes frites zu kaufen.

Sie gingen um das Rathaus herum in den botanischen Garten, und Taylor musste zugeben, dass er bei Tageslicht und mit den zahllosen Blüten wunderschön war. Sie atmete den Blumenduft ein und seufzte genüsslich.

Sie setzten sich, und Mac reichte Taylor einen Hot Dog.

Es schmeckte ausgezeichnet. Verdammt, sie gab es ungern zu, wenn jemand anderer recht hatte. „Also, wieso hast du es mir nicht erzählt?"

Schlagartig konzentrierte Mac sich voll und ganz aufs Essen. „Was denn?"

„Dass du in ähnlichen Verhältnissen aufgewachsen bist wie ich."

„Das stimmt gar nicht."

Waren seine Eltern nicht der Inbegriff von Stil und Bildung gewesen? „Und ob das stimmt. Ich habe sie doch gerade getroffen."

„Sie sind die neugierigsten Eltern, die man sich vorstellen kann. Sie wollen sich in alles einmischen und immer alles bestimmen. Ja, du hast sie getroffen, und sie lieben mich über alle Maßen. Sie haben mich niemals auf ein Internat geschickt, und sie haben mich und meine Träume und Hoffnungen immer sehr ernst genommen." Mitfühlend sah er sie an. „Du hättest auch so eine Kindheit verdient, wie ich sie hatte, Taylor."

Ihr ganzes Leben lang hatte sie den Eindruck gehabt, dass ihre Umwelt nur darauf wartete, dass sie etwas Falsches tat und den guten Namen ihrer Familie lächerlich machte. Kaum jemand hatte bisher begriffen, wie unerträglich das gewesen war. Niemand außer Jeff.

Doch Mac versteht mich auch, dachte sie und verspeiste genüsslich die letzten Pommes frites, ohne sich über die Kalorien Gedanken zu machen. „Ich wollte damit nur sagen, dass wir beide aus wohlhabenden Familien stammen."

Sein Blick verlor diesen warmen Ausdruck. „Das sehe ich bei mir anders."

„Ach, komm, Mac. Ich habe die Schuhe deiner Mom gesehen. Prada, so etwas erkenne ich." Sie seufzte und leckte sich etwas Senf vom Daumen, bevor sie sich über den zweiten Hot Dog hermachte. „Und dann die Diamanten in ihren Ohren. Beneidenswert. Erzähl mir nicht, dass deine Eltern nicht ausgezeichnet verdienen."

Nachdenklich steckte Mac sich den Rest seines Hot Dogs in den Mund und trank einen Schluck Limonade. Dann lehnte er sich nach hinten und setzte die Sonnenbrille auf. „Ich schätze, sie haben keine Geldsorgen."

„Und wieso nennst du mich dann Prinzessin? Weshalb hast du nie ein Wort über dich verloren?"

„Wann hätte ich das denn tun sollen? Als wir uns das erste Mal trafen und ich den Auftrag haben wollte?" Er stellte seinen Drink weg und stand auf. „Oder als diese Frauen sich bei dem Treffen über dich lustig gemacht haben? Ja, da vielleicht, aber du warst so entsetzt über das, was sie alles gesagt haben."

Bei seinem verbitterten Tonfall stand Taylor auch auf. „Wenn zwei Menschen ähnliche Erfahrungen gemacht haben, dann ..."

„Nein, das haben wir nicht. Uns verbindet gar nichts." Er warf die Verpackungen in einen Mülleimer und ging mit Taylor zurück zum Pick-up.

Dass er schweigen würde, damit hatte sie gerechnet. Nicht aber damit, dass er nicht zu ihrem Haus fuhr. „Wo willst du hin?"

„Das wirst du schon sehen."

„Ich halte nichts von Überraschungen."

„Dann wird dir das hier wohl auch nicht gefallen", erwiderte er mürrisch.

Er fuhr über die Bahngleise, und obwohl in diesem Viertel hier ähnlich alte Häuser standen wie bei Taylor, war die Atmosphäre vollkommen anders. Viele Häuser standen leer, und nur wenige waren bisher renoviert worden.

Sie bogen nach links in eine Sackgasse, in der bereits alle Häuser wieder sorgfältig restauriert worden waren. Bis auf ein viktorianisches Haus mit zwei Geschossen, kleinen Türmchen und Rissen im Anstrich. Die Veranda war halb verfallen, aber der Rasen war gemäht. Auf einem Fensterbrett stand eine Topfpflanze.

Mac hielt davor an. „Mein trautes Heim", sagte er spöttisch. „Komm mit."

Im Eingangsbereich lag ein schäbiger orangefarbener Teppichboden. „Original 1972", sagte Mac abfällig. „Die Idioten haben ihn auf die schönen Holzbohlen geklebt. Den werde ich rausreißen, sobald ich kann. Sonst werde ich noch blind von der Farbe."

Im Wohnzimmer gab es einen wunderschönen Kamin, der in einem Übelkeit erregenden Grünton angestrichen war. „In den siebziger Jahren war guter Geschmack ein Fremdwort", bemerkte Mac. „Grün und Orange hätte man verbieten sollen. Das werde ich auch renovieren."

In der winkligen Küche gab es zahllose Nischen, doch hier waren die Türen der Küchenschränke entfernt worden. Alle Borde waren schwarz lackiert.

„Ich habe keine Ahnung, in welchem Jahr diese Küche so misshandelt wurde, aber vielleicht sollte ich lieber hier anfangen." Mac sah Taylor an, und sein Blick war nicht zu deuten. „Vorausgesetzt, ich kann meinen Schuldenberg jemals abtragen."

„Du hast Schulden?"

Er biss die Zähne aufeinander, als wollte er Taylor warnen, ihm nahe zu kommen. Damit konnte sie leben. Das Einzige, was ihr missfiel, war die Tatsache, dass er ihr unterstellte, sie würde glauben, er würde viel Geld haben, nur weil seine Eltern reich waren. „Du hast großes Talent, wenn es ums Renovieren geht", sagte sie nachdenklich. „Eigentlich solltest du bei einem Sanierungsprojekt im South Village beteiligt werden. Dabei könntest du auch eine Menge verdienen."

„Das habe ich vor. Wenn ich mit deinem Haus fertig bin, habe ich ein Referenzobjekt. Beim Stadtrat habe ich mich bereits um einige Projekte beworben, und ich setze meine ganzen Hoffnungen in diese Ausschreibungen."

„Dann bin ich für dich also so eine Art Türöffner."

„Wenn du es so sehen willst."

„Außerdem denkst du, ich sei auf der Suche nach einem reichen Partner."

Mac verzog das Gesicht und rieb sich das Kinn.

„Es stimmt, nicht wahr? Du zeigst mir das hier alles, damit ich bloß nicht auf den Gedanken komme, du wärst so reich wie deine Eltern. Das ist ekelhaft, Mac."

„Sieh mal, ich habe alles verkauft, was ich hatte, um dieses Haus zu bekommen. Ich bin nicht der, für den du mich hältst."

Taylor stemmte die Hände in die Hüften. „Und für wen halte ich dich?"

„Für einen Mann, der von den Zinsen eines großen Vermögens lebt."

„Wie schmeichelhaft für mich!" Sie wollte schon gehen, als Mac sie festhielt.

„Hör mir zu. Meine Exfrau hat mir bei der Scheidung alles genommen, was ich hatte. Doch schon vorher habe ich nicht viel besessen. Ich habe mich von diesem reichen Leben gleich nach der Highschool abgewandt und bin zur Polizei gegangen."

Jetzt drehte sie sich zu ihm um. „Du warst Polizist?"

„Bis vor vier Jahren. Und da kann man nun wirklich keine Reichtümer anhäufen."

Küsse und andere Katastrophen

„Geld ist mir nicht wichtig, Mac. Und es kränkt mich zutiefst, dass du mich so falsch beurteilst."

„Ich habe gesehen, wie deine Augen leuchteten, als es um das Geld meiner Eltern ging."

Taylor knirschte jetzt fast mit den Zähnen. „Ich war lediglich überglücklich, einem Mann begegnet zu sein, der mich verstehen kann. Der aus ähnlichen Kreisen kommt wie ich und trotzdem seinen eigenen Weg geht." Sie senkte die Stimme, weil sie einen Kloß im Hals hatte. „Ein Mann mit Vorstellungskraft. Verstehst du das eigentlich, Mac? Heute habe ich mehr über dich erfahren als in der ganzen Zeit zuvor, und es hätte wunderbar sein können. Wie du mir einen solchen Tag verderben konntest, ist mir unerklärlich, aber du hast es geschafft."

Taylor riss sich los und drehte sich an der Tür noch einmal um. „Es tut mir leid, dass wir das nicht teilen können und dass du unter deine Ehe keinen Schlussstrich ziehen kannst." Ihr war klar, dass es ihr nach Jeff auch nicht leicht gefallen war, wieder eine Beziehung einzugehen. „Das tut mir wirklich leid."

„Das hat doch nichts mit meiner Ehe zu tun."

„Und ob. Bitte fahr mich jetzt wieder nach Hause."

„In Ordnung." Er folgte ihr nach draußen.

Schweigend ging er hinter ihr durchs Wohnzimmer. Auf dem Kamin sah Taylor ein Foto, auf dem Mac zwischen seinen Eltern stand. Er musste ungefähr achtzehn sein und wirkte schlaksig, obwohl er schon so groß war, dass er die Arme um die Schultern seiner Eltern legen konnte. Er lächelte ganz offen, und in diesem Lächeln war noch nicht dieser zynische Ausdruck zu erkennen, den er jetzt so oft hatte.

Als Taylor Macs glückliches Gesicht auf dem Foto sah, musste sie schlucken.

„Das ist schon lange her", sagte er. Er stand hinter ihr.

„Ich habe mich nur gerade gefragt, wie man dich dazu bringen kann, wieder so unbeschwert zu lächeln." Sie sah ihn an.

„Bestimmt wäre wilder, leidenschaftlicher Sex ein gutes Heilmittel." Damit ging sie hinaus.

Als Mac ihr einen Moment später folgte, setzte er sich hinters Lenkrad und stieß die Luft aus. „Das war mies, mir in so einem schwachen Moment wilden, leidenschaftlichen Sex anzubieten."

„Ich habe dir nichts angeboten." Sie legte den Gurt an und wich Macs Blick aus. „Und du hattest bestimmt noch nie im Leben einen schwachen Moment."

„Darling, für mich ist jeder Moment in deiner Nähe ein schwacher."

Taylor setzte die Sonnenbrille auf und reckte das Kinn vor. „Das solltest du ändern."

„Lass mich raten: mit wildem heißem Sex?"

„Wie auch immer. Hauptsache, es funktioniert."

Lachend stöhnte er auf und ließ den Motor an.

11. KAPITEL

Taylors Telefon klingelte, als sie das Apartment betrat. Nachdem Mac sie abgesetzt hatte, war sie zu jeder Haushaltsauflösung im Umkreis von dreißig Meilen gefahren, und jetzt war sie todmüde.

„Brauchst du Eiscreme?", erkundigte Suzanne sich, als Taylor den Hörer abnahm.

Sie streifte sich die Schuhe ab und sank seufzend auf ihr Bett. „Woher weißt du das?"

„Wenn man sich verliebt, dann nimmt man zu, so ist das eben, Liebes. Ich weiß, wovon ich rede. Seit ich Ryan kenne, habe ich fünf Pfund zugenommen. Ich könnte in einer Viertelstunde mit einer Packung Sahneeis bei dir sein."

„Ich verliebe mich nicht, und ich werde wegen eines Mannes kein einziges Gramm zunehmen, glaub mir."

Suzanne lachte, doch Taylor meinte es ernst. Sie hatte heute begriffen, dass Mac ihre Gefühle niemals erwidern würde, was immer sie auch für ihn empfand. Er dachte, sie wäre nur auf Geld aus!

Dieser Kerl konnte froh sein, wenn er von ihr auch nur die Uhrzeit erfuhr. Verdammt, sie hätte nicht gedacht, dass er sie so verletzen konnte. Taylor seufzte. „Tut mir leid, Suzanne, ich bin einfach müde."

„Bist du sicher? Das Angebot steht noch."

Taylor blickte zur Zimmerdecke. „Nett von dir, aber danke, mir geht's gut."

Nach dem Auflegen schlief sie fast augenblicklich ein, doch kurze Zeit später wurde sie schlagartig wach, weil sie hörte, dass jemand versuchte, in ihr Apartment einzubrechen.

Mac lag nackt auf dem Rücken auf seinem Bett, hatte die Hände hinter dem Kopf verschränkt und blickte hin und wieder zur Uhr.

Mittlerweile war es zwei Uhr, aber er konnte nicht einschlafen. Ihn verfolgte Taylors Gesicht. Wie sie ausgesehen hatte, als sie seine Eltern kennenlernte, und ihr Blick, als sie in seinem Haus stand. Ihr Blick, als sie das Foto von ihm und seinen Eltern angesehen hatte.

Und er unterstellte ihr, sie wäre wie diese anderen Frauen und hätte es nur auf das Familienvermögen abgesehen. Für Mac wäre es viel leichter, wenn sie so einen Charakter hätte. Dann könnte er sie hassen.

Stattdessen war sie einfach nur Taylor. Leidenschaftlich, mit festen Überzeugungen. Und ständig auf seiner Seite und wunderbar. Und das, obwohl er sich ihr gegenüber so widerlich verhielt.

Als das Telefon mitten in der Nacht klingelte, wurde Mac aus seinen Gedanken gerissen. Das war auch nicht weiter schlimm, denn die drehten sich sowieso immer nur im Kreis.

„Mac?"

Noch nie zuvor hatte ihre Stimme so ängstlich geklungen, und Mac fuhr hoch. „Taylor? Was ist los?"

„Du hast deine Nagelpistole hier vergessen, und das war ziemliches Glück für mich." Ihr Lachen klang leicht hysterisch. „Oh, Mac."

Er umklammerte den Hörer. „Du machst mir Angst. Was ist passiert?"

„Zwei Kerle sind hier heute Nacht eingebrochen, um Werkzeug zu stehlen. Stattdessen sind sie auf mich gestoßen."

Mac blieb fast das Herz stehen. „Haben sie …"

„Nein, ich habe nicht zugelassen, dass sie dein Werkzeug stehlen. Das ist alles noch hier. Die Polizei meinte …"

„Taylor!" Er musste schreien, damit sie ihm zuhörte. „Was ist mit dir? Bist du unverletzt?"

„Ja, mir geht's gut. Ich habe die Kerle mit deiner Nagelpistole bedroht." Sie lachte, aber Mac spürte ihre Aufregung. „Zum Glück war sie noch angeschlossen. Ich brauchte sie nur hochzu-

Küsse und andere Katastrophen

nehmen und meinen Finger auf den Abzug zu legen. Ich kam mir vor wie in diesem einen Film, wo ..."

„Taylor, ist die Polizei noch bei dir?" Es kostete ihn große Mühe, trotz seiner Angst um sie ruhig zu bleiben.

„Die sind gerade eben wieder weggefahren."

Ihre Stimme zitterte, und das war mehr, als Mac ertragen konnte. „In fünf Minuten bin ich bei dir."

„Nein, nein, es geht schon ..."

„Fünf Minuten", versprach er, aber er fuhr so schnell, dass er es in drei Minuten schaffte.

Um Viertel nach zwei in der Nacht gab es selbst hier im South Village so gut wie keinen Verkehr. Ein paar Leute kamen noch aus den Bars, aber Mac bekam einen Parkplatz direkt vor Taylors Haus. Mit seinem Schlüssel verschaffte er sich rasch Zutritt.

„Taylor?"

Dass etwas passiert war, erkannte er nur daran, dass alle Lichter im Haus brannten, denn normalerweise achtete sie strikt darauf, Strom zu sparen.

„Taylor!", rief er und lief die Treppe hinauf.

Sie saß in ihrem Schlafzimmer und las in einer Zeitschrift. Dazu trank sie in aller Seelenruhe Eistee. Am Fußende des Betts lag Macs Nagelpistole. Das Kabel reichte quer durchs Zimmer zur Steckdose.

Mac eilte zu Taylor und riss ihr die Zeitschrift weg. Dann stellte er ihren Eistee auf den Boden und zerrte Taylor hoch, damit er sie betrachten konnte.

Nicht einmal ihr Haar war zerzaust. Die blonden Strähnen fielen ihr offen auf die Schultern, Taylor war geschminkt, und ihr Lipgloss hatte die Farbe von Erdbeeren. Ihr atemraubender Körper steckte in einem langen pfirsichfarbenen Nachthemd, das unterhalb der Brüste mit einem Band geschnürt war.

Dadurch wurden die Brüste angehoben und wölbten sich noch verführerischer als sonst.

„Du hättest nicht zu kommen brauchen", sagte Taylor. „Ich habe dir doch gesagt, dass es mir ..."

„Haben sie dich angerührt?"

„Natürlich nicht. Ich habe sie an die Wand gedrängt. Allerdings musste ich ein paar Mal in die Luft schießen, damit sie begriffen, wie ernst es mir war. Diese Kerle hatten entsetzliche Angst."

„Dann bist du unverletzt?"

„Das habe ich doch gerade gesagt."

Anscheinend war sie immer noch wütend auf ihn, aber auch Mac war ärgerlich, weil sie ihn dazu brachte, sich nach ihr zu sehnen, und zwar nicht nur körperlich.

Offenbar merkte sie gar nicht, dass er sich ohnehin kaum beherrschen konnte. „Du kannst jetzt wieder gehen. Wie du siehst, geht es mir blendend."

„Taylor."

„Sieh mal, ich habe dir bereits wilden, leidenschaftlichen Sex angeboten, und du hast mich zurückgewiesen. Die heutige Nacht war für mich etwas beängstigend, und wenn du mir nicht helfen willst, den Stress abzubauen, sondern nur dort stehst und mich mit dieser unerschütterlichen Ruhe ansiehst wie ein Polizist, dann geh bitte."

„Glaubst du, ich bin ruhig?"

„Stimmt das denn nicht?"

Er nahm die Nagelpistole und schleuderte sie quer durchs Zimmer gegen die Wand. Sie schlug eine Delle in den brandneuen Putz und fiel dann zu Boden.

Taylor blickte zur Wand und dann zu der kaputten Pistole auf dem Boden. „Na gut, vielleicht bist du nicht ruhig."

Mac wusste nicht, ob er Taylor schütteln oder bis zur Besinnungslosigkeit küssen sollte. Er zog sie vom Bett hoch und drückte sie an sich. „Nein, ich bin nicht ruhig. Du hättest heute Nacht ver-

Küsse und andere Katastrophen

letzt oder sogar getötet werden können, und das nur, weil du so stur bist. Ich habe es dir doch gesagt, dass du hier nicht sicher bist, so allein in diesem Haus, aber du musstest ja unbedingt hier bleiben. Hörst du eigentlich jemals auf jemand anderen?"

„Das hier ist mein Zuhause." Sie blickte ihn direkt an. „Nichts und niemand vertreibt mich von hier."

„Ach nein? Dann bist du entweder eine Närrin oder die mutigste Frau, die mir je begegnet ist."

Sie wich seinem Blick aus und zitterte in seinen Armen. „Ich bin keine Närrin, und ich hatte Angst." Wieder zitterte sie. „Aber ich habe mich selbst beschützt."

Was hatte sie nur an sich, das ihn so tief bewegte? „Ich weiß, Prinzessin." Aber dieses Wissen half ihm nicht gegen das Entsetzen beim Gedanken daran, was ihr hätte zustoßen können. Mac lehnte die Stirn an ihre. „Um Himmels willen, Taylor." Seufzend atmete er aus. „Du bedeutest mir so viel. Du zitterst am ganzen Körper, und die Angst steht dir noch ins Gesicht geschrieben. Deine Großzügigkeit und dein weiches Herz versteckst du hinter der Fassade der harten, toughen Frau, die sich durch nichts erschüttern lässt. Du bedeutest mir unsagbar viel."

Jetzt zitterte sie nicht mehr. Sie fuhr Mac durchs Haar, und ohne den Blick von seinen Augen abzuwenden, küsste sie ihn sehr sanft auf die Wange. „Ich danke dir", flüsterte sie.

„Wofür? Dass du dich fast hättest umbringen lassen?"

„Die wollten mich nicht töten. Das waren nur jugendliche Diebe, die es auf Werkzeug abgesehen hatten."

„Das beweist, dass ich recht habe. Es war meine Schuld. Du kommst jetzt mit zu mir nach Hause."

„Ja."

„Zum Schlafen", stellte er klar, als er ihren triumphierenden Blick sah.

„Das auch", flüsterte sie und legte die Hand in seine. „Lass uns fahren."

12. KAPITEL

Ich muss den Verstand verloren haben, dachte Mac. Das liegt bestimmt daran, dass ich in den letzten Wochen fast ständig erregt war.

Doch das hielt ihn nicht davon ab, Taylor mit sich nach Hause zu nehmen. Während der ganzen Fahrt malte er sich aus, was sie unter ihrem seidenen Nachthemd tragen mochte. Ob sie begriffen hatte, dass er ihr nur einen Platz zum Schlafen bieten wollte und mehr nicht?

Taylor seufzte, als sie auf Macs Haus zugingen. „Ich bin so müde."

Gut. Mit etwas Glück würde sie sofort einschlafen. Mac beschimpfte sich in Gedanken, während er die Tür aufschloss. Dann zwang er sich, einen Schritt zurückzutreten und nicht das Gesicht in Taylors Haar zu drücken. Als er hinter ihnen beiden die Tür abschloss, wandte Taylor sich zu ihm, legte ihm die Arme um den Nacken, zog seinen Kopf zu sich heran und gab ihm einen Kuss auf den Mund.

Offenbar war sie doch nicht so müde.

Mit der Zungenspitze umspielte sie Macs Lippen, und stöhnend öffnete er den Mund. Etwas anderes konnte er einfach nicht tun. Es war so leidenschaftlich, dass Mac nach hinten taumelte und sie beide gegen die Haustür prallten.

Atemlos lachte Taylor auf und presste sich so dicht an ihn, wie sie nur konnte. Dabei überzog sie Macs Gesicht mit zärtlichen kleinen Küssen. „Hier, Mac?"

„Nein." Zitternd vor Verlangen führte er sie ins Schlafzimmer.

Als fürchte er sich vor weiteren Küssen, blieb er an der Tür stehen.

Taylor ging direkt zum Bett, kniete sich auf die Matratze und wandte sich mit einem aufreizenden Lächeln zu Mac um.

Küsse und andere Katastrophen

Ihr Blick stachelte seine Lust noch mehr an.

Doch dann erstarb ihr Lächeln, weil Mac immer noch an der Tür stand und die Klinke hinter sich wie einen Rettungsring umklammerte. „Ich dachte, du wolltest mich beschützen."

„Dir geht es wieder ganz gut." Im Moment machte Mac sich eher Sorgen um sich selbst. Taylor trug immer noch das pfirsichfarbene Nachthemd. Allerdings hatte sie einen Morgenmantel darüber gezogen.

Jetzt streifte Taylor diesen Morgenmantel ab. Ihre Schultern waren nackt, und sie trug nur noch das schmale Nachthemd mit der Schleife unterhalb ihrer Brüste. Sie verschränkte die Arme und rieb sich zitternd die Oberarme. „Es ist heute Nacht ziemlich kühl geworden."

Wirklich? Mac schwitzte schon, wenn er Taylor nur ansah.

Als sie wieder erzitterte, seufzte er gequält. Langsam ging er zum Bett, bis seine Knie gegen die Matratze stießen.

Taylor ließ die Arme sinken. Das Nachthemd war so tief ausgeschnitten, dass der Ansatz von Taylors Brüsten deutlich zu sehen war. Ihre Brustspitzen zeichneten sich deutlich unter dem dünnen Hemd ab, und Mac sehnte sich danach, sie zu berühren. Die Seide lag eng an ihrem flachen Bauch und an den Hüften an. Mac hatte Taylor berühren wollen, seit er sie das erste Mal gesehen hatte, und jetzt konnte er sich kaum noch zurückhalten.

„Wärme mich", bat sie flüsternd.

Mac konnte nicht anders, er umfasste ihre Hüften. „Taylor ..."

„Nein, denk nicht nach. Berühr mich einfach." Wieder erzitterte sie, und an ihrem Blick erkannte Mac, dass sie bei Weitem nicht so gelassen war, wie sie vorgab. In ihren grünen Augen erkannte er die Angst und den Schrecken, und sein Herz verkrampfte sich.

„Bitte?", flüsterte sie kaum hörbar und schlang die Arme um seinen Nacken.

Mit einem Daumen strich er ihr über die Wange. „Purer Sex, Taylor? Meinst du, das klappt bei uns?"

Sie presste ihren aufregenden Körper an ihn und schob die Hüften ein bisschen vor. Nur damit er aus seinen Gedanken gerissen wurde. „Das klappt ganz bestimmt."

Mac durchzuckte es heiß. „Aber ..."

Sie unterbrach ihn mit einem Kuss, und Mac gab den Widerstand auf. „Dieses Verlangen", sagte sie, als sie schließlich beide nach Luft rangen, „ist keine Frage von Leben und Tod, Mac. Hier geht es nur darum, unseren sexuellen Hunger zu stillen."

Aufseufzend fuhr er ihr über den Rücken. „Und danach hast du keinen Hunger mehr?"

„Nicht, wenn du es richtig machst." Sie küsste ihn auf den Mundwinkel und sog sanft. „Weißt du, wie man es richtig macht, Mac?"

„Ich schätze, ich kann so lange probieren, bis ich den Bogen raus habe." Es hatte ohnehin keinen Sinn, sich weiterhin zu wehren, also gab er nach und sagte sich, dass das hier eine einmalige Sache war, nur um ihr körperliches Verlangen zu befriedigen. Das hatten sie beide wirklich nötig.

„Wenn ich dir irgendwie helfen kann", reizte Taylor ihn weiter und stöhnte auf, als er ihr durchs Haar fuhr und sie auf den Hals küsste, „dann tue ich das liebend gern."

Dann verschloss Mac ihren Mund mit den Lippen, und Taylor konnte nichts mehr sagen. Sie konnte nicht einmal mehr denken. „Mehr", das war alles, was ihr durch den Kopf ging.

Mit beiden Händen fuhr er ihr über den Körper und drückte sanft ihre Hüften. Begehrlich strich er ihr den Rücken hinauf und drückte Taylor noch enger an sich. Seine Küsse wurden immer fordernder, und Taylor wurde fast schwindlig, als sie seine Zärtlichkeiten erwiderte.

Genau das hatte sie gewollt seit dem Tag, als sie ihn zum ersten Mal gesehen hatte. Dann zog Mac sich zurück und blickte ihr in die Augen, während er mit den schmalen Trägern ihres Nachthemds spielte.

Er begehrte sie. Als sie ihn gerufen hatte, war er gekommen, und jetzt war er für sie da. So etwas hatte sie so lange nicht mehr erlebt, dass sie gar nicht mehr wusste, wie gut sich das anfühlte.

Was auch immer sie beide sich einredeten, das hier war nicht nur Sex, um die Glut zu kühlen. Mac wollte es sich noch nicht eingestehen, aber Taylor konnte warten, bis er zu der Erkenntnis kam.

Im Moment sehnte sie sich nur verzweifelt danach, seine Hände überall zu spüren. Sie fühlte ihre erregten Brustspitzen, die sich lustvoll an der Seide rieben, und die Hitze zwischen ihren Schenkeln war fast unerträglich. Jede Faser ihres Körpers sehnte sich nach Macs Liebkosungen, und sie war so erregt, dass sie keine Sekunde länger warten konnte.

Das brauchte sie auch gar nicht. Mac zerrte sich das T-Shirt vom Leib und streifte Schuhe und Hose ab, bevor er wieder zu Taylor kam.

Bei seinem Anblick stockte ihr der Atem. Er war fantastisch. Überwältigend männlich. Taylor hätte seinen nackten Körper endlos ansehen können, doch Mac zog sie wieder an sich.

Seinen festen Körper zu spüren tat gut. Mac drückte ihr einen Arm in den Rücken und küsste durch das dünne Nachthemd hindurch ihre Brust. Taylor verlor fast die Beherrschung. Mit beiden Händen strich er ihr über die Beine hinab und dann wieder nach oben. Dabei glitt er unter ihr Nachthemd.

Als er erkannte, dass sie keinen Slip trug, stöhnte Mac auf, und Taylor erschauerte heftig.

Wenn er jetzt nicht bald meine Lust stillt, dann explodiere ich, dachte sie. Sie schlang ihm die Arme um den Nacken und ließ ihr seidenes Nachthemd an seinem heißen pulsierenden Körper entlangstreichen.

Mac spannte sich noch mehr an, und er presste sich noch enger an sie. „Taylor!", stieß er aus.

„Ja?", hauchte sie und umfuhr seine Ohrmuschel mit der Zunge. Mac stöhnte auf. Das ermutigte Taylor, mit der Zungenspitze seinen Hals zu liebkosen. Was das in ihm auslöste, spürte sie daran, dass er sie ganz fest um die Hüften packte.

„Ich habe kein Kondom", stieß er heiser aus und wirkte zutiefst frustriert.

„Aber ich." Taylor richtete sich auf und lächelte geheimnisvoll, als sie mit zwei Fingern über ihre Brust strich. „Ich habe eins bei mir versteckt."

Mac starrte sie fassungslos an.

„Willst du es dir nicht holen?", fragte sie und hatte die Worte kaum ausgesprochen, als Mac ihr die Schleife des Nachthemds aufriss. Sobald das Nachthemd nach unten glitt, fand er die kleine Packung.

Er hob das Kondom auf und blickte es ungläubig an. „Du hast ein Kondom mitgenommen?"

„Ich lege Wert auf Safer Sex."

„Ja, aber ..." Er wirkte immer noch sehr verdutzt. „Als du angerufen hast, wirktest du so verängstigt."

„Das war ich auch."

„Aber als ich bei dir ankam, warst du bereits frisiert und geschminkt. Du hast mich erwartet, und du wusstest genau, dass es hierzu kommen würde." Sein Blick bekam einen vorwurfsvollen Ausdruck.

„Ich wusste, dass du kommen würdest", antwortete sie ehrlich. „Und mir war klar, dass nur du mir helfen kannst, Mac."

Wieder stöhnte er, und Taylor wusste nicht, ob das am Anblick ihres nackten Körpers lag oder daran, dass er versuchte, genug Widerstandskraft zu sammeln, um sie von sich zu stoßen. Nur für den Fall der Fälle schlang sie wieder die Arme um seinen Nacken und legte die Beine um seine Hüften. Dann lehnte

Küsse und andere Katastrophen

sie sich nach hinten, sodass sie rücklings auf die Matratze fiel und Mac mit sich zog.

„Ich bin zu schwer für dich", stieß er aus und stützte sich ab. „Ich erdrücke dich."

„Keine Sorge, ich bin nicht zerbrechlich." Sie hob die Hüften an und schmiegte sich herausfordernd an ihn. Mac holte keuchend Luft.

Hastig riss er die kleine Packung auf, während Taylor mit einem Fingernagel über seinen muskulösen Bauch strich. Sie lächelte, als Mac das Kondom fallen ließ. Zwei Mal hintereinander. Dann spreizte er entschlossen ihre Schenkel, und Taylors Lächeln erstarb. Sie schloss die Augen, während sie inständig darauf wartete, dass Mac das Kondom überstreifte und zu ihr kam.

Als sie nichts spürte, öffnete sie die Augen wieder.

Mac blickte auf sie hinab. „Du bist das Erotischste, was ich je gesehen habe", flüsterte er bewundernd. Ohne den Blick von ihr zu wenden, strich er über ihre Schenkel hinab und dann wieder hinauf, bis seine Daumen sich an ihrem empfindsamsten Punkt berührten. Quälend langsam streichelte er sie dort, und Taylor glaubte, sterben zu müssen. Ganz langsam liebkoste er sie. Hilflos wand sie sich unter ihm, und als Mac fortfuhr, sie so unendlich aufreizend zu streicheln, stöhnte sie leise.

„So bereit, so voller Sehnsucht", flüsterte er und drang sanft mit einem Finger ein, ohne die Liebkosungen mit den Daumen zu unterbrechen.

Taylors ganzer Körper schien in lustvoller Spannung erstarrt. Es war wie ein stummes Flehen nach mehr.

Mac beobachtete Taylor, während er sie mit den Fingern an den Rand der Erfüllung brachte, und stöhnte auf.

Dann zog er die Hände zurück.

Taylor stieß einen rauen Laut aus und bog sich ihm entgegen. Wenn er jetzt aufhörte, dann …

„Pscht." Mac glitt vom Bett, und legte den Kopf zwischen ihre Schenkel, sodass sein Haar auf ihre heiße Haut streifte. Mit beiden Händen umfasste er ihren Po.

Taylor konnte sich nicht mehr rühren und nicht mehr atmen. „Mac, ich …"

„Ich weiß, Darling, ich weiß." Dann liebkoste er sie mit dem Mund.

Bei der ersten Berührung seiner Zunge hätte Taylor fast laut aufgeschrien. Mac wiederholte die sanfte Liebkosung, und Taylor bäumte sich auf. Sie krallte die Finger ins Bettlaken und wand sich von einer Seite zur anderen.

„Gefällt dir das?" Mac hob den Kopf.

Taylor bebte am ganzen Körper. „Und wie!"

Wieder senkte er den Kopf und reizte sie mit der Zungenspitze, bis sie aufschreiend den Gipfel erreichte. So etwas hatte sie noch nie erlebt. Es war so überwältigend und neu, und es schien nicht aufzuhören. Mac liebkoste sie immer weiter.

Ganz langsam ebbte der Höhepunkt ab. Ihr Atem beruhigte sich wieder, und Mac zog eine Spur von Küssen ihren Körper hinauf.

„Oh, Mac", Taylor seufzte und erzitterte ein letztes Mal. Dann küsste sie ihn auf den Mund.

Mac war immer noch erfüllt von brennendem Verlangen. „Das Kondom", brachte er schließlich heraus und hielt es hoch. „Ich muss es anlegen."

„Das tue ich für dich."

„Aber beeil dich."

Als er Taylors Finger spürte, verlor er fast die Beherrschung, und als sie ganz sachte mit dem Daumen über die Kuppe strich, konnte er nur laut ihren Namen ausstoßen. Mühsam rang er um einen letzten Rest an Selbstkontrolle. In Gedanken sah er sie im Moment ihrer Erfüllung vor sich. Er hatte gewollt, dass sie zitternd und keuchend seinen Namen ausstieß, und das hatte sie getan. Jetzt wollte er sie wieder an diesen Punkt bringen. Sie sollte sich unter ihm winden, und er wollte wieder ihre kleinen Lustschreie hören.

„Jetzt", forderte sie ihn auf und führte ihn zu sich. „Sofort."

Leidenschaftlich drang er in sie ein, und als er spürte, wie sie sich anspannte, musste er einen Moment innehalten, damit er nicht auf der Stelle den Gipfel erreichte. Unablässig strich sie ihm über den Rücken.

„Bitte", flehte sie und presste die Fingernägel in seinen Po.

Ja, dachte er, jetzt. Er gab sich ganz seiner Lust hin und bewegte sich voller Begierde. Immer heftiger drang er in sie ein, und Taylor erwiderte diese Bewegungen stöhnend.

Sie bog den Kopf nach hinten und zog die Schenkel an, um ihn noch tiefer in sich hineinzuziehen. Mit jeder Bewegung näherte sie sich dem Punkt vollkommener Einheit.

Ein feiner Schweißfilm bedeckte seinen Körper, und er atmete keuchend. Die Matratze quietschte, und das Kopfteil des Bettes stieß rhythmisch gegen die Wand. Dies war der wilde, leidenschaftliche Sex, mit dem sie seine Fantasie seit Tagen angestachelt hatte.

Dann stieß sie einen Schrei aus und klammerte sich an Macs Schultern, und Mac, der ihren Höhepunkt spürte, konnte sich keine Sekunde länger beherrschen, und folgte ihr auf den Gipfel.

Kraftlos sank er auf sie, immer noch bebend, immer noch atemlos. Sie waren beide zutiefst befriedigt.

Mac wusste, dass er sein Gewicht verlagern musste, doch er war immer noch ganz tief in Taylor, sodass er kaum noch wusste, wo sein Körper aufhörte und ihrer begann. Es dauerte ein paar Minuten, bis er wieder normal Luft holen konnte und sein köstliches Schwindelgefühl abklang.

„Ich kann nichts sehen", flüstere Taylor mit heiserer Stimme.

Es kostete Mac große Anstrengung, den Kopf von ihrer Halsbeuge zu heben. Eine von Taylors Haarsträhnen hing zwischen seinen Lippen, und er schob sie mit der Zunge beiseite. „Deine Augen sind ja auch zu."

„Oh." Ohne die Augen zu öffnen, fuhr sie fort: „Und ich kann meine Zehen nicht spüren."

Mac reckte den Hals und blickte zu ihren zierlichen nackten Füßen. „Das liegt sicher daran, dass ich so schwer bin."

Doch als er sich von ihr schieben wollte, verstärkte Taylor den Griff an seinem Po. „Nein", flüsterte sie und zog ihn dicht an sich. „Noch nicht."

„Du erstickst noch." Mit großer Anstrengung stützte er sich auf die Ellbogen und sah Taylor staunend ins Gesicht.

Ihre Wangen waren rosig, die Lippen dunkelrot und vom Küssen leicht geschwollen. Ihr Blick war so warm wie noch nie zuvor, und sie lächelte ihn an.

„Oh, Taylor", sagte er, hingerissen von ihrer Schönheit.

Sie gab ihm einen Klaps auf den Po. „Hat dir schon mal jemand gesagt, dass du das mit dem wilden, leidenschaftlichen Sex ganz gut machst?"

„Nur *ganz gut*?"

Ihr Lächeln war unglaublich weiblich. „Also schön, ziemlich gut." Sie bewegte die Hüften ganz leicht, und doch spürte Mac diese Bewegung bis in die Zehenspitzen.

Er war immer noch erregt und erwiderte die Bewegung.

Taylors Lächeln verschwand schlagartig. Ungläubig sah sie ihn an. „Schon wieder?"

„Ich muss mich ja von ‚ziemlich gut' noch zu ‚überwältigend' steigern, oder nicht?"

Taylor hielt den Atem an, als er den Kopf vorbeugte und ihre Brust küsste. „Okay."

Doch dann glitt er aus ihr hinaus und fragte sie, ob sie noch ein Kondom hätte und wo. Sie sagte es ihm. Hastig holte er es und streifte es sich über. Im nächsten Moment kam er auch schon wieder zu ihr.

Taylor hob die Hüften an, um ihn noch stärker zu spüren, und ihre Brustknospen zogen sich zusammen. Ihre Haut schimmerte feucht, und Mac merkte, wie schnell ihre Erregung sich wieder steigerte.

„Schneller. Fester", bat sie.

Er drang tiefer in sie ein, doch das Tempo steigerte er nicht. Immer lauter wurde Taylors Stöhnen, und sie bettelte ihn förmlich an, ihr Erfüllung zu geben. „Mac!"

Es kostete ihn alle Selbstbeherrschung, ihrem Flehen zu widerstehen. „Ist das ziemlich gut?", fragte er flüsternd.

„Es ist ... oh Mac ..."

„Immer mit der Ruhe", erwiderte er und küsste sie auf den Hals. „Diesmal tun wir es ganz zärtlich und gefühlvoll."

„Nein, ich ... bitte ... es ist ..." Sie blickte ihm in die Augen, und Mac erkannte an ihrem Blick, dass sie nicht mehr wusste, was er von ihr hören wollte.

„Überwältigend?", half er ihr weiter und strich mit dem Daumen über die Stelle, an der sie beide verbunden waren. „Sensationell?"

Taylor stöhnte laut. „Ja, das ist es." Immer wieder drang er aufreizend langsam in sie ein. „Einfach überwältigend." Und als er sie wieder ganz intim mit dem Daumen liebkoste, umklammerte Taylor ihn mit Beinen und Armen. Einen Moment hielt sie die Luft an, und dann blickte sie ihm in die Augen, während sie den Gipfel noch einmal durchlebte.

Diese Lust in ihrem Blick zu erkennen, brachte auch Mac zum Höhepunkt. Er wusste schon jetzt, dass er von dieser Frau niemals genug bekommen würde.

13. KAPITEL

Als Taylor im Morgengrauen erwachte, wurden ihr zwei Dinge klar. Erstens: Mac klaute nachts die Kopfkissen. Und zweitens: Er schlief wie ein Toter.

Das kam ihr im Moment sehr gelegen, denn sie brauchte eine ganze Weile, um über die vergangene Nacht nachzudenken. Das konnte sie nicht, wenn er sie fest in seinen Armen hielt.

Behutsam löste sie seine Arme von sich und hob den Kopf von seiner Brust. Anscheinend hatten sie schon eine ganze Weile in dieser Stellung geschlafen.

Sie blickte Mac ins Gesicht.

Er atmete tief und regelmäßig und rührte sich nicht.

Doch einen Schenkel hatte er über ihre Hüften gelegt, sodass Taylor sich kaum rühren konnte. Vorsichtig drehte sie sich auf den Rücken, doch das Bein lag immer noch auf ihr. Ganz langsam rutschte sie weiter von ihm weg.

Und fiel aus dem Bett. Der Aufprall war laut genug, um jemanden aus dem Koma zu holen. Nur Thomas Ian Mackenzie schlief weiter.

Taylor stand auf und sah ihn prüfend an. Er beschwerte sich murmelnd, weil er ihren warmen Körper nicht mehr spürte, aber ansonsten zuckte er nicht einmal mit der Wimper.

Sollte sie das kränken? Taylor beschloss, lieber froh zu sein. Sie ging nackt ins Bad und unterdrückte einen Aufschrei, als sie sich im Spiegel erblickte. Wieso wirkte wilder, leidenschaftlicher Sex sich bloß immer so katastrophal auf die Frisur aus? Schnell kämmte sie sich und wusch sich gründlich das Gesicht, um die letzten Spuren von Wimperntusche zu entfernen.

Als sie ins Schlafzimmer zurückging, schlief Mac immer noch. Taylor zog sein T-Shirt an, ging zum Fenster und beobachtete den Sonnenaufgang über dem South Village. Der Himmel färbte sich in den schönsten Gelb-, Orange- und Rottönen, und Taylor war hingerissen von dieser Farbenpracht.

„Hallo", sagte auf einmal eine tiefe, raue Stimme hinter ihr. Dann fühlte sie seine kräftigen Arme, die sie umschlangen.

„Selber hallo." Sie seufzte vor Wohlbehagen.

„Vielleicht ist dir entgangen, wie früh es ist."

Taylor schloss die Augen und lehnte sich nach hinten. Männerstimmen klangen am Morgen immer so sexy, dass sie nur zuhören wollte. „Nein."

Zärtlich küsste er sie auf die Schläfe, und Taylor hätte losweinen können. „Sag mir, was los ist."

Ach, alles, dachte sie. Aber das konnte sie nicht sagen, und so schwieg sie.

Sanft strich er mit den Lippen zu ihrem Ohr und fuhr ihr die Arme hinauf und hinunter. „Bereust du es schon?"

Wie sehr sie diese Berührungen liebte! Er war so zärtlich. Er fasste ihr nicht an die Brüste oder zwischen die Schenkel. Er presste auch nicht die Hüften an ihren Po, wie sie das von einem Mann am frühen Morgen erwartet hätte. Vor Rührung hätte sie losweinen können. Gleichzeitig fürchtete sie sich vor der Tiefe ihrer eigenen Gefühle. Das berüchtigte Wort mit „L" kam ihr in den Sinn …

„Sprich mit mir, Prinzessin."

Sie atmete tief durch und blickte noch einmal zur Sonne, die den Tag mit einem Feuerwerk an Farben begann. Eigentlich sollte Taylor nach so einer Nacht müde sein, aber sie fühlte sich hellwach.

Sie hatten nur zwei Kondome gehabt, doch das war nicht wichtig gewesen. Sie hatten sich auf andere Art mit den Händen und Lippen liebkost, und Taylor fühlte sich wie das sinnlichste Wesen der Welt. In der vergangenen Nacht hatte sie das Gefühl gehabt, nichts außer Lust und Leidenschaft zu brauchen.

Mac sagte kein Wort, aber er fuhr fort, sie sanft zu streicheln und mit seiner Körperwärme einzuhüllen.

„So eine Nacht habe ich nicht erlebt seit …" Taylor seufzte. „Es ist schon sehr lange her." Sie schloss die Augen und gab die Wahrheit zu. „Ich habe es einfach nicht zugelassen." Taylor wollte Mac dabei ins Gesicht sehen, und sie wandte sich zu ihm um und hob den Kopf. „Das war mehr als wilder, leidenschaftlicher Sex", flüsterte sie.

Auch in seinem Blick zeichneten sich seine Gefühle ab, doch in erster Linie empfand er Bedauern. „Taylor."

„Nein." Sie wollte es nicht hören. Das konnte sie jetzt nicht verkraften, dass er sagte, mehr sei es für ihn nicht gewesen. Er brauchte es auch gar nicht auszusprechen, sie konnte es in seinen Augen lesen. „Gestern Nacht habe ich mich dir in einer Weise geöffnet, die …", sie versuchte zu lächeln, „… die mir offen gesagt Angst macht. Ich bin dazu nicht bereit, Mac. Und ich bin mir ziemlich sicher, dass dir das genauso geht."

Dass er nichts darauf erwiderte, bestärkte sie lediglich in der Erkenntnis, dass sie sich gefühlsmäßig viel zu weit vorgewagt hatte. Taylor löste sich aus seiner Umarmung. „Ich muss über einiges nachdenken, und du hast deine Exfrau, die du noch nicht ganz verwunden hast."

Erschrocken sah er ihr in die Augen. „Wie bitte?"

„Ich habe noch nie im Leben das Bedürfnis gehabt, mit jemandem zu konkurrieren, und das werde ich auch jetzt nicht tun."

„Mit Ariel habe ich überhaupt nichts mehr zu tun."

Ariel. Jetzt hatte diese Frau für Taylor auch einen Namen. Ihr wurde bewusst, dass sie endgültig über Jeff hinweg sein musste, wenn sie so siedende Eifersucht empfinden konnte. Sie hatte Jeff wirklich geliebt, aber er war lange tot, und sie war noch am Leben. „Ich wollte das jetzt nicht alles zur Sprache bringen." Sie schloss die Augen. „Wir haben miteinander geschlafen, aber mehr wird es zwischen uns nicht geben."

„In Ordnung", stimmte er ihr leise zu, als sie die Augen langsam wieder öffnete.

Küsse und andere Katastrophen

Ihr Herz zog sich schmerzhaft zusammen, aber was hatte sie als Antwort erwartet? Er war immer vollkommen ehrlich zu ihr, und sie durfte niemandem als sich selbst die Schuld geben, wenn sie zu tiefe Gefühle für ihn entwickelt hatte.

„Weißt du was?" Sie brachte ein Lächeln zustande. „Ich muss los. Heute gibt es viel für mich zu tun."

Dass er sie schweigend nach Hause fuhr, deutete Taylor als weiteren Beweis dafür, dass er noch nicht zu einer Beziehung bereit war.

Wortlos begleitete er sie ins Haus und ins Apartment bis vor die Schlafzimmertür.

Dort hob er die Hand und strich ihr so zärtlich über die Wange, dass sie am liebsten seine Hand ergriffen und festgehalten hätte. Taylor öffnete die Tür und betrat das Zimmer.

Sie war so durcheinander wie noch nie zuvor.

Mac fand, dass die Probleme zwischen Taylor und ihm einzig darin begründet lagen, dass sie die Wirklichkeit nicht akzeptieren wollte. Hier ging es um Vertrauen und um den Willen, sich aufeinander einzulassen.

Er gestand sich ein, dass Taylor mit Ariel nichts gemeinsam hatte. Aber vertraute er ihr auch so sehr, dass er ihr glaubte, dass sie ihn niemals so hintergehen und in seinen Gefühlen verletzen würde wie Ariel? War er bereit, sich ihr völlig zu öffnen?

Nein, so weit war er noch nicht.

Zweifellos fühlte er sich zu Taylor hingezogen, und das nicht nur körperlich. Doch deswegen brauchte er dieser Anziehung nicht zwangsweise nachzugeben.

Und Taylor zuliebe wollte er sich nicht halbherzig auf sie einlassen. Bei ihr gab es nur ein Ganz oder Gar nicht.

Das Leben hatte sie verletzt, und Mac wollte nicht mit ihr spielen. Wenn er sich wieder auf eine Beziehung einließ, dann ganz ernsthaft. Aber dazu musste er erst einmal bereit sein.

Zwei Tage lang bekam er sie kaum zu Gesicht, weil sie ihm auswich. Darin war sie sehr gut.

Am dritten Tag kam Suzanne mit Essensresten, die von einer Party stammten, für die sie den Party-Service gemacht hatte. Sie teilte Mac mit, Taylor sei auf einem Flohmarkt, auf dem antike Möbel aus Frankreich angeboten würden.

„Ich kann es kaum erwarten, dass sie endlich ihr Geschäft eröffnet", sagte Suzanne und öffnete eine Frischhaltebox. „Das hat sie wirklich verdient."

Der köstliche Duft ließ Macs Magen knurren, und er legte den Werkzeuggürtel ab. „Ein Geschäft?"

„Sie möchte gern in einem der Verkaufsräume unten einen Antiquitätenladen aufmachen." Suzanne warf ihm einen fragenden Blick zu, als sein Magen wieder knurrte. Wortlos reichte sie ihm eine Serviette. „Das sind kleine Lauchtörtchen. Greifen Sie ruhig zu. Es sei denn, Sie finden solche Törtchen nicht männlich genug."

„Bei etwas, das so lecker duftet, habe ich keine Hemmungen, es zu essen." Beim ersten Bissen stöhnte er fast auf, dann setzte er sich auf den Boden und konnte beim zweiten Bissen das Stöhnen nicht unterdrücken. „Sie sind ein Genie."

„Nein, Nicole ist ein Genie. Aber ich kann gut kochen. Genau wie Sie. Sie wissen Ihre Hände auch gut zu gebrauchen."

Mac hielt inne und sah, wie Suzanne errötete. „Ich meine, Sie sind ein guter Handwerker." Sie deutete auf den frisch verlegten Holzfußboden.

„Sie hat Ihnen von jener Nacht erzählt."

„Nein." Suzanne setzte sich neben ihn. „Sie hat überhaupt nichts gesagt, aber das war auch gar nicht nötig. Nicole und ich waren bei ihr zum Frühstück, um Nicoles anstehende Hochzeit zu besprechen, und …"

„Ja?"

„Und wir haben nur geraten. Taylor hatte so ein Leuchten in

den Augen, und sie war so glücklich wie schon lange nicht mehr. Eigentlich habe ich sie überhaupt noch nie so glücklich erlebt." Suzanne stieß ihn an die Schulter. „Auch wenn sie nie darüber redet, wissen wir, dass sie es nicht leicht hatte. Wir sind ihre besten Freundinnen, Mac, und wir kennen sie erst seit einem halben Jahr. Vor uns hatte sie überhaupt keine Vertrauten. So eine Einsamkeit mag ich mir gar nicht vorstellen, aber selbst uns gegenüber ist sie sehr verschlossen. Aber bei Ihnen ...", sie lächelte, „... da lässt sie sich gehen. Das hoffen wir jedenfalls."

Er dachte an die gemeinsame Nacht mit Taylor. Er hatte sie in den Armen gehalten, und sie hatten etwas erlebt, was weit über Sex hinausging.

Mac sah Suzanne in die hoffnungsvollen Augen und wollte ganz offen sein. „Ich weiß nicht, was mit Taylor und mir passiert, aber ich bezweifle, dass es in die Richtung führt, die Sie sich erhoffen."

„Oh." Ihr Lächeln erstarb. „Wirklich?"

Bedauernd hob er die Schultern.

Sie nahm ihm die Serviette weg und nach kurzem Zögern auch die Törtchen.

„He." Sein Magen knurrte protestierend.

„Tut mir leid, eigentlich habe ich keine mehr übrig."

Als Mac nach Hause kam, fand er dort noch mehr Post vor. Das meiste waren Rechnungen, die er seufzend öffnete. Dann warf er sie auf den Stapel zu den anderen.

Ganz unten im Briefkasten entdeckte er dann den Brief vom Stadtrat. Zu dick für eine Absage, sagte er sich. Andererseits hatten sie vielleicht zu der Absage neue Ausschreibungsunterlagen gesteckt.

Mit klopfendem Herzen zog er sich einen Stuhl heran und ließ sich darauffallen. Seine Knie waren ein bisschen weich. Er hielt den Atem an, riss den Brief auf und fing an zu lesen.

Taylors Architekt Ty Patrick O'Grady war ein großer dunkelhaariger und gut aussehender Ire mit funkelnden Augen und hinreißendem Lächeln.

Taylor wusste genau, was in letzter Zeit der Grund für dieses Lächeln war. Nicole war bereit, ihn zu heiraten, sobald er sie auch dazu überreden konnte, sich für einen konkreten Termin zu entscheiden.

Im Moment ging Taylor neben Ty her, weil sie mit ihm noch ein paar letzte Details zu klären hatte.

Ty lächelte, als sie zusammen Brezeln aßen und Cola tranken. Um sie herum gingen andere Leute, die das schöne Wetter für ihre Mittagspause nutzten. Sie waren auf halbem Weg zwischen Tys Büro und Taylors Haus.

Mit dem Rest seiner Brezel deutete Ty auf ein neues Geschäft für Unterwäsche. Im Schaufenster hing ein aufreizender schwarzer Minirock aus Leder mit passendem Leder-BH, verziert mit spitzen Nieten. Daneben lag eine Peitsche.

Taylor war sich bewusst, dass sie sich aus diesem Geschäft nicht einmal einen einfachen Slip leisten konnte. Sie seufzte. Früher hätte sie sich über solche Ausgaben nicht einmal Gedanken gemacht. Dennoch wollte sie nicht mehr tauschen. Nicht für alles Geld, das ihr Großvater besessen hatte.

Trotzdem wäre es nett, sich hin und wieder etwas Neues leisten zu können. Zugegeben, ihre Kleider waren wunderschön. Wie zum Beispiel das ärmellose grüne Kleid, das sie heute mit farblich passenden Sandaletten und einem Hut mit breiter Krempe trug. Doch das waren alles Sachen, die sie sich schon vor Längerem gekauft hatte.

Die Zeit, da sie unbekümmert Geld ausgegeben hatte, war vorbei, Taylors Vorliebe für schöne Kleider dagegen nicht.

„Ich sollte Nicole dieses Outfit schenken." Ty biss von der Brezel ab. „Was meinst du?"

Taylor musste lachen, als sie sich Dr. Nicole Mann, die am

liebsten nur Jeans, Khakihosen oder ihren Arztkittel trug, in schwarzem Leder vorstellte. „Sie würde dich umbringen."

„Stimmt." Ty musste immer noch lächeln. „Ich liebe diese Frau wirklich unsterblich."

Bei seinem gedankenverlorenen Gesichtsausdruck musste Taylor seufzen. Wie mochte es sein, von so einem Mann so innig geliebt zu werden? Halt!, rief sie sich innerlich zur Ordnung. Daran darf ich nicht denken.

In Macs Armen hatte sie das fast vergessen. Mit seinen Lippen und seinen Berührungen hatte er sie fast alles andere vergessen lassen, einschließlich der Tatsache, dass er sie niemals so lieben würde, wie sie es sich insgeheim ersehnte.

Sie war ihm aus dem Weg gegangen, damit sie ja nicht wieder schwach werden konnte. Mit einem Blick konnte er sie ihren Stolz vergessen lassen.

Schluss damit. „Kommen wir zu meinem Badezimmer."

„Ja." Ty schenkte ihr ein unwiderstehliches Lächeln. „Du kannst die alte Badewanne mit den Klauenfüßen einbauen lassen, wenn du magst. Der Boden ist stabil genug, und die Wasserleitungen sind auch noch intakt. Da braucht nichts erneuert zu werden."

„Und was ist mit den Erkerfenstern? Wird dadurch die Dachstruktur nicht beeinträchtigt?"

„Dein Bauunternehmer wird sich sicher ärgern, wenn er diese Änderungen jetzt noch berücksichtigen muss, aber von der Statik her gibt es keine Bedenken."

Mac zu ärgern hatte etwas Verlockendes. Dann war er vielleicht genauso unausgeglichen wie sie jetzt. „Wie wäre es, wenn du ihm die Änderungen mitteilst?"

Fragend blickte Ty sie an. „Stimmt etwas nicht zwischen euch?"

„Nein, nein, alles in Ordnung."

„Leistet Mac gute Arbeit?"

„Voll und ganz."

So leicht ließ Ty sich nicht beschwichtigen. Prüfend blickte er Taylor mit seinen blauen Augen an. „Ich habe ihn dir empfohlen, weil er, obwohl er auf diesem Gebiet relativ unerfahren ist, mein Vertrauen hat. Er leistet Wunderdinge mit seinen Händen."

Taylor stimmte ihm insgeheim zu, auch wenn sie dabei etwas anderes im Sinn hatte als er. „Das weiß ich."

„Aber irgendetwas stimmt doch nicht." Eingehend musterte Ty sie.

„Nein, es ist nichts." Als sie Tys besorgte Miene sah, musste sie lächeln. „Alles sieht fantastisch aus, du solltest es mal besichtigen."

„Ja, sehen wir es uns an", beschloss er, und Taylor seufzte wieder. Ein Mann, der die beste Freundin heiraten wollte, war immer noch der beste Beschützer. „Aber du musst doch genau in die entgegengesetzte Richtung", wandte sie ein, doch Ty ging einfach weiter.

„Geh wenigstens langsamer", rief sie. „Auf diesen Absätzen kann ich keinen Marathon laufen, nur weil du dich von deinem Beschützerinstinkt leiten lässt."

„Es wäre alles einfacher, wenn du mir sagen würdest, was los ist."

„Nichts!"

„Davon will ich mich überzeugen."

Aus jedem Restaurant, an dem sie vorbeikamen, drangen köstliche Düfte, aber mehr als Schnuppern war für Taylor nicht drin. Sie würde heute Abend wieder eine Dose öffnen, das kostete weniger.

Sie kamen an drei Boutiquen vorbei, und Taylor warf sehnsüchtige Blicke ins Schaufenster, nur bei dem Deko-Laden geriet sie nicht in Versuchung. Hier wurde nur billiger, geschmackloser Plunder angeboten.

Schräg gegenüber von ihrem Haus blieb Ty an einem Blumenstand stehen. Er strich über ein paar Margeriten, roch an den Rosen und lächelte, als er die Lilien sah.

„Sentimentaler Dummkopf." Taylor schüttelte den Kopf, musste aber lachen, als Ty breit lächelnd nickte.

„Nicole hat eine Schwäche für Blumen."

Die zielstrebige und ehrgeizige Nicole hatte in Taylors Augen nur eine Schwäche, und zwar für diesen Mann. „Dann greif zu", schlug sie Ty vor.

Er kaufte ein Dutzend rote Rosen und hielt sie Taylor hin, damit sie daran schnuppern konnte.

Sie beugte sich stattdessen zu dem Mann, der ihrer Meinung nach viel besser duftete als die Rosen. „Du bist der süßeste Verlobte der ganzen Stadt, weißt du das?" Auf seinen erschrockenen Blick hin musste sie lachen. „Doch, das bist du."

„Süß?" Er lachte auch. „Das ist wirklich eine neue Bezeichnung."

„Glaub mir, diese Rosen sorgen dafür, dass du heute Nacht sehr glücklich wirst." Dann gab sie ihm einen Schmatzer auf den Mund.

Lachend zog er sie an sich. „Bin ich das nicht jetzt schon?"

Taylor rückte sich den Hut wieder zurecht und sah lächelnd die Straße entlang, bevor sie die Straßenseite wechselten.

Dann erstarrte sie.

Mac stand vor dem Haus und blickte direkt zu ihr. Ihr Herz raste.

Er trug die Jeans mit den Löchern an den Knien, ein dunkles T-Shirt, und einen so abfälligen Blick hatte Taylor bei ihm seit jenem ersten Tag nicht mehr gesehen. Damals hatte er sie gemustert wie ein ekliges Insekt, das ihm gegen die Windschutzscheibe geflogen war.

Ich habe heute noch kein Wort mit ihm gesprochen, dachte sie. Ich kann also nicht der Grund für seine schlechte Laune sein. Männer! Wer kann schon verstehen, was in ihren Köpfen vorgeht?

Ty hatte immer noch den Arm um ihre Schultern gelegt und betrachtete jetzt das Haus. „Was für ein wunderschönes Haus! Ich wüsste gern, welcher geniale Mann das renoviert hat." Lächelnd drückte er Taylor an sich.

Sie sah, wie Macs Miene noch mürrischer wurde, und jetzt musste sie auch lächeln.

Ja, dachte sie, jetzt weiß ich, woher seine schlechte Laune kommt. So unsinnig das auch ist, dieser Mann kocht vor Eifersucht.

14. KAPITEL

Mac stand mit dem Briefumschlag in der Hand vor Taylors Haus und sah die Frau, der er diesen Brief zeigen wollte, auf der anderen Straßenseite, wie sie einen anderen Mann umarmte und küsste.

Dass er diesen Mann kannte und respektierte, half Mac auch nicht. Ihm war es egal, ob Ty Patrick O'Grady der Architekt oder der Briefträger war, ihm reichte es, die beiden miteinander herumturteln zu sehen.

Er kam sich wie ein Narr vor. Gerade eben noch hatte er sich überglücklich ausgemalt, wie er Taylor den Brief zeigte. Gleichzeitig hatte er sich überlegt, wie er sie küssen und dann mit ihr in ihrem Apartment und in ihrem Schlafzimmer verschwinden würde. Anschließend würden sie wieder ihrer eigenen Wege gehen, bis sie das nächste Mal etwas Entspannung brauchten.

Wenn Taylor dieses Bedürfnis hatte, wollte er ihr großzügig seinen Körper zur Verfügung stellen. Auf diese Weise würde keiner von ihnen beiden leiden, und das Einzige, was Mac bedauerte, war die Tatsache, dass er in den letzten Tagen nur daran gedacht hatte, anstatt es auch zu tun.

Taylor war in der Vergangenheit verletzt worden, und sie wusste besser als jede andere Frau, wie wichtig es war, dass sie beide nicht wieder so verletzlich wurden, wie man es unweigerlich war, wenn man liebte. Sie könnten miteinander glücklich werden, ohne fest zusammen zu sein.

Damit wären alle beide zufrieden. Jedenfalls hatte er das gedacht. Aber das war, bevor er Taylor in den Armen eines anderen Mannes entdeckt hatte.

Ich habe kein Recht, sie für mich allein zu beanspruchen, sagte er sich. Das habe ich doch selbst abgelehnt. Aber mein Bett ist ja von der letzten Nacht noch nicht einmal kalt.

Mac konnte sich noch an jede Einzelheit erinnern. Bestimmt

hatte er noch Kratzspuren am Po. Wie eine Raubkatze hatte Taylor sich gewunden und immer wieder seinen Namen ausgestoßen. Wenn er sich nicht sehr irrte, dann hatte sie ihn zwei Mal in der Nacht geweckt, weil sie ihn wieder begehrte.

Anscheinend war es ihr aber ziemlich egal, wer ihre Lust stillte.

Vergiss es, sagte er sich und wandte sich ab, noch während Taylor Ty umarmte. Mac ging zurück zu seinem Pick-up, und als er noch in einen Verkehrsstau geriet, war seine Laune endgültig auf dem Tiefpunkt angelangt. Als er schließlich zu Hause ankam, ging er ins Schlafzimmer und blickte auf sein Bett.

Es war zerwühlt, und Mac sah in Gedanken sofort wieder Taylor zwischen den Laken. Die Erfüllung, die er zusammen mit ihr gefunden hatte, war so groß gewesen, dass es ihn fast körperlich schmerzte, Taylor gehen zu lassen.

Genauso schmerzlich waren jetzt die Erinnerungen an diese vergangene Nacht.

Mac war fort. Taylor konnte es nicht glauben. Als sie die Straße überquerte, war er nicht mehr da. In aller Ruhe beendete sie ihr Gespräch mit Ty und ging nach oben, weil sie sich für das, was sie vorhatte, umziehen musste. Sie empfand sogar eine Art Vorfreude, obwohl sie darauf nicht stolz war.

Sie war wütend und froh zugleich.

Knallrot stand ihr gut. Und die hochhackigen roten Schuhe hatten auch noch den Vorteil, dass Taylor sie im Notfall ausziehen konnte, um dem Sturkopf damit eins über den Schädel zu ziehen.

Dieser Mann hatte wirklich Nerven! Wie konnte er sie so abfällig ansehen und dann einfach verschwinden?

Taylor duschte, cremte sich mit parfümierter Bodylotion ein, frisierte und schminkte sich, und nach diesem ausgiebigen Ritual fühlte sie sich gleich besser.

Sollte Mac doch die ganze Zeit über leiden! Auch wenn sie sich ein bisschen dafür schämte, sie gönnte es ihm.

Als sie seinen Pick-up in der Auffahrt sah, atmete sie erleichtert aus. Wenn er zu Hause war, musste er ihr zuhören. Sie würde ihm all die Gründe aufzählen, aus denen sie wütend auf ihn war. Dann würde sie in diesem sexy kurzen Kleid zurück zum Auto stolzieren, in der Gewissheit, dass er ihr mit lustverklärtem Blick nachsah und dass sie ihn genauso verrückt machte wie er sie.

Heute Nacht würde sie gut schlafen, weil sie sich sicher sein könnte, dass er kein Auge zubekam. Mac würde es noch bitter bereuen, dass er sie so einfach aus seinem Leben verschwinden ließ.

Morgen würde sie dann aufwachen und ihr Leben wieder aufnehmen. Jetzt wusste sie, dass sie zu tiefen Gefühlen fähig war, und sie würde sich einen Mann suchen, der dieser Gefühle würdig war.

Einen Mann, der mich zu schätzen weiß, dachte sie.

Mac antwortete nicht auf ihr Klopfen. Sofort wurde Taylor wieder wütend. Ignorierte er sie jetzt einfach? Noch einmal klopfte sie, diesmal lauter.

Taylor brauchte ein Ventil für ihre Wut, sonst würde sie noch explodieren.

Noch einmal hob sie die Faust, doch dann ging die Tür so unvermittelt auf, dass Taylor Mac fast an die Nase geboxt hätte.

Er zuckte nicht zurück, ein weiterer Beweis für seine stählernen Nerven. Stattdessen hob er fragend die Augenbrauen und drückte die Tür mit der Schulter einen Spalt auf.

Mit einer nackten Schulter, denn er hatte nichts am Leib außer …

Taylor schluckte und musste sich beherrschen, um ihm nur in die Augen zu sehen.

Nur ein Handtuch. Überall perlten ihm Wassertropfen vom

Körper. Auch aus seinem Haar tropfte es. Anscheinend hatte er gerade geduscht.

Unwillkürlich stellte Taylor sich seinen schlanken kräftigen Körper unter dem heißen Wasserstrahl vor, und ihr Körper erzitterte. Sie malte sich aus, wie das Wasser über die gebräunte Haut strömte, wie Mac den Kopf nach hinten legte und sich den Strahl genießerisch über das Gesicht laufen ließ.

Taylor konnte kaum noch atmen.

Sein Blick glitt langsam an ihrem Körper hinab und wieder hinauf. „Na, das ist ja eine Überraschung."

„Ja, nicht wahr?"

„Was möchtest du denn?"

„Das ... dauert etwas länger zu erklären."

„Ach, ja? Schade, denn ich bin schon ziemlich spät dran."

„Es muss aber sofort sein, Mac."

„Wie du willst." Er zuckte mit den Schultern. „Komm rein, ich muss mich anziehen."

Taylor folgte ihm ins Schlafzimmer, wo er erst gerade ihre Welt vollkommen auf den Kopf gestellt hatte.

Gelassen ließ er das Handtuch fallen.

„Was tust du?" Es klang krächzend, und Taylor schaffte es nicht, den Blick abzuwenden, während er sich eine Jeans über die langen Beine und den knackigen Po zog.

Während er den Reißverschluss hochzog, drehte er sich zu Taylor um, und sie wünschte sich, er hätte sich schon einen Moment früher umgedreht.

„Meine Eltern haben heute Hochzeitstag, und ich muss zur Party." Als Nächstes zog er sich ein weißes Hemd an, und die muskulöse Brust, die er sich nicht im Fitnesscenter, sondern durch jahrelange harte Arbeit antrainiert hatte, verschwand darin.

Mühsam riss Taylor sich zusammen und ging auf ihn zu. Jetzt musst du ihm alles sagen, beschloss sie. Sofort, sonst weißt du gar nicht mehr, wieso du überhaupt so wütend auf ihn ge-

Küsse und andere Katastrophen

wesen bist. Doch statt zu reden, fuhr sie ihm durch das feuchte Haar und schmiegte sich an ihn.

Mac zuckte zusammen und bewies ihr damit, dass er nicht immun gegen ihre Reize war. „Was hast du vor?"

„Ich bin hergekommen, um dich anzuschreien, aber jetzt möchte ich dich lieber küssen."

„Wirklich?"

„Wirklich."

„Prima." Bevor Taylor reagieren konnte, packte er sie um die Hüften, drehte sich zusammen mit ihr und drückte sie gegen die Wand.

Taylor konnte nur einen kurzen Schrei ausstoßen, als Mac die Lippen auf ihren Mund presste. Sein Körper war so fest wie Stahl, und er hielt sie eisern umklammert, als er ihr mit der Hand von den Hüften über den Rücken hinauffuhr. Und seine Lippen! Alles, was Taylor sich ausgemalt hatte, wie sie Mac zur Rede stellen und im Kreuzverhör fertig machen wollte, verblasste im Vergleich mit dieser ungezügelten männlichen Erotik. Taylor konnte gar nicht anders, ihr Körper erwiderte dieses wilde Verlangen, ob sie es wollte oder nicht.

Mac umfuhr die Rundungen ihres sinnlichen Körpers immer begehrlicher, und erst als sie beide vor Verlangen kaum noch aufrecht stehen konnten und keuchend atmeten, trat er einen Schritt zurück. Seine Brust hob und senkte sich angestrengt, und er hob den Kopf gerade so weit, dass er Taylor in die Augen sehen konnte.

„Weißt du, wen du küsst?"

Taylor war von diesem Taumel der Leidenschaft so mitgenommen, dass sie nur verwirrt blinzeln konnte.

Mit beiden Händen umfasste er ihre Wangen und strich ihr über die Lippen, die seinen nächsten Kuss ersehnten. „Sprich meinen Namen aus, Taylor. Sag es, damit ich weiß, dass du auch in Gedanken hier bei mir bist und bei keinem anderen."

Schlagartig fiel ihr wieder ein, weshalb sie so wütend auf ihn war! Taylor stieß ihn von sich, straffte die Schultern und sah ihn zornig an. „Ich weiß genau, wen ich küsse. Und wenn du etwas anderes glaubst, dann kennst mich so schlecht, dass ich dich lieber überhaupt nicht mehr küsse."

Mit hoch erhobenem Kopf ging sie aus dem Schlafzimmer, verließ das Haus und kam zu ihrem Auto. Erst konnte sie den Schlüssel nicht ins Zündschloss stecken, weil ihre Finger so zitterten, aber dann brauste sie mit quietschenden Reifen los.

Dieses Geräusch war die einzige Befriedigung, die sie an diesem Abend erlebte.

Um sechs Uhr früh wurde Taylor vom Dröhnen einer Maschine geweckt. Darüber ärgerte sie sich umso mehr, weil sie es erst eine Stunde zuvor endlich geschafft hatte einzuschlafen.

Wutentbrannt stürmte sie die Treppe hinunter. Sie wusste genau, wer dort unten diesen Lärm veranstaltete und ihr den Schlaf raubte!

Als sie einen der Geschäftsräume betrat, sah sie als Erstes den antiken Hutständer aus alter Eiche mit Messingbeschlägen. Er stand mitten im Raum, in dem sich sonst nur eine behelfsmäßige Werkbank befand.

Bewundernd strich sie über das alte schöne Holz. Dieser Hutständer musste über hundert Jahre alt sein.

„Unglaublich, findest du nicht?"

Sie wandte sich um, und da stand Mac an der Tür. Er war mit Sägespänen bedeckt. In einer Hand hielt er eine Bandsäge. „Suzanne hat mir gesagt, dass du nicht alle deine Antiquitäten verkaufst, weil du hoffst, hier deinen eigenen Laden eröffnen zu können." Er zuckte mit den Schultern. „Mein Großvater hat mir ein paar Möbelstücke vererbt. Das meiste habe ich verkauft, aber dieses Prachtexemplar habe ich behalten, weil mir das Holz so gefällt."

Küsse und andere Katastrophen

„Dann gehört er dir?"

„Nein, dir. Ich schenke ihn dir."

Seit Jeff hatte ihr niemand etwas geschenkt. Taylor wappnete sich schon gegen die schmerzlichen Erinnerungen, doch sie durchströmte nur ein wunderbar warmes Gefühl. Irgendwann in den letzten Tagen hatte sie aufgehört, Mac mit Jeff zu vergleichen und Jeff in Gedanken immer auf ein Podest zu stellen.

„Wieso machst du mir ein so wundervolles Geschenk?" Die Wut war verschwunden, und Taylor blickte nur erstaunt zu Mac, der die Säge weglegte, sich die Sägespäne abklopfte und näher kam.

Aus seinem Blick sprach tiefes Bedauern.

Ja, dachte sie, aber er glaubt, dass das, was ich ihm bedeute, rein körperlich ist. Und wenn wir beide diese Begierde nicht mehr ertragen, leben wir sie aus. Danach gehen wir unserer eigenen Wege, bis wir es wieder nicht mehr aushalten. Doch in diesem Punkt irrte er sich, und das würde sie ihm beweisen. Sie strich ihm über die warmen und leicht feuchten Arme.

„Was hast du vor?" Seine Stimme klang heiser.

„Ich berühre dich."

„Lass das", stieß er hervor, als sie die Hände über seine Brust gleiten ließ. Mühsam beherrscht ballte er die Hände zu Fäusten. „Ich habe eine wirklich miese Nacht hinter mir."

Dasselbe konnte sie auch von sich behaupten. „Dann bist du also ... verspannt?"

„Ja." Seine Wangen verkrampften sich. „Das kann man wohl sagen."

„Da bist du nicht der Einzige, Mac." Sie lächelte verführerisch und presste sich ganz flüchtig an ihn. Zufrieden bemerkte sie, dass er keuchend Luft holte. „Du bereitest mir ziemliches Kopfzerbrechen."

„Du mir auch. Ich habe vom Stadtrat eine Zusage bekommen. Beim nächsten Projekt werde ich zwei Häuser renovieren."

„Oh, Mac!" Taylor wusste, wie viel ihm das bedeutete, und sie freute sich von ganzem Herzen mit ihm. „Lass uns feiern."

Sein Blick glitt über sie. Die Fäuste hielt er immer noch reglos an den Hüften. „Du hast mein T-Shirt an."

„Das hast du hier vergessen. Jetzt gehört es mir." Sie trat einen Schritt zurück und wiegte sich leicht, damit er auch auf jeden Fall sah, wie das T-Shirt sich an ihren Körper schmiegte.

Mac übersah keine Einzelheit. Der Halsausschnitt war eingerissen, sodass das T-Shirt über eine Schulter hinabrutschte. Eine Brust war nur zur Hälfte bedeckt. Der Saum reichte nur knapp über den Po, und die Rundungen waren deutlich zu erkennen. Trug sie darunter überhaupt einen Slip?

Noch einmal drehte sie sich im Kreis, und Mac starrte sie wie gebannt an. Taylor strich an ihrem Körper hinab, und ihre Brüste wippten unter dem dünnen Stoff. Dann wandte sie Mac den Rücken zu und fuhr sich durchs Haar. Dabei glitt der Saum noch etwas höher und entblößte ihren Po.

Sie trug keinen Slip. Tief aufstöhnend schoss Mac nach vorn und drängte Taylor gegen die Werkbank.

Sie war gefangen und beugte sich über die Werkplatte. Dabei presste sie den Po gegen Macs Jeans. „Mac", stieß sie leise aus. „Mac ..."

Der atemlose Klang ihrer Stimme erregte ihn und beruhigte ihn auch gleichzeitig. Taylor war sich sehr wohl bewusst, mit wem sie hier war.

„Ja." Er strich ihr über den Rücken und wieder zu den Hüften. Erregt drückte er sich an sie.

„Mac."

„Ich weiß." Entschlossen schob er ihr das T-Shirt bis zur Taille hoch.

Der Anblick ihres nackten runden Pos ließ ihn wieder aufstöhnen. Durch die Jeans hindurch spürte er ihre Wärme, und Taylors verlangende Bewegungen zeigten ihm, welche Begierde

Küsse und andere Katastrophen

auch in ihr tobte. Aufstöhnend umfasste er von hinten ihre Brüste.

Mit beiden Händen umklammerte Taylor die Kanten der Werkplatte und seufzte vor Entzücken, als Mac ihre Brustspitzen mit den Daumen liebkoste. Verlangend rieb er die sensiblen Knospen, zog mit den Fingerspitzen Kreise um sie. Immer wieder stieß Taylor seinen Namen aus, und ihre Hüften bewegten sich wie von selbst.

Mac stand wie ein Teenager kurz vor dem Höhepunkt, obwohl er noch immer seine Jeans anhatte. Doch so wollte er es nicht. Er wollte Taylor ins Gesicht sehen und ihre Lippen schmecken. Sie sollte sich völlig im Klaren darüber sein, dass er es war, der sie so erregte, und niemand sonst.

Er zog sich zurück und lächelte voller Genugtuung, als er ihren leisen Protest hörte. Er drehte Taylor zu sich herum. „Keine Sorge, Prinzessin, ich gehe nirgendwohin. Und du auch nicht."

„Ein Glück", stieß sie tonlos aus. Als Mac sie auf die Werkbank setzte, spreizte sie die Schenkel für ihn und stöhnte laut auf, als Mac sich an sie drängte. Mit beiden Händen umfasste er ihren Po. Taylor ließ den Kopf in den Nacken sinken und schloss die Augen.

„Sieh mich an", verlangte er und stützte ihren Nacken. Taylors Blick war vor Lust wie verschleiert. Mac bewegte die Hüften und ließ den Blick nicht von ihren Augen. „Empfindest du sonst noch so bei irgendjemandem, Taylor?" Wieder bewegte er sich lustvoll, und Taylor stöhnte auf. „Dass du kaum noch atmen kannst vor Lust? Dass du am ganzen Leib zitterst?"

„Mac ..." Sie wollte ihn zu sich herabziehen und versuchte, die Beine um seine Hüften zu schlingen, um ihn noch intimer zu spüren.

Doch dann hätte Mac auf der Stelle die Beherrschung verloren. Er blieb reglos stehen und streifte ihr das T-Shirt ab. Zärtlich strich er mit der Wange über eine ihrer Brüste.

Taylor fuhr ihm durchs Haar und krallte sich in die dichten Strähnen.

„Antworte mir", stieß er verlangend aus und liebkoste sie mit der Zungenspitze. „Bringt dich ein anderer auch so zum Stöhnen?"

Taylor wollte wirklich antworten, obwohl ihr ganzer Körper unter Strom stand, doch ihre Erregung war so groß, dass sie zuerst kein Wort herausbrachte. „Nein." Sie versuchte sich aufs Sprechen zu konzentrieren, während Mac ihr Verlangen immer mehr entfachte. „Bei niemandem empfinde ich so wie bei dir. Kein anderer kann so etwas in mir auslösen." Sie rang nach Luft, als Mac mit der Zunge die andere Brustknospe streichelte. „Niemand. Ty ist nur ..."

Mac reizte sie weiter mit den Lippen, während er gleichzeitig mit einem Finger in sie eindrang. Taylor schrie auf vor Wonne.

„Ty ist nur?"

Was immer er auch mit dem Finger machte, es brachte Taylor fast um vor Lust.

„Er ist ..." Sie war einfach nicht fähig zu sprechen. „Ich ..." Sie spürte Macs zweiten Finger in sich, und sein Daumen reizte sie an der empfindsamsten Stelle. Ein Beben ging durch ihren Körper. Nur noch eine Sekunde, dann ...

„Was, Taylor?"

„Er ist wie ein Bruder für mich!"

Mac erstarrte. „Wie ein Bruder?"

„Er heiratet demnächst meine beste Freundin." Sie leckte sich die trockenen Lippen und blickte dem Mann in die Augen, der sie gerade so intim mit den Fingern liebkoste, ihre Brust mit den Lippen reizte und sie kurz vor der Erfüllung zappeln ließ. So etwas hatte noch niemand gewagt.

Ich will diesen Höhepunkt!, war der einzige Gedanke, der sie erfüllte.

Als er die Finger wieder bewegte und Taylor in einem Stru-

Küsse und andere Katastrophen

del der Lust versank, wurde ihr klar, dass sie sich in Mac verliebte. Nach ihm würde es keinen anderen Mann mehr geben, der diese Lust in ihr wecken konnte.

Schließlich konnte sie wieder halbwegs normal atmen. Sie ließ Macs T-Shirt los und sank rücklings auf die Werkbank.

„Mehr?", fragte er heiser.

„Viel mehr." Sie erwiderte ganz offen seinen verlangenden Blick. Ihre wahren Gefühle konnte sie ihm nicht mitteilen, aber das eine sollte er wissen: „Bei niemandem empfinde ich so wie bei dir, Mac." Ihr Puls raste. Als Mac mit einem Finger über ihren Hals strich, hielt Taylor die Hand fest. „Und das hätte ich auch gar nicht zugelassen." Langsam bewegte sie die Hüften und lächelte vielsagend. Sie wollte keine tiefe emotionale Stimmung aufkommen lassen. Mac sollte nicht merken, wie sehr sie ihm verfallen war. „Ich kann nur hoffen, dass diesmal du ein Kondom bei dir hast."

„Hier in der Tasche." Er griff in die Hosentasche und lächelte. „Diesmal sogar gleich drei."

Es kam ihr sündig und verwegen vor, hier auf diesem hölzernen Tisch zu liegen, während Mac völlig bekleidet vor ihr stand. Es rührte sie, dass er fast ehrfürchtig ihren Körper mit den Fingerspitzen und den Lippen liebkoste. Dieses Glück wollte sie für immer. Für den Rest ihres Lebens. Und obwohl ihr klar war, dass das eine Illusion war, wollte sie Mac jetzt nicht zurückweisen. Sie sah, wie er sich das T-Shirt auszog, die Jeans öffnete, und dann spürte sie, wie er zärtlich in sie eindrang. Ganz sanft küsste er sie, und doch voll inniger Leidenschaft. Taylor wünschte sich, dieser Moment würde niemals enden. Und er zog sich tatsächlich fast endlos hin. Mac bewegte sich heftig, drängend, und Taylor schwebte höher und höher, bis ihr Verlangen sich gleichzeitig mit seinem entlud.

Als Mac auf sie sank, drückte sein warmer schwerer Körper sie auf die hölzerne Platte. Taylor klammerte sich an ihn und wollte diese Wärme so intensiv wie möglich spüren. Sie hatte im Leben gelernt, sich an nichts allzu sehr zu klammern, doch jetzt tat sie es. Immer noch eng mit ihm verbunden und völlig außer Atem erkannte sie die Wahrheit.

Sie hatte sich nicht nur ein bisschen verliebt.

Sie liebte Mac von ganzem Herzen.

15. KAPITEL

Den ganzen Tag lang konnte Mac sich überhaupt nicht auf die Arbeit konzentrieren. Wie sollte er auch, wenn er immer wieder an der hölzernen Werkbank vorbeiging? Allein der Anblick dieser Holzplatte erregte ihn, auch wenn er sich dabei selbst lächerlich vorkam.

Taylor war verschwunden, und Mac kam sich wie ein liebeskranker Teenager vor. Ständig suchte er nach ihr, und dann überlegte er wieder, ob er nicht flüchten sollte.

Die unterschiedlichsten Handwerker bevölkerten das Haus und bombardierten ihn mit Fragen. Deshalb blieb Mac, und als er abends endlich heimfuhr, hatte er Taylor nicht mehr gesehen.

Spät in der Nacht kam sie und klopfte an seine Tür. Ihr Lächeln war warm und verführerisch.

In der nächsten Nacht kam sie wieder. Und in der Nacht darauf auch.

Wenn sie abends nicht kam, fuhr Mac zu ihr. Zwei Wochen lang liebten sie sich jede Nacht voller Leidenschaft bis zum Morgengrauen. Tagsüber gingen sie jeder ihrer Wege.

Es gab keinerlei Verpflichtungen, und sie gaben sich keine Versprechen.

Jedenfalls hätte Taylor ihm das geantwortet, wenn er sie gefragt hätte, das wusste Mac genau. Doch er war nicht so dumm, das zu tun. Er brauchte ihr nur in die Augen zu sehen, um zu erkennen, welche Gefühle sie erfüllten. In diesem Blick hätte er stundenlang versinken können.

Taylor liebte ihn, das war eine Tatsache.

Mac fühlte sich hin und her gerissen zwischen purer Freude und Angst.

Eines Nachts stand sie in einem knallroten Kleid vor seiner Tür, und Mac blieb fast das Herz stehen, so sexy sah sie aus. Auf dem Rücken wurde der Stoff nur von schmalen Trägern gehalten, die sich kreuzten, und auch von vorn sah es eher wie ein tief ausgeschnittenes enges Top aus als wie ein Kleid. Ihre langen Beine steckten in so hochhackigen Schuhen, dass Taylor auf einmal mit ihm auf Augenhöhe war.

Taylor schloss die Tür, lehnte sich dagegen und schenkte ihm ein Lächeln, das seine Erregung noch steigerte. „Hallo", begrüßte sie ihn mit verheißungsvoller Stimme.

„Hallo, Traumfrau." Mac kam gerade vom Joggen und fühlte sich in seinen Shorts so gut wie nackt.

Schweigend umfasste Taylor seine Arme und drehte sich mit Mac herum, sodass er jetzt mit dem Rücken an der Tür lehnte.

Er lachte leise. „Ich schätze mal, heute sagst du, wo's langgeht, ja?"

Als Antwort zog sie ihm nur mit einem Ruck die Shorts bis zu den Knöcheln herunter.

„Taylor."

Sie sank auf die Knie, strich mit beiden Händen an seinen Beinen hinauf und betrachtete mit leicht geöffneten Lippen seinen Körper. „Willst du mich, mein Großer?"

Mehr als meinen nächsten Atemzug, dachte er, aber sie sieht es ja deutlich, was soll ich da noch antworten?

Sie beugte sich vor und liebkoste ihn ohne jede Scheu zärtlich mit der Zunge.

Er hatte auf einmal weiche Knie.

„Wie sehr begehrst du mich, Mac?", fragte sie.

In den ganzen Nächten, die sie jetzt miteinander verbracht hatten, hatten sie kaum ein Wort gesprochen, abgesehen von süßem Bettgeflüster. Mac wollte Taylor hochziehen und ins Schlafzimmer tragen, aber sie löste sich aus seinem Griff. Erstaunt blickte Mac zu ihr hinunter.

„Weißt du noch, dass du mich auf der Werkbank genommen hast?" Sie kniete immer noch vor ihm. „Du hast mich gefragt, ob ein anderer diese Empfindungen in mir auslösen kann."

Ja, daran erinnerte er sich noch sehr genau.

Taylor umfasste ihn und hörte Macs Stöhnen, obwohl er es zu unterdrücken versuchte.

Sehr langsam bewegte sie die Hand und ließ Mac dabei nicht aus den Augen. „Jetzt frage ich dich. Du hattest Zeit genug zum Nachdenken. Kann irgendeine Frau außer mir ..." Wieder streichelte sie ihn, dann beugte sie sich noch weiter vor und liebkoste ihn erneut mit der Zunge. „Kann irgendeine andere das bei dir auslösen? Dich so zum Zittern bringen? So eine Begierde in dir wecken? So wie du bei mir?"

Mac konnte nur wortlos auf ihre Lippen sehen. Sie waren dem Teil seines Körpers, wo er sie jetzt am liebsten spüren wollte, ganz nah. Ihre Frage überrumpelte ihn, und gleichzeitig fühlte er, wie er in der Sinnlichkeit versank, die Taylor umgab.

Sie blickte ihm in die Augen, und ihr zaghaftes Lächeln verriet, dass sie bei Weitem nicht so selbstsicher und beherrscht war, wie sie es ihn glauben machen wollte. „Taylor, ich ..."

„Es ist eine einfache Frage, Mac. Lässt eine andere Frau dich so fühlen? Ja oder nein."

„Ich bin vielleicht etwas schwer von Begriff." Benommen vor Verlangen zog er Taylor hoch. „Aber allmählich verstehe ich." An beiden Armen hielt er sie fest und blickte ihr in die Augen. „Es ist überhaupt nicht mehr Jeff, der dich beschäftigt. Geld ist es auch nicht." Er stieß ein trockenes Lachen aus. „Du denkst tatsächlich, ich würde immer noch meine Exfrau lieben."

„Ariel."

„Ich weiß den Namen noch." Mit den Füßen streifte er sich die Shorts ab und ging nackt in die Küche, wo er ein Glas Wasser trank.

„Es tut mir leid." Taylor stand bedrückt an der Tür und verschränkte die Arme. „Ich hätte dich nicht so bedrängen dürfen. Ich weiß genau, wie es ist, wenn man jemanden verliert, den man liebt. In der Erinnerung wird dieser Mensch zum idealen

Partner, mit dem sich niemand vergleichen kann. Das ist mir mit Jeff passiert." Sie schluckte. „Ich habe dich mit ihm verglichen, und das war nicht fair."

Mac schüttelte nur den Kopf und lachte auf. Dann sank er auf einen Stuhl.

In Taylor keimte Wut auf. Sie hob das Kinn und wollte schon zur Hintertür hinaus, doch Mac hielt sie am Arm zurück. Unnachgiebig zog er sie zu sich auf den Schoß, obwohl sie sich dagegen sträubte. „Halt." Insgeheim ärgerte er sich, dass er sich nicht wenigstens die Shorts wieder angezogen hatte. „Hör auf, es tut mir leid."

„Du lachst mich aus."

„Wie? Nein, nein." Immer noch hielt er sie fest. „Ich lache über mich, weil ich so ein Trottel bin. Mir war gar nicht klar, dass du denken könntest, ich würde Ariel in Gedanken auf ein Podest stellen." Wenn sie ihn so anklagend ansah, konnte er ihr die Wahrheit nicht gestehen, also drückte er ihren Kopf an seine Halsbeuge und stützte das Kinn auf ihr Haar. „Habe ich dir schon erzählt, dass ich sie bei einer Party im Rathaus kennengelernt habe?"

„Nein. Mac, du …"

„Sie war mit der Tochter von Freunden meiner Eltern befreundet."

„Du musst nicht …"

„Lass mich. Ich war jung und leicht zu beeindrucken. Sie war so süß, liebenswert und voller Wärme. Sie wollte mich um meiner selbst willen und nicht, weil ich der Sohn meiner Eltern war."

„Und dann habt ihr geheiratet."

„Wir sind zusammen durchgebrannt. Das wollte sie, und ich war so gerührt, weil sie wusste, dass ich meinen eigenen Weg ohne die Hilfe meiner Eltern gehen wollte. Ich dachte, das wäre auch in ihrem Sinn."

Taylor hob den Kopf, um ihm ins Gesicht zu sehen. „Du brauchst dich nicht dafür zu entschuldigen, dass du sie geliebt hast. Mir gefällt der Gedanke, dass du schon einmal geliebt hast und das auch eingestehst. Es schmeichelt mir sogar ein bisschen, dass du mich mit ihr vergleichst. Dass es dir so schwerfällt, mit den Gefühlen für mich zurechtzukommen, weil du sie so sehr geliebt hast."

„Wirklich?" Er schloss die Augen und lachte wieder. „Dann wird dir der Rest der Geschichte nicht gefallen." Mac atmete tief durch. „Nach einiger Zeit fing Ariel an, über Geld zu reden, und wollte, dass ich meine Eltern darum bitte. Sie wollte ein großes neues Haus, ein neues Auto, Kleider aus Europa und große Partys. Sie wollte immer mehr und begann mich zu hassen, weil sie es nicht von mir bekam."

„Oh Mac!"

Er legte Taylor einen Finger auf die Lippen. „Wenn du mich so teilnahmsvoll ansiehst, kann ich den Rest der Geschichte nicht mehr erzählen. Und wenn du so auf mir sitzt, dann möchte ich lieber testen, was dieser Tisch aushält, anstatt diese alte Geschichte wieder aufzurollen."

„Erzähl weiter." Taylor biss sich auf die Lippe und regte sich nicht mehr.

„Sie kam zu der Erkenntnis, dass es ein Fehler war, mich zu heiraten. Also wandte sie sich anderen Männern zu. Reichen, einflussreichen Männern, die ihr all das geben konnten, was sie sich wünschte."

„Sie hat dich also verlassen." Langsam schüttelte Taylor den Kopf. „Vergiss sie. Ich bin kein bisschen wie sie."

„Das weiß ich doch." Mac seufzte.

„War das noch nicht das Ende?"

Leider nicht. „Als sie den Richtigen für sich gefunden hatte, nahm sie meine Kreditkarte mit, leerte mein Bankkonto und brachte mich um das Darlehen, mit dem ich mein erstes Renovierungsprojekt starten wollte."

„Wie konnte sie das tun!" Taylor war entsetzt und zerfloss gleichzeitig fast vor Mitgefühl.

„Sie hat mich nie geliebt." Macs Herz schlug wie wild. Noch nie hatte er das offen ausgesprochen. „Als sie die Scheidung einreichte, entdeckte sie, dass sie schwanger war. Das passte nicht in ihre Pläne. Ich wollte sie nicht mehr, aber ich wollte dieses Baby." Ihm brannten die Augen. „Sie ließ das Kind abtreiben."

Mitfühlend seufzte sie auf und fuhr ihm durchs Haar. Sie lehnte nur die Stirn gegen seine. In diesem Moment wollte sie keine belanglosen tröstenden Worte sagen.

Das wollte Mac auch nicht.

Es gab nur eines, was sie ihm geben wollte. Sich selbst. Ganz langsam näherte sie den Mund seinen Lippen und küsste ihn zärtlich auf einen Mundwinkel, dann auf den anderen. Als sie den Kopf wieder hob, schimmerten Tränen in ihren Augen. „Ich möchte mit dir schlafen, Mac. Und damit meine ich keinen wilden Sex, weder an der Tür noch auf diesem Tisch. Ich möchte, dass du mich mit in dein Bett nimmst und mich liebst, bis du alles vergessen kannst."

Beim Blick in ihre Augen spürte er, wie seine Brust sich zusammenzog. Er hätte immer behauptet, dass niemand ihn diese Vergangenheit würde vergessen lassen können, doch als er mit Taylor in den Armen aufstand und durch den Flur zu seinem Bett ging, wusste er, dass Taylor es schaffen konnte.

Kurz vor dem Morgengrauen wachte Taylor auf und setzte sich seufzend im Bett auf. Wie jeden Morgen um diese Zeit, musste sie gehen. Die schönsten Nächte ihres Lebens bezahlte sie damit, dass sie vor Sonnenaufgang aufstehen musste, damit keiner von ihnen beiden sich eingeengt fühlte oder Panik bekam.

Taylor fühlte sich nicht eingeengt. Kein einziges Mal hatte sie während der vergangenen Nächte Panik empfunden, als sie in Macs Armen lag. Letzte Nacht auch nicht.

In der letzten Nacht hatte sie Mac stundenlang im Arm gehalten und sich gefragt, wie Ariel ihn nur hatte so mies behandeln können. Wenn Mac sie so sehr lieben würde, das wusste Taylor genau, dann würde sie jeden Tag ihres Lebens damit verbringen, diese tiefe Liebe zu erwidern.

Beim Gedanken daran kamen ihr die Tränen, denn jetzt wusste sie, wieso er sich so sehr gegen seine Gefühle wehrte. Genauso klar war ihr, dass sich an dieser Situation nichts ändern würde. Ganz bestimmt bedeutete sie ihm sehr viel, sonst könnte er nicht so gefühlvoll mit ihr schlafen. Doch damit war die Grenze dessen erreicht, was er an Intimität zuließ. Mac fühlte sich bei dem gegenwärtigen Stand ihrer Beziehung sicher. Und wenn das die einzige Art war, mit ihm zusammen zu sein, dann wollte Taylor es so akzeptieren.

Sie stellte die Füße auf den kalten Holzboden und wollte aufstehen.

Doch eine kräftige warme Hand hielt sie am Handgelenk fest. „Du willst gehen, ohne mich zu wecken?", fragte Mac mit verschlafener sexy Stimme.

Er lag flach auf dem Bauch, seine breiten Schultern und die langen Beine nahmen fast die ganze Matratze ein. Gerade eben noch habe ich doch neben ihm gelegen, dachte Taylor und sehnte sich unbändig danach, sich sofort wieder an ihn zu schmiegen.

Wenn sie ihn jetzt auch nur berührte, würde sie die letzte Kontrolle über ihre Gefühle verlieren, das wusste sie. „Ich habe eine Menge zu tun, Süßer." Spielerisch schlug sie ihn auf den knackigen Po.

„Nein, das hast du nicht." Ohne sie loszulassen, richtete er sich auf und lehnte sich gegen das das Kopfteil des Bettes. Dann zog er Taylor an sich.

Sie schloss die Augen und presste sich an seine Brust. „Mac..."

„Geh nicht."

Taylor versuchte sich loszureißen. „Ich muss aber."

„Nein, das musst du nicht. Du läufst von hier weg, weil du denkst, dass ich das will." Er wartete ab, bis sie die Augen öffnete, und umfasste ihr Gesicht. „Du willst mir keine Angst machen." Seine Stimme klang unglaublich sanft. „Ich soll mich von deinen Gefühlen nicht erdrückt fühlen."

Wieder versuchte sie aufzustehen. „Mac."

„Hör mir zu. Ich habe geträumt, du wärst fort." Einen Moment lang wirkte er gequält, und reglos hielt er Taylor fest. „Alles war wie zuvor. Ich war allein, und ich konnte die Kälte ohne dich nicht mehr ertragen. Alles um mich herum war so leer."

„Wirklich?"

„Das ist so langsam geschehen, dass ich es kaum gemerkt habe."

Taylors Herz setzte einen Schlag lang aus. „Was ist so langsam geschehen?"

Mac stieß die Luft aus. „Vor dir habe ich mir eingeredet, dass ich mein Leben nie wieder mit einem anderen Menschen teilen will. Keine Gefühle mehr für eine Frau, kein Verlangen, keine Sehnsucht, die mir nur Kummer einbringt."

„Ich weiß, Mac."

„Aber das war ein Irrtum. So kann man nicht leben, das hast du mir gezeigt. Du ganz allein, Taylor."

Ungläubig sah sie ihn an. „Tut mir leid, mein Herz ist gerade stehen geblieben. Deshalb wird mein Gehirn anscheinend nicht mehr ausreichend durchblutet. Ich muss dich falsch verstanden haben. Willst du damit sagen, dass ..."

„Ich liebe dich, Taylor." Sein leicht unsicheres Lächeln ließ Taylors Herz umso schneller losrasen. Zärtlich strich er ihr über die Wangen. „Hast du mich jetzt verstanden?"

„Ich ... ja", flüsterte sie fassungslos. „Ja."

„Ich liebe dich von ganzem Herzen, und hoffentlich empfindest du auch so, denn ich weiß nicht, ob ich es ertragen könnte, wenn du diese Gefühle nicht erwiderst." Einen Moment blickte er sie an, dann stöhnte er auf. „Könntest du vielleicht auch mal etwas sagen? Irgendetwas?"

Taylor legte ihm einen Finger auf die Lippen und lehnte die Stirn an seine. Sie lachte und schluchzte zugleich, als sie versuchte, seine Worte zu wiederholen: „Ich liebe dich auch von ganzem Herzen, und ich hoffe schon lange, dass du irgendetwas für mich empfindest, denn ich weiß sicher, dass ich es anders nicht ertragen kann." Zitternd atmete sie aus.

Mac schloss die Augen und drückte Taylor mit beiden Armen so fest an sich, dass sie keine Luft mehr bekam. Aber sie wollte gar nicht atmen. Hauptsache, Mac liebte sie auch, das reichte ihr vollkommen.

Er rollte sich mit ihr herum und drückte sie mit seinem Körper auf die Matratze. Lächelnd hob er den Kopf und fuhr ihr durchs Haar. „Sei mein, Taylor. Werde meine Frau, meine Geliebte, Teil meiner Seele."

Bei seinem Lächeln wurde ihr ganz warm. „Ja, ja und nochmals ja."

Mit einem unendlich zärtlichen Kuss besiegelte Mac dieses Versprechen. „Wirst du von jetzt an mit mir zusammen aufwachen? Für immer? Nur wir beide?"

Taylor verharrte einen Augenblick lang reglos, weil sie noch einen letzten geheimen Wunsch mit ihm teilen wollte. „Nur wir beide."

Mac lächelte.

„Bis wir ein Baby haben. Ein kleines Mädchen", fügte sie schnell hinzu, als sie sah, dass sein Lächeln erstarb. „Mit deinen schönen Augen und meinem modischen Geschmack. Dann sind wir zu dritt."

Mac schwieg, und sie sprach schnell weiter. „Sie wird uns morgens früh aufwecken und zu uns ins Bett kommen." Insgeheim fragte sie sich, ob er nach dem, was Ariel getan hatte, überhaupt noch Kinder haben wollte.

Langsam strich er ihren Hals hinab bis zur Brust, wo ihr Herz wie wild schlug. „Du möchtest ein Kind von mir?" Seine Stimme klang belegt.

„Das will ich", flüsterte sie. „Was sagst du dazu?"

Sein Blick war vollkommen ernst, doch dann hob er lächelnd den Kopf. „Etwas Schöneres kann ich mir nicht vorstellen."

Überglücklich seufzte sie auf.

„Lass es uns tun, Prinzessin. Du sollst alles haben, was du willst." Zusammen mit ihr rollte er sich von einer Bettkante zur anderen. Und wieder zurück, bis sie beide lachen mussten.

Dann küsste Mac sie und sie taten alles, um diese Wünsche wahr werden zu lassen.

Küsse und andere Katastrophen

EPILOG

Ein Jahr später

„Alle Plätze sind besetzt", teilte Nicole Taylor mit und ließ sich im kleinen Nebenraum der Kirche auf einen Sessel sinken. „Uns bleiben noch genau fünf Minuten. Wie viele Leute hast du denn eingeladen? Über eine Million?"

Taylor stand in ihrem Brautkleid vor dem großen Spiegel und bewunderte sich in all dem Satin und der Spitze. Sie war so glücklich, dass sie fast zu platzen glaubte. „So ungefähr."

„Mac steht da draußen und lässt diese Tür keine Sekunde aus den Augen."

Beim Gedanken an ihn lächelte Taylor strahlend. „Tut er das?"

„Ja, er wirkt so, als hätte er das große Los gewonnen."

„Das hat er auch." Taylor lachte.

Suzanne kam zu ihr und fuhr mit einem Finger über den Schleier. „Du siehst fabelhaft aus."

„Ihr beide seht auch fabelhaft aus."

Seufzend stellte Nicole sich auf Taylors andere Seite, und sie alle drei betrachteten sich im Spiegel. „Stimmt. So hässlich sind wir gar nicht, obwohl wir so aufgetakelt sind. Konnten wir nicht einfach Jeans anziehen, so wie bei meiner Hochzeit letzten Monat? Das wäre doch sehr witzig."

„Ach, hör auf. Du stirbst schon nicht, nur weil du ein Kleid anhast." Suzanne musste lächeln, als Nicole eine Flasche Champagner und drei Gläser hochhielt. „So gefällst du mir gleich besser. Dass du an so etwas denkst! Reizend von dir. Das haben wir wohl Ty zu verdanken."

„Der Mann hat mich schwach werden lassen." Nicole schenkte ihnen allen ein. „Was soll ich sagen? Du hattest recht. Die Liebe hat uns alle drei wie ein Wirbelsturm mitgerissen."

Taylor lachte. „Das ist wohl der Grund, wieso ich mich so wacklig auf den Beinen fühle."

„Du schaffst das schon." Suzanne drückte ihr die Hand. „Ich freue mich so unendlich für dich. Für uns alle." Tränen traten ihr in die Augen. „Ich liebe euch zwei."

„Verdammt, heute habe ich ausnahmsweise mal Wimperntusche drauf, und du fängst an zu heulen." Nicoles Augen schimmerten auch verdächtig. „Aber ich liebe euch beide auch."

Taylor lachte und versuchte gar nicht erst, ihre Tränen der Rührung zurückzuhalten. „Auf uns. Auf uns alle." Sie hob das Glas, Nicole auch, nur Suzanne nicht.

„Was ist denn los?" Nicole runzelte die Stirn.

„Ich … darf nichts trinken." Lächelnd strich sie sich über den Bauch. „Seit gestern gibt's keinen Alkohol mehr für mich."

Nicole bekam den Mund kaum wieder zu. „Du bist schwanger."

„Richtig."

„Kommt her." Taylor glaubte, ihr Herz müsste jeden Moment platzen, als sie sich alle umarmten und sich gegenseitig das Make-up ruinierten.

„Wir versuchen es auch", gestand Nicole ein, und noch einmal fielen sie sich in die Arme. Dann besserten sie vor dem Spiegel hastig das Make-up wieder aus.

„Also, dann …" Taylor konnte vor Rührung kaum sprechen, als sie Nicole und Suzanne einen Kuss auf die Wange gab und ihr Glas hob. „Auf uns sieben, und hoffentlich bald auf uns acht oder neun."

„Auf uns alle."

„Auf uns alle."

Lächelnd und mit Freudentränen in den Augen leerten sie ihre Gläser.

– *ENDE* –

Susan Wiggs
Am Anfang wartet das Glück
Band-Nr. 25433
8,95 € (D)
ISBN: 978-3-89941-711-1
448 Seiten

Pia Engström
Mittsommerhochzeit
Band-Nr. 25441
9,95 € (D)
ISBN: 978-3-89941-724-1
448 Seiten

Sandra Brown
Sand auf unserer Haut /
Sterne in der Nacht
Band-Nr. 25468
8,95 € (D)
ISBN: 978-3-89941-761-6
384 Seiten

Carly Phillips u. a.
Spion in Seidenhöschen
Band-Nr. 25434
8,95 € (D)
ISBN: 978-3-89941-712-8
320 Seiten

Robyn Carr
Neubeginn in Virgin River
Band-Nr. 25422
7,95 € (D)
ISBN: 978-3-89941-690-9
448 Seiten

Susan Mallery
Gracie in Love
Band-Nr. 25438
8,95 € (D)
ISBN: 978-3-89941-721-0
352 Seiten

Suzanne Brockmann
Operation Heartbreaker 3:
Für einen Kuss von Frisco
Band-Nr. 25439
7,95 € (D)
ISBN: 978-3-89941-722-7
304 Seiten

Susan Andersen
Mr. Perfect gibt es nicht
Band-Nr. 25414
8,95 € (D)
ISBN: 978-3-89941-677-0
320 Seiten

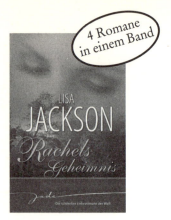

Lisa Jackson
Rachels Geheimnis
Band-Nr. 20009
9,95 € (D)
ISBN: 978-3-89941-719-7
544 Seiten

Linda Howard
Sommergeheimnisse
Band-Nr. 20013
9,95 € (D)
ISBN: 978-3-89941-756-2
400 Seiten

Penny Jordan
Eine Hochzeit und
drei Happy-Ends
Band-Nr. 20006
8,95 € (D)
ISBN: 978-3-89941-695-4
384 Seiten

Sherryl Woods
Die Carltons –
Liebe findet ihren Weg
Band-Nr. 20005
8,95 € (D)
ISBN: 978-3-89941-687-9
416 Seiten